DAVID HAIR

DIE SCHARLACHROTE ARMEE

DAVID HAIR

DIE SCHARLACH-
ROTE ARMEE

DIE BRÜCKE DER GEZEITEN 3

Übersetzt von Michael Pfingstl

penhaligon

Die englische Originalausgabe erschien unter dem Titel »Scarlet Tides«
(Pages 1–315 + Appendix) bei Jo Fletcher, London, an imprint of Quercus.

Verlagsgruppe Random House FSC® N001967
Das für dieses Buch verwendete FSC®-zertifizierte Papier *Super Snowbright*
liefert Hellefoss AS, Hokksund, Norwegen.

1. Auflage
Redaktion: Sigrun Zühlke
Herstellung: sam
Satz: Uhl + Massopust, Aalen
Druck und Einband: GGP Media GmbH, Pößneck
Printed in Germany
ISBN 978-3-7645-3139-3

www.penhaligon.de

Dieses Buch ist ist Mark Fry gewidmet,
Freund seit Kindheitstagen, Freigeist und
guter Mensch in jeder Hinsicht.

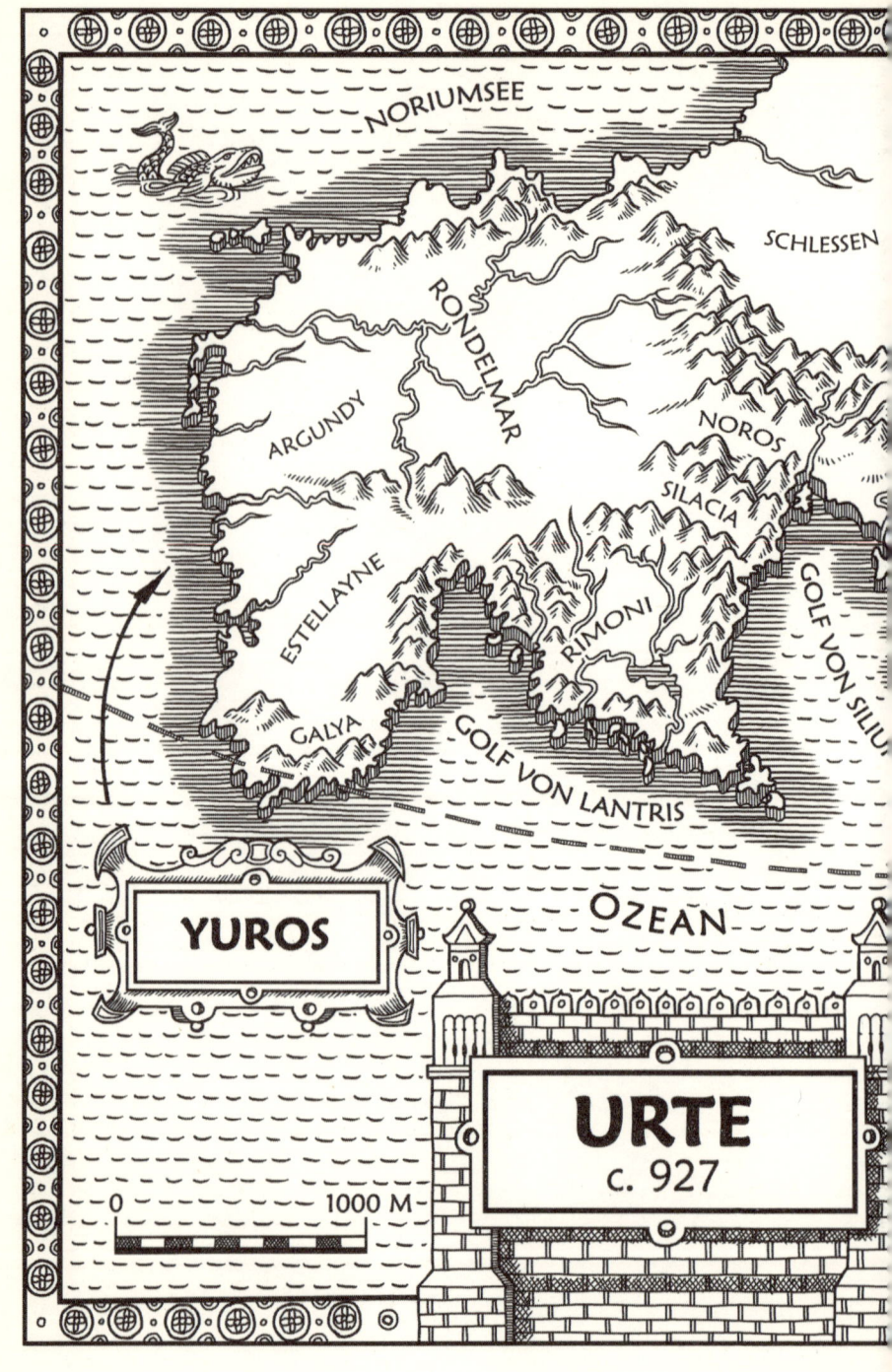

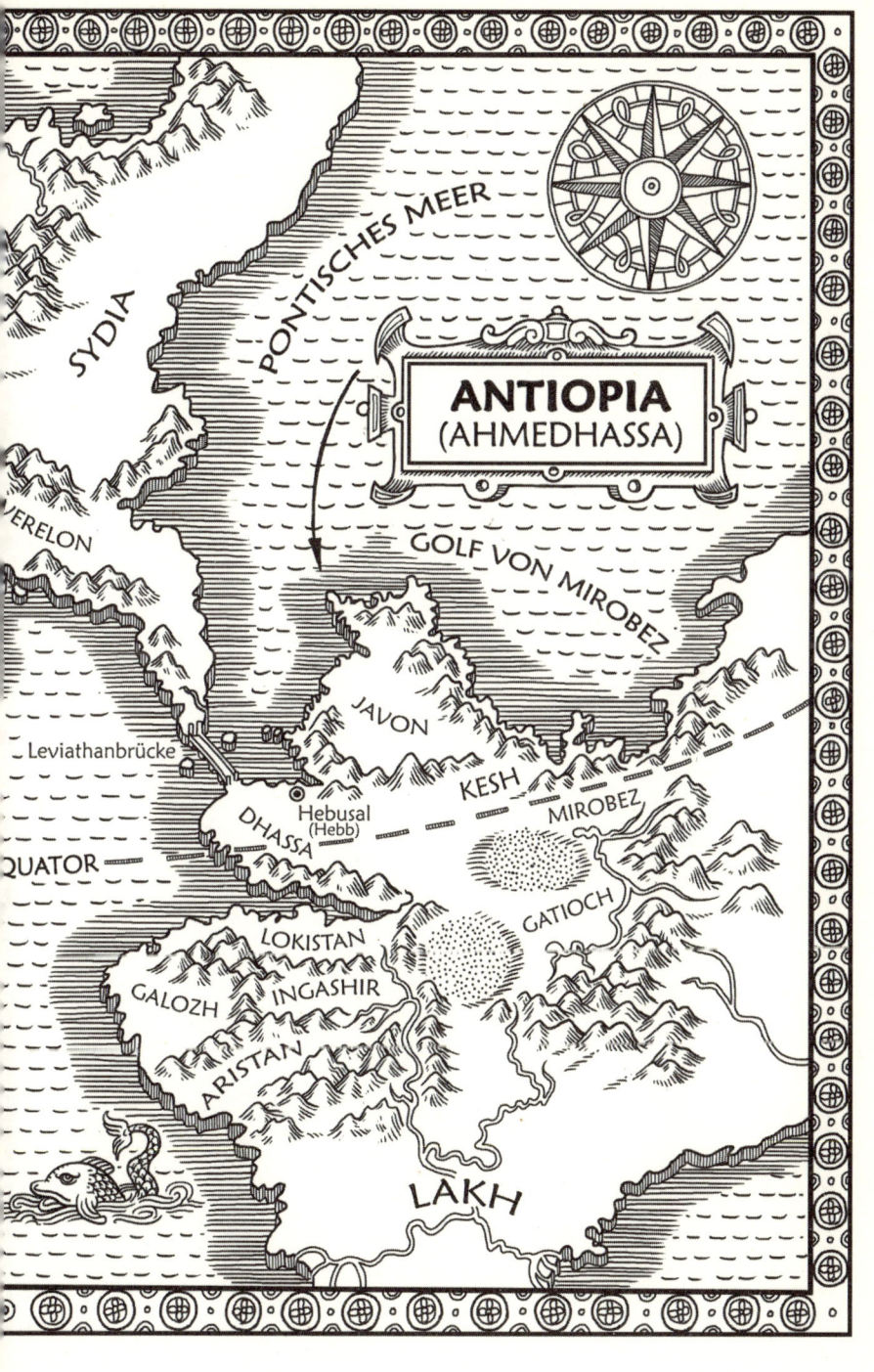

INHALT

WAS BISHER GESCHAH

DIE GESCHICHTE URTES

Auf Urte gibt es zwei bekannte Kontinente, Yuros und Antiopia. In Yuros ist das Klima kalt und feucht, seine Bewohner haben helle Haut; Antiopia liegt näher am Äquator, ist größtenteils trocken und dicht von verschiedenen dunkelhäutigen Stämmen bevölkert. Zwischen den beiden Landmassen tost eine unbezähmbare See, ständig aufgepeitscht von extrem starken Gezeiten, welche die Meere unpassierbar machen, sodass die Völker der beiden Kontinente lange Zeit nichts voneinander wussten.

Vor fünfhundert Jahren änderte sich dies grundlegend.

Auslöser des Ereignisses war eine von Corineus angeführte Sekte. Er gab seinen Jüngern einen Trank, der ihnen magische Kräfte verlieh, die sie Gnosis nannten. Noch in derselben Nacht starben die Hälfte seiner Anhänger und ebenso Corineus selbst, der offenbar von seiner Schwester Corinea ermordet wurde. Corinea floh, dreihundert der Überlebenden begannen unter Sertains Führung, den Kontinent mithilfe ihrer neu gewonnenen Kräfte zu erobern. Die Gnosis verlieh ihnen derart große Macht, dass sie das Reich Rimoni mühelos vernichteten und sich selbst als Herrscher des neu gegründeten Reiches Rondelmar einsetzten.

Dieses Ereignis, bekannt unter dem Namen »Die Aszendenz des Corineus«, veränderte alles. Die Magi, wie sie sich selbst nannten, stellten fest, dass auch ihre Kinder über magische Fähigkeiten verfügten. Die Gabe wurde zwar schwächer, wenn der andere Elternteil nicht ebenfalls ein Magus war, doch die Magi breiteten sich unaufhaltsam aus. Im Namen des rondelmarischen Kaisers brachten sie immer mehr Landstriche und Völker Yuros' unter ihre Herrschaft.

Von den anderen zweihundert, die die Aszendenz überlebt hatten, versammelte Antonin Meiros einhundert Männer und Frauen um sich, die wie er Gewalt verabscheuten, und zog mit ihnen in die Wildnis. Sie siedelten sich im südöstlichen Zipfel des Kontinents an, wo sie einen friedliebenden Magusorden gründeten, den Ordo Costruo.

Die restlichen hundert Überlebenden schienen keinerlei magische Kräfte entwickelt zu haben, doch stellte sich schließlich heraus, dass sie, um die Gnosis in sich wirksam werden zu lassen, die Seele eines anderen Magus verschlingen mussten; also taten sie es. Der Rest der Magigemeinschaft war darüber so entsetzt, dass sie die Seelentrinker gnadenlos jagten und töteten. Die wenigen, die noch übrig sind, leben im Verborgenen und werden von allen verachtet.

Schließlich entdeckte der Ordo Costruo mithilfe der Gnosis den Kontinent Antiopia, oder Ahmedhassa, wie er bei seinen Einwohnern heißt. Antiopia liegt südöstlich von Yuros. Die vielen Gemeinsamkeiten in Tier- und Pflanzenwelt, die die Ordensmitglieder entdeckten, brachten sie zu der Vermutung, dass die beiden Kontinente in vorgeschichtlicher Zeit einmal miteinander verbunden gewesen sein mussten. Meiros' Anhänger kamen in Frieden und wurden bald dauerhaft in der großen Stadt Hebusal im Nordwesten Antiopias sesshaft. Im achten Jahrhundert begann der Orden mit der Arbeit an einer gigantischen Brücke, die die beiden Kontinente wieder miteinander verbinden sollte, und diese Brücke löste die zweite Welle epochaler Veränderungen aus.

Der Bau der Leviathanbrücke, wie das dreihundert Meilen lange Bauwerk genannt wird, war nur mithilfe der Gnosis möglich, die vieles bewirken kann, aber nicht alles. Sie erhebt sich nur während der alle zwölf Jahre stattfindenden Mondflut aus dem Meer und bleibt dann für zwei Jahre passierbar. Das erste Mal geschah dies im Jahr 808. Zunächst wurde die Brücke nur zögerlich genutzt, doch nach und nach entwickelte sich ein blühender Handel, und nicht wenige wurden dadurch reich. Es entstand eine neue Kaste, die Kaste der Händlermagi, die aufgrund ihres Reichtums auf beiden Seiten der Brücke immer mehr Einfluss gewann. Auch der Ordo Costruo gelangte zu beträchtlichem Wohlstand. Nach etwas mehr als einem Jahrhundert und zehn Mondfluten war der Handel über die Brücke der wichtigste politische und wirtschaftliche Faktor auf beiden Kontinenten.

Im Jahr 902 entsandte der rondelmarische Kaiser, der seine Macht durch die Händlermagi bedroht sah, getrieben von Gier, Neid, Bigotterie und Rassenwahn, sein Heer über die Brücke: gut ausgebildete Legionen, die von Schlachtmagi angeführt wurden. Im Namen des Kaisers rissen sie die Kontrolle über die Brücke an sich, plünderten und besetzten

Hebusal. Viele gaben Antonin Meiros die Schuld für diese Ereignisse, denn er und sein Orden hätten den Überfall verhindern können – doch dazu hätten sie die Leviathanbrücke zerstören müssen.

916 kam es zu einem zweiten, noch verheerenderen Kriegszug. Die Menschen Antiopias hatten keine Magi in ihren Reihen und waren den Legionen aus Yuros schutzlos ausgeliefert. Dennoch standen die Dinge für den rondelmarischen Kaiser nicht zum Besten, denn seine tyrannische Herrschaft hatte in mehreren Vasallenstaaten zu einer Revolte geführt, am bekanntesten davon die von 909 im in Zentral-Yuros gelegenen Königreich Noros. Als im Jahr 928 die nächste Mondflut naht, hat der Kaiser bereits neue Pläne geschmiedet, um seine Macht auch in Zukunft zu sichern.

DIE EREIGNISSE VON 927–928
(GESCHILDERT IN *DIE BRÜCKE DER GEZEITEN: EIN STURM ZIEHT AUF*)

Etwa Mitte des Jahres 927 legen zwei Norer, Belonius Vult und Gurvon Gyle, Kaiser Constant und dessen herrischer Mutter Lucia einen Plan vor, mit dem sie die uneingeschränkte Macht des Throns wiederherstellen wollen. Obwohl beide Veteranen der Noros-Revolte sind, gewinnen sie das Vertrauen der Kaiserinmutter, und ihr Plan soll in die Tat umgesetzt werden.

Eine zentrale Rolle in dem Plan nimmt das strategisch günstig gelegene Königreich Javon im Nordwesten Antiopias ein, ein Vielvölkerstaat, der seit langen Jahren von rimonischen Exilanten regiert wird, obwohl sie in dem eigentlich jhafischen Land nur eine Minderheit sind. Die Leibwächter des javonischen Königs sind Magi, die in Wahrheit jedoch in den Diensten Gurvon Gyles stehen. Sie sollen die Königsfamilie Nesti auslöschen, um Platz für ein neues Regime zu machen, das Rondelmar nahesteht.

Doch Elena Anborn, eine von Gyles wichtigsten Agentinnen in Javon und seine ehemalige Geliebte, ist praktisch eine Nesti geworden, und als der Befehl kommt, die Familie umzubringen, wechselt sie die Seiten und tötet stattdessen ihre Magikollegen. Dennoch gelingt es ihr nicht, den König zu retten, sondern lediglich dessen drei Kinder. Timori, der einzige Sohn und Thronfolger, ist allerdings noch nicht volljährig, weshalb seine achtzehn Jahre alte Schwester Cera zur Regentin ernannt wird. Die andere Tochter, Solinde, ist siebzehn. Sie scheint auf der Seite der Putschisten gestanden zu haben und wird verhaftet.

Die Nesti ziehen sich in die Familienfestung in Forensa

zurück. Elena wird Ceras persönliche Leibwächterin und arbeitet mit dem Regentschaftsrat, vor allem mit Lorenzo di Kestria, dem Hauptmann der Wache, einen Plan zu einem Gegenschlag aus. In einem waghalsigen Unterfangen führt Elena eine Einsatztruppe in die Hauptstadt Brochena. Es gelingt ihnen, einige von Gyles Agenten – Elenas einstige Kollegen – zu töten, und Gyle ist zum Rückzug gezwungen. Cera wird offiziell als Regentin eingesetzt, und Gyles Plan ist in Gefahr.

In der Zwischenzeit erhebt sich in Noros, der Heimat der lange zurückliegenden Revolte, eine neue, zunächst unscheinbare Bedrohung für das Kaiserreich. Alaron Merser, ein junger Magusschüler, wünscht sich nichts sehnlicher, als das Arkanum mit Diplom zu verlassen und sich dem Kriegszug anzuschließen, obwohl er die aggressive Politik Rondelmars eigentlich verachtet. Seine Träume platzen jedoch, als das Arkanum ihm zu Unrecht den Abschluss verweigert. Alaron ist zu einem Leben als zurückgewiesener Magus verdammt: Es ist ihm auf Lebenszeit verboten, die Kräfte zu benutzen, mit denen er geboren wurde. Alaron hegt den Verdacht, dass der Bann mit seiner Abschlussarbeit in Zusammenhang steht. Dort hatte er die These aufgestellt, dass die Skytale des Corineus – das heilige Schriftstück, in dem das Rezept für die Ambrosia steht, die den Menschen die Gnosis verleiht – gestohlen wurde und nun irgendwo in Noros versteckt ist. Die Skytale ist das wichtigste Artefakt in ganz Urte: Magi, die sie in ihren Besitz bringen, könnten sich mit ihrer Hilfe in die Aszendenz erheben und mithilfe der so gewonnenen, beinahe unbeschränkten Macht den rondelmarischen Kaiser stürzen.

Zunächst ist Alaron am Boden zerstört, doch seine Freunde Ramon Sensini und Cymbellea di Regia spornen ihn an, die Gnosis weiterhin einzusetzen. Zurückgezogen auf dem Landsitz der Familie hat er gerade damit angefangen, als er einem mysteriösen Landstreicher begegnet.

Inzwischen fasst auf dem Kontinent Ahmedhassa Antonin Meiros, Gründer des Ordo Costruo, letzter Überlebender der ursprünglichen Aszendenz und mächtigster Magus Urtes, ebenfalls einen Plan von enormer Tragweite. Nachdem er in die Zukunft gesehen hat, beschließt er, trotz seines extrem hohen Alters noch einmal zu heiraten. Er sucht eine Frau aus dem großen, im Süden Antiopias gelegenen Königreich Lakh, die ihm möglichst viele Kinder gebären soll. Schließlich findet er Ramita Ankesharan, eine bescheidene Händlerstochter, heiratet sie und nimmt sie mit ihrer Adoptivschwester Huriya Makani mit nach Hebusal. Obwohl Meiros und Ramita, was Alter und Bildung angeht, nicht unterschiedlicher sein könnten, entwickelt sich zwischen den beiden eine tiefe Vertrautheit.

Doch Ramita war bereits einem anderen versprochen. Ihr Verlobter, Kazim Makani, Huriyas älterer Bruder, stammt von einem Keshi-Krieger ab, dem Blutsbruder von Ramitas Vater. Als Kind wurde ihm von einer Seherin namens Sabele geweissagt, es sei seine Bestimmung, Ramita zu heiraten, und als sie ihm genommen wird, schwört er, sie zurückzuholen. Er schließt sich der Fehde an, dem heiligen Krieg gegen die Rondelmarer, und macht sich mit seinen Freunden Jai (Ramitas Bruder) und Haroun sowie dem mysteriösen Krieger Jamil auf den langen Marsch nach Norden. Gemeinsam meistern sie die gefährliche Reise, überstehen den Hinterhalt eines räuberischen Nomadenstammes und erreichen schließlich Kesh, wo sie bald an vorderster Front der Fehde kämpfen sollen.

Mittlerweile schreiben wir den Janun des Jahres 928, es sind nur noch sechs Monate bis zur Mondflut. Die Zeit des Friedens neigt sich dem Ende zu.

PROLOG

Die Plagen Kaiser Constants (Teil 2)

DIE KAISERDYNASTIE

Obwohl die Gesegneten Dreihundert sich nach wie vor an ihren gottgleichen Kräften ergötzten und gerade erst eine rimonische Legion vernichtet hatten, stürzte der Tod ihres charismatischen Anführers Johan »Corineus« Corin sie in tiefe Verwirrung. Die Ermordung durch seine Schwester Corinea versetzte sie in einen Schockzustand und stellte sie vor ein schwerwiegendes Problem: Wer sollte die Nachfolge dessen antreten, der ihnen die Gnosis gegeben hatte? Ganitius, Corineus' »Gesetzesvermittler«, und Baramitius, dessen Trank die Pforte zur Gnosis aufgestoßen hatte, handelten schnell. Um das Fortbestehen der Gruppe zu sichern, etablierten sie im Schulterschluss mit dem Adligen Mikal Sertain eine neue Führung und ernannten Sertain zu Corineus' Nachfolger. Die restlichen rimonischen Legionen wurden vernichtet und die Sacrecour-Dynastie eingesetzt, die bis zum heutigen Tag in Pallas herrscht.

Weshalb sie sich damals für Sertain entschieden? Weil er aus einer wohlhabenden Familie stammte.

ORDO COSTRUO, PONTUS

PALLAS, RONDELMAR
SOMMER 927
1 JAHR BIS ZUR MONDFLUT

Noch ein Jahr bis zur Mondflut. Das war so gut wie nichts.

Gurvon Gyle musterte die Gesichter um ihn herum. Während der letzten Stunde hatte die Stimmung im Raum sich verändert. Der Plan, den er für die Eroberung Javons ausgearbeitet hatte, war angenommen worden, doch das war nur der erste Schritt. Die noch offenen Fragen waren weit schwieriger zu beantworten. Sie würden darüber entscheiden, ob diese Versammlung wirklich zusammenarbeiten konnte oder nicht. Gyle strich die Ärmel seines einfachen, graubraunen Kittels glatt und fragte sich, ob in Javon tatsächlich alles laufen würde wie geplant.

Wann hat schon jemals etwas so funktioniert wie geplant?

Zu seiner Linken ging sein norischer Landsmann Belonius Vult seine Aufzeichnungen durch. Als Gouverneur von Norostein trug er feinste Gewänder in Silber und Blau. Seine noblen Züge ließen die Weisheit und den Weitblick eines Wegbereiters in die Zukunft erahnen. Das war auch gut so, denn was hier beschlossen wurde, würde über Jahre hinweg die Geschicke der gesamten Welt bestimmen. Noch fünf weitere waren hier im Herzen des Kaiserpalastes von Pallas zusammengekommen, vier Männer und eine Frau; alle stammten aus Rondelmar und gehörten zu den Mächtigsten Urtes.

An allererster Stelle war natürlich der Kaiser selbst zu nennen. Als noch junger Mann herrschte er über eines der größten Reiche, die Yuros je gesehen hatte, doch er trug schwer an seiner Krone, und der von Juwelen glitzernde Kaisermantel schien ihn förmlich zu erdrücken. Seine Miene wirkte unbehaglich, daran änderten auch die makellose blasse Haut und der feinsäuberlich gestutzte dünne Bart nichts. Seine Nase zuckte nervös, als wähne er sich von Feinden umgeben, womit er gar nicht einmal so falsch lag: Constant hatte den Thron bestiegen, nachdem sein Vater frühzeitig verstorben und seine ältere Schwester in den Kerker geworfen worden war. Überall an seinem Hof schwärten Intrigen.

Am häufigsten wanderte Constants angespannter Blick zu der Frau an seiner Rechten, zu Mater-Imperia Lucia Fasterius-Sacrecour, der Kaiserinmutter, die rein äußerlich alles andere als furchterregend wirkte. Dabei waren es einzig und allein Lucias Ränke, die ihrem beeinflussbaren Sohn zum Thron verholfen hatten. Ihr stets heiter-gelassenes Gesicht und die zurückhaltende Kleidung ließen sie nach außen hin fromm und mütterlich erscheinen, und tatsächlich war sie erst gestern vor dem versammelten Volk zur lebenden Heiligen erklärt worden. Die Rücksichtslosigkeit und kalt berechnende Intelligenz waren Lucia während der Zeremonie nicht anzusehen gewesen, doch Gyle hatte ihre Grausamkeit oft genug am Werk gesehen, um zu wissen, dass er für den zweiten Teil seines Plans auf ihre unbedingte Zustimmung angewiesen war.

Und wenn er schiefgeht, brauchen wir ihr Wohlwollen erst recht.

Gyle gegenüber saß der Große Kirchenvater Wurther, der Mann, der Lucia heiliggesprochen hatte. Er trank genüsslich einen Schluck Wein und wirkte auch sonst rundum zufrieden.

Als er Gyles Blick auffing, lächelte er liebenswürdig. Der Prälat mochte harmlos aussehen, wie ein einfacher Priester, der selbst nicht wusste, wie er die Karriereleiter so weit hatte hinauffallen können, doch er war gerissen wie ein Fuchs. In der Kirche Kores war kein Platz für Unbedarfte und Narren.

Neben Wurther lehnte sich der kaiserliche Schatzmeister Calan Dubrayle in seinen Stuhl zurück. Den Blick in die Unendlichkeit gerichtet, ging er vermutlich gerade die Bilanzen der Staatskasse durch. Er war ein schlanker, gepflegter Mann mit aufmerksamem Blick. Sein analytischer Verstand und das offensichtliche Talent, Geld zu vermehren, machten ihn zum perfekten Schatzmeister in Urtes mächtigstem Land, weshalb er praktisch sofort nach Kaiser Constants Krönung ins Amt berufen worden war.

Für die beiden anderen Männer, die sich in der Ecke miteinander unterhielten, hatte Gyle nicht sonderlich viel übrig. Als sich seine Heimat Noros vor achtzehn Jahren gegen die rondelmarische Fremdherrschaft erhoben hatte, hatten er und Vult sich an der Rebellion beteiligt. Kaltus Korion und Tomas Betillon waren die Generäle gewesen, die den Aufstand schließlich niedergeschlagen hatten – und doch waren sie nun, nachdem die Noros-Revolte vergangen und vergessen war, alle hier zusammengekommen, um in einer neuerlichen Verschwörung Seite an Seite zu stehen. Doch so etwas wie die Noros-Revolte vergaß man nicht, egal wie viele Jahre vergingen.

Kaltus Korion sah aus wie ein Held, und genau das war er für die meisten auch. Das helle Haar über den harten Augen und dem kantigen Kiefer trug er streng zurückgekämmt, seine Haltung war die eines Kriegers. Der Mann neben ihm, der untersetzte und ungehobelte Tomas Betillon, nahm gerade einen kräftigen Schluck aus seinem Kelch und tippte Korion auf die

Brust, als wollte er seinen Argumenten mehr Nachdruck verleihen.

Denen wird der zweite Teil meines Plans nicht gefallen, dachte Gyle. Er rieb Daumen und Zeigefinger aneinander, beschwor seine Gnosis und erwärmte den Wein in seinem Becher, um die eisige Kälte aus seinen Adern zu vertreiben.

Die Blicke der anderen wanderten sofort in seine Richtung. Sie alle waren reinblütige Magi und hatten bemerkt, dass jemand die Gnosis benutzt hatte.

Gyle hielt entschuldigend die geöffnete Handfläche hoch als Zeichen, dass er niemanden hatte bedrohen wollen.

Die Mater-Imperia Lucia nickte ihm gnädig zu und richtete das Wort an die beiden Generäle. »Kaltus, Tomas … ich denke, Magister Vult ist so weit. Wenn wir also um Eure Aufmerksamkeit bitten dürften?«

Die beiden kehrten zu ihren Stühlen zurück, doch Korions leises Gemurmel verstummte erst, als Lucia ihm einen ungehaltenen Blick zuwarf. »Verehrte Herren«, sagte sie schließlich in die Runde, »in zwölf Monaten beginnt der Dritte Kriegszug, und das verschafft uns die Möglichkeit, gleich mehrere unserer Ziele zu verwirklichen. Dazu gehören die Vernichtung der Händler-Magi, die Tötung des einzigen Rivalen meines Sohnes, Herzog Echors von Argundy, die Zerschlagung des Ordo Costruo und die Hinrichtung von Antonin Meiros. Wir können ganz Nordantiopia plündern, unsere Schatzkammern wieder auffüllen und Javon zurückerobern. Magister Vult und Magister Gyle haben viel Zeit und Energie auf die Planung verwendet, und die Javon-Frage haben wir bereits geklärt.« Sie wandte sich an die beiden Norer. »Dieser Teil Eures Plans findet unsere uneingeschränkte Zustimmung, edle Herren. Wenn mein Sohn es erlaubt, Gouverneur Vult, dann fahrt nun bitte fort.«

24

Der Kaiser nickte abwesend, und Vult stand auf. Er dankte der Kaiserinmutter, dann sprach er mit volltönender Stimme: »Euer Majestät, werte Herren, unser Plan baut darauf, dass Javon die Hände gebunden sein werden, wenn die Mondflut beginnt. Die Javonier werden die Fehde nicht unterstützen können, was unsere Nordflanke sichert und damit die Versorgungswege für die Legionen, die im Kriegszug kämpfen. Dies verschafft uns Gelegenheit, unsere Aufmerksamkeit anderen Dingen zuzuwenden, und zwar der Vernichtung der Feinde Rondelmars. Wie Mater-Imperia Lucia bereits andeutete, handelt es sich dabei zu weiten Teilen um innere Feinde. Ihr alle habt die Dokumente gesehen, die Gurvon Gyle vorlegte. Sie beweisen, dass Herzog Echor Borodium – der Onkel des Kaisers, der sich nach außen hin als enger Verbündeter der Krone gibt – nicht nur in Korrespondenz mit Constants verräterischer Schwester Natia steht, sondern in ihrem Namen auch an die Gouverneure und Fürsten unserer Vasallenstaaten herangetreten ist, um sich ihrer Unterstützung zu versichern. Auf derlei verräterische Umtriebe steht die Todesstrafe. Damals, als Echors Bruder mit Natia konspirierte und hingerichtet wurde, war Echor nicht in der Position, die Hinrichtung zu verhindern, doch sein Groll gegen die Kaiserkrone ist nach wie vor groß. Und jetzt, da er als Herzog über die zweitgrößte Provinz der Reichs herrscht...«

»Wir hätten ihn töten sollen, als wir die Gelegenheit dazu hatten«, knurrte der Kaiser verdrossen. »Als er vor mir kniete und mich um das Leben seines Bruders anflehte, hätte ich ihn nicht meinen Siegelring küssen lassen sollen, sondern die Axt!« Er kicherte, offensichtlich angetan von seinem eigenen Wortspiel.

Gyle sah, wie Lucias Augen sich ganz leicht verengten:

Ungeduld gemildert mit der Güte einer Mutter. »Ihr wisst, dass das nicht möglich war«, wies sie ihren Sohn sanft zurecht. »Echor hat in die argundische Königsfamilie eingeheiratet. Hätten wir ihm den Kopf abgeschlagen, hätten wir zum ungünstigsten Zeitpunkt die nächste Revolte am Hals gehabt. Indem wir ihn stattdessen gekauft haben, haben wir uns Zeit verschafft, um uns mit ihm zu beschäftigen, wenn der richtige Augenblick gekommen ist. Und dieser Augenblick ist jetzt.«

Constant verzog kurz das Gesicht wegen der Zurechtweisung, dann senkte er demütig den Kopf.

Belonius sprach weiter, als wäre nichts passiert. »Um Echor zu schwächen, müssen wir zuerst seine Verbündeten schwächen. Das tun wir, indem wir sie am Kriegszug teilnehmen lassen und in die Vernichtung schicken. Der Zweite Kriegszug hat kaum Beute eingetragen und den Handel beinahe zum Erliegen gebracht. Die Vasallenstaaten behaupten, sie hätten ihre Schatzkammern geleert, um den Feldzug zu finanzieren, und nichts zurückbekommen. Deshalb würden sie in Zukunft nichts dergleichen mehr tun.«

Betillon schnaubte verächtlich. »Hätten sie mehr Truppen statt Geld geschickt, hätten sie ...«

Unerwartet mischte Calan Dubrayle sich ein: »Nein. Magister Vult hat vollkommen recht: Der Zweite Kriegszug war reine Geldverschwendung. Der Sultan von Kesh ist nicht dumm. Wie alle reichen Männer Antiopias hatte er all sein Gold nach Osten geschafft, wo wir nicht herankommen konnten. Sie haben die Brunnen vergiftet und auf Hunderte von Meilen alle Felder niedergebrannt. Es hat uns Millionen gekostet, unsere Truppen bis nach Istabad zu bringen. Und was hat die Unternehmung eingebracht? Gerade mal ein Drittel der Ausgaben. Nachdem ich den Anteil der Krone und den der Kirche einbehalten hatte, war für unsere Vasallen nichts mehr übrig.«

Ihr hättet noch eine dritte Gruppe nennen können, Schatz- meister: die ach so noblen Magi, die ihre eigenen Soldaten be- raubten, um sich selbst zu bereichern. Sie haben mindestens so viel genommen wie die Krone, wenn nicht gar mehr.

»Ihr klingt, als wäre das etwas Schlechtes«, entgegnete Be- tillon lächelnd. »Die Provinzen unter der Knute zu halten, ist schon der halbe Sieg.«

»Mag sein«, gab Dubrayle zu, »aber es fördert nicht gerade ihre Bereitschaft, sich auf weitere Kriegszüge einzulassen.«

Vult räusperte sich. »Argundy, Bricia, Noros, Estellayne und Hollenia haben bereits verlautbaren lassen, dass sie sich nicht am Dritten Kriegszug beteiligen würden.«

»Noros«, wiederholte Korion verächtlich und deutete auf Vult. »Wenn sich Eure Leute uns nicht zu Tausenden anschlie- ßen, werde ich ihr Land mit einer weiteren Strafexpedition überziehen, neben der sogar das Massaker von Knebb verblas- sen wird.«

Betillon lachte polternd. Er war es gewesen, der das Massa- ker damals befohlen hatte, bis heute nannte man ihn auch den »Schlächter von Knebb«.

Gyle erinnerte sich noch lebhaft an den Anblick der schwe- lenden Ruinen und überall verstreut liegenden Leichenteile. Etwas in ihm hatte sich verändert damals, für immer, doch er hielt seine Gesichtszüge sorgsam unter Kontrolle.

»Ich werde ihnen einfach *befehlen*, teilzunehmen«, warf Kaiser Constant fast schon quengelnd ein. »Sie sind *meine* Untertanen.«

»Geliebter Sohn«, merkte Lucia lächelnd an, »auch Hunde

müssen ab und zu gefüttert werden, wenn sie gehorchen sollen.«

»Unsere verehrte Kaiserinmutter spricht weise wie immer«, beeilte Vult sich zu sagen. »Wir brauchen die Vasallenstaaten für den Kriegszug. Jede auch noch so kleine Provinz muss teilnehmen.«

»Wozu?!«, fuhr Korion auf. »Rondelmar muss Antiopia unter Kontrolle halten, und das bedeutet, Herr über seine Armee bleiben. Unsere Bevölkerung macht nur ein Drittel des gesamten Reiches aus. Wenn die Vasallen jeden waffenfähigen Mann entsenden, sind wir in der Unterzahl. Falls es Echor dann gelingt, sie hinter sich zu bringen, sind wir erledigt.«

»Edler General«, entgegnete Vult, »während des Zweiten Kriegszugs befanden sich die Legionen der Vasallenstaaten in Kesh und nicht hier. Dort haben sie genauso verzweifelt nach Beute gesucht wie wir, doch jetzt ist die Lage eine andere: Sie wollen nicht in den Krieg ziehen. Wenn wir ihre Weigerung hinnehmen und allein Rondelmar all seine Truppen nach Antiopia entsendet, wer soll sich dann Echor entgegenstellen, falls er sich erhebt?«

»Das würde er nicht wagen«, warf Constant aufgebracht ein. »Er hat das Knie vor mir gebeugt, meinen Ring geküsst!«

Deinen Arsch küssen heißt noch lange nicht, dir die Treue zu halten, dachte Gyle.

Als Reaktion auf den Einwurf des Kaisers herrschte betretenes Schweigen, und Gyle sah, wie die Miene der Kaiserinmutter nun doch ein wenig unduldsam wurde.

»Magister Vult«, meldete der Große Kirchenvater Wurther sich zu Wort, »Ihr sagt, die Vasallenstaaten für den Kriegszug zu verpflichten, sei unverzichtbar, doch wie wollen wir sie in der Fremde unter Kontrolle halten? Und was noch wichtiger ist: Wie sorgen wir dafür, dass die Beute dorthin gelangt, wo sie hingehört? Eure bisherigen Antworten auf diese Fragen waren etwas vage.« Wurther wackelte mahnend mit dem Zeigefinger.

»Ihre Beteiligung ist unverzichtbar«, betonte Vult. »Wenn Echor und seine Verbündeten nicht an vorderster Spitze des Kriegszugs mitmarschieren, wird es hier in Rondelmar einen Umsturzversuch geben.«

»Unsere Schlachtmagi sind wesentlich stärker als die ihren«, konterte Korion. »Eine einzige unserer Legionen ist mehr wert als drei aus den Provinzen. Sie würden das Risiko nicht eingehen.«

»Nun, das stimmt nicht ganz«, widersprach Calan Dubrayle ruhig und schlug sich damit bereits zum zweiten Mal auf Vults Seite. Unwillkürlich fragte Gurvon sich, was Dubrayle damit zu gewinnen hoffte. *Vielleicht gefällt es ihm einfach, Korion ein bisschen zu ärgern.*

»Laut der letzten Volkszählung lebt nicht einmal die Hälfte unserer Magi in Rondelmar. Die stärksten unter ihnen mögen hier sein, aber wir dürfen die Zahlenverhältnisse nicht außer Acht lassen. Außerdem können wir nicht für selbstverständlich nehmen, dass sie uns alle treu ergeben sind«, beendete Dubrayle seinen Einspruch.

Constant blickte mit offen stehendem Mund zu seiner Mutter hinüber. »Mein Volk liebt mich«, quiekte er. »Jeder Mann, jede Frau und jedes Kind.«

Du meinst: Die meisten haben deinen Ring geküsst. Aber manche lieben Echor und andere deine eingekerkerte ältere Schwester. Und sie alle fragen sich, ob du wirklich Kores Stellvertreter auf Urte bist.

»Fahrt fort, Magister Vult«, sagte Lucia und verbot ihrem Sohn mit einem warnenden Blick jedes weitere Wort.

»Der Schatzmeister hat recht: Ein Herrscher muss stets wachsam sein. Unser Kaiser ist die Verkörperung aller Tugenden, doch gibt es auch geringere Anführer von entsprechend geringerer Moral« – er neigte demütig das Haupt –, »weshalb ich vorschlage, uns durch ein Zugeständnis die unbedingte Gefolgschaft aller Vasallenstaaten zu sichern und gleichzeitig jene unter die Knute zu nehmen, die uns übel gesinnt sind. Beides erreichen wir, indem wir Echor den Oberbefehl über den Kriegszug übertragen.«

»Was?!« Kaltus Korion sprang wutentbrannt auf. »Davon war in Euren Unterlagen nicht mit einem Wort die Rede! Für wen, bei Hel, haltet Ihr Euch? Mir und niemand anderem steht es zu, diesen Kriegszug anzuführen!«

»General Korion!« Lucias Stimme war scharf wie ein Peitschenknall. »Setzt Euch!«

»Aber …« Korion sah aus, als wäre er drauf und dran, sie anzuschreien. Dann schluckte er seinen Zorn herunter. »Ich entschuldige mich, Euer Majestät«, sagte er, sichtlich um Fassung bemüht. »Trotzdem befremdet mich dieser Vorschlag. Ich bin oberster General Rondelmars, und als solcher muss ich den Kriegszug anführen.« Er schlug sich mit der Faust auf die Brust. »Es ist mein Recht.«

Gyle musterte Korion nachdenklich. *Den Osten plündern, um dann mit der Beute und einem gigantischen Heer im Rücken zurückzukehren, das voller Bewunderung für dich ist und jeden deiner Befehle befolgt? Gehörst du vielleicht auch zu denjenigen, die heimlich ein Auge auf den Heiligen Thron geworfen haben, General?*

»Ihr steht ja immer noch, Kaltus«, sagte Lucia mit eisiger Stimme. »Setzt Euch und lasst uns reden, wie es sich unter zivilisierten Menschen gehört.«

Korion starrte sie einen Moment lang an, dann nahm er kleinlaut Platz.

Gyle warf Vult einen kurzen Blick zu. *Interessant.*

Kaiser Constant wirkte verwirrt, ganz offensichtlich verstand er nicht, was hier vor sich ging. Betillon schien genauso wütend wie Korion zu sein, Dubrayle und Wurther hingegen zuckten nicht mit der Wimper, was im Moment wohl auch das Ratsamste war.

»Sprecht weiter, Magister«, sagte Mater-Imperia Lucia in die entstandene Stille hinein.

Vult holte tief Luft. »Habt Dank, Mater-Imperia«, erwiderte er, als könnte diese Anrede ihn vor Korions Zorn schützen.

»Es ist mein Kommando, Überläufer«, knurrte Korion prompt in Anspielung auf die Tatsache, dass Vult die Noros-Revolte verraten und sich ausgerechnet Kaltus' Legion ergeben hatte.

Das war offensichtlich zu viel für den Gouverneur. »Die Zukunft des Reiches steht auf dem Spiel!«, fuhr er auf. »Dies ist nicht die rechte Zeit, an den *eigenen* Ruhm zu denken, sondern es geht um das Wohl Rondelmars.« Sein Blick verharrte irgendwo zwischen Korion und der Kaiserinmutter. »Es ist an der Zeit, das Wohl des Kaisers an oberste Stelle zu setzen.«

»Hört, hört«, warf Wurther mit einem weinseligen Grinsen ein, was ihm einen bösen Blick von Betillon eintrug, der ihn jedoch nicht zu kümmern schien.

»Das gemeine Volk, die Händler-Magi und selbst viele der uns treu ergebenen Magi wollen, dass der nächste Kriegszug anders verläuft als der Zweite«, sprach Vult weiter. »Ihnen wurde Kriegsbeute versprochen, die ihre Vorstellungskraft übersteigt, und dass der Osten nur so überquelle vor Gold, und auch ich habe damals daran geglaubt, so fest wie alle anderen.«

Gyle kannte Vults finanzielle Lage: Der Gouverneur hatte viel in die Kriegszüge investiert und praktisch alles verloren.

»Argundy, Bricia und Noros gehen auf dieselben Häuser zurück wie Rondelmar, und doch sträuben sie sich. Schlessen, Verelon, Estellayne und Sydia lehnen jede Beteiligung rundweg ab. Beim letzten Mal haben sie Soldaten, Geld und Gerät gegeben und alles verloren außer ihren Soldaten. Sie haben die Heiden zu Tausenden hingeschlachtet und was dafür bekommen? Nichts. Pallas hat alles genommen. Warum sollten wir also noch einmal mitmarschieren? Warum?«

Wir? Gyle lächelte still in sich hinein, da sah er, dass Lucia ihn beobachtete. Sie zog eine Augenbraue hoch, sagte aber nichts.

Vult tätschelte seine Unterlagen. »Es gibt nur eines, das die Provinzen für diesen Kriegszug gewinnen wird: die Garantie, dass diesmal alles anders sein wird. Und dafür gibt es nur ein einziges glaubwürdiges Signal, nämlich dass der Mann das Oberkommando erhält, der in dem Ruf steht, das Gleichgewicht zwischen Pallas und den Provinzen zu sichern: Herzog Echor von Argundy. Ernennt ihn zum obersten Befehlshaber, und die Provinzen werden folgen. Tut es nicht und stellt Euch darauf ein, diesen Kriegszug allein zu führen.« *Falls Ihr dazu in der Lage seid*, sagte Vult zwar nicht laut dazu, doch die Worte schwebten auch so im Raum.

Eine Weile sprach niemand. Korion und Betillon blickten einander an, als warteten sie darauf, dass der andere protestierte, und Constant starrte wie ein kleines Kind Löcher in die Luft, aber die anderen begannen zu begreifen: *Lucia war dafür, und deshalb würde es auch genau so geschehen.*

Schließlich stand Korion auf, und Gyle konnte förmlich sehen, wie er seinen Stolz hinunterschlucken musste. »Ich entschuldige mich, Mater-Imperia«, sagte er. »Es ist ein kluger Plan. Ein Kommando ist nichts im Vergleich zu der Aufgabe, den Fortbestand der Macht und des Ruhms des Hauses Sacrecour zu sichern.«

Niemand hatte es je gewagt, Kaltus Korion für dumm zu erklären.

Niemand außer Tomas Betillon. »Ich sehe den Sinn darin nicht«, brummte er. »Warum nicht erst den Ruf zu den Waffen erschallen lassen und sehen, wie viele sich beteiligen, als etwas tun, das sich im Nachhinein als vollkommen unnötig herausstellen könnte?«

»Und danach unsere Linie ändern, falls es sich als notwendig erweisen sollte?«, fragte Dubrayle bissig. »Wohl kaum. Wenn der Kaiser gesprochen hat, weicht er nicht mehr von seinem Wort ab. Er verhandelt nicht mit seinen Untertanen, sondern sorgt von vornherein dafür, dass sie seinem Ruf folgen.«

»Da ist noch etwas«, warf Gyle ein, als wäre es ihm eben erst eingefallen. »Seit der Rebellion befinden sich die Feldstandarten der norischen Legionen hier in Pallas, genauso wie viele weitere, die bei der Niederschlagung anderer Aufstände in Argundy und anderswo erbeutet wurden. Ich schlage vor, Ihr gebt sie zurück.«

Korions Kiefer klappte nach unten. »Halt den Mund, Norer. Ich behalte meine Trophäen.«

»Wenn Ihr die Standarten zurückgebt, werden die Soldaten Euch nur so zuströmen«, bekräftigte Vult. »Sie werden es als Zeichen der Versöhnung sehen. Gebt ihnen ihren Stolz zurück, dann werden sie der Kaiserkrone verzeihen.«

»Dem Kaiser *verzeihen*?«, schnaubte Constant. »Ich habe ihnen bereits gezeigt, wie die Vergebung des Kaisers aussieht: Es gibt keine!«

Das hast du in der Tat, Constant. Aber war es nicht vielmehr so, dass du dich während der Noros-Revolte die meiste Zeit versteckt hast aus Angst vor Attentätern wie mir?

»Meine Worte geben selbstverständlich nur die irregeleitete Sicht des gemeinen Volkes wider«, erläuterte Vult gelassen, »und doch sind diese Gefühle da.«

Lucia legte ihrem Sohn eine Hand auf den Arm und flüsterte ihm etwas ins Ohr.

»Wie meine Mutter mir soeben zu Recht ins Gedächtnis rief, sind die Norer nichts als Bauern«, sagte er mit einem nachdenklichen Nicken. »Wir können uns glücklich schätzen, zwei so seltene Ausnahmen wie Euch beide hier zu haben, so dass nicht der ganze Palast nach Kuhdung stinkt.«

Betillon grinste, aber alle anderen ließen sich keinerlei Reaktion anmerken. Bleiernes Schweigen senkte sich über den Raum.

Jetzt wissen wir wenigstens, wie sehr wir hier willkommen sind, dachte Gyle. Er drehte den Kopf ein Stück und beobachtete aus dem Augenwinkel Belonius' Gesicht: Vult schien die Beleidigung nichts auszumachen. Andererseits teilte er wahrscheinlich sogar Constants Meinung über sein eigenes Volk.

»Es ist ein hervorragender Vorschlag«, bestätigte die Mater-Imperia schließlich. »Die Provinzen wissen, wer ihr Herr ist. Es ihnen auch noch unter die Nase zu reiben, wäre kontraproduktiv. Übertragen wir Echor das Oberkommando, und geben wir ihnen ihre Standarten zurück, dann werden sie sich ganz von selbst unter unserem Banner versammeln.«

»Und in der Überzahl sein, sobald wir Kesh erreichen«, gab Korion zu bedenken.

»Nicht allzu sehr. Außerdem werdet Ihr es verstehen, diesen Umstand zu unserem Vorteil zu nutzen, dessen bin ich sicher.«

Korion rümpfte die Nase. »Wie? Es wird nicht viele Schlachten geben. Die Amteh haben zwar angeblich eine Fehde gegen uns ausgerufen, aber sie haben weder Magi noch Kriegsmaschinen und schon gleich gar kein diszipliniertes Heer. Nüchtern betrachtet, ziehen wir nicht in einen Krieg, sondern gehen auf eine zweijährige Schatzsuche.«

Lucia gestattete sich ein kleines Lächeln und breitete die Arme zu einer Willkommensgeste aus. »Wozu Magister Gyle noch etwas zu sagen hätte: Unser Gast wartet bereits.«

»Ein Gast?«, stöhnten Korion und Betillon im Chor.

»Das hier ist eine Geheimbesprechung, keine Unterhaltung in einer Hafenkaschemme«, beschwerte sich Constant.

Gyle ignorierte ihn und ging zur Tür. Der Wachsoldat auf der anderen Seite öffnete auf sein Klopfen hin, und Gyle atmete begierig die etwas frischere Luft im Vorraum ein. *Sie führen sich auf wie kleine Kinder, dabei haben sie von nichts eine Ahnung und streiten sich um Nichtigkeiten. Ihre eigenen Interessen und Prahlereien sind alles, was sie kennen. Nur Lucia ist anders.* Ihr *würde ich folgen.*

Der Mann, der im Vorraum wartete, trug trotz der sommerlichen Hitze einen schwarzen Umhang mit dickem Pelzbesatz auf den Schultern. Als Gyle hereinkam, legte er die Robe ab und erhob sich. Die kupferfarben schimmernde Haut und das pechschwarze Haar wiesen ihn sofort als Fremden aus. Seine Augen leuchteten wie Smaragde, an den Ohren glitzerten Rubine, und ein Stück unterhalb des akkurat gestutzten Vollbarts glitzerte ein Diamantenamulett. Er war eine beeindruckende Erscheinung.

»Emir«, sagte Gyle. »Ich hoffe, Ihr seid wohlauf?«

»Magister«, erwiderte Emir Rashid Mubar von Hallikut den Gruß. Er umarmte Gyle höflich, küsste ihn auf beide Wangen und klopfte ihm mit einer Hand zwischen die Schulterblätter, wie es in Kesh als Zeichen des Friedens üblich war: *Du siehst, ich könnte dir auch einen Dolch in den Rücken stoßen, aber ich tue es nicht.* Rashid war ein Dreiviertelblut und damit einer der ranghöchsten Magi in Antonin Meiros' Ordo Costruo. Seine Mutter war die Tochter einer Reinblüterin gewesen, die in eine Adelslinie der Keshi eingeheiratet hatte, noch bevor die Leviathanbrücke überhaupt fertiggestellt gewesen war, und sein Vater war ebenfalls ein Reinblut. Aus dieser Verbindung war ein Juwel von einem Mann hervorgegangen, schillernd wie ein Brillant und nach allen Regeln der Kunst geschliffen. »Ich bin durchgefroren bis auf die Knochen. Wie könnt Ihr dieses Klima nur ertragen?«

»Wir haben Sommer, Emir. Es scheint, als wärt Ihr gut beraten, Eure Heimreise noch vor Einbruch des Winters anzutreten.«

»Ich werde abreisen, sobald das hier erledigt ist. Wie geht die Besprechung voran?«

»Den Umständen entsprechend gut«, antwortete Gyle. »Constant hat schlechte Laune. Sprecht mit Lucia und ignoriert die Kommentare von Korion und Betillon.«

»Ich kenne diesen Betillon und weiß, wie man ihn anpacken muss.« Rashid zuckte die Achseln. »Wie nennt Ihr uns hier? Barbaren, nicht wahr? Ich denke, eigentlich müsste man *ihn* als einen solchen bezeichnen.«

Gyle warf einen kurzen Blick in Richtung des Wachsoldaten, der Rashid nur fassungslos anstarrte, als wäre er eine Gnosiszüchtung, und musste ein Lächeln unterdrücken. »Das ist er, Emir, das ist er.« Er deutete auf die Tür. »Wollen wir?«

»Ah, da seid Ihr ja«, begrüßte Vult den Neuankömmling gleich, als er eintrat.

Der Emir verbeugte sich, und Belonius neigte den Kopf. »Es ist mir das allergrößte Vergnügen, Euch endlich kennenzulernen. Magister Gyle hat mir viel von Euch erzählt.«

Vults Mundwinkel zuckten. »Nur Gutes, wie ich hoffe, Gurvon?«

»Nur die Wahrheit, Bel.«

»Tatsächlich? Nun, wie ich sehe, Rashid, seid Ihr trotzdem gekommen. Wir wollten gerade über die Rolle sprechen, die Euch in unserem Plan zugedacht ist. Tretet näher, Freund.«

Rashid rührte sich nicht. »Haltet mich nicht für Euren *Freund*, Magister Vult. Ich bin alles andere als das.«

Belonius lächelte. »Wir haben gemeinsame Feinde, Emir. Ein stärkeres Band für eine Freundschaft gibt es nicht.«

1

DEM ENDE GEGENÜBERTRETEN

KETTENRUNEN

Die Möglichkeit, einen Magus von seinen Kräften abzuschotten, ist ein notwendiges Übel. Obwohl wir alle Nachfahren der Gesegneten Dreihundert sind, sind manche unter uns dieses Erbes nicht wert. Einem Magus das Geschenk der Gnosis wieder zu nehmen, ist ein drastischer Schritt, der weder leichtfertig unternommen werden darf noch einfach zu bewerkstelligen ist. Die traurige Wahrheit ist jedoch, dass es auch unter uns Schurken gibt, die ob ihrer Macht umso mächtiger das Böse wirken.

MARTEN ROBINIUS, MAGISTER AM ARKANUM VON BRES

Es war noch dunkel, als Jeris Muhren, Hauptmann der Wache von Norostein, die steile Wendeltreppe nach unten ging. Die Stufen waren schmal und glitschig. Ein feuchtkalter, abgestandener Geruch schlug ihm von unten entgegen, begleitet vom metallischen Scheppern der Kerkertüren. Draußen war es Sommer, aber in den Verliesen unterhalb des Gouverneurspalastes lauerte immer noch die Kälte des Winters. Muhren sah keinerlei Wachen. Das war ungewöhnlich. Er lockerte sein Schwert in der Scheide, drückte die Tür am Ende der Treppe auf und erlebte die nächste Überraschung: In der kleinen Kammer dahinter stand ein noch sehr jung wirkender Mann mit schmalem Kinn und ersten Anzeichen eines blonden Barts. Sein schmächtiger Körper war mit samtenen Roben behängt, ein Goldreif prangte auf der von Sorgenfalten gefurchten Stirn.

Muhren beugte hastig das Knie. »Euer Majestät«, stammelte er. *Was hat er hier zu suchen?*

»Hauptmann Muhren«, erwiderte König Phyllios III. von Noros förmlich. »Bitte erhebt Euch.«

Muhren stand verwirrt auf. Das Scheitern der Revolte hatte die norischen Könige zu ohnmächtigen Nebendarstellern in einem zusehends verfallenden Palast degradiert, und Phyllios war nichts als eine Marionette, fest im Griff des von Pallas eingesetzten Gouverneurs. Normalerweise zumindest, denn ebendieser Gouverneur saß im Moment als Gefangener im Kerker seines eigenen Amtssitzes. »Mein König, Ihr solltet nicht hier sein.«

Phyllios zuckte kaum merklich mit den Schultern. »Die Wachen wurden vor einer Stunde abberufen, Hauptmann, niemand hat mich herkommen sehen. Ich habe mehr Bewegungsfreiheit, als Ihr denkt.«

Muhren blinzelte. *Mein letzter Tag im Amt, und ich lerne immer noch etwas Neues …*

»Wie geht es unserem Gefangenen, Hauptmann?«, erkundigte sich der König. Seine Stimme klang zögerlich, aber Muhren hörte auch eine gewisse Befriedigung heraus, eine Rachelust, die ihm noch nie aufgefallen war. Phyllios war während der Revolte noch sehr jung gewesen und hatte tatenlos mitansehen müssen, wie sein Volk niedergemetzelt wurde. Danach hatten die Rondelmarer ein Beispiel an ihm statuiert, indem sie ihn auf dem Stadtplatz nackt auspeitschten und ihn zwangen, Constant auf Knien um Vergebung anzuflehen. Das war das Ende des Mannes gewesen, der er einmal hätte werden können. Nach außen hin war nur noch ein jämmerlicher Bückling übrig geblieben. Den Hauptmann der Stadtwache zu ernennen, war eines von Phyllios' wenigen Privilegien, und mit Muhrens Ernennung – eines verdienten Veteranen der Revolte – hatte er mehr Stärke gezeigt, als die meisten ihm zugetraut hatten. Trotzdem war er immer noch ein vorsichtiger, beinahe furchtsamer Mann.

»Er ist zutiefst zerknirscht, Herr. Der Kerker ist kalt, er friert, und er hat Angst.«

»Vor wem? Doch sicher nicht vor mir.« In Phyllios' Stimme schwang Selbstironie mit, aber kein Selbstmitleid.

»Vor den Inquisitoren, Herr.«

»Die Inquisition ist auf dem Weg hierher?«, fragte der König nervös.

»Selbstverständlich, Herr. Er ist ein Kaiserlicher Gouverneur, der wegen Hochverrats im Kerker liegt. Schon in wenigen Tagen werden sie ihn mitnehmen und ihn dann brechen, um herauszufinden, was er sich hat zuschulden kommen lassen. Der Kaiser darf nicht tatenlos zusehen, wie ein Gouverneur ihn hintergeht. Er kann es sich schlichtweg nicht leisten.«

Phyllios nickte ernst. »Was werden sie herausfinden, Hauptmann?«

Ah, das ist also die Frage, die ihn umtreibt. Mir ist es egal, was sie ansonsten herausfinden werden, aber sie werden unweigerlich von Alaron, Cym und der Skytale erfahren und meiner eigenen Rolle in der Geschichte. Und dann wird Hel losbrechen.

Doch all das kann ich Euch nicht sagen, mein König, zu Eurer eigenen Sicherheit.

Nach dem siegreichen Kampf um die Skytale war Muhren in die Amtsräume des Gouverneurs eingebrochen, um sich eine Legitimation für Vults Verhaftung zu verschaffen, und nun blieb ihm nichts anderes übrig, als seinen König zu belügen.

»Außer Machenschaften, wie jeder korrupte Beamte von Vults Schlag sie begeht, konnten wir nichts Besonderes finden, Herr: Vetternwirtschaft, Bestechung, illegale Geschäfte. Nichts, was sich gegen Euch verwenden ließe.«

»Wie viele wissen, dass er hier ist, Hauptmann?«

»Zu viele, Herr.«

Die beteiligten Soldaten hatten die Kunde von Vults Verhaftung außerhalb der Stadt verbreitet. Es war nicht zu vermeiden gewesen. Muhren hatte sich nicht einen Moment lang der Illusion hingegeben, dass der Vorfall verborgen bleiben würde, vor allem nicht, nachdem drei weitere Leichen gefunden worden waren: zwei von Vults Gehilfen und General Jarius Langstrit, der mittlerweile in einem geheimen Grab beigesetzt war.

»Wollt Ihr, dass er verhört wird, Hauptmann? Von der Inquisition, meine ich.« In Phyllios' Augen funkelte ein Scharfsinn, den er sich in der Öffentlichkeit niemals anmerken ließ. »Gibt es etwas, womit er Euch belasten könnte?«

Muhren zögerte. *Darum geht es nicht, oder?* »Ein Inquisitor bringt *alles* in Erfahrung, was es zu erfahren gibt, Herr. Von jedem. Sobald sie mit ihm fertig sind, werden sie *jeden* verhören, der auch nur irgendwie mit der Angelegenheit in Verbindung steht.« Er schaute seinem König ins Gesicht und wusste, dass er verstanden hatte.

»Ich werde Euch vermissen, Muhren«, erwiderte Phyllios. »Ihr habt Noros gute Dienste erwiesen. Einen Zweiten wie Euch werde ich nicht finden.«

Muhren beugte das Haupt. Mit einem Mal war ihm klamm ums Herz. Er hatte sich mit Leib und Seele dem Dienst in der Stadtwache verschrieben, doch der König hatte recht: Er musste verschwinden, bevor die Inquisitoren eintrafen. »Ich werde dafür sorgen, dass keinerlei Spur zu Euch führt, Herr. Bei Sonnenuntergang werde ich fort sein.«

»Lebt wohl, Hauptmann.« Phyllios legte ihm eine Hand auf die Schulter, was die emotionalste Geste war, die Muhren je von dem verschlossenen, einsamen Mann gesehen hatte.

»Lebt wohl, mein König. Möget Ihr ewig leben.«

Phyllios schüttelte langsam den Kopf. »Dem Tod entrinnt niemand, mein teurer Hauptmann. Die Frage ist, was wir im Leben erreichen und wie wir dem eigenen Ende gegenübertreten. Das sind die Dinge, die wirklich zählen.« Er seufzte tief. »Ich werde für Euch beten und für die Seele unseres Gefangenen.« Mit diesen Worten ließ er Muhren allein.

Dem eigenen Ende gegenübertreten…

Muhren sammelte sich einen Moment lang und stieg dann noch tiefer in den Kerker hinab. Der König sollte recht behalten: Muhrens Stiefel hallten durch die leeren Gänge, keine Wachen weit und breit.

Als er die Zelle betrat, drehte Belonius Vult sich nicht einmal um. Dem Hauptmann blieb genug Zeit, die Tür hinter sich zu verriegeln und den Gouverneur mit kaltem Blick zu mustern. Vult war ein Vollblut-Magus und damit ungefähr viermal so stark wie Muhren. So funktionierte die Gnosis nun mal. *Nicht nur im Vergleich zu Normalsterblichen sind wir wie aus einer anderen Spezies. Selbst unter unseresgleichen ist das so.* Manche Magi nahmen diese Begünstigung durch das Schicksal mit Demut hin und stellten ihre Fähigkeiten in den Dienst der Allgemeinheit, aber die meisten waren wie Vult. Über alle Maßen arrogant pochten sie auf ihre Rechte als Auserwählte, unantastbar und durch und durch von Eigennutz getrieben.

Vult drehte sich endlich um, und als er seinen Besucher erkannte, blitzte es in seinen Augen vor Zorn. Die Schultern hoben sich, er atmete tief ein und öffnete die Handflächen, um einen Vernichtungszauber zu wirken, aber es war vergebens. Er war ein Gefangener und mit einer Kettenrune belegt, die ihn seiner Gnosis beraubte. Normalerweise konnte nur ein stärkerer einen schwächeren Magus mit einer solchen Rune belegen, doch Vult hatte sich vor seiner Verhaftung restlos verausgabt, und Muhren hatte leichtes Spiel mit ihm gehabt. Zum ersten Mal seit langer, langer Zeit war Belonius Vult vollkommen hilflos.

Trotz seiner verzweifelten Lage hatte er sich eine gewisse Ausstrahlung bewahrt. Seine Robe mochte schmutzig sein, das Gesicht verschmiert, Haar und Bart zerzaust, und doch war seine Haltung königlicher als die des Königs von Noros. Falls er Angst hatte, zeigte er sie nicht. Alles, was Muhren erkennen konnte, waren Wut und Rachedurst. Offensichtlich wusste Vult bereits genauestens, wie seine Rache aussehen würde, wenn er erst befreit war; und daran, dass er bald befreit würde, hegte er nicht den geringsten Zweifel.

»Und, hast du die Skytale? Nicht, dass du irgendetwas damit anzufangen wüsstest«, keifte der Gouverneur. »Begreifst du nicht, dass die Inquisition bereits auf direktem Weg hierher ist, du schwertgegürteter Tölpel? Sie werden sie sich holen und dir die Augen dafür herausreißen, dass du sie auch nur angesehen hast.«

»Eure auch, Vult.«

»Langstrit ist auf den Knien gestorben«, höhnte er. »Achtzehn Jahre hat er in Schwachsinn verbracht, nur um lange genug zu Verstand zu kommen, um durch meine Hand den Tod zu finden. Ich frage mich, ob die Mühe sich für ihn gelohnt hat.«

»Um Euch die Skytale vor der Nase wegzuschnappen? Mit Sicherheit.«

Vult verzog kurz das Gesicht und beschloss etwas verspätet, seine Taktik zu ändern. »Muhren, es ist noch nicht zu spät. Ich habe alle Abhandlungen über die Skytale gelesen. Ich kann sie entschlüsseln, und wir können sie gemeinsam einsetzen. Wir sind beide Norer, Veteranen der Revolte. Zusammen könnten wir die Skytale benutzen, um Noros Pallas ebenbürtig zu machen.«

Muhren hatte mit einem solchen Angebot gerechnet, doch hätte er Vult nicht einmal vertraut, wenn sie die letzten beiden Menschen auf Urte gewesen wären. »Wir brauchen Eure Hilfe nicht.«

Vult horchte auf. »Wir? Überlegt, was Ihr sagt, Jeris! Alaron Merser ist ein nutzloser Kindskopf, *ein gescheiterter Magus.* Und in den Adern dieses rimonischen Weibsbilds fließt kaum ein Tropfen gnostisches Blut. Auf die kleine Schlampe könnt Ihr nicht zählen. Euer kleiner Geheimbund dürfte Euren Feinden nicht allzu viel Furcht einflößen, glaubt Ihr nicht? Oder gar die Mater-Imperia zum Zittern bringen. Ihr braucht mich, Muhren, falls Ihr überleben wollt. Ganz zu schweigen davon, falls Ihr vorhabt, Euch in die Aszendenz zu erheben. Eigentlich solltet Ihr mich auf Knien um Hilfe anflehen.«

Muhren musterte ihn ruhig. Vult mochte als schlau und verschlagen gelten, aber seine Selbstsucht, die Eitelkeit, der Hunger nach Ruhm und Geld machten ihn leicht durchschaubar. »Wo ist Darius Fyrell?«, fragte er. Nur deshalb war er hier. Fyrell war nach dem Kampf um die Skytale als Einziger entkommen. Und das war ein Problem.

»Fyrell? Irgendwo da draußen und plant meine Befreiung.«

»Wie viel wusste er?«

»Alles«, antwortete Vult hämisch.

Muhren überlegte. Darius Fyrell hatte lange für Vult gearbeitet, also wusste er wahrscheinlich, worauf der Gouverneur es abgesehen hatte. Vielleicht hatte er Jarius Langstrit sogar selbst verhört, als der General noch im Kerker saß. Fyrell war ein mächtiger Geisterbeschwörer und absolut skrupellos. Er mochte Vult nicht blind ergeben sein, aber er war loyal. Tesla Anborn hatte ihn schwer verbrannt, doch Geisterbeschwörer waren schwer zu töten und überlebten selbst die grässlichsten Verletzungen. Muhren zweifelte nicht daran, dass Fyrell irgendwo da draußen war und durchaus fähig, das Verlies im Alleingang zu stürmen. »Wo war Euer Treffpunkt?«

»Es gab keinen«, erwiderte Vult mit einem zufriedenen

Lächeln. »Wir waren in ständigem Gedankenkontakt. Einen Treffpunkt zu vereinbaren, war nicht nötig.« Er musterte Muhren von oben herab, betrachtete seine Verbände, den verbeulten Harnisch und das zerschlagene Gesicht. »Und inzwischen ist er wahrscheinlich wieder in besserer Verfassung, als Ihr es seid.«

»Wer wusste sonst noch davon?«

Vult wägte die Frage ab wie ein Lehnsherr die Bitte seines Vasallen. »Besko. Aber der ist jetzt tot; Langstrit hat ihm den Schädel weggebrannt. Wie viel Koll wusste, kann ich nicht sagen, und es ist mir auch egal. Die kleine Ratte war nützlich, aber seine Rolle war … sagen wir: nur *vorübergehend*.«

»Sonst niemand?«

Vult rieb sich das Kinn. »Niemand.«

»Gut.« Muhren seufzte schwer und zog seinen Dolch.

Vult wurde mit einem Schlag bewusst, dass er doch nicht unsterblich war, und sein Gesichtsausdruck veränderte sich dramatisch. Die Wangen wurden aschfahl, und die Augen schienen aus den Höhlen treten zu wollen, Schweiß glitzerte auf seiner Stirn wie Fettaugen in einem kochenden Eintopf. »Nein … Muhren, denkt nach! All die Reichtümer …!«

Er versuchte noch auszuweichen, aber Vult war kein Krieger. Seiner Gnosis beraubt, war er nicht stärker als ein gewöhnlicher Mensch. Muhren packte ihn mit der linken Hand am Kragen und presste ihn gegen die Wand. Mit der Rechten richtete er den Dolch auf Vults Herz.

»Jeris, nein! Bitte …« Vults Knie sackten weg, und auf seiner Robe bildete sich ein dunkler Fleck. Seine Blase hatte sich entleert. Mit flehendem Blick starrte er den Hauptmann an.

Muhren trieb die breite Klinge durch Stoff und Fleisch, bis sie sich in den pumpenden Muskel darunter bohrte. Vults

Gouverneursrobe verfärbte sich purpurn, seine Augen wurden glasig, dann ließ Muhren den erschlafften Körper zu Boden sinken. Fäkaliengeruch stieg ihm in die Nase, als der Schließmuskel des sterbenden Magus versagte. Ein Blutstropfen quoll ihm aus dem Mundwinkel, das linke Bein zuckte ein letztes Mal, dann blieb er reglos liegen – augenscheinlich tot.

Muhren beschwor seine Gnosis. Er sah, wie sich ein feiner Dunstschleier um Lippen und Nase des Leichnams bildete, und konzentrierte sich. Dann sprach er ein einziges Wort: »Entfliehe.«

Es war kein mächtiger Zauber, den er gewirkt hatte. Eine kaum merkliche Brise wehte durch die Zelle und zerstreute den Dunst über Vults Gesicht, bevor er sich manifestieren konnte. Der Bann funktionierte nur in dem Augenblick, in dem der Tod eintrat. Kein Geist konnte sich nun mehr der Seele des Leichnams bemächtigen. Es war nichts mehr da, das die Inquisitoren hätten heraufbeschwören können, um es zu befragen. Vult war so tot wie Stein. Nicht einmal sein Komplize Fyrell konnte ihn jetzt noch zurückholen.

Muhren zog den Dolch aus der Wunde und wischte ihn an Vults Ärmel ab. Er hatte schon viele Male getötet, ob mit dem Schwert oder der Gnosis. Er hatte in der Revolte gekämpft, und auch danach war es immer wieder zu tödlichen Auseinandersetzungen mit Gesetzesbrechern gekommen, die sich der Verhaftung widersetzten. Doch noch nie hatte er es so kaltblütig getan wie eben gerade. Er fühlte sich besudelt, als würde Vults Blut an seiner Seele kleben.

Er steckte den Dolch zurück in die Scheide und verließ die Zelle. Sein Amtszeichen legte er im Vorraum ab, damit der König es an seinen Nachfolger weitergeben konnte. Aus seinem Haus hatte er bereits alles geholt, was ihm etwas bedeutete, und es in die Satteltaschen des Pferdes gepackt, das oben im Hof wartete. Er musste noch zu einer Beerdigung, und dann erwartete ihn die Straße.

Alaron Merser beobachtete, wie die Flammen seine Mutter verschlangen.

Es war Brauch, den Leichnam eines Magus zu verbrennen, bevor er beerdigt wurde. Kein Magus wollte nach seinem Tod von einem Geisterbeschwörer oder Hexer versklavt und als Vermittler zur Geisterwelt missbraucht werden. Die Feuerbestattung half der Seele, den Körper zu verlassen und ungehindert weiterzuziehen in die nächste Welt, wo niemand sie mehr erreichen und kontrollieren konnte. Trotzdem war es ein grässlicher Anblick, den Leichnam seiner Mutter, die ihn auf ihre Weise geliebt hatte, verbrennen zu sehen. Er spürte, wie ihm Tränen in die Augen traten.

Er war ein junger Mann von durchschnittlicher Körpergröße und eher schmal gebaut, auch wenn er allmählich etwas Muskeln ansetzte. Dichtes rötliches Haar umrahmte ein Gesicht, aus dem die jugendliche Unsicherheit allmählich verschwand. Der kantige Kiefer und die markanten Wangenknochen waren gerade dabei, sich gegen den letzten Rest Babyspeck durchzusetzen. Er trug seine Reisegewänder und ein Schwert am Gürtel. Obwohl es ihm als zurückgewiesenem Magus verboten war, die Gnosis zu praktizieren, baumelte ein Bernsteinamulett an dem Lederbändchen um seinen Hals. Alaron war nicht wegen Unfähigkeit verstoßen worden, man hatte ihn betrogen, doch das würde ihn nicht länger davon abhalten, das zu werden, wozu er bestimmt war. Sollten sie doch versuchen ihn aufzuhalten, wenn sie konnten.

Links von ihm stand Pars Logan, ein Veteran der Revolte.

Er hatte sich um die Beerdigung gekümmert. Der Wind spielte mit dem bisschen grauen Haar, das ihm noch geblieben war, seine Schultern waren gebeugt, ebenso der Rücken, aber er hielt sich so aufrecht, wie er nur irgend konnte. Er hatte Tesla Anborn seit dem Ersten Kriegszug gekannt, in dem sie ihr Augenlicht und teilweise auch den Verstand verloren hatte, und Männern wie ihm ging Treue über alles.

Der junge Mann zu seiner Rechten war Ramon Sensini. Dünn und klein gewachsen stand er kerzengerade neben Alaron wie eine Säule. Das fein geschnittene, dunkle Gesicht und der stoische Ausdruck in seinen Augen ließen ihn älter erscheinen als achtzehn. Ramon war Silacier. Gnostisches Blut hatte er nur, weil seine Mutter in einer Taverne von einem Magus vergewaltigt worden war. Trotz seiner niederen Herkunft war Ramon gut gekleidet. Nach seinem Abschluss am Arkanum war er in sein Heimatdorf zurückgekehrt. Als einzigem Magus weit und breit war es ihm dort nicht schwergefallen, zu Geld zu kommen. Seinen Abschluss hatte er allerdings nur unter der Auflage bekommen, dass er am nächsten Kriegszug teilnahm, weshalb er die schwarze Robe der rondelmarischen Schlachtmagi trug. Noch heute würde er mit seiner Legion die Stadt verlassen.

Außer diesen dreien war nur ein Priester der Kore anwesend, ein Nicht-Magus, kaum älter als Alaron. Eher gelangweilt führte er die Riten durch und behielt die Trauergäste dabei genau im Auge. Zweifellos musste er gleich nach der Zeremonie jemandem Bericht erstatten. Wenn ein Magus starb, gab es immer jemanden, der genauestens über alle Umstände informiert werden wollte.

Die Armen verstreuten die Asche ihrer Verstorbenen gleich hier auf dem Feuerbestattungsplatz, aber Teslas Überreste sollten in die Familiengruft der Anborns überführt werden, die sich auf dem Grundstück ihres Landhauses befand. Da Alaron nicht bleiben konnte, hatte Pars versprochen, diese Aufgabe zu übernehmen.

Die Sonne ging gerade auf, als der Scheiterhaufen in sich zusammenbrach. Teslas Skelett zeichnete sich kurz in den Flammen ab, dann barsten die Knochen in der Hitze. Eine Glutwelle schlug Alaron ins Gesicht, trotzdem zitterte er am ganzen Körper.

Ramon legte ihm eine Hand auf die Schulter. »Amiki, mein Windschiff legt in einer Stunde ab, und ich muss an Bord sein«, sagte er mit für ihn vollkommen untypischem Ernst.

Alaron nickte. Er fühlte sich leer und dennoch bereiter denn je, jedes Hindernis zu überwinden, das das Schicksal ihm in den Weg werfen würde. Seine Mutter war tot und sein Vater Hunderte Meilen weit weg. Das Mädchen, das er liebte, hatte ihm das Herz gebrochen und dann den wertvollsten Gegenstand auf ganz Urte gestohlen. Sein bester Freund zog in den Krieg, die Inquisition war auf dem Weg hierher, und trotzdem hatte Alaron das eigenartige Gefühl, bereit zu sein.

»Ich weiß. Gib mir noch einen Moment«, flüsterte er, drehte sich zu Ramon um und schloss ihn in die Arme. »Danke.«

»Pass auf dich auf, Amiki. Und versohl Cym ordentlich den Hintern, wenn du sie erwischst«, fügte Ramon mit einem kleinen Lächeln hinzu. »Wer weiß, vielleicht gefällt's ihr ja.«

»Ich wünschte, du könntest mitkommen.«

»Ich auch, Amiki, aber wenn ich desertiere, bin ich tot, und das gleich doppelt.« Ramons Paterfamilias war ein berüchtigter silacischer Patron und Tyrann, der nicht zuletzt aus geschäftlichen Gründen darauf bestand, dass Ramon am Kriegszug teilnahm. Ihm blieb keine andere Wahl.

Sie umarmten einander ein letztes Mal und schworen, in Kontakt zu bleiben, dann eilte der Silacier davon und ließ Alaron mit glasigen Augen am Bestattungsfeuer zurück.

Die Wellen auf dem See kräuselten sich im Wind, die Glut erstarb allmählich, und die Sonne erhob sich endlich über die Berggipfel des umliegenden Tals, als Jeris Muhren zu Alaron stieß. Selbst in Reisekleidung war der Hauptmann ein beeindruckender Anblick. Sein Hengst schnaubte ungeduldig, nachdem er abgestiegen war und sich zu Alaron gesellt hatte, während Alarons viel kleineres und schmächtigeres Pferd nervös zur Seite tänzelte. Die beiden waren wie ein Spiegelbild ihrer Reiter.

Muhren verneigte sich mit feierlicher Miene vor dem Scheiterhaufen. »Sie war eine gute Frau. Eine ehrenhafte Tochter Noros'.«

»Mein Vater hat mich praktisch allein aufgezogen«, murmelte Alaron. »Mutter war … anders. Sie hatte es nicht so mit Gefühlen.« Er wischte sich über die Augen und schluckte. »Und ich auch nicht.«

»Was sie durchgemacht hat, hätte jeden gebrochen. Dass sie sich Würde und Anstand bewahrt hat, ist ihr hoch anzurechnen, und Vann ebenso. Nur wenige geben einer Frau so viel Liebe und Unterstützung, wenn sie so wenig zurückbekommen.« Muhren legte Alaron eine Hand auf die Schulter. »Sie hatten beide meinen größten Respekt. Vann war für mich wie ein Bruder, und trotz der ständigen Sorge um dich und Tesla war er ein beeindruckender Kämpfer der Revolte.« Er lächelte wehmütig. »Ich hatte gehofft, durch eine Heirat mit Teslas Schwester Elena tatsächlich so etwas wie sein Bruder zu werden, aber meine Gefühle wurden nicht erwidert.«

Alaron hätte gerne noch mehr erfahren, aber das konnte

warten. »Wir sollten los«, sagte er. »Das heißt, falls Ihr alles erledigt habt...« Sie wussten beide, was er meinte.

Muhren nickte grimmig. »Es ist getan. Im Palast wird man frühestens in einer Stunde Alarm schlagen, und bis dahin sind wir weit weg.«

Belonius Vult ist tot. Alaron ließ die Information sacken. Der Verräter von Lukhazan hatte endlich bekommen, was er verdiente, und Alaron konnte sich eine gewisse Genugtuung nicht verkneifen. *Läutet die Glocken!*

Nach einem letzten Abschied kehrte er dem Scheiterhaufen den Rücken zu, umarmte den alten Pars noch einmal und ging zu seinem Pferd. Muhrens Hengst hatte die ganze Zeit nach Alarons Pferd geschnappt, doch jetzt, da der Hauptmann danebenstand, brachte er ihn mit einem einzigen leisen Wort zur Räson. Sie schwangen sich in den Sattel, ließen den warmen Westwind in ihrem Haar spielen und ritten los.

»Wir reiten durchs Hurringtor«, erklärte Muhren und schloss die Spange an seinem Umhang.

Alaron nickte eifrig, doch seine Gedanken waren bereits weit fort, kehrten zurück zu der Frage, die ihn während der letzten drei Tage beinahe um den Verstand gebracht hätte. *Wo bist du, Cym?*

Erst als sie im lockeren Trab durch die Wälder an den golden schimmernden Weizenfeldern am Fuß der Arken entlangritten, hörten sie von weit weg, wie die Glocken den Tod des meistgehassten Sohns von Norostein verkündeten.

Zwei Tage später tauchte ein Windschiff über dem Windhafen Norosteins, dem Bekontor-Hügel, auf. Dutzende anderer Schiffe aller Größen und Formen hatten bereits an den Plattformen und Türmen festgemacht, die sich wie ein künstlicher Wald dem Himmel entgegenreckten. Am Boden wimmelte es nur so von Karren und Pferdewagen, überall liefen Arbeiter umher, die sich emsig um Fracht und Passagiere kümmerten.

Das Schiff, das sich an diesem Nachmittag im Anflug befand, war ein seltener Besucher. Der Rumpf war zu gleichen Maßen nach künstlerischen wie funktionellen Gesichtspunkten gestaltet und reich mit Schnitzereien verziert. Die Segel hatten Quasten, auf den wehenden Bannern prangte das Heilige Herz – das Wappen der Heiligen Inquisition, der finstersten Söhne der Kirche Kores.

Die Matrosen an Bord waren sorgsam darauf bedacht, ihren hochgestellten Passagieren aus dem Weg zu gehen, die sich am Bug versammelt hatten. Sie hatten die luxuriös ausgestatteten Kabinen auf den insgesamt drei Unterdecks verlassen und beobachteten, wie das altehrwürdige Norostein am Fuß der schneebedeckten, im Licht der Nachmittagssonne glitzernden Arken auftauchte.

Die zehn Inquisitoren kamen direkt aus Pallas: acht mit Langschwertern gegürtete Männer und zwei Frauen in Kettenhemden und pelzbesetzten Umhängen, Lederhandschuhen und auf Hochglanz polierten Stiefeln, auf deren Harnischen rot und golden das Heilige Herz schimmerte. Ein Kommandant und neun Akolythen, die zusammen eine sogenannte Faust bildeten.

Diesmal jedoch hatte die Faust ein zusätzliches Mitglied, das eigens als Berater für die heikle Mission berufen worden war. Er war ein Bischof der Kore, der mit seinen schwarzen Locken und den vollen Lippen etwas weibisch wirkte. Das Schiff näherte sich gerade seinem Landeplatz, als der Bischof geruhte, das Wort an einen der Akolythen zu richten. »Für

54

dich muss es sein, als kämst du nach Hause zurück, Bruder Malevorn«, überlegte er laut.

»Ja, Bischof Crozier«, erwiderte Malevorn Andevarion respektvoll. »Ich habe sieben Jahre in diesem Loch zugebracht.«

Sein Gegenüber räusperte sich leise. »Du konntest also keine Zuneigung zu diesem Ort entwickeln?«

Sein Vorname war Adamus. Als er das Bischofsamt übernahm, hatte er seinen Familiennamen zwar abgelegt, wie es bei den Kore üblich war, doch auch so wusste jeder, dass er aus dem Haus Sacrecour stammte.

»Ich stamme aus Palacia«, antwortete Malevorn stolz, »aus einer Familie von Reinbluten. In diesem Misthaufen hier sind selbst die Adligen nur Halbblute. Wäre mein Onkel nicht zu den Besatzungstruppen versetzt worden, hätte ich wie erwartet das Arkanum in Pallas besucht.« Malevorns Vater war der Patriarch der Andevarions gewesen. Nachdem seine Legionen während der Noros-Revolte von den Rebellen vernichtend geschlagen worden waren, hatte er Selbstmord begangen. Der tiefe Fall seiner Familie war noch heute eine unerträgliche Demütigung für Malevorn, die ihn jeden einzelnen Tag seines Lebens verfolgte.

Der Bischof nickte mitfühlend. »Du warst nicht als Einziger dort, wie ich hörte. Kaltus Korions Sohn war ebenfalls in Norostein, außerdem der dorobonische Thronerbe, nicht wahr?«

»Ihr seid gut informiert, Eure Exzellenz«, erwiderte Malevorn. Er spürte, dass Crozier ihn genau beobachtete, wie er es die ganze Zeit schon getan hatte, und er wusste nur zu gut, was der Bischof sah: einen hübschen Jüngling, dessen noble Gesichtszüge ihn älter aussehen ließen, als er war, mit verwegenem Blick und vollem, dunklem Haar. Malevorn wusste ebenso, welche Wirkung sein sinnliches Lächeln auf die Frauen hatte und dass auch so mancher Mann dafür empfänglich war. Den Gerüchten nach gehörte Crozier zu dieser Sorte.

Der Bischof lächelte gütig. »Selbstverständlich informiere ich mich über die talentierteren unter unseren Brüdern.«

Malevorn verneigte sich huldvoll und beobachtete aus dem Augenwinkel, wie die anderen Akolythen ihn neidisch anstarrten. Keinem von ihnen war es gelungen, solche Worte aus seiner Exzellenz herauszulocken. Er sah, wie ihre Blicke zwischen ihm und Adamus hin- und hersprangen und sie ihre Schlüsse zogen. *Der Erste von euch, der laut ausspricht, was ihr alle denkt, wird es zutiefst bereuen.*

»Bist du Gouverneur Vult schon einmal begegnet?«, fragte Adamus.

»Das bin ich, Vater. Während meiner Abschlussfeier, außerdem hin und wieder bei gesellschaftlichen Anlässen.«

»Gesellschaftliche Anlässe?«, höhnte Inquisitor Lanfyr Vordan, ihr Kommandant. »Gibt es hier etwas, das man eine Gesellschaft nennen könnte?«

»Ich fragte Akolyth Malevorn gerade nach dem Gouverneur, Inquisitor«, berichtigte Adamus sanft, woraufhin Vordan errötete und sofort verstummte.

Malevorn ließ sich seine Belustigung nicht anmerken. Sobald ihre Mission hier beendet war, würde der Bischof nach Pallas zurückkehren; mit Vordan hingegen, seinem vorgesetzten Offizier, musste er sich auch auf lange Sicht gutstellen.

»Der Gouverneur war nicht besonders beliebt beim Volk, Vater«, sagte er zu Adamus.

»Das sind Verräter selten«, erwiderte der Bischof mit dem Anflug eines Lächelns. »Auch ich bin ihm begegnet, letztes Jahr in Pallas. Er scheint eine hohe Meinung von sich selbst zu haben.«

Malevorn grinste pflichtschuldig. »So sagt man, Vater.«

Er wusste nichts Genaues über ihre Aufgabe hier, aber unter den Mitgliedern der Faust wurde viel getuschelt. In kleinen Grüppchen standen sie beieinander: Bruder Jonas und Seldon neben der dunkelhäutigen und stets missgelaunten Schwester Raine. Alle drei waren Halbblute, illegitime Kinder von Reinblütern. Sie waren ernst und verschwiegen und schienen sich tatsächlich für Theologie zu interessieren. Außerdem ging Raine mit Vordan ins Bett, wahrscheinlich aber nur, um ihrer Karriere auf die Sprünge zu helfen.

Die Älteren in der Gruppe waren über dieses Stadium bereits hinaus. Die grauhaarigen Brüder Dranid und Alain waren schon lange beim Orden und hatten sich ihrer fleischlichen Bedürfnisse mithilfe von Selbstgeißelung und Gebet längst erfolgreich entledigt. Malevorn fand sie sterbenslangweilig, beneidete sie aber doch um ihre Fähigkeiten.

Dann gab es da noch Bruder Dominic. Er war der geborene Befehlsempfänger und hatte sich sofort an Malevorn gehängt wie ein junger Hund an seinen Herrn. Er war ein brauchbarer Magus und Krieger, hatte aber keinerlei Talent zur Intrige, und das machte ihn verwundbar. Das wusste auch Dominic selbst, weshalb er sich stets einen Beschützer suchte, wenn möglich den Stärksten in der Gruppe, und das war trotz seiner Jugend Malevorn.

Schließlich wanderte Malevorns Blick zu Bruder Filius und Schwester Virgina, den Fanatikern. In jeder Faust schien es diese Sorte zu geben: Magi, die voll und ganz an die Sache glaubten sowie an ihr Recht, in Kores Namen zu verstümmeln und zu plündern. Filius war ein geistloser junger Mann, dem bereits das Kopfhaar ausfiel. Er hatte die Augen einer Schlange, und Malevorn konnte ihn nicht ausstehen. Bei Virgina lag die Sache etwas anders. Als sie der Inquisition beigetreten war, hatte sie diesen Vornamen als Zeichen ihrer festen Absicht angenommen, im Dienste Kores keusch zu bleiben. Magiblut war selten und derlei Schwüre rar. Wie Filius, Dranid und Malevorn war sie ein Reinblut, sie konnte mit dem Schwert umgehen und setzte ihre Gnosis mit gnadenloser Effizienz ein. Goldenes Haar umrahmte ihr Engelsgesicht wie ein Heiligenschein, doch ihre fanatische Hingabe beraubte sie jedweder Weiblichkeit. Ein dunkler Trieb weckte in Malevorn dennoch den Wunsch, ihren Keuschheitsschwur zu brechen. Nicht, weil er sie wirklich wollte, sondern weil er jeden verabscheute, der in irgendeiner Weise »reiner« war als er.

Kommandant Vordan bedeutete Malevorn mit einer unmissverständlichen Geste, dass er nun mit dem Bischof allein sein wollte. »Wir müssen über unseren Auftrag sprechen, Vater«, sagte er zu Adamus, der sich mit einem beinahe entschuldigenden Nicken von Vordan wegführen ließ.

Dominic kam sofort zu Malevorn gelaufen. »Was hat er gesagt, Mal? Hat er dir verraten, warum wir hier sind?« Dominic stammte vom Land, irgendwo in der Nähe der Grenze zu Hollenia, was man ihm nicht nur deutlich anhörte, es zeigte sich auch an seinem schaukelnden Gang, ganz zu schweigen von seiner schlichten Weltsicht. Anfangs hätte Malevorn ihn am liebsten geohrfeigt, doch irgendwann hatte er sich mit seiner Tumbheit abgefunden. Es war gut, jemanden an seiner Seite zu wissen, der ihm den Rücken stärkte, denn es gab genügend andere, die ihm bei der erstbesten Gelegenheit ein Messer hineingerammt hätten. Eine Faust der Inquisition war als eingeschworene Bruderschaft gedacht, doch Malevorn hatte schnell herausgefunden, dass es dort ebenso brutal zuging wie in einer Diebes- und Mörderbande.

»Wir haben über den Gouverneur gesprochen.«

»Belonius Vult!«, rief Dominic, und die ganze Faust spitzte die Ohren. Sie wussten alle, dass sie jemanden verhören sollten, dass eigens sie und niemand anderes für diese Aufgabe ausgewählt worden waren, doch über alles Weitere konnten sie lediglich mutmaßen.

»Vult ist nur ein Halbblut«, kommentierte Filius abfällig. »Ich kann mir beim besten Willen nicht erklären, wie er je zu diesem Posten gekommen ist.« Filius beurteilte Menschen ausschließlich nach ihrem Blutrang und ihrer Hingabe an Kore. Doch, Kore sei Dank, wusste Malevorn, dass es noch so viel, viel mehr gab, was einen mächtigen Magus ausmachte.

Das Windschiff senkte sich auf den Landeplatz herab wie ein übergroßer Raubvogel. Die Seile wurden ausgeworfen und festgemacht. Als sie sich spannten, lief ein letztes Zittern durch den Rumpf, dann kamen sie ruckend zum Halt. Alle holten ihr Gepäck und machten sich bereit, von Bord zu gehen, da blickte Bruder Jonas, der Malevorn am meisten von allen verachtete, demonstrativ zwischen ihm und Adamus hin und her und machte eine obszöne Geste.

Malevorn erwiderte seinen Blick ungerührt.

Ich hoffe, Sperma schmeckt dir, hörte er Jonas' Gedanken.

Warum, dir vielleicht?

Jonas ließ den Kehlkopf auf und ab hüpfen, als würge er an etwas, und Raine fiel in sein stummes Gelächter mit ein, doch das kümmerte Malevorn nicht. Die beiden würden ihre Witzeleien noch früh genug bereuen. Spätestens beim nächsten Übungskampf.

Noch auf der Landeplattform begrüßte sie ein wichtigtuerischer klein gewachsener Kerl, der sich als Clement vorstellte und Vordan und Adamus sofort beiseitenahm. Malevorn ließ inzwischen den Blick über die Stadt schweifen, die in der kühlen Nachmittagssonne unter ihnen ausgebreitet lag. Wenn der Wind von den Bergen her wehte, war es hier oben selbst im Sommer kalt.

Norostein … Namen und Gesichter tauchten vor seinem inneren Auge auf, hauptsächlich die der Jungs vom Zauberturm: Francis Dorobon und Seth Korion. Gron Koll. Boron Funt. Alaron Merser, der Trottel, und sein armseliger Freund Ramon Sensini. Und die Lehrer: Fyrell, Yune und der ganze Rest. Vorsteher Gavius. Dann wanderten seine Gedanken weiter, zuerst zu den Tavernenmädchen, mit denen er sich vergnügt hatte, dann zu denen vom Arkanum. Er dachte an die beiden Soldaten der Stadtwache, die er bei einer Kneipenrauferei beinahe getötet hatte. Es hatte durchaus auch spaßige Momente gegeben, aber die meiste Zeit war geprägt gewesen von Stumpfsinn, Regen und Langeweile. Er hatte gehofft, diese Stadt nie wiederzusehen.

Auf einer an Flaschenzügen befestigten Plattform wurden sie schließlich zu Boden gelassen, und Bruder Alain, der das Fliegen nicht gut vertrug, küsste dankbar die Erde, als sie unten ankamen. Alle anderen hielten den Blick weiterhin fest auf den grimmig dreinschauenden Vordan gerichtet. Nicht etwa aus Zuneigung oder Verehrung für ihren Kommandanten, sondern eher aus einer nicht ganz unbegründeten Furcht heraus: Lanfyr Vordan stand in dem Ruf, Akolythen, die ihn während einer Mission enttäuschten, noch am Einsatzort zu exekutieren.

»Sammeln«, brummte Vordan und deutete missmutig auf Adamus. »Der Bischof hat euch etwas zu sagen.« Dass ein Kleriker den Oberbefehl über den Einsatz bekommen hatte, passte ihm offensichtlich ganz und gar nicht.

Crozier nickte ihm kurz zu und ergriff das Wort. »Die Situation ist folgende: Letzten Monat, als Gouverneur Vult sich bei Verhandlungen in Hebusal befand, spürte er einen Angriff auf die Schutzzauber seiner Amtsräume hier in Norostein und kehrte unverzüglich zurück, um die Täter zu stellen.«

Malevorn zog eine Augenbraue hoch und fragte sich, wie ein Gouverneur die Sicherheit seiner Amtsräume über seine Pflichten als Unterhändler des Kaisers stellen konnte.

»Er heftete sich an ihre Fersen«, sprach Adamus weiter, »und wie Meister Clement mir soeben sagte, weihte der Gouverneur nur drei weitere Personen in den Zwischenfall ein. Die Stadtwache war nicht an der Verfolgung der Täter beteiligt.«

Die Akolythen blinzelten einander an und stellten sich alle dieselbe Frage: Was konnte gestohlen worden sein, dass der Gouverneur nicht seine volle Amtsgewalt nutzte, um es wiederzubekommen?

Offensichtlich etwas, das er offiziell gar nicht besitzen durfte. Ein kurzer Blick in Filius' Richtung verriet Malevorn, dass er und Raine zu demselben Schluss gekommen waren. In den Gesichtern der anderen sah er nur Unverständnis, doch das war kein Wunder. Um Intrigen spinnen und verstehen zu können, bedurfte es einer gewissen Verschlagenheit.

»Im weiteren Verlauf der Ereignisse«, fuhr Adamus fort, »kam es gegen Mitternacht zu einem Kampf im Marktviertel und daraufhin zu zwei getrennten Verfolgungsjagden. Die eine führte Richtung Süden in die Berge, die andere nach Norden zum Tucerle-See. Am Seeufer kam es zu einem weiteren Kampf, an dem auch die Stadtwache beteiligt war, doch die einzigen Spuren, die gefunden wurden, waren die Kadaver von mehreren Animagusgeschöpfen sowie die Leiche eines jungen

Verwaltungsgehilfen.« Adamus' Blick wanderte zu Malevorn. »Sein Name war Gron Koll.«

Malevorn blinzelte. *Gron Koll? Tot?* Ein von Akne gezeichnetes Gesicht erschien vor seinem geistigen Auge. Gron war eine jämmerliche Kröte, aber sein Sadismus war ganz unterhaltsam gewesen. Dass jemand ihn ermordet haben sollte, war also nicht unbedingt überraschend. *Bin ich deshalb hier? Weil ich Koll kannte?*

»Der Gouverneur nahm unterdessen an der anderen Verfolgung teil. Clement erfuhr erst am nächsten Morgen davon, als der Hauptmann der Stadtwache mit einem Trupp Soldaten Richtung Süden zog und mit dem Gouverneur als Gefangenem zurückkehrte, außerdem mit zwei weiteren Leichen: einem Ratsmitglied namens Eli Besko und einem Luft-Magus namens Olyd Krussyn. Der oder die Verfolgten konnten entkommen.«

Malevorn dachte nach. Besko… fettleibig, ehrgeizig und kriecherisch und Vult zutiefst ergeben. Von Krussyn hatte er noch nie gehört.

»Womit wir beim wichtigsten Punkt angekommen wären: Ich wurde vor drei Tagen mit dieser Mission betraut, als die Nachricht von den Ereignissen Pallas erreichte. Zu diesem Zeitpunkt befand sich der Gouverneur in Gefangenschaft und erwartete unsere Ankunft sowie das darauffolgende Verhör. Vor zwei Tagen allerdings, noch während wir auf dem Weg hierher waren, ist jemand in seine Zelle eingedrungen und hat ihn getötet.«

Großer Kore! Vult ist tot?

Die Akolythen horchten auf. Virgina und Filius machten das Zeichen Kores über den Heilig-Herz-Wappen auf ihrer Brust.

»Der Letzte, von dem man annimmt, dass er Belonius Vult lebend gesehen hat, war der Hauptmann der Stadtwache Jeris

Muhren, der seither verschwunden ist.« Adamus warf Vordan einen kurzen Blick zu. »Er ist unser Hauptverdächtiger.«

Malevorn erinnerte sich an Muhren, an den hochmütigen Scheißkerl, mit dem er während seiner Sauftouren ein paar Mal aneinandergeraten war. Ein Veteran der Revolte, der Vult wahrscheinlich seit Lukhazan abgrundtief gehasst hatte.

»Es sind noch weitere Personen verschollen«, fuhr Adamus fort, und diesmal sah er Malevorn direkt an. »Darius Fyrell. Du kennst ihn, Bruder Malevorn, nicht wahr?«

Fyrell auch? Unglaublich! Laut sagte er: »Das tue ich, verehrter Crozier. Er war Lehrer am Arkanum.«

»Des Weiteren ein junger Mann, den Vult unter Beobachtung hatte. Clement kennt den Namen, aber nicht den Grund: Alaron Merser.«

Alaron Merser. Um ein Haar hätte Malevorn laut nach Luft geschnappt. Der griesgrämige, naive, aufmüpfige Alaron Merser, dumm wie Bohnenstroh, den er sieben Jahre lang nach allen Regeln der Kunst gepiesackt hatte. Ein Viertelblut, das sich einfach nicht mit seiner niederen Herkunft hatte abfinden wollen. Das letzte Mal, als er ihn gesehen hatte, war er während der Amulettverleihung schreiend aus dem Festsaal geschleift worden, nachdem die Magusgemeinde ihn verstoßen hatte. Merser hatte dieses Schicksal so dermaßen verdient, dass Malevorn noch Tage danach vor Freude gestrahlt hatte.

»Merser ist ein Vollidiot, Bischof. Eine solche Intrige übersteigt seine Fähigkeiten bei Weitem.« *Er kann sich ja kaum selbst die Schuhe zubinden.* »Sein Verschwinden kann nichts mit dem Fall zu tun haben.«

»Behaltet alle Eventualitäten im Blick«, ermahnte Vordan ihn. »Wir können uns in dieser Angelegenheit keine vorschnellen Urteile leisten.« Malevorn zog den Kopf ein, und Vordan blickte scharf in die Runde. »Wir werden damit beginnen, alle zu befragen, die mit den Vorgängen zu tun hatten. Unser Ausgangspunkt ist der Gouverneurspalast. Danach sehen wir weiter.« Er wandte sich an Adamus. »Mit Eurer Erlaubnis, selbstverständlich.«

»So sei es.« Der Bischof leckte sich über die Lippen und hob einen Finger. »Etwas Großes ist hier im Gange. Ein Mann wie Jeris Muhren, der beinahe ein Jahrzehnt lang Hauptmann der Stadtwache war, begeht keinen Mord. Nicht aus so niederen Beweggründen wie Rache.«

Man hatte Pferde für sie bereitgestellt. Malevorn schubste Seldon von einem prächtigen braunen Hengst weg, beruhigte das Tier mit seiner Gnosis und schwang sich in den Sattel. Vordan ritt im Trab voran, und der Rest der Faust reihte sich ein, jeder danach bestrebt, einen Platz möglichst weit vorne zu ergattern.

Der Gouverneurspalast stand auf dem Hauptplatz mitten im Herzen der Oberstadt. Früher war er der Amtssitz des Königs gewesen, der mittlerweile mit einem wesentlich kleineren Gebäude zwei Straßen weiter vorlieb nehmen musste. Die Faust preschte auf den Platz, und die verängstigten Bürger stoben auseinander, während Clement auf die Eingangstreppe zuhielt, wo die Verwaltungsbeamten die Inquisitoren bereits mit angespannten Gesichtern erwarteten. Ihre Rechte überstiegen selbst die des Adels bei Weitem. Inquisitoren konnten verhören, wen sie wollten, und Ketzerei standrechtlich bestrafen, wo immer sie sie fanden. Was Ketzerei war und was nicht, legten sie nach eigenem Gutdünken fest.

Malevorn hatte letzten November seinen Abschluss am Arkanum Zauberturm gemacht – als Trancemagus mit goldenem Stern. Damit hatte ihm jede erdenkliche Laufbahn offengestanden, und man hatte ihn entsprechend hofiert: Alle, von der Garde in Pallas bis zu den Kirkegar, von den Legionen bis zu den Söldnerheeren hatten ihn haben wollen. Eine Reinbluterin mittleren Alters und von makelloser Abstammung hatte versucht, alle Mitbewerber auszustechen, indem sie ihm ein Leben in Luxus und Ausschweifung bot unter der einzigen Bedingung, dass er sie heiratete und schwängerte. Doch sie konnte Malevorn nicht geben, was er am allermeisten wollte: die Ehre seiner Familie wiederherstellen und sie in die obersten Kreise der Gesellschaft zurückführen.

Beim Militär wäre Malevorn zweifellos bis in die höchsten Ränge aufgestiegen, aber das hätte Jahrzehnte gedauert. Es gab nur eine Institution, in der er sich so schnell an die Spitze vorarbeiten konnte, wie sein Ehrgeiz es verlangte: die Inquisition. Nur die Besten der Besten wurden dort genommen, die begabtesten Magi, die fähigsten Kämpfer – und die geschicktesten Intriganten. Die Inquisition brauchte Menschen, deren Verstand scharf und erbarmungslos genug war, um jegliches Ketzertum schon im Ansatz zu erkennen und sofort im Keim zu ersticken, bevor sich die gefährliche Irrlehre weiterverbreitete. In der Rechtsprechung hatten die Inquisitoren das letzte Wort, nicht der Kaiser. Malevorn würde zwar für ein paar Jahre leben müssen wie ein Eremit, doch falls er seine Sache gut machte, würde er danach mit Fürsten und Königen an einer Tafel speisen.

Und wenn ich meine Sache nicht gut mache, bekomme ich ein Messer in den Rücken. Von einem meiner sogenannten Brüder. Malevorn warf der kühlen Virgina, die neben ihm die Treppe hinaufging, einen kurzen Blick zu. *Oder einer meiner Schwestern.*

Wie die Fliegen stürzten sich die Beamten auf Vordan und Adamus, als sie das Foyer betraten. Vordan befahl Alain und Dranid, den beiden ältesten Mitgliedern der Faust, ihm und Adamus hinunter zu den Zellen zu folgen, wo die Leiche des Gouverneurs immer noch so lag, wie man sie gefunden hatte. Malevorn hätte sie gerne gesehen, aber Vordan hatte eine andere Aufgabe für ihn: »Du kennst die Menschen hier, Bruder Malevorn? Sprich mit ihnen.«

So stand er also da, allein mit Dominic und einer kleinen Gruppe niederer Funktionäre. *Fußvolk. Weshalb sollte ich die kennen?*

Alle brauchbaren Magi waren entweder auf dem Weg nach Pontus oder längst dort. Malevorn blickte sich gelangweilt um, da entdeckte er Gina Beler.

Sieh mal einer an ...

Er legte Dominic eine Hand auf die Schulter. »Du bleibst hier«, flüsterte er seinem Freund ins Ohr. »Befrag sie nach den Umständen von Kolls Tod. Und nach Fyrell.«

»Aber ...« Dominic folgte Malevorns Blick zu dem blonden Mädchen in der Ecke, das ihn wie hypnotisiert anstarrte. »Ach so«, murmelte er enttäuscht.

Armer Dom: Du hättest mich so gerne rein, aber das bin ich nicht.

»Fräulein Beler ...« Mit einem strahlenden Lächeln schritt Malevorn durch den Mief der Umstehenden auf Gina zu, und ihre Wangen schwollen sofort vor banger Erwartung. Vor drei Jahren, nachdem er herausgefunden hatte, dass sie mit Alaron Merser verlobt war, hatte er sie einmal gevögelt. Aber nur, um Merser eins auszuwischen. Attraktiv fand er Beler nicht: Sie war blass, etwas mollig und eher von der steifen Sorte. Doch sie war auf ihn hereingefallen, hatte tatsächlich gedacht, er liebte sie. Als er in sie eindrang, hatte sie geweint – und geblutet, wie es sich für eine Jungfrau gehörte. Wahrscheinlich träumte sie immer noch von ihm.

»Malevorn?« Gina schlug sich die Hand vor den Mund, als sie das Wappen der Inquisition sah. »Du bist hier!«, fügte sie geistlos hinzu.

»Das bin ich. Und entzückt, ein bekanntes Gesicht zu sehen.« Er beugte sich über ihre Hand, da fiel ihm der Verlobungsring am Finger auf. Verlobt, aber noch nicht verheiratet, und Merser war verschwunden. Vielleicht würde der Aufenthalt doch noch unterhaltsamer, als er gedacht hatte. »Können wir irgendwo reden?«, fragte Malevorn, ohne ihre Hand loszulassen.

»Aber …« Beler blickte sich verlegen um. Alle Augen schienen auf sie gerichtet.

»Ich kann dich doch nicht hier vor allen verhören.«

Ihr Kiefer klappte nach unten. »Aber … wieso verhören?«, fragte sie mit einem Schlucken.

»Du bist mit einem Flüchtigen verlobt«, erwiderte Malevorn.

Beler blinzelte ihn an wie eine Kuh.

»Dein Verlobter, er ist spurlos verschollen …«

»Seit wann?«

Die ist ja noch dümmer, als ich in Erinnerung hatte. »Wie mir gesagt wurde, ist Alaron Merser in diesen Fall verwickelt und auf der Flucht.« Malevorn nahm ihren Arm und führte sie auf das nächstbeste Zimmer zu. »Wo ist er hin?«

»Aber …«, stammelte sie und schaute ihn mit großen Augen an. »Er ist nicht mehr mein Verlobter. Vater hat die Verlobung gelöst, nachdem … du weißt schon.«

Malevorn spürte ein Lächeln auf seinen Lippen. Natürlich

hatte Belers Vater die Verlobung gelöst, nachdem Merser von der Magi-Gemeinde verstoßen worden war. *Das wird ihm den Rest gegeben haben. Ausgezeichnet.* Er riss die Tür auf, und irgendein Vorzimmersekretär schaute erschrocken auf. Malevorns Blick fiel auf eine weitere Tür, reich verziert, die offensichtlich zum Büro eines hochrangigen Beamten führte. Er schob Gina Beler darauf zu. »Du«, sagte er zu dem Sekretär, »raus!«

Noch bevor Beler etwas erwidern konnte, waren sie schon in dem leeren Büro, dessen Tür Malevorn mit einer Geste verriegelte. »Da hast du ja noch mal Glück gehabt«, ließ er Gina wissen. »Merser steckt tief in der Klemme.«

»Ich weiß«, sagte sie ängstlich.

Malevorn streichelte ihre Schulter, und das dumme Stück entspannte sich tatsächlich, glaubte, alles sei gut.

»Jemand ist in die Amtsräume des Gouverneurs eingebrochen. Ich habe Alaron am Tag davor gesehen, aber ich bin sicher, dass er es nicht gewesen sein kann«, erklärte sie.

Merser war am Tag vor dem Einbruch hier? Großer Kore, hat er am Ende doch etwas damit zu tun? »Erzähl mir mehr darüber«, sagte er und legte ihr tröstend eine Hand auf den Arm, während er gleichzeitig ihre gnostischen Schutzmechanismen mit Mesmerismus unterwanderte und ihren Widerstand gegen das brach, was gleich kommen würde.

Gina schaute zu ihm auf. »Dein Freund Gron Koll war auch hier. Er hatte eine Stellung als Gehilfe des Gouverneurs.« Ihr Gesicht wirkte fahl. »Das Seltsame ist nur, alle im Palast haben ihn für mich gehalten. Dabei war ich in der Nacht nicht mal hier«, fügte sie entrüstet hinzu.

Jemand hat sich in deiner Gestalt hier eingeschlichen, um sich Koll vorzunehmen. Raffiniert. Malevorn lächelte sie an und streichelte ihren Arm. Für seinen Geschmack hatte sie ein bisschen viel Fleisch auf den Knochen, aber ihren Busen fand er durchaus einladend. Er schaute ihr in die Augen und suchte nach einem Hinweis darauf, dass sie sich erinnerte. *Weißt du noch, Gina? Ich habe dir heimlich Briefe geschrieben, dir Gedichte geschickt, dann bin ich in dein Zimmer geschlichen und habe dir deine Jungfräulichkeit genommen. Erinnerst du dich, wie ich in deine fleischigen Arme gesunken bin?*

Sie erinnerte sich.

Ganz langsam schob er Beler auf den Schreibtisch hinter ihr zu und redete die ganze Zeit über auf sie ein, um sie abzulenken. »Das sind wertvolle Informationen«, säuselte er. »Der Inquisitor wird hocherfreut sein. Du musst mir alles erzählen, was du weißt. Bestimmt gibt es eine Belohnung für deine Hilfe.« *Und ob es die geben wird.*

Ihr Atem ging nun flach und stoßweise. Ihre Pupillen waren so groß wie Untertassen, als er ihr über die Wangen strich. »Es ist eine Schande, wie uns die Umstände auseinandergerissen haben«, unterbrach er Belers Wortschwall über ihren Verlobten. Sie gehörte zu jener Sorte Magifrauen, deren Fähigkeiten und Charakter nicht für höhere Aufgaben taugten, nicht einmal für mittlere. Fortpflanzung war das Einzige, wozu sie zu gebrauchen war. Als er sie sanft umdrehte, damit er ihr Gesicht nicht sehen musste, begriff sie endlich, was er vorhatte – und ergab sich widerstandslos in ihr Schicksal. *Jämmerlich...* Aber sein Penis wurde trotzdem steif.

Gina drehte den Kopf halb herum. »Ich dachte, es hätte dir nicht gefallen«, sagte sie mit zitternder Stimme. »Nach der Nacht hast du kein einziges Mal mehr geschrieben...«

Malevorn spürte, wie ihr ganzer Körper im Rhythmus ihres Herzschlags pulsierte. »Der Vorsteher hat es spitzbekommen«, log er, beugte sich nach vorn und küsste ihren Nacken. Beler schmeckte nach Angst, und dennoch wehrte sie sich nicht. Sie hatte sich bereits ergeben. Als er den Rücken ihres Kleids aufknöpfte, seufzte sie leise. Malevorn streifte ihr das Oberteil über die Schultern und umfasste ihre üppigen Brüste und massierte sie. Als er Beler in die festen Brustwarzen zwickte, gab sie ein Geräusch von sich, das irgendwo zwischen Genuss, Schmerz und Bedürftigkeit lag. Malevorn roch, wie sie feucht wurde. Er hob ihr Unterkleid an und legte ihre Pobacken frei. Sie versuchte, sich umzudrehen, aber er hielt sie fest. Während er mit der Linken mit ihren Brüsten spielte, fuhr er mit der Rechten über ihren Rücken bis hinunter zur Pofalte, kitzelte ihren Anus und ließ einen Finger in ihre Scheide gleiten. Beler stieß ein unterwürfiges Stöhnen aus und versuchte ein weiteres Mal vergeblich, sich umzudrehen. *Dein Gesicht ist das Hässlichste an dir*, dachte Malevorn und bearbeitete sie weiter mit den Fingern, immer fester, während er seine Gürtelschnalle öffnete. Hose und Schwert fielen klappernd zu Boden, dann drückte er sie mit dem Gesicht flach auf den Tisch.

»Mal, ich möchte nicht, dass du so…«

Von der Tür kam ein Klopfen. »Malevorn?«, rief Dominic.

»Zwei Minuten«, erwiderte er und presste die Spitze seines erigierten Penis gegen ihren Anus.

Beler drehte den Kopf herum, so weit sie konnte, und blickte ihn flehend an, was Malevorn nur noch mehr erregte. Dann drang er in sie ein, während sie leise wimmerte und am ganzen Körper stocksteif wurde. Er packte ihr Becken und bewegte die Hüfte wie ein Rammbock vor und zurück. Haut klatschte auf Haut, Beler wand sich vor Schmerzen. Malevorn spürte das Tier in sich, hielt es nicht länger zurück und grunzte immer hemmungsloser, je tiefer er vordrang, bellte beinahe, als er kam und sich sein Samen wie ein Lavastrom in sie ergoss. Beler schrie, aufgespießt auf seinem Geschlechtsteil, und er hielt sie fest, am ganzen Körper vor Verzückung bebend, und dehnte den Moment der Glückseligkeit aus, solange es irgend ging.

Bis das Klopfen ihn ein zweites Mal aus der Ekstase riss.

»Verzieh dich, Dom!«, schrie er.

»Vordan ist zurück. Er sucht nach dir.«

Malevorn hörte, wie ein Knurren aus seiner Kehle brach, dann kehrte sein Verstand zurück. Er richtete sich auf und zog zitternd seinen Penis heraus. Belers Knie gaben nach, und sie sank zu Boden. »War schön, dich wiederzusehen, Gina«, frotzelte er. *Willenloses Miststück. Du hast bekommen, was du verdienst.*

Er zog sich eilig an und ließ Beler liegen, wie sie war. Auf der Seite zusammengerollt lag sie schluchzend da, das Gesicht in den Armen vergraben.

Als er die Tür öffnete, warf Dominic einen kurzen Blick nach drinnen, dann schaute er ihn bestürzt an. »Ist alles in Ordnung bei ihr?«

»Klar. Sie muss sich nur ein bisschen erholen von ihrem großen Augenblick.« Malevorn zwinkerte ihm zu und schloss die Tür hinter sich. »Lassen wir unseren geschätzten Kommandanten nicht länger warten.«

Die Befragung der Palastangestellten verlief praktisch ergebnislos. Ein Diener hatte Muhren zwar kommen und wieder gehen sehen, doch als Vordan in dessen Geist eindrang und seine Erinnerungen auseinandernahm, bis vom Verstand des Mannes nur noch ein Trümmerhaufen übrig war, kam nichts Nen-

nenswertes dabei heraus. Die einzige Erkenntnis lautete, dass Jeris Muhren wohl der Mörder sein musste.

Malevorn berichtete das Wenige, was er erfahren hatte, dem Bischof persönlich. Auf keinen Fall wollte er, dass Vordan die Anerkennung für seine Entdeckungen einheimste. Adamus war hocherfreut und schmetterte Clements halbherzig vorgetragene Beschwerde über einen »angeblichen Zwischenfall mit einer gewissen Gina Beler« kaltschnäuzig ab.

Siehst du, Gina? Ich bin jetzt unantastbar.

Der Durchbruch kam erst am nächsten Tag. Malevorn und Dominic gingen in die Unterstadt, zum Seeufer, wo eine Woche zuvor der Kampf stattgefunden hatte. Und dort fanden sie weit mehr, als sie erwartet hatten.

Auf einem abgesperrten Stück Rasen lagen die verbrannten und verstümmelten Überreste von fünf Animagusgeschöpfen, grässlich anzusehende, wolfsähnliche Kreaturen, beinahe so groß wie ein Pferd und mit einem Skorpionstachel am Schwanz. Malevorn erkannte sie sofort wieder: Darius Fyrell hatte damals vor ihnen damit angegeben. *Wo bist du, Fyrell?*

Vielleicht hatte Malevorn den Gedanken unabsichtlich nach außen projiziert, vielleicht war es auch nur Zufall, aber es geschah etwas vollkommen Unerwartetes: In etwa fünfzig Schritt Entfernung erhob sich eine Gestalt aus dem Wasser. Die umstehenden Bürger schnappten laut nach Luft, jemand schrie aus vollem Hals. Malevorn spürte einen Anflug von Panik, dann krächzte eine Stimme in seinem Kopf: *Andevarion? Hilf mir!*

Es war Darius Fyrell – oder zumindest das, was von ihm übrig war. Er kam direkt aufs Ufer zu, und die Menge, die zusammengelaufen war, wich entsetzt zurück. Der Magister sah aus wie eine lebende Leiche. Das Kopfhaar und die Hälfte des

Gesichts fehlten. Sie waren verbrannt. Von seinen Kleidern war nur noch ein versengter Fetzen um die Hüfte übrig. Der rechte Arm endete oberhalb des Ellbogens in einem Stumpf, der Bizeps war herausgerissen oder ebenfalls verbrannt. Stattdessen lugte der nackte Knochen hervor, und das linke Bein war so übel verdreht, dass Fyrell sich kaum vorwärtsbewegen konnte.

Malevorn rannte zu ihm. »Magister!«

Die Skytale!, schrie Fyrell stumm. *Tesla Anborn hat die Skytale!* Dann brach er zusammen.

Doch Malevorn bekam es kaum mit, denn seine Gedanken arbeiteten bereits fieberhaft. *Er kann doch nicht etwa die Skytale des Corineus meinen?*

Adamus Crozier und Inquisitor Vordan schlossen sich eine ganze Nacht lang mit Fyrells Überresten ein, während die Akolythen draußen warteten und zu schlafen versuchten. Dominic, froh und glücklich, Malevorn als seinen Beschützer um sich zu haben, gehörte zu den wenigen, denen es gelang. Er hatte Fyrells Gedanken nicht gehört. Malevorn hingegen tat kein Auge zu.

Tesla Anborn hat die Skytale des Corineus …

Er malte sich jedes nur erdenkliche Szenario aus, konnte sich beim besten Willen aber nicht vorstellen, wie Alaron Mersers blindes Wrack von einer Mutter den größten Schatz der Magusgemeinde in die Finger bekommen haben sollte. Das war schlichtweg unmöglich.

Als Bischof und Inquisitor endlich wieder herauskamen, waren ihre Augen müde und voller Unglauben. Sie schickten alle Palastangestellten weg und riefen die Faust zusammen.

»Hört mich an«, krächzte Vordan heiser, nur um dann mit

einem Kopfschütteln zu verstummen. Das allein verriet Malevorn, dass er Fyrells letzte Worte richtig interpretiert hatte.

»Jeris Muhren. Tesla Anborn. Alaron Merser. Cymbellea di
Regia«, übernahm der Bischof mit matter Stimme. »Es könnten noch mehr beteiligt gewesen sein, aber die Namen kennen
wir noch nicht.« Er blickte in die Runde seiner Akolythen. »Sie
müssen gefunden werden.«

Ramon Sensini, Vann Merser, fügte Malevorn in Gedanken
hinzu und fragte sich, ob Fyrell dem Bischof gesagt hatte, dass
auch er Bescheid wusste. Zögernd hob Malevorn die Hand,
»Vater, wird Magister Fyrell ...?«

»Bedauerlicherweise ist er unter der Befragung verstorben«, antwortete Vordan. »Mehrmals.«

Jonas lachte kurz auf und verschluckte sich dann beinahe,
als der Inquisitor ihm einen missbilligenden Blick zuwarf.

Sie brauchten einen weiteren Tag, um herauszufinden,
dass Tesla Anborn vor vier Tagen verbrannt worden war, nicht
weit von der Stelle, wo sie Fyrell gefunden hatten. Die Faust
durchsuchte das Haus der Mersers, aber Vannaton, Alarons
Vater, hatte die Stadt offenbar schon vor Monaten verlassen,
und sein Sohn war seit der Nacht vor dem Zwischenfall nicht
mehr gesehen worden. Also schickten sie einen Stadtschreier
los, der jedem, der sachdienliche Hinweise geben konnte, eine
saftige Belohnung versprach. Ein Bettler behauptete, beobachtet zu haben, wie zwei Reiter die Stadt durch das Hurringtor Richtung Osten verließen. Fünf Tage war das angeblich
her. Also grub Adamus tiefer in den Gedanken des Mannes,
bis er eine Erinnerung fand, die jeden Zweifel ausräumte: Bei
den Reitern hatte es sich um Jeris Muhren und Alaron Merser
gehandelt. Der Bettler überlebte die Prozedur, sein Verstand
hingegen nicht, und so sparten sie sich sogar die Belohnung.

Als sie Norostein am nächsten Tag verließen, nahm Adamus Malevorn beiseite. »Bruder Malevorn, du kanntest die beiden. Wie ist es um deine Affinität zu Hellseherei bestellt?«

Malevorn senkte den Kopf. »Ich habe keine, Herr.«

Adamus sah enttäuscht aus, schien es aber gelassen hinzunehmen. »Bruder Dranid ist Jeris Muhren ebenfalls einmal begegnet. Er kann die Aufgabe übernehmen. Allerdings dürfen die Flüchtigen unter keinen Umständen auf die Verfolgung aufmerksam werden, also werden wir es zuerst auf anderem Wege versuchen.« Er lächelte genüsslich. »Außerhalb der Stadtmauern warten bereits die Venatoren.«

Malevorns Stimmung hellte sich sofort wieder auf. Noch am selben Tag, als er sich der Inquisition angeschlossen hatte, war ihm sein eigenes Gnosisgeschöpf zugeteilt worden: ein von den Animagi geschaffener Venator, ein Reptil mit breiten federlosen Schwingen, groß und stark genug für einen Reiter mit Sattel und gleichzeitig intelligent genug, um Kommandos zu verstehen. Pallas hatte sie eigens für die Kirche und die Legionen gezüchtet. Auf ihnen zu reiten, war ein unfassbares Vergnügen. Malevorn ließ alle Zurückhaltung und Vorsicht fahren. »Ich kann es kaum erwarten«, sagte er begeistert, was Crozier sichtlich erfreute.

Als die Faust am Nachmittag auf ihren geflügelten Reittieren aus den Wäldern nördlich Norosteins brach, brüllte Malevorn vor Entzücken.

Die Jagd hatte begonnen, und die Skytale des Corineus war die Beute!

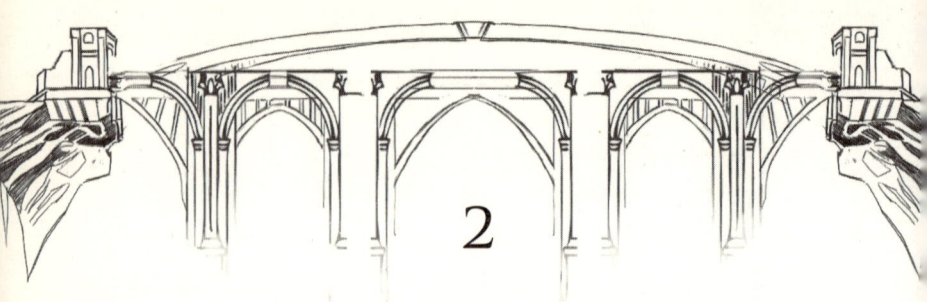

2

IDENTITÄT UND BESITZ

SKARABÄEN

Ich habe eine Technik entwickelt, mit deren Hilfe man den Intellekt eines Magus vom ursprünglichen Körper in einen anderen Wirt verpflanzen kann. Sie ist nicht angenehm, aber sie kann die Seele retten, wenn für den Körper jede Hoffnung verloren ist. Nach vielen Versuchen stellte ich fest, dass große gepanzerte Insekten das ideale Medium für den Transfer darstellen. Sie sind robust genug, um den Tod des Körpers zu überleben und zu entkommen, und verfügen über einen gut abgeschirmten Geist, der in der Lage ist, die Seele sowie die Erinnerungen des Magus für kurze Zeit zu erhalten, bis ein neuer Wirt gefunden ist. Der dhassanische Skarabäus ist für diesen Zweck ideal, der Pontische Mistkäfer, wie er in Yuros zu finden ist, kann als beinahe gleichwertiger Ersatz gelten.

EDIS HULDIN, GEISTERBESCHWÖRER,

ORDO COSTRUO, PONTUS

Einer der Gründe, weshalb Geisterbeschwörer genauso schwer zu töten sind wie Kakerlaken, ist, dass sie sich in eine verwandeln, sobald sie sterben.

Brydi Teesdotter, Arkanum der heiligen Terassa,

Hollenia

Brochena in Javon, Antiopia
Rajab (Julsept) 928
Erster Monat der Mondflut

Es ist nur ein Traum, sagte sich Cera Nesti immer wieder. *Das ist nicht die Realität. Sobald ich aufwache, ist es vorbei.*

Aber es fühlte sich real an, dieses endlose Labyrinth aus Korridoren, feuchten Steinmauern, von denen eine eiterähnliche Flüssigkeit tropfte, und dieser Verwesungsgeruch überall. Riesige Spinnweben blähten sich schaukelnd in der eisigen Brise, während Cera nach dem Ausgang suchte. An der Decke krabbelten handtellergroße Spinnen, Dutzende kleine Augen verfolgten jede ihrer Bewegungen. Doch das waren nur die Jungtiere. Ihre Mutter war ein gigantisches Monster, größer als ein Pferd, das gerade eben noch durch die engen Gänge passte. Im Moment war sie irgendwo außer Sichtweite, aber Cera wusste, sie war da.

Direkt voraus sah sie ein kleines Licht, hinter sich hörte sie schabende Geräusche. Cera musste weiter, immer weiter. Wenn sie stehen blieb, würden die Ungeheuer sie einspinnen als Geschenk für ihre Mutter.

Sie rannte los, auf das Licht zu, betete, dass dort der Ausgang war, aber sie erreichte nur eine weitere Kammer. In der

Mitte war eine Grube ausgehoben. Sie sah aus wie ein Grab. Zitternd ging Cera darauf zu und schlug sich die Hand über den Mund, als sie sah, was darinnen lag.

Es war Elena Anborn. Ihre Kehle war aufgeschlitzt, ihr weißes Gewand blutdurchtränkt. Die Augen waren leer, die Haut schimmerte wie Alabaster. Etwas Großes, Schwarzes krabbelte zwischen ihren Lippen hervor.

Cera unterdrückte ein Schluchzen. *Ich habe das getan. Ich habe sie getötet. Ich habe sie geliebt und getötet.*

Dann schlug Elena plötzlich die Augen auf und fixierte sie mit kaltem Blick. *Verräterin!* Sie hob den Finger und deutete – nicht auf Cera, auch wenn es sich anfühlte, als würde sich der Finger direkt in ihr Herz bohren –, sondern nach oben. Elenas Blick veränderte sich. Entsetzen stand darin und eine Art Warnung.

Cera schaute hinauf zur Decke und schrie: Timori, ihr geliebter kleiner Timori, hing dort eingesponnen in einen Kokon und weinte. Er zappelte, versuchte nach Leibeskräften, sich zu befreien, doch es war zwecklos. Cera streckte die Arme nach ihm aus, aber die Decke war viel zu weit weg.

Dann bewegte sich etwas in der Dunkelheit hinter Timori. Nein, die Dunkelheit selbst bewegte sich, sie schimmerte, spaltete sich auf in einen dicken, rundlichen Körper, in lange, behaarte Beine und Myriaden Augen, die auf sie herunterstarrten. Verdauungssäfte tropften aus einem Maul voll widerhakenartiger Zähne. Mutter Spinne kam, um sich Cera zu holen.

Cera wirbelte herum, doch alle Zugänge waren verschlossen. Etwas packte sie am Arm, sie schrie wieder und – wachte auf.

»Herrin! Herrin, bitte, wacht auf!«

Cera blickte verdutzt in Taritas ängstliches Gesicht. Das klein gewachsene Jhafi-Mädchen hielt ihren Arm umklammert, doch Cera nahm sie kaum wahr. In Gedanken war sie immer noch in der grässlichen Kammer. Als sie den Zinnbecher bemerkte, den die Dienerin ihr hinhielt, packte sie ihn und schüttete sich den Inhalt ins Gesicht. Wasser spritzte über ihren Hals und die Brust und durchnässte das ohnehin schon schweißdurchtränkte, zerwühlte Laken, das sich wie ein dicker Spinnenfaden um sie geknotet hatte.

Dann stellte sie den Becher ab und schloss Tarita in eine innige Umarmung.

Zwei Wochen war es jetzt her, dass sie Elena geopfert hatte, um Timori und sich selbst zu retten. Zwei Wochen lang ging das nun schon so: Die reale und die Traumwelt vermischten sich miteinander, bis Cera nicht mehr wusste, was real war und was nicht. Beides war ein Albtraum, beides fühlte sich unwirklich an.

Ich habe mein Volk verraten, um es zu retten. Um Timi zu retten. Und dafür musste ich Elena opfern. Sie hätte sterben sollen, aber sie lebt noch und streift durch den Palast, als wäre nichts geschehen. Aber es ist nicht sie. Gyle sagt, Rutt Sordell wohnt jetzt in ihrem Körper. Diese Magi sind Monster.

»Wie spät ist es, Tarita?«

»Die erste Glocke hat gerade geläutet«, antwortete die Dienerin. Sie war erst fünfzehn, doch in mancherlei Hinsicht hatte sie schon mehr vom Leben gesehen als Cera. Und nicht nur Gutes. »Soll ich die Vorhänge aufziehen?«

»Bitte.« Vielleicht würde der Sonnenschein das Nachbild von Mutter Spinne verscheuchen, das sie immer wieder vor Augen hatte. Cera schnupperte kurz und rümpfte sofort die Nase. Ihr Bett roch nach Schweiß. »Ich brauche ein Bad.«

Ich bin die Königin-Regentin. Ich muss aufstehen und mich dem Tag stellen, meinen Aufgaben.

Tarita zog die Vorhänge auf und ging das Bad vorbereiten, während Cera sich langsam aufsetzte. Sie zupfte ihr nasses Nachtgewand zurecht und betrachtete sich im Spiegel an der gegenüberliegenden Wand. Zerzaustes schwarzes Haar, das bis über ihre Schultern fiel. Ein längliches, ausdrucksstarkes Gesicht, ernst und streng, eher interessant als hübsch. Ihre normalerweise bräunlich olivfarbene Haut war blass vom Lichtmangel. Während der letzten zwei Wochen, seit dem Vorfall, hatte sie den Palast nur ein einziges Mal verlassen, und das auch nur, um ihre Schwester Solinde im kleinen Kreis beizusetzen. Es hatte keine Staatstrauer gegeben und keine Beerdigung in allen Ehren, denn Solinde war eine Verräterin. Sie hatte den Gorgio bei ihrem Umsturzversuch im letzten Jahr geholfen. Obwohl es gar nicht Solinde gewesen war. Im Vorfeld hatte die Formwandlerin Münz sie getötet und ihre Gestalt angenommen, und eigentlich war es Münz, die sie beerdigt hatten, aber das durfte niemand wissen. Wo die echte Solinde begraben lag, würde Cera vermutlich nie erfahren.

Plötzlich hörte sie ein leises Geräusch, das sie nur zu gut kannte, und erstarrte. Ihr Blick sprang zu einem Teil der Wandverkleidung, der langsam zur Seite glitt. Schwarze Spinnenbeine schoben sich durch den Spalt. Cera presste die Lippen zusammen und beobachtete, wie die Beine zu Fingern wurden – Finger in einem schwarzen Lederhandschuh, der die Geheimtür öffnete.

Ein Mann trat in ihr Gemach, und Cera hob schützend die Arme vor die Brust.

»Steh auf«, sagte der Mann in dem für ihn typischen, pragmatisch-ausdruckslosen Tonfall. »Deine Aufgaben warten.« Er verschloss die Tür hinter sich und ging ans Fenster.

»Ja, Magister Gyle.« Sie wickelte sich das Laken um und stand auf.

Gyle ließ den Blick durchs Zimmer schweifen, wie er es immer tat. Er registrierte jede noch so kleine Veränderung, nichts blieb ihm verborgen. Schließlich schaute er Cera an und seufzte. »Dein Körper interessiert mich nicht, Mädchen. Zieh dich an und hör zu.«

Sie ging trotzdem hinter den Wandschirm und streifte ein Untergewand und einen einfachen Kittel über, um wenigstens einem Mindestmaß an Etikette zu genügen, bevor sie ihr Bad nahm.

Gyle musterte sie. »Du schläfst zu wenig. Jede Nacht lasse ich dir einen Schlaftrunk bringen, aber du trinkst ihn nicht. Warum?«

»Ich will nicht.« *Denn wenn ich Eure Tränke nehme, kann ich nicht aufwachen, und dann holt mich Mutter Spinne.*

Gyle verdrehte die Augen. »Wie du willst, aber du siehst furchtbar aus. Die Leute reden bereits.«

Cera senkte den Kopf. *Wenn ich nicht schlafen kann, dann wegen Euch und allem, wozu Ihr mich überredet habt.*

Immer wieder fragte sie sich, ob sie es hätte anders machen können, und die Antwort lautete stets: selbstverständlich. Von unsichtbaren Feinden bedroht, deren Macht und Einfluss scheinbar unbegrenzt waren, hatte sie für das Versprechen, sie selbst und vor allem ihren jüngeren Bruder und Thronerbe Timori zu verschonen, ihre eigene Leibwächterin verraten. Die Entscheidung war ihr schwer genug gefallen nach allem, was Elena für sie getan hatte, doch mitansehen zu müssen, wie es tatsächlich passierte, war grauenhaft gewesen.

Gyle streckte die Hand aus, und Cera schreckte zurück, doch er ließ sich nicht beirren. Er hob ihr Kinn an und blickte ihr fest in die Augen. »Hör zu, Cera: Wir haben lange genug alles Unheil von dir ferngehalten, und die Welt dreht sich weiter. Es gibt Dinge, die getan werden müssen, und zwar jetzt, damit nicht vergebens war, was du erreicht hast.«

Erreicht? Was habe ich erreicht?

»Du hast dein Leben gerettet«, beantwortete Gyle die unausgesprochene Frage wie jedes Mal, wenn sie ihre Gedanken nicht schützte. »Und Timoris Leben. Du hast das Haus Nesti vor dem sicheren Untergang bewahrt. Du hast Francis Dorobons Zusicherung, dass eure Soldaten verschont werden, dass es keine Säuberungen geben wird. Du hast verhindert, dass die Kriegszügler in Javon einfallen. Du hast viele Siege errungen.«

Cera drehte das Kinn zur Seite und machte einen Schritt zurück, sodass er sie nicht mehr erreichen konnte. »Das waren keine Siege, sondern nur kontrollierte Verluste.«

Gyle lächelte zynisch. »Nenne es, wie du willst. Heute tritt der Regentschaftsrat zusammen, und du als Regentin musst sicherstellen, dass die nächsten Schritte in die Wege geleitet werden.«

»Was werdet Ihr tun?«

»Ich werde beobachten und zuhören. Rutt Sordell wird an deiner Seite sitzen und die Sitzung in die richtige Richtung lenken.«

Cera erschauerte: Rutt Sordell, Gyles rechte Hand, die durch irgendeine gnostische Teufelei von Elenas Körper Besitz ergriffen hatte. Als Gyle sie von seinem Plan überzeugte, hatte er behauptet, Elena würde einen schnellen, schmerzlosen Tod sterben, doch er hatte gelogen. Sie hatten Gyles ehemalige Geliebte zuerst halb totgeprügelt und ihr dann die

82

Kehle aufgeschlitzt, nur um sie im letzten Moment zu retten, damit Sordell von ihr Besitz ergreifen konnte. Wie so etwas möglich war, konnte und wollte Cera auch gar nicht verstehen. Das Einzige, was sie wusste, war, dass es ein grässliches Verbrechen war.

»Cera«, sagte Gyle wie ein erschöpfter Vater zu einem trotzigen Kind, »unsere Abmachung ist noch lange nicht erfüllt. Die Nesti konnten sich hier in Javon nur an der Macht halten, indem sie sich mit der Jhafi-Mehrheit verbündet und versprochen haben, an der Fehde teilzunehmen, aber das ist Wahnsinn. Die Fehde wird scheitern. Eine rondelmarische Legion ist unbesiegbar, und es sind *zwei*, die innerhalb des nächsten Monats hier anlanden werden. Das sind zehntausend Mann. Jede dieser Legionen verfügt über fünfzehn Magi, dazu Kavallerieeinheiten mit Animagusgeschöpfen. Hast du je ein Animagusgeschöpf gesehen, Mädchen?«

Sie schüttelte den Kopf.

»Nun, das wirst du. Sehr bald schon.«

»Mein Volk wird kämpfen«, flüsterte Cera.

»Nein. Das *darf* es nicht. Nicht, wenn du nicht willst, dass es vernichtet wird. Du musst dafür sorgen, dass die Jhafi kapitulieren. Erst wenn du Javons Krone an Francis Dorobon übergeben hast und das Land noch in einem Stück ist, ist unsere Abmachung erfüllt.«

»Aber ich … Ihr …«

»Mädchen, du hast zugestimmt, mich dein Volk retten zu lassen. Aber das bedeutet nicht, dass du nicht noch eine Aufgabe zu erfüllen hast. Letztes Jahr, als du gezwungen warst, die Regentschaft zu übernehmen, wurdest du zu einem Hoffnungsträger für dein Volk, für die Rimonier genauso wie die Jhafi. Sie werden der Richtung folgen, die *du* ihnen vorgibst.«

»Ihr versteht das nicht. Ich kann nicht … ich habe keinen so großen Einfluss, wie Ihr glaubt … ich bin nicht ihre Königin«, hörte Cera sich drauflosplappern wie ein hilfloses Kind.

»Du unterschätzt dich, Cera. Dein Sieg über die Gorgio letztes Jahr hat dich zu Javons wichtigster Führungsfigur gemacht. Du bist die Einzige, die das Land im Moment einen kann.«

Sie funkelte ihn an. »Aber jetzt bin ich *nichts* mehr.«

Gyle trat so schnell auf sie zu, dass Cera nicht ausweichen konnte, und packte sie an den Schultern. »Hör mich an, Cera: Du musst Ruhe bewahren und es zu Ende bringen. Wir haben keine Zeit mehr für Streitereien. Wenn es dir nicht gelingt, den Regentschaftsrat davon zu überzeugen, dass alles gut ist, so wie es ist, werde ich eingreifen müssen. Und ich werde nicht sanft vorgehen.«

Cera fühlte sich unter seinem nüchternen, harten Blick vollkommen ausgeliefert.

Die Jhafi haben recht: Diese Magi sind Teufel. Sie sind Afreet. Nur eine einzige dieser Maden, die aus Shaitans lebender Leiche hervorgekrochen sind, war gut, aber die habe ich töten lassen. Schlimmer noch, ich habe zugelassen, dass ein Dämon von ihr Besitz ergriff.

Gyle wischte ihr eine Träne aus dem Augenwinkel, und Cera zuckte zusammen. »Mut, Mädchen. Das Überleben des Rats und deines gesamten Volkes hängt davon ab, dass du jetzt die Nerven behältst.«

Der Palast von Brochena war ein Labyrinth aus Korridoren und Treppen. Es gab weit mehr davon, als die meisten auch nur ahnten: schmale Stiegen und Gänge hinter falschen Wänden, verborgene Nischen und Kriechtunnel, in denen man unsichtbar alles in Erfahrung bringen konnte, was innerhalb der Palastmauern vor sich ging.

Gurvon Gyle schlich durch den Tunnel neben der Ratskammer bis zu dem kleinen Beobachtungsloch. Er hatte einen ganzen Ziegel herausgenommen, um besser sehen zu können, und das Loch dann mit einer Illusion verschleiert. Keine kindischen Wandspione oder leicht zu entdeckende Spalten. Die einzige Gefahr war, dass ein Bediensteter versehentlich mit dem Besen durch das Loch stieß, deshalb verschloss Gyle es jedes Mal, bevor er wieder ging.

Er zog den Stein heraus und sah, wie Gottessprecher Acmed das Familienmantra beendete, das es Frauen gestattete, die Bekiras abzulegen und unter Männern offen zu sprechen. Cera und Elena streiften ihre formlosen schwarzen Umhänge ab, dann konnte die Sitzung beginnen.

Gyle sah Cera links von Elena Anborn Platz nehmen – abgesehen natürlich davon, dass es gar nicht Elena war, sondern Rutt Sordell. Es war schwer für Gyle, Elena anzusehen. Jemand, der sie so gut gekannt hatte wie er, würde merken, dass etwas an ihrem Gesicht nicht stimmte, aber es fiel niemandem auf. Dem Rat war berichtet worden, es habe einen Attentatsversuch auf Cera gegeben, bei dem Solinde gestorben sei, ebenso Lorenzo di Kestria. Nur Cera und Elena hätten überlebt und die Attentäter schließlich getötet. Mehr brauchte der Rat nicht zu wissen.

Die anderen Gesichter kannte Gyle ebenfalls. Sie alle waren getreue Freunde der Nesti, die Olfuss in seinen Stab aufgenommen hatte, als er den Thron bestieg: der gesellige Schatzmeister Pita Rosco, dessen Glatze im durch die hohen Fenster hereinströmenden Sonnenlicht schimmerte, und sein Widerpart, der griesgrämige Luigi Ginovisi, der Königliche Einnahmenverwalter. Der adlige Händler Comte Piero Inveglio, dessen Stimme das meiste Gewicht hatte. Der stockkonservative, grauhaarige Seir Luca Conti, Oberbefehlshaber des Nesti-Heers und damit auch ein Stück weit der Armeen ganz Javons.

Den Nesti-Getreuen gegenüber saß die Brochena-Fraktion: Der groß gewachsene Mann mit der hohen Stirn war Don Francesco Perdonello, Kanzler und oberster Beamter. Neben ihm saßen zwei seiner leitenden Sekretäre, die selten den Mund aufmachten, es sei denn, um Perdonellos Äußerungen pflichtschuldig zu bestätigen. Signor Ivan Prato, der junge Sollan-Drui, dem Cera weit mehr Sympathie entgegenbrachte als dem älteren und eigentlich höher gestellten Kleriker an dessen Seite, und natürlich der stets widerspenstige Gottessprecher Acmed al-Istan als Repräsentant der Amteh, vervollständigten die Liste.

Lorenzo di Kestria fehlte. Er war tot, und sein Posten als Hauptmann der königlichen Leibgarde war noch nicht wieder besetzt worden. Ebenfalls abwesend war der weltgewandte Harshal al-Assam, der vor mehreren Monaten ausgesandt worden war, um mit den Harkun-Nomaden zu verhandeln, die immer wieder in die im Südosten Javons gelegenen Wüsten einfielen.

»Seid willkommen, meine Herren. Ich bitte um Nachsicht wegen der Krankheit, die mich während der letzten zwei Wochen daran hinderte, meinen Pflichten angemessen nachzukommen. Doch nun bin ich wieder gesund, und es wartet viel Arbeit auf uns.«

Gyle hörte Ceras Stimme klar und deutlich. Während des letzten Jahres hatte sie gelernt, eine Ratsversammlung zu leiten, der fast nur wesentlich ältere Männer angehörten – eine überraschende Entwicklung, die sie hatte durchmachen müssen, nachdem Gyle Ceras Eltern hatte ermorden lassen. *Und doch sind wir nun beide hier und arbeiten zusammen.*

»Ich bedanke mich für Eure Anteilnahme an Solindes Tod. Ich weiß, dass sie letztes Jahr Schande über die Familie gebracht hat, aber sie war unsere Schwester, und als solche haben Timori und ich sie geliebt ...« Cera schluckte kurz. »Aus den Aufzeichnungen der letzten Sitzung ersehe ich, dass Ihr vorhabt, auch der Familie di Kestria wegen des Verlusts ihres jüngsten Sohnes Lorenzo ein Beileidsschreiben zukommen zu lassen. Er war Hauptmann meiner Leibwache und stand hoch in meiner Gunst. Ich befürworte hiermit Euer Anliegen.«

Sie klingt nicht wie ein neunzehnjähriges Mädchen, sie spricht sogar vornehmer als die Mater-Imperia selbst. Gyle sah Elenas Anteil an dieser Entwicklung. Sie hatte enge Bande zu Cera geknüpft, vor allem nach dem Umsturzversuch der Gorgio und der Ermordung von Ceras Eltern. *Und jetzt muss sie* mein *Werkzeug werden.*

»Was geschah in jener Nacht, Princessa?«, fragte Pita Rosco sanft. »Es kursieren allerlei Gerüchte. Ihr und Elena wart dabei, und doch berichtet ihr uns wenig. War Gurvon Gyle dort? Und wer war dieser Rondelmarer, den Ihr getötet habt?«

Elena – oder besser gesagt: Rutt Sordell – ergriff das Wort, und Gyle zuckte innerlich zusammen: Sordell mochte ein mächtiger Magus sein, aber ein Schauspieler war er nicht. Tonfall und Sprechmelodie klangen vollkommen falsch in seinen Ohren. Wenigstens ließ sich das tiefe Krächzen der Stimme auf die frische Halswunde schieben.

»Gyle war nicht anwesend. Es war ein Inquisitor aus Pallas. Wir haben gerade Solinde befragt, als er auftauchte. Er hat di Kestria und Solinde getötet, bevor ich ihn neutralisieren konnte.«

*So spricht Elena nicht. Ausdrücke wie »neutralisieren«
kommen in ihrem Wortschatz nicht vor, und sie nennt Lorenzo
nicht »di Kestria«! Bei Kore, die beiden waren ein Liebespaar.*
Gyle biss sich auf die Lippe. *Ich werde noch einmal mit Rutt
reden müssen.*

Cera sprang in die Bresche und unterbrach die unbehagli-
che Stille, die in der Runde aufgekommen war. »Ich möchte
im Moment nicht darüber sprechen, werte Herren, außerdem
gibt es Wichtigeres, um das wir uns kümmern müssen.«

Gut gemacht, Mädchen.

Sie lenkte das Gespräch auf weniger sensible Themen: die
Staatskasse (geschröpft, aber auf dem Weg der Besserung), die
Harkun-Frage (die Harshal al-Assam bald beantworten würde)
sowie das Heer (vermehrte Ausbildung, Truppenaushebungen
und Aufbesserung der Moral wegen des näher rückenden Angriffs auf Hytel). Rutt-Elena hielt glücklicherweise den Mund.

Unvermeidlicherweise kam auch die Fehde zur Sprache.
»Der Flüchtlingsstrom aus Dhassa und dem Hebbtal wird immer größer«, erklärte Comte Inveglio. »Unsere Händler berichten, dass die Straßen nahezu überfüllt sind. Das Volk versucht, sich vor den Kriegszüglern in Sicherheit zu bringen. Die
Reichen transportieren ihr gesamtes Hab und Gut in riesigen
Karawanen, während die Armen mit leeren Händen von ihren
Feldern aufbrechen. Ganze Familien verlassen ihre Heimat
und suchen hier in Javon Zuflucht, und es wird noch schlimmer werden. Die Tore der Krak befinden sich praktisch im Be-
lagerungszustand.«

»Dann sollten wir sie öffnen«, mischte Gottessprecher
Acmed sich ein. »Es ist unsere heilige Pflicht gegenüber der
Fehde.«

»Unsere Pflicht liegt bei unserem eigenen Volk«, brummte

Seir Luca Conti. »Außerdem können wir eine Million Dhassaner nicht ernähren.«

»Das würde die Staatsfinanzen hoffnungslos überfordern«, fielen Pita Rosco und Luigi Ginovisi in seltener Übereinstimmung mit ein.

»Es ist unsere Pflicht als Menschen, den Flüchtlingen beizustehen«, entgegnete Acmed und reckte streitlustig den Bart vor.

Zu Gyles Überraschung schlug sich auch Drui Prato auf die Seite des Gottessprechers. »Ihre Lage ist verzweifelt, Regentin«, wandte er sich direkt an Cera. »Sie sind heimat- und mittellose Lämmer, die geschlachtet werden, wenn wir ihnen nicht helfen. Wie können wir da wegsehen und uns Kinder Gottes nennen? Ganz egal, welchen Gottes«, fügte er mit einem Nicken in Acmeds Richtung hinzu.

Gyle verfolgte ungeduldig, wie das Streitgespräch sich nur noch um diese eine, nicht eingeplante Frage drehte. Mit dieser Entwicklung hatte er nicht gerechnet. *Es kümmert mich einen Dreck, ob ihr die verdammten Flüchtlinge durchfüttert oder nicht. Ihr wärt verrückt, wenn ihr sie ins Land lasst, und Francis Dorobon wird sie sowieso verhungern lassen, sobald er an der Macht ist. Also wendet euch gefälligst wieder den wichtigen Themen zu!*

Am Ende beschloss Cera, einen Boten mit der Bitte um Rat zu ihrem baldigen Ehemann, dem Sultan Salim von Kesh, zu schicken.

Besser, du spielst diesen Trumpf, solange du ihn noch im Ärmel hast, dachte Gyle. *Und jetzt komm endlich zum Punkt …*

Cera lenkte die Debatte in die Richtung, auf die er gewartet hatte: den Sturm auf Hytel. »Wie Ihr wisst, meine Herren, kamen wir Anfang des Jahres überein, dass wir uns – zu unseren Bedingungen – der Fehde anschließen würden. Salim gab seine Zustimmung. Im Gegenzug dafür, dass ich seine Frau werde, sobald die Mondflut vorüber ist, gestattete er uns, unsere eigene Strategie zu verfolgen, statt unser Heer seinem Befehl zu unterstellen, damit er es gegen die Rondelmarer in die Schlacht führt.«

Die Ratsmitglieder nickten betreten, denn nur Acmed war Amteh, und der Gedanke, dass ihre Princessa den Sultan von Kesh heiraten sollte, gefiel ihnen überhaupt nicht.

»Wir kamen überein, als Beitrag zur Fehde Hytel anzugreifen, das die Hochburg der rondelmarischen Sympathisanten ist, unserer Feinde, der Gorgio.«

Gyle dachte über ihre Worte nach. Der klägliche Rest des Hauses Gorgio hatte sich in Hytel verschanzt, das nun belagert wurde. Ihr ehemals schlagkräftiges Heer war auf dem Rückzug nach Norden von jhafischen Banditen beinahe aufgerieben worden. Gyle war vor Kurzem dort gewesen. Der einzige Grund, weshalb Alfredo Gorgio sich nicht schon ergeben hatte, war, dass die Dorobonen wahrscheinlich am Dritten Kriegszug teilnehmen und erneut versuchen würden, Javon unter ihre Herrschaft zu bringen.

»Laut unseren Quellen bereiten sich die Gorgio auf die Rückkehr der Dorobonen vor«, teilte Cera dem Rat mit. »Wir haben Informationen darüber, wo und in welcher Stärke sie anlanden werden.«

»Wer sind diese Quellen?«, fragte Piero Inveglio.

»Ein guter Spion gibt seine Informanten niemals preis«, erwiderte Cera hastig und blickte kurz zu Elena hinüber, um anzudeuten, dass die Informationen von ihr stammten.

Braves Mädchen, gut abgewehrt. Selbstverständlich war Gyle die Quelle dieser Falschinformation.

»Man erwartet, dass eine kleine Windschiffflotte Ende dieses Monats eine Legion in der Wüste westlich von Hytel absetzen wird. Die Legion wird daraufhin sofort nach Hytel marschieren«, sprach Cera weiter.

»Nur *eine* Legion?« Luca Conti war erstaunt.

»Windschiffe haben nur wenig Transportkapazität. Das Kaiserreich braucht die meisten für den Angriff auf Hebusal«, erwiderte Cera gekonnt, genau wie Gyle sie instruiert hatte. »Die erste Welle wird nur etwa ein Drittel Legionsstärke betragen. Das heißt weniger als zweitausend Mann und maximal ein halbes Dutzend Schlachtmagi. Die Magi werden von dem langen Flug erschöpft sein, und in der Gegend, in der sie landen, gibt es kaum Wasser.«

Seir Luca runzelte die Stirn. »Sind sie wirklich so dumm? Warum sollten sie nicht gleich bis nach Hytel fliegen und direkt in der Stadt landen?«

Bring ihn zum Schweigen, befahl Gyle stumm.

»Die Dorobonen haben sich nie wirklich mit diesem Land beschäftigt«, warf Rutt-Elena abfällig ein. »Sie glauben, es würde reichen, einfach nur herzukommen.«

Und Sordell hatte nie gelernt, sich in einer Ratssitzung angemessen zu äußern. Gyle fluchte innerlich. *Ob sie instinktiv spüren, dass dies nicht Elena ist?* Er dankte Kore, dass das Problem nur vorübergehend war. Am Ende des Monats, sobald die Dorobonen die Stadt besetzt hatten, würde er sich überall frei bewegen können und Rutt endlich einen neuen Körper besorgen.

Seir Luca setzte ein finsteres Gesicht auf und warf Piero Inveglio einen flüchtigen Blick zu. Niemand sprach ein Wort.

»Sie sind verwundbar«, wiederholte Cera die Worte, die Gyle für sie vorbereitet hatte. »Mitten in der Wüste, gerade erst gelandet, ihre Schlachtmagi erschöpft, und wir haben zehntausend Mann, die wir gegen sie ins Feld führen können. Das ist eine Übermacht von fünf zu eins. Wir können die Invasion beenden, noch bevor sie begonnen hat.«

»Und was ist mit den Gorgio?«, hakte Seir Luca nach. »Sie haben genauso viele Männer wie wir.«

»Die Gorgio werden von den Jhafi-Stämmen im Norden in Schach gehalten«, erklärte Piero Inveglio forsch.

Als sein Volk erwähnt wurde, hellte Acmeds Miene sich sofort auf. »Die Stämme des Nordens stehen bereit, Euch zu helfen. Zwanzigtausend Reiter, die Euren Sieg sichern werden«, knurrte er.

Es dauerte eine Weile, aber schließlich nickten auch die anderen Ratsmitglieder. Gyle sah stumm zu, wie sie sich zuerst mit dem Gedanken anfreundeten und dann dazu übergingen, die Details auszuarbeiten: Truppenversorgung, Marschwege, Transportmittel, welche Einheiten unter wessen Kommando und so weiter. Damit war die Angelegenheit beschlossen, fehlte nur noch ein Letztes …

»Ich begleite das Heer nach Norden«, sagte Cera mit fester Stimme in die Runde.

»Nein!«, protestierte der Rat wie im Chor.

»Ein Schlachtfeld ist kein Ort für eine Frau«, fügte Seir Luca hinzu, und wieder nickten alle. »Das dürft Ihr nicht, Princessa. Ihr gehört hierher. Wir können nicht riskieren, Euch zu verlieren, falls irgendetwas schiefgeht.«

»Wenn das Volk sehen soll, dass ich die Richtige bin, um Javon während dieses Krieges zu führen, muss ich dort sein. Dieser Punkt steht nicht zur Debatte, werte Herren«, entgegnete Cera und schlug mit der flachen Hand auf den Tisch. »Es ist bereits beschlossen.« Sie blickte funkelnd in die Runde, um zu sehen, ob jemand wagte, ihr zu widersprechen. »Timori wird hierbleiben, fernab jeder Gefahr und in Sicherheit.«

Gyle spürte die Gewissensbisse, die Cera bei diesen Worten plagten. Sie wusste, dass Timori alles andere als in Sicherheit war, und hätte es nur allzu gerne in die Welt hinausgeschrien. Aber sie tat es nicht.

Die Ratsmitglieder murrten ein wenig, doch Cera setzte sich wieder einmal durch.

Gut gemacht, Kleine. Ohne es zu ahnen, hast du deinen Kopf in die Schlinge gesteckt, genau wie ich es geplant habe.

Damit war die Sitzung beendet, und die Männer verließen unter viel Gemurmel und mit allerlei Kopfschütteln den Saal. Gyle spitzte die Ohren und hörte, wie sie sich allerlei Entschuldigungen ausdachten: »Es ging ihr nicht gut die letzten zwei Wochen«, »Sie hat gerade erst ihre Schwester verloren«, »Diese Nacht muss schrecklich für sie gewesen sein« und dergleichen mehr. Doch während des letzten Jahres hatten sie gelernt, Cera zu lieben, und deshalb verziehen sie ihr das etwas eigenartige Benehmen.

Bald befand sich niemand mehr im Saal außer Rutt-Elena. Gyle verfolgte angespannt, wie »sie« sich ganz langsam dem Guckloch zuwandte und einen Schmollmund zog. »Nun?«

Gyle holte tief Luft, legte einen Hebel um und schob das Stück Mauer zur Seite, hinter dem er sich versteckt hatte. Elena von Angesicht zu Angesicht gegenüberzustehen, war nicht leicht für ihn. Sie war zu lange seine Geliebte gewesen. Sie jetzt als Rutts Menschen-Kostüm zu sehen, drehte ihm den Magen um.

»Wir haben, was wir brauchen«, sagte er zu Sordell, zog einen Stuhl heran und setzte sich. Als er dem Geisterbeschwö rer bedeutete, das Gleiche zu tun, ließ Sordell sich in seinen Stuhl fallen wie ein nasser Sack.

»Cera hat ihre Sache gut gemacht«, erklärte Gyle weiter, »aber du wirst immer mehr zum Sicherheitsrisiko.«

Sordell schaute ihn säuerlich an. »Was soll das heißen?«

Gyle schlug auf den Tisch. »Hör dir einfach nur mal selbst zu, Rutt! Hat Elena etwa je so gesprochen? Die Antwort lautet: nein. Sie mag eine trockene Art gehabt haben, aber sie war immer positiv. Und sie ließ sich nicht so hängen wie du, sondern saß immer gerade! Du gehst wie ein Mann, Elena bewegte sich wie eine Katze. Wann immer ich dich irgendwo gehen sehe, frage ich mich, wieso noch niemand dahintergekommen ist. Jeder Magus würde es sofort merken.«

Sordell schaute ihn finster an. »Nach Hel mit dir, Gurvon. Ich *bin* ein Mann und keine koreverfluchte Frau. Glaubst du, die Situation gefällt mir? Sie macht mich krank!«

»Du hast einen Körper, der der Gnosis mächtig ist, Rutt«, rief Gyle ihm ins Gedächtnis. »Wäre dir der eines Nicht-Magus lieber, in dem du keinen Zugang zu deinen Kräften hast? Oder würdest du lieber als Mistkäfer in meiner Manteltasche herumkrabbeln und allmählich das Gedächtnis verlieren?«

»Nein verdammt, natürlich nicht!«, rief Sordell mit einer Stimme, die nicht im Geringsten mehr nach Elena klang. Elena hätte nie ihre Stimme erhoben, sondern sie geschärft wie eine Klinge und ihr Gegenüber dann in kleine Stücke zerteilt. »Aber in dieser Hülle zu stecken – in diesem gottverdammten Frauenkörper – bringt mich noch um den Verstand.« Er presste sich die Hände auf die Schläfen. »Sie ist in mir, in meinem Kopf!«

»Dann bring sie zum Schweigen«, fluchte Gyle mit geballten Fäusten. »Du kontrollierst sie, nicht umgekehrt.«

»Ich kann sie nicht in die Schranken verweisen, ohne mir selbst Schaden zuzufügen«, wimmerte Sordell. »Du weißt nicht, wie das ist, Gurv. Sie ist in mir, Tag und Nacht, in meinen Träumen, überall. Wo ich gehe und stehe, flüstert sie mir zu, sie hat sich in meinem Gehirn festgebissen wie ein Parasit.«

Gyle verdrehte die Augen zum Himmel. »Um Kores willen, Rutt, übernimm die Kontrolle. Nur noch einen Monat, dann sind die Dorobonen hier. Ich habe darum gebeten, uns einen unerfahrenen jungen Schlachtmagus zuzuteilen. Das wird dein neuer Wirt sein, einer, der zu dir passt wie ein Handschuh. Versprochen.«

»Sieh besser zu, dass du dein Versprechen hältst, Gurv«, keifte Sordell, dann richtete er den Blick nach innen. »Was machst du dann mit *ihr*?«

»Die Mater-Imperia will sie«, antwortete Gyle. »Aber es ist meine Entscheidung, nicht ihre.« Er war selbst überrascht von dem Verlangen, das ihn plötzlich überkam. *Vielleicht, wenn Elena wieder sie selbst ist ... Nein. Nein, niemals wieder wird sie ...*

Sordells Lippen verzogen sich zu einem höhnischen Grinsen, als hätte er Gurvons Gedanken gelesen. »Hört, hört, der große Gurvon Gyle, der glaubt, er könnte sich der Lebenden Heiligen widersetzen! Schick Elena Anborn zu Lucia und such dir eine Neue, Gurvon. Elena war ein Miststück, du bist ohne sie besser dran.«

Gyle beruhigte seinen Atem, dann nickte er langsam. »Du hast recht, Rutt.«

Er versuchte, Elenas Gesicht auszublenden und durch die Fassade bis zur Seele seines getreuen Leutnants zu blicken. »Einen Monat noch, kein Tag mehr. Dann bist du frei.«

»Ich werde die Sekunden zählen«, erwiderte Sordell müde. »Viel länger halte ich das nicht mehr aus.«

Manchmal träumte Elena, wie sie endlose Korridore entlangrannte, verfolgt von einem schabenden Geräusch, von krabbelnden Beinen, so verdammt vielen Beinen, und einem entsetzlichen, fremdartigen Geist, der sie zu verschlingen trachtete: von einem Skarabäus namens Rutt Sordell.

Die meiste Zeit aber war sie wach, doch der Albtraum ging trotzdem weiter.

Mit den Augen, die einst ihr gehört hatten, sah sie, wie Rutt Sordell ihren Körper die Treppen hinaufgehen ließ zu dem Raum, in dem sie immer trainiert hatte. Bastido stand in der Ecke, aber Sordell benutzte ihn nicht. Er trainierte nie. Er las, trank und machte seine Divinationen. Dann trank er wieder. Aß und trank und vergeudete Zeit.

Mit das Schlimmste war, dass sie alles spürte, was er tat. Weil Elena aber wie von einem Nebelschleier umgeben war, geschah alles vollkommen unerwartet, jede Empfindung war eine unangenehme Überraschung – schmecken, riechen, hören, auch die Berührungen, alles war wie ein Schock, und jedes Mal zuckte sie zusammen. Ihr Gesichtsfeld war eingeschränkt, sie sah alles wie durch einen Strohhalm, nur die körperlichen Empfindungen trafen sie wie ein Messerstoß, als würde sie bei lebendigem Leib gehäutet und dann in eine Grube mit einem Nagelkissen gestoßen.

Noch erniedrigender war die Erkenntnis, dass ihr Körper nicht mehr ihr gehörte, sondern ihm. Sordell kontrollierte ihn bis ins Letzte. Elena konnte ihn spüren, den widerlichen Mistkäfer, der sich in ihren Gaumen gefressen und die Fühler tief in ihr Gehirn gebohrt hatte, wo er nun alles steuerte. Allein davon wurde ihr schon übel. Elena wollte rennen, schreien, sich in der Dunkelheit verstecken, aber diese Möglichkeit hatte sie nicht. Das Labyrinth, in dem sie sich befand, hatte keinen Ausgang.

Nur eines hielt sie noch am Leben: das Wissen, dass Sordell sie hören konnte. Der Argundier war schon immer ein fauler, arroganter Nichtsnutz gewesen, und Elena wollte verdammt sein, wenn er einfach so ihren Körper übernahm.

Sie kamen an einem Wachposten vorbei, der Rutt-Elena mit dem Blick folgte.

Er beobachtet dich, Rutt, sagte sie hämisch und spürte, wie Sordell seinen Schritt sofort beschleunigte. *Er weiß, dass Lorenzo tot ist, und fragt sich, ob er nicht in seine Fußstapfen treten könnte.*

Halt den Mund, Elena.

Er schaut auf deinen Hintern und überlegt, ob es dir vielleicht gefallen würde, wenn er dich einfach von hinten an der Hüfte packt und …

Halt verdammt noch mal den Mund!

Er fragt sich, wieso du aussiehst wie eine Frau, aber gehst wie ein Mann. Du bist der schlechteste Schauspieler auf ganz Urte, weißt du das?

Sei still! Hinter der nächsten Biegung verdoppelte Sordell keuchend das Tempo.

Hör dir das an, du Waschlappen. Hör nur, wie du schnaufst! Sordell versuchte, ihre Gedanken auszublenden, aber Elena ließ es nicht zu. *Du ruinierst meinen Körper, Rutt. Warum trainierst du nicht ein bisschen mit Bastido?*

Sie betraten die Turmkammer, und Sordell schaute schuldbewusst zu der hölzernen Maschine hinüber.

Du hast die Hosen voll, was? Ich habe mit Bastido auf Stufe vier gekämpft. Du würdest nicht mal die zweite schaffen.

Sordell packte die Flasche, die auf dem Tisch bereitstand, und nahm einen großen Schluck. Es war Rotwein, aber ein schlechter.

Elena würgte, und Sordell rülpste.

Argundisches Schwein.

Er nahm noch einen Schluck.

Du bist ein elender Feigling, Rutt! Das warst du schon immer und wirst es immer sein.

Er schüttete noch mehr Wein in sich hinein. *Halt dein Maul, Miststück.*

Würde ich ja gern, aber es ist jetzt dein Maul. Deine feuchten, weichen Lippen. Dein weiblich gerundeter Körper. Glaubst du etwa, du wirst das hier unbeschadet überstehen? Ich bezweifle es ...

»Sei endlich still, verfluchtes Weib!«, brüllte er und rieb sich stöhnend die Schläfen. Dann leerte er die Flasche mit einem einzigen Zug und schleuderte sie gegen die Wand, wo sie in tausend Splitter zersprang, die sich zu den anderen gesellten, die bereits auf dem Boden lagen, und griff sich die nächste. Abend für Abend ging das nun so, schon seit Tagen.

Ist dir aufgefallen, wie Gurvon dich ansieht?

Er sieht mich nicht an. Nächster Schluck. Sordell würgte und presste sich stöhnend eine Hand auf den Bauch.

Und ob. Die meiste Zeit, in der wir uns kannten, haben wir gevögelt, Rutt. Wenn er dich ansieht, sieht er deine Kleidung nicht mal. Er sieht meine Titten und fragt sich, ob du dich nicht vielleicht zu einer kleinen Nummer überreden lassen würdest. Um der alten Zeiten willen.

»Ahhh!« Noch ein Schluck, wieder die Flasche gegen die Wand, wieder Scherben, die in alle Richtungen flogen. Sordell schwankte, alles drehte sich, dann stürzte er, und sie schrien beide auf vor Schmerz, als die Knie gegen den Steinboden schlugen. Sordell kroch zu dem Tisch mit dem halb vollen bricischen Honigschnapsfläschchen und riss es an den Mund. Eine brennende Süße explodierte in Elenas Rachen und traf sie wie ein Dreschflegel. Noch ein Schluck, dann noch einer. »Halt das Maul, Frau!«

Du bringst dich um, Rutt. Mach langsamer. Du bringst uns beide um.

Rutt übergab sich und nahm den nächsten Schluck in dem verzweifelten Versuch, Elenas Gedanken auszublenden – mit Alkohol und unerbittlicher, argundischer Sturheit. Doch sie lachte nur, machte sich über ihren Geiselnehmer lustig und verhöhnte ihn so lange, bis er auf die Seite kippte und liegen blieb.

Alles wurde schwarz.

Doch Elena war immer noch da. Sie war immer noch wach und konnte endlich in Ruhe nachdenken.

3

DOMUS COSTRUO

SEELENTRINKER (TEIL 1)

*Aus dem Osten kam die Kunde, eine unserer Schwestern habe
eine Methode entdeckt, das in uns schlummernde Potenzial
freizusetzen. Eine Frau namens Sabele habe die Seele eines
sterbenden Magus eingeatmet und auf diesem Weg die Gnosis
erlangt. Also versuchte ich es ebenfalls. Ich hatte nichts zu verlieren, denn früher oder später wäre ich ohnehin an euch ausgeliefert worden, weil ich das »Verbrechen« begangen hatte, im
Gegensatz zu euch nicht die Gnosis zu erlangen. Ob ich es be-
reue? Ganz und gar nicht. Denn so konnte ich wenigstens ein
paar von euch Hunden mit in den Tod reißen.*

PROTOKOLL DER VERHANDLUNG GEGEN JORGI HARLE,

FINSTERMAGUS, PALACIA 488

*Die Seelentrinker, Dokken, Schattenbeschwörer, Finstermagi,
wie auch immer man sie nennen mag, sind das verborgene*

Übel, das diese Lande plagt. Harle war nur einer von vielen.
Wir müssen sie aufspüren und töten bis auf den letzten.

GROSSER KIRCHENVATER GEOVANNI WÄHREND DER ERSTEN
ZUSAMMENKUNFT DER INQUISITION, PALLAS 491

HEBUSAL IN DHASSA, ANTIOPIA
RAJAB (JULSEPT) 928
ERSTER MONAT DER MONDFLUT

Kazim Makani schnitt die Luft in tausend Scheibchen, sein Säbel blitzte, Sehnen und Muskeln zuckten auf seiner nackten Brust, während er seinen tödlichen Tanz aufführte. Jamil sagte, er sei ein Tier, eine Urgewalt, wild und ungezähmt. Aber Kazim fühlte sich eingesperrt wie in einem Käfig.

Es dämmerte bereits in Hebusal. Kazim war in einer nicht mehr benutzten Hundekampfarena in der Nähe eines alten Dom-al'Ahm. Die Gottessänger riefen die Gläubigen zum Gebet, doch er ignorierte den Ruf. Sein Tempel war hier, und sein Gott war der Säbel in seiner Hand.

Keuchend beendete er die nächste Übungssequenz. In dem Versuch, alle anderen Gedanken zu verscheuchen, hatte er sich zum Äußersten getrieben und troff vor Schweiß. Die Bilder von Ramita und Antonin Meiros in seinem Kopf, die Gedanken an sein geheimes Erbe, sie waren einfach nicht totzukriegen. Kazim spürte die fürchterliche Kraft in sich, die Gnosis, die wie eine gespannte Bogensehne darauf wartete, endlich losgelassen zu werden, aber er ignorierte sie. Er fürchtete sich vor seiner neuen Macht und versuchte, so zu tun, als sei sie gar nicht da.

»Kazim?«, rief jemand, und er blickte auf. Es war Jamil. Er saß auf einer der steinernen Sitzreihen, in seinem vernarbten Gesicht spielte Lächeln, was selten genug war. »Geh dich waschen!«, rief er zu ihm hinunter. »Wir werden erwartet.«

»Von wem?«, erwiderte Kazim misstrauisch. Jamil war sein Freund, aber er war auch ein Hadischa, und diesen fühlte er sich stets zuerst verpflichtet.

»Rashid.«

Kazim fluchte. Er hatte keine Lust, Rashid zu sehen, und trotzdem beeilte er sich, denn Rashid Mubar war das Oberhaupt der hiesigen Hadischa, und sein Wort war Gesetz.

»Was ist los?«, fragte er Jamil, nachdem er sich eine Karaffe voll Wasser über den Kopf geschüttet und mit dem Tuch, das Jamil ihm reichte, abgetrocknet hatte.

Jamil schüttelte den Kopf. »Ich weiß es nicht, aber es muss etwas Wichtiges sein. Etwas sehr Wichtiges.«

Kazim verzog das Gesicht. »Solange Sabele nicht dabei ist...«

Jamil blickte ihm fest in die Augen. »Du musst lernen, zu akzeptieren, was du bist, Bruder.«

Sie wussten beide, wie sehr Kazim die alte Jadugara fürchtete – und mittlerweile auch seine eigene Schwester Huriya. Im Gegensatz zu Kazim war sie entzückt gewesen, als sie erfuhr, dass sie eine Seelentrinkerin war. Und jetzt saugte sie begeistert alles in sich auf, was Sabele ihr beibrachte. Aber Huriya war schon immer eine verschlagene Egoistin gewesen.

»Das kann ich nicht.« Er erwiderte Jamils Blick. »Hast du Huriya gesehen?«

Jamil schüttelte den Kopf. Er hatte gehofft, Kazims schöne Schwester eines Tages zu heiraten, aber diese Hoffnung war für immer dahin. »Meine Art und deine, wir dürfen uns nicht verbinden. Es ist verboten«, sagte er nur.

Er hat recht. Ramita ist jetzt eine Magi... und die ganze Welt hasst uns. »Kannst du erkennen, was ich bin, nur indem du mich ansiehst?«, fragte Kazim.

Jamil zögerte. »Als ich dich trainieren sah, war es offensichtlich. Selbst jetzt, nachdem du dich verausgabt hast, ist deine Aura anders...« Jamil wand sich. Es war ihm sichtlich unangenehm, wie das Kräfteverhältnis zwischen ihnen sich zu seinen Ungunsten verschoben hatte. »Komm, Freund«, sagte er schließlich. »Wir dürfen Rashid nicht warten lassen.«

Sie eilten zum Dom-Al'Ahm, zogen die Sandalen aus und traten ein. Die Gläubigen, die die Worte des Gottessprechers an der Stirnseite im Chor wiederholten und sich vor Ahm auf die Knie warfen, bemerkten die beiden kaum. Sie nahmen die Treppe nach unten, dann erreichten sie eine von nur einer Fackel erhellte unterirdische Kammer. Die Tür fiel hinter ihnen ins Schloss, und die Gebete oberhalb im Tempel verstummten.

»Danke, dass ihr gekommen seid«, hallte Rashids melodiöse Stimme durch den Raum. Er saß im Schneidersitz auf einem reich gemusterten Webteppich unterhalb der Fackel.

Kazim und Jamil nahmen auf dem etwas größeren Teppich direkt gegenüber Rashid Platz und setzten sich auf die Unterschenkel.

»Die Zeit ist reif für die nächste Stufe unseres Plans.«

»Wir sind bereit«, erwiderte Jamil. Kazim nickte zögernd.

»Gut. Denn in wenigen Wochen werden wir den Ordo Costruo vernichten.«

Huriya Makani spähte durch das Steingitter, das das Zenana, den Frauenflügel des zerstörten Palastes, von dem verwahrlosten Garten trennte. Der verlassene Prachtbau nordöstlich von Hebusal war während des Zweiten Kriegszugs zerstört und danach nie wieder aufgebaut worden. Überall stank es nach Urin und Fäulnis.

Sie drehte sich um und sah Sabele, ihre Meisterin, auf den schmalen Balkon treten. Sabele war alt und runzlig, während die dunkelhäutige, schwarzhaarige Huriya mit gerade einmal sechzehn Jahren in der vollen Blüte ihrer Jugend stand. Sabeles Haut war tief bronzefarben, doch eigentlich war sie eine Weiße, vor Jahrhunderten auf Yuros geboren. Beide waren sie Seelentrinker, Magi, die sich Zugang zu ihrer Gnosis verschafft hatten, indem sie die Seele eines sterbenden Magus verschlangen. Huriya hatte nichts davon geahnt, bis Sabele sie über das in ihr schlummernde Geheimnis aufklärte. Schon seit Huriya ein Kind gewesen war, hatte Sabele sie immer wieder im Geheimen aufgesucht und ihr reichen Lohn versprochen, falls sie sich nur geduldig zeigte, und jetzt wurden diese Versprechungen endlich eingelöst.

»Sind wir allein?«, krächzte Sabele.

Huriya faltete die Hände und verneigte sich. »Das sind wir.« Sie hatte das umliegende Gebiet sorgsam mit ihrer neu erwachten Gnosis abgesucht.

Sabele setzte dieses unangenehme Lächeln auf, das ihrer Schülerin unmissverständlich mitteilte: Ich bin stärker als du. »Sieh noch einmal hin, Mädchen«, sagte sie und schaute durch das Steingitter. »Suche nicht nur nach Menschen.«

Na gut… Huriya schluckte ihren Ärger hinunter, schloss die Augen und öffnete ihren Geist ein weiteres Mal, streckte die Gedanken nach den Wächtern aus, die sie um die verfallene Anlage herum aufgestellt hatte. Unter Sabeles Anleitung hatte sie mehrere schwache Dämonen gefangen und sie an Vögel gebunden, die meisten davon Krähen. Mittlerweile hatte sie einen ganzen Schwarm, der ihr auf Schritt und Tritt folgte, und ein kurzer Moment des Kontakts genügte, um ihr zu verraten, was sie wissen wollte.

»Draußen streifen Schakale umher«, berichtete Huriya mit einem leichten Zittern in der Stimme. »Und noch etwas anderes.«

Sabele lächelte. »Schon besser, Kind.« Sie berührte Huriya an der Schulter und ließ eine Mischung aus geistigem und körperlichem Entzücken durch ihre Nervenbahnen zucken.

Huriya stöhnte leise, ihre Brustwarzen wurden hart, und sie spürte ein Kribbeln im Schritt. Sabele kannte sie gut genug, um zu wissen, wie sie Huriya an der Leine halten konnte. Die greise Jadugara konnte sie bebend in sich zusammensinken lassen vor Lust oder Schmerz, ganz wie es ihr beliebte, und Huriya hasste diese Augenblicke genauso, wie sie sich nach innen verzehrte.

Eines Tages werde ich alles gelernt haben, was du mir beibringen kannst, alte Hexe. Und dann nimm dich in Acht …

»Komm«, sagte Sabele und führte sie durch halb verfallene und von abgestorbenen Kletterpflanzen überwucherte Bogengänge zum Tor.

Huriya beobachtete mit den Augen ihrer Dämonenkrähen, wie die Schakale auf das Palastgelände kamen. Als sie und ihre Meisterin die Treppe zum großen Innenhof erreichten, blieben sie auf dem obersten Absatz stehen.

Die Schakale, die von unten zu ihnen hinaufschauten, waren größer als gewöhnliche Vertreter ihrer Art, mindestens doppelt so schwer. Sie winselten leise und senkten die Köpfe, als würden sie sich verneigen. Dann warfen sie sich wie auf Befehl alle gleichzeitig zu Boden, begannen zu zucken und wanden sich, während das Fell von ihnen abfiel und zu Staub zerbröselte. Huriya traute ihren Augen kaum: Arme und Beine wuchsen aus ihren Körpern, einige entleerten Blase und Darm, dann veränderte sich auch der Rumpf. Er streckte sich und wurde dicker, sehnige Muskeln traten hervor, die Schnauze bildete sich zurück und der Kopf schwoll an, bis die Schakale schließlich Menschengestalt hatten. Männer und Frauen aus verschiedensten Völkern standen vor ihnen, mit heller oder dunkler Haut, blondem oder schwarzem Haar, aber alle waren sie groß gewachsen, jung und stark. Mit angehaltenem Atem musterte Huriya ihre Gesichter, die immer noch verzerrt waren, als hätten sie gerade die höchste Form des Orgasmus erlebt.

»Sind das Gestaltwandler?«, fragte sie keuchend.

Sabele nickte. »Wir verbünden uns mit denen, die unserer Art am nächsten stehen. Das ist unsere Stärke und Schwäche zugleich. Diese Gruppe hier ist seit Jahrhunderten zusammen. Sie sind wie Blutsbrüder und -schwestern.«

»Dann stehen sie Euch näher als ich?«

»Du bist meine Schülerin, Mädchen. Das erhebt dich über sie alle.«

Huriya lächelte innerlich, dann wanderte ihr Blick nach unten zurück zu den Halbwesen. Sie hatten sich gerade erst auf zwei Beine erhoben, da kam ein Löwe auf den Innenhof getrabt. Im Gegensatz zu ihnen wälzte er sich nicht erst im Staub und beschmutzte sich dabei selbst, sondern richtete sich einfach auf und verwandelte sich noch im Laufen. Seine Mähne wurde zu schulterlangem blondem Haar, die mächtigen Bauchmuskeln spielten bei jedem Schritt, als er wie ein Gott zwischen den anderen hindurchstolzierte. Seine Oberschenkel waren wie Baumstämme, das Gesicht schimmerte golden im Licht der untergehenden Sonne, und sein Geschlechtsteil ragte halb erigiert aus einem dichten Büschel hellen Schamhaars.

Huriya verschlug es bei dem Anblick beinahe den Atem. *Du gehörst mir*, sagte sie sich und saugte gierig seinen Anblick in sich auf.

Eine der Frauen, ein hartgesichtiges Weib mit sehnigem Körper und von der Sonne geschwärzter Haut, schien ihre Gedanken gehört zu haben und warf Huriya einen warnenden Blick zu, während der Neuankömmling vor Sabele das Knie beugte.

»Rudelführer Zaqri«, begrüßte sie ihn.

»Meine Königin«, erwiderte er auf Rondelmarisch, und der Rest seines Rudels wiederholte den Gruß in Gedanken.

»Danke, dass du gekommen bist, Zaqri, mein Kind«, erwiderte Sabele leise. »Ich habe einen Auftrag für dich.«

»Was immer Ihr befehlt, wir folgen Euch.«

Sabele lächelte. »Ich weiß.«

Mit einem Mal wirkte die Greisin größer, ihre Haut schien weniger faltig, als sei sie plötzlich jünger geworden. Huriya fragte sich, ob es ein Illusionszauber war, aber wahrscheinlich, dachte sie, rührte der Effekt eher von Sabeles geschmeicheltem Stolz her.

»Kommt, in den Schlafsälen warten Essen und Kleidung auf euch. Wie lange wart ihr unterwegs?«

»Drei Wochen«, antwortete Zaqri. Sein Blick wanderte zu Huriya, und sie schaute nicht weg. Zaqris Bart war wild, die Locken zerzaust und das Brusthaar dicht wie eine Hecke. Das Tier steckte immer noch in ihm, das war deutlich zu erkennen.

»Ist das Eure neue Schülerin?«

Sabele neigte den Kopf. »Huriya Makani.«

»Tochter des Razir?«

»Genau die.«

Er hat meinen Vater gekannt? Huriya durchlief ein Kribbeln.

Zaqri nickte anerkennend. »Es ist gut, dass sein Blut endlich in unsere Reihen zurückkehrt. Ist sie schon erwacht?«

Sabele strich Huriya über den Arm, und sie erschauerte vor Genugtuung. »Sie hat ein Halbblut getrunken.«

Zaqri bleckte die Zähne. »Ein guter Anfang.«

Ein guter Anfang. Huriya konnte ihre Erregung kaum verbergen und vergaß beinahe das Atmen. *Heißt das, ich kann noch mächtiger werden?* Die Antwort war einfach: *Ich muss nur jemanden töten, der stärker ist als ich, und dann seine Seele verschlingen.* Das hatte Sabele ihr nicht gesagt, und vielleicht mit voller Absicht. Schließlich kam sie selbst als geeignetes Opfer in Betracht. Vielleicht war das aber auch nur ein Wunschtraum.

»Wir werden nach Krak di Condotiori gehen und den Ordo Costruo vernichten«, hörte sie die alte Jadugara zu Zaqri sagen und erwachte wie mit einem Paukenschlag aus ihren Gedanken. Huriya war entzückt. *Ein ganzer Magi-Orden zum Verschlingen! Danach kann mich nichts und niemand mehr aufhalten…*

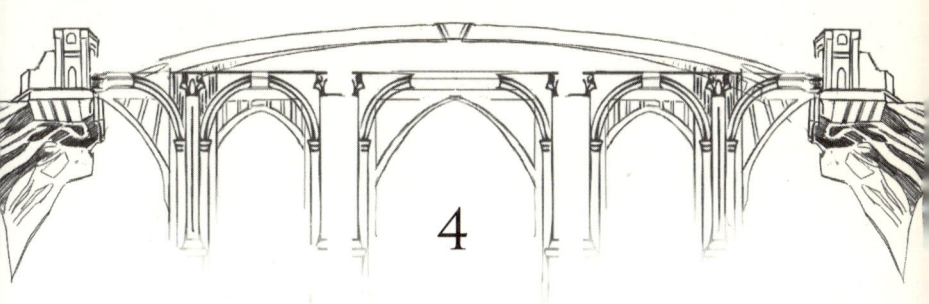

4

Geiseln und Gäste

Manifestation während der Schwangerschaft

Und siehe da, es geschah ein großes Wunder: Agnes, eine gewöhnliche Sterbliche, die Sertain, der Magus Primus, zur Frau genommen hatte, stieg daselbst in den zweiten Blutrang auf, weil sie sein Kind in sich getragen hatte.

Annalen von Pallas

Einst, als die Aszendenten noch jung und viril waren, war Manifestation während der Schwangerschaft etwas beinahe Alltägliches. Doch mittlerweile, da die ursprünglichen Dreihundert alt sind und allmählich aussterben, ist sie zu einer Seltenheit geworden. Ab und zu kommt es vor, dass die Nicht-Magusfrau eines Reinbluts eine vorübergehende gnostische Erweckung erfährt, aber die letzte Sterbliche, die das Kind eines Aszendenten in sich trug und dadurch die volle Gnosis erlangte, ist längst von uns gegangen. Die neuen Aszendenten,

die mithilfe der Skytale des Corineus erhoben wurden, heira-
ten ausschließlich andere Reinblute, und meines Wissen blieb
seither jede Verbindung zwischen Magi und gewöhnlichen
Sterblichen fruchtlos.

ASA CENIUS, GELEHRTER AM ARKANUM VON BRES, 911

KESH, ANTIOPIA
RAJAB (JULSEPT) 928
ERSTER MONAT DER MONDFLUT

Namaste!

Ramita Ankesharan beobachtete, wie die Frau zusammenzuckte wie von einem Stein getroffen und wild um sich blickte.
Sie zog den Vorhang wieder zu und lächelte zufrieden. In der
gegenüberliegenden Ecke der engen Kutsche döste ihre Dienerin vor sich hin und bekam nicht das Geringste mit. Noch
wichtiger allerdings war, dass dasselbe für Ramitas Bewacher
galt, der direkt neben ihr saß.

Schon die dritte heute, dachte Ramita stolz. Sie versuchte,
ihre gerade erst erwachende Gnosis zu trainieren, ohne die
Aufmerksamkeit ihrer Begleiter auf sich zu ziehen. Es war,
wie um eine schlafende Schlange herumzutanzen: Jeder Fehl-
tritt konnte den Tod bedeuten. Doch bisher war jeder ihrer
Schritte lautlos und sicher gewesen. Sie streichelte ihren prallen Bauch. *Ich werde euch beschützen, meine Kleinen. Niemand wird euch etwas zuleide tun.*

Ramita hatte kaum eine Vorstellung davon, wo sie überhaupt war. Sie hatte Dhassa und Kesh noch nie bereist, und
Landkarten interessierten sie nicht. Außerdem hatte es in

Baranasi, wo sie aufgewachsen war, ohnehin keine gegeben. Im Moment war ihre Welt beschränkt auf diese Kutsche hier, die sich auf hoffnungslos überfüllten Straßen langsam Richtung Osten mühte. Die enge Kabine ließ kaum Platz, um die Beine auszustrecken. Vor den winzigen Fenstern hingen Vorhänge, die zwar den Staub abhielten, aber die Luft war stickig und heiß. Der Salwar klebte ihr am Körper, Schweiß tropfte auf ihren Dupatta, und bei jedem Schlagloch rumorte ihr Bauch, der sich bereits deutlich wölbte, obwohl sie erst im dritten Monat war. Ramita legte schützend beide Hände darüber.

Die sauergesichtige Arda schlief in der gegenüberliegenden Ecke mit dem Rücken gegen die Kabinenwand gelehnt. Sie war eine Keshi und, auch wenn das ständige Geruckel ein Gespräch nicht gerade einfacher machte, die wortkargste Frau, der Ramita je begegnet war. Sie dachte an Huriya, ihre Freundin seit Kindheitstagen, und vermisste sie beinahe. Andererseits war Huriya mit schuld daran, dass Ramita nun eine Gefangene war. Sie hatte sich an dem Mordkomplott gegen ihren Mann beteiligt. Ramita seufzte leise und verbannte Huriya aus ihren Gedanken. Die Keshi-Frau Arda war wenigstens in aller Offenheit ihre Feindin.

Der Bewaffnete neben Arda fuhr die meiste Zeit oben auf dem Kutschbock mit, wo man sich wenigstens der Illusion hingeben konnte, die Luft sei frischer, aber am Nachmittag hielt er stets ein kleines Schläfchen. Sein Name war Hamid. Er sah zwar aus wie ein Keshi, aber er beherrschte die Magie der Rondelmarer. Manchmal ließ er kleine Flammen aus seinen Fingerkuppen züngeln, um anzugeben. Er war vielleicht zwanzig und gebärdete sich wie ein Gockel, schaute jeder Frau in dem Flüchtlingsstrom nach, der sich neben ihnen dahinwälzte, und rief ihnen obszöne Dinge zu. Wenigstens ließ er Ramita in Ruhe, denn als Geisel hatte sie einigen Wert. Vielleicht wagte es er deshalb nicht, sie zu belästigen. Oder er fand es abstoßend, dass sie Lakhin war und schwanger.

Die Reise war eine einzige Tortur. Ganz Dhassa und Kesh schienen auf den Straßen unterwegs zu sein, um sich vor den Kriegszüglern in Sicherheit zu bringen. Die Reichen waren längst fort, aber die Armen, die kein Geld hatten, das sie hätten mitnehmen können, hatten so lange wie möglich auf ihren Feldern und bei ihren Marktständen ausgeharrt, bevor sie sich dem Flüchtlingsstrom anschlossen. Ramita brauchte nur den Vorhang zur Seite zu schieben, dann sah sie sie direkt vor sich, die völlig überladenen Karren, auf denen sie ihr gesamtes Hab und Gut festgezurrt hatten. Menschen, die sich mit leerem Blick barfuß durch Sand und Schotter schleppten, Mütter, die ihre Kinder auf den Schultern trugen oder sie im Gehen stillten. Männer, die selbst kaum mehr waren als Haut und Knochen, durchwühlten die Abfälle nach Essbarem für ihre hungernden Frauen und Kinder. Ab und zu wurden sie von berittenen Soldaten überholt, die rücksichtslos mitten durch die Menschenmenge preschten und an nichts anderes dachten als an ihre Befehle. Dhassa leerte sich. Während des letzten Kriegszugs hatten die Rondelmarer sich ostwärts bis nach Istabad geplündert. Diesmal würde es schlimmer werden, hieß es.

Ramita schaute kurz zu ihren schlafenden Bewachern hinüber, dann schob sie den Vorhang ein weiteres Mal zur Seite. Die letzte Frau, die sie mit ihren Gedanken erschreckt hatte, musste irgendwo hinter ihnen sein und war nicht mehr zu sehen. Ihr Blick fiel auf zwei junge Mädchen. Mit gesenkten Köpfen schleppten sie sich Hand in Hand dahin, Gesicht und Körper vollkommen von ihren schnittlosen Bekiras verhüllt.

Namaste!, rief sie der rechten zu.

Nichts. Sie versuchte es noch einmal, mit ein bisschen mehr Kraft, und diesmal fuhren beide herum, starrten durch die schmalen Sehschlitze ihrer Bekiras auf die Kutsche, die gerade an ihnen vorbeifuhr.

Chod! Ramita zog den Vorhang wieder zu. Sie wusste instinktiv, was der Fehler gewesen war: Sie hatte sich nicht genügend auf eine der beiden konzentriert, deshalb hatten beide sie gehört. Wenn ihre Fluchtpläne gelingen sollten, musste sie sich geschickter anstellen.

Ramita hatte hart an sich gearbeitet, wie es sich für eine gute Lakhin gehörte, doch war sie auch vorsichtig gewesen, damit Hamid ihre heimlichen Aktivitäten nicht bemerkte. Keine Menschenseele wusste von ihren neuen Fähigkeiten. Wenn sie entkommen wollte, musste sie ihren Gedankenruf perfektionieren, ihn schärfen und stark machen, fokussieren. Die ständig wechselnden Menschen draußen auf der Straße waren ideale Übungsobjekte. Ramita wartete eine Minute, bis die beiden Mädchen ein Stück zurückgefallen waren, und versuchte sich an einem neuen Opfer.

Oft kam es jedoch auch vor, dass sie den Anblick nicht ertragen konnte. Selbst Ardas finstere Miene war besser als das Leid, das sie überall sah, vor allem wenn ihr Blick zum Rand der Straße wanderte, wo die Überreste derer lagen, die aufgegeben hatten. Meist waren es Frauen und Kinder, deren Haut sich unter der Sonne allmählich schwarz verfärbte, nachdem ihre Seelen längst in die andere Welt übergegangen waren. Manchmal kauerte ein weinendes Kind neben seiner gestürzten Mutter, ignoriert von allen, die vorbeikamen. Hamid und Arda hatten ihr verboten, anzuhalten und zu helfen, und dafür hasste Ramita die beiden noch mehr. Dabei wusste sie selbst nur zu gut: Sobald sie anfingen, den Waisen zu helfen, würde es kein Ende mehr geben, und sie konnte sie nicht alle mitnehmen.

Ich werde selbst bald zwei Kinder haben. Ihnen muss meine ganze Kraft und Aufmerksamkeit gelten.

Also beschränkte sie sich für den Moment darauf, ihre befremdlichen neuen Fähigkeiten zu perfektionieren, die nur erwacht waren, weil Antonin Meiros sie geschwängert hatte. Sie waren das letzte Geschenk ihres ermordeten Ehemanns und der Beweis dafür, dass er der Vater ihrer Kinder war und nicht Kazim. *Ich werde entkommen, irgendwie, und meine Kinder in Freiheit zur Welt bringen.*

Arda wachte auf, und damit war die Übungszeit für heute beendet. Die alte Frau blickte sie verächtlich an, wie sie es an jedem einzelnen Tag der Reise getan hatte. *Für sie bin ich eine Hure, die sich an einen alten Jadugara verkauft, um sich von ihm schwängern zu lassen. Aber es ist mir egal, was sie von mir hält.*

»Wo sind wir?«, fragte Ramita. Huriya und Kazim hatten ihr Keshi beigebracht, als sie noch ein Kind gewesen war, und mittlerweile sprach sie dank Meiros' Unterricht auch einigermaßen Rondelmarisch, wenn auch nur stockend.

Arda musterte sie mit ihren dunklen Knopfaugen. Meist reagierte sich nicht, selbst wenn Ramita das Wort direkt an sie richtete, doch diesmal war es anders – warum auch immer. »In der Nähe von Sagostabad.«

»Ist das unser Ziel?«, hakte Ramita nach, solange Arda noch in Redelaune war.

Die Greisin blinzelte wie in Zeitlupe. »Hallikut.«

Hallikut. Wo Rashid Mubar der Emir ist. Ramita spürte, wie sich eine unsichtbare Schlinge um ihren Hals legte. Sie war beinahe sicher, dass Raschid der Anführer der Hadischa war. Auf jeden Fall war er es gewesen, der bei der Ermordung ihres Mannes die Strippen gezogen hatte. Bei ihrer letzten Begegnung hatte er nicht den geringsten Zweifel daran gelassen, welches Schicksal Ramita erwartete: Falls Antonin die Kinder in ihrem Bauch gezeugt hatte, ihr Blutrang also hoch war, würde Raschid sie zur Frau nehmen. Falls nicht, konnte Kazim sie zurückhaben. Ramita wusste nicht, welche Möglichkeit die schlimmere war. Sie hatte einfach keine Kraft mehr, sich darüber den Kopf zu zerbrechen.

Manchmal übernachteten sie in verlassenen Häusern, kleinen, heruntergekommenen Unterschlupfen aus Lehmziegeln, und manchmal blieben sie einfach nur stehen. Hamid schlief dann oben beim Kutscher, Ramita und Arda unten auf den Sitzbänken. Sie waren beide kaum drei Ellen groß, und trotzdem waren die Bänke zu kurz, um sich darauf auszustrecken, und außerdem zu hart. Die Luft war kaum kühler als tagsüber, aber wenigstens war die sengende Sonne vom Himmel verschwunden. Überall um sie herum litten die Flüchtlinge, tranken winzige Schlucke fauliges Wasser, wenn der Durst sie beinahe umbrachte, und aßen von den wenigen Linsen, die sie noch hatten. Ramita schlief unruhig und hörte das Wimmern der hungernden Kinder noch in ihren Träumen.

Heute allerdings bogen sie noch vor Einbruch der Dämmerung von der Hauptstraße ab und fuhren über einen langen Schotterweg, weg von dem sich nach Osten wälzenden Menschenstrom. Als es schließlich in Serpentinen eine Steigung hinaufging, erkannte Ramita in den dichter werdenden Schatten die Umrisse eines weißen Steingebäudes oben auf der Kuppe.

Nachdem sie ein bewachtes Tor passiert hatten, wurde die

Straße noch steiler, dafür war sie jetzt gepflastert und wurde von prächtigen Bäumen gesäumt. Alte Männer, gebeugt unter der Last der riesigen Eimer an ihrem Joch, gossen Wasser über die Wurzeln und den gepflegten Rasen, und das in Mengen, die Hunderten von Flüchtlingen das Leben gerettet hätten. Die Soldaten, die sie bewachten, wirkten satt und zufrieden.

Hamid sprang vom Dach herunter auf das Trittbrett unter Ramitas Fenster und schob den Vorhang zur Seite. »Heute Nacht schlafen wir im Paradies«, verkündete er strahlend. »Gegrilltes Fleisch und herrliche Saucen. Bier, wie die Weißen es trinken! Echte Betten. Junge Dienerinnen mit saftigen Yonis.«

Während der ganzen Reise hatte er noch nicht so viel gesprochen. Er hüpfte beinahe vor Freude, während er auf dem Trittbrett balancierte. Schließlich sprang er hinunter auf die Straße und lief mit einem breiten Grinsen neben der Kutsche her.

Schließlich fuhren sie in einen Innenhof mit weißen Marmorsäulen und rosafarbenen Sandsteinmauern. Überall waren Menschen, Wächter und Diener liefen umher. Ramita sah Männer mit traditionellen karierten Kopftüchern und Frauen in dicken schwarzen Bekiras, die über ihre Strohbesen gebeugt den Boden fegten, während die Soldaten und männlichen Diener erhobenen Hauptes zwischen ihnen umherstolzierten.

Die Kutsche beschrieb eine letzte kleine Kurve und kam ruckend zum Stehen. Da erblickte Ramita das farbenprächtig gekleidete Begrüßungskomitee, das sie auf der Treppe erwartete, und schaute an sich hinunter: Der Salwar klebte klatschnass an ihren Brüsten, ein Rinnsal aus Schweiß lief über ihren runden Bauch und sammelte sich im Nabel. *Selbst auf dem Markt von Baranasi hätte ich mich in diesem Zustand niemals sehen lassen*, dachte sie und zog hastig ihren Bekira über den Kopf. Als Arda, die ihren selbst in der größten Hitze nie ablegte, auch noch Mund und Nase bedeckte und die Kapuze hochschlug, folgte Ramita ihrem Beispiel und war zum ersten Mal im Leben froh um die Möglichkeit, sich ganz und gar unter dickem schwarzem Stoff zu verstecken.

Die Kutschtür schwang auf, Hände streckten sich ihnen helfend entgegen, und Arda schob sich entschlossen an Ramita vorbei nach vorn. *Die Hure soll gefälligst nach mir aussteigen*, fing Ramita ihre Gedanken auf. Sie hatte sie so deutlich gehört, als hätte Arda laut gesprochen. Ihre Versuche, die Gnosis auch ohne Antonins Hilfe zu meistern, blieben also nicht unbelohnt.

Selbst Vögel müssen das Fliegen erst lernen, sagte sie sich zufrieden und stieg auf wackligen Beinen aus der Kutsche. Als sie jedoch gegen das Licht der untergehenden Sonne anblinzelnd sah, wer sie dort auf der Treppe erwartete, schottete sie ihren Geist sofort ab.

»Sei gegrüßt, Ramita«, gurrte Alyssa Dulayn. »Willkommen im Hawli Khayyam.«

Hawli Khayyam, wiederholte sie im Geist und prägte sich den Namen ein.

Das honigfarbene Haar fiel Alyssa über die nackten Schultern, und der tiefe Ausschnitt ihres rondelmarischen Kleides zeigte in offener Missachtung aller Anstandsregeln reichlich viel blasse Haut. Für die Keshi-Dienerschaft musste das ein schockierender Anblick sein, aber Reinblutjadugaras scherten sich nicht um Anstand oder Gepflogenheiten und taten, was immer ihnen beliebte. Zu Beginn ihrer Bekanntschaft hatte Ramita Alyssa für eine Freundin gehalten, doch mittlerweile war sie eines Besseren belehrt worden.

Die beiden Männer hinter ihr waren wahrscheinlich ebenfalls Magi. Für Keshi hatten sie auffallend helle Haut. Sie gaben sich herrschaftlich und trugen jeder eine Kette mit einem Juwelenanhänger um den Hals. Der eine war mittleren Alters und hatte etwas Weltgewandtes, die Augen des anderen hingegen leuchteten wie die eines kleinen Jungen, was ihn im Vergleich wie einen verspielten Knaben aussehen ließ. Ramita glaubte, die beiden von dem Empfang wiederzuerkennen, auf dem sie mit Meiros gewesen war. Der Rest des Komitees bestand aus adligen Keshi und deren Leibwächtern.

Alyssa trat vor und streichelte Ramitas Wange, als wäre sie noch ein Kind. »Wie war deine Reise, Liebes? Du siehst fürchterlich aus«, sagte sie auf Rondelmarisch. Ihre Stimme klang sanft und verspielt.

Ramita zuckte zurück. »Ich bin eine Gefangene und wurde auch wie eine behandelt.«

»Du bist unser Gast, Liebes, ein sehr spezieller Gast. Wie geht es deiner Leibesfrucht?«

Ramita hob instinktiv die Hände vor ihren Bauch. »Es geht ihnen gut.«

»Und wie sieht es mit der Manifestation aus?«, fragte Alyssa weiter.

Das Amulett an ihrer Halskette begann zu leuchten und tauchte die helle Haut der Jadugara in einen grünlichen Schimmer. Ramita fühlte sich, als wäre die Luft um sie herum plötzlich fest geworden. Wie in Glas eingegossen stand sie da und konnte sich nicht mehr bewegen, während Alyssa ihr die Hand auf die Stirn legte und kurz innehielt, als sie den Schweiß darauf spürte. *Nicht das kleinste bisschen, Kind? Wollen wir doch mal sehen …* Der Geist der Jadugara drang in sie ein und legte sich um ihre Gedanken wie eine Würgeschlange.

Ramita zitterte. Sie versuchte nicht, ihre Angst zu verbergen, denn Angst war genau das, was Alyssa erwartete. Sie dachte an die Strapazen der Reise, an die Einsamkeit, an die Schrecken der zurückliegenden Ereignisse und ihre ungewisse Zukunft. Wie eine Maske hielt sie diese Bilder hoch, damit Alyssa sie sah.

Nein, immer noch nichts... Was für eine Schande. Ich hatte gehofft, der alte Bock hätte dich geschwängert, und nicht dieser Kazim Makani. Die Jadugara überlegte kurz. *Aber auch sein Blut ist nicht ganz wertlos.*

Ramita schluckte den Köder nicht. Sie ließ die Maske für sie sprechen, eine kümmerliche Gefühlslandschaft aus Einsamkeit, Argwohn und Angst. Es war nicht schwer, das konnte sogar ein Nicht-Magus, und Ramita hatte den Trick von Antonin Meiros selbst gelernt. Zufrieden beobachtete sie, wie Alyssa das Interesse verlor. *Wieder ein kleiner Sieg.*

»Armes Ding«, sagte die Jadugara. »Wie unsicher dir die Zukunft erscheint. Aber hab keine Angst. Hier kannst du dich ausruhen, bis du bereit für die Weiterreise bist. Und weißt du, was? Ich werde dich nach Hallikut begleiten!« Sie lächelte selbstgefällig. »Die Reise dorthin wird um einiges schneller gehen und unendlich viel bequemer sein.«

Ramita wurde nach drinnen geführt, in ein Zimmer im Erdgeschoss mit vergitterten Fenstern. Der Boden war mit Steinfliesen ausgelegt, es gab ein großes Bett mit weichen Kissen und schönen Laken, Vasen mit Blumen darin und sogar ein Bad – ein richtiges Badezimmer!

Arda folgte ihr. Mit gebieterischen Gesten und knappen Kommandos wies sie zwei Dienerinnen an, ein Bad einzulassen, Ramitas spärliches Gepäck zu holen und frische Kleidung bereitzulegen. Ramita ließ sich unterdessen auf die Matratze sinken, die härter war, als sie es sich gewünscht hätte, aber immer noch tausendmal besser als die Sitzbank in der Kutsche. Jeder Knochen schmerzte, und sie spürte ihren ganzen Körper, als vibriere er immer noch von der holprigen Kutschfahrt. Als sie den Bekira ablegte, stieg Ramita ihr eigener Geruch in die Nase, stechend und unangenehm, aber das Bad musste bald so weit sein.

Glücklicherweise ließ man sie zum Waschen allein. Ramita sank in das lauwarme, nach Rosen duftende Wasser und genoss das herrliche Gefühl auf der Haut. Jasmin- und Lavendelseifen lagen bereit, außerdem eine Flasche Arganöl für die Haut – Luxusgüter, die Ramita in Baranasi nicht gekannt hatte, an die sie sich aber während ihrer Zeit in der Casa Meiros schnell gewöhnt hatte. Unwillkürlich fragte sie sich, ob ihre Mutter mittlerweile jeden Tag ein solches Bad nahm. Ob ihre jüngeren Brüder und Schwestern aufwuchsen wie verwöhnte Prinzen? War Jai zu ihnen zurückgekehrt? Waren sie in Sicherheit? Wie würden sie zurechtkommen, sobald der Geldstrom versiegte, jetzt, da Meiros tot war? Wussten sie überhaupt davon? Die Welten, in der sie und ihre Familie jetzt lebten, waren so verschieden, dass Ramita nur noch selten an sie dachte. Aber jetzt, in diesem Moment, verzehrte sie sich geradezu danach, sie zu sehen.

Vielleicht könnte ich es mithilfe der Gnosis ... Aber Ramitas angeborene Vorsicht verdrängte den Gedanken. Sie durfte es nicht riskieren, nicht, wenn Alyssa gleich nebenan war. Sie wusste so wenig, hatte keine gnostische Ausbildung und ließ sich nur von ihrem Instinkt leiten. Und ihr Instinkt sagte Nein. Ramita seufzte schwer und machte sich daran, sich zu waschen.

Ihr Busen wuchs bereits, die Brustwarzen traten deutlicher

hervor, und ihr Bauch wölbte sich von Woche zu Woche mehr. Sie war mit Zwillingen schwanger und würde schnell zunehmen, wie es auch ihre Mutter immer getan hatte. Generation für Generation hatten ihre weiblichen Vorfahren Zwillinge und Drillinge bekommen, nie ein Einzelkind, und hatten praktisch die Hälfte ihres Lebens als dickbäuchige, watschelnde Enten verbracht.

Ramita kippte etwas Öl ins Wasser und lehnte sich zurück, bis ihr ganzer Körper untergetaucht war, dann schloss sie die Augen und versuchte nachzudenken. Ihr blieben vielleicht drei oder vier Tage an diesem Ort, weit weg von Hebusal und noch weiter weg von Hallikut. Vielleicht war es ihre letzte Chance. Und selbst wenn Alyssa es merkte, was machte das schon? Die Wahrheit würde so oder so ans Licht kommen, früher oder später. Ramita konzentrierte sich und stellte sich vor, sie säße wieder in der Kutsche und schaue zum Fenster hinaus. Sie suchte eine Frau, eine ganz bestimmte, malte sich das Gesicht so genau aus, wie sie konnte, stellte sich ihren spröden Charakter vor, die scharfe Stimme und die stechenden Augen. Dann fokussierte sie ihre Gedanken und rief, so leise es nur irgend ging, den Namen des einzigen Menschen, dem sie noch vertrauen konnte.

Es dauerte eine Weile, aber nicht so lange, wie Ramita befürchtet hatte. Die Wanne war bereits kalt und ihre Finger von dem herrlich duftenden Wasser runzelig, als die Gedankenverbindung endlich zustande kam.

Justina!

Ramita?, fragte Justina Meiros vollkommen verdutzt. *Sol et Lune! Bist das wirklich du? Ich höre dich kaum…*

Ramita wagte es nicht, lauter zu rufen. *Bitte, helft mir.*

Justina wusste sofort, was Ramita meinte. *In Ordnung, aber*

*lass mich das hier übernehmen. Konzentriere dich einfach auf
meine Stimme, während ich unsere Gedanken vor den anderen
verberge… Großer Sol, du lebst! Und die Gnosis hat sich in dir
manifestiert! Sol et Lune… Ich hatte geglaubt, du wärst tot!
Rashid sagte, man hätte dich zusammen mit Vater ermordet.*

Ramita unterdrückte die Tränen, die unvermittelt in ihr aufstiegen. Es war nicht ihr erster Versuch, Meiros' Tochter zu rufen, und sie hatte schon befürchtet, es würde ihr nie gelingen.
*Es waren Rashids Männer, die Antonin getötet haben. Und
jetzt bin ich Alyssas Gefangene.*

Rashid… Alyssa? Aber… Bei den Göttern!

Ramita spürte Justinas Entsetzen. Um ein Haar hätten sie
den Kontakt verloren, doch als Justinas Gedanken sich wieder
nach ihr ausstreckten, war ihr Griff fest und konzentriert, beinahe brutal. Ramita hatte fast das Gefühl, ihren feuchtkalten
Atem auf der Haut zu spüren.

*Rashid sagte, er hätte nichts gewusst. Er hat es geschworen,
und ich habe ihm geglaubt! Und Alyssa… Das kann nicht sein!*
Sie wirkte zutiefst erschüttert.

Alyssa ist böse, erwiderte Ramita. *Als sie mir »Unterricht«
gegeben hat, hat sie meine Gedanken ausspioniert. Ihr hättet
ihr nicht vertrauen dürfen.*

Sie hat was? Justina war außer sich. *Warum hast du mir das
nicht gesagt?*

Weil Ihr mit ihr befreundet wart… und mich nur verachtet habt.

Rukka mio! Justinas Gedanken blitzten einen Moment lang
auf wie Feuer, dann wurden sie wieder kalt und scharf wie Eisnadeln. *Wo bist du?*

In der Nähe von Sagostabad, im Hawli Khayyam.

Justina klang überrascht. *Du kannst mich von dort errei-*

chen? Bei den Göttern, nicht einmal ich komme weiter… Es schien eine Weile zu dauern, bevor sie die Fassung wiedererlangte. *Ich kenne den Ort.* Justinas Stimme wirkte beinahe traurig, als sie das sagte. *Erst vor ein paar Tagen war Alyssa noch bei mir… Sie sagte, Vater wäre einem Attentat zum Opfer gefallen, aber sie könnte mich bei ihr verstecken. Rukka-rukka-rukka… Sie haben mich komplett zum Narren gehalten, und genau das bin ich, eine verfluchte Närrin! Verflucht seien die beiden!*

Alyssa könnte uns hören, warf Ramita ein und betete, dass Justinas Wutausbruch nicht schon die Aufmerksamkeit ihrer Geiselnehmerin erregt hatte. *Bitte, helft mir. Um der Kinder willen.*

Justinas Geist war sofort wieder fokussiert, die Kälte ihrer Gedanken beinahe furchterregend. *Ich war schon einmal in diesem Hawli. Rashid und Alyssa sind einmal im Frühling mit mir hingefahren. Wie lange wirst du noch dort sein?*

Drei Tage vielleicht. Ich weiß es nicht genau.

Bleib, solange du kannst. Zögere die Abreise hinaus. Tu so, als wärst du krank, falls nötig. Ich komme, das schwöre ich, aber es ist ein weiter Weg, und ich stehe unter Beobachtung. Versuche auf keinen Fall, noch einmal Kontakt mit mir aufzunehmen.

Dann endete die Verbindung abrupt. Ramita schnappte nach Luft, und ihr Unterleib erzitterte. Im ersten Moment konnte sie sich nicht erklären, wo die Erschütterung hergekommen war, dann begriff Ramita, dass es ihre Kinder waren, die sich in ihrem Bauch bewegt hatten. »Ich werde euch beschützen, meine Kleinen«, flüsterte sie. »Haltet durch…«

Den ganzen nächsten Tag blieb Ramita im Bett, um Alyssa aus dem Weg zu gehen. Sie fürchtete, die rondelmarische Jadugara könnte die Gnosis in ihr spüren oder ihre Gedanken lesen und herausfinden, dass Justina auf dem Weg hierher war. Ihr Plan funktionierte. Nur einmal hörte sie Alyssas Stimme. Sie kam von einem der Balkone oberhalb. Alyssa lachte kokett, und eine raue, männliche Stimme fiel mit ein. *Was für ein billiges Miststück. Sogar die Unberührbaren haben mehr Anstand als sie*, dachte Ramita, und die gedankliche Beschimpfung hellte ihre Stimmung gleich ein wenig auf.

Die ungeborenen Babys in ihrem Bauch regten sich wieder. Ramita erschrak, empfand das Lebenszeichen aber gleichzeitig als Trost. In der Ferne hörte sie, wie die Gottessänger die Amteh zum Gebet riefen, und war glücklich, dass die Welt sie vergessen zu haben schien. Justina Meiros war auf dem Weg hierher, und nur das zählte.

Man ließ sie im Bett bleiben, erst bei Einbruch der Dämmerung kam Alyssa, um nach ihr zu sehen, nachdem Ramita einen Hustenanfall vorgetäuscht hatte, falls sie sich tatsächlich krank stellen musste, um die Weiterreise hinauszuzögern. Allerdings war das Manöver nicht ganz ohne Risiko, falls Alyssa die Heilgnosis beherrschte. Ramita wünschte, sie wüsste mehr über diese geheimnisvolle Kraft und hätte sich, obwohl Justina so garstig zu ihr gewesen war, mehr angestrengt, um sie besser kennenzulernen.

Wie sich schnell herausstellte, interessierte Alyssa sich kaum für ihren Zustand, und so verging auch der nächste Tag ereignislos. Immer wieder betete Ramita zu Parvasi um Kraft und weinte dann um ihren erst vor drei Wochen getöteten Mann. Zu gerne hätte sie wieder Kontakt zu Justina hergestellt, wagte es aber nicht. Die einzigen Menschen, die sie sah, waren Arda und die Hausdienerinnen, wenn sie zum Saubermachen ins Zimmer kamen. Es war schon weit nach der dritten Nachtglocke, und Ramitas Lider wurden allmählich schwer, da kam Hamid plötzlich in ihr Zimmer stolziert und baute sich vor ihrem Bett auf.

»Was wollt Ihr?«, fragte sie vorsichtig.

»Ich stelle nur die Wächter auf«, antwortete er, was auch immer das bedeuten mochte. »Während der letzten beiden Male hast du geschlafen und davon nichts mitbekommen.«

Verschwinde, sagte sie matt und merkte zu spät, dass sie es nicht mit ihrer Stimme, sondern in Gedanken getan hatte. Ramita erschrak und betete inständig darum, dass Hamid sie nicht gehört hatte. Doch diesmal hatte sie nicht so viel Glück.

Der junge Mann musterte sie neugierig, sein Blick war auf einmal hellwach. »Warst du das eben?«

»Was?«, fragte Ramita, als hätte sie keine Ahnung, wovon er redete.

Hamid beugte sich über sie. »Ich könnte schwören, ich hätte gerade ...«

Sie spürte, wie er mit wieselflinken Gedanken ihren Geist durchwühlte, und versuchte, sich gegen die Invasion zu schützen, doch es war vergebens.

»Du hast sie!«, rief Hamid triumphierend. »Du hast die Gnosis!« Ruckartig richtete er sich auf. Seine Augen leuchteten vor Staunen und Gier. »Die Dame Alyssa hat gesagt, dass es so kommen könnte. Es ist ein Wunder. Du trägst das Kind von Antonin Mciros in dir, einen neuen Magus für die Dienste Ahms!« Er beugte sich über ihren Bauch und küsste ihn.

Ramita erzitterte vor Abscheu.

Ahm sei gepriesen, das sind höchst willkommene Neuigkeiten, und ich werde sie überbringen!, hörte sie ihn denken.

»Bitte, ich ...«, begann Ramita.

Hamid ergriff ihre Hand. »Wir müssen Ahm unseren Dank erweisen. Ein Kind von Meiros! Du bist jetzt eine von uns. Eine Magusfrau für die Hadischa! Begreifst du, was ich sage, Mädchen? Eine mehr in unseren Reihen! Oh, was für eine Nacht voller Wunder!« Er betete inbrünstig, während Ramita ihn genauso ängstlich wie erstaunt beobachtete. Er erinnerte sie ein wenig an Kazim, jungenhaft und leicht erregbar. Was sie jedoch weit mehr beschäftigte, war ihre Furcht vor Alyssa.

Ich kann nicht einfach hier liegen bleiben. Ich muss etwas unternehmen! Hätte Ramita eine Waffe gehabt, sie hätte sie benutzt. Doch Hamid war ein Krieger. Wie sollte sie einen Hadischa mit bloßen Händen überwältigen? Sie blickte sich hektisch um und suchte nach einem geeigneten Gegenstand. *Ich muss es versuchen…*

Schließlich umklammerte sie ihren Bauch. »Hamid, bitte helft mir aufzustehen. Es gehört sich nicht, Gäste zu empfangen, wenn man im Bett liegt. Vor allem nicht bei einem solchen Anlass.«

Sie sah die Verwirrung in seinen Gedanken, sah, wie der Wunsch, seine Entdeckung in die Welt hinauszuschreien, mit seinem Gespür für Sitte und Anstand kämpfte. Fragen stiegen in ihm auf: Wie empfing eine Frau andere Frauen, vor allem wenn sie schwanger war? Sollte er eine Dienerin rufen? Was war in diesem Moment die angemessene Reaktion?

»Hamid, bitte…« Sie streckte ihm eine Hand hin, und Hamid half ihr. Ramita tat so, als hätte sie Mühe, sich auf den Beinen zu halten. »Danke«, keuchte sie und wankte Schrittchen für Schrittchen auf den Nachttopf neben ihrem Bett zu.

Als Hamid sah, wie sie sich zu dem schweren Gefäß hinunterbeugte, drehte er sich beschämt weg. »Äh, ich glaube, ich sollte jetzt besser gehen…«

»Wartet!« Hamid blieb stehen, drehte sich aber nicht um für den Fall, dass er etwas sehen könnte, das nicht für die Augen eines gläubigen Amteh bestimmt war.

Aum segne dich für deinen Anstand, dachte Ramita mit einem Anflug von Sympathie, der sie selbst überraschte, und hob den Nachttopf hoch. Sie hatte ihn erst vor einer Stunde benutzt, was es schwierig machte, nichts von dem Inhalt zu verschütten.

»Ja?«, fragte er vorsichtig und drehte den Kopf ein Stück.

»Verzeih mir«, erwiderte Ramita, zerschmetterte das Gefäß auf seinem Kopf und sprang zur Seite, als Hamid in einem Schauer aus Scherben und Urin zu Boden ging. Er zuckte noch kurz, dann blieb er reglos liegen. *Und was jetzt?*

Alyssa Dulayne warf lachend den Kopf in den Nacken und ließ die bloßen Schultern von den letzten Sonnenstrahlen küssen. Taldins Geschichten waren fantasievoll und interessant. Er war ein ehemaliges Mitglied des Ordo Costruo wie sie, ein Frauenliebling mit einem Teil Keshi-Blut in seinen Adern und ein amüsanter Unterhalter, der seine Anekdoten stets mit Illusionen ausschmückte, die den Zuhörern das Gefühl gaben, als wären sie selbst dabei gewesen. Aber wenn die beiden allein miteinander waren, setzte Taldin seine Fantasie – und seinen Körper – noch auf noch ganz andere einfallsreiche Arten ein.

Im Moment sah Alyssa die Welt durch einen angenehmen Alkoholschleier, körperlich war sie vollkommen entspannt, nur ihr Geist war erregt.

»Noch mehr Wein?«, hauchte Taldin.

Alyssa spürte, wie sein Bart ihr Ohr kitzelte, und hielt ihm kichernd ihren Becher hin. »Mach mich voll«, sagte sie lasziv.

»Bis obenhin«, erwiderte er und hob die Flasche. In ein paar

Meilen Entfernung erhoben sich über dem allmählich dunkler werdenden Gelbbraun der Wüste die Umrisse Sagostabads, der größten Stadt in ganz Kesh. Millionen von Menschen lebten hier, Rauch von unzähligen Kochfeuern und Öfen stieg in den Himmel, als stünde die Stadt in Flammen. Selbst das saftige Grün der Gärten unterhalb schien eine Nuance dunkler zu werden.

»Daran werde ich dich bei gegebener Zeit erinnern«, antwortete sie gut gelaunt, lehnte sich gegen die Balustrade und genoss die Aussicht, um sich dann wieder Taldin zuzuwenden.

Das gut aussehende Viertelblut war nicht nur ein Meister der Illusion, sondern auch des Animismus und Morphismus, was seinem offenen und flexiblen Verstand perfekt entsprach. Er wusste, dass ihre Affäre zeitlich begrenzt war, aber das störte ihn nicht, und Alyssa genoss seine ungezwungene Art. Die meisten Menschen versuchten verzweifelt, alles festzuhalten, ihren Besitz genauso wie den flüchtigen Augenblick. Aber Taldin war anders. Mit einem kehligen Laut legte sie ihr Gesicht an seine Wange und öffnete die Lippen. Sie mochte seine dunkle Haut, den interessanten Kontrast, den sie zu ihrer Blässe bildete. Als ihre Zungenspitze Taldins Lippen berührte, leuchteten seine Augen vor verzückter Erwartung. Er gefällt mir, dachte Alyssa und fragte sich kurz, was die Dienerschaft wohl von ihrem Treiben hielt, da spürte sie ein kurzes Aufblitzen der Gnosis – Hamid, der jungenhafte Tölpel, hatte aufgeschrien und war ebenso schnell wieder verstummt.

Alyssa richtete sich ruckartig auf. Taldin hatte es ebenfalls bemerkt. Lautlos lösten die beiden sich voneinander, ihre Schilde flammten auf, und Taldin bewegte sich vorsichtig Richtung Treppe, doch keiner der Schutzzauber, derer Taldin mächtig war, hätte ihn in dieser Nacht retten können.

Eine Frau in einem mitternachtsblauen Umhang tauchte wie aus dem Nichts vor dem Balkon auf. Sie schwebte einfach in der Luft, das alabasterfarbene Gesicht von schwarzem Haar umrahmt, hob sie die Hand, riss mit einer Handbewegung die Schindeln vom Dach und ließ sie wie einen Erdrutsch auf die beiden niederprasseln.

Alyssa sprang mit einem schrillen Schrei zur Seite und verstärkte ihre Schilde, um dem tödlichen Hagel zu entgehen, doch Taldin war weder schnell noch stark genug für solche Manöver. Alyssa sah aus dem Augenwinkel, wie ein Ziegel aus der Wand brach und Taldins Brustkorb zerschmetterte, dann stürzte er mit gebrochenen Rippen über die Brüstung. Als er unten aufschlug, zertrümmerte eine weitere Lawine seinen Schädel und zerschlug das Gesicht, das sie eben erst noch geküsst hatte, zu einem Brei aus Fleisch und Knochensplittern, bis nur noch ein rötlicher Fleck auf dem saftigen Gras davon übrig war.

»Nun, meine Teure«, sagte Justina Meiros, und ihre Worte troffen nur so vor Sarkasmus. »Wollen wir ein bisschen tanzen?«

Das gesamte Gebäude erzitterte. Ramita riss den Kopf in den Nacken und sah die Decke über ihr beben. Putz und Staub rieselten herunter, durch die vergitterten Fenster stob eine ganze Wolke herein. Einen Moment lang herrschte Stille, als wüsste die Welt nicht, wie sie reagieren sollte, dann setzten die Schreie ein.

Ramita lächelte erleichtert, packte hastig ihre Habseligkeiten zusammen, setzte sie sich aufs Bett und wartete. Kaum eine Minute später blies Justina Meiros die Tür mit einem Gnosisblitz aus den Angeln und betrat den Raum. »Ramita?«

»Sei gegrüßt, Tochter.« Ramita wusste nur zu gut, wie sehr Justina diese Anrede aus ihrem Mund hasste, konnte sich die kleine Spitze aber einfach nicht verkneifen.

»Ich habe dir schon mehr als einmal gesagt, du sollst mich nicht so nennen, Weib«, erwiderte Justina und beugte sich über den reglosen Hamid. Mit dem Fuß drehte sie seinen Kopf ein Stück zur Seite und musterte das Gesicht. »Er lebt noch, aber das lässt sich glücklicherweise ändern.«

»Bitte, verschont ihn«, mischte Ramita sich unvermittelt ein. »Er ist kein schlechter Mensch.« Das stimmte zwar nicht ganz, aber Ramita wollte nicht schon wieder untätig daneben stehen müssen und einfach zusehen, wie jemand kaltblütig umgebracht wurde.

Justina warf ihr einen finsteren Blick zu, fügte sich aber. »Wir müssen von hier verschwinden.«

Ramita legte ihren Salwar an. »Ich bin bereit.«

»Gehört dir irgendetwas hier?«

»Nur das.« Sie deutete auf ihre beiden Taschen. »Alles andere ist noch in Hebusal.«

»Die Casa Meiros wurde geplündert«, schnaubte Justina verächtlich. »Alles zerstört oder gestohlen.«

Ramita spürte Zorn in sich aufwallen. Sie hatte nie viel besessen, doch jetzt hatte sie so gut wie gar nichts mehr.

»Ich tue das für die Kinder, nicht für dich«, sagte Justina mit bohrendem Blick. »Für mich bist du eine indranische Hure, nichts weiter. Aber Vater hat dich anscheinend gemocht, und jetzt bist du schwanger von ihm, also werde ich um seinetwillen für die Sicherheit seiner Nachkommen sorgen.«

Ramita musste unwillkürlich daran denken, wie viele Geheimnisse sie hütete, die Justina auf keinen Fall erfahren durfte – vor allem, dass sie Meiros mit Kazim betrogen hatte.

Geheimnisse, die ihre Feinde bestens kannten. *Ich kann nur darum beten, dass Justina es nie herausfindet ...*

Da packte Justina sie plötzlich an den Schultern und schrie. Es folgte ein ohrenbetäubender Knall, Ramitas Gedanken wurden auseinandergetrieben wie Laub in einem Sturm, in alle Richtungen stoben sie davon wie die Ziegel ringsum. Sie verlor das Gleichgewicht und spürte, wie sie in die Luft gehoben wurde – dann stand sie plötzlich mit Justina draußen auf einem der Balkone.

Die Mauern ringsum waren verbrannt, teilweise sogar geschmolzen. Vor ihr lag bäuchlings eine zerschundene Leiche, auf der Wiese unten erkannte Ramita noch mehr Tote. Ihre Knie wurden weich, da schob Justina sie auf das geborstene Steingeländer zu und deutete hinaus in die Nacht: Eine dicke Rolle Stoff kam in ihre Richtung geflogen und entrollte sich direkt vor ihnen. Es war der fliegende Teppich, mit dem Antonin ihr vor ein einigen Wochen die Leviathanbrücke gezeigt hatte.

Ramita wusste, was sie zu tun hatte. So ruhig, wie sie konnte, setzte sie einen Fuß auf den Teppich, ging bis zur Mitte und setzte sich. Sie hatte kaum die Beine im Schneidersitz untergeschlagen, da jagten sie auch schon los, auf den gerade aufgehenden Halbmond zu.

»Was ist mit Alyssa? Ist sie tot?«, fragte Ramita hoffnungsvoll.

»Alyssa? Pah! Die lässt sich auf keinen Kampf mit jemandem wie mir ein. Sie ist eine Kaminfeuerhexe, mehr nicht, und Hellseherei taugt nun mal nicht als Waffe. Sie hat sofort Reißaus genommen und ist um ihr Leben gerannt. Und ich habe sie gehen lassen.« Justina lachte rasselnd. »Um der alten Zeiten willen«, fügte sie mit einem Hauch von Selbstironie hinzu.

»Wohin fliegen wir?«

»Zur Glasinsel«, antwortete Justina, als wäre damit alles er-klärt. »Und jetzt halt den Mund. Ich muss mich konzentrieren. Schon jetzt versucht jemand, uns mit seinen Gedanken aufzu-spüren.« Der Teppich nahm Geschwindigkeit auf und brauste durch die Nacht Richtung Norden. Hinter ihnen verblassten die Lichter Sagostabads, vor ihnen lag nichts als Dunkelheit.

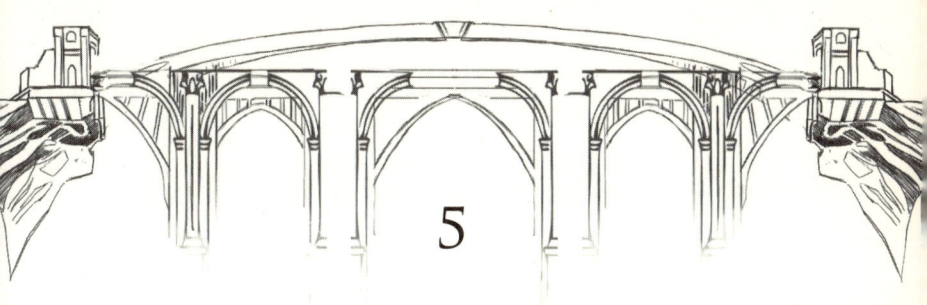

5

MERCELLUS DI REGIA

RIMONIS FAHRENDES VOLK

*Die Aszendenten marschierten mit ihren Verbündeten in Rimoni
ein und ließen nichts aus, um sich an ihren ehemaligen Herren zu rächen und ihre Macht für immer zu brechen. Tausende
wurden getötet, ganze Landstriche entvölkert, vor allem um
die Hauptstadt Rym herum. Ackerland wurde unfruchtbar gemacht, die Wälder niedergebrannt, die Einheimischen vertrieben und durch eigene Siedler ersetzt. Zahllose Menschen verloren Land und Heimat und wurden zu einem Nomadenleben in
bitterer Armut gezwungen. Heutzutage sind die Planwagen der
fahrenden Rimonier in ganz Yuros ein alltäglicher Anblick, und
wenn sie auch in vielen Gegenden zähneknirschend akzeptiert
werden wegen des Handels, den sie bringen, ist dies doch nicht
überall der Fall. Nicht zuletzt sind es die Rimonier selbst, die nie
vergessen werden, dass sie einst die Herrscher waren.*

ANRO RUFIUS, LANTRIS 752

Die Straße führte Alaron und Muhren weg von den hohen Hängen mit ihren in den nackten Fels gehauenen Städten, hinein in die fruchtbaren Äcker und Weinberge der Täler. Nachdem so viele Männer mit den Kriegszüglern nach Osten gegangen waren oder nach Pontus, um dort ihre Erzeugnisse zu verkaufen, arbeiteten praktisch nur noch Frauen auf den Feldern.

Es war eine seltsame Reise. Jede Nacht schlief Alaron beinahe in der Erwartung ein, am nächsten Morgen zu Hause in seinem Bett aufzuwachen. Gewöhnliche Sterbliche wie er zogen nicht hinaus in die Welt, um der Skytale des Corineus nachzujagen. Einzig und allein Muhrens Gegenwart machte die Situation halbwegs glaubhaft für ihn. Alaron brauchte nur die Hand auszustrecken und ihn zu berühren, um sich zu versichern, dass er nicht träumte. Der ehemalige Hauptmann der Stadtwache stand mit beiden Beinen fest auf dem Boden der Tatsachen, er wusste, was er tat, und hatte die Dinge fest unter Kontrolle. *Bei Hel, der Mann ist eine lebende Legende*, sagte Alaron sich immer wieder. *Ohne ihn wäre ich verloren.*

Muhren kannte die Menschen, und das im wahrsten Sinne des Wortes. Sie konnten kaum eine Taverne betreten, ohne dass die Hälfte der anwesenden Männer aufsprang und ihn freudig begrüßte. Anonym zu reisen, erwies sich als so schwierig, dass sie schließlich draußen in den Wäldern übernachteten. Nach ein paar Tagen kamen sie in Gegenden, in denen Muhren zwar nicht mehr erkannt wurde, doch *er* kannte die Menschen noch immer: Er wusste sofort, ob sein Gegenüber ehrlich war oder log, ob eine Information verlässlich war oder nur ein Gerücht. Dazu benutzte er nicht mal die Gnosis. Alaron hätte es gespürt, wenn er es getan hätte. Glaubte er zumindest. Muhren wusste einfach, wie die Menschen tief in ihrem Innern beschaffen waren.

Außerdem wusste er, wie man ein Pferd sattelte und die Hufe auskratzte, ohne sich einen Tritt einzufangen. Er wusste, wo der beste Platz für ein Nachtlager war, wie man Wild erlegte und zubereitete, wie man ein Zelt aufschlug, wann es regnen würde und wie lange. Er wusste sogar, ob das Wasser in einem Bach trinkbar war oder nicht.

Nur über Cym wusste er so gut wie nichts.

»Sie hat gesagt, sie würde zu ihrer Mutter nach Hebusal gehen. Und dorthin ist sie jetzt unterwegs«, wiederholte Alaron, der die Diskussion allmählich satthatte.

»Ihre Sippe verbringt jeden Sommer in Silacia bei der Traubenernte«, erwiderte Muhren unbeirrt.

Er kann sich einfach nicht vorstellen, dass er mal falsch liegen könnte, dachte Alaron.

»Und sie haben ein Windschiff gekauft, wie du mir selbst erzählt hast.«

»Um es weiterzuverkaufen. Nichts anderes tun die Rimonier: Kaufen und wieder verkaufen.«

»Nein, Alaron. Sie ist nach Süden geflogen.«

»*Ich* habe das Windschiff geflogen. Sie hat mir nur dabei geholfen, es zu bauen.«

»Cymbellea ist ein kluges Mädchen und wird schnell lernen, wie man es steuert.«

»Ihre Sippe lebt von der Hand in den Mund. Ihr Vater hat es bestimmt verkauft.«

»So arm sind sie nun auch wieder nicht«, widersprach Muhren. »Mercellus ist einer der gerissensten Geschäftsleute, die ich kenne. Er trägt nicht umsonst goldene Ohrringe.«

»Die Rimonier tragen ihren Reichtum nun mal am Körper. Cym hat erzählt, dass sie manchmal nur Schuhsohlen zu essen hatten.«

»Und du hast das geglaubt?« Muhren lachte schallend. »Komm, wir nehmen die Abzweigung zur Küstenstraße und wenden uns Richtung Süden nach Silacia.«

»Nach Norden, und dann östlich nach Pontus.«

Muhren schüttelte wortlos den Kopf, gab Tänzer die Sporen und galoppierte los.

Alaron trabte fluchend hinterher. *Wenn das noch lange so weitergeht, sieht mein Hintern bald aus wie punziertes Leder.* Er hatte sein Pferd auf den Namen Knüppel getauft, weil er sich beim Absteigen immer fühlte, als wäre sein Hinterteil den ganzen Tag lang mit einem solchen bearbeitet worden. Nicht, dass Alaron nicht reiten konnte, er hatte nur noch nie so lange am Stück im Sattel gesessen, und schon gar nicht mehrere Tage hintereinander. Noros war ringsum von Bergen umgeben. Der weiteste Weg, den er je zu Pferd zurückgelegt hatte, war der zum Landsitz seiner Familie gewesen, den sie im Frühling verkauft hatten.

Die Straße führte Richtung Osten zur Küste, wo sie nach Silacia abbog. Bald hatten sie Ackerland und Dörfer hinter sich gelassen, und das umliegende Gelände wurde wilder. Die Straße schlängelte sich durch Wälder und führte an Gebirgsflüssen entlang. Das Wetter war gut, nicht zu feucht und immerhin so warm, dass sie in der Sonne schwitzten. Doch die meiste Zeit war der Himmel bedeckt, und es wehte eine kühle Brise. Alaron schätzte, dass sie etwa dreißig Meilen am Tag schafften.

Das Terrain wurde immer unwegsamer, überall ragten steile, mit Riesenkiefern bewachsene Hügel auf. Holzarbeiter transportierten mit Ochsenkarren die gefällten Bäume ab, hier und da grasten Schafe. Viele der Flüsse und Bäche, an denen sie vorbeikamen, wurden von Fischwehren überspannt, und je weiter sie nach Osten vordrangen, desto größer wurde das Wild. Otter spielten in den Gumpen, Füchse streiften im Schutz der Bäume umher. In der Ferne hörten sie Waldwölfe heulen, und Alaron sah zum ersten Mal im Leben einen Bären. Das riesige Raubtier labte sich an einem Fisch aus einem der Wehre, das es zerstört hatte.

Je dichter die Vegetation links und rechts des Wegs wurde, desto vorsichtiger wurde Muhren. Obwohl es sie einige Kraft kostete und die Sicht behinderte, bestand er darauf, dass sie Schildwächter aufstellten. »Hier gibt es Räuber«, erläuterte er. »Wenn sie unsere Schilde sehen, lassen sie uns in Ruhe.«

Am Ende des fünften Tages erreichten sie eine scharfe Abrisskante. Der Fluss, dessen Verlauf sie gefolgt waren, ergoss sich in einem glitzernden Bogen in ein glasklares Becken unterhalb. Eine Felszunge, die neben dem Wasserfall aus der Wand ragte, gestattete ihnen einen grandiosen Ausblick auf die Landschaft. Alaron war überrascht, wie hoch sie bereits waren. Im Westen sah er nur Wälder, die Weideflächen dazwischen lagen in den Senken verborgen. Die Gipfel der Arken waren von Wolken umhüllt, nur die mächtigen Hügel des Vorgebirges im Norden waren klar zu erkennen. Alaron hatte die Landkarten eingehend studiert und wusste, dass Noros im Vergleich zu den anderen Provinzen eher klein war, und doch erschien es ihm von hier oben riesig und wild.

»Glaubt Ihr, wir werden verfolgt?«, fragte er.

Muhren beschattete die Augen vor der untergehenden

Sonne und spähte in die Richtung, aus der sie gekommen waren. »Gefunden haben sie uns zumindest noch nicht. Meine Wächter sind unversehrt, soweit ich es beurteilen kann. Selbst ein Reinblut von der Inquisition, das über die notwendigen Affinitäten verfügt, dürfte Probleme haben, mich aufzuspüren, ohne dass ich es merke.« Er schien der möglichen Gefahr recht gelassen gegenüberzustehen.

»Wonach haltet Ihr dann Ausschau?«

»Staubwolken. Bei der Witterung ist es durchaus möglich, dass wir auf der Straße welche aufgewirbelt haben, wenn auch nur kleine.« Er musterte Alaron. »Außerdem habe ich in Abständen Wächter am Wegrand zurückgelassen, Stolpersteine sozusagen, die ein Signal geben, wenn jemand darauf tritt. Sie sagen mir zwar nicht, wer, aber ich spüre, wenn es passiert.«

»Und?«, fragte Alaron beklommen.

Muhren legte ihm eine Hand auf die Schulter. »Nichts. Schlagen wir unser Lager auf. Aber gib Acht, dass das Holz wirklich trocken ist. Dann qualmt es weniger. Benutze deine Luftgnosis, um den Rauch auseinanderzutreiben, falls nötig. Ich gehe inzwischen jagen.«

Alaron machte Feuer und baute aus Zweigen ein Gestell für den Kessel. Als Muhren mit einem erlegten Hasen über der Schulter zurückkam, köchelte die Brühe dafür bereits. Muhren war schweißnass von dem steilen Aufstieg zurück zu ihrem Lagerplatz, trotzdem schnitt er erst das Fleisch zurecht und warf es in die Brühe, bevor er sich auszog und wieder hinunter in die Gumpe stieg.

»Ist das nicht eiskalt?«, rief Alaron zu ihm hinunter.

»Wir sind Magi, Alaron.«

»Ach ja, stimmt.« Ein Magus konnte seinen Körper vor Kälte und Hitze schützen, wenn er die Energie nicht anderweitig dringender brauchte, aber Alaron war weder stark noch geschickt genug, um die Technik bei jeder Gelegenheit einzusetzen. Nachdem er eine Weile herumgeplanscht hatte, kam Muhren lachend wieder zurück. »Ich schwöre, unter dem Felsen dort drüben hat sich ein Aal versteckt, der so dick und lang ist wie mein Bein. Wenn wir Zeit hätten, würde ich ihn mir holen und räuchern.«

Alaron hatte ihn noch nie so entspannt gesehen. Essen und ein geeigneter Schlafplatz war alles, was ihn im Moment zu interessieren schien. Der Jeris Muhren, Hauptmann der Stadtwache von Norostein, den er seit seiner Kindheit gekannt hatte, war misstrauisch gewesen, wortkarg und immer angespannt wie eine Bogensehne. Muhrens nackter Körper bot einen beeindruckenden Anblick, stark und geschmeidig, elegant beinahe, trotz der bulligen Muskeln. Sein Oberkörper war gebräunt, als nutze er jede Gelegenheit, die sich bot, zu einem Sonnenbad.

»Ich passe auf das Feuer auf, Bursche«, sagte er schließlich. »Geh du dich inzwischen waschen.«

Alaron zögerte, aber nach einer kurzen Geruchsprobe unter seinen Achseln zog er sich verlegen aus. Er kam sich blass und schmächtig vor im Vergleich zu Muhren, und das Wasser war so kalt, dass ihm die Luft wegblieb, bis er schließlich doch die Gnosis benutzte, um sich warm zu halten. Er war zwar schon nach wenigen Minuten erschöpft, aber zumindest stank er nicht mehr. Alaron suchte sich ein Plätzchen auf einem warmen Felsen und ließ sich im Wind trocknen. Er schnaufte zwar immer noch von der Anstrengung, gleichzeitig fühlte er sich aber erfrischt und auf eine Art lebendig, die er bisher nicht gekannt hatte.

Muhren wickelte sich eine Decke um die Hüfte und warf

die andere Alaron zu, dann ging er sich um die Pferde kümmern, die friedlich schnaubend grasten. Alaron ließ inzwischen den Blick über die endlosen Wälder schweifen und lauschte den Blättern, die im Wind raschelten. Er fand es schwer nachzuvollziehen, warum Menschen freiwillig in den engen Gassen der stinkenden Städte in winzigen Hütten wohnten, wo die Luft vom Rauch der Küchenfeuer vernebelt und das Wasser dreckig war, wenn sie auch hier leben konnten. Wahrscheinlich hatten sie ihre Gründe, aber im Moment kam es ihm vor, als könnte keiner davon wirklich vernünftig sein.

»Wo ist dein Vater?«, fragte Muhren, der ein alter Freund von Vann Merser war, als sie gemeinsam am Feuer saßen.

»Er ist vor ein paar Monaten nach Dhassa gegangen, um dort sein Glück zu versuchen. Er sagte, östlich von Hebusal, wo die Kriegszügler normalerweise nicht hinkommen, blüht der Handel immer noch. Viele Händler versuchen es dort.«

»Er sollte gut auf sich aufpassen. Ich habe das Gefühl, dieser Kriegszug könnte um einiges schlimmer werden als der letzte.«

Alaron seufzte. Genau das war eine seiner zahlreichen Sorgen. Dann spürte er plötzlich etwas: Ein forschendes Auge erhob sich gleichsam am Himmel, streckte seine Fühler aus und zerrte an den Wächtern, die er aufgestellt hatte. Das Auge hatte es nicht auf ihn abgesehen, das spürte er sofort, sondern auf Muhren. »Sie suchen uns!«, rief er und sprang auf.

Muhren zog seinen Dolch und begann, einen Kreis in den Boden zu ritzen. »Ich kann dich mit unter meine Tarnglocke nehmen, aber du musst direkt neben mir sein. Wenn wir uns beide darunter verstecken, können sie uns nicht identifizieren. Schnell!«

Alaron kauerte sich neben ihn und verstärkte mit seiner

Gnosis Muhrens Wächter. Das Bild von einem maskenhaften Gesicht mit bohrendem Blick formte sich in seinem Geist.

Muhren nahm eine Handvoll Erde und schleuderte sie in die Luft – Erde als Schutz gegen Luftgnosis –, und Alaron spürte, wie zwei Dinge gleichzeitig geschahen: Die Erde spannte sich über ihnen auf wie ein Schirm, verschmolz mit Muhrens Wächtern, und das Gesicht, das er vor seinem inneren Auge gesehen hatte, verschwand.

Alaron rieb sich die schmerzenden Schläfen, doch Muhren klopfte ihm aufmunternd auf die Schulter. »Fürs Erste sind wir sie los, und so bald werden sie es nicht wieder versuchen. Hellsehen ist sehr viel anstrengender als Verstecken.« Er blinzelte in die untergehende Sonne. »Es kam aus Norostein. Von wem, konnte ich in der kurzen Zeit nicht erkennen.«

»Inquisitoren?«

»Höchstwahrscheinlich.«

»Sie haben nach Euch gesucht, nicht nach mir«, merkte Alaron an. Die Erkenntnis, dass aus einer möglichen Verfolgung nun eine tatsächliche geworden war, beunruhigte ihn.

»Wahrscheinlich konnten sie mich mit Vults Tod in Verbindung bringen. Vielleicht haben sie sogar Fyrell gefunden.«

»Werden sie es noch einmal versuchen?«

»Mit Sicherheit. Aber es ist einfacher, sich mit Gnosis zu verteidigen, als damit anzugreifen. Ich werde Wächter aufstellen, die uns verbergen, während wir schlafen. Und je mehr Abstand wir zwischen uns und die Inquisitoren bringen, desto schwerer wird es für sie«, antwortete er mit einem beschwichtigenden Lächeln. »Mach dir keine Sorgen, Junge. So leicht kriegen sie uns nicht.«

Sie machten sich bereit für die Nacht, legten sich in ihre Decken gewickelt neben das Feuer, aßen den Haseneintopf

und tranken von dem Whisky, den Muhren in seinen Satteltaschen mitgenommen hatte. Das Gebräu war verflucht stark,
und ein einziger Schluck genügte Alaron. Kurze Zeit später
tauchte das Auge noch einmal auf, aber diesmal spürte Alaron es kaum, und Muhren grinste ihn zufrieden an. »Siehst
du? Wenn sie uns haben wollen, dann werden sie schon selbst
kommen müssen.«

»Wie könnten sie sonst noch versuchen, uns zu finden?«

»Mit Geisterbeschwörung, Hexerei oder Animismus. Sie
könnten Geister oder andere Geschöpfe auf unsere Spur setzen. Aber so etwas braucht Zeit und ist nicht besonders zuver-
lässig. Wenn wir in Bewegung bleiben, sind wir früher oder
später außer Reichweite.« Er starrte in die Ferne und schätzte
die Entfernungen ab. »Sobald wir den Pass überschritten haben und in Silacia sind, werden sie uns mit Gnosis nicht mehr
nachspüren können, denke ich.«

»Werden sie die Jagd dann aufgeben?«, fragte Alaron hoffnungsvoll.

»Und uns die Skytale überlassen? Bestimmt nicht. Aber sie
werden sich auf andere Methoden verlegen müssen. Je länger
wir ihnen aus dem Weg gehen, desto sicherer sind wir.«

Sie schwiegen eine Weile und hingen ihren eigenen Gedanken nach. Alaron malte sich eine Zukunft aus, in der er
ständig auf der Flucht war, entwurzelt und ohne Heimat, in
der er Cym erfolglos hinterherjagte, ständig in Gefahr, von
der Inquisition aufgegriffen zu werden. Es war eine trostlose
Aussicht.

»Erzählt mir von Euch und Tante Elena«, sagte er schließlich, als die letzten Sonnenstrahlen vom Himmel verschwanden. Der wachsende Mond ging auf, und Alaron konnte sein
zerfurchtes Antlitz sehen. *Ob da oben irgendwo Bäume wuch-*

sen?, fragte er sich. *Oder war der Mond nur von Wüste bedeckt?*

Muhren seufzte wehmütig. »Elena Anborn…« Er fuhr sich mit den Fingern durchs Haar, als wollte er seine Frisur in Ordnung bringen, bevor er über Alarons Tante sprach. »Sie war eine einzigartige Frau.«

Muhren stocherte mit einem Stock im Feuer herum, in der Ferne heulten Wölfe, und sie lauschten eine Weile, bevor er weitersprach. »Das erste Mal bin ich ihr im Jahr 908 begegnet, als unser König sich Pallas offen widersetzte und die Revolte sich bereits ankündigte. Ich war siebenundzwanzig, sie einundzwanzig. Damals kamen die Magi von Norostein oft zusammen, und Elena hatte bereits einen Ruf. Sie war die erste Frau in ganz Noros, die für ihre Fertigkeiten mit dem Schwert ausgezeichnet worden war, und nicht wenige von uns forderten sie heraus. Sie wollten zeigen, dass sie die Auszeichnung nicht verdient hatte, oder besser gesagt: Eine Frau, die angeblich genauso gut kämpfen konnte wie ein Mann, war ihnen ein Dorn im Auge.« Er lachte leise. »Aber ich sage dir: Elena konnte kämpfen wie ein Drache und fluchen wie ein Seemann. Sie hat viele Schädel blutig geschlagen und nie jemanden an sich herangelassen.«

Alaron lächelte. Er hatte seine Tante nur wenige Male gesehen, aber er wusste genau, was Muhren meinte. »Habt Ihr sie auch herausgefordert?«

»Das habe ich. Ich hatte selbst einen Ruf zu verlieren und habe mich mehr oder weniger überreden lassen. ›Für die Ehre unseres Geschlechts‹ oder so ähnlich haben die anderen zu mir gesagt. Ich selbst habe nicht an ihrem Können gezweifelt. Ich kannte den Fechtmeister, der ihre Urkunde ausgestellt hatte. Er war ein ehrlicher Mann und ein strenger Lehrer. Wenn er sie für würdig befand, dann war sie es auch. Trotzdem war ich neugierig… außerdem verehrte ich Elena heimlich.«

»Was ist dann passiert?«

»Meine Verehrung für sie machte meinen Schwertarm schwach. Sie hat ihn mir gebrochen.«

»Den Arm?«

Muhren lachte. »Ja, den Arm. Meine Verehrung für sie blieb davon unberührt. Elena hat mir Blumen geschickt, als ich bei den Heilern lag. Damals war es üblich, einem unliebsamen Freier weiße Blumen zu schicken, und genau das hat sie getan.« Ein Lächeln umspielte seine Lippen. »Und eine rote Rose mit in das Bündel gesteckt. Vielleicht wollte sie mich damit aufziehen, vielleicht aber auch nur ihren Respekt erweisen. Ich habe es nie herausgefunden. Und dann begann die Revolte. Elena schloss sich den Grauen Füchsen an und war von einem Tag auf den anderen verschwunden.«

Alaron war während der Revolte geboren worden, als sein Vater an der Front kämpfte, doch seine Erinnerung setzte erst später ein, als sie alle gemeinsam auf dem Land in ihrem großen Familienanwesen lebten. Sein Vater hatte ihm Unterricht gegeben, ihn oft belehrt, mit ihm gespielt und gelacht. Vor seiner Mutter hingegen hatte Alaron schon damals Angst gehabt. Sie war immer launisch und verschlossen gewesen, hatte sich nur in den dunkelsten Ecken des Hauses aufgehalten und war zu unberechenbar gewesen, um sie wie eine Mutter zu lieben.

»Ursprünglich waren die Grauen Füchse Späher, aber dann wurden sie immer mehr zu einer Partisanentruppe«, sprach Muhren weiter. »Ab und zu sah ich Elena wieder, und jedes Mal schenkte sie mir eine Blume als Erinnerung, dass sie mich besiegt hatte. Zuerst waren es rosafarbene, was ich als Zeichen nahm, dass ich immer noch Chancen bei ihr hatte, aber dann,

144

im zweiten Jahr der Revolte, als der Krieg immer grausamer wurde, schenkte sie mir nur noch weiße. Ihr Bett teilte sie inzwischen mit Gurvon Gyle.«

Alaron glaubte, den Namen schon einmal gehört zu haben, wusste aber nichts Genaues über den Mann. »Wer war dieser Gyle?«

»Der Mann, der mir meine Angebetete weggeschnappt hat?«, fragte Muhren mit melancholischem Blick. »Ich mochte ihn nicht. Er war kalt, rücksichtslos und ein Söldner. Aber, um der Wahrheit Genüge zu tun, kein Verräter, obwohl er zu Belonius Vults Vertrauten gehörte. Er hat gekämpft bis zum Ende und ist dann untergetaucht wie die anderen Füchse auch. Sie waren die Letzten, die nach der Revolte begnadigt wurden, und das auch nur, weil die Rondelmarer Gyles Dienste für den Zweiten Kriegszug brauchten.«

»Tante Elena hat uns manchmal besucht, nachdem sie untergetaucht war«, warf Alaron ein. »Ich war damals sehr klein, aber ich kann mich noch erinnern, wie sie ab und zu plötzlich nachts in unserem Haus stand. Sie hat mir immer Süßigkeiten mitgebracht.«

Muhren schnaubte. »Und ich habe sie seit der Revolte kein einziges Mal mehr gesehen. Die Füchse haben am Zweiten Kriegszug teilgenommen, und ich bin in Norostein bei der Stadtwache geblieben. Ich habe keine Ahnung, wo es sie schließlich hinverschlagen hat.«

»Nach Osten«, erwiderte Alaron. »Sie hat uns immer Geld geschickt, als Unterstützung für Mutter, und uns zwei Mal besucht. Ist aber nie lange geblieben.«

»Sie hatte einen Körper wie eine Tänzerin«, murmelte Muhren schwärmerisch. »Nicht ein Gramm Fett.«

»Als sie das letzte Mal bei uns war, sah sie noch genauso

aus.« Alaron grinste. »Ich habe sie auch trainieren sehen. Sie hat sich bewegt wie ein Blitz.«

Muhren nickte. »Ist sie immer noch mit Gyle zusammen?«

Alaron zuckte die Achseln. »Sie hat ihn zumindest nie mitgebracht. Ich kannte ihn nur vom Hörensagen wie wir alle. Jeder kannte die Grauen Füchse. Sie waren Helden.«

»Sie waren Meuchelmörder«, brummte Muhren mit düsterer Stimme. »Haben ihre Feinde im Schlaf getötet, an Straßenecken Kehlen aufgeschlitzt, Häuser mit allen Menschen darin niedergebrannt. Ich sage nicht, dass wir sie nicht gebraucht haben, und außerdem war Krieg, aber sie haben viele Gräueltaten begangen. Wie es heißt, sind sie jetzt ein Verbrechersyndikat.«

Alaron wollte protestieren. »Nicht meine Tante Elena!«, wollte er rufen, aber er merkte selbst, wie naiv die Worte geklungen hätten. »Ich wünschte trotzdem, sie wäre hier«, sagte er stattdessen. »Sie würde dieses Inquisitorenpack im Alleingang zurück nach Pallas prügeln.«

Muhren lächelte matt. »Das würde sie wahrscheinlich.«

Am nächsten Morgen ritten sie noch schneller und hielten auf den Pass zu, von dem Muhren gesprochen hatte. Alaron war immer noch der Meinung, sie hätten sich nach Nordosten zum Brekaellental wenden und von dort nach Pontus weiterreiten sollen, aber ohne den Hauptmann hätten ihre Verfolger ihn unweigerlich aufgespürt, also fügte er sich. Vielleicht lag Muhren ja doch richtig.

Sie brauchten vier Tage für die Überschreitung. Der Pass war in weiten Teilen so steil, dass die Pferde nur Schritt gehen konnten. Auf der anderen Seite war der Pfad bald von Wagenspuren zerfurcht. Fahrende Händler und die Karawanen der Rimonier kamen hier durch. Die wenigen Gasthäuser und kleinen Weiler am Wegesrand umgingen sie in weitem Bogen.

»Solange wir keine Spuren hinterlassen, können die Inquisitoren auch keine finden«, brummte Muhren. Wild gab es genug, um ihren Proviant aus Zwieback und Getreide zu ergänzen, und soweit sie es beurteilen konnten, waren sie bisher noch von niemandem gesehen worden.

Am zehnten Tag erreichten sie dichter besiedeltes Gebiet. Ziegenhirten, nur von ihren Herden umgeben, winkten ihnen von einsamen Bergrücken zu, links und rechts des Weges tauchten die ersten Olivenhaine auf. Der vom Meer kommende Wind brachte mehr Salz als Feuchtigkeit, und es wurde heißer. Die Luftströmungen im Golf bewegten sich größtenteils an der Küste entlang nach Nordosten und trugen ihren Regen nach Noros. Silacia bekam davon kaum etwas ab und im Sommer fast überhaupt nichts, erläuterte Muhren.

Wo es Haine und Herden gab, waren auch Dörfer, und wenn sie herausfinden wollten, wo die Karawane der di Regias sich diesen Sommer aufhielt, blieb ihnen nichts anderes übrig, als mit den Einheimischen zu sprechen. Das barg zwar ein gewisses Risiko, doch Muhren war mit seinen Affinitäten zu Theurgie und Feuer ein denkbar schlechter Hellseher. Alarons Talente lagen eher in diesem Bereich, aber er kannte Mercellus kaum und hatte daher keinen Anhaltspunkt, wonach er suchen sollte. Seine Versuche, Cym aufzuspüren, schlugen ebenfalls fehl. Soweit sie wussten, arbeitete Cyms Familie höchstwahrscheinlich auf einem der küstennahen Weinberge, also versuchten sie es dort als Erstes. Muhren sprach ein paar Brocken Silacisch. Unter einer Unsichtbarkeitsglocke versteckt schlich er sich in die Dörfer und Weiler, während Alaron nervös bei den Pferden auf ihn wartete, und am zweiten

Nachmittag, dem zwölften Tag ihrer Flucht, hatten sie endlich die erhoffte Bestätigung: Die Karawane der di Regias war durch das Dorf gekommen und zog gen Süden.

Drei Tage später fanden sie sie.

Das Haus war wie in Silacia üblich aus Stein- und Lehmziegeln erbaut und in einem hellen Beigeton gestrichen, die Dachschindeln bestanden aus rotem, gebranntem Ton. Um das Anwesen herum fächerten sich die dick mit Trauben behangenen Weinstöcke in geraden Reihen auf wie die Arme eines Seesterns. An der Rückseite des Anwesens sah Alaron einen ummauerten Innenhof. Im Schatten der Bäume und aufgespannten Stoffplanen standen einfache, langgestreckte Tafeln. Während des Sommers aß man in Silacia im Freien, und der Duft der frisch gekochten Speisen begrüßte sie schon auf der Straße. Sie hörten Kinder lachen und Frauen singen, während der Geruch des Grillfleischs ihnen das Wasser im Mund zusammenlaufen ließ und die Sonne gnadenlos auf die breitkrempigen Strohhüte einprügelte, die sie im letzten Dorf gekauft hatten, um wenigstens die Augen zu beschatten. Auf einer Freifläche unterhalb des Hauses standen mehrere Planwagen und bildeten einen Kreis. Die Pferde grasten zufrieden und schienen sich nicht an den Kindern zu stören, die sie kreischend und mit scheinbar unerschöpflicher Energie im Spiel umkreisten wie ein Fliegenschwarm, während die Älteren Wasser holten oder Holz hackten. Die Männer trugen einfache weiße oder graubraune Hemden, die Frauen waren ausschließlich in helle Blusen und bunte Flickenröcke gekleidet. Das Haar hatten sie mit Tüchern zu langen Zöpfen geflochten. Ihre Gesichter waren kantig, die Nasen breit und die Stirn über den wachsamen Augen hoch.

»Arbeiten sie für den Winzer?«

Muhren nickte. »Rimonier dürfen Grund weder besitzen noch pachten, also ziehen sie als Erntearbeiter durch die Lande.«

»Gehen wir zum Haus oder zur Wagenburg?«

»Zuerst zum Haus«, erwiderte Muhren. »Die Höflichkeit gebietet es, den Besitzer unverzüglich zu unterrichten, wenn man seinen Grund betritt.« Er deutete auf das Anwesen, und Alaron sah, dass ein groß gewachsener Mann mit langem grauen Haar und dickem Schnurrbart sie bereits auf der Treppe am Eingang erwartete. »Wie du siehst, hat man uns schon bemerkt.«

Sie stiegen ab und legten das letzte Stück zu Fuß zurück. Das Gespräch mit dem Gutsherrn war kurz und fand ausschließlich auf Rimonisch statt, doch Muhren übersetzte für Alaron. Sein silacisches Gegenüber hatte eine dicke Narbe auf der linken Wange und wirkte eher distanziert, trotzdem winkte er schließlich einen Jungen heran und schickte ihn zu der Wagenburg.

»Sein Name ist Torrini. Er lässt Mercellus holen«, erläuterte Muhren zufrieden. »Wir sind am Ziel.«

Alaron blickte sich mit neu erwachtem Interesse um. Ob Cym hier war? In jedem Fenster des Gebäudes tauchten Gesichter auf, Familienmitglieder und Bedienstete wahrscheinlich. Ein Junge winkte ihm zu, und Alaron winkte zurück, da ertönte von unterhalb ein lauter Ruf auf Rondelmarisch, und Alaron fuhr herum: Ein Mann kam mit einem breiten Grinsen im Gesicht den Hügel hinauf auf sie zu.

»Jeris, mein Freund!«, rief Mercellus di Regia, Muhren eilte ihm entgegen, und als die beiden einander in die Arme fielen, erinnerte sich Alaron: Auch Mercellus hatte in der Revolte gekämpft. Daher kannte Muhren ihn also. Sie wirkten tatsächlich wie alte Freunde, und auch Meister Torrini entspannte sich endlich, als er sah, wie Mercellus Muhren willkommen hieß.

Alle wurden einander vorgestellt, und schließlich war Alaron an der Reihe, dem Oberhaupt der di Regias die Hand zu schütteln. Cyms Vater war ein stattlicher Mann, beinahe genauso beeindruckend wie Muhren, nur etwas fülliger. Er hatte einen langen Schnurrbart und eine dichte schwarze Mähne auf dem Kopf, die hier und da von silbrigen Strähnen durchzogen war. Seine Hände waren groß, der Druck kräftig.

»Willkommen, junger Merser! Wir kennen uns, si? Du und meine Tochter, ihr habt letztes Jahr zusammen das Windschiff gebaut.«

Mercellus lachte schallend, und Alaron stimmte mit ein, wenn auch etwas halbherzig: Während des Testflugs hatte er die Kontrolle verloren und war mit dem Schiff in den Dachstuhl ihres Landhauses gekracht. Nachdem die Schäden repariert waren, hatte Mercellus das Schiff schließlich gekauft, aber Alaron konnte es nirgendwo im Lager entdecken. Und Cym auch nicht. Er zählte eins und eins zusammen. »Ist Cym …?«

Statt die Frage zu beantworten, legte Mercellus sich einen Finger auf die Lippen, und seine Augen blitzten kurz auf. Das freundliche Lächeln blieb jedoch, und er wandte sich an den Gutsbesitzer, um so lange auf Rimonisch auf ihn einzureden, bis der schließlich nickte. »Signor Torrini hat uns die Erlaubnis erteilt, euch zu beherbergen«, übersetzte Mercellus.

Muhren schüttelte dem Winzer die Hand, dann gingen sie zu dritt zur Wagenburg.

Die Kinder stürzten sich sofort auf sie wie hungrige Spatzen, und auch alle anderen legten neugierig die Arbeit nieder. Alaron glaubte, ein paar Gesichter von dem Windschiff-Testflug wiederzuerkennen. Damals hatten die Jungen ihm mit finsteren Blicken zu verstehen gegeben, dass sie ihn zu Hundefutter verarbeiten würden, wenn er Cym zu nahe kam, und diesmal war es nicht anders. Nur eines der Mädchen lächelte ihn interessiert an. Ihr Blick war geradezu verwegen, fand Alaron zumindest, und als sie auch noch den Kopf in den Nacken warf und die Brust ein Stück vorstreckte, wurde er rot.

»Anise!«, bellte Mercellus das Mädchen an, als er es bemerkte, und sie schlug mit einem Zwinkern die Augen nieder. Dann richtete Mercellus das Wort wieder an Muhren. »Ich kann mir denken, weshalb ihr hier seid, Freunde«, sagte er auf Rondelmarisch. »Cymbellea ist fort. Sie ist vor sechs Tagen nach Osten aufgebrochen.«

Muhren stöhnte leise. »Mit welchem Transportmittel?«

»Mit dem Windschiff«, antwortete Mercellus, und Alaron spürte das letzte Fünkchen Hoffnung in seinem Herzen erlöschen. »Ich bedaure, dass ihr sie verpasst habt. Mir wäre es lieber gewesen, wenn ihr sie begleitet hättet, aber meine Tochter handelt nach ihren eigenen Regeln.« In seiner Stimme lag ein wehmütiger Stolz, als er das sagte. Er deutete auf die Wagenburg. »Aber jetzt seid ihr erst mal unsere Gäste und werdet am eigenen Leib erfahren, was rimonische Gastfreundschaft bedeutet.«

»Allein dafür hat sich die Reise gelohnt«, erwiderte Muhren dankbar.

Die Küche der Rimonier stellte alles in den Schatten, was Alaron bisher gekannt hatte. Die fremdartigen Geschmäcker und Aromen prickelten geradezu auf seiner Zunge. Fleisch und Gemüse wurden mit Würzpasten und getrockneten Samen eingerieben und dann gegrillt. Überall standen Körbe voll Obst, und es gab silacischen Weißwein – ein Geschenk von

Signor Torrini anlässlich des Besuchs. Der erste Schluck kam Alaron etwas zu süß vor, doch er gewöhnte sich schnell daran, und nach dem dritten Glas schwebte er beinahe.

Mercellus saß mit ihnen am Kopfende einer langen Tafel in der Mitte der Wagenburg. Einige der Männer spielten mit großer Inbrunst und Könnerschaft auf ihren Instrumenten, und Alaron merkte, wie sein Fuß ganz von selbst im Takt zu wippen begann. Sein Blick wanderte zu einer Traube kichernder Mädchen und Frauen. Mit Entsetzen stellte er fest, dass sie ihn alle unverhohlen anstarrten und dabei eifrig miteinander tuschelten. Das Mädchen mit dem verwegenen Blick warf ihm ein kokettes Lächeln zu. *Anise...*

»Nun, Jeris-Amiki«, sagte Mercellus mit einem traurigen Lächeln, »wie tief steckt meine Tochter in der Klemme?«

Muhren zog die Augenbrauen nach oben und blies die Backen auf.

Mercellus fuhr zusammen. »So schlimm, mein Freund?«

»Schlimmer«, widersprach Muhren. »Sie hat etwas sehr Kostbares, und die Leute, die es zurückhaben wollen, sind extrem gefährlich.«

»Dann hat sie nicht umsonst so geheimnisvoll getan«, erwiderte Mercellus und trank noch einen Schluck Wein. Seine Stimme klang gelassen, doch Alaron sah die Sorgenfalten auf seiner Stirn. »Sie hatte etwas bei sich, das sie mir partout nicht zeigen wollte, und ich habe ihren Entschluss respektiert. Sie hatte es sehr eilig mit der Weiterreise.« Sein Blick wanderte zu Alaron. »Sie musste nur noch lernen, wie man dieses Schiff steuert, das ihr zusammen gebaut habt.«

»Wohin ist sie unterwegs?«, erkundigte sich Muhren.

»Nach Pontus, und dann weiter nach Hebusal«, murmelte Mercellus. »Ich konnte sie nicht davon abhalten.«

Es war bestimmt nicht einfach, sich Mercellus' Willen zu widersetzen, dachte Alaron, aber er kannte Cym. *Wenn sie wirklich Meiros' Enkeltochter ist, dann macht sie das zu einem ... Halbblut, oder? Kein Wunder, dass sie in der Gnosis immer besser war als Ramon und ich.*

»Wie kann ich euch bei der Suche helfen?«, fragte Mercellus schließlich.

Muhren runzelte die Stirn. »Gibt es irgendetwas, das sie am Körper getragen oder oft benutzt hat?«

Mercellus neigte nachdenklich den Kopf. »Da fällt mir nur eines ein.« Er winkte eine Frau heran und flüsterte ihr etwas ins Ohr. Die Frau verschwand kurz in einem der größten Planwagen, und als sie zurückkam, hatte sie eine kleine Holzpuppe auf dem Arm, ein hässliches Ding mit zerrissenen Kleidern und angeknabberten Beinen. Von dem Haarschopf war fast nichts mehr übrig, ebensowenig von der Farbe, mit der das Gesicht einst bemalt gewesen war.

»Sie heißt Aggi«, erläuterte Mercellus. »Cymbellea hat diese Puppe geliebt, als sie noch ein Kind war. Sie hat sie mit ins Bett genommen, mit ihr gespielt, mit ihr gesprochen und überallhin mitgenommen.« Er lächelte versonnen und hielt Muhren die Puppe hin, der sie an Alaron weiterreichte.

»Wir werden sie finden«, sagte Alaron und steckte ehrfürchtig die Puppe ein.

»Die Welt ist groß, mein Freund«, gab Mercellus zu bedenken. »Mach besser keine Versprechen, die du nicht halten kannst.« In seinen Augen stand die Sorge eines Vaters, dessen Tochter in höchster Gefahr schwebte.

»Sie hat uns einen Brief hinterlassen, Mercellus, in dem sie behauptete, ihre Mutter sei eine sehr besondere Frau gewesen ...«, begann Muhren.

Mercellus' Augen verengten sich ein Stück. »Justina Meiros ist ihre Mutter«, gestand er schließlich. »Cymbellea hat mir von diesem Brief erzählt – ich hielt es für unklug.« Er blickte zwischen Muhren und Alaron hin und her. »Aber jetzt, da er euch auf ihre Spur gebracht hat, ist er vielleicht doch noch zu etwas nütze.«

»Hat sie noch etwas gesagt, warum sie nach Osten wollte?«

Mercellus gab nicht gerne zu, dass er nicht wusste, was Cym im Schilde führte, das war nicht zu übersehen. Alaron hatte den Eindruck, es kränkte ihn zutiefst, dass er seine Tochter nicht im Griff hatte. »Sie ist ein gutes Mädchen, aber sie hat ihren eigenen Kopf«, antwortete er nur. Die Skytale erwähnte er nicht.

»Wie kommt es, dass Justina ihre Mutter ist?«, fragte Muhren.

Mercellus seufzte wehmütig. »Ja, wie kommt ein armer rimonischer Händler dazu, die Tochter des Antonin Meiros zu umwerben?« Sein Blick wurde einen Moment lang glasig, dann schaute er Muhren lächelnd an. »Nur wenige kennen diese Geschichte, mein Freund. Nicht, weil ich mich dafür schämen würde, sondern aus Respekt vor dem Ruf anderer, die darin eine Rolle spielen. Doch glaube ich, du solltest Bescheid wissen. Es könnte dir bei deiner Suche helfen.«

Alaron nahm hastig einen Schluck Wein und beugte sich vor in der Meinung, dass auch er die Wahrheit kennen sollte. Es gelang ihm sogar, den Blick von Anise und ihren verführerischen Hüften loszureißen. Für den Moment zumindest.

Mercellus lächelte versonnen. »Es war im Jahr 911, nach der Noros-Revolte. Meine Rolle in dem Konflikt hatte das Interesse der Kaiserkrone geweckt, und ich hielt es für klug, mich an einen Ort zurückzuziehen, wo die Inquisition nicht nach mir suchen würde. Also hab ich die Karawane aufgelöst. Meine Leute verteilten sich über Metia und Lantris, und ich bin allein weitergereist. Nach Osten. Ich wollte die Brücke sehen und dieses Land, das sie Javon nannten, wo sich während der ersten Mondfluten Tausende Rimonier niedergelassen hatten. Die Brücke war zu dieser Zeit natürlich im Meer versunken, aber es gab Windschiffe, und auf einem davon heuerte ich als Matrose an. Die Arbeit war hart. Selbst die größten Windschiffe können nur wenig Besatzung mitnehmen, weshalb jede Schicht an den Segeln zwölf Stunden dauerte, aber irgendwann kamen wir in Hebusal an. Ich hatte kaum Geld, war noch jung und hatte die Tänze und Lieder meines Volkes im Herzen«. Er grinste. »Später werdet auch ihr etwas davon zu sehen und zu hören bekommen. Wenn ihr wollt, können wir sie euch sogar beibringen. Ich war jedenfalls ein guter Tänzer und ein ganz passabler Sänger, fand ich. Dann lernte ich Simos kennen, einen begnadeten Jitar-Spieler, und gemeinsam traten wir in den Tavernen auf, um das Geld für die Weiterreise nach Javon zusammenzubekommen. Wir waren gut, Simos und ich, sehr gut sogar, und beliebt bei den Frauen, si?« Er zwinkerte, und Muhren lachte. »Bald hatten wir einen Ruf, was uns manchmal Streit und Schlägereien einbrachte, manchmal aber auch eine Nacht im Bett einer reichen Dame. Die meisten von ihnen waren unverheiratet, aber nicht alle.«

Muhren lächelte versonnen, und Alaron schaute hinüber zu Anise. Sie schien zu schmollen, doch als sie Alarons Blick bemerkte, hellte sich ihr Gesicht wieder auf und sie fing an, den Oberkörper zu bewegen, als tanze sie zu einer unhörbaren, romantischen Melodie. Der Ausschnitt ihrer Bluse verrutschte, und sie zupfte ihn ohne Eile wieder zurecht. Offensichtlich störte es sie nicht, dass Alaron genau zusah.

Vielleicht wäre ein bisschen Tanzunterricht gar nicht schlecht…

»Schließlich erhielten wir eine unerwartete Einladung«, riss Mercellus ihn aus seinen Gedanken. »Ein Diener, der feiner gekleidet war als die meisten Adligen, kam nach einem Auftritt zu uns und bot uns an, auf irgendeinem Fest in einer Privatvilla zu spielen – für mehr Geld, als wir normalerweise in drei Monaten verdienten. Natürlich haben wir sofort angenommen.« Er schüttelte den Kopf, als könnte er die Geschichte selbst nach all den Jahren immer noch nicht recht glauben. »Am nächsten Tag wurden wir abends zu einem prächtigen Haus geführt, alles aus Marmor und so weiter. In Hebusal wohnen Mann und Frau in verschiedenen Teilen des Hauses, müsst ihr wissen. Die Frau kümmert sich um den Haushalt und hat ihr eigenes Schlafzimmer. Wenn der Hausherr, ähem, ihre Gesellschaft wünscht, lässt er sie zu sich rufen. Den Frauenbereich nennen sie dort Zenana, und zu unserer Überraschung führte der Diener uns genau dorthin: in die Zenana.« Er stieß ein kehliges Lachen aus. »Spätestens da wussten wir, dass es eine denkwürdige Nacht werden würde.«

Alaron spürte, wie er rot wurde. Er blickte ein weiteres Mal zu Anise hinüber, um sich von Mercellus' Geschichte abzulenken, wie er sich einredete, die schon bald recht schlüpfrig werden würde, aber es funktionierte nicht. Ganz im Gegenteil: Mittlerweile hatten sich auch die anderen Mädchen zu Anise gesellt, was alles nur noch schlimmer machte.

»Das Haus gehörte einer Rondelmarerin namens Alyssa Dulayn, eine Reinblüterin, wunderschön mit Haar wie Honig und einer Haut wie Milch. Sie begrüßte uns in einem blauen Gazekleid, das praktisch durchsichtig war. Mir wuchs sofort ein drittes Bein und Simos ebenfalls. Er konnte den Blick gar nicht mehr von ihr losreißen, aber das störte diese Alyssa nicht.« Mercellus nahm einen Schluck Wein, um seine Zunge zu befeuchten. »Ich mag ein stattlicher Mann sein, doch im Vergleich zu Simos bin ich ein Nichts. Er konnte zwar kein bisschen tanzen, aber hatte Locken und dann die großen, leuchtenden Augen … Außerdem hatte er ein Geschlechtsteil wie ein Hengst. Die Frauen stürzten sich immer zuerst auf ihn, ich bekam nur die Reste ab, aber die waren nicht weniger schön. Es kann durchaus ein Vorteil sein, einen gut aussehenden Mann zum besten Freund zu haben.«

Die Jitarspieler nahmen einen getragenen Rhythmus auf, und die Mädchen begannen, sich im Kreis um sie herum zu bewegen, die Arme grazil nach oben gestreckt, sodass sich ihre Brust aufreizend nach vorne wölbte.

Alaron wandte hastig den Blick ab und trank selbst einen weiteren Schluck.

»Nun, diese Alyssa hatte sich offensichtlich bereits für Simos entschieden, aber es gab ja noch ihre Freundin. Wenn Alyssa der golden schimmernde Sol war, dann war ihre Freundin Lune. Ihr Haar war wie ein Vorhang aus Nacht, vor dem die Sterne glitzerten. Ihr Gesicht war weiß wie Schnee, ihre Lippen blutrot und die Augen dunkel. Man hatte uns ihren Namen nicht gesagt, aber ich nannte sie Mondkind. Im Gegensatz zu Alyssa war sie nicht gekleidet wie eine Hure. Sie trug ein züchtiges Samtgewand, das ihren Körper vollkommen verhüllte, ohne jedoch die Rundungen zu leugnen. Allerdings schien sie eine ganz andere Vorstellung vom weiteren Verlauf des Abends zu haben als Alyssa: Mit glasigen Augen zog sie an einer Wasserpfeife, und mich beschlich die Sorge, dass womöglich nur Simos eine denkwürdige Nacht verbringen würde.«

Alaron bemerkte, wie Anise ihn mit blitzenden Augen musterte. *Ich tanze für dich*, sagte ihr Blick. Alaron war wie hypnotisiert und konnte nicht wegsehen, obwohl er merkte, dass die anderen Jungs um sie herum bereits Notiz nahmen. Jeder von ihnen trug ein Messer, doch Alaron – ob es nun am Wein lag oder an etwas anderem – ließ sich davon nicht einschüchtern.

Ich bin ein Magus. Glaubt ihr, ich hätte Angst vor euch?

Alaron erschrak über seine eigenen Gedanken. Dergleichen passte besser zu überheblichen Dreckskerlen wie Malevorn Andevarion oder Francis Dorobon. Entschlossen riss er den Blick von den Tänzerinnen los und konzentrierte sich wieder auf Mercellus' Geschichte.

»Um es kurz zu machen: Simos spielte, und ich habe getanzt, und weil ich wusste, dass Alyssa Simos wollte, tanzte ich eben für mein Mondkind. Ich bin gesprungen und gehüpft, habe Pirouetten gedreht wie ein Besessener, alles nur für sie. Wir spielten unser gesamtes Repertoire, dann verstummte Simos' Jitar plötzlich mitten im Lied. Als ich zu ihm hinüberschaute, sah ich, dass Alyssa sie ihm aus der Hand genommen und ihn auf ihren Schoß gezogen hatte. Ich wandte den Blick sofort wieder ab, wusste nicht, was ich tun sollte, da stand Mondkind plötzlich vor mir. Ich wäre beinahe aus der Haut gefahren vor Schreck, weil sie sich so schnell und lautlos bewegt hatte. In dem Augenblick hatte ich nackte Angst vor ihr. Ihre Pupillen waren so groß, dass kaum noch etwas Weißes in ihren Augen zu sehen war. Den Mund hatte sie ein Stück geöffnet, hinter den leuchtend roten Lippen blitzten ihre weißen Zähne hervor, und ich musste an die alten sydischen Legenden denken, von Untoten, die das Blut der Lebenden trinken, da ließ sie ihr Kleid fallen und küsste mich.«

Mercellus verstummte und starrte auf seine Hände hinab. »Vielmehr brauche ich, denke ich, nicht zu sagen. Ich war nur diese eine Nacht bei ihr. Sie war bestimmt keine Jungfrau mehr, trotzdem war sie seltsam nervös und angespannt. Ihren Namen habe ich erst viel später erfahren. Simos und ich reisten weiter nach Javon, wo wir ein ganzes Jahr lang blieben. Er lernte eine Einheimische kennen und heiratete sie. Bis zum heutigen Tag lebt er dort – falls er noch lebt. Ich machte mich unterdessen wieder an die Heimreise. Mir gefiel es in Javon nicht, die Feindseligkeiten zwischen Rimoniern und Jhafi waren mir zuwider. Doch ich war kaum wieder in Hebusal angekommen, da kam derselbe Diener ein weiteres Mal zu mir, diesmal jedoch mit einem ganz anderen Anliegen.«

»Ein Kind?«, platzte Alaron heraus.

»Du bist kein guter Zuhörer, mein Junge«, wies Mercellus ihn gutmütig zurecht. »Ja, eine Bambina. Ich hatte Justina Meiros geschwängert, und während des Jahres, das ich in Javon verbracht hatte, war es zur Welt gekommen. Aber Justina, wie soll ich sagen, sie war eine gleichgültige Mutter. Sie wollte die kleine Bambina nicht, und als sie hörte, dass ich wieder in Hebusal war, ließ sie mich zu sich bringen und gab mir das Kind. Sie hatte der Kleinen noch nicht einmal einen Namen gegeben.« Er schüttelte den Kopf. »Sie sprach mit mir, als wären wir uns noch nie begegnet, erklärte mir, ich sei der Einzige gewesen, mit dem sie im fraglichen Zeitraum das Bett geteilt hatte. Ich und niemand anders wäre der Vater. Ich hätte das kleine Mädchen auch so mitgenommen, nur um es von dieser kaltherzigen Mutter wegzuholen, aber man gab mir eine großzügige Belohnung.« Er schloss für einen Moment die Augen, als versuche er, die Erinnerung wieder in die Tiefen seines Gedächtnisses zurückzuverbannen. »Dies also ist die

Geschichte, wie ich zu meiner eigenwilligen Tochter gekommen bin«, beschloss er den Monolog.

Alaron schluckte. »Und ich war in sie verliebt«, platzte er heraus, noch bevor er wusste, was er tat.

»Offensichtlich«, bestätigte Mercellus mit amüsiertem, aber auch warnendem Unterton.

»Aber sie nicht in mich«, fügte er hastig hinzu. »Wir sind nur Freunde, mehr nicht.«

»Ich weiß. Ich mag meine Tochter nicht unter Kontrolle haben, aber ich kenne sie gut.«

Während der letzten Wochen hatte Alaron all seine Gefühle für Cym sorgsam weggesperrt, und jetzt merkte er, wie sie an ihrem Käfig rüttelten, ihn anflehten, endlich wieder freigelassen zu werden, doch er widerstand dem Drang und schaute ganz bewusst wieder zu den Tänzerinnen hinüber.

Auf eine kleine Geste von Mercellus hin veränderte sich die Musik ein weiteres Mal. Während sie seiner Geschichte gelauscht hatten, waren die Tische in der Mitte der Wagenburg nach und nach wegetragen worden. Immer mehr der älteren Frauen, die zuvor noch mit Kochen beschäftigt gewesen waren, strömten nun auf die Freifläche. Ihre Hüften waren breiter, die Brüste größer. Ihr Blick sprach von großer Lebenserfahrung und Reife, und die Atmosphäre veränderte sich sofort.

Die Männer versammelten sich um ihre tanzenden Frauen und klatschten den Rhythmus. Keine von ihnen kicherte verschämt oder schlug verlegen die Augen nieder, als sie begannen, die Frauen langsam zu umkreisen, ganz im Gegenteil: Mit einem temperamentvollen Schrei tanzte eine der Oberinnen auf einen Mann zu, dessen Schärpe die gleiche Farbe hatte wie das Kleid, das sie trug. Direkt vor ihm blieb sie stampfend stehen, schüttelte aufreizend ihren Busen und winkte ihn mit flirrenden Fingern heran. Ihr Gatte stieß ein wildes Heulen aus und begann, sie mit stoßenden Hüftbewegungen zu umkreisen.

Alaron schnappte wiederholt nach Luft, während er die Szene beobachte, und um ein Haar wäre ihm der Weinbecher aus der Hand gefallen.

Muhren klopft ihm auf den Rücken. »Na komm schon, ab in den Kreis mit dir.«

»Auf keinen Fall«, stammelte Alaron.

»Du bist sicher, dass der Bursche schon achtzehn ist, Jeris?«, fragte Mercellus lachend.

»Bald neunzehn«, brummte Alaron, der im Novelev geboren war.

»Und noch nicht verheiratet?« Mercellus zog die Augenbrauen hoch.

»Es will ihn ja keine«, erklärte Muhren trocken. »Er ist ein streitlustiger kleiner Stinker. Auch wenn er in letzter Zeit etwas fügsamer geworden ist.«

Alaron warf ihm einen säuerlichen Blick zu.

»Aber ein Magus, si?«, hakte di Regia nach.

»Ein Viertelblut.«

Als Alaron sah, wie das Sippenoberhaupt im Kopf nachrechnete, wurde ihm heiß und kalt. Ein Viertelblut konnte mit einer gewöhnlichen Sterblichen durchaus einen Nachkommen zeugen, der ebenfalls die Gnosis hatte. Die Chancen, dass es dabei tatsächlich zu einer Schwangerschaft kam, standen sogar besser als bei einem Magus von höherem Blutrang. Alaron kam sich vor wie ein Zuchthengst auf einer Pferdemesse.

»Ich bin schon ziemlich müde«, sagte er. »Ich glaube, ich sollte allmählich…«

Muhren stand auf und legte ihm beide Hände auf die Schultern. »Du solltest allmählich lernen, wie man tanzt, Junge.«

Die Tänze der Rimonier hatten etwas von einem Schwertkampf, fand Alaron nach dem vierten Becher Wein. Es gab eine Reihe fester Bewegungsabfolgen, sie waren fließend und gingen stets von Hüfte oder Schulter aus: vorstoßen und zurückweichen, den Konter des Gegenübers abwarten und ausweichen. In diesem Kampf waren die Augen die Schwerter, die Melodie- und Rhythmuswechsel waren die Finten, aber nach einer Weile saß auch bei ihm jeder Schritt. Wenn er in zehn Jahren Unterricht mit dem Holzschwert eines gelernt hatte, dann, wie man sich geschmeidig bewegte, den Körper aufrecht hielt und immer im Gleichgewicht blieb, federnd wie Bambus. Natürlich hatte er die abschätzigen Blicke der Rimonier bemerkt, die nur darauf warteten, dass er einen Fehler machte, doch sie sagten kein Wort. Alaron tanzte weiter, machte eine kunstvolle Verneigung und wandte sich der nächsten Partnerin zu.

Es war Anise.

Sie folgte ihm, sorgte dafür, dass ihre Wege sich immer wieder kreuzten, das war offensichtlich, und jedes Mal, wenn ihre Blicke sich begegneten, lächelte sie. Die anderen Mädchen blieben unnahbar und verschlossen und zogen sich nach jedem Lied wieder zu ihren Müttern zurück, doch Anises Mutter schien gar nicht hier zu sein. Während jeder Pause hatte sie sich zu einem kleinen Jungen gesetzt, der aussah, als könnte er ihr Bruder sein. Diesmal allerdings blickte sie ihn auffordernd an, als sie sich wieder voneinander lösten. Alaron spürte, wie alle ihn beobachteten, trotzdem konnte er nicht anders, als den Blick zu erwidern. Es war, als hätte der Tanz seinen Verstand außer Kraft gesetzt.

»Wer ist sie?«, fragte er Muhren, als der Hauptmann plötzlich neben ihm auftauchte.

»Anise? Eine Waise. Sie ist mit ihrem Bruder bei ihren Großeltern aufgewachsen, aber die sind vor ein paar Jahren ebenfalls gestorben.« Er bohrte Alaron den Zeigefinger in die Brust. »Eine Rimonierin, die bei der Hochzeit keine Jungfrau mehr ist, verliert ihre Mitgift. Genauso wie eine, die nicht innerhalb des Klans heiratet.«

Alaron spürte, wie ihm das Blut ins Gesicht stieg. »Wir haben nur getanzt.«

»Ich weiß. Und ich rede nur mit dir und tue was für deine Bildung.«

Alaron funkelte Muhren an. »Ich kann nichts dafür. Sie verfolgt mich regelrecht.«

»Für sie bist du ein reicher Magus aus Rondelmar. Wahrscheinlich glaubt sie, wenn sie dich bekommt, braucht sie gar keine Mitgift mehr.«

Alarons Blick wanderte zurück zu Anise. Er fragte sich, ob sie wirklich ihn wollte oder nur das Geld, das er nicht hatte. All das Gerede von Jungfrauen und Mitgift machte ihn nervös. »Was soll's. Wahrscheinlich sollte ich jetzt schlafen gehen«, murmelte er.

Muhren nickte. »Eine weise Entscheidung.« Er schaute hinüber zu Mercellus, der gerade einen seiner Männer zurechtwies. »Wir werden auf der windabgewandten Seite der Wagenburg schlafen und die Zelte neben dem Bach aufstellen. Ich helfe dir, nachdem ich noch einmal kurz mit Mercellus gesprochen habe.«

Alaron stolperte über die dunkle Wiese und sammelte ihr Gepäck ein. Ein älterer Rimonier mit grauem Pferdeschwanz führte ihn zu der Stelle, von der Muhren gesprochen hatte.

Keiner der beiden konnte die Sprache des anderen, aber mit viel Gestikulieren und Lachen fanden sie schließlich zwischen ein paar Weidensträuchern eine geeignete Stelle für die Zelte. Der alte Mann schlurfte wieder davon, und Alaron schlug im Schein eines Gnosisfeuers das Lager auf. Während der letzten Wochen war er immer besser darin geworden, und mittlerweile ging es beinahe wie von selbst.

Schließlich löschte er das Feuer und setzte sich ans Bachufer. Er ließ die Füße in das kühle Wasser baumeln, lauschte dem Murmeln des Bachs, schaute hinauf zu dem gigantischen Halbmond und dachte an Cym, die irgendwo hoch oben in einem Windschiff nach Antiopia unterwegs war. *In dem Windschiff, das wir gemeinsam gebaut haben*, dachte er nicht ohne Stolz.

Von der Wagenburg trieb immer noch Musik herüber, und die Rimonier sangen dazu, die Männer die Strophen, die Frauen den Refrain. Das Lied klang traurig und schön zugleich und erinnerte Alaron an die verfallenen Villen, die sie während der letzten Tage am Wegrand gesehen hatten. Sie waren ihm vorgekommen wie die verblichenen Knochen eines vor langer Zeit untergegangenen Reiches. Dann gab er sich eine Weile der durchaus angenehmen Vorstellung hin, wie es wäre, einfach hierzubleiben, wo niemand wusste, dass er ein verstoßener Magus war. Alles könnte so einfach sein, wenn die Skytale in Sicherheit wäre, in Händen von jemandem, der damit umgehen konnte, jemandem wie Antonin Meiros. Alaron könnte bleiben und die verführerische Anise vor einem Leben als verwaiste Jungfrau retten. Jede Nacht würden sie im Mondschein tanzen, weit weg von Blutvergießen und Krieg. *Das wäre zwar nicht ganz das, was ich mir immer erträumt habe, aber im Gegensatz zu meinen Träumen könnte es zumindest wahr werden...*

»Alron di Meersa?«, rief eine Märchenstimme.

Alaron erschrak, und sein Herz setzte einen Schlag lang aus. *Das ist sie.* Er drehte den Kopf und sah Anise auf Zehenspitzen zwischen den Weidensträuchern in seine Richtung kommen.

Noch bevor er aufstehen konnte, hatte sie schon ihren Rocksaum gerafft und sich zu ihm gesetzt. »Alron, si?«, wiederholte sie und legte ihm eine Hand auf den Arm.

»A-la-ron«, korrigierte er. Sein Herz pochte wie wild, und er war froh, dass die Dunkelheit die Schamesröte in seinem Gesicht verbarg.

Sie wiederholte den Namen noch einmal, und der Klang ihrer glockenhellen Stimme brachte seine Seele zum Tanzen, dann deutete sie auf ihre Brust. »Ah-nise.«

»Anise«, erwiderte Alaron, und sie strahlte ihn an.

Anise lehnte sich ein Stück zurück und stützte sich auf den Arm, drehte kichernd den Kopf zur Seite und blickte ihn zuerst mit dem einen Auge an, dann mit dem anderen. Sie hatte einen breiten Mund und volle Lippen, dunkle Haut und unfassbar dichtes, schwarzes Haar. Sie war keine Schönheit, aber durchaus attraktiv – und vollkommen anders als Cym.

Alaron konnte ein Lächeln nicht unterdrücken. Er zitterte ein wenig. »Du sprichst Rondelmarisch?«

Sie verstand gerade so viel, dass sie lachend den Kopf schüttelte. »Rimoni«, sagte sie mit dieser unglaublichen Stimme und neigte den Kopf, sodass sich das Mondlicht in ihren Augen spiegelte. »Magi?«, fragte sie.

Alaron nickte angespannt. Ihr Volk war vor fünfhundert Jahren von den Magi beinahe ausgerottet worden, aber Anise schien das nichts auszumachen. »Me mostra!«, oder so ähnlich sagte sie nur. Der Klang ihrer Stimme gefiel ihm immer besser.

»Ich soll es beweisen?«, rief er und beschwor die Gnosis, nur ein kleines blaues Flämmchen, das er auf seinen Fingerspitzen tanzen ließ.

Anise schnappte nach Luft, dann kicherte sie leise, als er das Gnosisfeuer verlöschen und wieder aufflammen ließ. Sie versuchte, es zu berühren, zuckte aber sofort wieder zurück wegen der Hitze. Ihr Jauchzen machte Alaron schwindlig.

»È bello!«, sagte sie, dann umfasste sie seine Hände und schaute ihm erwartungsvoll in die Augen.

Dafür bekomme ich ein Messer in den Rücken…

Er küsste sie, spürte ihre verführerisch feuchten, warmen Lippen, während sie die Arme um ihn schloss und ihn an sich zog. Mit einem kehligen Laut streichelte sie seinen Hals und den Rücken, nur der Stoff seines Hemdes war noch dazwischen. Alaron fühlte sich, als würde er fallen, regelrecht in sie hineinstürzen. Es war wie ein Traum, als würde dies hier gerade jemand anderem passieren und nicht ihm. *Wo soll das enden?*, fragte er sich bang und glücklich zugleich. Die Situation war schon eigenartig: Sie waren sich gerade erst begegnet, konnten sich nicht einmal miteinander unterhalten, aber sie gefiel ihm, mehr als das. War das nicht seltsam? Er stellte sich vor, wie Ramon ihn aufzog, wenn er ihm davon erzählte, und küsste Anise nur noch leidenschaftlicher. Dass Muhren jeden Moment auftauchen konnte, drängte ihn nur umso mehr zu schnellem Handeln.

Der silbrig im Mondlicht schimmernde Bach plätscherte verheißungsvoll, während Alaron Anises Schultern streichelte, weil er das noch für die unverfänglichste Körperstelle hielt, da verrutschte ihre Bluse, und er spürte nur noch warme, nackte Haut, zart und weich und lieblicher als die feinste Seide.

Sie stöhnte leise unter seinen Küssen und umarmte ihn noch heftiger.

»Anise!«, kam eine junge männliche Stimme von irgendwo zwischen den Bäumen.

Alaron riss sich los, und Anise fluchte leise, presste ihm mit einem Kopfschütteln den Finger auf die Lippen.

»Anise!« Er war jetzt ganz in ihrer Nähe. »Anise!«

Sie kicherte direkt neben seinem Ohr, und Alarons Haut kribbelte, als würden tausend Ameisen über seinen Rücken laufen.

»Ferdi«, flüsterte sie. »Mio fratell.«

Wahrscheinlich ihr Bruder, überlegte Alaron.

»Schhhh«, machte sie und zog ihn wieder an sich, während der Junge auf seiner Suche die Pferde aufschreckte, ohne noch näher zu kommen. Nach etwa einer Minute stapfte er schließlich wieder davon, zurück zur Wagenburg. Muhren hatte anscheinend beschlossen, mit Mercellus noch etwas Wein zu trinken, und als Anise Alarons Gesicht an ihre Lippen zog, hoffte er, dass die beiden einander noch viel zu erzählen hatten.

Da wurde Anises Körper plötzlich steif, und sie hörte auf zu atmen. Alaron sah, wie sie in den Himmel starrte und ihre Augen immer größer wurden. Ganz langsam drehte er den Kopf, halb in der Erwartung, dass einer der Jungen aus ihrer Sippe mit gezogenem Dolch hinter ihm stand, um ihre Ehre zu retten.

Doch es war kein Junge. Ein Schwarm fliegender Kreaturen, die aussahen wie übergroße Fledermäuse, strich über Lunes Antlitz und stieg spiralförmig aus dem Himmel herab. Selbst aus dieser Entfernung konnte Alaron erkennen, dass es keine normalen Tiere waren, sondern Gnosiszüchtungen. Das bedeutete, sie kamen aus Pallas, denn nur die Animagi von Pallas konnten so etwas erschaffen. Und Pallas bedeutete Inquisitoren.

Sie haben uns gefunden!

Entsetzen stand in Anises Gesicht, als sie Alaron von sich stieß, und Alaron hatte kein bisschen weniger Angst als sie. Das Herz schlug ihm bis zum Hals, während er beobachtete, wie die Bestien direkt über ihn hinwegglitten.

Es gab keine Kampfansage, keine Drohung und auch keine Warnung, nur Blitze, die mitten in das Lager fuhren.

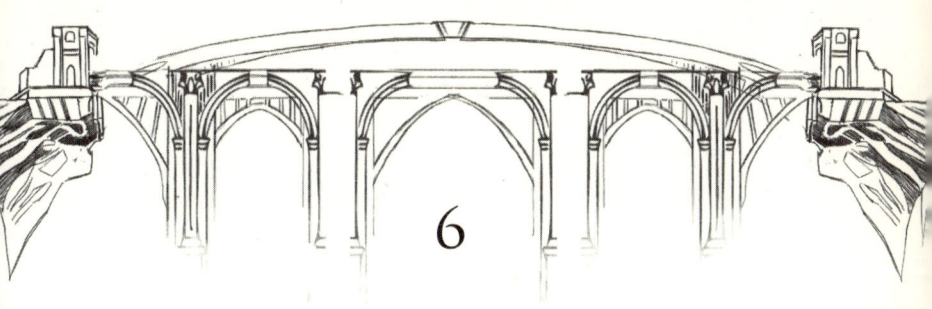

6

DIENST IN DER LEGION

DER WANDERSTERN

Seit Jahrhunderten ist das von den Hebb Simutu, der Wanderstern, genannte Gestirn bekannt. Mittlerweile glauben wir, dass es sich dabei um einen kleineren Mond mit stark elliptischer Umlaufbahn handelt. Dass seine Umlaufbahn Urte alle zwölf Jahre, während der Mondflut, am nächsten kommt, ist kein Zufall. Der Name Simutu ist von dem Hebb-Wort für Kupfer abgeleitet und spielt auf die Farbe seiner Oberfläche an. Die Hebb sagen, dass jene, die unter Simutu geboren werden, leicht dem Wahnsinn verfallen und prophetische Fähigkeiten entwickeln.

ORDO COSTRUO

Als das Windschiff sich auf die riesige Menschenansamm-
lung am äußersten Ende des Kontinents hinabsenkte, spürte
Ramon Sensini, wie seine Hände feucht wurden.

Zwei Wochen ständigen Reisens neigten sich dem Ende zu.
Vor ein paar Stunden waren sie durch die wallende Wolkende-
cke über den Pontischen Hügeln gebrochen, wo das Gelände
sich sanft und allmählich dem im Osten glitzernden Ozean
entgegenneigte. Alle Magi an Bord waren am Bug zusammengelaufen, stießen Ramon zur Seite, jubelten und deuteten
mit den Fingern. Der Ausblick war fantastisch. Das Festland
endete abrupt in jähen Klippen, die hoch über den tosenden
Wellen aufragten. Selbst aus dieser Entfernung war das Donnern der Wellen zu hören, die gegen die Felsen anbrandeten.
Weiße Gischtwolken verschleierten den Horizont, der Geruch
von Salzwasser hing in der Luft.

Einer der Magi deutete nach Südwesten, auf einen dunklen
Fleck inmitten der weiten grünlichen Ebenen unterhalb. Daraus erhob sich eine weiße Felsnadel mit einem glitzernden
Licht an der Spitze. »Der Turm!«, rief er, und die anderen fielen mit ein.

Ramon kniff die Augen zusammen, bis auch er den fahlwei-
ßen senkrechten Strich am Horizont mit dem blauen Licht-
punkt am oberen Ende sah, und staunte. Dies war also der
legendäre Nordpunkt, nördliches Ende und Anker der Leviathanbrücke, des von Antonin Meiros erschaffenen Meister-
bauwerks, das den Lauf der Geschichte für immer verändert
hatte. Ramon versuchte, Details zu erkennen, aber die Brücke

war zu weit weg. Dennoch wusste er, dass schon jetzt Truppen auf dem Weg zum Nachbarkontinent waren, um Antiopia mit Leid und Tod zu überziehen. Und schon bald würde er sich ihnen anschließen.

Sie landeten westlich des Lagers inmitten einer chaotischen Ansammlung von Masten und Segeln, die aus der Entfernung ausgesehen hatte wie ein von einem Sturm zerpflückter Wald. Mindestens vier Dutzend Schiffe hatten hier festgemacht, von kleinen Skiffs bis zu großen Fregatten. Das waren mehr, als Ramon je auf einem Fleck gesehen hatte, und doch war dies nur einer von vielen Landeplätzen entlang der Küste. Der Gestank der Feldlager stieg ihm schon in die Nase, bevor er überhaupt festen Boden unter den Füßen hatte.

Der Wind pflügte durch die Zeltreihen, zerrte an den Planen und ließ die Abspannleinen zu seinem unrhythmischen Lied singen. Ganze Schwärme von Arbeitern liefen zwischen Kisten, Fässern und aufgestapelten Getreidesäcken umher wie Ameisen, trugen, hoben, be- und entluden Tausende Tonnen Material für den Krieg. Die Soldaten machten noch den geringsten Anteil aus. Sie waren in Sektor XXVI, dreihundert Morgen Land, eingeebnet und planiert, damit Windschiffe darauf landen konnten, daneben noch einmal dreihundert Morgen für die Legionärszelte. Außerhalb der Lager hielten sich noch einmal doppelt so viele Menschen auf: Kaufleute und Händler, Ehefrauen, Verlobte und Kinder, Prostituierte beiderlei Geschlechts, Bettler und Glücksritter. 200 000 Mann, auf vierzig Legionen verteilt, würden von hier aus die Brücke überqueren, um sich den acht Legionen anzuschließen, die bereits in Dhassa waren; zwei weitere in den Farben der Dorobonen warteten darauf, nach Javon eingeschifft zu werden. Antiopia stand kurz davor, in einer Flut aus scharlachroten Bannern zu ertrinken. Der Dritte Kriegszug hatte begonnen. Die Vorhut war bereits auf der Brücke, und jeden Tag folgten zwei bis drei Legionen durch das todbringende Nadelöhr, die Leviathanbrücke.

In Ramons Erinnerung waren die letzten beiden Wochen eine ununterbrochene Hatz von einem Ort zum anderen, angefangen mit der ersten Etappe von Norostein ins Brekaellental. Von dort war es sofort weitergegangen im nächsten viel zu kleinen Windschiff, auf dem ein weiteres Dutzend Magi zu ihnen gestoßen war. Die meisten von ihnen waren Abfallprodukte der berüchtigten Promiskuität der Magi, nur ab und zu fand sich ein höherer Blutrang unter ihnen, entsetzt darüber, sich den spärlichen Platz mit derlei Gesindel teilen zu müssen.

Ramon war der einzige Südländer gewesen – eine willkommene Gelegenheit für die Argundier, Hollenier, Andressaner und Metianer an Bord, die endlich eine Zielscheibe für ihren rassistischen Nationalstolz hatten. Ramon konnte es kaum erwarten, sie endlich los zu sein. Er schulterte seinen Sack und verschwand, noch bevor sie Zeit hatten, ihm einen letzten Hieb – im wörtlichen oder im übertragenen Sinn – zu versetzen.

Das Lager war ein heilloses Durcheinander. Die vielen Nicht-Kombattanten, die Unmengen an Verpflegung und Gerät machten eine übersichtliche Struktur schlichtweg unmöglich. Allein die Viehpferche nahmen mehr Fläche ein als die Zelte für die Soldaten. Jenseits der Zäune wimmelte es nur so von Pferden und Hulkas, riesenhaften Züchtungen aus Pallas, einzig und allein dafür erschaffen, die Material- und Proviantwagen zu ziehen. Die Schulterhöhe eines Hulka war doppelt so hoch wie die eines Menschen, sie wogen acht bis zehn Tonnen und stellten eine durch Animismus geschaffene Kreuzung aus Ochsen und großen antiopischen Wildtieren dar, die man Elefanten nannte, wie Ramon gehört hatte. Sie hatten weder Hörner noch Stoßzähne, waren sanft und unendlich geduldig. Dank der dramatischen Fortschritte, die die Animagi während der letzten Jahre gemacht hatten, verstanden sie auch einfache Kommandos und brauchten weder Hirten noch Reiter. Einige Kavallerieeinheiten waren ebenfalls in den Genuss der gnostischen Segnungen gekommen und mit sogenannten Khurna ausgestattet worden, Pferden, stark und unfassbar schnell mit einem langen, spitzen Horn auf der Stirn.

Ramon blickte in das misstrauische Auge eines Hulka hinauf und dachte an Boron Funt, einen ehemaligen Mitschüler am Arkanum, der ähnlich fett und langsam von Begriff gewesen war. »Was denn?«, fragte er mürrisch.

Der Hulka blinzelte unendlich langsam, dann schaute er in eine andere Richtung, als schäme er sich für seine eigene Tumbheit.

Dämliches, ungeschlachtes Vieh.

Schließlich gelang es Ramon, ein Kind in abgerissenen Lumpen zu finden, das sich bereiterklärte, ihn für einen Kupferling zu dem Zelt mit dem Banner seiner Legion, der Nummer XIII, zu bringen. Nachdem sie dort angekommen waren, warf er dem Kleinen die Münze zu und trat zögerlich ein.

Ein Mann blickte auf und musterte ihn kurz. »Sensini?«, fragte er mit gerunzelter Stirn.

»Ja.«

»Das heißt: Ja, Herr«, knurrte der Offizier. »Und du hast zu salutieren, wenn du angesprochen wirst.«

»Ja, Herr, Verzeihung, Herr.« Ramon salutierte, wie er es bei den anderen Männern gesehen hatte, und der Offizier schien zufrieden.

Der Mann war sein neuer Kommandant und so hässlich, wie ein Magus nur sein konnte. Sein Blick war aggressiv, die Nase schon mehrmals gebrochen, die Stirn bereits kahl und die gesamte Gesichtshaut von roten Äderchen durchzogen wie bei einem Trinker. Die meisten Magi legten einen gewissen Wert auf ihr Erscheinungsbild, was nicht zuletzt in dem Bestreben der Kirche begründet lag, dass ein Magus zumindest den Anschein des Göttlichen verkörpern sollte, aber diesem Mann war sein Äußeres vollkommen egal. Seine Uniform war zerschlissen und die Stiefel abgewetzt, aber er hatte die unerbittliche Ausstrahlung eines erfahrenen Kämpfers.

»Ich bin Legat Jonti Duprey, Kommandant der Dreizehnten.« Duprey musterte Ramon abschätzig. »Und du bist ein Sechzehntelblut? Ich habe verdammt noch mal ein Halbblut angefordert!« Er fuhr sich mit den Fingern durch sein dünn gewordenes Haar. »Wieso kommst du erst so spät?«

»Wir wurden in Norostein aufgehalten, Herr«, antwortete Ramon und fragte sich, wie es Alaron wohl ergehen mochte. Hatte er Cym schon gefunden? Alaron einfach zurückzulassen, hatte sich in etwa so angefühlt, wie ein Lamm allein in die Wüste zu schicken, aber Ramon hatte keine andere Wahl gehabt.

»Wir marschieren in zwei Tagen, Sensini.« Duprey tippte auf die Karte auf seinem Tisch, da flog die Zeltklappe auf, und ein riesenhafter blonder Jüngling trat ein. Duprey beäugte ihn neugierig. »Killener?«

»Jawohl, ich bin Fridryk Killener.« Der Neuankömmling stammte offensichtlich aus Schlessen. Er hatte helle Haut, schulterlanges Haar und war gebaut wie ein Stier. Sein lederner Brustharnisch war reich verziert, um die nackten Unterarme wanden sich Schlangen aus Kupfer, und seine Oberarme waren so dick wie Ramons Beine. Auf dem Rücken trug er zwei Wurfäxte, am Gürtel hing ein Schwert, das vom Boden bis zu Ramons Scheitel reichte.

Duprey verdrehte die Augen. »Herr. Die Anrede heißt ›Herr‹.«

»Jawohl.«

Ramon verkniff sich ein Lächeln, während Duprey den Schlesser mit versteinertem Gesicht anschaute, bis Killener endlich begriff, was von ihm erwartet wurde.

»Jawohl, Herr«, sagte er und warf Ramon einen kurzen Blick zu. »Rimonier?«

»Silacier.«

»Finger weg von meinen Sachen«, brummte Killener mit einem kleinen Lächeln. Anscheinend war das die Art Humor, wie sie in Schlessen gepflegt wurde, falls sie dort überhaupt welchen hatten.

»Ihr seid hier, um euch bei mir zum Dienst zu melden, nicht zum Plaudern«, schnaubte Duprey. »Jedes Mal dasselbe: Sobald ich eine erfahrene und disziplinierte Truppe beisammen habe, bekomme ich kurz vor dem nächsten Kriegszug neue Magi, die von Tuten und Blasen keine Ahnung haben. Warum man die Truppen nicht schon ein Jahr vorher ausheben kann, ist mir ein Rätsel. Oder vielleicht auch nicht. Es liegt am Geld.« Er rümpfte die Nase, als wollte er ausspucken, entschied sich dann aber dagegen. Immerhin war es sein Zelt. »Nun dann, willkommen. Die restlichen Magi bekommen wir morgen zugewiesen.«

»Wir bekommen sie erst noch *zugewiesen*, Herr?«, fragte Ramon verdutzt.

»Die meisten Legionen haben zu Friedenszeiten einen Stamm von sechs Magi, die restlichen neun werden kurz vor dem Einsatz aus Freiwilligen ausgewählt und dann verteilt, wie es bei euch zum Zeitpunkt eures Abschlusses am Arkanum geschehen ist. Ihr seid Schlachtmagi und untersteht ab sofort Eurem Manipel, verstanden?«

»Ja, Herr.«

Killener blinzelte. »Jawohl… ähm, Herr.«

Duprey stieß einen tiefen Seufzer aus. »Sensini, du kommst zum zehnten Manipel. Ich gehe davon aus, das stand in deinen Einberufungspapieren?«, fragte er und schaute Ramon erwartungsvoll an.

Eine Legion umfasste etwa fünftausend Mann, unterteilt in zehn Manipel. Das zehnte Manipel gehörte zu den nicht kämpfenden Versorgungseinheiten. Es bestand aus Spähern, Handwerkern, Schreibern, Köchen und Verwaltungsgehilfen, dazu ein kleines Kontingent Bogenschützen: die untersten der unteren Ränge also und damit für die meisten Magi weit unter ihrer Würde.

»Ja, Herr«, erwiderte Ramon so neutral wie möglich. Dabei war sein Paterfamilias beinahe in die Luft gesprungen vor Freude, als er Ramons Einberufungsbescheid las. »Wer den Nachschub kontrolliert, kontrolliert die Legion«, hatte er Ramon erklärt.

Duprey wirkte erleichtert. »Ich schätze, als Sechzehntelblut hast du auch nicht mehr erwartet, oder? Killener, du wirst als Schlachtmagus im neunten Manipel dienen. Ich glaube nicht, dass noch niedrigere Blutränge eintreffen werden als ihr. Deshalb werde ich die anderen Posten morgen besetzen, sobald das letzte Kontingent hier ist.« Er verzog das Gesicht. »Diese verdammten Spätkommer, die glauben, sie könnten im letzten Moment dazustoßen und sich dann die Rosinen rauspicken… bornierte Schwachköpfe.«

Ramon stieß Killener mit dem Ellbogen an.

»Ja, Herr«, sagte der Schlesser endlich, und Ramon verkniff sich ein Grinsen.

»Habe ich dich nach deiner Meinung gefragt? Über vierzig Legionen sind auf dem Weg nach Antiopia, vier mit Windschiffen, der Rest zu Fuß. Dankt eurem Glücksstern, dass ihr Magi seid, denn als Magi bekommt ihr wenigstens Pferde. Und jetzt geht und verstaut euer Gepäck. Heute Vormittag ist ein neuer Secundus zu uns gestoßen, und morgen kommt der Rest. Wenn ihr noch einen guten Platz im Zelt wollt, dann beeilt euch besser.« Er deutete mit dem Zeigefinger auf seinen dienstbeflissen wirkenden Adjutanten. »Nyvus, bring die beiden zu ihrem Zelt. Bitte.«

Der Adjutant war wahrscheinlich ein Nicht-Magus, strahlte aber eine für sein Alter erstaunliche Autorität aus. Auf dem Weg sah Ramon etwa hundert Magi vor einem großen weißen Zelt stehen, die noch darauf warteten, einer Legion zugewiesen zu werden. Einige der Gesichter erkannte er vom Windschiff wieder und hoffte, dass keiner davon zur Dreizehnten kam. *Auch wenn es wahrscheinlich keine Rolle spielt, wen wir bekommen. Idioten werden sie in jedem Fall sein.*

Im Schlafzelt der Magi standen vierzehn durch Wandschirme voneinander getrennte Pritschen. Elf davon waren noch frei, auf den anderen lagen Magi und schliefen. Der auf der nächstgelegenen Pritsche fuhr sofort hoch, als sie eintraten, und rieb sich die Augen.

»Was …? Oh.« Offensichtlich hatten seine Wächter ihn aus tiefem Schlaf gerissen. Er winkte Dupreys Adjutanten müde zu. »Danke, Nyvus, ich übernehme das.«

Der Adjutant verneigte sich vornehm und ging.

»Nyvus ist der diszplinierteste Mann, den wir in der Dreizehnten haben«, sagte der Magus und musterte Ramon. »Lass mich raten: Sensini?«

»Si.«

»Und Killener?«

»Ja.«

Der Mann erhob sich von seiner Pritsche, und sie sahen seine verknitterte blaue Robe. Ein Steuermann also. »Baltus Prenton, Windmeister der Dreizehnten, zu euren Diensten.«

Ramon betrachtete das karierte Muster auf dem Untergewand des Steuermanns. Offensichtlich stammte er aus Brevin, einer nasskalten Provinz an der Grenze zu Schlessen, die von den Rondelmarern »befriedet« worden war und deren Einwohner seither von Schlessern wie Rondelmarern verachtet wurden.

»Du trägst die Kleider einer Frau«, brummte Killener.

Ramon schmunzelte innerlich. Der Schlesser schien jeden Gedanken direkt auszusprechen, was bestimmt für die ein oder andere amüsante Begebenheit sorgen würde. Gleichzeitig fragte er sich, ob dieses verbale Säbelrasseln bei den Schlessern obligatorisch war, wenn sie auf andere Nordländer trafen.

Der Brever lächelte gelassen. »Selbstverständlich. Brevin, wo die Männer Röcke tragen und die Frauen Hosen, wie das alte Sprichwort sagt. Bei uns heißt es allerdings ›Kilt‹, alter Junge.«

»Ein Mann aus Brevin ist nichts anderes als eine Frau mit Haaren im Gesicht«, sagte Killener verächtlich.

»Können wir dieses Mein-Volk-ist-besser-als-deins-Getue nicht einfach sein lassen?«, fragte Baltus ruhig. »Es ist so ermüdend und bringt keinem was, findet ihr nicht?«

»In Ordnung«, erwiderte Ramon sofort. »Wir Silacier sind auch nicht sonderlich hoch angesehen.«

178

»Das liegt daran, dass ihr ein Haufen diebischer Ratten seid«, sagte Killener mit dem Anflug eines Lächelns. »Aber vielleicht habt ihr recht. Morgen stößt der Rest der rondelmarischen Rotznasen zu uns. Besser, wir Vasallen halten zusammen.« Er streckte die Hand aus. »Ihr könnt mich Kill nennen.«

Sie schüttelten einander die Hand, dann deutete Prenton auf die beiden anderen Männer, die nach wie vor schliefen. »Coulder und Fenn, beides Schlachtmagi und Landsleute von mir.« Er deutete auf eine Flasche auf dem kleinen Beistelltischchen. »Rotwein aus Bricia, wenn ihr wollt.«

»Gibt es kein Bier?«, brummte Kill.

»Ich hatte Glück, dass ich wenigstens den Wein bekommen habe«, erklärte Prenton. »In den Legionsbeständen gibt es praktisch alles, nur nicht das, was du haben willst. Die Händler auf den Märkten sind allesamt Betrüger und Diebe, und das meiste wird sowieso nach Osten verschifft. Keiner weiß, wer oder was überhaupt noch hier ist und wo man es findet.«

»Ist das normal?«, fragte Ramon interessiert, denn wo Knappheit und Chaos herrschten, gab es gute Geschäfte zu machen.

Prenton räusperte sich. »Normal? Was ist schon normal? Hör zu: Das ist der zweite Kriegszug, an dem ich teilnehme. Weißt du, wie der letzte verlaufen ist? Es war ein verfluchter Albtraum, das kann ich dir sagen. Die Dreizehnte wurde nach West-Dhassa geschickt, wo angeblich alles friedlich war. Wir hatten strikten Befehl, stillzuhalten. Die Männer sind schier durchgedreht, als sie in der Wüste festsaßen, während die Dorfbewohner nachts umherschlichen, den Schlafenden die Kehle aufschlitzten und unsere Brunnen vergifteten. Schließlich hatte der damalige Legat es satt und befahl einen Angriff auf das Dorf – gegen den ausdrücklichen Befehl von oben. Danach wurden wir dezimiert. Wegen Ungehorsams. Ihr wisst, was das bedeutet?«

Ramon und Kill nickten. Dezimieren bedeutete, dass jeder Zehnte hingerichtet wurde. Wen es traf, bestimmte das Los.

Prenton schauderte. »Den Überlebenden wurde der gesamte Sold samt Pension gestrichen, und die Offiziere wurden degradiert.«

Ramon und Kill wechselten einen Blick. »Dann sind alle in der dreizehnten Legion verurteilte Befehlsverweigerer?«

»Die meisten. Manche von damals sind nicht mehr dabei, aber seit der Geschichte in Dhassa ist die Dreizehnte eine Straflegion; dementsprechend werden die Neuzugänge ausgewählt, die wir bekommen. Die Offiziere, das heißt, ich, Duprey, Coulder, Fenn, und sogar Tyron und Lanna, die sich gegen den Überfall auf das Dorf ausgesprochen hatten, wurden nicht nur degradiert, sondern zusätzlich zu weiteren zwölf Dienstjahren verurteilt. Was bleibt, ist die Schande. Für die anderen Legionen sind wir nur Abschaum.« Er schüttelte grimmig den Kopf. »Alle, die es noch zu etwas bringen möchten, meiden uns wie Aussätzige, und Kore allein weiß, wo sie uns diesmal hinschicken. Aber wie dem auch sei: Willkommen in unserem erlesenen Kreis, Freunde.«

»Der Legat hat gesagt, wir würden noch mehr Schlachtmagi zugeteilt bekommen«, sagte Ramon.

Prenton lachte. »Und ob. Im Moment buhlen alle, die entweder zu faul waren, sich rechtzeitig einzuschreiben, oder nicht die entsprechenden Verbindungen hatten, um einen Platz bei den Vorzeige-Legionen. Sie betteln geradezu darum, bieten ihre Jungfräulichkeit oder ihre Erstgeborenen als Belohnung für einen guten Posten, aber was sie nicht wissen, ist: Die guten sind schon seit Monaten, teilweise seit Jahren weg.

Nur bei den Legionen, die die Drecksarbeit machen, ist noch was frei.«

»Nach welchen Kriterien wird entschieden, wer wohin kommt?«

»Bestechung und In-den-Arsch-Kriechen, wie immer«, antwortete Prenton verbittert. Er wedelte mit der Hand. »Sucht euch eine Pritsche aus und macht es euch bequem. Jede Legion bekommt fünfzehn Magi, fünf Kommandanten, zehn für die Schlacht. In unserem Fall sind das Duprey, der verrückte Secundus Marle, den ihr unbedingt im Auge behalten solltet, Coulder und Fenn, dann noch wir drei und der Priesterheiler. Fehlen also noch sechs, die jammern werden wie die Klosterfrauen, sobald sie hier ankommen. Die nächsten Monate werden Hel auf Urte.«

Sie verbrachten den Nachmittag damit, ihre Ausrüstung zu überprüfen und im Zelt zu verstauen, während Nyvus kam und ging, fleißig und effektiv. Bei Einbruch der Dämmerung saßen sie mit Prenton in Klappstühlen und beobachteten den blutroten Sonnenuntergang, der gutes Wetter versprach.

Viele Legionen waren bereits unterwegs, und jeden Tag marschierten weitere. Zwei Tage noch, dann waren sie an der Reihe, das dreihundert Meilen lange steinerne Wunderwerk des Antonin Meiros und seines Ordo Costruo zu überqueren. Obwohl es schon viele vor ihnen überlebt hatten, war es eine einschüchternde Vorstellung. Geschichten von Riesenstürmen auf dem Ozean, die die Brücke überfluteten und Tausende von Männern ins Meer rissen, machten die Runde, auch wenn niemand sagen konnte, welche Legion genau es angeblich erwischt hatte.

Auch Coulder und Fenn lernten sie kurz kennen, aber die

beiden schienen sich für nichts anderes zu interessieren als Würfeln und andere Glücksspiele. Lediglich Baltus Prenton sorgte weiter für Konversation. Zumeist lästerte er über die anderen Rekruten. Seiner Meinung nach waren sie allesamt Kleinkriminelle ohne Sinn für Respekt und Anstand, Pleitegänger, die versuchten, sich am Kriegszug gesundzustoßen, oder harmlose Abweichler, die zur falschen Zeit das Falsche gesagt hatten – Menschen also, deren Straftaten nicht schwer genug waren für den Kerker oder den Strick. »Diese räudigen Hunde zweifeln erst einmal jeden Befehl an«, brummte Prenton. »Am Anfang zumindest. Wenn der Zenturio dann ein paar von ihnen hat auspeitschen lassen, werden sie allmählich fügsamer.«

»Können wir uns in der Schlacht auf sie verlassen?«, fragte Ramon.

Prenton hüstelte amüsiert. »In der Schlacht? Großer Kore, das ist ein Kriegs*zug*, kein Krieg. Es wird keine Schlachten geben, nur endloses Marschieren von einem verlassenen Drecksloch zum nächsten. Wenn wir Glück haben, ist noch ein bisschen was zum Plündern übrig, das war's. Die Keshi kämpfen nicht. Sie fliehen und verstecken sich.« Er schluckte. »Die größte Gefahr droht uns von dem grässlichen Fraß dort.«

Für Ramons Geschmack war die Verpflegung im Lager schon schlimm genug. Bei jeder Mahlzeit versuchte er vergeblich, noch etwas anderes aus dem farblosen Brei herauszuschmecken als Kartoffeln und Bohnen. Es gab auch Wein, bricischen Schardo, der seine besten Jahre jedoch schon lange hinter sich hatte. Nur Prentons Gesellschaft stellte sich als durchaus angenehm heraus, und im Lauf der Stunden wich die Anspannung aus Ramons Gedanken.

»Wer ist dieser Duprey eigentlich?«, fragte er schließlich.

»Der Legat? Ein bankrotter Händler. So kam er jedenfalls zur Legion, zum kaiserlichen Heer gehört er schon seit
vierzehn Jahren«, antwortete Prenton. »Während des Ersten Kriegszugs war er noch Schlachtmagus der Dreizehnten.
Aber nach der Geschichte mit der Befehlsmissachtung wurde
ihm das Kommando übertragen, weil der ursprüngliche Legat
seine Verbindungen spielen ließ und begnadigt wurde. Wie wir
alle hofft er, diesmal genug Beute zu machen, um sich freizu-
kaufen.«

»Wird es denn welche geben?«

Prenton rümpfte die Nase. »Beim letzten Mal haben die
Kirkegar und die Kaiserliche Garde alles genommen. Die haben konfisziert, was sie in die Finger bekommen haben, sogar
die Beute ihrer eigenen Männer.«

»Und jetzt probiert ihr es noch einmal in der Hoffnung,
dass es diesmal besser klappt«, warf Kill ein.

»Was bleibt uns schon anderes übrig? Aber wie dem auch
sei, diesmal hat Echor den Oberbefehl über die Truppen, und
das ändert einiges. Er wird darauf achten, dass die Provinzen
nicht zu kurz kommen.«

»Wird er das?« Ramon hatte seine Zweifel.

»Durchaus möglich. Wenn er eine Chance sieht, Constant
zu ärgern, wird er sie bestimmt nutzen. Ihr kennt die Geschichte, oder? Echor ist Constants Onkel, aber nur angeheira-
tet. Als Kaiser Hiltius Echors Schwester heiratete, stieg Echor
zum Herzog von Argundy auf, doch dann starb Hiltius und …«

»Er wurde ermordet«, warf Ramon ein.

Prenton presste sich einen Finger auf die Lippen. »So etwas
spricht man nicht laut aus, nicht einmal unter Freunden.« Er
wischte sich den Mund ab und senkte die Stimme noch weiter.
»Magnus bestieg den Thron und führte den Ersten Kriegszug

an, bevor auch ihn ein vorzeitiger Tod ereilte. Sein ältestes Kind war Prinzessin Natia. Sie stammte von seiner ersten Frau, Alitia, die noch im Kindbett gestorben war. Danach bekam er mit seiner zweiten Frau, Lucia, einen Sohn. Das war Constant. Als Natia dann Echors Bruder heiratete, wurde ihr Mann automatisch zum Thronerben. Aber Magnus war kaum tot, da wandte Lucia sich gegen die beiden, ließ Echors Bruder hinrichten und Natia in den Kerker werfen. Dann setzte sie ihrem Constant gerade noch rechtzeitig vor dem Zweiten Kriegszug die Kaiserkrone auf. Der Rest ist Geschichte, wie es so schön heißt.«

Ramon kannte all das, aber Kill staunte nicht schlecht.

»Lebt Natia noch?«, fragte der Schlesser.

»Angeblich, auch wenn sie seit Jahren niemand mehr gesehen hat. Als sie eingekerkert wurde, war sie fünfzehn, mittlerweile müsste sie also über dreißig sein und hat wahrscheinlich längst den Verstand verloren. Falls sie noch am Leben ist.« Prenton hielt zwei Finger hoch. »Constant hat zwei Kinder, Cordan und Coramore, wodurch Echor in der Thronfolge weiter nach hinten gerutscht ist. Am liebsten würde er Echor natürlich ganz von der Bühne verschwinden lassen, aber das geht nicht, denn als Herzog von Argundy hat Echor zu viele Leute hinter sich stehen. Das wissen sie beide, also belauern sie einander, wenn auch mit aller Vorsicht.«

»Wie hat Echor das Oberkommando bekommen?«, wollte Ramon wissen.

»Ich schätze, er hat seinen Einfluss spielen lassen oder einen geheimen Handel abgeschlossen«, erwiderte Prenton. »Manche glauben, dieser Kriegszug könnte ihm genügend Geld und Ruhm einbringen, um bei seiner Rückkehr den Thron an sich zu reißen. Das ist der eigentliche Kriegsschauplatz, nicht Kesh oder Dhassa.«

Am nächsten Morgen nahm Ramon Kill beiseite und erklärte ihm, was er zu tun hatte: einschüchternd auftreten, aber das Amulett verborgen halten, und jedem, der einem Ärger machte, eins auf die Nase geben. Dann traten sie in den strömenden Regen hinaus und suchten den Mann, den Ramons Paterfamilias ihm genannt hatte.

In den äußeren Bereichen von Sektor XXVI standen Hunderte Hütten, Zelte, Pavillons und Unterkünfte aller Art, alle vom Wind gebeutelt und keine davon dicht. Die Gesichter, in die sie blickten, sprachen von Armut und Geldgier. Dies war der Ort, um Geschäfte zu machen mit Dingen, die in der Legion offiziell verboten waren, die aber jeder haben wollte.

»Ich suche Giordano«, sagte Ramon zu einem parfümierten Jüngling in einem Seidenkleid, der zwischen den Abspannleinen hindurch auf sie zugeschlendert kam.

»Giordano ist langweilig«, gurrte der Jüngling und ließ die langen Wimpern spielen. »Ich nicht.«

Ramon ließ sein Amulett aufleuchten. »Giordano«, wiederholte er.

Der Jüngling bekam große Augen und taumelte einen Schritt zurück. »Das Zelt mit der roten Schlange. Hier entlang«, stammelte er.

»Abschaum«, knurrte Kill. »Wer so herumläuft, gehört kastriert.«

»Ist er wahrscheinlich schon«, erwiderte Ramon. »Komm.«

Sie gelangten zu einem Zelt mit einem roten Schlangenbanner neben dem Eingang. Es war größer als die meisten. Unter dem Vordach saß ein junger Mann mit olivfarbener Haut und dunklem Haar. Ramon begrüßte ihn auf Rimonisch, nannte seinen Namen und fragte nach Giordano. Nach einer kurzen Pause fügte er noch den Namen seines Auftraggebers hinzu.

Der Leibwächter durchsuchte sie schweigend, nahm ihnen alle Waffen ab und führte sie hinein.

Giordano war ein stattlicher Mann mittleren Alters, dessen Muskeln trotz der üppigen Fettpolster noch deutlich zu erkennen waren. Eine junge Rimonierin rasierte gerade sein Kinn, sorgsam darauf bedacht, nicht ein Haar von dem imposanten schwarzen und geflochtenen Schnurrbart zu kürzen.

»Meister, hier ist ein gewisser Ramon Sensini, der behauptet, Familioso Retiari hätte ihn geschickt«, sagte der Leibwächter mit einer Verbeugung.

Giordano wackelte mit dem Zeigefinger, was in der Stillen Sprache das Zeichen für »er soll warten« war. Der junge Mann verbeugte sich ein weiteres Mal und ging, während Ramon und Kill zusahen, wie das Mädchen Giordanos Gesicht abwusch, es mit Duftwasser besprritzte und ihn auf beide Wangen küsste. Schließlich ging sie zu einem Tischchen und goss aus einer Karaffe Wein ein.

»Meine Tochter Regina«, sagte Giordano freundlich, während er die beiden musterte. Schließlich streckte er die beringte Hand aus. »Willkommen, Sensini. Pater Retiari hat mir geschrieben, dass du kommen würdest.«

Ramon küsste Giordanos Siegelring. »Mein Freund hier ist Fridryk Killener. Er wird am Eingang auf mich warten.« Dann setzte er sich, während der Schlesser sich vor der Zeltklappe aufbaute und kurz die Muskeln spielen ließ.

Ramon nahm den Becher Wein entgegen, den Regina ihm reichte, trank aber nicht. Stattdessen musterte er sie aus dem Augenwinkel. Sie neigte wie ihr Vater dazu, Fett anzusetzen, hatte eine ähnlich üppig behaarte Oberlippe und dazu die gleichen wachsamen Augen. Allerdings war ihre Haut etwas heller, und in ihrem tiefbraunen Haar schimmerte hier und da eine goldene Strähne. »Der Paterfamilias übermittelt seine Grüße«, sagte er auf Rimonisch.

»Ich hoffe, Pater Retiari ist wohlauf?«

»Er blüht bei Tag und schläft fest in der Nacht«, antwortete Ramon, wie es in Rimoni üblich war, um Selbstvertrauen und Stärke zum Ausdruck zu bringen. Sein Paterfamilias kontrollierte weite Teile des Ackerlandes um die Stadt Retia, was ihm die Macht verlieh, praktisch alle Agrarerzeugnisse der Gegend nach seinem Gutdünken zu verteilen – und zu den Preisen, die er diktierte. Das war die Daumenschraube, mit der er die Rondelmarer in den Städten erpresste. Sie mochten die offiziellen Herrscher sein, aber in Rimoni und Silacia lebten weit mehr Menschen auf dem Land als in der Stadt, und sie bestahlen die verhassten Rondelmarer, wo sie nur konnten.

»Das erfreut mein Herz«, sagte Giordano mit volltönender Stimme, »doch sein Anliegen ist nicht so einfach umzusetzen, wie er zu glauben scheint.«

Ramon breitete die Hände aus. »Wo liegt das Problem? Ihr kontrolliert die Mohnlieferungen nach Yuros. Pater wünscht lediglich, Euch daran zu erinnern, dass alle Güter, die auf den von ihm kontrollierten Straßen transportiert werden, zollpflichtig sind.«

Giordano warf ihm einen bedauernden Blick zu. »Die traurige Wahrheit ist, dass meine Güter nicht *auf* seinen Straßen transportiert werden, Amiki, sondern *darüber*.« Er beschrieb mit den Fingern die Silhouette eines Windschiffs und deutete nach oben. »Deshalb auch kein Wegezoll.«

»Die noch traurigere Wahrheit ist«, widersprach Ramon, »dass mein Pater dieses Jahr zwei komplette Wagenladungen auf der Straße nach Retia abgefangen hat. Die Kisten darauf trugen Euer Siegel.«

Giordano schaute ihn enttäuscht an. »Diese Kisten können nur aus einem Weiterverkauf stammen. Ich befördere meine Lieferungen nicht auf dem Landweg. Darauf habe ich deinem Pater bereits mein Wort gegeben.« Er drehte den Kopf ein Stück. »Hol noch mehr Wein, Regina«, sagte er über die Schulter. »Den bricischen.«

Wenn das keine verschlüsselte Botschaft war, fresse ich einen Besen. »Sie wird hierbleiben«, sagte Ramon bestimmt und warf Kill einen warnenden Blick zu. *Sei auf der Hut.*

Giordanos Augen verengten sich, Regina blickte nervös zwischen Ramon und ihrem Vater hin und her. »Signor Sensini«, begann er, »ich ehre mein Wort, wie es sich für einen Geschäftsmann gehört. Denn wo keine Ehre ist, kann es keine Geschäfte geben.«

»In der Tat«, erwiderte Ramon. »Und Pater Retiari sieht seine Ehre befleckt, da sein Landrecht verletzt wurde. Die einzige Möglichkeit, seine Ehre wiederherzustellen, sieht er darin, an Euren Geschäften beteiligt zu werden.« Er breitete die Handfläche aus und tippte mit dem Zeigefinger darauf. »Pater Retiari sieht die Sache so: Ihr werdet ab jetzt direkt an ihn liefern und Euer Handelsvolumen verdoppeln. Dadurch vergrößert sich der Gewinn, und zwar für euch beide.«

Giordano schnaubte. »Da gibt es keinen Spielraum für größere Gewinne.«

Ramon lachte. »Wir reden hier von Mohn. Es gibt jede Menge Spielraum.« Er blickte Giordano fest in die Augen, und selbst Kill, der kein Wort des Gesprächs verstanden hatte, spürte, wie die Luft im Zelt zum Schneiden dick wurde.

»Vater, lass mich das übernehmen«, sagte Regina unvermittelt, streckte blitzschnell die Hand in Ramons Richtung und ballte die Faust.

Ramon merkte, wie es ihm Brustkorb und Kehle zusammenschnürte. Seine Sicht verschwamm, hinter sich hörte er ein Ächzen, gefolgt von dem Klirren von Stahl auf Stahl und dem charakteristischen dumpfen Aufprall, mit dem ein Körper zu Boden fällt.

Ramon beschwor seine Gnosis herauf und ging zum Gegenangriff über. Die eine Hand streckte er nach Regina aus, die andere nach Giordano, dann stoppte er mit Luftgnosis ihre Atmung. Giordanos Gesicht wurde blau und Reginas Augen immer größer, als sie sah, wie ihr Vater auf die Knie sank. Ihre Schilde flimmerten, dann feuerte Ramon einen Gnosisblitz ab, und Regina sackte mit einem Aufschrei zusammen. Giordano stieß einen unterdrückten Schrei aus und versuchte, auf sie zuzukrabbeln, dann stürzte er aufs Gesicht.

Ramon brach den Gegenangriff ab und blickte sich um. Kill ragte über Giordanos Leibwächter auf, der mit glasigen Augen flach auf dem Rücken lag. Der Schlesser rieb sich die Knöchel und inspizierte den Schnitt in seinem Hemd. Darunter schimmerte blanker Stahl. »Die kleine Ratte hat versucht, mich aufzuschlitzen.«

»Du hast ihn nicht umgebracht, hoffe ich doch.«

»Nein«, knurrte Kill. »Der Mistkerl ist schon beim ersten Schlag umgeknickt wie ein Strohhalm.« Er warf einen kurzen Blick nach draußen. »Die Luft ist rein.«

Ramon grinste. »Falls er aufwacht, verpass ihm noch eine.« Dann beugte er sich über Giordano und weckte ihn mit einem Stoß Luftgnosis. »Steh auf«, sagte er, als Giordanos Lider flatterten.

Giordano fluchte lauthals, dann sah er das Messer, das Ramon Regina an die Kehle hielt. »*Stregone?*«, fragte er nervös.

»Si. Ich bin *Stregone* wie deine Tochter. Du bist also nicht der Einzige, der einen Magus in seinen Diensten hat. Pater Retiari hat *mich*.« Er stieß das bewusstlose Mädchen an. »Deine kleine Beschützerin ist von deinem eigenen Fleisch und Blut. Sie muss dir viel bedeuten.«

»Tu ihr nichts, bitte.«

»Natürlich nicht.« Ramon riss Regina die Kette mit dem Amulett vom Hals. »Hör zu, Giordano, ich unterbreite dir dieses Angebot nur einmal: Du wirst ab jetzt all deinen Mohn nach Retia schicken, und mein Pater wird dir den dafür angemessenen Preis bezahlen. Wenn du dich weigerst, belege ich deine Tochter mit einer Kettenrune. Du weißt, was das bedeutet? Sie wird ihre Gnosis nie wieder benutzen können, und du bist dann allen hilflos ausgeliefert, die du je übers Ohr gehauen hast.« Er spreizte die Finger der linken Hand und hielt sie über Regina. »Wähle gut.«

Giordanos Blick sprang zwischen Ramon und Regina hin und her. »Wenn ich aus dem Geschäft gedrängt werde, nehmen andere meinen Platz ein. Ich bin der Einzige, der Rimoni beliefert. Alle meine Rivalen beliefern Bricia.«

»Ich weiß«, erwiderte Ramon. »Mein Pater wünscht einen Landsmann als Geschäftspartner. Mein Besuch hier ist ein Zeichen dafür, dass es ihm ernst ist und er, wie du siehst, über die nötigen Mittel verfügt, seine Pläne auch umzusetzen.«

Eine Schweißperle trat auf Giordanos Stirn. »Welche Pläne?«

Ramon fixierte Giordano mit einem Lächeln. »Das geht nur die Partner meines Paterfamilias etwas an. Bist du sein Partner?«

Regina öffnete stöhnend die Augen und zuckte sofort zusammen, als sie das Messer an ihrer Kehle bemerkte.

»Nun?«, fragte Ramon.

Giordano beugte das Haupt. »Bitte, lass sie los. Ich gewähre dir hiermit *Liberta*: Niemand aus meiner Familie wird dich je wieder angreifen, das schwöre ich … Sie bedeutet mir alles«, fügte er mit einem Schlucken hinzu.

Ramon überlegte. In einer Welt voller Lügen war das Wort eines Mannes die einzige Sicherheit, und ohne Sicherheit waren keine Geschäfte möglich. Ein Mann, der eine einmal erteilte *Liberta* brach, zeigte, dass sein Wort nichts wert war. Damit waren alle geschäftlichen und anderweitigen Verträge sowie Partnerschaften null und nichtig. Niemand, der in diesem Geschäft bestehen wollte, konnte sich einen solchen Verrat leisten. Er ließ Reginas Amulett in den Ausschnitt ihres Kleides fallen, zwinkerte ihr zu und stand auf. »Ich akzeptiere deine *Liberta*.«

Dann half er Regina auf die Beine und bot ihr den Wein an, den sie ihm eingeschenkt hatte.

Sie schaute ihn wütend an, nahm einen Schluck und spuckte ihn sofort wieder aus. »Pater, bist du verletzt?«

Giordano klopfte sich mit einem Nicken auf die Brust. »Ich bin wohlauf.« Er deutete auf die freien Stühle. »Bitte, *Stregone*, setz dich noch einmal zu mir. In Freundschaft.«

Regina musterte Ramon ängstlich.

Anscheinend hat sie keine Magusausbildung, dachte er. »Ich war am Arkanum Zauberturm«, sagte er schließlich, um sie noch ein bisschen tiefer zu beeindrucken.

Ihr Blick hellte sich ein Stück auf. »Könntest du mich unterrichten?«

»Ich reise morgen ab.«

»Bist du verheiratet?«, fragte sie weiter, ohne mit der Wimper zu zucken.

Ramon schmunzelte. »Noch nicht. Aber Pater Retiari wird meine Braut aussuchen, nicht ich.«

Regina lächelte verschmitzt. »Du bleibst also noch eine Nacht hier in Pontus?«, fragte sie und streckte die üppigen Brüste vor.

»Tochter!«, fuhr Giordano auf.

»Er ist *Stregone*, Papa«, erwiderte Regina schmollend. »Und Silacier wie wir.« Dann schlenderte sie mit aufreizendem Hüftschwung zu einem Stuhl und setzte sich mit übergeschlagenen Beinen Ramon gegenüber. »Er gefällt mir. Und ich würde gerne ein kleines Geschäft mit ihm abschließen…«

Ramon blickte Giordano fragend an, doch der hob nur seinen Becher. »Auf gute Geschäfte, Signor Sensini.«

Am folgenden Abend tranken Ramon, Kill und Prenton die Flasche Branntwein, die Giordano ihnen als Geschenk mitgegeben hatte. Kill berichtete Prenton ausführlich von Reginas Aussehen, Benehmen und Oberweite, während Ramon nur stumm daneben saß. Die Möglichkeit, dass er ein Kind mit ihr gezeugt haben könnte, beunruhigte ihn ein wenig. Viel schlimmer war allerdings seine anfängliche Befürchtung gewesen, Regina könnte das Ergebnis ihres »kleinen Geschäfts« als Faustpfand gegen ihn einsetzen, um sich für ihre schmachvolle Niederlage zu rächen. Am Ende jedoch hatten sie es beide in vollen Zügen genossen, es war eine Begegnung auf Augenhöhe gewesen – ganz im Gegensatz zu dem seltsamen Verhältnis, das er mit seiner Dienerin in Retia hatte. Sie schien es von Anfang an als Teil ihrer Pflichten betrachtet zu haben, das Bett mit ihm zu teilen. Nachdem Ramon ihre Avancen monatelang ignoriert hatte, hatte er irgendwann doch nachgegeben. Natürlich konnte er auch mit ihr bereits ein Kind gezeugt haben, was Pater Retiari zweifellos gelegen käme … andererseits gab es Magi, die Dutzende Bastarde in die Welt setzten, sagte er sich schließlich mit einem Achselzucken und konzentrierte sich wieder auf das Gespräch.

»Tätlicher Angriff zählt bei den Rimoniern also zu den Verführungstechniken«, kommentierte Prenton und leerte seinen Brandy, da hörten sie plötzlich direkt vor dem Zelt Dupreys Stimme. »Der Legat ist von der Truppenzuweisung zurück«, flüsterte Prenton und ließ die Flasche verschwinden. Ramon und Kill tranken hastig ihre Fingerhüte aus und steckten sie ein, gerade in dem Moment, als Duprey mit ausgebreiteten Armen hereinkam.

»Das sind eure Magikollegen«, erklärte er an die sechs Gestalten gewandt, die hinter ihm eintraten. Alle trugen bestickte Roben aus scharlachrotem und schwarzem Samt. »Wo sind Coulder und Fenn? Beim Würfeln, natürlich. Prenton, Sensini, Killener: hoch mit euch!«

Prenton stand mit einer gekonnten Verbeugung auf, wie Kill sie nie zustande gebracht hätte, also versuchte der Schlesser es erst gar nicht, und Ramon improvisierte einfach.

Duprey wandte sich wieder an die Neuankömmlinge, die sich unter ihren Kapuzen versteckten, als wollten sie lieber nicht erkannt werden. Der Legat hingegen wirkte hoch erfreut wie ein Fischer, der einen guten Fang gemacht hatte. »Dies sind unsere neuen Magi«, sagte er stolz und deutete auf den größten unter ihnen. »Renn Bondeau.«

Ramon unterdrückte ein Stöhnen. Das Babygesicht, das schlecht gelaunt unter seiner Kapuze hervorlugte und seine neuen Kollegen misstrauisch beäugte, war auf demselben Windschiff gewesen wie er.

Bondeau nickte knapp, ohne die Hand auszustrecken, aber

Prenton ließ ihm das nicht durchgehen. Er packte Renns Hand, schüttelte sie eifrig und rief: »Willkommen in der Dreizehnten, teurer Freund.«

Bondeau lächelte gezwungen.

»Unsere neue Seherin: Severine Tiseme«, sagte Duprey weiter und deutete auf eine recht hübsche junge Frau, die widerwillig ihre Kapuze zurückschlug. Auch sie musterte Ramon und Kill abschätzig.

Baltus verneigte sich höflich. »Es ist uns eine Ehre, Dame Tiseme.«

Severine schaute ihn etwas überrascht an und lächelte. »Danke«, erwiderte sie erstaunlich freundlich. »Magister...?«

»Baltus Prenton, Windmeister«, stellte Prenton sich mit einem strahlenden Lächeln vor.

Duprey deutete auf die restlichen drei: »Das sind Hugg Gerant, Evan Hale und Rhys Lewen aus Andressea«, sagte er, ohne einen gewissen Unmut zu verbergen. Andressaner waren als Streithähne und Unruhestifter bekannt. Alle drei trugen das lockige Haar mehr als schulterlang, dazu fein gezwirbelte Schnauz- und Kinnbärte. Auch die obligatorischen Bogen hatten sie dabei, was gar nicht so schlecht war für den Fall, dass es doch zu Kampfhandlungen kommen sollte, denn die Andressaner galten als hervorragende Schützen.

Gerant, der Größte der Dreiergruppe, murmelte etwas Unverständliches.

»Leider spricht keiner von ihnen Rondelmarisch«, kommentierte Duprey resigniert, woraufhin Prenton sie prompt in ihrer Muttersprache begrüßte, was ihm zwar überraschte Gesichter, aber nicht ein einziges freundliches Wort von einem der Andressaner einbrachte.

»Und jetzt die beste Nachricht«, sprach Duprey weiter und

klang dabei, als könnte er es selbst noch nicht recht glauben. »Es ist mir gelungen, ein Reinblut für unsere Legion zu verpflichten. Ich nehme das als Zeichen, dass die Dreizehnte nun endlich wieder den Respekt bekommt, der ihr zusteht.« Er hob feierlich die Hand, und der letzte Magus schlug zögerlich die Kapuze zurück. Darunter kam ein blasser, gut aussehender junger Mann mit schmalem Kinn, streng zurückgekämmtem, blondem Haar und unsicherem Blick zum Vorschein. »Meine Herren – und meine Dame –, dies ist Seth Korion, Sohn des Kaltus Korion höchstpersönlich.«

Ramon musste sich den Mund zuhalten, um nicht laut loszulachen. *Sol et Lune, der geringere Sohn!* Erinnerungen stiegen in ihm auf an all die Prügel und den Hohn, den er von Malevorn Andevarion, Francis Dorobon und Seth Korion hatte erdulden müssen. Doch das Blatt schien sich gewendet zu haben: Seth Korion war einer Straflegion zugeteilt worden. Wie, bei Hel, war das möglich? Dann fiel ihm wieder ein, dass Herzog Echor das Oberkommando über den Kriegszug hatte. *Rukka mio, er will Kaltus ärgern und hat seinen Sohn zum Latrinenausheben in die Dreizehnte gesteckt!*

Seths Blick sprang kurz zu Ramon, dann schaute er sofort wieder weg und tat so, als hätte er ihn noch nie gesehen.

Und ob du mich kennst, du Versager. Ramon leckte sich genüsslich über die Lippen und straffte die Schultern. »Seth Korion«, sagte er mit zuckersüßer Stimme, »was für eine freudige Überraschung, dich hier zu sehen.«

7

DIE KRAK

HADISCHA

Man könnte sie Tiere nennen, aber sie sind nicht einmal das. Wären sie Hunde, dann tollwütige Hunde. Eure geliebten Schakale haben ein weiteres Hospiz des Ordo Justinia zerstört, dieses Mal in Falukhabad. Die Frauen dort waren ausgebildete Hebammen und Heilerinnen, Sultan! Tag für Tag retteten sie Euren Untertanen das Leben, und dennoch wurden sie von Euren Schlächtern getötet! Weshalb weigert Ihr Euch, meine Schwestern zu beschützen?

AUS EINEM BRIEF VON JUSTINA MEIROS AN
SULTAN SALIM KABARAKHI I. VON KESH, 907

Es ist der Schakal, der die Wüste von Aas säubert. Rondelmarer sind nichts anderes als Aas. Nur wer stark im Glauben ist, kann tun, was die Natur verlangt. Mit Lippenbekenntnissen die Fehde zu preisen, ist einfach, aber wo war der Sultan, als Betillon in Hebusal unsere Kinder vergewaltigte?

PAMPHLET DER HADISCHA, 907

GALATAZ IN KESH, ANTIOPIA
SHABAN (AUGEITE) 928
ZWEITER MONAT DER MONDFLUT

»Kazim Makani, mein junger Steuermann!«, sagte eine vage vertraut klingende Stimme.

Kazim drehte sich um. Als er den in einen einfachen Wüstenkittel gekleideten Mann mit dem unrasierten und vernarbten Gesicht auf sich zukommen sah, trat zum ersten Mal seit Monaten ein Lächeln auf sein Gesicht. »Molmar!«, rief er und küsste ihn auf beide Wangen. »Sal'Ahm!«

»Sal'Ahm«, erwiderte Molmar den Gruß, dann huschte unvermittelt ein Schatten über sein Gesicht.

Er kann sehen, was ich bin.

Doch der Steuermann der Hadischa hatte sich schnell wieder im Griff. »Bereit für einen Flug, mein Freund?«

Kazim nickte begeistert. »Ich kann es kaum erwarten.«

Als er erfahren hatte, dass die Keshi eigene Magi hatten, war er zunächst schockiert gewesen, denn die Zuchtanstalten der Hadischa, aus denen diese Magi hervorgingen, waren ihm nach wie vor ein Gräuel. Doch der Flug in Molmars Windschiff war herrlich gewesen. Das Gefühl, hoch über der Wüste dahinzujagen und meilenweit sehen zu können, hatte ihn seit jenem Tag nicht mehr losgelassen. Es hatte sich nach Freiheit angefühlt, nach unfassbarer Macht, und Kazim die Hoffnung

197

gegeben, dass seine Gnosis vielleicht doch kein Shaitanswerk war, dass er auch Gutes damit bewirken könnte.

Sie waren in Galataz. Er, Jamil und Haroun waren in den letzten zwei Wochen fast vierhundert Meilen geritten, nachdem sie ihren Auftrag erhalten hatten. Jamil war sein Freund, aber Haroun, den Rashid als Übersetzer mitgeschickt hatte, misstraute er, und das schon seit Längerem. Dass sie Seite an Seite halb Kesh durchquert hatten, änderte nichts daran.

Die Tür des Dom-al'Ahm ging ein weiteres Mal auf, Bewaffnete in Stiefeln kamen herein. Das strikte Gebot, beides abzulegen, bevor man eine Gebetsstätte betrat, kümmerte sie nicht. Die Gruppe wurde von einem grobschlächtigen Kerl mit vernarbtem Gesicht angeführt, den Jamil als Gatoz vorstellte. Er ließ sich von Jamil auf die Wangen küssen und wandte sich dann grußlos an Kazim.

»Kazim Makani«, polterte er. »Der Emir hat mir aufgetragen, dich in unsere Reihen aufzunehmen.«

Was dir offensichtlich ganz und gar nicht passt. Kazim verneigte sich steif.

»Ich bete zu Ahm, dass du seinen Willen tun und meine Befehle befolgen wirst«, sprach Gatoz weiter.

»Kazim ist ein guter Mann«, warf Molmar ein, doch Gatoz beachtete ihn nicht. Sein Blick wanderte zu Jamil, und Kazim spürte, wie die beiden stumm Gedanken austauschten. Danach schien Gatoz zumindest ein wenig besänftigt.

Weitere Namen fielen: Talid und Yadri stammten aus Dhassa. Sie waren sogar noch jünger als Kazim, hatten kaum Bartwuchs und ein fanatisches Leuchten in den Augen. Begleitet wurden sie von einem halben Dutzend Hadischa – gewöhnlichen, zum Töten abgerichteten Sterblichen, die durch die Gegenwart der Magi zutiefst eingeschüchtert waren. Sie verneigten sich immer wieder und sagten ihre Namen, die Kazim sofort wieder vergaß. Der Letzte in der Gruppe war ein breit gebauter, feister Rondelmarer. Er trug das traditionelle Gewand der Keshi und hatte tiefgrüne Augen. Sein heller Bart reichte hinunter bis zur Brust, der kahlrasierte Schädel war von der Sonne gerötet.

»Dies ist Magister Stivor Sindon. Er ist ein ehemaliges Mitglied des Ordo Costruo, das sich uns vor Jahren angeschlossen hat, als Meiros sein Wort gebrochen und die Kriegszügler die Brücke hat passieren lassen«, stellte Gatoz den Mann vor.

Magister Sindon musterte Kazim. »Du bist also der Seelentrinker«, sagte er mit tiefem Misstrauen in der Stimme. »Was sind deine Affinitäten, Junge?«

Kazim hatte sich schon sehr bald geweigert, von Sabele zu lernen, und war nicht besonders weit gekommen in seiner gnostischen Ausbildung. »Ich weiß es nicht«, antwortete er tonlos.

Der Magister zog eine Augenbraue hoch. »Früher oder später wird es ans Licht kommen«, sagte er kühl, als hätte Kazims Antwort seine Vorurteile nur bestätigt.

Kazim spürte, wie seine spontane Abneigung noch wuchs, da zupfte Molmar ihn am Ärmel. »Komm, Bruder. Fliegen wir.«

Auf eine Geste von Molmar hin erhob sich das Windschiff über die Mauern des Dom-al'Ahm, und Kazim blickte sich staunend um. Er verspürte den gleichen Rausch wie beim ersten Mal. Was auch immer seine Affinitäten sein mochten, Fliegen gehörte auf jeden Fall dazu. Sein erster und bisher einziger Flug lag zwar erst ein paar Monate zurück, doch Kazim kam es vor wie eine Ewigkeit. Alles, was er damals gewollt hatte, war Ramita Ankesharan zu retten und mit ihr nach Baranasi zurückzukehren. Stattdessen klebte jetzt Blut an seinen Händen. Er hatte seine Liebe verloren und die Kräfte eines Dämons gewonnen. Doch als Molmar die Segel setzte und das Skiff sich mit dem Wind in Bewegung setzte, spürte er, wie seine Seele jubelte.

Jamil und Haroun sowie zwei weitere Hadischa waren ebenfalls an Bord. Unter ihnen stieg gerade das zweite Skiff mit Gatoz, Talid und Yadri auf. Am Steuer stand Sindon, der seine Aufgabe ebenso gleichgültig wie mühelos erledigte. Unter ihnen verschwand Galataz allmählich in dem Rauchschleier, der über der Stadt hing. Viele Bewohner waren vor dem kommenden Kriegszug geflohen, doch die große Mehrheit war geblieben. Sie hofften, nicht nur die Ankunft der Rondelmarer zu überleben, sondern auch gute Geschäfte mit ihnen zu machen, hatte Jamil ihm mit düsterer Miene erzählt.

Das zweite Skiff glitt, durch einen heraufbeschworenen Wind beschleunigt, mühelos an ihnen vorbei, und Gatoz winkte ihnen selbstgefällig zu.

Die Geste ärgerte Kazim so sehr, dass er sein Bewusstsein ein Stück weiter als sonst für seine neuen Sinne öffnete und den Widerwillen einfach ignorierte, den er jedes Mal dabei verspürte. Dann sah er sich um: Der schlanke Holzbalken am Boden, der über die ganze Länge des Rumpfs reichte, vibrierte vor Energie. Er dachte zurück an das, was Molmar ihn über Windschiffe gelehrt hatte, da fiel ihm das Wort wieder ein: Kiel. Auf dem Kiel fußte der Mast, und vom Mast ragte ein Sporn nach hinten, den Molmar umklammert hielt. Kazim kniff die Augen ein Stück zusammen und konzentrierte sich, da sah er ein bläuliches Lichtband, das von Molmars Hand ausging und über den Mast in den Kiel floss. Ganz langsam streckte er den Arm aus und legte seine Hand direkt neben Molmars, da konnte er sie spüren, die Gnosis, die von dem Steuermann ausging. Er schloss die Augen ganz und versuchte, seine eigene Energie beizusteuern.

Das Windschiff erzitterte und sackte ein Stück durch.

Nicht so, hörte er Molmars Gedanken. *Fühle den Wind auf deiner Haut und leite ihn durch deinen Körper in das Holz. Du bist nicht die Quelle, sondern nur der Mittler der Energie.*

Es kam ganz von allein. Kazim konzentrierte sich auf die Härchen auf seinen Armen, die sich in der kühlen Brise aufstellten, dann atmete er ein und stellte sich vor, wie die Kraft des Winds durch ihn hindurch in den Kiel strömte. Der Rumpf erzitterte wieder, aber diesmal schwankte das Skiff nicht, sondern beschleunigte, und sie stiegen höher. Ein Grinsen trat auf Kazims Lippen.

Sehr gut. Und nun, mein Freund, ruf die Winde hinter uns. Stell dir vor, du würdest sie durch die Haut in dich hineinsaugen.

Dieser Trick war schwerer, denn die Winde am Horizont waren weit weg und ständig in Bewegung. Da umfasste Molmar seine Hand, und plötzlich spürte Kazim Molmars Gegenwart in seinem Geist. Sofort versuchte er, ihm den Zugang zu versperren, damit Molmar nicht in seine schwarze Seele blickte.

Ganz ruhig, Freund. Ich dringe nicht tiefer vor als bis zu deinen bewussten Gedanken.

Schwörst du es?

Ich schwöre. Deine Geheimnisse gehören dir, Kazim.

Kazim zögerte. Konnte er ihm wirklich vertrauen? Er verspürte zwar eine gewisse Freundschaft zu Molmar, aber er kannte ihn kaum. Alles, was Kazim bisher von der Gnosis kennengelernt hatte, war böse, nur das Fliegen nicht. Und soweit er es beurteilen konnte, hatte Molmar als einziger seiner neuen »Freunde« nie versucht, ihn zu manipulieren oder zu belügen. Kazim beschloss, sich Molmar zu öffnen. Er wusste zwar nicht genau, wie er das anstellen sollte, aber die Gnosis schien ganz wie von selbst seinem Willen und seinen Gefühlen zu folgen, und das genügte.

Gut gemacht, mein Freund.

Kazim schaute Molmar in die Augen und erkannte darin etwas, ein stummes Einvernehmen, das er bei seinem blinden Vater nie gespürt hatte. Kazim hatte seine Familie verloren, und Molmar, der in einer geheimen Zuchtanstalt der Hadischa aufgewachsen war, hatte nie eine gehabt. *Wir sind jetzt Seelenverwandte, er und ich*, sagte sich Kazim mit einem Lächeln.

Molmar deutete auf das andere Skiff, das sich weit voraus vor dem aufgehenden Mond abzeichnete. »Sollen wir versuchen, sie einzuholen?«, fragte er mit einem Zwinkern.

Molmar brauchte ihn nicht lange zu bitten. Kazims Kampfgeist war sofort entflammt. »Los!«, rief er und peitschte die Winde in ihrem Rücken an.

Sie holten Gatoz zwar nicht mehr ganz ein, aber allein der Versuch hatte Spaß gemacht. Als sie kurz vor Anbruch der Dämmerung in einem Tal ein paar Meilen von Krak di Condotiori entfernt landeten, war Kazim vollkommen erschöpft – und fühlte sich gleichzeitig so lebendig wie seit Monaten nicht mehr.

Ein kleines Empfangskomitee brachte die Gruppe in ein gigantisches unterirdisches Höhlen- und Tunnelsystem, und Kazim blickte sich interessiert um. Über hundert Kämpfer waren hier versammelt. Laut den Gerüchten, die er gehört hatte, führten die Tunnel bis unter die Krak selbst. Zehn Jahre hatten Rashids Magi gebraucht, um sie in aller Heimlichkeit zu graben.

Am nächsten Morgen brachte Jamil ihn zu einem geheimen Beobachtungspunkt, der einen guten Blick auf die Festung bot. Zwei spitze, schneebedeckte Gipfel, genannt die Stoßzähne, ragten links und rechts der Klamm auf, die hinauf zur Krak führte. Die hohen Mauern boten selbst aus dieser Entfernung einen majestätischen Anblick. Innerhalb der Anlage sah Kazim einen künstlichen See, der mehrere Kanäle speiste, und einen Wasserfall, der sich durch die Klamm hinunter ins Tal ergoss. Jamil erklärte ihm, dass sich der Ordo Costruo, der sich seit der Javonischen Schlichtung offen in die Politik des Landes einmischte, zu Kriegszeiten immer in diese Krak zurückzog. Die Magi des Ordens hatten die Festung ausgebaut und so weit verstärkt, dass sie für Normalsterbliche praktisch uneinnehmbar war. Selbst die Rondelmarer hatten sich während der ersten beiden Kriegszüge nicht an sie herangewagt. Im Moment war ihre Hauptfunktion allerdings, die Flüchtlinge aus Javon fernzuhalten, die sich in Massen im Tal unterhalb gesammelt hatten. Die einzige Hilfe, die der Orden ihnen zukommen ließ, sagte Jamil, bestehe aus viel zu knappen Lebensmittellieferungen.

»Wie kann man solche Mauern überwinden?«, fragte Kazim schließlich.

Jamil lächelte grimmig. »Genauso wie alle anderen mächtigen Festungen. Durch Verrat.«

Am Ende der Woche waren noch weitere Kämpfer hinzugekommen. Die ohnehin schon stickige Luft in den Höhlen stank nach Schweiß und Exkrementen, und Kazim bekam kaum noch Luft. Die meisten waren Soldaten des Sultans, die den Feind allein mit ihrer schieren Masse überrennen sollten. Die Offiziere waren hellhäutiger als die meisten Keshi oder Hebb und sahen Jamil verblüffend ähnlich. Das überraschte Kazim nicht, denn sie stammten aus den Zuchtanstalten und waren von den wenigen rondelmarischen Magi gezeugt, die die Hadischa hatten lebend gefangen nehmen und zur Fortpflanzung zwingen können.

Gatoz hatte den Oberbefehl, und als der Moment schließlich gekommen war, führte er die lange Kolonne durch die schmalen unterirdischen Gänge zur Krak. Kazim hörte, wie er zu Jamil sagte: »Das hier ist ein ehemaliger Fluchttunnel. Der Ordo Costruo hat ihn verschlossen, als er die Festung übernahm, aber die Magi des Emirs haben ihn wieder geöffnet. Die rondelmartreuen Mitglieder des Ordens ahnen nichts davon.« Er leckte sich über die Lippen. »Diese Nefari-Bastarde halten sich für unbesiegbar. Heute werden wir ihnen das Gegenteil beweisen.«

»Was passiert dort oben im Moment?«, fragte Jamil.

»Rashid lullt sie ein. Heute Abend wird der neue Ordensführer gewählt, Rashid hat sich um das Amt beworben. Wenn er es bekommt, können wir den Orten *ohne* Blutvergießen übernehmen.« Gatoz klang, als wäre ihm die Möglichkeit einer friedlichen Übernahme beinahe zuwider. »Wenn nicht, schlagen wir gleichzeitig mit Rashid zu.«

Kazim schloss die Augen und erforschte seine Gefühle. Antonin Meiros war der Gründer des Ordo Costruo gewesen. Ganz Antiopia hatte ihn für das fleischgewordene Böse gehalten, aber Kazim hatte seine Seele verschlungen und kannte ihn besser als jeder andere. Er *wusste*, in Wahrheit war Meiros ein Wohltäter der Menschen gewesen. Konnte sein Orden dann wirklich so böse sein?

»Haben wir genug Männer für die Aufgabe?«, fragte Jamil weiter.

Gatoz schnaubte. »Rashid hat alle Magi hinter sich, die sich der Fehde anschließen wollen. Zahlenmäßig machen sie zwar die Hälfte des Ordens aus, aber sie sind alle Halbblute oder noch schwächer. Die reinblütigen Weißhäuter stehen auf Rene Cardiens Seite. Ihre Fraktion ist mächtiger.« Er lächelte grausam. »Es wird Blut fließen, viel Blut.« Schließlich wandte er sich an Kazim. »Du bist sehr still, Junge. Hast du auch den nötigen Mut für das, was kommt?«

Kazim spürte, wie er errötete und sein Entschluss, die Gnosis nicht zu benutzen, ins Wanken geriet, genau wie Gatoz es beabsichtigt hatte. »Natürlich«, erwiderte er kühl.

Sie kamen nur langsam voran, die Atmosphäre in den spärlich von Fackeln beleuchteten Tunneln war drückend und angespannt. Im Halbdunkel schleppten sie sich dahin, als müssten sie die Last der Felsmassen auf den eigenen Schultern tragen. Draußen war helllichter Tag, doch hier unten herrschte ewige Nacht, und obwohl die Entfernung zur Krak kaum mehr als eine Meile betrug, schien der Marsch eine halbe Ewigkeit zu dauern. Dann blieben sie plötzlich stehen. Ein Befehl wurde im Flüsterton von Ohr zu Ohr weitergegeben: »Absolute Ruhe jetzt, haltet euch bereit.«

Kazim beobachtete, wie viele zu einem stummen Gebet auf die Knie sanken, und dehnte seine Schultern. Die meisten der schwitzenden Soldaten um ihn herum waren schlecht ausgerüstet. Die meisten hatten immerhin Helme, aber kaum einer trug einen Harnisch, und ihre Speere wirkten stumpf. Aber es waren viele, sehr viele. Falls es zum offenen Kampf kam, konnten sie die Magi vielleicht überwältigen. Geriet der Angriff allerdings an einer Engstelle ins Stocken, sodass immer nur wenige Mann gegen Mann kämpfen mussten… Kazim wagte nicht einmal, daran zu denken.

»Bleib dicht bei mir, Bruder«, flüsterte Jamil ihm ins Ohr. »Wir haben viel Zeit und Geld in deine Ausbildung investiert. Ich weiß, du willst deine neuen Kräfte nicht einsetzen, und das respektiere ich. Aber nach allem, was wir für dich getan haben, stehst du in der Schuld der Hadischa. Zahle sie zurück mit Gehorsam und entschlossenem Handeln.«

Das Warten wollte kein Ende nehmen. Kleine Schüsseln aus Blättern, mit Reis und Huhn gefüllt, wurden verteilt. Manche der Soldaten konnten das Essen bei sich behalten, andere nicht, und schon bald gesellte sich zum Schweißgeruch auch noch der Gestank von Erbrochenem. Es war eine unendliche Erleichterung, als endlich das Signal zum Vorrücken kam. Sie schlichen weiter, kamen an den Gängen mit den Vorratsräumen vorbei, dann erreichten sie die Wohnquartiere. Vor einer Tür lag ein dhassanischer Diener in seinem eigenen Blut, aus dem Raum dahinter drang das Wimmern geknebelter Männer und Frauen.

In einer großen Halle mit hohen Türen an jeder der vier Seiten sammelten sie sich schließlich. Es gab keine Möbel in dem Raum, nur die Wände waren spärlich mit Gobelins und den Bannern des Ordo Costruo geschmückt. Gatoz befahl je eine Gruppe vor jede der Türen, um dann gleichzeitig loszuschlagen. »Die Magi sind direkt über uns im großen Saal«, sagte er zu Jamil. »Diese Narren haben Rene Cardien gewählt statt Rashid, und jetzt werden wir ihr Blut trinken. In zwei Minuten greifen wir an.«

Für Kazim klang Gatoz nicht, als hätte er seine Worte nur bildlich gemeint. Dann trat Gatoz durch die Tür direkt vor ihm, als wäre sie gar nicht da, und als er wenige Momente später wieder zurückkam, winkte er sie vorwärts.

Kazim wünschte, er hätte noch ein letztes Mal gepinkelt. Tausend Ängste stiegen in ihm auf, dass sie in eine Falle liefen, dass der Ordo Costruo längst Bescheid wusste und nur auf ihren Angriff wartete. *Unsere Feinde sind Magi, die ein ganzes Heer mit einem einzigen Streich einäschern können. Wenn nur irgendetwas schiefgeht, sind wir tot.* Er schloss die Augen und betete, wie er es auch in jener Nacht in der Casa Meiros getan hatte, bat Ahm um den Mut, zuzuschlagen, wenn der Moment gekommen war.

Sie gelangten an den Fuß einer breiten Wendeltreppe. Gatoz deutete stumm nach oben.

Als Kazim im Vorübergehen seinen Blick auffing, war es, als sehe Gatoz ihn zum ersten Mal. Kein Wiedererkennen, nichts. *Dem Schwein wäre es am liebsten, wenn ich das hier nicht überlebe. Aber den Gefallen tue ich ihm nicht.* Er umklammerte den Griff seines Säbels noch fester, und sie schlichen weiter, immer höher hinauf. Dann hörte er plötzlich einen Schrei von oben, und eine Art Donnern drang zu ihnen herunter.

Jamil packte Kazim am Arm. »Bleib dicht bei mir, Bruder!«

Sie blickten einander in die Augen, und Kazim sah all die Jahre des Hasses in Jamils Gesicht. Normalerweise war Jamil ein kühler, beinahe gelassener Kämpfer, aber nicht diesmal, denn heute konnte er endlich den Feind töten, den er am meisten fürchtete und hasste: die rondelmarischen Magi. »Ahm ist groß!«, brüllte er. »Heute Abend speisen wir im Prunksaal der Krak oder mit Gott!«

»Vorwärts! Ma'sha Ahm!«, schrie Gatoz hinter ihnen. »Ma'sha Ahm, Gottes Wille geschehe!«

Das Trampeln der Stiefel schwoll zu einem Donnern an, Schlachtrufe zerrissen die Luft, von oben flimmerten Blitze.

»Weiter!«, rief Jamil, als sie am Ende der Treppe angelangt waren und auf einen Innenhof hinausstürmten.

Eine dünne Linie rondelmarischer Soldaten formierte sich vor ihnen, die Gesichter blass vor Angst.

Sie preschten vor, doch kurz bevor sie die Verteidiger erreichten, explodierten mit einem lauten Knall die Fenster ringsum, und ein Regen aus Glassplittern ergoss sich auf die Rondelmarer. Einer ging, von einem unterarmlangen Splitter durchbohrt, schreiend zu Boden. Sein Nebenmann riss eine Armbrust hoch und zielte auf Kazim, da schoss ein Lichtbogen aus Jamils Hand und streckte ihn nieder.

Beinahe unbewusst öffnete Kazim seine Gnosisaugen. Wenn er wollte, könnte er es wahrscheinlich genauso machen wie Jamil, aber er scheute vor den Kräften zurück, die er Meiros gestohlen hatte, mochten sie auch noch so gewaltig sein. *Genau das wollen Sabele und Rashid, dass ich mich dieser Macht ergebe und einer von ihnen werde. Aber das tue ich nicht.*

Die Angreifer in Kazims Rücken rissen ihn mit und schoben ihn auf die Rondelmarer zu, noch bevor er wirklich bereit dafür war. Gerade noch rechtzeitig schlug er mit dem Schild einen Speer beiseite, zog seinen Säbel und bohrte ihn einem der Verteidiger in den Hals, der blutspuckend zusammenbrach.

Ein anderer sprang auf ihn zu und holte ungeschickt und viel zu weit zum Schlag aus. Kazim parierte mühelos, dann schlitzte er ihm mit seinem Konter das Gesicht auf. Hinter Jamil drängte er durch die entstandene Lücke in der Linie der Verteidiger, wirbelte herum, rammte dem nächststehenden Armbrustschützen die Kante seines Schilds in den Nacken und hörte die Halsknochen splittern. Überall um ihn herum blitzten Schwertklingen auf, Speerspitzen stießen wahllos in alle Richtungen und ritzten seine Haut an, da geriet Kazims Blut endlich in Wallung. Mit einem gezielten Hieb schlug er dem nächstbesten Soldaten den Helm vom Kopf. Darunter kam das Gesicht eines noch nicht mal Zwanzigjährigen zum Vorschein, der ihn nur wie betäubt anstarrte, als Kazims Säbel sein Brustbein durchschlug. *Er war noch ein Kind...*

Doch für derlei Gedanken hatte er jetzt keine Zeit. Jamil riss eine Tür aus den Angeln, und Kazim rannte hindurch. Sein Krummsäbel krachte gegen das Langschwert eines beleibten Offiziers mit zerzaustem Schnauzbart. Der Rondelmarer war nicht in Form, wirkte vollkommen fehl am Platz. Mit einem einzigen Schlag fegte Kazim seine Klinge beiseite, schlitzte ihm die Kehle auf und war schon weitergesprungen, noch bevor der Mann röchelnd am Boden aufschlug – und wäre um ein Haar von zwei Speerträgern aufgespießt worden, die offensichtlich besser mit ihren Waffen umzugehen verstanden.

Jamil schleuderte dem einen einen Lichtblitz entgegen, ein gellender Aufschrei hallte durch den Raum, da sprang ein Keshi-Krieger an ihnen vorbei wie ein heulender Derwisch. Mit Ahms Lobpreis auf den Lippen holte er zum Schlag aus und enthauptete den von Jamils Blitz Verbrannten beinahe, während der andere Rondelmarer ihn mit seinem Speer durchbohrte. Der Verteidiger ließ den Speer los, zog sein Schwert und starrte Jamil mit nacktem Entsetzen in den Augen an.

»Magus?«, krächzte er und taumelte zurück, während der durchbohrte Keshi auf den Marmorfliesen zuckend sein Leben aushauchte.

»Das ist meiner!«, brüllte Kazim und schlug zu, doch der Rondelmarer sprang zurück und wehrte ab, den ersten Schlag, dann den zweiten, dann konterte er. Kazim konnte den Hieb gerade noch parieren, dann stürzte er sich mit einem markerschütternden Schrei auf ihn, holte zu einem Rundschlag aus und stieß stattdessen mit einem Ausfallschritt schräg nach unten zu. Die Spitze seines Säbels bohrte sich in den Oberschenkel des Rondelmarers, das Knie gab nach, dann metzelte er ihn nieder.

Jamil rannte inzwischen mit den anderen Keshi-Kämpfern an ihm vorbei und brach die nächste Tür auf. Aus dem Treppenhaus dahinter schallte Donner zu ihnen herunter, begleitet von wilden Schreien aus Männer- und Frauenkehlen.

Das sind Magischreie, dachte Kazim und zögerte.

»Geh zur Seite und lass die erste Angriffswelle vorbei, Bruder«, hörte er Jamils Stimme. »Erst danach greifen wir an.« Dann hob er die Stimme und bellte: »Hinauf mit euch! Tötet sie! Gott ist groß!«

Angefeuert von Jamil brandeten die Keshi die Stufen hinauf, bis der Angriff plötzlich ruckartig zum Stehen kam und Kazim das Klirren von Stahl auf Stahl hörte.

»Weiter! Weiter!«, brüllte Jamil, und sie gehorchten. Kazim wurde einfach mitgerissen von der Flutwelle aus schwitzenden Leibern um ihn herum, mitten hinein in eine Wolke aus Hitze und Rauch. Es stank entsetzlich nach verbranntem Fleisch. Kazim hörte ein Donnern, das ganze Gebäude erzitterte, dann schob er seinen Vordermann weiter, um nicht zerquetscht zu werden, weil der dicke, helmlose Speerträger hinter ihm mit aller Kraft vorwärtsdrängte.

Plötzlich kam eine Silhouette vom oberen Ende der Treppe auf sie zugejagt, eine hellhäutige Frau in wallendem Kleid mit Juwelen an Händen und Hals stieß mit ausgebreiteten Armen auf sie herab. Die Luft um sie herum knisterte, dann schoss ein Feuerstrahl aus ihren Fingern, und die vorderste Reihe der Angreifer ging in den Flammen zu Boden.

Ein männlicher Magus mit einer Armbrust, die ohne Nachladen einen Pfeil nach dem anderen verschoss, folgte ihr. Die Speere der Keshi prallten an unsichtbaren Schilden ab. Ein Armbrustbolzen durchschlug den Krieger direkt vor Kazim und nagelte ihn an Kazims Schild fest. Er konnte den Schild nicht mehr halten und ließ ihn fallen.

Der Magus schaute ihm direkt in die Augen, als er den nächsten Pfeil abfeuerte.

Kazim duckte sich, und der Bolzen traf den Speerträger hinter ihm ins rechte Auge.

Die Vordersten in der Linie ergriffen die Flucht. In wilder Panik wirbelten sie herum, taumelten die Stufen hinunter und rannten jeden um, der ihnen entgegenkam.

Kazim sah, wie der Magus mit bloßer Hand einen Keshi köpfte, während die Frau das Treppenhaus weiter in Flammen badete und nur einen Moment entsetzt innehielt, als Jamil ihr einen Gnosisblitz entgegenschleuderte. »Noch ein Verräter!«, schrie sie.

Der Armbrustschütze spießte Kazim mit seinen Blicken förmlich auf, und er spürte, wie die Gedanken des Magus in seinen Kopf eindrangen. *Verrecke, Keshi-Abschaum*, hörte er ihn. Jeden gewöhnlichen Hadischa hätte der Angriff gelähmt, aber nicht Kazim, der ihn instinktiv abwehrte und dann vorpreschte. Mit seinem ganzen Gewicht warf er sich gegen die Schilde des Magus und riss ihn um.

Doch der Rondelmarer stürzte nicht. Er erhob sich einfach in die Luft und fixierte Kazim mit kalten Augen. »Und hier ist noch einer!«, rief er der Frau zu. Blaue Flammen züngelten aus seinen Handflächen.

»Angriff!«, schrie jemand von hinten, und die Männer preschten wieder vor, rissen Kazim einfach mit. Er hatte alle Mühe, sich auf den Beinen zu halten, während der Magus über ihnen schwebte und sie mit Blitzen bombardierte. Wie Fallobst stürzten die Männer um ihn herum und wurden von den Nachfolgenden niedergetrampelt. Kazim duckte sich, sprang zur Seite und wich aus, so gut er konnte, während die, die nicht so schnell waren wie er, starben wie die Fliegen.

Plötzlich schrie die Magusfrau auf vor Schmerz, und ihre Blitze versiegten. Der Magus fuhr herum und eilte ihr zu Hilfe.

Kazim wirbelte herum und stürzte hinterher, sah, wie die Frau verzweifelt versuchte, einen Speer aus ihrem Bauch zu ziehen. Sie sackte auf die Stufen und blieb reglos liegen, während ihr Gefährte alles daransetzte, zwischen den Säbeln und Jamils Blitzen hindurch zu ihr zu gelangen. Kazim überlegte nicht, er sprang einfach.

Die Schilde des Magus waren so geschwächt, dass sie Kazims Angriff nicht mehr standhielten. Sein Säbel bohrte sich in den Rücken des Magus, der Rondelmarer schrie auf und fiel zu Boden wie ein Stein – und Kazim mit ihm. Die Klinge barst unter der Wucht des Aufpralls, und Kazim krachte mit dem Schädel gegen die Wand. Er blickte noch einmal benommen auf, dann wurde alles um ihn herum schwarz.

Als Kazim die Augen wieder öffnete, hörte er Jubelgeschrei. Der Boden unter ihm bebte unter den stampfenden Schritten der Hadischa, die mit ihren Speerschäften auf die Stufen trommelten. Überall lagen Tote und Verwundete.

»Rashid! Rashid! Rashid!«

Sie mussten gewonnen haben. Kazim hob den Kopf und

wollte aufstehen, da wurde ihm speiübel. Stöhnend rollte er sich auf die Seite und übergab sich. Sein Schädel dröhnte, als würde jemand mit einem Hammer darauf einschlagen. Noch zweimal versuchte er erfolglos, wieder auf die Beine zu kommen, dann gelang es ihm endlich, und er machte sich auf die Suche nach Jamil. Unterwegs klopften ihm Männer, die er noch nie gesehen hatte, begeistert auf den Rücken, und immer wieder ertönte der Ruf: »Rashid! Rashid! Rashid!«

Die Stufen waren so glatt von all dem Blut, dass er nur auf allen vieren vorwärtskam. Die Wände waren verbrannt, die Fenster geborsten, und überall lagen Leichenteile, dazwischen Überlebende, die stöhnend um Hilfe riefen. Niemand schien sie zu hören.

»Rashid! Rashid! Rashid!«

Im großen Saal tanzten die Männer, weinten und umarmten einander. Kazim stolperte durch den Eingang, und plötzlich rief jemand: »Kazim! Kazim!«

Jamil trat schwankend an seine Seite. Er war mit Asche und Blut beschmiert, aber am Leben. Kazim war unendlich erleichtert. Jamil hielt ihm eine halb leere Karaffe mit einer bernsteinfarbenen Flüssigkeit hin. »Schnaps!«, rief er begeistert, als wäre es der Trank der Götter. Vielleicht war er das auch.

Sie umarmten einander wie Brüder, dann musterte Jamil Kazim beunruhigt und kippte einen Schluck Schnaps über die Platzwunde an seiner Stirn, die er von der unsanften Landung auf der Treppe davongetragen hatte. Kazim heulte auf vor Schmerz, dann packte er die Karaffe und trank einen Schluck. Noch nie hatte er etwas so Kräftiges, so Köstliches getrunken.

»Ich bringe dich zu einem Heiler, Bruder«, sagte Jamil lachend und klopfte ihm auf die Schulter.

Kazim sah sich um, sah die sterbenden Keshi-Krieger, die weit schwerer verletzt waren als er. »Das ist nur ein Kratzer«, brummte er. »Die anderen brauchen die Hilfe dringender.«

Jamil blinzelte. »Sie sind keine Magi. Du bist wichtiger.«

»Seit wann verehrt ein Amteh die Magi?«

Jamil schnaubte. »Entspann dich, Bruder: Wir haben gewonnen. Shaitans Macht ist gebrochen, der Ordo Costruo vernichtet!«

»Wie ist es gelaufen? In der wirklichen Schlacht, meine ich?«

Jamil verdrehte die Augen. »Du bist fest entschlossen, Trübsal zu blasen, nicht wahr? Unser Plan ist aufgegangen! Rashid und die, die er im Lauf der Jahre für unsere Sache gewinnen konnte, waren bereit. Cardiens Reinblute waren es nicht. Sie haben sich sicher gefühlt, und der Überraschungsangriff hat uns den entscheidenden Vorteil gebracht. Cardiens Fraktion war stark, alleine hätten Rashid und die Seinen nicht den Hauch einer Chance gehabt, aber dann kamen wir, Ahms treue Kämpfer, und das Schlachtenglück hat sich gewendet.« Jamils Gesicht wurde ernst. »Hunderte haben wir ihnen entgegengeschleudert, Märtyrer im Namen Ahms. Sie haben das Feuer auf sich gezogen und die Rondelmarer immer weiter geschwächt. Ich selbst habe die Flammenhexe im Treppenhaus getötet, und dann kamst du, möge Ahm dich segnen und beschützen, und hast den fliegenden Magus erledigt. Es waren noch viele solcher Heldentaten nötig, aber schließlich haben wir es geschafft. Die Überlebenden sind jetzt unsere Gefangenen.« Er deutete auf eine Traube Rondelmarer, insgesamt vielleicht zwei Dutzend, die von den Keshi mit gezogenen Säbeln bewacht wurden.

»Wie viele Tote?«

Jamil neigte den Kopf. »Wie viele Tote? Wir haben siebenundzwanzig Magi getötet, siebenundzwanzig! Und wir haben dreiundzwanzig Gefangene für unsere Zuchtanstalten. Fünfzig ihrer Soldaten sind gefallen. Einen so hohen Sieg hat es noch nie gegeben.«

»Und unsere Verluste?«

Jamil zuckte die Achseln. »Etwa dreihundert, Bruder, davon dreißig aus meinen eigenen Reihen. Von Rashids Überläufern aus dem Ordo Costruo hat es neunzehn erwischt. Es gab viele Tote, Bruder.« Er lachte grimmig. »Aber was für ein Sieg.«

Wir haben siebenundzwanzig von ihnen getötet, sie über dreihundert von uns, und trotzdem war es ein Sieg? Kazim betrachtete die Gefangenen. Die Amulette hatte man ihnen abgenommen, zusammengekauert und ungläubiges Entsetzen im Blick harrten sie inmitten des Blutbads und der wilden Siegesfeier der Hadischa aus. Die meisten von ihnen waren Frauen, so gut wie alle waren verwundet. Überrascht stellte er fest, dass nicht alle unter ihnen weiß waren. Manche hatten eine ins Olivfarbene gehende Hautfarbe, darunter auch eine bemerkenswert aussehende Frau mit hellem Haar, um die sich mehrere Hadischa-Magi gerade einen Bieterkrieg lieferten. Ein völlig verängstigtes Mädchen, vielleicht fünfzehn Jahre alt, klammerte sich an den Arm der Frau. Sie begegnete Kazims Blick mit kalter Unerschrockenheit, und ihr Zorn verlieh ihr etwas Königliches. Kazim erforschte die Überreste von Meiros' Erinnerungen, bis ein Name auftauchte: Odessa d'Ark. Das hier waren Meiros' Gefolgsleute, die den Palast von Hebusal gebaut hatten und die Aquädukte. Dank Meiros' Erinnerungen konnte er sie beim Namen nennen, jeden Einzelnen … Kazim überkam das Gefühl eines nicht wiedergutzumachenden Verlustes. Er wandte sich ab.

Dann, als Emir Rashid Mubar ihn erblickte, geriet er plötzlich in den Mittelpunkt der Aufmerksamkeit. »Kazim Makani, einer der Helden der Stunde! Komm her, Bruder!«, rief er und schloss Kazim strahlend in die Arme, auch wenn sein Blick kühl abschätzend blieb. »Der Mann, der Francis Vertros bezwungen hat, indem er ihm aus halsbrecherischer Höhe einfach ins Kreuz sprang, wie ich hörte. Großartig!« Rashid wandte sich an die wunderschöne weiße Frau an seiner Seite. Sie hatte blondes Haar, volle Lippen und einen trägen Blick. »Alyssa, das ist der junge Mann, von dem ich dir erzählt habe. Er hat Antonin Meiros getötet und ist ein wahrer Held der Fehde.« Rashid sprach so laut, dass jeder ihn gehört haben musste.

»Kazim!«, schallte es prompt einmal durch den ganzen Saal.

Die blonde Frau flüsterte Rashid etwas zu, dann nahm sie Kazims Hand und zog ihn an den Verwundeten vorbei zu einem freien Stuhl, um sich persönlich um die Platzwunde auf seiner Stirn zu kümmern.

Es war berauschend und widerwärtig zugleich. Der drückende, metallische Geruch von Blut hing in der Luft und erschwerte das Atmen. Dutzende Kämpfer ringsum verneigten sich vor Kazim, küssten seine Finger, während der Emir vor allen lauthals seinen Mut pries und die blonde Frau mit geschickten Bewegungen seine gebrochene Nase richtete und gleichzeitig den Schmerz betäubte.

Mein Name ist Alyssa Dulayn, hörte er ihre Gedanken. *Ich weiß, wer du bist, Kazim. Das kleine Lakh-Mädchen hat mir alles über dich erzählt.*

Kazim erwachte aus seiner Trance und schaute die Frau forschend an. Ihr Gesicht mochte schön sein, aber ihre Augen waren die einer Schlange. *Wo ist Ramita? Geht es ihr gut?*

Ein Schatten huschte über ihr Gesicht, nur ganz kurz und kaum zu erkennen. *Ja, es geht ihr gut.* Sie legte den Kopf leicht schief und sah Kazim mitfühlend an. *Sie hat noch keinen Kontakt zu dir aufgenommen?*

Kazim schüttelte den Kopf.

Lass es mich unbedingt wissen, sobald sie es tut. Wir sind gut befreundet, sie und ich. Alyssa lächelte. *Was für ein schöner junger Mann du bist, Kazim.*

Kazim sperrte alle seine Gefühle weit weg. Er fürchtete sich vor dieser Engelshexe. Dass sie mit Ramita befreundet sein sollte, war vollkommen ausgeschlossen. Er wollte nur noch weg von ihr, aber sie zog ihn auf die Füße und drehte ihn herum, präsentierte Kazim der bewundernden Menge, als wäre er ihr Schoßhündchen. Lautes Jubelgeschrei erhob sich.

Das ist also Ruhm, dachte er verächtlich.

Irgendwann entließ Alyssa ihn aus ihren Fängen, und Kazim schob sich missmutig durch die Menge. Die Männer ringsum klopften ihm weiter begeistert auf die Schultern und priesen seinen Namen, doch er wollte nur noch allein sein. Der nächste Raum, in den er gelangte, war ein Ballsaal. Angehörige der verschiedensten Völker tummelten sich dort. Alle waren nackt, wuschen sich Blut und Schmutz vom Körper. Manche von ihnen waren halb in Tiergestalt, hatten den Kopf eines Schakals oder eines Löwen, und als er Huriya erblickte, blieb er ruckartig stehen. *Bei Ahm…*

Huriya stolzierte mit glasigen Augen umher, als wäre sie von Opium berauscht – oder vom Tod, schoss es Kazim plötzlich in den Kopf, und da begriff er endlich, was er sah: Diese blutverschmierten Kreaturen, sie waren seinesgleichen, sie waren Seelentrinker wie er.

»Bruder!«, rief Huriya freudig. Sie trug einen reich bestickten und blitzsauberen Seidenkamiz, als wären sie tatsächlich auf einem Ball, doch der Geruch des Todes klebte an ihr wie Pech, als sie ihn in ihre Arme zog. »Wie ich höre, hast du Großes vollbracht, Kazim.«

Er stieß sie von sich und öffnete seine Gnosisaugen. Der Anblick, der sich ihm bot, veränderte sich völlig: Er sah die Auren der Seelentrinker, tiefrot leuchteten sie und streckten ihre Fühler aus, verbanden sich wie zu einem großen, unbezähmbaren Wesen. Zu einem blutrünstigen Ungeheuer. Huriyas Aura hatte sich nicht mit ihnen vermischt, zumindest noch nicht. Es war Kazim, nach dem sie ihre Tentakel ausstreckte.

Kazim wich zurück. »Was ist mit dir?«, fragte er heiser.

Huriya kicherte. »Was soll schon sein, Bruder? Ich nehme an, was ich bin. Ist es nicht langsam Zeit, dass du das Gleiche tust?«

Er ging weiter rückwärts. »Was ist passiert, Schwester? Du warst nicht so, früher ...« Er hob hilflos die Hände. »Ich kenne dich nicht mehr.«

Huriyas Ausdruck veränderte sich. Hohn trat auf ihr Gesicht. »Sabele ist jetzt meine Lehrerin, Bruder. Weißt du noch, wie stolz du warst, als die Wahrsagerin dir prophezeit hat, dass du eines Tages Ramita heiraten würdest? Du warst so glücklich und hast es jedem erzählt, ob er es hören wollte oder nicht, obwohl sie es dir ausdrücklich verboten hatte.«

Er nickte stumm.

»Auch zu mir ist Sabele gekommen, jedes Jahr, denn auch ich bin ein Kind des Razir Makani! In meinen Adern fließt das gleiche Blut, und ich habe die gleichen Anlagen, die gleichen Möglichkeiten wie du, aber mir hat Sabele eine weit höhere Bestimmung prophezeit: Ich werde eines Tages eine Seherin sein, ihre Schülerin und Nachfolgerin.« Sie drückte ihm den Zeigefinger auf die Brust. »Der Unterschied zwischen dir und mir, Bruder, ist, dass ich ein Geheimnis für mich behalten kann.«

Kazim blinzelte sie ungläubig an. »Du hast es niemandem gesagt?«

»Niemandem! Nicht einmal der armen, dummen Ramita, obwohl wir uns ein Leben lang dasselbe Zimmer geteilt haben.« Ihre Augen leuchteten vor Schadenfreude. »Als Meiros sie holen kam, hat sie gezittert vor Angst, aber ich wusste, das war der Moment, für den ich geboren worden bin – und du auch, Bruder, denn Sabele hat in deine Zukunft gesehen, und da sitzt du auf einem Thron.«

Die Vorstellung bereitete Kazim Übelkeit. »Zu mir hat sie nichts dergleichen gesagt.«

»Sie wusste, dass du es nicht ertragen würdest. Alles, was du wolltest, war Kalikiti spielen und Ramita anhimmeln. Ihr blieb gar nichts anderes übrig, als dich an der Nase herumzuführen. Aber ich bin ihre Meisterschülerin, und ich werde noch mächtiger sein als sie!« Sie hob die Arme und streckte ein Bein vor wie eine Tänzerin am Ende ihrer Vorstellung. »Ist das nicht wunderbar?«

Kazim schüttelte den Kopf. Er sah, wie Huriya wieder die Fühler nach ihm ausstreckte. Einen kurzen Moment lang wurde ihm schwindlig, dann schlug er die Tentakel instinktiv weg.

Huriya taumelte zurück, als hätte er sie geohrfeigt, und die anderen Seelentrinker blickten auf, ihre Blicke satt und bösartig.

Kazim fuhr herum, eilte aus dem Saal und lief direkt Jamil in die Arme, der draußen auf ihn gewartet hatte. Blass und mit angsterfüllten Augen starrte er über Kazims Schulter. »Das sind deinesgleichen?«, krächzte er.

»Sind sie nicht«, blaffte er und stürmte an ihm vorbei.

Jamil folgte ihm. »Ich habe Huriya gesehen«, stammelte er, als er Kazim eingeholt hatte.

Kazim packte ihn an den Schultern. »Wenn dir irgendetwas an deiner Seele liegt, mein Freund, dann halte dich von ihr fern.«

»Sie und die Ihren haben mit uns gekämpft und viele Magi getötet.«

Kazim stellte sich vor, wie Huriya und die anderen die Münder öffneten und die Seelen der sterbenden Magi des Ordo Costruo verschlangen. Es war ein grässliches Bild. »Sie haben es für sich selbst getan, nicht für Ahm.« Seine Kehle fühlte sich staubtrocken an. Er musste sich erst räuspern, bevor er weitersprechen konnte. »Verschwinden wir von hier.«

Doch es gab keine Möglichkeit, zu verschwinden. Rashid hatte die überlebenden Diener in die Küche befohlen. Jetzt trugen sie auf silbernen Tabletts Speisen auf, reichten Wein und Schnaps. Selbst die Strenggläubigen tranken und aßen. Der Anblick schien unwirklich: Die Gefangenen und Verwundeten waren aus dem Saal verschwunden, die Tafeln sauber und frisch gedeckt. Kazim und Jamil saßen wie benommen auf ihren Ehrenplätzen.

So sieht also das Leben eines Jadugara aus. Kazim fühlte sich wie in einem Traum. Die Speisen, die aufgetragen wurden, hatten nichts mit dem zu tun, was er bisher gekannt hatte. Sie waren so erlesen und fein gewürzt, dass es ihm nicht einmal vorkam wie Essen, eher wie der Nektar der Götter, und erst der Wein… Es war, als hätten sie sich an die Tafel der Götter geschlichen, während die Götter selbst schliefen. Doch die Bilder von Huriya und den anderen Seelentrinkern waren immer noch in seinem Kopf, und er bekam kaum etwas herunter.

Unter den Siegern befanden sich etwa vierzig Mitglieder des Ordo Costruo. Die meisten waren dunkelhäutige Halbblute, aber es waren auch Weiße darunter wie die schöne Alyssa Dulayn oder Stivor Sindon. Wie Könige thronten sie an der Ehrentafel, prosteten einander zu und würdigten die niederen Blutränge aus den Zuchtanstalten der Hadischa, wie Jamil und Gatoz, nur hin und wieder eines abschätzigen Blickes. Kazim spürte den Argwohn, mit dem sie ihn musterten. Für sie stellte er, wie alle Seelentrinker, eine Bedrohung dar. Kazims einziger Trost war, dass Huriya und ihre Gefährten dem Mahl fernblieben.

Alyssas Verhältnis zu Rashid ging eindeutig weit über das einer normalen Freundschaft hinaus, und doch schien sie sichtlich darum bemüht, immer in Kazims Nähe zu sein. Der Duft ihres Parfüms war stets um ihn, immer wieder berührte sie ihn wie zufällig am Arm, an der Schulter, an der Hand, warf ihm verstohlene Blicke zu und schlug dann kokett die Augen nieder – sie umwarb ihn, doch Kazim hatte kein Interesse. Etwas stimmte nicht mit dieser Frau, und dieses Gefühl rührte nicht nur daher, wie sie zuvor durch den Saal geschlendert war und all das Blut und Sterben um sie herum ignoriert hatte, als wären sie auf einem Empfang und nicht auf einem Schlachtfeld.

»Sie scheint Rashid sehr gerne zu haben«, sagte er zu Jamil, nachdem sie sich entschuldigt hatten und zum Gehen aufstanden.

Jamil rümpfte die Nase. »Es heißt, sie teilt das Bett genauso gern mit Frauen wie mit Männern und verbringt den größten Teil des Tages mit Justina Meiros im Haschischrausch.« Er spuckte angewidert aus.

Justina Meiros, Antonins Tochter. Kazim hatte sie in den Erinnerungen des alten Magus gesehen. »Ist sie hier?«, fragte er.

»Ich habe nicht die geringste Ahnung, Bruder«, erwiderte Jamil gleichgültig.

Sie wollten gerade den Saal verlassen, da hielt Rashid sie auf. »Jamil, Kazim, ich muss mit euch sprechen«, sagte er, schickte mit einer entschlossenen Geste die Bewunderer fort, die sofort herbeigeströmt kamen, und führte die beiden zu einer durch einen Vorhang abgetrennten Nische.

Sie setzten sich, und Kazim blickte durch das Fenster in das unterhalb der Festung gelegene Zhassital. Der aufgehende Mond tauchte es in einen silbrigen Schimmer, aus dem die armseligen Kochfeuer der Flüchtlinge orangefarben hervorleuchteten. *Wir haben es geschafft,* dachte er, *der Ordo Costruo ist tatsächlich vernichtet.* Doch alles, was er dabei spürte, war Trauer.

Rashid legte beiden eine Hand auf die Schulter. »Ich möchte euch danken, meine Brüder, und das abseits von den anderen.« Er blickte versonnen auf den geschlossenen Vorhang. »Der Ordo Costruo existiert nicht mehr, meine Hadischa müssen sich nicht länger verstecken, und zum ersten Mal werden Magi in Salims Heer kämpfen. Die Machtverhältnisse verschieben sich, Brüder. Bisher wussten die Rondelmarer nicht einmal, was Angst bedeutet. Das wird sich jetzt ändern.«

Jamils vernarbtes Gesicht hellte sich auf. »Und all das dank Euch, Emir.«

Als Kazim nickte, wandte der Emir sich ihm mit forschendem Blick zu. »Ich weiß, dass du deine Kräfte nicht eingesetzt hast, Kazim. Du hast mit den Mitteln eines gewöhnlichen Soldaten gekämpft, und dennoch überstrahlst du sie alle wie die Sonne eine Kerze! Stell dir vor, was du erreichen könntest, wenn du dir gestatten würdest, zu sein, wer du in Wirklichkeit bist.«

Kazims Gesicht blieb regungslos, auch wenn es ihn einige Kraft kostete. Sein ganzes Leben lang hatte er sein Herz auf der Zunge getragen, doch Rashids Ränke hatten ihn gelehrt, auf der Hut zu sein.

Der Emir blickte ihm fest in die Augen. »Viele haben für unsere Sache ihr Leben gegeben, Bruder. Wir müssen alles in die Waagschale werfen, was wir haben. Wenn du es nicht tust, schadet das uns allen.« Als Kazim nichts erwiderte, fügte er hinzu: »Sabele möchte dich sprechen.«

Kazim schluckte nur und schüttelte den Kopf.

Der Emir seufzte erleichtert. »Gut. Ich habe dich lieber auf unserer Seite als auf ihrer.«

Kazim horchte auf, als er das hörte, doch Rashid sprach bereits weiter. »Meine Freunde, fürs Erste werden wir lediglich die Kunde verbreiten, der Ordo Costruo hätte mich zu seinem neuen Oberhaupt gewählt. Solange es uns gelingt, diesen Schein aufrechtzuerhalten, können wir auch die Festung halten und gleichzeitig Salim dienen. Für euch beide habe ich inzwischen einen neuen Auftrag. Unter Gatoz' Kommando.«

»Alles, was Ihr verlangt, Herr«, sagte Jamil erwartungsvoll.

»Krak die Condotiori liegt direkt an Javons Südgrenze. Kennt ihr die Lage dort? Die Königin-Regentin ist zwar mit Salim verlobt und hat sich offiziell der Fehde verschrieben, doch in letzter Zeit gab es Anzeichen dafür, dass ihr Entschluss wankt. Ein hochgefährlicher rondelmarischer Spion wurde an ihrem Hof gesehen.« Er senkte die Stimme und beugte sich näher heran. »Ihr werdet in die Hauptstadt Brochena gehen.

Ich möchte, dass Ihr dort einen Mann namens Gurvon Gyle aufspürt und tötet.«

Jamil brachte Kazim in ein vornehm ausgestattetes Zimmer mit zwei Betten, das eigens für sie zurechtgemacht worden war. Doch noch bevor sie überhaupt ihre Kleidung abgelegt hatten, kam Gatoz hereingeplatzt und bedeutete Kazim mit einer knappen Geste, ihm zu folgen. Kazim warf Jamil einen kurzen Blick zu und gehorchte zögernd.

Sie stiegen eine lange Wendeltreppe hinunter, tief ins Fundament der Felsen hinein. Die Luft wurde immer feuchter und abgestandener, klebte regelrecht in Kazims Lunge fest. Der Hadischa-Magus sagte die ganze Zeit über nicht ein Wort, bis sie eine verriegelte Tür erreichten, vor der ein Soldat Wache stand. Der Wachmann verneigte sich, öffnete auf Gatoz' Zeichen hin die Tür, und sie traten in den dahinterliegenden Korridor, der auf beiden Seiten von vergitterten Türen gesäumt war. Sie waren in einem Verlies.

Gatoz schnippte mit den Fingern, und die Tür zu ihrer Rechten sprang auf. Von drinnen drangen aufgeregte Stimmen an Kazims Ohr. Eine junge Frau fragte etwas in einer Sprache, die er nicht verstand, die anderen Gefangenen fielen mit ein, dann folgte Kazim dem Magus in die Zelle.

Er sah vier Gefangene, alles Frauen aus Kesh, die mit Handfesseln an die Wand gekettet waren. Ihre Haut war dunkel, die Kleidung ärmlich und die Ketten so kurz, dass sie aufrecht stehen mussten. Der Boden war vollkommen verdreckt, es stank nach Urin und Fäkalien. Mit angsterfüllten Augen starrten die Gefangenen sie an. Sie erwarteten offensichtlich nichts anderes als Folter oder Tod.

»Diese Mägde waren Dienerinnen der meirostreuen Magi«,

sagte Gatoz kalt und zog seinen Krummdolch. »Sie sind Kollaborateure.«

Auf Kazims Stirn bildeten sich Schweißperlen. »Wie kann eine Dienerin ein Kollaborateur sein?«

Gatoz musterte ihn misstrauisch. »Sie haben sich geweigert, ihre Herren auszuspionieren. Wer nicht für uns ist, ist gegen uns.«

Die älteste der vier hob die Hand. »Aber wir…«

»Schweig!«, bellte Gatoz und schlug ihr mit dem Handrücken ins Gesicht. Ihr Hinterkopf krachte gegen die Mauer, und die Frau stieß ein leises Wimmern aus.

»Du weigerst dich, deine Kräfte rückhaltlos in den Dienst unserer Sache zu stellen«, schnaubte Gatoz.

»Ich würde ohne Zögern mein Leben geben für die Fehde«, verteidigte sich Kazim.

»Dein Leben geben vielleicht, aber du benutzt die Gnosis nicht«, erwiderte Gatoz scharf. »Du bist zu weich, um zu tun, was für den Ruhm Ahms notwendig ist.« Er setzte der Frau den Dolch an die Kehle. »Auf dem Herweg hast du Molmar beim Fliegen geholfen. Für manche Dinge setzt du deine Gnosis also ein, für andere nicht. Du misst mit zweierlei Maß, Junge. Das muss sich ändern.« Gatoz ließ die Klinge über den Hals der Frau streichen, die sich mit flehenden Augen in ihren Fesseln wand. »Du musst deine Kräfte wieder auffrischen.«

»Nein.« Das Wort war über seine Lippen gekommen, noch bevor er es verhindern konnte.

Gatoz' Augen verengten sich. »Ich durchschaue dich, Kazim Makani. Du denkst, wenn deine Gnosis erst erschöpft ist, kannst du sie auch nicht mehr benutzen. Du willst der Seelentrinker sein, der nicht trinkt, ein leeres Gefäß, frei von der Kraft, die du so sehr fürchtest.«

Es war, als könnte Gatoz ins Innerste seiner Seele schauen – oder es war Molmar, der Gatoz gesagt hatte, was er dort gefunden hatte. Kazim wurde eiskalt.

»Aber das wird nicht funktionieren. Der Hunger wird kommen, nicht nach Essen, sondern nach der Kraft, die du für die Gnosis brauchst. Die Anstrengung, die dich das Fliegen gekostet hat, nagt bereits an dir, und es wird noch schlimmer werden.« Er fixierte Kazim mit bohrendem Blick. »Du spürst es schon jetzt.«

Kazim schloss die Augen. Gatoz hatte recht. Trotz des köstlichen Mahls spürte er eine eigenartige Leere in seinem Innern, ein Loch, das normale Nahrung nicht füllen konnte. Sein Mund wurde trocken, und er schluckte.

»Ich biete dir einen Handel an«, fuhr Gatoz fort. »Trink die Seele dieser Frau, dann lasse ich die anderen drei frei.« Seine Stimme klang vollkommen kühl, als wäre es ihm egal, wie Kazim sich entscheiden würde.

»Nein, das dürft Ihr nicht …« Er öffnete die Augen wieder und versuchte, Gatoz' Blick standzuhalten. »Ahm würde eine solche Abscheulichkeit nicht gutheißen.«

»Soll ich nach Haroun rufen lassen und ihn fragen, was Ahms Wille in dieser Sache ist? Dein schriftgelehrter Freund denkt genauso wie ich.«

Womit Gatoz wahrscheinlich schon wieder recht hatte, aber das entsetzte Kazim nur noch mehr.

»Du läufst davon vor dem, was du bist. Dein Körper ist stark, doch dein Geist ist schwach.« Mit mitleidlosem Blick wandte er sich wieder der alten Frau zu. »Entscheide dich.«

»Ich kann es nicht«, flehte Kazim, da spritzte schon das Blut aus der durchtrennten Kehle der Frau. Sie zuckte, zog und zerrte vergeblich an ihren Fesseln, während die anderen drei entsetzt aufschrien. Kazim sah einen Moment lang hilflos zu, dann übernahm sein Instinkt: *Lass sie in Ruhe!*, schrien seine Gedanken, und er riss die Hand hoch.

Gatoz krachte mit einem lauten Knall rückwärts gegen die Tür, und der Dolch fiel ihm aus der Hand. Obwohl seine Schilde den Aufprall abfederten, stürzte er, und als er wieder aufstand, hielt er sich vor Schmerz den Kopf.

Kazim eilte zu der sterbenden Frau, er wollte sie retten, wusste aber nicht wie. Der Wunsch alleine genügte diesmal nicht. Im Gegensatz zum Fliegen oder Leute durch die Luft schleudern erforderte Heilen Wissen und Geschick, doch Kazim verfügte über keins von beidem. Er hob den Kopf der Frau an und versuchte, Lebenskraft in die Wunde zu pumpen, doch das Blut sprudelte nur noch heftiger, spritzte auf seine Hände und floss leuchtend rot an seinen Unterarmen hinab. »Lebe!«, brüllte er, während die Augen der Frau immer trüber wurden. »Bitte…«

Ihr Blick wurde starr, dann sackte sie unter den entsetzten Blicken der anderen drei leblos in ihre Fesseln. Aus Mund und Nase quoll ein für gewöhnliche Augen unsichtbarer Nebel. Kazim konnte ihn beinahe auf der Zunge schmecken, er wusste, was dieser Nebel war. Wenn er ihn einatmete, saugte er damit das Leben der bedauernswerten Frau in sich auf, ihre Erinnerungen, all ihre Liebe und Leidenschaft genauso wie ihre Angst und Verzweiflung. All das konnte er sich einverleiben, und es würde ihm Kraft geben.

»Du warst stärker heute«, sagte Molmar, nachdem sie am Morgen des übernächsten Tages irgendwo in Javon gelandet waren. Vielleicht war es nur ein Kompliment, vielleicht ahnte er tatsächlich nichts von dem, was Gatoz getan hatte. Kazim wusste es nicht. Das Einzige, was er wusste, war, dass er niemandem mehr vertrauen konnte. Also sperrte er Molmar voll und ganz aus seinem Bewusstsein aus.

Ich habe drei Frauen das Leben gerettet, sagte er sich, aber es war dieses eine Leben, das er genommen hatte, das ihn nicht mehr losließ. Die Frau hatte Wimla geheißen. Sie war gut gewesen und hatte zwei Kinder gehabt, Kinder, die jetzt ohne Mutter aufwachsen mussten wie er und Huriya. Bis ans Ende aller Zeiten würde ihr Name für ihn nur das eine bedeuten: Kapitulation.

8

DIE FLUTLANDE

DIE GEZEITEN AUF URTE

Urtes Gezeiten spielen eine tragende Rolle, nicht nur im Leben der Menschen, sondern auch was den Austausch zwischen den Völkern und Kulturen betrifft. Der Unterschied zwischen Ebbe und Flut beträgt nie weniger als eine halbe Furchenlänge, das Leben an der Küste ist gefährlich und Seefahrt schlichtweg nicht möglich. Nicht einmal die Mauern der größten Festungen würden der Gewalt der anbrandenden Wellen standhalten, selbst Seen und fließende Gewässer sind so gewaltigen Einflüssen unterworfen, dass sie dem Unvorsichtigen leicht zum Verhängnis werden können. Der Sibernesee in Andressea etwa weist Pegelunterschiede von über zwanzig Ellen auf, sodass seine Ufer im Umkreis von einer Meile unbebaut sind. Dennoch spielt das Meer für die Küstenbewohner eine wichtige Rolle, die jeden Tag die Unmengen Fisch ernten, die in den Gezeitentümpeln zurückbleiben, obwohl unvorher-

*sehbare Wellen und plötzliche Böen immer wieder Todesopfer
fordern.*

ORDO COSTRUO, PONTUS

OSTSILACIA, YUROS
JULSEPT UND AUGEITE 928
ERSTER UND ZWEITER MONAT DER MONDFLUT

Gerade noch rechtzeitig schlug Alaron die Hand über Anises
weit geöffneten Mund. Um ein Haar hätte er selbst laut aufgeschrien beim Anblick der grellen Blitze, die in die Planwagen
einschlugen, während die Magi sich auf ihren geflügelten Reittieren wie dunkle Schatten auf das Lager herabsenkten. Ihre
Rüstungen und Schwerter schimmerten im Schein der Flammen, und Alaron sah das Heilige Herz, das Wappen der Inquisition, das auf ihren Harnischen prangte.

»Niy, niy, niy!«, schrie Anise erstickt. »Ferdi!« Mit den Augen
flehte sie ihn an, einzugreifen, ein Wunder zu wirken und ihre
Leute zu retten.

Das sind Inquisitoren, dachte Alaron. *Ich wäre tot, bevor
ich bis drei gezählt habe …* Er fühlte sich wie ein Feigling und
schlang die Arme nur noch fester um die zappelnde Anise.
Sein Blick sprang von Wagen zu Wagen, da entdeckte er Anises kleinen Bruder. Er war außerhalb der Wagenburg, konnte
den Ring aus Feuer nicht durchbrechen.

Die geflügelten Bestien senkten sich mit durchdringen-
dem Kreischen herab. Zwei Inquisitoren landeten direkt hinter Ferdi, eine Frau mit goldenen Locken und einem wunderschönen, vollkommen kalten Gesicht. Doch es war der Anblick

des zweiten, der Alaron traf wie ein Faustschlag: *Malevorn Andevarion*. Alaron konnte keinen klaren Gedanken mehr fassen und sah ohnmächtig zu, wie Ferdi verzweifelt versuchte, den beiden zu entkommen.

Die Frau mit den Locken schien sich kaum zu bewegen. Wie beiläufig beugte sie sich kurz nach vorn und richtete sich dann wieder auf, nachdem ihr Schwert Ferdis Rücken durchbohrt hatte.

Der Kleine sackte leblos in sich zusammen, und Alaron verstärkte seinen Griff um Anise. Ihre Zähne schlossen sich um seine Hand, gruben sich in sein Fleisch bis auf den Knochen, doch Alaron ließ nicht los. Er beschwor seine Gnosis und übergoss sie mit einem brachialen Schwall mesmerischer Dunkelheit. Anises Bewusstsein ertrank wie in einer Flutwelle. Ihre Glieder wurden schlaff, dann stürzten sie gemeinsam zu Boden.

Alaron war sicher, dass die Inquisitoren ihn jeden Moment entdecken würden, hier, direkt am Rand des Feuerscheins, mit einem Mädchen in weißer Bluse in den Armen. Plötzlich kamen mehrere Männer zwischen den Wagen hindurchgerannt und schwenkten wild ihre Waffen. Alle brannten bis auf einen: Jeris Muhren.

Die Inquisitoren warfen sich ihnen entgegen, und Alaron sprang auf. Er öffnete den Mund zu einer Beschwörung, einem Bann, irgendwas, um den Rimoniern zu helfen, da hörte er Muhrens Gedankenbefehl. *Flieh, du Narr, flieh!*

Der Alkohol hatte seinen Vater getötet, als Jeris noch klein gewesen war, und jetzt würde er auch ihm zum Verhängnis werden. Er hatte sich nicht betrunken, aber zusammen mit der Ablenkung durch das Fest und der Unterhaltung mit Mercel-

lus hatte die Menge ausgereicht, um ihn blind für die Geist-
fühler der Inquisition zu machen.

Muhren setzte sich ruckartig auf. Diesmal war der suchende
Blick nicht aus Dutzenden Meilen Entfernung gekommen,
sondern von direkt über ihnen. Es war zu spät. Animagusge-
schöpfe senkten sich in geschlossener Formation herab, und
Muhren wusste, sie waren verloren. *Wir hätten niemals hierbleiben dürfen.*

Er hatte dem Tod schon viele Male ins Auge geblickt, während der Revolte genauso wie zu seiner Zeit als Hauptmann
der Stadtwache, doch Inquisitoren waren als Gegner nicht zu
vergleichen mit den Dieben und Straßenräubern Norosteins.
Selbst die Schlachtmagi der rondelmarischen Legionen waren
nichts im Vergleich zu ihnen.

»Lauf!«, rief er Mercellus zu, als der Rimonier aufsprang
und sein Schwert zog. Mercellus brüllte etwas in seiner Muttersprache, und seine Leute zerstreuten sich. Mütter packten ihre
Kinder und rannten, die Männer liefen zu ihren Waffen. Muhren hielt nach Alaron Ausschau, da fiel ihm wieder ein, dass der
Junge bereits zum Zelt gegangen war. *Wir müssen verschwinden. Sie dürfen uns nicht erwischen.* Da explodierte die Wagenburg in einem Feuerring, eine Hitzewelle ergoss sich über die
Rimonier, die wie aufgeschreckte Kaninchen hin- und herrann-
ten und einen Fluchtweg suchten. Dunkle Silhouetten kreisten über ihren Köpfen, schossen Feuer und Blitze in alle Richtungen. Muhren sah sich hastig um und verabschiedete sich
in Gedanken von Mercellus, seinem Gefährten in zahllosen
Scharmützeln während der Revolte und so vielen wundervollen Nächten danach, während derer sie gemeinsam getrunken,
gelacht und geweint hatten. Dann dachte er an Alaron und die
Skytale. *Versuch nicht uns zu helfen, Alaron. Flieh!*

Er beschwor seine Gnosis und schleuderte einen der brennenden Planwagen zur Seite, um einen Fluchtweg aus der Flammenhölle zu schaffen, auch wenn er dadurch Gefahr lief, die Aufmerksamkeit der Inquisitoren auf sich zu ziehen.

»Hier entlang!«, rief er Mercellus' Leuten zu, und auch wenn sie Muhrens Sprache nicht verstanden, begriffen sie doch, was gemeint war, und folgten ihm.

»Attenzio!«, brüllte ein Rimonier und deutete auf die fliegenden Bestien: Die Inquisitoren sprangen von ihren Reittieren, ihre Umhänge flatterten wie Flügel, ihre Harnische schimmerten im Schein der Flammen.

Direkt vor Muhren wurde eine Frau von einem Gnosispfeil niedergestreckt, ein Stück weiter weg schoss ein Geysir aus Feuer in den Himmel. Die Luft war erfüllt von wirbelndem Rauch. Einer der Rimonier stieß einen Schlachtruf aus, der in einem erstickten Röcheln endete. Muhren stolperte über ein gestürztes Kind, und als er wieder hochkam, sah er, wie eine junge Frau mit goldenem Haar in einer hermelinbesetzten Robe ihr Breitschwert in den Rücken eines kleinen Jungen stieß. Ihr vollkommen kalter Gesichtsausdruck brannte sich in Muhrens Bewusstsein, dann sprang sein Blick weiter, und er entdeckte Alaron, der am Rand der Wiese mit Anise auf den Armen im Gras kauerte.

Flieh, du Narr, flieh!, befahl er ihm, da stürzte einer der Inquisitoren, ein untersetzter Kerl mit langem Bart, mit der Schwertspitze voraus auf ihn zu. Muhren wehrte die Klinge ab und konterte, drosch mit dem Schwert auf seinen Gegner ein und verpasste ihm gleichzeitig eine mit Gnosis verstärkte Rechte mitten ins Gesicht. Der Inquisitor verstärkte seinen Schutzzauber um Kopf und Oberkörper, genau wie Muhren es beabsichtigt hatte. Er ließ sein Schwert niederfahren, durchschlug die geschwächten Schilde um die Beine des Mannes und durchtrennte den linken Unterschenkel. Der Inquisitor stürzte, Muhren sprang vor und brach ihm mit einem kräftigen Tritt das Genick. Dann rannte er zu der blonden Hexe, die den Jungen kaltblütig ermordet hatte. Sie bewegte sich unfassbar schnell, aber Muhren durchschaute ihre Finten und Tricks, wehrte ab und rammte sie mit der Schulter. Sie war viel kleiner und leichter als er, aber ihre Erdgnosis hielt sie auf den Beinen, als wäre er gegen einen Baumstamm geprallt.

Er ist hier!, jubelte sie.

Hol ihn dir, aber lass ihn am Leben!, kam die Antwort ihrer Begleiter.

Muhren blockte einen weiteren Hieb ab und sprang. Das Schwert seiner Gegnerin senste unter seinen Beinen hindurch, da sah er eines der geflügelten Ungeheuer auf sich herabstoßen. *Drehen und zustoßen.* Noch in der Luft wich er der brennenden Lanzenspitze aus und schlug beidhändig nach dem Reiter der Bestie, deren zuschnappende Kiefer seinen Kopf um weniger als eine Handbreit verfehlten. Als seine Klinge gegen die Schilde des Lanzenträgers prallte, addierte sich die Geschwindigkeit des Sturzflugs zur Wucht von Muhrens Gegenangriff, und die Schilde des Inquisitors zerstoben. Muhrens Schwert durchschlug Helm und Kopf, dann wurde er zur Seite gerissen, während der Reiter vornübergesunken an ihm vorbeischoss.

Jonas!, hallte die Stimme einer Frau in seinem Kopf wider. Sie kam von rechts. Ihr Ruf hatte Muhren gerade noch rechtzeitig vor dem Feuerball gewarnt, den sie auf ihn abgeschossen hatte. Mit einer Kombination aus Luft- und Feuergnosis lenkte er ihn ab und warf sich flach auf den Boden. Dann rollte er sich zur Seite und riss sein Schwert hoch. Beinahe hätte das Animagusbiest sein Bein erwischt, doch es jagte um Haaresbreite über ihn hinweg, während die bleiche Reiterin ihn mit Gnosisblitzen bombardierte. Der Flügel des Ungeheuers schlug krachend gegen Muhrens wie eine Feldstandarte erhobene Klinge, Knochen splitterten und Blut spritzte, dann wurde das Monster mitten im Flug herumgerissen und schlug zu Boden.

Muhren sprang auf und rannte weiter, da trafen ihn zwei Blitze gleichzeitig. Sie waren aus verschiedenen Richtungen gekommen und schleuderten ihn hoch in die Luft. Entsetzlicher Schmerz überlagerte jede andere Empfindung, sodass er das Kreischen der Bestie kaum hörte, die auf ihn zujagte. Außerdem war er geblendet und sah die Lanzenspitze nicht kommen – er spürte sie erst, als sie sich in seinen Bauch bohrte.

Muhren ließ sein Schwert fallen, packte mit beiden Händen den Lanzenschaft und zog. Blut ergoss sich in einem Sturzbach aus seinem Mund, und eine Taubheit breitete sich in seinem Körper aus, die schlimmer war als jeder Schmerz.

»Lebend!«, brüllte jemand, »wir brauchen ihn lebend!«

Niemals.

Es gab einen Zauber – eine der wenigen Geisterbeschwörungsformeln, die er kannte –, den sie alle während der Revolte gelernt hatten. Seelentod hatten sie ihn genannt, weil er die eigene Seele im Moment des Todes vollkommen auslöschte, so restlos, dass kein Geisterbeschwörer auf ganz Urte sie wieder zurückholen konnte, um sie zu befragen. Der einzige Nachteil war, dass die Auslöschung tatsächlich vollkommen war. Falls es ein Leben nach dem Tod gab, dann nicht für die, die sich selbst mit dem Seelentod belegt hatten.

Ein Leben nach dem Tod. Muhren hatte ohnehin nie daran geglaubt. Für ihn war es nur eine weitere Lüge der Kore. Er sprach den Zauber, bevor er die Kontrolle über seinen Geist verlor, sah Dunkelheit zu Licht werden, Licht zu Feuer und Feuer zu Rauch. Ein Windstoß kam und trug den Rauch davon ...

Alaron rannte mit der bewusstlosen Anise in den Armen um sein Leben. Was er gesehen hatte – Ferdi aufgespießt auf einem Schwert, die brennenden Männer und Frauen, die nur Augenblicke zuvor noch fröhlich miteinander getanzt hatten, Jeris Muhren, von einer Lanze durchbohrt –, war zu viel für ihn. Bei jedem Schritt war er kurz davor, entweder schluchzend zusammenzubrechen oder kehrtzumachen und sich mitten ins Kampfgetümmel zu stürzen, ungeschickt wie ein Betrunkener in einer Messerstecherei. Doch er tat nichts von alledem und konzentrierte sich auf Muhrens letzten Befehl: *Flieh, du Narr, flieh!*

Er brach durch das Dickicht und blieb keuchend stehen. Die Bäume in seinem Rücken dämpften den Feuerschein und den Lärm, doch die Bilder von dem ungleichen Kampf ließen ihn nicht los, bis er sie mit aller Macht verscheuchte. Er musste hier weg, koste es, was es wolle.

Tänzer war nervös, aber Alaron konnte ihn mit seiner Tiergnosis beruhigen. Er hob Anise in den Sattel und band sie mit einem Seil fest, dann packte er seine Bettrolle und steckte sie in Knüppels Satteltaschen. Das Pferd schnaubte unruhig, und Alarons Nerven waren bis zum Zerreißen gespannt. Endlich etwas tun zu können, machte ihn etwas ruhiger, aber nur etwas.

Malevorn ist bei ihnen ... Er kennt mich ... Dreh jetzt nicht durch, du Idiot! Malevorn ist kein Gott, und hellsehen kann er schon gar nicht.

236

Es war Malevorns Lanze gewesen, die Muhren getötet hatte. Alaron fügte diese Tatsache stumm der Liste der Dinge hinzu, für die er sich an ihm rächen würde.

Ich muss nach Osten. Cym ist nach Osten gegangen.

Er nahm die Zügel der beiden Pferde und ging los, besänftigte sie, so gut er konnte, und dachte sogar daran, Fußspuren und Hufabdrücke mit Erdgnosis zu verwischen. Malevorn war der einzige unter seinen Verfolgern, der ihn kannte, und vielleicht wusste er auch gar nicht, dass Alaron hier war. Vielleicht hatte er eine Chance.

Nachdem die Dunkelheit sie verschluckt hatte, hielt Alaron mit seiner Gnosissicht Ausschau nach der Straße. *Da!* Aus Angst, die Inquisitoren könnten die Hufschläge hören, ließ er die Pferde nur im Schritt gehen. Immer wieder blickte er sich um und sah schließlich ein zweites Feuer: Signor Torrinis Villa stand nun ebenfalls in Flammen. Alaron verfluchte sich für seine eigene Hilflosigkeit, und gleichzeitig stieg sein Hass auf jene, die diese Abscheulichkeiten begangen hatten, ins Unermessliche. Schließlich, nachdem er etwa eine Meile auf dem Weg zurückgelegt hatte, den er mit Muhren gekommen war, verdeckte eine Hügelflanke den Schein der Flammen. Alaron ließ die Zügel los und beugte sich hinüber zu Tänzer. Mit einer Hand hob er Anises Kinn an und fühlte mit der anderen ihren Puls. Sie lebte noch.

Knüppel blieb stehen und schüttelte ungehalten das mächtige Haupt.

»Schon gut«, flüsterte Alaron. »Ich weiß, wir sind den ganzen Tag geritten, aber wir müssen weiter.« Er schlug die Fersen in Knüppels Flanken, bis der Hengst in Trab fiel. Tänzer folgte mit Anise. Gemeinsam ritten sie durch die Dunkelheit Richtung Osten.

Erst bei Anbruch der Dämmerung legte er eine Rast ein. Er führte die Pferde in das dichteste Gestrüpp, das er finden konnte, in der Hoffnung, dass sie dort aus der Luft nicht zu sehen waren. Er band gerade Tänzer und Knüppel an einem Baum an, als Anises Lider zu flattern begannen. Er hob sie aus dem Sattel, legte sie flach auf den Boden und kämpfte seine Tränen zurück, während er den Bann von ihr nahm, mit dem er ihre Schreie erstickt hatte.

Anise schlug die Augen auf und blinzelte ihn schlaftrunken an, lächelte sogar, als glaubte sie, sie wären immer noch an dem Bach. Dann setzte sie sich ruckartig auf. »Alaron…?«

Er umklammerte ihren Arm. »Es ist alles in Ordnung«, sagte er, auch wenn sie kein Wort verstand, und beruhigte ihren Geist mit Gnosis. Seine Fähigkeiten im Mesmerismus reichten gerade aus, um der in ihr aufsteigenden Panik die Schärfe zu nehmen. *Wenn wir uns wenigstens verständigen könnten, wäre vieles einfacher.*

»Du bist in Sicherheit«, log er, so gut er konnte.

»Alaron?«, wiederholte sie und blickte sich wild um, während die Erinnerung über sie hereinbrach. Anise begann zu zittern. »Dove son mio popolo?«

Wo sind meine Leute, so viel Rimonisch verstand er gerade noch, aber für eine Antwort reichten seine Sprachkenntnisse nicht. Er kramte in seinem Gedächtnis nach dem Wenigen, was Ramon ihm beigebracht hatte, und wünschte sich vergeblich, er könnte die entsetzliche Nachricht irgendwie abmildern. »Sie sind tot… morto, si, morto«, stammelte er.

Anise schaute ihn verwirrt an und unterdrückte ein Schluchzen. »Mio fratell? Ferdi?« Dann fiel ihr alles wieder ein. Alaron sah es an dem Entsetzen, das sich in ihrem Gesicht ausbreitete.

»Morto«, flüsterte er und senkte den Blick.

Die Rimonierin verlor die Fassung. Sie warf den Kopf in den Nacken und stieß einen markerschütternden Klageschrei aus, der tief aus ihrem Innern kam und Alaron das Herz zerriss. Er zog sie an sich und presste sie fest an die Brust, während sie auf ihn einschlug. Ihre Fingernägel zerrissen sein Hemd, kratzten seine Haut blutig, bis Anise endlich begriff, dass er sie weder loslassen noch ihr wehtun würde. Dann brach sie haltlos in Tränen aus, und Alaron weinte mit ihr – um Muhren, um Mercellus und Ferdi, und schließlich auch um Langstrit und seine Mutter Tesla. Wie ein Kind weinte er über all die Grausamkeiten, die Männer wie Belonius Vult und Malevorn Andevarion verübten, nur um Macht über andere zu erlangen.

Als er das nächste Mal etwas wahrnahm außer dem vollkommen in Tränen aufgelösten Mädchen in seinen Armen, ging die Sonne bereits auf. Auf einer Anhöhe nicht weit weg erblickte er ein Bauernhaus. Alaron stand unsicher auf, zog Anise auf die Beine und hielt sie fest, als ihre Knie sofort wieder nachgaben. »Ich muss dich an einen sicheren Ort bringen«, sagte er im vollen Wissen, dass sie kein Wort verstand. »Komm mit.«

Er setzte sie auf Knüppel und führte die beiden Pferde an den Zügeln zum Haus. Eine Gruppe Männer stand vor dem Eingangstor des Grundstücks, sie blickten nach Westen, wo zwei schwarze Rauchsäulen den Himmel verdunkelten. In den Händen hielten sie Heugabeln und Macheten. Als sie Alaron entdeckten, schwärmten sie sofort aus und riefen ihm mit harschen Worten etwas zu.

»Spricht einer von euch Rondelmarisch?«, fragte Alaron nervös. »Könnt ihr uns helfen?«

Die Gesichter der Männer waren vom Wetter gegerbt, ihre

Haut von harter Arbeit in der prallen Sonne gebräunt. Mit dunklen Augen starrten sie ihn an, sahen seine norische Kutte, den Schmutz und Schweiß auf seiner Stirn und die müden Augen. Als ihr Blick zu Anise wanderte, glaubte Alaron, sie knurren zu hören. Instinktiv griff er nach seinem Schwert, da verstummten die Männer, und der älteste aus der Gruppe trat vor. Er sprach rondelmarisch mit starkem Akzent, aber Alaron verstand zumindest den Inhalt der Worte. »Ich bin Alfonso. Wer bist du?«

»Mein Name...« Alaron überlegte. »Spielt keine Rolle. Dieses Mädchen gehört zu Mercellus di Regias Sippe. Das Anwesen der Torrinis wurde überfallen. Könnt ihr sie aufnehmen?«

Der Silacier tauschte einen kurzen Blick mit seinen Gefährten aus und spuckte auf den Boden. »Inquisitio«, fauchte er. »Mordende Bastidos.«

Schlimmer als das.

»Das Mädchen braucht ein Zuhause«, sprach Alaron weiter. »Pur favore? Prego? *Bitte!*« Er behielt Alfonso genau im Auge, während der sich leise auf Rimonisch mit seinen Begleitern austauschte. Schließlich wandte er sich wieder Alaron zu. »Noch andere hier. Ich zeige. Komm.«

Auf Alfonsos Winken hin führte Alaron Knüppel und Tänzer zu einem Stall mit einem Pferch, in dem zwei Esel und mehrere Ochsen bedächtig auf ihrem Stroh kauten. Um den Pferch herum standen noch weitere Männer und Frauen. Sie musterten Alaron und Anise stumm. Ein paar der Gesichter erkannte Alaron wieder, sie gehörten zur di-Regia-Sippe. Dann stieß plötzlich jemand einen schrillen Schrei aus, irgendwo zwischen Trauer und Glück, und ein Mädchen kam aus dem Haus auf sie zugerannt.

Die Pferde tänzelten erschrocken rückwärts, und Alaron

musste mit aller Kraft an ihren Zügeln reißen, als das Mädchen sich Anise um den Hals warf und sie aus dem Sattel zog. Dann weinten beide, während Alaron verdutzt daneben stand.

Als auch die anderen Frauen vorsichtig näher kamen, sah Alaron an ihrer Kleidung, dass die meisten von ihnen Rimonierinnen waren. Eine der älteren überschüttete ihn mit Fragen, von denen er kein Wort verstand.

»Sie wissen will, warum das Mädchen bei dir«, übersetzte Alfonso.

Die Frau wartete seine Antwort gar nicht erst ab. Als sie das Amulett an seinem Hals sah, packte sie es und hielt es kurz hoch, sodass alle es sehen konnten, dann ließen sie sofort wieder los, als hätte sie Angst, ihre Hand könnte abfallen. »Stregone!«, rief sie, »Stregone!«

Alle starrten ihn feindselig an.

»Du Magi, sì?«, fragte Alfonso argwöhnisch.

Als Alaron nickte, rissen die Männer sofort ihre Heugabeln hoch, und er fragte sich schon, ob er sich den Weg würde freikämpfen müssen, da machte Anise sich von ihrer Freundin los und stellte sich vor ihn. »È il mio omo«, sagte sie und nahm seine Hand: »Er ist mein Mann«, riet Alaron. Anise sagte noch mehr, und er glaubte, die Worte für Feuer und Pferd herauszuhören, aber das war unwichtig. Was zählte, war, dass Anise gerade mit vorgestrecktem Kinn vor aller Augen Anspruch auf ihn erhob. Es war bizarr, wie ein Hochzeitsantrag auf einer Beerdigung.

»Sie sagt, du sie gerettet«, übersetzte Alfonso schließlich unter den nach wie vor misstrauischen Blicken der anderen.

»Ich habe es versucht«, erwiderte Alaron und drückte Anises Hand. »Aber ihr Bruder ist tot«, fügte er niedergeschlagen hinzu. »Ich hätte mehr tun müssen …«

»Du … wie sagt man, Reinblut?«

Alaron blinzelte seine Tränen weg und schüttelte den Kopf. *Ich wünschte, ich wäre eins.* »Viertelblut.«

»Quattrosangue? Dann du nichts tun konntest«, erwiderte Alfonso sanft. »Niy contro Inquisitio.«

»Sind viele entkommen?«, fragte Alaron hoffnungsvoll.

»Ein Dutzend hier. Vielleicht noch andere überlebt. Morgen wissen mehr.«

Alaron biss sich auf die Lippe. »Ich kann nicht bleiben«, erklärte er. »Sie werden mich verfolgen.« Er wusste es zwar nicht mit Sicherheit, aber es war mehr als wahrscheinlich. »Würdet ihr euch bitte um Anise kümmern? Und um die anderen?«

»Wir tun, was können. Es ist schwer«, antwortete Alfonso in bedauerndem Tonfall.

Ohne lange zu überlegen nahm Alaron Tänzers Zügel und reichte sie ihm. »Nehmt dieses Pferd als Bezahlung für eure Auslagen.«

Alfonso musterte den Hengst, dann entbrannte eine hitzige Diskussion mit den anderen. »Das ein Kriegspferd«, sagte er schließlich. »Nicht gut für Arbeit auf dem Acker.« Sein Blick wanderte zu Knüppel. »Nehmen dieses.«

Alaron hatte nicht viel Zeit. Jeden Moment konnten diese geflügelten Bestien wieder auftauchen. »In Ordnung. Aber du wirst Anise behandeln wie deine eigene Tochter, versprochen?«

Alfonso runzelte die Stirn, sein Blick sprang zwischen Anise, dem Pferd und den umstehenden Rimoniern hin und her. »Si«, sagte er schließlich mit einem Seufzen. »Ich sage meiner Frau. Ist gutes Pferd. Ein guter Handel.«

»Danke«, erwiderte Alaron erleichtert und reichte ihm die Hand.

Anise blickte erschrocken auf und umklammerte Alarons Arm. »Niy, niy«, flüsterte sie und fügte in gebrochenem Rondelmarisch hinzu: »Du bleib.«

Alaron schüttelte den Kopf und schob sie sanft von sich weg. »Ich kann nicht.«

Anise blinzelte, als könnte sie es nicht fassen. »Niy!«, rief sie und stampfte mit dem Fuß. Dann redete sie in ihrer Muttersprache auf ihn ein, doch das Einzige, was Alaron von dem Wortschwall verstanden, war, dass er mit einer Frage endete. Die umstehenden Frauen sah er heftig den Kopf schütteln.

»Sie will mitkommen«, übersetzte Alfonso.

Ich wünschte, das wäre möglich …

Es war verrückt: Obwohl er sie so gut wie gar nicht kannte, sich kaum mit ihr verständigen konnte, war Anise im Moment genauso wichtig für ihn wie Cym, ja selbst wie die Skytale. Es widersprach jeder Logik. Andererseits hatte er noch nie verstanden, warum und wann er sich in welches Mädchen verliebte. Gefühle gehorchten nun mal ihren eigenen Gesetzen. Er fragte sich, welche Zukunft Anise sich erträumte, wie sie auf die Idee kam, dass ausgerechnet er der Richtige für sie war. Wären Malevorn und die anderen Inquisitoren ihm nicht so dicht auf den Fersen gewesen, Alaron wäre vielleicht geblieben. Ein Leben in dieser ländlichen Idylle an der Seite einer Frau war im Moment eine durchaus verlockende Vorstellung für ihn.

»Es ist zu gefährlich«, sagte er deprimiert. »Ich kann nicht bleiben, und sie kann nicht mit mir kommen.« Er ging zu Knüppel, machte Sattel und Taschen los, schichtete das Gepäck auf den anderen Hengst um und versuchte erfolglos, Anises Wehklagen auszublenden. Während er überprüfte, ob alles fest genug saß, sammelten sich die anderen Frauen um das

Mädchen und bedachten Alaron mit abschätzigen Blicken, bis Anise sich aus der Traube löste und mit Tränen in den Augen, aber hoch erhobenem Kopf auf ihn zutrat. Wieder sagte sie etwas, und Alfonso übersetzte. »Sie fragt, ob du wiederkommen.«

Alaron schluckte. »Ich hoffe es.«

»Sie fragt, ob auf dich warten sollen.«

Großer Kore! Alarons Herz setzte einen Schlag lang aus, und er schnappte nach Luft. Er sah ein Bild vor seinem inneren Auge, eine mögliche Zukunft, die aus einer langen Reise bestand, an deren Ende er Cym rettete, die ihn nie geliebt hatte und auch nie lieben würde. Dann sah er seine Rückkehr an diesen Ort, wo Anise auf ihn wartete. Sie entdeckte ihn schon von Weitem und rannte ihm entgegen, das Gesicht strahlend vor Glück.

Aber er sah auch noch eine andere Zukunft, in der er von Feuer eingekreist und auf einer Lanze aufgespießt sein Leben aushauchte wie Jeris Muhren. Und er sah eine junge Frau, deren Jahre einsam und allein verstrichen, während sie vergeblich auf seine Rückkehr wartete. Er konnte Ja sagen und Anise etwas geben, worauf sie hoffen konnte, falls es das war, was sie sich wünschte. Oder er sagte Nein und zog ihren Hass auf sich, aber wenigstens wäre sie dann frei.

Er blickte ihr in die Augen und versuchte zu erkunden, ob sie tatsächlich jemand war, der seine Zukunft an einen so hauchdünnen Faden hängen würde. Die Antwort fiel ihm nicht leicht. »Sag ihr … sag ihr, dass ich sterben werde. Niemand entkommt der Inquisition.«

Alaron beobachtete Anise genau, während Alfonso übersetzte. Als er fertig war, trat sie mit einer Würde und Anmut auf Alaron zu, die weit über ihre Jahre hinausging, und legte den Kopf in den Nacken. Für diese Geste brauchte er keine Übersetzung. Er spürte Tränen in den Augen, als sie einander ein letztes Mal sanft küssten, dann war der Moment auch schon vorüber, und Anise machte sich von ihm los. »Buonfortuna«, flüsterte sie.

»Dir auch«, erwiderte er krächzend.

»Chesara, sara«, fügte sie hinzu, und Alfonso übersetzte: »Es kommt, wie es kommt.«

Anise drehte sich weg und ging langsam wieder zu den anderen Frauen zurück.

Alarons Kehle war staubtrocken. Er räusperte sich, dann fragte er Alfonso leise: »Welchen Weg nehme ich am besten nach Osten? Abseits der Straße, meine ich.«

»Ich dir zeige.«

Alaron ritt den ganzen Tag und kämpfte gegen die Müdigkeit an, die ihn mehr als einmal beinahe aus dem Sattel hatte fallen lassen. Alfonso hatte ihm einen Pfad durch die Hügel gezeigt, auf dem die wild wachsenden Olivenbäume ein ausreichendes Maß an Sichtschutz von oben boten, solange er nur den Horizont aufmerksam genug im Auge behielt. Der Silacier hatte vor, die Überlebenden von Mercellus' Sippe in den Getreidespeichern auf seinem Anwesen zu verstecken. »Seit Jahrhunderten wir verstecken Dinge vor ihnen, Noros-Junge«, hatte er gelassen erklärt und Alaron einen Sack voll Futter für Tänzer mitgegeben sowie etwas Zwieback für ihn selbst.

Alaron hielt so viel Abstand zu bewohnten Gebieten, wie er nur konnte, um nicht noch mehr Unschuldige in den Tod zu stürzen. Er hielt sich an Wildpfade und schielte immer wieder hinauf zum Himmel, bis er kurz vor Sonnenuntergang hoch oben etwas kreisen sah, das viel zu groß war, um ein Vogel zu sein. Sofort lenkte er Tänzer weg von dem Pfad und zwischen die Bäume. Erst nach Einbruch der Dunkelheit wagte er sich wieder auf die Straße hinaus, auf der er die ganze Nacht hindurch im spärlichen Licht des Halbmonds weiter ostwärts trabte. Tänzer murrte ab und zu, gehorchte aber.

In der Morgendämmerung erreichte er schließlich eine Kreuzung, die ihm vage bekannt vorkam. Auf dem Hinweg waren er und Muhren hier durchgekommen. Zwei Tage lag das jetzt zurück, aber Alaron kam es vor wie eine Ewigkeit. Er lenkte Tänzer nach Norden – und erstarrte: Nicht einmal zweihundert Schritte entfernt zeichnete sich auf einer Hügelkuppe eine dunkle Silhouette ab. Im ersten Moment hatte er sie für einen Baum gehalten, doch dann breitete das Ding seine Schwingen aus. Alaron erschauerte und hielt sofort an, beruhigte Tänzer mit seiner Gnosis, so gut es ging. Der Hengst vertraute ihm inzwischen, und wenn er auch die Nüstern blähte, so blieb er doch still.

Hätten sie mir an dieser Kreuzung aufgelauert, wäre ich ihnen direkt in die Arme gelaufen ...

Doch die Vegetation links und rechts des Weges war sehr dicht, vielleicht zu dicht für diese Kreaturen, die mehr Platz zum Landen brauchten, vielleicht wussten sie auch einfach nicht, dass er hier war. Dieser Inquisitor war womöglich nachlässig, vielleicht auch einfach nur faul. Egal was zutraf, Alaron war zutiefst dankbar, wenigstens dieses eine Mal Glück gehabt zu haben, und lenkte sein Pferd nach Westen. Die Straße hier war schmaler und weniger benutzt, hatte Muhren ihm gesagt. Genau das, was Alaron jetzt brauchte.

Er ritt weiter, solange er es nur irgend wagte, doch als die Sonne aufging, führte er Tänzer wieder runter vom Pfad und an einem schmalen Bachbett entlang zu einer kleinen Lichtung, die von der Straße aus nicht einsehbar war. Er war vollkommen erschöpft, trotzdem nahm er sich noch die Zeit, das Pferd trockenzureiben, dann band er es an einem umgestürzten Baum fest, der nahe genug an dem Bachbett lag, damit Tänzer trinken konnte und hüllte sich in seinen Umhang, kaute etwas Trockenfleisch, nippte an seiner Feldflasche und wartete darauf, dass jeden Moment eines dieser Flugtiere mit einem triumphierenden Kreischen auf ihn herabstieß. Doch alles, was er hörte, war Vogelzwitschern und das Rascheln des Windes. Seine Lider wurden immer schwerer, und irgendwann schlief er ein.

Die Sonne ging bereits unter, als er mit knurrendem Magen wieder aufwachte. Alaron hatte seit eineinhalb Tagen nicht mehr richtig gegessen. Tänzer fraß den Futtersack, den Alaron ihm hinhielt, in Windeseile halb leer und schnaubte erbost, als er ihn wieder wegzog. Er wusste weder genau, wo sie waren, noch wann sie das nächste Mal an Proviant kommen würden. Wenn er überleben wollte, musste er Getreide und Fleisch ab jetzt streng rationieren.

Dreh nicht durch, sagte er sich. *Hör auf, daran zu denken, was mit Muhren und den anderen passiert ist, und leg dir einen Plan zurecht!*

Seit er auf der Flucht war, hatte er erst zwei Inquisitoren gesehen. Davon, dass sie ihn suchten, konnte er getrost ausgehen, aber vielleicht hatten sie sich aufgeteilt, vielleicht dachten sie, er würde versuchen, sich weiter nach Süden durchzuschlagen? Mit etwas Glück könnte er vielleicht unbemerkt entwischen. Er beschloss, weiter auf der Küstenstraße zu bleiben und nur nachts zu reiten. Der Mond schien hell genug.

Er gab Tänzer noch etwas Futter, aber nicht zu viel, dann ritten sie Richtung Westen auf einem Trampelpfad weiter. Sie kamen an ein paar Holzfällerhütten vorbei, dann endete der Weg auf einer Lichtung. Überall lagen Baumstämme herum, manche waren bereits zersägt, andere lagen halb verborgen im hohen Gras. Wahrscheinlich hatten die Holzfäller diesen Pfad angelegt. Seine Nerven waren bis zum Zerreißen gespannt, als er Tänzer hinaus auf die Lichtung trieb, da sah er, dass der Untergrund am anderen Ende steil abfiel, hinunter zu einem Fluss.

Im ersten Moment konnte er keinen Weg entdecken, der den Abhang hinabführte, doch schließlich fand er ihn. Die Hufabdrücke und von den Baumstämmen rührenden Schleifspuren waren überdeutlich. Alaron dirigierte Tänzer weiter, dann tauchten sie ein in die immer tiefer werdende Dunkelheit zwischen den zu beiden Seiten überhängenden Bäumen, bis Alaron gar nichts anderes mehr übrig blieb, als ein Gnosislicht zu entzünden. Die Äste ringsum schienen erschrocken vor dem plötzlichen Lichtschein zurückzuweichen, also dämpfte Alaron das Flämmchen etwas. Dann hörte er ein Kreischen von oben und erstarrte. Hektisch löschte er die Flamme und legte den Kopf in den Nacken. Nichts, nur pechschwarze Finsternis. Und das Plätschern von einsetzendem Regen. Einen Moment lang glaubte er, das Rauschen mächtiger Schwingen zu hören, war aber nicht sicher. Aber da war noch etwas anderes, eine Art Donnern, das von weit weg kam und in regelmäßigen Abständen wiederkehrte. Alaron fragte sich, was das wohl sein mochte, da kam auch noch Wind auf und übertönte jedes Geräusch. Irgendetwas war da oben, aber er musste weiter. Mit zitternden Händen entzündete er sein Gnosislicht wieder und trieb Tänzer weiter den Pfad hinunter.

Als er die Schlucht erreichte, ließ er seinen Hengst kurz trinken und machte sich dann auf den mühsamen Weg flussabwärts. Weiter, immer weiter, war das Einzige, was zählte.

248

Irgendwann wurden die Schatten um ihn herum unmerklich heller. Ein neuer Tag brach an. Der Regen hatte inzwischen aufgehört, und das rhythmische Donnern war nun deutlicher zu hören, doch Alaron war bereits so erschöpft, dass er kaum noch klar denken konnte. Der Fluss hatte sich mittlerweile mit einem zweiten vereinigt und war zu einem breiten braunen Strom angeschwollen, der sich behäbig durch sein Kiesbett wälzte. Alaron mied das dicht bewachsene Ufer und dirigierte Tänzer immer im Zickzack durch die Stellen, die kein oder nur wenig Wasser führten.

Müde dachte er darüber nach, ob sie nicht besser eine Rast einlegen sollten. Sie waren beide nass bis auf die Knochen, und Alaron hatte entsetzlichen Hunger. Tänzer hatte er am Ufer immer wieder ein bisschen grasen lassen, aber jedes Mal nur kurz. Das hügelige Ufer war zu beiden Seiten fast gänzlich von Gestrüpp und verkrüppelten Bäumen überwuchert, doch schließlich entdeckte Alaron ein ebenes, mit Weiden bestandenes Fleckchen und hielt dankbar darauf zu. Weiter oben an den Hängen sah er Nebelschleier im Licht der aufgehenden Sonne. Der Wind drehte, und das ferne Donnern wurde lauter.

»Ruhen wir uns ein bisschen aus, alter Freund«, murmelte er. Vor einem der Bäume lag ein beachtlich großer Haufen Exkremente, deren Geruch den Hengst zu beunruhigen schien, also vergrub Alaron ihn. Nachdem er Tänzer trockengerieben hatte, aß er den Rest Zwieback, der ihm geblieben war, und spülte ihn mit einem Schluck Flusswasser hinunter. Es sah ganz so aus, als ob der nächste Tag noch mehr Regen bringen würde. Doch im Moment waren das Vogelgezwitscher, das der Wind herantrug, und dieses Donnern, das, wie Alaron endlich begriff, nichts anderes als die Ozeanbrandung sein konnte, die einzigen Geräusche.

Der Ozean ... Alaron hatte ihn noch nie gesehen, er kannte nur Illustrationen aus Büchern, Bilder von gigantisch hohen Klippen und riesigen Wellen. Ob die Küstenstraße, wenn es überhaupt eine gab, direkt am Meer entlang führte? Er hoffte es. Sein Vater hatte oft vom Meer gesprochen, und von der Leviathanbrücke natürlich, und Alaron hatte es schon immer einmal mit eigenen Augen sehen wollen.

Er beendete seine karge Mahlzeit und legte sich endlich schlafen. Er war wie erschlagen, und das nicht nur vom Reiten, sondern auch wegen der Schrecken, die er hatte miterleben müssen: Jeris Muhrens Tod und das Abschlachten der Rimonier. Ferdis Gesicht verfolgte ihn, immer wieder sah er, wie die Inquisitorin ihn aufspießte, als erschlage sie eine Mücke. Es musste einfach einen Ort wie Hel geben, einen Ort, an den Menschen wie sie kamen.

Er wollte gerade die Augen schließen, als ein schriller Schrei wie der eines Adlers durch die Schlucht hallte. Eine große schwarze Silhouette stieß herab und jagte nur wenige Meter über dem Wasser das Flussbett entlang. Das Tier hatte keine Federn und eine Spannweite von mindestens zehn Metern. Es rauschte so dicht an seinem Versteck vorbei, dass die Weiden ringsum raschelten und er die hervortretenden Adern und Muskeln am Rumpf sehen konnte. Der mit Schuppen bedeckte Körper war grau und beigefarben, am Ende des langen Schlangenhalses saß ein breiter Kopf. Ein Wort aus den vielen Geschichten, die sein Vater von der Revolte erzählt hatte, fiel ihm wieder ein: Venator, ein geflügeltes Reptil, das eigens für die Jagd gezüchtet war.

Der Reiter war mit Gurten in seinem Sattel festgebunden. Es war ein Mann, der mit grimmigem Blick unter seiner wehenden, pelzbesetzten Kutte hervorspähte.

Alaron spürte, wie Tänzer panisch wurde, und schickte vorsichtig seine Gnosis aus. Genug Energie auszusenden, um den Hengst zu beruhigen, aber nicht so viel, dass der Inquisitor auf ihn aufmerksam wurde, war eine schwierige Aufgabe – und Alaron scheiterte. Er war zu vorsichtig gewesen. Tänzer zerrte immer heftiger an seinem Haltepflock und stieg schließlich wiehernd hoch.

Der Inquisitor riss an den Zügeln des Venators und blickte sich um. Er entdeckte Alaron sofort.

Alaron rannte zu seinem Pferd und sprang in den Sattel. Aus dem Augenwinkel sah er, wie der Venator in die Höhe schoss und kehrtmachte, Helm und Lanze des Reiters blitzten kurz in der aufgehenden Sonne. Er überlegte nicht lange, dirigierte Tänzer zum Flussbett und trieb ihn voran. Im Moment gab es nur eins: Flucht.

Der Inquisitor hatte ihn nach wenigen Augenblicken eingeholt. Der Venator kreischte, und Tänzer schlug mit den Hufen aus, schwenkte abrupt nach rechts, dann wieder nach links. Kies spritzte auf, und Alaron fürchtete, jeden Moment herunterzufallen.

Der Sattel des Venators hatte eine Halterung für die Lanze, sodass der Inquisitor beide Hände frei hatte. Mit der einen hielt er die Zügel, die andere hob er und feuerte mit einem siegessicheren Grinsen einen blau funkelnden Magusblitz ab. Alaron konnte seine Schilde gerade noch rechtzeitig hochreißen. *Ich habe ihn gefunden!*, teilte er den anderen in Gedanken mit. *Er flieht Richtung Küste.*

Verdammt! Alaron zielte auf den Kopf des Venators und schoss zurück, aber sein Gnosisbolzen verpuffte in den Schilden des Reiters, ohne irgendwelchen Schaden anzurichten. Das Biest hielt jetzt direkt auf ihn zu. Alaron riss die Zügel herum, um den riesigen Klauen zu entgehen, die nach ihm griffen, dann schleuderte er einen weiteren Blitz gegen den hellen Bauch der Kreatur.

Bis dorthin reichten die Schilde des Reiters nicht. Der Venator schrie auf und drehte ruckartig ab. Alaron hörte noch, wie der Inquisitor fluchend versuchte, ihn wieder unter Kontrolle zu bekommen.

Tänzer preschte weiter, mitten hinein in den Fluss. Wasser spritzte in hohen Fontänen auf, und Alaron brauchte all seine Konzentration, um nicht aus dem Sattel zu fallen.

Der Venator drehte ein weiteres Mal um, dann ließ sein Reiter mit einer Geste direkt vor Alaron eine Wand aus Kies aus dem Flussbett schießen.

Alaron reagierte sofort, dankte Kore, dass Erdgnosis eines seiner Spezialgebiete war, und weichte die Wand so weit auf, dass sie sie durchbrechen konnten.

Der Inquisitor hatte sie nun wieder eingeholt und stach mit seiner Lanze zu.

Alaron riss sein Schwert heraus und schlug nach der Spitze, während Tänzer den Klauen des Venators auswich. Wieder feuerte er einen Gnosisblitz ab, der aber wegen des wilden Geschaukels weit vorbeiging. Die zu beiden Seiten weit überhängenden Bäume kamen immer näher und machten das Flussbett so schmal, dass der Venator abdrehen musste. Alaron nutzte die willkommene Gelegenheit zum Durchatmen. *Wie weit sind die anderen noch weg? Wie viel Zeit bleibt mir?*

Der Inquisitor änderte seine Taktik und ließ den Venator mit mächtigen Flügelschlägen hoch in den Himmel steigen. Alaron hörte ihn erneut rufen, und diesmal bekam der Inquisitor Antwort. Er riss an den Zügeln, und Tänzer bremste ab. Das Donnern des Ozeans klang jetzt näher. Alaron suchte das

Ufer ab, doch der Bewuchs war viel zu dicht, um sich dorthin zu flüchten. Die einzige mögliche Richtung war weiter geradeaus. *Oder soll ich absteigen und mich zu Fuß in die Wälder schlagen?*

Alaron verwarf den Gedanken sofort wieder. Solange der Inquisitor ihm so dicht auf den Fersen war, wäre eine Flucht zu Fuß reiner Selbstmord. *So ist das nun mal, wenn man sich als Viertelblut mit der Inquisition anlegt.*

Der Venator schwebte jetzt ein ganzes Stück voraus hoch aufgerichtet über dem Flussbett, als wollte er Alaron den Durchgang versperren. Hinter der Bestie schien das Gelände sich wieder zu öffnen, vermutlich zur Küste hin. Das laute Donnern der Brandung deutete zumindest darauf hin.

Er wird seine Gründe haben, warum er mich unbedingt von der Küste fernhalten will …

Alaron streichelte Tänzers Hals und überschüttete ihn mit Mesmerismus, bis das Pferd ihm praktisch blind vertraute. Der Hengst war vollkommen erschöpft, zitterte und schwitzte. Lange konnte diese Jagd nicht mehr so weitergehen.

Alles oder nichts. Alaron schlug Tänzer die Absätze in die Flanken und streckte sein Schwert vorneweg. Als der Inquisitor es sah, brachte er seine Lanze in Anschlag.

Und los!

Tänzer galoppierte vorwärts, Steine und Wasser spritzten in alle Richtungen, und Alaron sammelte seine Kräfte.

Streck den Inquisitor nieder oder sein Reittier, egal was, überlebe!

Noch achtzig Schritte, siebzig, sechzig, fünfzig.

Tänzer war jetzt in vollem Galopp, gleichzeitig trieb der Inquisitor seinen Venator vorwärts. Mit unfassbarer Geschwindigkeit schossen die beiden aufeinander zu. Die Lanzenspitze begann zu leuchten und schleuderte Alaron Blitz um Blitz entgegen. Der Großteil verfehlte ihn, aber ein paar trafen, blendeten ihn und hämmerten auf seine Schilde ein. Daran, was passieren würde, wenn er und der Inquisitor mit dieser Geschwindigkeit aufeinanderprallten, dachte Alaron lieber erst gar nicht. Er stieß einen wilden Schrei aus und preschte weiter.

Dann war es so weit: Er hatte gerade einen weiteren Blitz abgewehrt, da sah er die glühende Lanzenspitze und einen weit aufgerissenen Schnabel auf sich zukommen. Er schleuderte dem Inquisitor alles entgegen, was er noch hatte, und riss die Zügel nach rechts. Statt anzugreifen, duckte er sich flach auf Tänzers Hals und ließ eine Blendwolke aufsteigen. Sie jagten direkt unter dem Venator hindurch, die Lanzenspitze verfehlte seine Schulter um eine Handbreit, und eine Klaue schlug gegen seine Brust, aber er blieb unverletzt.

»Weiter!«, rief er Tänzer zu und hörte den Inquisitor vor Zorn aufbrüllen.

Dann verschwand der Boden unterhalb. Jetzt verstand Alaron, weshalb sein Verfolger versucht hatte, ihm den Durchgang zu versperren: Er war mit Tänzer geradewegs über den Rand der Welt hinausgeschossen.

Die Landschaft war deshalb weiter geworden, weil er die Klippen erreicht hatte. Gischt von der Brandung gab es keine, weil im Moment Ebbe war. Der Fluss endete in einem Wasserfall, der sich Hunderte Meter in die Tiefe ergoss, direkt auf ein großes, von Fluttümpeln gesprenkeltes Felsplateau. Weit, weit weg sah er ein grüngraues Schimmern: der Ozean. Dann wurde Alarons Aufmerksamkeit voll und ganz von der Tatsache in Beschlag genommen, dass er gerade dem sicheren Tod entgegenstürzte.

Er beschwor seine Luftgnosis, eine seiner schwächsten Affinitäten, ließ mit einem Verzweiflungsschrei Tänzers Zügel los und löste sich aus dem Sattel. Immerhin gelang es ihm, seine Fallgeschwindigkeit zu halbieren, während der Hengst mit einem grässlichen Klatschen auf den von den Wellen glattgeschliffenen Felsen aufschlug. Er sah noch, wie Tänzer sich überschlug, dann konzentrierte er all seine Kraft darauf, nicht dasselbe Schicksal zu erleiden. Der Untergrund raste ihm entgegen, und mit einer letzten übermenschlichen Anstrengung gelang es ihm, nicht härter zu fallen, als wenn er von einem Baum gestürzt wäre. Seine Knie schlugen gegen den Stein, den Oberkörper konnte Alaron gerade noch mit den ausgestreckten Armen abfangen, dann rollte er sich ab und blieb reglos liegen.

Irgendwann fand er die Kraft, wieder aufzustehen – zerschunden und zerschlagen, aber am Leben –, und sah sich um. Das Plateau, auf dem er sich befand, war vollkommen kahl. Nach Norden und Süden erstreckte sich nichts als nackter Fels. Das Wasser hatte hier und da seichte Kanäle ausgewaschen, der Rest war von den Gezeiten spiegelglatt geschliffen. Alaron dachte zurück an den Geographieunterricht am Arkanum. Solche Flutflächen konnten sich über ein paar Furchenlängen erstrecken oder mehrere Meilen, und normalerweise waren sie nie länger als ein paar Stunden frei von Wasser. Dann kam die Flut zurück, und mit ihr die Wellen …

Alaron konnte weder fliehen, noch sich irgendwo verstecken. Ganz in der Nähe befand sich ein schmaler, mehrere Meilen langer Kanal, der vom Ende des Wasserfalls bis zum Rand des Ozeans führte, aber er war kaum mehr als hüfttief. Das Schwert hatte er beim Aufprall verloren und konnte es nirgendwo entdecken. *Na wunderbar.*

Alaron spürte seinen Kampfgeist schwinden. Nie und nimmer würde ein Viertelblut wie er lebend aus dieser Situation herauskommen. Er dachte an die Menschen, die er liebte: seine Eltern, Cym und Ramon, an Anise, der er wenigstens noch gesagt hatte, sie solle nicht auf ihn warten, dann fiel ihm schon niemand mehr ein. Wenigstens war die Zahl derer, von denen er sich nun nicht mehr verabschieden konnte, nicht besonders groß.

Der Venator tauchte über den Klippen auf und senkte sich in einer Spirale herab. Er landete direkt neben Tänzers Kadaver, schlug sofort den Schnabel in das noch warme Fleisch und riss einen großen Klumpen heraus. Der Inquisitor machte unterdessen seine Gurte los, ließ sich aus dem Sattel gleiten und kam auf Alaron zu.

»Meister Merser, wie ich annehme«, sagte er süffisant.

Er mochte etwas über zwanzig sein, ein Halbblut wahrscheinlich, überlegte Alaron, andernfalls wäre er längst tot. Aber auch das würde sich bald ändern. Er war vollkommen erschöpft und hatte nicht mal mehr eine Waffe. Alaron fing an, rückwärts zu gehen.

Der Inquisitor folgte ihm in gemächlichem Tempo. »Der Bischof wünscht mit dir zu sprechen«, sagte er und zog sein Schwert.

»Malevorn …?«, krächzte Alaron.

Der Inquisitor grinste. »Andevarion hat gesagt, er kennt dich. Wir haben Wetten abgeschlossen, wer von uns dich als Erster findet. Als ich nach Osten geschickt wurde, dachte ich, das war's. Doch wie es scheint, ist heute mein Glückstag.«

Alaron stolperte und fiel auf den Rücken.

Der Inquisitor erhob sich mit einem eleganten Sprung in die Luft und landete mit gespreizten Beinen direkt über ihm, das Schwert auf seine Brust gerichtet. »Bei Kore, bist du mir auf die Nerven gegangen«, knurrte er. »Aber jetzt habe ich dich endlich.« Gnosisflammen züngelten aus seiner linken Hand und fuhren in Alarons Bauchnabel.

Alarons durchnässte Kleidung begann zu dampfen, entsetzliche Hitze jagte durch seinen Körper. Er bekam kaum noch Luft und rollte sich zuckend zusammen. Als der Inquisitor ihm die Schwertspitze an die Kehle setzte, blickte er den kühlen, blitzenden Stahl entlang und wollte nur noch sterben.

»Ich, Akolyth Seldon von der Achtzehnten Faust, verhafte dich hiermit im Namen der Heiligen Inquisition Kores.«

Ich hab ihn!, schallte Seldons Jubelschrei durch den Äther. Malevorn verdrehte die Augen und wendete seinen Venator nach Osten.

Verdammt. Aus allen Himmelsrichtungen vernahm er die unterdrückten Flüche der anderen, die die Wette genauso verloren hatten wie er, gemischt mit Erleichterung, den Flüchtigen endlich aufgespürt zu haben.

Nachdem sie Mercellus di Regia, das Sippenoberhaupt der Rimonier, die sie gerade abgeschlachtet hatten, bis zum Tod gefoltert hatten, wussten sie mit Sicherheit, dass Alaron Jeris Muhren begleitet hatte. Nur die Skytale war auch nach einer gründlichen Durchsuchung der schwelenden Trümmer nicht aufgetaucht. Offiziell wusste Malevorn selbstverständlich nichts von ihrem Verschwinden, also hielt er den Mund. Dennoch war Kommandant Vordan auffällig angespannt gewesen, als er den Befehl zum Ausschwärmen gab, um Malevorns ehemaligen Mitschüler aufzuspüren.

Der Gedanke, dass ausgerechnet der tumbe, starrköpfige Kaufmannssohn Alaron Merser in die Sache verwickelt sein sollte, erschien ihm zwar immer noch lächerlich, und doch sah es ganz danach aus. Vor dem Ausschwärmen hatte Malevorn den anderen Akolythen alles mitgeteilt, was er über Merser wusste, dann war er nach Süden aufgebrochen. Vordan hatte ihn zu einem Pass geschickt, der nach Rimoni führte, und Malevorn hatte sich gute Chancen ausgerechnet, das Rennen zu machen. Nun, er hatte sich getäuscht. Er drehte ab und lenkte seinen Venator nach Nordwesten. Die Gedanken der anderen Akolythen kamen aus allen Richtungen. Sie waren jetzt nur noch zu neunt. Jeris Muhren hatte gekämpft wie ein Berserker, hatte Bruder Alain am Boden und Bruder Jonas in der Luft getötet. Nicht schlecht für ein Halbblut.

Aber dann habe ich ihn aufgespießt. Malevorn grinste. Adamus Crozier war hochzufrieden mit ihm gewesen; ganz im Gegensatz zu Kommandant Vordan, der Muhren lebend hatte haben wollen. *Wie hätte ich auch ahnen können, dass Muhren den Seelentod beherrscht?*

Unter ihm zog die aus dieser Höhe fast konturlos wirkende Landschaft vorbei. Malevorn flog schnell und genoss den Rausch der Geschwindigkeit. Er fühlte, wie die anderen Akolythen näher kamen, spürte ihre Erregung über den nun kurz bevorstehenden erfolgreichen Abschluss ihrer Jagd.

Hätte nie gedacht, dass ich mich eines Tages freuen könnte, dich wiederzusehen, Merser. Auch wenn das Wiedersehen wohl eher kurz ausfallen wird.

Alaron lag auf dem Boden und schielte Seldons Schwertklinge entlang, die vor Gnosisenergie nur so knisterte, da erhob sich ein dunkler Schatten hinter dem Inquisitor.

Seldon merkte im allerletzten Moment, wie etwas seine Schilde berührte, und fuhr herum.

Doch es war zu spät. Eine mit einem Dreizack bewaffnete Kreatur sprang ihn an, schnell wie eine zubeißende Schlange. Den Dreizack konnte Seldon gerade noch mit seinem Schwert durchschlagen, da packte ihn ein schuppengepanzerter Fangarm.

Im ersten Moment glaubte Alaron, sein Retter reite auf einer Schlange. Oberkörper und Arme sahen aus wie die eines Menschen, aber als er genauer hinsah, entdeckte er die grünliche Färbung der Haut und den Hahnenkamm auf dem haarlosen Kopf des Geschöpfs. Aus seinem Blick sprach eine schauerliche Mischung aus tierhafter Wildheit und kühler Intelligenz. Das Bizarrste jedoch waren die Beine: Die Kreatur hatte keine, die Hüfte ging direkt in einen mehrere Meter langen Schlangenkörper über, der Rumpf und Schwertarm des Inquisitors in eisernem Griff hielt. Seldon brüllte, ein Feuerstrahl schoss aus seinem Mund, doch das Ding wich einfach seitlich aus und rammte Seldon den Dolch ins rechte Auge. Der Inquisitor zuckte kurz, dann erschlaffte sein Körper.

Alaron schnappte nach Luft und krabbelte rückwärts von dem Monster weg, da schlang sich von hinten ein weiterer Fangarm um seine Hüfte und drehte ihn herum. Alaron blickte auf und schaute in das Gesicht eines weiblichen Wesens. Sein Kopf ragte hoch über ihm auf, der offene Mund war mit nadelspitzen Zähnen gespickt, der Oberkörper nackt wie bei seinem Artgenossen. Das Ding hatte Brüste wie eine Frau, allerdings waren die Brustwarzen schwarz. Im Gegensatz zu dem Männchen lief bei ihr der Rumpf in zwei Schlangenkörper aus, die etwas dünner waren. Aus dem Kopf wuchsen schwarze, fingerdicke Haare, die hin und her wogten wie die Tentakel einer Anemone. Aus dem Augenwinkel sah Alaron, wie der Venator inzwischen versuchte, sich wieder in die

Luft zu erheben. Mindestens ein halbes Dutzend der Kreaturen hatte sich auf ihn gestürzt und hackte auf ihn ein.

Das Weibchen öffnete den Mund und sagte in perfektem Rondelmarisch: »Du kommst mit uns.«

Alaron glaubte, jeden Moment in Ohnmacht zu fallen. »Wa…?«

Mit entsetzlicher Kraft riss sie Alaron an sich und presste ihm die Lippen auf den Mund.

Alaron starrte seine Häscherin wie betäubt an. Sein Mund füllte sich mit Wasser. Er hustete und würgte, während die Kreatur ihn zum Fluss schleifte und unter Wasser zog, dann wurde ihm schwarz vor Augen.

Sie alle hatten Seldons Todesschrei gehört. Es war kein Kampfgebrüll gewesen, eher das Schreien eines verängstigten Kindes, was Malevorns Eindruck von Seldon als einem unwürdigen Schwächling nur bestätigte. Aber wie in aller Welt hatte Merser es geschafft, ihn umzubringen?

Bruder Filius erreichte den Schauplatz als Erster, gerade in dem Moment, als die Flut einsetzte. Zuerst hatte er nur den Venator gesehen, der in seinem eigenen Blut auf den Felsen lag. Große Fleischstücke waren aus dem Kadaver herausgeschnitten. Seldons Leiche, oder was davon übrig war, lag nicht weit davon entfernt. Auch er war feinsäuberlich zerlegt worden. Die Todesursache war bei dem Grad der Verstümmelung schwer festzustellen, aber es schien, als hätte ihn ein Dolchstoß ins Auge getötet. Der Rest des Körpers war regelrecht filetiert worden, wie Dranid es nannte: Brust-, Oberschenkel- und Schultermuskeln fehlten. Seldons Leiche sah aus wie liegen gebliebene Reste auf einer Schlachtbank.

Ein Stück weiter lag ein totes Pferd. Es war ungesattelt,

lediglich das Zaumzeug war noch da. Auch dieser Kadaver war zerlegt worden. Die Frage lautete nur: von wem? Sie fanden keinerlei Spuren, auch nicht von Alaron Merser.

Als die Flut kam, transportierten sie Seldons Leiche auf die Klippen und deckten sie zu, um den Anblick nicht ertragen zu müssen. Dann begann Vordan auf Yothisch, der Runensprache, zu singen.

Malevorn wartete ungeduldig. Sein Blick wanderte immer wieder zum Bischof, der eher neugierig als entsetzt wirkte. Sein lockiges Haar flatterte in der Brise, und Malevorn fragte sich, ob Adamus' breiter Mund und der olivfarbene Hautton vielleicht ein Hinweis auf eine rimonische Abstammung waren. Die meisten direkten Nachfahren der Gesegneten Dreihundert waren Rondelmarer, aber nicht alle. Corineus' Gefolge hatte sich aus den unterschiedlichsten Völkern zusammengesetzt. Als Crozier Malevorns Blick auffing, senkte er den Kopf und fragte sich, was Adamus von ihm wollen mochte. Aber eigentlich spielte es keine Rolle, Hauptsache, es förderte seine Karriere.

Dominic, der direkt neben ihm stand, hatte vollkommen die Fassung verloren. In seiner Vorstellung waren Inquisitoren unbesiegbar. Die Tatsache, dass innerhalb von nur drei Tagen drei von ihnen gestorben waren, war in der Tat beunruhigend, und sie begannen sich zu fragen, womit sie es zu tun hatten. Es war eindeutig etwas Großes im Gange. Malevorn dachte an Mersers Abschlussarbeit am Arkanum. Damals hatte er die Behauptung, die Skytale des Corineus sei verschwunden, für lächerlich gehalten. Mittlerweile war er nicht mehr so sicher.

Sein Blick wanderte weiter zu den anderen Mitgliedern ihrer dezimierten Faust. Vordan wirkte ernsthaft verstimmt, und er hatte auch allen Grund dazu: In Pallas sah man es nicht gern, wenn der Kommandant einer Faust Leute verlor. Nur Vordan, Adamus und Malevorn wussten, wonach sie suchten. Es sei denn, Raine hätte es irgendwie herausgefunden. Immerhin ging sie mit Vordan ins Bett, und es kam durchaus vor, dass Männer nachts Geheimnisse ausplauderten. Doch das mürrische, hässliche Mädchen schien genauso verwirrt wie alle anderen. Jonas und Seldon waren ihre Freunde gewesen, und nun war sie auf sich allein gestellt, auch wenn Vordan sie bestimmt weiterhin beschützen würde. Bruder Dranid wirkte gleichgültig, nur Filius war außer sich wegen der Leichenschändung und schwor lauthals Rache. Aber Hunde, die bellen, beißen nicht, wie es so schön hieß.

Schließlich war Malevorn bei Virgina angelangt. Unnahbar wie immer stand sie da, ein inbrünstiges Gebet auf den Lippen, während sie wie er den Blick über die Mitglieder der Faust schweifen ließ. Als ihr Blick auf ihn fiel, schaute sie sofort weg. *Was für eine brave Tochter Kores du doch bist. Und eine Kindermörderin, nicht zu vergessen.*

Vordans Gesang verstummte, und ein kalter Wind kam auf. Ihr Kommandant hatte nicht für Seldons Seelenheil gebetet, sondern ihn zum Verhör zurückbefohlen, und selbst im Tod gehorchte der Akolyth, wenn auch alles andere als freiwillig.

»Wer hat dich getötet?«, fragte Vordan, und Seldons Antwort verblüffte sie alle.

Alaron saß zusammengekauert am Eingang der Höhle, hoch über dem donnernden Ozean. Die schäumenden Wellen überspülten die Felsebene unterhalb und rannten gegen die Klippen an wie ein brüllendes Heer. Es war Flut, und das Meer warf sich mit aller Macht gegen die Landmassen. Er hörte ein lautes Schaben wie von Schuppen, die über Fels reiben, und fuhr herum.

Das Männchen kam auf ihn zu, einen Spieß mit Grillfleisch in der Hand. Ob es von Tänzer stammte, dem Venator oder …?

Einen Moment lang glaubte Alaron, er müsse sich übergeben, dann roch er den köstlichen Duft: saftig, herb, nach Blut und Feuer. Sein Mund füllte sich mit Speichel. *Kore vergib mir, aber ich muss etwas essen.*

Das Fleisch schmeckte wie gegrilltes Huhn, was hoffentlich bedeutete, dass es von dem Venator stammte. Das Männchen verharrte an seiner Seite, während er aß, und beäugte ihn kritisch. Alaron tat das Gleiche.

Das Weibchen hatte ihn durch den Kanal bis zur Kante der Flutebene gezogen und war dann mit ihm in den Abgrund gesprungen, mitten hinein in den tosenden Ozean. Mittlerweile war Alaron klar geworden, dass ihr Kuss ein Luftgnosiszauber gewesen war, damit er unter Wasser atmen konnte. Wie sie das angestellt hatte, war ihm ein Rätsel. Für ihn hatten Schlangenmenschen bisher nur in lantrischen Legenden existiert, nicht in der Realität.

Sie waren geschwommen – wie lange, wusste er nicht, weil eine vorübergehende Ohnmacht ihn fürs Erste aus diesem Albtraum befreit hatte – und an einem schmaleren Abschnitt der Flutlande wieder aus dem Wasser geklettert. Das Weibchen hatte ihn ein zweites Mal geküsst, damit er wieder an Land atmen konnte, dann hatte eines der Schlangenwesen ihn auf die Arme genommen wie ein kleines Kind und ihn die unfassbar hohen Klippen hinauf zu der Höhle getragen.

Anfangs waren es nur neun gewesen, dann hatte Alaron staunend beobachtet, wie aus den Bäuchen zweier Weibchen zwei Junge hervorgekrochen kamen. Offensichtlich trug diese

Gattung ihre Nachkommen in einer Art Bauchtasche mit sich herum. Es war unfassbar.

Alaron musterte das Männchen. Wie die anderen sah es, abgesehen von der Hautfarbe und dem Hahnenkamm auf dem Scheitel, beinahe aus wie ein Mensch. Aber nur beinahe. Die Augen mit den geschlitzten Pupillen waren die eines Fisches, und Alaron konnte keine Ohren entdecken, nur eine Art Höröffnung seitlich am Kopf. An den Nasenlöchern befand sich ein dünnes Häutchen, das sie beim Tauchen luftdicht verschloss. Der Hals war dick wie der eines Stiers, die mächtigen Brustmuskeln unter der fast durchsichtigen Haut deutlich zu erkennen. Schließlich riskierte Alaron einen Blick auf das schuppenbedeckte Becken, konnte aber weder einen Penis noch einen Hodensack entdecken, dafür eine Art Hauttasche, hinter der sich wohl die Geschlechtsteile befanden. Bei den Weibchen hatte er an der gleichen Stelle eine ähnliche Wölbung gesehen.

Diese Fabelwesen konnten sich also fortpflanzen – und sprechen, wie Alaron mittlerweile wusste. Ihre Stimmen waren tief und melodisch, hatten einen fließenden, beinahe hypnotischen Klang, der im krassen Gegensatz zu ihrem animalischen Äußeren stand.

»Möchtest du mehr?«, fragte sein Gegenüber.

Alaron betrachtete die dicke, violette Zunge, die mit Widerhaken bewehrten Zahnreihen und die bernsteinfarbenen Reptilienaugen, die seinen Retter so ganz und gar nicht menschlich erscheinen ließen. »Nein, danke«, erwiderte er zögernd und versuchte, seine Gedanken zu ordnen. »Wer seid ihr?«, fragte er schließlich.

»Meinst du mich oder mein Volk?« Das Geschöpf gab ein gurgelndes Geräusch von sich, das Alaron nach einer Weile als

Lachen identifizierte. »Mein Name ist Kekropius, und meine Gefährtin heißt Kessa. Wir sind Lamien.«

»Ich wusste nicht, dass ihr tatsächlich existiert«, murmelte Alaron. *Dann sind die Legenden also doch wahr...*

»Und das ist gut so«, erwiderte Kekropius. »Denn nur so können wir uns vor den Jägern verbergen.«

»Welche Jäger?«

Kekropius runzelte die Stirn, ein furchterregender Anblick. »Dieselben, die auch dich jagen: die Inquisition.«

Alaron horchte auf. »Ist das der Grund, warum ihr mich gerettet habt?« Er überlegte kurz. »Da fällt mir ein, ich habe mich noch gar nicht bedankt. Wenn die Inquisitoren mich erwischt hätten, wäre ich jetzt...« Er konnte den Satz nicht zu Ende sprechen.

»Wir wissen, was sie mit dir gemacht hätten«, sagte Kekropius düster und drehte sich zu seinen Artgenossen um, die wie halb aufgerollte Schlangen um das Grillfeuer herumsaßen. »Ich konnte nicht tatenlos zusehen.«

Dann verstummte er wieder, und Alaron nahm all seinen Mut zusammen. »Wie ist das möglich?«, fragte er. »Ich meine, dass es euch tatsächlich gibt?«

Kekropius glitt näher an ihn heran. »Das ist eine bemerkenswerte Geschichte, und sie ist nicht für fremde Ohren bestimmt.« Er blickte Alaron durchdringend an. »Du trägst ein Amulett. Bist du ein Magus?« In der Frage schwang ein drohender Unterton mit.

»Ja«, sagte Alaron vorsichtig. »Aber ich hasse die Inquisition.«

»Und die Inquisition hasst dich, wie es scheint.«

»Sie waren seit Tagen hinter mir her.«

Kekropius beugte sich so nahe heran, dass ihre Nasenspitzen einander beinahe berührten. »Warum?«

Alaron hatte die Frage erwartet und sich bereits eine Antwort zurechtgelegt. »Ich bin ein zurückgewiesener Magus, man hat mir verboten, die Gnosis zu praktizieren, also bin ich nach Silacia geflohen. Ich dachte, hier wäre ich vielleicht sicher.« Diese Erklärung schien ihm weit einleuchtender als die Wahrheit.

»Wir haben von den Zurückgewiesenen gehört«, erwiderte Kekropius, als würde er ihm tatsächlich glauben, und neigte nachdenklich den Kopf. »Diese Angelegenheit wiegt zu schwer, um allein darüber zu entscheiden. Sie muss vor den Rat. Bis es so weit ist, bleibst du hier. Als unser Gast.« Sein Tonfall war versöhnlich, beinahe entschuldigend, aber es lag auch eine Drohung darin.

Alaron dachte kurz an Flucht, versuchte es aber lieber erst gar nicht. Erstens war er immer noch so geschwächt, dass die Lamien ihn sofort wieder eingefangen hätten, und zweitens: wenn die Lamien ihn nicht erwischten, dann die Inquisitoren. Außerdem faszinierten seine Gastgeber ihn ebenso sehr, wie sie ihm Angst machten, und sie behandelten ihn gut. Sie hatten ihn weder gefesselt noch mit einem Bann belegt, obwohl sie es bestimmt gekonnt hätten.

Alaron hatte damit gerechnet, dass sie ins Meer zurückkehren würden, stattdessen wandten sie sich in der nächsten Nacht landeinwärts und folgten einem von dichten Wäldern gesäumten Flusslauf. Die Lamien bewegten sich auf ihren Schlangenleibern so flink vorwärts, dass er kaum folgen konnte, nur Kekropius und Kessa blieben stets bei ihm. Sie gaben nicht viel über sich preis, aber Alaron kam auch so schnell dahinter, dass sie Luftatmer waren, die über instinkthafte Wassergnosis verfügten. Alle dem Element Wasser zugehörigen Affinitäten schienen ihnen mit gewissen Einschrän-

kungen offenzustehen. Kratz- und Schnittwunden verheilten
extrem schnell, einige konnten mit ihrer Gnosis Artgenossen
heilen, wie Alaron mit eigenen Augen sah, nachdem eines der
Jungen sich an einem abgebrochenen Ast den Arm aufgerissen
hatte. Außerdem spürte er, wie sie ständig miteinander in Gedankenverbindung standen, was auf eine Affinität zum Mystizismus hindeutete, auch wenn sie eher Gefühle und Bilder an
die anderen kommunizierten als Worte. Ob sie auch zur Hellsicht in der Lage waren, der anderen zum Element Wasser ge-
hörenden Studie, konnte er nur raten.

Gnosis und Sprache waren allerdings ihre einzigen menschlichen Merkmale. Der Rest ihres Wesens war durch und durch
Tier: Sie interessierten sich hauptsächlich fürs Fressen, aßen
Fleisch sowohl roh als auch gekocht, und das in rauen Mengen. Mit einer einzigen Mahlzeit konnten sie sich für drei Tage
sattessen. Und erst ihr Geruch… Die Lamien mochten ihn gerettet haben, aber Alaron hatte einfach nur nackte Angst vor
ihnen.

Kekropius sagte, sie würden ihr Ziel innerhalb von drei
Tagen erreichen. Tags schliefen sie und ließen das Fleisch in
Erdöfen kochen, die keinen verräterischen Rauch erzeugten,
um es dann bei Einbruch der Dämmerung zu verzehren. Immer nur eine der Lamien blieb tagsüber wach, behielt Alaron
im Auge und suchte den Himmel nach Anzeichen ihrer Verfolger ab. Am Ende der dritten Nacht erreichten sie schließlich eine Höhle, aus der sich der Fluss ergoss, dem sie gefolgt
waren.

»Dies ist unser Zuhause«, sagte Kekropius und blieb stehen.
»Wir nennen es Sanctum Lucator.«

Echsenoase, übersetzte Alaron in Gedanken. Die Worte
stammten aus dem Altrunischen, das er am Arkanum gelernt

hatte, und deuteten darauf hin, dass sie tatsächlich Kaltblüter waren, wie Alaron bereits vermutet hatte. Er hatte es in ihren Augen gesehen und an den geschuppten Schlangenleibern, die je nach Lichteinfall die Farbe veränderten.

Kekropius legte ihm eine Hand auf die Schulter. »Das Gesetz verbietet uns jeglichen Kontakt mit Menschen. Wir haben dich zwar gerettet, aber der Rat muss erst noch entscheiden, was nun mit dir geschehen soll.«

»Aber ich kann nicht bleiben, ich muss ...«

»Bedaure«, schnitt Kekropius ihm das Wort ab. »Aber ohne die Erlaubnis des Rats kann ich dich nicht gehen lassen.«

Alaron spürte den alten Jähzorn in sich aufsteigen, besann sich aber. »Die Sache ist eine reine Formalität, oder?«

Kekropius blickte ihn ernst an. »Niemand außer dir weiß, dass es uns gibt. Unsere Existenz ist unser bestgehütetes Geheimnis. Wir mögen einen gemeinsamen Feind haben, aber wir können nicht riskieren, dass die Inquisition uns entdeckt.« Er senkte den Blick. »Es ist möglich, dass der Rat dich für immer hierbehält.«

Noch bevor Alaron etwas erwidern konnte, versperrte ein Lamia, der noch größer war als selbst Kekropius, ihnen den Weg. Die Fackel in seiner Hand ließ geisterhafte Schatten über sein Antlitz tanzen. Alaron fragte sich, ob es nur eine optische Täuschung war oder ob die Kreatur tatsächlich noch mehr Reptil war als seine Artgenossen.

»Kekropius«, polterte der Neuankömmling. »Wir haben dich frühestens in ein paar Tagen zurückerwartet.«

»Sei gegrüßt, Naugri. Es kam etwas dazwischen.« Kekropius deutete auf die Säcke voll Fleisch, die sie mitgebracht hatten. »Wir sind einem alten Feind begegnet und mussten unverzüglich zurückkehren.«

»Wurdet ihr gesehen?«

Erst jetzt merkte Alaron, dass Naugri gar keine Fackel dabeihatte. Die Flammen züngelten direkt aus seiner Hand. *Feuergnosis! Was, bei Hel, sind das für Wesen?*

»Nein«, erwiderte Kekropius.

Naugri deutete verärgert auf Alaron. »Und was ist das? Ein Gefangener?«

Kekropius verstärkte den Griff seiner Hand auf Alarons Schulter. »Er ist mein Gast. Wir haben ihn vor dem Feind gerettet.«

Naugri bewegte sich ruckartig auf Kekropius zu, und Alaron sah das riesige Schwert, das er um die Hüfte gegürtet hatte. »Wir haben keine Gäste. Jeder, der zum Ersten Volk gehört, ist unser Feind.« Er zog sein Schwert, aus dem sofort Flammen schlugen.

»Steck die Waffe wieder weg, Naugri!«, fauchte Kekropius. »Der Ältestenrat wird darüber entscheiden.«

Die Luft zwischen den beiden knisterte beinahe, und Alaron fragte sich mit angehaltenem Atem, ob er sein Heil nicht doch besser in der Flucht suchen sollte. Wenn er nur könnte. Kessa war direkt hinter ihm, und dass Lamien weit schneller waren als Menschen, wusste er spätestens seit dem Marsch hierher. Er überlegte, wie Kessa wohl reagieren würde, falls Naugri ihren Gefährten angriff, da verloschen die Flammen auf Naugris Schwert plötzlich, und er gab den Weg frei.

»So sei es. Der Ältestenrat wird darüber entscheiden«, sagte er mit rasselnder Stimme und verschwand. »Aber hierbleiben wird dein Gast. Tot oder lebendig.«

Alaron zog entsetzt die Augenbrauen nach oben. »Von was redet er?«

Kekropius schloss die Augen, als wollte er sich stumm ent-

.schuldigen. »Gib nichts darauf. Naugri sagt nur, was er denkt. Er kann ziemlich … direkt sein.«

»Aber ihr könnt mich nicht hierbehalten«, keuchte Alaron. »Dann hättet ihr mich gleich den Inquisitoren überlassen können!«

Kekropius deutete mit dem Kinn in Kessas Richtung. »Meine Gefährtin wies mich an, dich zu retten. Manchmal sieht sie Dinge, die noch in der Zukunft liegen.«

Alaron schaute sie fragend an, aber Kessas Gesicht war undurchdringlich. »Was hat sie gesehen?«

Kekropius tauschte einen kurzen Blick mit ihr aus, und Alaron spürte, wie sie stumm miteinander kommunizierten. »Freiheit«, sagte er schließlich. »Sie hat gesehen, wie du uns in die Freiheit führst.«

Sie brachen auf, tiefer hinein in den Berg. Der Fels bestand aus porösem Sandstein, der leicht zu formen war, was offensichtlich mithilfe von Erdgnosis auch getan worden war: Die Wände waren glatt, das Flussbett erweitert und tiefer gemacht. Über eine schmale Steinbrücke gelangten sie in eine weitere Höhle, durch Spalten in der Decke drang schwaches Licht herein. Die Luft war kühl und feucht, roch aber frisch und angenehm. Alaron atmete tief durch. Er kam sich vor wie in einer Traumwelt.

Schließlich erreichten sie kurz nach Sonnenaufgang den Ausgang und betraten eine Klamm, die zu beiden Seiten mit Bäumen bewachsen war. Über ihnen leuchtete ein schmaler Streifen blauer Himmel. Alaron schaute sich ehrfürchtig um: Ein von Menschenhand geschaffener Damm sorgte dafür, dass der Fluss am Boden der Klamm stets genug Wasser führte. Nach einem kurzen Blick in Kekropius' Richtung korrigierte er sich: Der Damm mochte künstlich sein, aber er war nicht von Menschenhand geschaffen.

Von dem Bassin zweigten weitere Höhlen ab, deren Eingänge jedoch gut von Felsausbuchtungen verborgen waren. Naugri blieb am Rand des Beckens stehen und beobachtete drei junge Lamien, die lachend im Wasser herumtollten. Elegant glitten sie durchs Wasser, schlugen Haken und jagten einander, bis Naugri sie barsch anrief. Das Gelächter verstummte abrupt, und ihre entsetzten Blicke wanderten zu Alaron.

Eine erwachsene Lamia schlängelte sich an Naugris Seite und legte zärtlich den Kopf auf seine Schulter. Offensichtlich war sie seine Gefährtin. Als sie Alaron erblickte, fuhr sie zusammen und verkroch sich hinter Naugri. »Ein Mensch ...«, keuchte sie.

Immer mehr Lamien kamen nun zwischen den Bäumen hervor. Ihr Schuppenkleid veränderte die Farbe von Grün zu Grau, als sie den Fels erreichten, und sobald sie Alaron sahen, fauchten sie.

»Kekropius, was in aller Welt bringst du uns da?!«, kam eine kalte, krächzende Stimme aus einer der angrenzenden Höhlen. Die anderen Lamien verstummten und rissen die Köpfe hoch.

»Mesuda-Älteste«, erwiderte Kekropius ehrerbietig. »Wir haben einen Gast.«

Mesuda war die Erste, an der Alaron Spuren des Alters sah. Ihr Rücken war gebückt, die Haut schuppte sich an mehreren Stellen und änderte die Farbe nicht so schnell wie bei den anderen. Außerdem bewegte sie sich bei Weitem nicht so flink und elegant. Die Anemonenhaare auf ihrem Kopf wirkten ledrig und vertrocknet wie ihre Gesichtshaut, ihre Brüste waren flach und kaum zu erkennen. Nur die beiden Schlangenbeine und die weniger breiten Gesichtszüge verrieten, dass sie ein

Weibchen war. Sie glitt an Kekropius' Seite, wiegte den Kopf und musterte Alaron.

Diese Geschöpfe sind unglaublich... Alaron kam sich vor, als hätte er die reale Welt verlassen und befände sich mitten in einer lantrischen Legende. *Das* müssen *Gnosiszüchtungen sein...*

Die Greisin lächelte milde. »Sieh an, er hat es bereits erraten.« Sie kam noch näher heran und schaute Alaron direkt in die Augen. Ihr Blick war tief und klar, und was er darin sah, überraschte ihn zutiefst: Verlust, entsetzliche Trauer, unterdrückte Wut und Altersweisheit vermischten sich zu einem komplexen Geflecht, wie er es bisher nur bei Menschen gesehen hatte, die ihm sehr nahestanden. Als er ihre Gegenwart in seinem Geist spürte, fließend und ungreifbar, gleichzeitig stark und präsent, schottete er seine Gedanken hektisch ab.

»Ja, mein Junge«, gurrte sie leise. »Wir sind Züchtungen.«

Naugri schnaubte erbost. »Seit wann weihen wir Eindringlinge in unsere Geheimnisse ein, Älteste?«

»Unsere Geheimnisse werden gewahrt bleiben, so oder so«, erwiderte Mesuda gelassen. »Bringt ihn in die Ratskammer.« Sie streckte den Arm aus und nahm Alaron das Amulett ab. »Ich nehme es nur in Verwahrung, Kind«, sagte sie sanft und wandte sich dann an Kekropius. »Gib ihm zu essen und schicke ihn in einer Stunde zum Rat.« Ihr Blick wanderte zu Kessa. »Du wirst ebenfalls kommen und uns Bericht erstatten.«

Im Gegensatz zu Pallas, wo sie praktisch zum Alltag gehörten, waren Gnosiszüchtungen in Noros ein seltener Anblick. In der kaiserlichen Hauptstadt wurden sie sowohl in den Legionen als auch in der Landwirtschaft eingesetzt, hauptsächlich als Lasttiere, aber auch die Venatoren der Inquisition waren in den Laboren der Animagi entstanden. Viele Züchtungen waren von der lantrischen Mythologie inspiriert. Rimoni mochte das erste große Königreich in Yuros gewesen sein, aber die erste Hochkultur war in Lantris entstanden. Der lantrische Götterkult war die erste weitverbreitete Religion gewesen, und die Kore bekämpften ihn seit jeher, hatten ihn aber nie ganz auslöschen können. Jedes yurische Kind kannte die Geschichten über die Umtriebe und Ausschweifungen des lantrischen Pantheons, und so war es nicht überraschend, dass auch die Magi sich an ihnen orientierten. Nur zwei Dinge waren verboten: Züchtungen durften weder äußerlich menschliche Merkmale aufweisen noch über eine dem Menschen vergleichbare Intelligenz verfügen. Wenn die Lamien also tatsächlich gezüchtet worden waren, dann unter krasser Missachtung dieses Gesetzes.

Und sie haben die Gnosis ...

»Wie heißt du, Kind?«, fragte Mesuda.

»Alaron.«

Als sie sein Gesicht zwischen ihre groben, viel zu großen Hände nahm, musste Alaron sich mit aller Macht zusammenreißen, um nicht davonzulaufen. »Ich hoffe, wir bekommen noch Gelegenheit, einander besser kennenzulernen«, sagte sie mit einem freundlichen Lächeln, dann wandte sie sich ab und ließ ihn allein.

Alaron wurde zu einer kleinen Höhle gebracht. Ohne Amulett war seine Gnosis noch schwächer; unwillkürlich dachte er an all die Gelegenheiten zur Flucht, die er während der letzten drei Nächte hatte verstreichen lassen. Mittlerweile kam ihm das wie ein schwerer Fehler vor. Er konnte nur hoffen, dass die Lamien es gut mit ihm meinten und Kessas Hellsicht Glauben schenkten, was immer sie gesehen haben mochte.

Er bekam etwas getrocknetes Fleisch, dann führten Kekropius und Kessa ihn über einen steilen Felspfad tiefer hinein in den Fels. Alaron beschlich das Gefühl, dass auch Kessa bei der bevorstehenden Ratssitzung etwas zu verlieren hatte. Die Lamien würden nicht nur seine Vertrauenswürdigkeit auf die Probe stellen, sondern auch ihre Hellsicht.

»Was hast du gesehen?«, fragte er auf gut Glück, bekam aber keine Antwort.

Der gesamte Berg war von Tunneln und kleinen Höhlen durchzogen, dennoch begegneten sie selten anderen Lamien. Nur einmal sah er in einer schummrigen Grotte zwei noch recht junge Lamien in inniger Umarmung. Das Männchen war muskulös, das Weibchen schlank und geschmeidig. Sie küssten sich gerade, ließen aber sofort verlegen voneinander ab, als sie Alarons Blicke spürten. Auf ein Fauchen von Kessa hin verschwanden sie schließlich. Wenn seine Situation nicht so verdammt prekär gewesen wäre, hätte Alaron glatt gelacht.

Die Höhle öffnete sich zu einer kleinen, nach oben offenen Senke, die in abendlichen Sonnenschein getaucht war. Auf den Sitzsteinen an jeder Seite hatten vier Lamien Platz genommen. Kessa führte Alaron in die Mitte und stellte sich hinter ihn. »Dies ist unser Ältestenrat«, flüsterte sie. »Du wirst ihm den angemessenen Respekt entgegenbringen.«

Mesuda nickte. »Willkommen Kessa, Gefährtin des Kekropius und getreue Tochter der Lamien«, sagte sie. »Ihr Begleiter und Gast ist Alaron-Magus von den Menschen.«

Auf der rechten Seite hatte ein riesenhafter Lamia Platz genommen, der aussah, als könnte er Naugris Vater sein. Sein Schuppenkleid war blutrot gemustert, und sein Atem dampfte in der kühlen Abendluft. »Ich kann nur wiederholen, was ich bereits gesagt habe«, knurrte er. »Warum steckt er nicht schon längst im Erdofen?«

Ihm gegenüber saß ein Weibchen mit runzligem Gesicht und grauem Anemonenhaar. Die Greisin schien ihren Oberkörper kaum mehr aufrecht halten zu können, aber ihre Augen leuchteten grellgelb wie die eines Raubvogels. »Weil wir ihn unbedingt zuerst foltern müssen, Hypollo«, sagte sie mit einem vergnügten Kichern. »Der Schmerz verleiht seinem Fleisch erst die richtige Würze.«

»Nein, Reku«, tönte Kekropius' Stimme. »Kessa hat gesehen, dass er uns von viel größerem Wert sein kann.«

Gehört er auch zum Ältestenrat? Alaron versuchte, Kekropius' Blick aufzufangen, aber der Lamia ignorierte ihn.

»Ihre Gabe ist unzuverlässig«, schnaubte Reku. »Ich würde mich nur ungern von ihren Traumgesichten um eine schmackhafte Mahlzeit bringen lassen.«

Kessa richtete sich ruckartig auf und straffte die Schultern. Für Alaron sah es aus wie eine Drohgebärde, und er spürte, wie sie Gedankenkontakt zu ihrem Gefährten aufnahm. Kurz darauf ließ sie entmutigt den Kopf sinken.

Inzwischen waren alle vier Ratsmitglieder in regem Gedankenaustausch. Mystizismus gehörte zu Alarons Hauptaffinitäten, er hätte problemlos mithören können, hütete sich aber, es zu versuchen. Die Lamien kannten einander viel zu gut. Ob gnostisch geschult oder nicht, eine zusätzliche Präsenz hätten sie sofort gespürt. Also nutzte er die Zeit lieber, um darüber nachzudenken, was er tun sollte, wenn die Beratung zu seinen Ungunsten ausging. Mit Luft konnte er nicht besonders gut umgehen, selbst wenn er sein Amulett gehabt hätte. Davonlaufen war ebenfalls sinnlos, aber er würde sich auch nicht einfach so von diesen Kreaturen auffressen lassen.

Dann endete die Gedankenkonferenz genauso abrupt, wie sie begonnen hatte.

»Sprich, Hypollo«, sagte Mesuda in die entstandene Stille hinein. »Wie lautet dein Urteilsspruch?«

Hypollo stützte das mächtige Haupt auf eine Hand und musterte Alaron mit kalten Reptilienaugen. »Wir fressen ihn. Er ist eine Gefahr für unser Volk.«

Wenn ich da rechts hochklettere und dann über die Kante springe, habe ich vielleicht eine Chance …

Mesuda neigte den Kopf. »Kekropius?«

»Ich glaube an das, was meine Gefährtin gesehen hat«, antwortete er, wie Alaron gehofft – nein: gebetet – hatte.

»Reku?«

Reku faltete die Hände und musterte Alaron mit ihren Schlangenaugen. »Nehmt ihn aus, schön langsam, damit die Säfte gut fließen, dann erwürgt ihn mit seinen eigenen Därmen, das konserviert den Geschmack. Als Gewürze schlage ich Äpfel und Nelken vor.«

Großer Kore! Alaron schaute über die linke Schulter. Dort war eine Spalte, aber wahrscheinlich führte der Tunnel dahinter direkt zurück zur Haupthöhle. *Nein. Ich muss es rechts versuchen.*

Alle Augen waren auf Mesuda gerichtet. Die Älteste nickte. »Dann wird meine Stimme also entscheiden … So hört mich an: Unser Gesetz besagt, dass kein Fremder, der von unserer Existenz weiß, Sanctum Lucator lebend verlassen darf. Das und nichts anderes gibt den Ausschlag.« Sie blickte Alaron traurig an. »Es tut mir leid, Kind, aber ich muss den anderen beiden zustimmen. Du musst sterben.«

Alaron blinzelte ungläubig. Die Lamien hatten ihn befreit, vor Folter und dem sicheren Tod gerettet, nur um ihn dann nach kurzer Beratung selbst zum Tod zu verurteilen? Schlimmer noch: um ihn zu fressen. Er war wie betäubt, konnte nicht einen einzigen klaren Gedanken fassen, während seine Instinkte ihn anflehten, etwas zu tun, zu fliehen oder wenigstens zu kämpfen.

»Das könnt ihr nicht machen!«, brüllte er und suchte fieberhaft nach einem Ausweg. »Ich muss Cym finden, ohne mich schafft sie es nie bis nach...«

Eine Hand packte ihn und drückte seinen Kopf nach hinten. Direkt über sich sah er Kessas weit aufgerissenes Maul. Zwei lange Fangzähne ragten daraus hervor. Sie drehte Alaron herum und riss ihn an sich, die Fangzähne bohrten sich in seine Kehle wie Eisnadeln, dann ließ sie ihn los.

Alaron starrte sie entsetzt an, sein Gesicht rutschte an ihrem nackten Oberkörper entlang und zwischen den Brüsten hindurch, als hätte er vor, sie in letzter Sekunde noch zu verführen. Der Boden kam unaufhaltsam näher, dann schlug er mit dem Schädel auf den Fels, während seine Lippen verzweifelt versuchten, den letzten Satz zu Ende zu sprechen: »He... bu... sal...«

Dann wurde es still in seinem Innern. Die Welt um ihn herum wurde unscharf und verschwand.

9

FREIHEIT

DIE LEBENSSPANNE DER MAGI

Einer der Vorteile, die die Gnosis mit sich bringt, ist die lange Lebensspanne. Teildisziplinen wie Heilen und Formen helfen, das eigene Leben zu verlängern, aber auch die dunkle Kunst der Geisterbeschwörung, außerdem scheinen Magi widerstandsfähiger gegen Krankheiten und Verletzungen zu sein. Die Aszendenten lebten vier- bis fünfmal so lange wie ein gewöhnlicher Mensch, Reinblute werden etwa zweihundert Jahre alt, und selbst die niedrigeren Blutränge werden älter als der Bevölkerungsdurchschnitt. Andererseits kämpfen Magi im Krieg in vorderster Linie, was große Gefahr für Leib und Leben mit sich bringt.

ORDO COSTRUO, PONTUS

Molmar landete das Skiff einige Meilen südwestlich von Brochena auf einem unbewohnten Fleckchen Wüste. Die künstlich aufgeschütteten Hügel und trockenen Bewässerungskanäle deuteten darauf hin, dass hier vergeblich versucht wurde, den Boden urbar zu machen. Ein paar Stunden später hatten sie einen sicheren Unterschlupf in den Jhuggis von Brochena erreicht. Kazim saß mit Jamil und den anderen Hadischa im gepflasterten Innenhof, während Gatoz und Magister Sindon mit einem Mann mit polierter Glatze und höfischen Umgangsformen sprachen. Er hieß Zan, und er war Jhafi, dennoch schienen die drei einander bereits zu kennen.

»Die Vorbereitungen werden mehrere Tage dauern«, erklärte Gatoz schließlich. »Magister Sindon und Zan-Saheb werden alles Nötige arrangieren, während wir uns im Hintergrund halten. Wir dürfen unter keinen Umständen entdeckt werden.« Mit einer Geste erteilte er Zan das Wort.

»Laut unseren Informationen«, begann Zan, »gibt es drei Geheimtunnel, die ins Innere der Festung führen. Einer meiner Agenten sah Gurvon Gyle aus einem dieser Tunnel kommen, der sich wohl unbeobachtet glaubte. Gyle scheint in Kontakt mit der javonischen Königin-Regentin Cera Nesti zu stehen.« Die Worte kamen Zan nur schwer über die Lippen, als hätte er große Hoffnungen in die Königin gesetzt und fühle sich persönlich von ihr verraten. »In dem Wissen, dass ein Magus wie Gyle uns weit überlegen ist, haben meine Leute noch nichts unternommen und eure Anführer informiert.«

»Erzählt uns von diesem Gurvon Gyle«, warf Gatoz ein.

Zan befeuchtete die Lippen. »Er ist ein Magus aus Rondelmar, König Olfuss hatte ihn engagiert, um ihn und seine Familie zu beschützen. Doch Gyle hat ihn verraten, und der König wurde getötet. Eine von Gyles Agentinnen, eine Frau namens Elena Anborn, hat daraufhin anscheinend wiederum Gyle verraten und Olfuss' Kinder, Cera und Timori Nesti, gerettet und so dazu beigetragen, die Herrschaft der Nesti in Javon wiederherzustellen. Ich sage ›anscheinend‹, weil alles darauf hindeutet, dass Anborn inzwischen im Verborgenen wieder mit Gyle zusammenarbeitet.«

»Gehört Anborn ebenfalls zu unseren Zielpersonen?«, fragte Jamil.

»Natürlich. Sie ist eine rondelmarische Magi«, schnaubte Gatoz. »Aber Gyle bleibt das Hauptziel.«

»Und was ist mit der Königin-Regentin?«, fragte Molmar gleichgültig.

»Bis vor Kurzem war sie eine glühende Verfechterin der Fehde, aber wir glauben, dass Gyle sie mithilfe der Gnosis unter seine Kontrolle gebracht hat. Aber wenn wir die Schlange töten, wird die Wirkung des Giftes schnell nachlassen.« Zan blickte fragend in die Runde, und als niemand etwas sagte, sprach er weiter. »Die Nesti bereiten sich auf den Krieg vor, und viele Jhafi schließen sich ihnen aus Verehrung für Cera an. In etwa einer Woche werden sie gegen die im Norden gelegene Stadt Hytel marschieren.«

»Wir müssen versuchen, Gyle vorher aufzuspüren, und ihn dann unverzüglich töten«, stellte Gatoz klar.

»Wie sollen wir ihn finden?«, fragte Jamil.

»*Ich* werde ihn finden«, verkündete der sonst so kühle Magister Sindon vehement. »Ich kenne Gyle. Ich habe seine Dienste schon mehrmals in Anspruch genommen, und er vertraut mir.«

Es wurde noch mehr besprochen, hauptsächlich Details, die Kazim nicht interessierten. Er kannte weder Gurvon Gyle noch Cera Nesti, und sie interessierten ihn auch nicht. Seine Gedanken schweiften ab, und er fragte sich, wo Ramita wohl sein mochte. Es schmerzte ihn, wie entfremdet sie einander mittlerweile waren, und je mehr Zeit verstrich, desto unwahrscheinlicher schien ihm eine gemeinsame Zukunft. Die Welt riss sie langsam aber sicher auseinander.

Wenn Meiros der Vater der Kinder ist, wird Ramita mich erst recht hassen. Sind sie von mir, dann sind sie Seelentrinker wie ich. Besser, sie sterben gleich bei der Geburt.

Seine Liebe zu Ramita verblasste zusehends. Was er getan hatte und was er war, erstickte die Flamme, die einst in ihm gebrannt hatte. Sie so lange geliebt zu haben, nur um dann alles in Gleichgültigkeit zerfallen zu sehen, war entsetzlich. Es war falsch, und zum ersten Mal in seinem Leben stellte er sich die Frage, was er tun würde, wenn er die Möglichkeit hätte, sie zurückzubekommen.

Zu seinem Entsetzen wusste er es wirklich nicht. Und das schmerzte.

Brochena war ein seltsamer Ort für Kazim. Er hatte zwar nur wenig davon zu sehen bekommen, doch das genügte. Die Mischung aus westlichem und östlichem Stil hatte ihn an Hebusal erinnert, aber hier waren die rimonischen Einflüsse viel stärker, die strengen Linien und geraden Säulen, die Sonnen und Monde an den Gebäuden, und trotzdem hatte er nicht einen einzigen Rimonier auf der Straße gesehen. Auf seine Frage hin hatte Zan ihm erklärt, dass die meisten Rimonier in Palastnähe wohnten. »Sie haben das Geld dazu«, sagte er lakonisch und, anders als Kazim erwartet hatte, ohne jede Wertung. Allerdings machte Zan den Eindruck, als hätte er selbst genug Geld, um dort zu wohnen.

Die folgenden Tage waren wie ein zäher Brei, ein ständiger Wechsel zwischen entsetzlicher Langeweile und nervöser Anspannung. Sie durften weder den Unterschlupf verlassen, noch durften sie trainieren, damit niemand sie hörte. Man zeigte ihnen weder Pläne von der Festung, noch erhielten sie irgendwelche Anweisungen außer jeden Tag zur Mittagszeit ein knappes »nicht heute« aus Gatoz' Mund. Westlich der Stadt exerzierten die Truppen der Nesti und bereiteten sich auf ihren kläglichen Beitrag zur Fehde vor, den Marsch gegen Hytel.

»Warum ist Gyle eigentlich hier?«, durchbrach Kazim das bleierne Schweigen, als er es nicht mehr aushielt.

»Ich habe nicht die geringste Ahnung, Bruder«, war alles, was Jamil dazu zu sagen hatte.

Was Kazim nicht fragte, war, ob Jamil wusste, was Gatoz in der Krak getan hatte. Er wagte es nicht. Die Vorstellung, dass so lange Unschuldige für ihn ihr Blut lassen würden, bis Kazim schließlich doch noch zu dem Monster wurde, das Rashid und Sabele aus ihm machen wollten, trieb ihn langsam, aber sicher in die Verzweiflung. Der einzige Trost war, dass er seine Gnosis seither kein einziges Mal benutzt hatte. Sein Speicher war voll, und er verspürte nicht mehr diesen nagenden Hunger.

Die Zeit schleppte sich dahin, als hätte jemand ihr Ketten angelegt, und Kazim blieb nichts anderes übrig, als seine Wut und Verwirrung stumm in sich hineinzufressen. Die Mauern ihres Verstecks schirmten die Geräusche der Stadt beinahe vollständig ab, und so schlugen sie in der Stille des Innenhofs die Zeit mit Würfeln, Kartenspielen und Schlafen tot. Dann war es plötzlich so weit.

Der Tag hatte begonnen wie jeder andere. Kazim lag auf seiner Pritsche und fragte sich endlose Stunden lang, was aus seinem Bruder Jai geworden war – falls er sich überhaupt noch als Jais Bruder bezeichnen durfte. Er war mit dem Flüchtlingsmädchen Keita nach Süden gegangen, und wie Ramita war Keita schwanger gewesen. *Die dralle, hilflose Keita, die sich meinen kleinen Bruder geschnappt hat.* Er konnte nur hoffen, dass sie wohlauf waren.

Sie lungerten herum wie immer, als Gatoz den Innenhof betrat und in die Hände klatschte wie immer und sie die gleiche Ansage wie immer erwarteten.

»Heute Nacht«, sagte Gatoz stattdessen, und mit einem Mal waren alle hellwach.

Mit geübter Schnelligkeit erledigten sie alles, was nötig war, ölten die Sehnen ihrer Armbrüste, schärften die Säbel, schmierten sich feuchten Ruß ins Gesicht, damit die Nacht sie besser verbarg, steckten ihre Waffen ein und bereiteten Körper und Seele vor. Jamil erklärte ihnen ein weiteres Mal, wie sie Klingen und Pfeilspitzen zu präparieren hatten, damit sie die Gnosisschilde ihrer Feinde leichter durchschlugen. Und obwohl Kazim kaum zuhörte, drangen die Worte bis in sein Unterbewusstsein. Er spürte, wie sie in ihm arbeiteten, noch während er fieberhaft überlegte, was der größere Verrat war: wenn er seine Kräfte benutzte oder wenn er es nicht tat.

Kurz vor Tagesanbruch rief Haroun sie zum Gebet zusammen und sprach Worte aus dem Kalistham, die sie daran erinnerten, dass die größte Ehre eines Kriegers war, sein Leben für seine Brüder zu geben. »Nur du, Ahm, bist ewig in dieser sich ständig wandelnden Welt. Nur du bist wirklich. Wir sind lediglich der Traum, den du träumst. Nur durch dich können wir die Wahrheit erkennen, denn du bist die Wahrheit.«

»Nur Ahm«, erwiderten sie wieder und immer wieder, bis Haroun schließlich die Hände zum Himmel hob und sie segnete.

»Möge Ahm mit euch sein.«

Cera und Timori Nesti schauten hinaus auf das Treiben der Stadt. Selbst hier oben auf dem Balkon hörte Cera das Hämmern in den Schmieden, das Rufen der Händler, das Rattern der Pferdegespanne und das Getrampel der Soldaten. Auf den Exerzierplätzen jenseits der Ringmauer bereiteten sich die zehntausend Soldaten des Nesti-Heers auf den Marsch nach Norden vor. Zwei Tage noch, dachte sie beunruhigt und seltsam gleichgültig zugleich.

Sie legte Timi eine Hand auf die Schulter und dachte zurück. Die Odyssee, die ihren Anfang genommen hatte, als Elena sie und Timori vor Gyle gerettet hatte, kam nun zum Ende. Alles kam zum Ende. Cera hatte sich tapfer geschlagen und mit Elenas Hilfe den Thron für ihren Bruder gesichert. Aber das war nur eine Illusion gewesen, eine Täuschung. Gyle hatte sich aufs Neue in ihren Palast eingeschlichen, unsichtbar und unaufhaltbar. Er hatte ihr gezeigt, wie leicht er sie vernichten konnte, wenn er wollte. Sie selbst, Timi und alle, die Cera liebte, würden sterben, wenn sie nicht tat, was er verlangte. Elena hatte sterben müssen, damit alles vorbei wäre, hatte Gyle ihr versprochen. Doch er hatte gelogen. Es war erst der Anfang gewesen.

Herrscher mussten manchmal harte, rücksichtslose Entscheidungen treffen. Elena selbst hatte sie das gelehrt, und Cera hatte ihren Rat befolgt. Doch jetzt bereute sie ihre Entscheidung. Sie fraß an ihr und spuckte ihr ins Gesicht, jedes Mal, wenn sie in den Spiegel schaute. Das Einzige, was ihr geblieben war, war der bittere Nachgeschmack des Verrats, den sie begangen hatte.

Auch jetzt hatte Gyle ihr etwas versprochen: dass es kein Blutvergießen geben würde, nur ein kurzes Aufeinandertreffen mit dem Heer der Dorobonen und dann eine ehrenhafte Kapitulation. Danach wären sie frei, sie und Timi, von den Dorobonen unterworfen, aber am Leben.

»Wann brecht ihr auf?«, fragte Timi voller Erwartung. Wie alle anderen glaubte auch er, ihr Heer würde einem leichten Sieg entgegenmarschieren.

»In zwei Tagen, mein Herz«, antwortete sie ihrem kleinen Bruder, der mittlerweile gar nicht mehr so klein war. Er war acht und gebärdete sich wie ein Krieger, hatte sich sogar ein Schwert machen lassen und eine Rüstung mit Helm.

»Wir werden sie besiegen«, sagte der Kindkönig entschlossen.

»Natürlich«, erwiderte Cera und versuchte, nicht zu weinen. Sie wandte den Blick ab und schaute nach Osten auf den schneebedeckten Gipfel des Bergs Tigrat. Er war weit, weit weg und gerade noch als weißes Schimmern am grauen Horizont zu erkennen. Die großen Wüsten Javons täuschten das Auge. Etwas, das ganz nah aussah, konnte mehrere Tagesmärsche entfernt sein. Einer alten Legende nach war der Gipfel des Tigrat in der Zeit vor Ahm der Sitz der heidnischen Götter gewesen. Eine andere besagte, der Berg sei hohl, die Afreet hätten sich in seinem Innern eine Stadt erbaut. Cera wünschte, sie wäre ein Magus und könnte diese Afreet zu ihren Soldaten machen. Doch nur die von Shaitan gezeugten Rondelmarer mit ihren niederträchtigen Gedanken und grausamen Herzen hatten diese Macht.

»Majestät?«, rief Tarita. Ursprünglich war sie Elenas Dienerin gewesen, doch die Elena von früher gab es nicht mehr, und die neue brauchte Tarita nicht mehr. Damit sie nicht auf die Straße gesetzt wurde oder ihr gar Schlimmeres geschah, hatte Cera sie in ihre Dienste genommen. »Majestät, es ist Zeit, dass der König sein Bad nimmt.«

Ihr Kindermädchen Borsa war ebenfalls gekommen.

Timi verzog das Gesicht, als er die beiden sah. »Ich brauche kein Bad«, erklärte er und blickte Cera trotzig an, da bemerkte er ihre Tränen. »Warum weinst du, Schwester?«

Cera wischte sich über die Augen. »Ich habe gerade an Vater und Mutter gedacht«, log sie. *Denn genau das hätte ich tun sollen. Ich denke viel zu selten an sie.* »Geh und nimm dein Bad, Schatz.«

Borsa nahm den Kindkönig bei der Hand, versprach ihm eine Belohnung und führte ihn weg. Cera beobachtete die beiden und sehnte sich nach den alten, einfachen Zeiten zurück. Doch sie waren nie einfach gewesen. Herrscher waren immer umgeben von Gefahr, von Verschwörungen und Feinden. *Ich war nur zu blind, um es zu sehen.*

»Meine Dame?« Tarita stand immer noch hinter ihr.

»Geh ruhig, Tarita. Ich brauche dich erst nach dem Abendessen wieder.« Sie wartete, bis ihre Dienerin verschwunden war, dann lauschte sie auf das Geräusch, das unweigerlich kommen musste.

»Cera«, sagte Gurvon Gyle leise und viel zu nah.

Cera versuchte, sich nicht anmerken zu lassen, wie sehr er sie nach wie vor erschreckte. »Was wollt Ihr?«

»Dich sehen«, antwortete Gyle.

Cera rümpfte die Nase. Das war seine neueste Masche: Ständig erzählte er ihr, wie anmutig und klug sie doch sei, als ob freundliche Worte aus seinem Mund auch nur die geringste Bedeutung hätten. Cera wusste, er wollte ihr Selbstvertrauen für die kommenden Ereignisse geben, aber wie sollte das funktionieren, wenn sie gleichzeitig wusste, dass alles Lüge wahr?

»Jetzt habt Ihr mich gesehen«, sagte sie. »Geht.«

Gyle schmunzelte. »Weshalb so nervös, Cera? Wir sind fast am Ziel. Ein kurzer Marsch nach Norden, eine kurze Verhandlung mit den Dorobonen, dann ist alles vorbei.« Er stellte sich direkt neben sie, achtete aber darauf, nicht aus den Schatten herauszutreten. »Du hast deine Sache gut gemacht. Der Rat schöpft nicht den geringsten Verdacht.«

»Ich will Euer Lob nicht.«

»Du hast es verdient.«

»Lügen und Täuschungsmanöver verdienen kein Lob.«

Er schnaubte leise und blickte hinaus in die Wüste, wo die untergehende Sonne lange Schattenmuster in den Sand malte, während die Gassen der Stadt bereits in Dunkelheit versanken. »Ich brauche Elena heute Abend.«

»Sie ist nicht mehr Elena«, erwiderte Cera tonlos. *Weil ich sie verraten habe.*

»Richtig, ist sie nicht«, stimmte Gyle zu. »Aber ich brauche sie trotzdem.«

»Warum?«, fragte Cera, ohne mit einer Antwort zu rechnen.

»Eine kleine Unterredung. Nicht mehr.« Er legte ihr eine Hand auf den Arm. »Jemand anderes wird inzwischen auf dich aufpassen. Jemand, der genauso leichten Zugriff auf dich hat wie ich jetzt.«

Cera erschauerte unter seiner Berührung, machte sich aber nicht los.

Gyle ließ die Finger über ihre Ellbogenbeuge gleiten und

musterte sie von der Seite. Cera spürte seinen Blick, als wäre sie ein Vogel und er die Katze. »Bitte«, sagte sie leise, »ich möchte jetzt allein sein.«

Er streichelte ihre Wange. »Du wirst einen Beschützer brauchen, Cera. Jemanden, der Francis Dorobon daran erinnert, dass du alle Bedingungen erfüllt hast und keine Bedrohung mehr für ihn darstellst.«

Cera bekam eine Gänsehaut.

»Ich bewundere dich, Cera«, flüsterte er weiter. »Im Augenblick der Not hast du es geschafft, dein Volk zusammenzuhalten, und du hast Elena hinters Licht geführt, was mir nur selten gelungen ist. Du weißt, wie man führt, und du hast verstanden, welche Macht Wissen verleihen kann. Du warst eine gute Königin und hättest eine ebenso gute Magi abgegeben.«

»Euresgleichen zu sein, ist das Letzte, was ich mir wünsche«, sagte sie verbittert und wusste selbst, dass es eine Lüge war.

»Ich könnte es arrangieren, dass Dorobon dich zur Frau nimmt. Er ist ein arroganter junger Schnösel, der sich für schlau und kultiviert hält, aber das ist er nicht. Nicht wie wir. Arbeite mit mir zusammen, dann wirst du wieder Königin sein und kannst haben, was du dir immer erträumt hast.«

»Ihr wisst nicht, was ich mir erträume«, sagte sie heiser.

»Ich denke schon«, erwiderte er. »Du träumst von Macht. Ich, und nur ich, kann sie dir geben.«

Sagt der Mann, der meinen Vater kaltblütig ermordet hat ...

»Gurvon«, kam eine krächzende Stimme von hinten. Cera drehte sich um und sah Rutt-Elena mit säuerlicher Miene aus den Schatten treten. »Es ist Zeit.«

Gyle nickte, den Blick immer noch auf Cera geheftet.

»Denk darüber nach, Princessa. Du brauchst einen Beschützer. Du brauchst *mich*.«

Cera drehte sich schweigend weg, damit er ihr Gesicht nicht sah.

Voll Selbstbewusstsein schritt Gyle im Schein seines Saphirrings durch den Geheimtunnel, Rutt-Elena keuchte hinterdrein. Innerhalb der kurzen Zeit, in der Sordell von Elenas Körper Besitz ergriffen hatte, hatte er ihn systematisch zugrunde gerichtet. Das Gesicht war aufgeschwemmt, an Hüften und Bauch bildeten sich Fettpolster. Ihr Haar war weder gewaschen noch gekämmt – eine weitere Nachlässigkeit, die die echte Elena sich nie erlaubt hätte. Die echte Elena hatte geradezu gestrahlt vor Kraft und Energie, aber Sordell ruinierte ihren Körper. *Elena gefällt das bestimmt ganz und gar nicht …*

»Beeil dich, wir sind spät dran«, brummte Gyle.

»Du warst es, der unbedingt noch vorher die kleine Princessa sehen musste«, verteidigte sich Sordell. »Vögelst du sie?«

»Es war nötig, sie zu treffen«, erwiderte Gyle knapp und nahm mit jedem Schritt drei Treppenstufen. Es gefiel ihm, dass Sordell Probleme hatte mitzuhalten. »Und, nein, tue ich nicht.«

»Solltest du aber«, keuchte Sordell. Die Schmerzen in Elenas Halswunde machten nach wie vor jeden einzelnen Atemzug zur Qual, behauptete er zumindest. »Es würde Elena in den Wahnsinn treiben.«

»Ärgert sie dich immer noch so?«, fragte Gyle unbeteiligt.

»Mehr als du dir überhaupt vorstellen kannst«, antwortete Sordell röchelnd. »Verdammt, Gurvon, das geht jetzt schon viel zu lange so. Besorg mir einen anderen Körper, den eines Mannes!«

Gyle beschleunigte seinen Schritt. Elena – zumindest physisch – direkt in seinem Nacken zu haben, war ein beunruhigendes Gefühl. »Nur noch ein paar Tage, Rutt. Zeig mal ein bisschen Rückgrat.«

»Sie flüstert mir die ganze Zeit zu«, erwiderte er stockend. »Ich halte das nicht mehr aus.« Seine Stimme bebte wie die eines verängstigten Kindes.

»Gewöhn dich dran.« Gyle drehte sich um und schaute Sordell in diese Augen, die immer noch Elenas Augen waren, der Frau, die er einmal geliebt hatte. *Du und Liebe?*, höhnte ein anderer Teil seines Bewusstseins. *Dazu bist du gar nicht fähig.*

»Ich brauche dich in diesem Körper, Rutt«, sagte er durch zusammengebissene Zähne. »Reiß dich zusammen und erfüll deine verdammte Aufgabe.«

»Ich meine es ernst. Nicht mehr lange, und ich verliere den Verstand.« Sordell grub sich die Fingernägel ins Gesicht, als wollte er sich die Augen auskratzen.

»Hast du schon wieder getrunken?«, schnaubte Gyle. »Ich habe dir ausdrücklich gesagt, du sollst das nicht. Nicht heute. Verdammt, Rutt, du bringst uns alle in Gefahr!« Er fuhr herum und eilte weiter.

Er will mich, Rutt. Merkst du das nicht?

Halt dein Maul, Elena.

Mich, Rutt, nicht dich. Aber wahrscheinlich reicht es ihm, wenn er wenigstens meinen Körper bekommt.

Das ist mein Ernst, verflucht, halt endlich dein verdammtes Maul! Sordell versuchte, schneller zu gehen, aber die Proportionen dieses verflixten Frauenkörpers stimmten einfach nicht, und er stolperte.

Komm schon, Rutt, du wolltest dich doch schon immer bei ihm einschleimen. Das wäre die Gelegenheit!

Im Moment wollte Sordell nichts anderes als ein ganzes Fass voll Schnaps. »Bitte, Kore …«, stammelte er.

Ach was? Rutt Sordell, der große Atheist und Zyniker fängt plötzlich an zu beten?

Elenas Lachen hallte durch Sordells Schädel, und er konnte nicht das Geringste dagegen tun. Dieser Tunnel war zu seinem schlimmsten Albtraum geworden, verzweifelt stolperte er dahin, gejagt von Dämonen, derer er nicht Herr wurde. Angeblich war es einem Menschen angeboren, wie er auf Bedrohung reagierte: Entweder kämpfte er, oder er ergriff die Flucht. Aber dem Dämon in seinem Kopf war mit keiner der beiden Methoden beizukommen.

Der Spießrutenlauf endete erst, als sie aus dem dunklen Tunnel hinaus auf einen vom letzten Abendlicht in einen fahlroten Schimmer getauchten Innenhof traten. Sordell blinzelte in die untergehende Sonne und sah sich misstrauisch um. Alle, die nicht gerade anderswo gebraucht wurden, waren da: der gepflegte, klein gewachsene Mathis Drumm, ein verträumter Dilettant, der sich einbildete, den Morphismus zu beherrschen. Mara Secordin, eine aufgedunsene, hässliche und gemeingefährliche Wahnsinnige mit dicken roten Zöpfen und einem üppigen Dekolletee. Außerdem ein mürrischer Erdmagus aus Brevin namens Glynn Nevis, der erst vor weniger als einem Monat zu ihnen gestoßen war. Sordell verachtete sie alle zutiefst. Keiner von ihnen war würdig, ihm auch nur die Schuhe zu binden.

Oder dein Korsett aufzuknöpfen, höhnte Elena.

Sordell zuckte zusammen, als hätte er eine Fliege verschluckt.

Mara sah es und bleckte die Zähne. Ihr Gebiss sah nicht mehr aus wie das eines Menschen. Sie hatte zu viel Zeit als Hai verbracht und bekam zusehends Schwierigkeiten, sich zurückzuverwandeln – was nicht zuletzt der Grund für ihren Wahnsinn und ihren Blutdurst war.

»Weshalb sind wir überhaupt hier?«, fragte Mathis. »Unsere Befehle haben wir bereits.«

»Das habt ihr in der Tat«, bestätigte Gyle, »aber es geht um etwas anderes.« Er wandte sich an Sordell. »Es ist etwas eingetreten, über das alle Bescheid wissen müssen.«

»Und das wäre?«, fragte Nevis weiter und versuchte, möglichst gleichgültig zu wirken. Begeisterung, wie auch jede andere Art von tiefer Gefühlsregung, fand er kindisch und trug deshalb stets eine betont gelangweilte Hochnäsigkeit zur Schau.

Genau das passt zu dir, du Langweiler, dachte Sordell und spürte, wie Elena ihm stumm zustimmte.

»Unseren Feinden ist etwas gelungen, das die Lage grundlegend verändert. Ich habe jemanden hergebeten, der uns Genaueres darüber sagen kann.« Er hob die Hand, als grüße er einen Unsichtbaren. »Magister Sindon?«

Ein Mann in einem Kapuzenumhang in den Farben des Ordo Costruo löste sich aus den Schatten, und Sordell fuhr zusammen. Der Fremde schlug die Kapuze zurück und blickte gelassen in die Runde. Mit seinen sanften Augen und dem dichten, langen Bart sah er eher aus wie ein Bäcker als wie ein Magus.

»Magister Gyle«, erwiderte er mit einer Stimme, die genauso harmlos war wie sein gesamtes Auftreten.

Dennoch blickte Sordell sich besorgt um. Der Ort für dieses Treffen gefiel ihm nicht. Es gab zu viele dunkle Fenster ringsum, zu viele blinde Flecken, und die Nacht brach herein. Das Gebäude ringsum schien leer, aber sicher war er da nicht.

Schließlich wandte er seine Gedanken wieder Sindon zu. Er hatte schon öfter von ihm gehört. Stivor Sindon gehörte zu Rene Cardiens Leuten, der rondelmarfreundlichen Fraktion des Ordo Costruo. Trotzdem war bestimmt nicht mit ihm zu scherzen, nicht, wenn er ein Bekannter von Gurvon war.

Gyle drehte sich ein Stück herum, sodass alle ihn sehen konnten. »Magister Sindon und ich sind alte Freunde. Die Nachricht, die er uns überbringt, wird den Verlauf des Kriegszugs entscheidend beeinflussen.«

Sordell hörte etwas in Gyles Stimme, das selten war: Überraschung. Selbst Elena schien interessiert die Ohren zu spitzen.

Sindons Blick wurde ernst. »Danke, Magister Gyle. Ich habe in der Tat wichtige Neuigkeiten.« Er senkte den Kopf, und seine Stimme begann beinahe zu zittern. »Rashid Mubar hat die Macht über den Ordo Costruo an sich gerissen und sich zu Antonin Meiros' Nachfolger wählen lassen.«

»Was?«, platzte Sordell heraus, noch bevor er etwas dagegen tun konnte. Alle – selbst Gurvon, der bereits Bescheid gewusst hatte – starrten mit offenstehendem Mund.

»Wie ist das möglich?«, polterte Mathis Drumm. Eine derartige Wendung passte nicht in sein geordnetes Weltbild, und selbst Glynn Nevis horchte auf.

Sindon schlug die Hände vors Gesicht, als könnte er kaum sprechen. »Mubar hat dem Orden weisgemacht, Pallas hätte bei Meiros' Ermordung die Strippen gezogen. Mehr als die Hälfte der Mitglieder hat ihm geglaubt und ihn zum neuen Oberhaupt gewählt. Alle, die nicht auf Mubars Seite stehen, sind geflohen. Krak di Condotiori ist jetzt fest in seiner Hand.«

»Der Mann ist eine Schlange«, knurrte Drumm.

Mara Secordin schien der Kommentar nicht zu gefallen.

Sie mochte es nicht, wenn jemand schlecht über Schlangen sprach. Von allen Anwesenden zeigte sie am wenigsten Betroffenheit. Andererseits fühlte sie auch in letzter Zeit nur noch eines: ihren eigenen Blutdurst.

Sindon schüttelte den Kopf. »So unglaublich es klingt, es ist wahr. Ich persönlich weigere mich strikt, ihn als neues Oberhaupt anzuerkennen, genau wie viele andere.« Er wandte sich flehend an Gyle. »Werdet Ihr uns in Eure Reihen aufnehmen?«

Gyle blickte in die Runde. »Magister Sindon, ich glaube, ich spreche für uns alle, wenn ich sage, dass Ihr uns höchst willkommen seid.«

Mara spielte mit ihren Zöpfen. »Woher wusste Sindon, dass du hier bist, Gurvon?«, fragte sie misstrauisch.

»Er hat über den Äther mit mir Kontakt aufgenommen in der Hoffnung, dass ich immer noch in Antiopia bin«, antwortete er. Sindon nickte. »Mein Freund glaubt, dass er und seine Anhänger bei uns besser aufgehoben sind als bei Betillon.«

»Kaiser Constant schätzt den Ordo Costruo nicht, und seine ehemaligen Mitglieder ebensowenig«, warf Nevis süffisant ein.

»Ganz und gar nicht«, stimmte Sindon zu und wandte sich wieder an Gyle. »Darf ich nun die anderen hinzuholen?«

»Bitte, Magister.«

Gyle genoss seine Rolle als gütiger Wohltäter, als Heiler und Retter in der Not so offensichtlich, dass Sordell sich ein höhnisches Lächeln nicht verkneifen konnte, da kam ihm ein verlockender Gedanke. *Mit ein bisschen Glück findet sich unter diesen armen Flüchtlingen ein geeigneter neuer Körper für mich…*

Sindon drehte sich um, und auf seine Geste hin öffnete sich eine Tür, durch die weitere verhüllte Gestalten in den Innenhof strömten. Es waren so viele, dass sie sich beinahe über die gesamte Fläche verteilen mussten. »Magister Gyle, wir sind Euch zu tiefstem Dank verpflichtet«, sagte Sindon und streckte ihm die Hand hin.

Sordell sah, wie Gyle sie gerade schütteln wollte und dann abrupt innehielt.

Im allerletzten Moment stutzte Gyle. Etwas stimmte nicht mit dem Mann, der ihn schon öfter angeheuert und gut bezahlt hatte. Dabei war es nicht einmal Sindon, der sein Misstrauen erregte, sondern die Neuankömmlinge: Ihre Roben waren zu dick. Sie versteckten etwas darunter.

Sindons Pupillen weiteten sich. »Das Spiel ist aus«, sagten sie.

Ist es wohl, dachte Gyle und fluchte leise. *Und ich habe keinen einzigen Trumpf mehr im Ärmel.*

»Vorsicht…!«, rief er noch, da schoss ein bläulicher Blitz aus Sindons Hand und hämmerte gegen die Schilde, die Gurvon gerade noch rechtzeitig aktiviert hatte. Ein Regenbogen aus Farben explodierte direkt vor seinen Augen, seine Sicht verschwamm, und er wurde von den Beinen gerissen. Gyle sah den Himmel über sich dahinrasen, dann krachte er gegen eine Säule. Seine Schilde milderten den Aufprall etwas ab, aber nur etwas. Ein Schmerz fuhr ihm in die Schulter, als das Schlüsselbein brach.

Sindons Gefolgsleute schlugen die Roben zurück und hoben ihre Armbrüste. Die Bolzen darauf spuckten Gnosisflammen. Ein Klicken ertönte, dann sirrten sie durch die Luft.

Drumm sprang zur Seite und konnte dem ersten gerade noch ausweichen, doch der zweite schlug in seiner Schulter ein und riss ihn herum wie einen Kreisel. Zwei weitere explodierten in Nevis' Brust, die Rippen zeichneten sich dunkel im Schein der Flammen ab, die aus seinem Oberkörper loderten. Er war schon tot, bevor er mit dem Rücken auf den Boden schlug.

Mara Secordin rührte sich nicht von der Stelle, dann riss sie plötzlich die Hand hoch und hielt den Bolzen zwischen den Fingern, der für sie bestimmt gewesen war. Er glühte kurz und löste sich dann auf.

Sordell sah einen Pfeil auf sich zukommen und stieß einen donnernden Schrei aus. Der Pfeil blieb mitten in der Luft stehen und fiel klappernd zu Boden.

Die Attentäter ließen die Armbrüste fallen und zogen ihre Säbel. Nevis war bereits erledigt, Drumm wankte, und Gyle konzentrierte sich auf Sindon, der gerade einen weiteren Gnosisblitz auf ihn abfeuerte. Sindon war ein Halbblut wie er, und es kostete Gyle einige Kraft, den Blitz abzuwehren. Dann riss er sein Schwert heraus und zog sich Richtung Mauer zurück.

Ein noch auffällig junger Mann sprang an Sindons Seite und feuerte ebenfalls. Diesmal musste Gyle zur Seite springen, denn der Angriff war zu stark, um ihn abzuwehren. *Großer Kore, ist der Kerl etwa ein Reinblut?!*

Sindon setzte nach, da sah Gyle zum ersten Mal die Gesichter der Angreifer unter den Kapuzen hervorschimmern: Sie waren Keshi, jeder Einzelne von ihnen, und priesen laut Ahms Namen. *Die von Rashid umgedrehten Mitglieder des Ordo Costruo!*, schoss es Gyle durch den Kopf, da preschte der beängstigend starke junge Kerl vor und stieß, schnell wie eine Schlange, mit der Klinge nach ihm. Gyle konnte gerade noch parieren, zustoßen, dann wieder parieren und versuchen, irgendwie lebend hier herauszukommen.

Kazim brüllte und stieß zu, wieder und wieder, aber der Rondelmarer im grauen Kittel war schnell. Schneller als jeder
Gegner, gegen den er bisher gekämpft hatte, Rashid einge-
schlossen. *Gurvon Gyle.* Kazim hatte nicht vorgehabt, die
Gnosis zu benutzen, es war von ganz allein passiert, und er
konnte beinahe hören, wie Rashid und Sabele hämisch lachten. Gyles Schwert bewegte sich so schnell, dass er ihm mit
dem Blick kaum folgen konnte, seine Klinge war wie ein Vorhang aus Stahl, den er nicht durchdringen konnte. Außerdem
setzte Gyle sich mit mehr als nur der Waffe in seiner Hand zur
Wehr: Seine Gnosis war mächtig und attackierte ihn auf mehreren Ebenen gleichzeitig. Bis jetzt reichte Kazims Grundaus-
bildung, um mitzuhalten, aber er war nicht sicher, wie lange
noch, und er hatte noch nicht einen einzigen Treffer gelandet.
Aus dem Augenwinkel sah er, wie der zweite Rondelmarer zu
Boden ging: Gatoz hackte einen klein gewachsenen bärtigen
Magus fast in zwei Teile, sein Blut ergoss sich in einem Sturzbach über den Steinboden und schwappte in Kazims Richtung, machte ihn glatt und schlüpfrig. Kazim blieb nichts anderes übrig, als zur Seite zu tänzeln, was Gyle sofort nutzte,
um sich auf Sindon zu stürzen. Violette Funken flogen auf,
als sein Schwert gegen die unsichtbaren Schilde des Ordo-
Costruo-Magus krachte.

Ein markerschütterndes Brüllen zerriss die Luft. Es kam
von der fetten Frau mit dem blutroten Haar. Kazim fuhr
herum und sah, wie ihr Unterkiefer sich nach vorne wölbte
und die Mundöffnung sich so weit vergrößerte, dass sein Kopf
hineingepasst hätte. Ihre Arme schossen nach vorn, dann
packte sie Yadri und riss ihn an sich. Der junge Hadischa
konnte gerade noch einen letzten Schrei ausstoßen, da biss sie
ihm die Kehle durch. Ein Blutschwall ergoss sich über ihre

Brust, dann schleuderte sie die Leiche Jamil entgegen. Die Wucht des Aufpralls riss ihn von den Beinen.

Talid versuchte gerade, die andere Rondelmarerin – *Elena Anborn?* – mit dem Säbel niederzustrecken, da züngelte ein violetter Lichtstrahl aus ihren Händen und brannte ihm das Gesicht vom Schädel, bis nur noch schwarzer Knochen zu sehen war. Talid brach tot zusammen.

Wir verlieren! Die beiden Frauen hatten den Kampfverlauf gewendet. Die fette wankte gerade auf Jamil zu, das Antlitz zu einer Fratze wilder Raserei verzerrt. Jamil schien unverletzt, aber er war benommen, und das würde ihn jeden Augenblick das Leben kosten. Kazim musste etwas tun, sich dazwischenwerfen, aber dazu musste er an der anderen Jadugara vorbei … Er hatte noch das Bild von Talids Tod vor Augen und sammelte all seinen Mut, dann stürzte er vor.

Als Sordell merkte, wie das Glück sich wendete, geriet sein Blut in Wallung. Er war kein Krieger, aber er liebte das Töten. Diesem jungen Keshi die Gesichtshaut vom Schädel zu brennen, war das Beste, was er je erlebt hatte, seit er in diesem verfluchten Körper steckte. Das Problem war nur, dass sein Spezialgebiet, die Geisterbeschwörung, nicht gerade zu Elenas Stärken gehörte, weshalb ihn der Angriff viel Kraft gekostet hatte. Zum ersten Mal bereute er die zahllosen Stunden, die er mit Trinken vergeudet hatte, statt den Umgang mit Elenas Körper zu üben. Das Anborn-Miststück würde schon längst mit dem Schwert in der Hand wie ein Derwisch um ihre Feinde herumtanzen. Sordell hingegen hatte seines noch nicht einmal gezogen, aber wenigstens das ließ sich ändern. Er zerrte ungeschickt am Knauf, bis das verdammte Ding sich endlich aus der Scheide löste, da hörte er Mara aufschreien. Die Fensterläden ringsum waren aufgeflogen und spuckten ein gutes Dutzend Armbrustbolzen auf den Innenhof, alle auf Mara gezielt. *Kore sei Dank*. Mara fegte sie mit einer sichelnden Armbewegung beiseite und schlug sofort zurück. Sordell sah Sindon quer über den Innenhof fliegen, weg von Gyle. Der Hadischa schlug so hart gegen die Begrenzungsmauer, dass die Ziegel unter dem Aufprall regelrecht zerstoben, doch Sindon zuckte nicht einmal mit der Wimper. Dann beanspruchte der nächste Angreifer Sordells volle Aufmerksamkeit.

Es war groß für einen Keshi, bewegte sich mit einer unfassbaren Kraft und Eleganz. Sordell riss die Hände hoch und blockte den Säbel nur mit seinen Schilden ab, doch die Wucht des Angriffs genügte, um ihn ins Taumeln zu bringen. Er versuchte, sich etwas Zeit zu erkaufen, indem er den jungen Hadischa mit Telekinese von sich stieß – doch der Effekt blieb aus. Der dunkelhäutige Knabe machte lediglich einen kleinen Ausfallschritt nach hinten, mehr nicht. *Ein Magus*, schoss es Sordell in den Kopf, dann schlug er, getrieben von der blinden Angst einer in die Ecke getriebenen Ratte, mit aller Kraft zu. Doch sein Schlag ging vorbei, und der Konter kam schnell wie eine zubeißende Viper.

Du bist zu langsam.

Sordell schielte ungläubig auf die sichelförmig gebogene Klinge, die sich in seine rechte Schulter gegraben hatte. Eine eisige Kälte ging von dem Schnitt aus. Noch während er versuchte, irgendetwas dagegen zu unternehmen, drehte der junge Keshi seinen Säbel in der Wunde herum, und Sordell spürte, wie er mit einem Schrei zur Seite wegkippte.

Ich wollte diesen verdammten Weiberkörper sowieso loswerden …

Kazim sah seinen Gegner fallen, riss den Säbel aus der Wunde und stürzte sich auf das rothaarige Monster. Sie hatte ihm den Rücken zugedreht, aber ihre Wächter blockten seinen Säbelhieb ab. Mit offen stehendem Mund beobachtete Kazim, wie die Klinge sich verbog, als wäre sie aus Gummi. Aus dem Augenwinkel sah er, wie Sindon Gyle auf eins der umliegenden Schindeldächer schleuderte und ihm hinterhersprang, während die Rothaarige herumwirbelte und zum Gegenangriff überging. Sie hieß Mara Secordin, so viel wusste er noch von der Besprechung vor dem Angriff, aber bevor er sich entsinnen konnte, ob auch irgendwelche brauchbaren Informationen dabei gewesen waren, hatte die Dämonin ihn schon erreicht. Ein zweites Paar Arme – *nein, das sind Schlangen!* – wuchs aus ihren Schultern und schnappte nach ihm. Die eine konnte er gerade noch mit seinem verbogenen Säbel köpfen, aber die zweite erwischte ihn am Arm. Ihre Zähne bohrten sich durch das Leder und in den darunterliegenden Muskel. Kazim holte noch einmal aus und trennte auch der zweiten den Kopf ab. Die leblos herabbaumelnden Stümpfe lösten sich in Rauchwölkchen auf, als wären sie nie da gewesen, Mara schien es nicht einmal zu spüren.

Kazim taumelte rückwärts von ihr weg. Er verlor jegliches Gefühl in dem verletzten Arm, und der Säbel fiel ihm aus der Hand. Er überlebte nur, weil Jamil mit einem Schrei herbeigesprungen kam und es irgendwie schaffte, ihre Schilde zu durchschlagen. Blut spritzte aus ihrem Arm, und sie wandte sich dem neuerlichen Angreifer zu.

Das war seine Chance. *Ich muss nur…*

Das Taubheitsgefühl in seinem Arm breitete sich über den ganzen Körper aus wie eine Flutwelle, seine Knie gaben nach, und der von dem vielen Blut glitschige Steinboden erledigte

300

den Rest. Kazim stürzte und fand sich direkt neben Anborn liegend wieder, während Mara Jamil zurückschlug. Seine Sicht war verzerrt, und er hörte kaum noch etwas, als wäre er unter Wasser. Die Welt schien sich von ihm zu entfernen – oder er sich von ihr. *Ist das der Tod? Sterbe ich?* Selbst die kleinste Bewegung kostete ihn volle Konzentration und bereitete ihm, obwohl er seine Gliedmaßen kaum noch spürte, unsägliche Schmerzen. Er versuchte, irgendwie aufzustehen. Schließlich kam er schwankend auf die Beine und sah sich um: Er war umgeben von Toten. Yadri und Talid lagen da, zerschmettert und reglos wie Marionetten, bei denen jemand die Fäden durchtrennt hatte, daneben zwei Rondelmarer. Sindon und Gyle waren verschwunden. Mara setzte gerade Jamil nach, der versuchte, sich durch eine offenstehende Tür zu retten. Da sah er, wie Elena Anborn sich kaum merklich bewegte.

Ich muss sie erledigen, bevor sie mit mir dasselbe macht wie mit Talid.

Er fingerte gerade nach seinem Dolch, als die Anborn-Jadugara plötzlich den Mund öffnete. Ein riesiger schwarzer Käfer krabbelte zwischen ihren Lippen hervor und schien ihn direkt anzuschauen. Violettes Licht funkelte in seinen Facettenaugen. Kazim dachte an Talids grässlichen Tod und machte unwillkürlich einen Schritt zurück.

Panische Angst war das Einzige, was er in diesem Moment noch fühlte. Ohne sich das kleinste bisschen dafür zu schämen, drehte er sich um und rannte los, so schnell ihn seine weichen Knie zu tragen vermochten.

Elena kämpfte sich hoch wie eine Ertrinkende in einem Strudel, folgte den glitzernden Luftblasen, bis sie endlich durch die Oberfläche brach.

Sie schmeckte einen grässlichen, öligen Film am Gaumen und merkte, wie die Höhle platzte, in der der Skarabäus sich eingenistet hatte. Ein Geschmack von Zucker und Eisen ergoss sich in ihren Mund, dann kam alles zurück, alles – sie war am Leben, und der Körper, den sie bewohnte, gehörte endlich wieder ihr!

Elena rollte sich auf die Seite und schlug mit dem Schwert nach dem hässlichen Käfer, aber sie war zu langsam. Sordell krabbelte weiter, und sie robbte ihm nach, wild entschlossen, ihn zu zertreten, zu zermalmen, mit der bloßen Hand zu zerquetschen, wenn es sein musste. Ein zweites Mal verfehlte ihre Klinge ihn um eine Handbreit, dann war Sordell in den Schatten verschwunden, noch bevor sie auf die Idee kam, ihre Gnosis zu benutzen. Elena heulte innerlich auf vor Wut, dann breitete sich unendliche Erleichterung in ihr aus.

Ich bin am Leben. Ich bin frei. Ich bin wieder ich!

Sie ließ Heilgnosis in ihren Gaumen und die verletzte Schulter fließen, reine, wundervolle Energie, die ihr und nur ihr allein gehörte. Sie spuckte Eiter und Blut und erbrach sich schließlich, würgte sich den Albtraum von der Seele, dem sie soeben entronnen war. Sordell war endlich fort. Elena weinte beinahe, als sie es begriff.

Im Innenhof war alles still, überall lagen Leichen, nur jenseits der Umgrenzungsmauer zuckten Blitze. Sie spürte das metallische Knistern in der Luft, mit dem Mara Secordin in blinder Tobsucht ihre Gnosis entlud. Die Bestie in ihr war von der Leine gelassen. Gurvon und Sindon mussten ebenfalls irgendwo dort draußen sein. Den Verräter-Magus kannte Elena nicht, aber sie kannte Gurvon und rechnete damit, dass sein Verfolger mittlerweile ziemlich tief in der Klemme steckte. Der letzte der Hadischa hatte die Flucht ergriffen, als er Sordell aus ihrem Mund krabbeln sah. Elena konnte es ihm nicht verdenken. Ihre Wunden hatten sich inzwischen wieder geschlossen, aber sie hatte Blut verloren, und dank dieses Mistkerls Rutt Sordell war sie vollkommen außer Form.

Ich muss hier weg, bevor Gurvon zurückkommt.

Sie kletterte durch eins der Fenster, das Mara in ihrer Raserei aus dem Rahmen gerissen hatte, hinaus auf die Straße. Elena wusste mehr oder weniger, wo sie war und wohin sie musste. Weit und breit war niemand zu sehen, aber sie spürte die Angst der Menschen, die sich zitternd hinter den Türen ihrer Häuser verkrochen hatten. Nur der Krieg konnte die Straßen einer Stadt so restlos leerfegen.

Dann lief sie los, ohne sich noch einmal umzusehen und gerade so schnell, wie der Blutverlust und die schmerzenden Wunden es zuließen. Doch floh sie nicht blindlings, denn ein Stück voraus sah sie den jungen Keshi, dem sie den Schnitt in der Schulter zu verdanken hatte. Er war noch langsamer auf den Beinen als sie. Eine von Maras Schlangen hatte ihn erwischt, er war so gut wie tot, und trotzdem heftete sie sich an seine Fersen. Vielleicht konnte sie noch aus ihm herausbekommen, wer diese Attentäter waren. *Die Feinde meiner Feinde könnten meine Freunde sein. Oder auch nicht.*

Als sie ihn kurz darauf einholte, hörte er sie nicht einmal kommen. Er versuchte noch, Widerstand zu leisten, konnte sich aber kaum mehr auf den Beinen halten, und Elena hatte mittlerweile beinahe wieder die volle Kontrolle über ihren Körper zurückerlangt. Sie schlug seinen verbogenen Säbel mühelos zur Seite und rammte ihm den Schwertknauf gegen die Schläfe – der Jüngling fiel in sich zusammen wie ein Sack Kartoffeln und rührte sich nicht mehr. *Und nun?*

Er war gerade erst dem Jungenalter entwachsen, hatte einen

dünnen Bart und dunkle, volle Lippen. *Ein hübscher Kerl eigentlich.* Sein Körper war der einer Raubkatze und ohne Zweifel weit stärker als Elenas. Vor Maras Biss hatte er sich bewegt wie ein Panther, aber jetzt war die Wunde an seinem Arm angeschwollen, das umgebende Fleisch fleckig und grün verfärbt. Länger als bis zum Sonnenaufgang würde er nicht mehr durchhalten. Elena setzte ihm die Schwertspitze an die Kehle, doch sie zögerte. Vielleicht gelang es ihr, ihn lange genug am Leben zu erhalten, um ihn zumindest verhören zu können. Vielleicht würde sie etwas über ihn und seine Begleiter erfahren – und über den Hintergrund der Geschichte, die Sindon Gurvon aufgetischt hatte.

»Meisterin Elena?«, tönte eine dunkle Stimme hinter ihr.

Elena blickte erschrocken auf und sah einen beleibten Jhafi in ihre Richtung kommen. Er war nur noch wenige Schritte entfernt und kam schnell näher. Und er war nicht allein.

»Mustaq al'Madhi? Seid Ihr das?«

10

DIE GLASINSEL

RELIGION: OMALI

Du wirst lachen, Bruder, wenn ich dir erzähle, dass wir jeden Morgen zu Agni beten, der Sonne, um uns mit einem Bad von den nächtlichen Sünden reinzuwaschen. Wir berühren die Erde und beten zu Bhumasi, auf dass die Feldfrüchte und Kinder gedeihen. Jeden Tag besuchen wir einen Tempel, wie es gerade so kommt, manchmal auch mehrere, und bleiben so kurz oder lang, wie es uns gefällt. Wir beten zu Gann, dem Elefanten, um Glück, zu Hanumar, dem Affen, um Kraft an Körper und Geist. Die Soldaten verehren Ram, Liebende das göttliche Paar Krishu und Radhika, und nie vergessen wir die Trimurti. Dies muss der heiligste Boden auf ganz Urte sein, denn die Götter sind stets in unseren Gedanken. Ja, Bruder, derselbe Lori, der die Sollan-Gottesdienste kaum ertragen konnte, ertrinkt geradezu im Glauben!

LORENZO DI KESTRIAS REISETAGEBUCH, LAKH, 924

Der Teppich raste in nördlicher Richtung über Hawli Khayyam hinweg und hinaus in die Nacht. Ab und zu fuchtelte Justina mit der Hand, als würde sie eine Fliege verscheuchen, was Ramita zutiefst verwunderte, bis sie begriff, dass die Jadugara Gnosisattacken abwehrte. Sofort überkam sie die Angst davor, was mit dem Teppich passieren würde, wenn Justina unterlag.

»Was ist los?«, fragte sie nervös.

»Nichts. Geh wieder schlafen«, antwortete Justina mit einem kurzen Blick über die Schulter.

Doch Ramita hatte nicht geschlafen, nicht einen Augenblick. Sie war erschöpft, aber kein bisschen schläfrig, nicht solange sie in dieser entsetzlichen Höhe mit halsbrecherischer Geschwindigkeit über die dunkle Wüste fegten. Seitlich hinter ihnen machten sich die ersten Vorboten der Morgendämmerung bemerkbar, was bedeutete, dass sie nach Nordwesten flogen. Aber das war auch schon alles, was Ramita über Route und Reiseziel erraten konnte.

Als die Sonne dann aufging und das vernarbte Antlitz des Mondes rot färbte, stellte sie mit Entsetzen fest, dass sie über Wasser flogen, und zwar nicht über einen großen See, sondern über den Ozean. Meiros hatte ihn ihr damals gezeigt, und doch spürte sie wieder dieselbe Angst, auch wenn die mächtigen Brecher von hier oben aussahen wie ein Kräuseln in einem vom Wind aufgewühlten Teich. Als Justina sagte, sie würden zur Glasinsel fliegen, hatte Ramita an einen Fluss gedacht. Sie hätte es besser wissen sollen.

Doch die heraufziehende Morgendämmerung zerrte noch

etwas ans Licht, nämlich wie erschöpft und ausgelaugt Justina Meiros aussah. Normalerweise war ihre Gesichtshaut so glatt und hell wie gebleichte Seide, doch jetzt sah Ramita die Krähenfüße um Lider und Mundwinkel. Die Augen waren blutunterlaufen, aus der Nase tropfte dünnflüssiger, farbloser Schleim.

»Was starrst du mich so an?«, keifte Justina, als sie Ramitas Blick bemerkte.

»Ihr seht müde aus. Wir sollten bald landen. Ihr müsst Euch ausruhen.«

»Ich ruhe mich aus, wenn wir da sind«, erwiderte Justina knapp, und Ramita hielt den Mund. Wenn ihre Schwiegertochter in dieser Laune war, war jeder Gesprächsversuch zwecklos. Der Gedanke, dass die hochnäsige und unnahbare Justina Meiros nun ihre Schwiegertochter war, amüsierte sie. Andererseits war sie selbst nun ebenfalls eine Magi, oder nicht? Es gab so vieles, das sie nicht wusste, so viele Fragen, die ihr unter den Nägeln brannten, so viel zu lernen. Nicht nur über die Magie der Rondelmarer, sondern über das Leben. Vor allem das Leben als Mutter. Darum hatte sie sich nie gekümmert, denn bisher war sie davon ausgegangen, für den Rest ihres Lebens ihre eigene Mutter um sich zu haben. Doch die war jetzt weit, weit weg. *Ich hätte meiner Schwiegertochter befehlen sollen, mich nach Hause zu bringen. Pah! Als ob Justina Meiros sich von mir irgendetwas befehlen lassen würde.*

Immer weiter rasten sie dahin, die in den Teppich gewobenen Zauber verhinderten, dass der Fahrtwind sie ins Meer pustete, und hielt ihnen den Regen vom Leib. Sie flogen jetzt tiefer und langsamer, und die Wellen sahen viel größer aus, wie tiefe Täler und jähe Gipfel, höher als jeder Tempel und in ständiger Bewegung. Die Leviathanbrücke lag im Westen und war von hier aus nicht zu sehen, hatte Justina ihr schließlich auf Nachfrage hin erklärt, und bei den hohen Klippen am nordöstlichen Horizont handelte es sich um die javonische Küste. Mehr war nicht aus ihr herauszubekommen gewesen.

Allmählich kam ihr Zielort in Sicht. Jenseits der Küste ragte eine Reihe pechschwarzer Steinsäulen aus dem Meer. Die Wellen rannten gegen sie an, Schaum und Gischt spritzten turmhoch auf, erreichten aber nie die Spitze. Erst als sie nahe genug heran waren, sah Ramita, dass die Säulen Hunderte Meter hoch waren und ebenso dick. Sie schimmerten wie Glas.

»Man nennt sie die Säulen der Götter«, sagte Justina resigniert, als hätte sie sich inzwischen widerwillig damit abgefunden, dass sie mit Ramita kommunizieren musste, wenigstens ein bisschen. »Es sind ehemalige Vulkane, deren Kegel das Meer vollständig abgetragen hat. Übrig ist nur noch der von der glühenden Lava zusammengebackene Kern. Sie sind fester als selbst der härteste Stein. Die Hitze, die diese Säulen erschaffen hat, schmilzt jedes Metall wie Butter. Sie werden bis ans Ende aller Zeiten hier so stehen.«

Ramita staunte ergriffen. Sie wirkten in der Tat, als stammten sie aus Agnis Schmiede oder wären von Sivraman und Vishnarayan erschaffen. Einen unwirtlicheren Ort hatte sie noch nie gesehen.

Als der Teppich sich auf eine der höchsten Säulen herabsenkte, sah Ramita, dass sie alle innen hohl waren. Justina manövrierte sie näher heran, kämpfte gegen die Böen an und stabilisierte den Teppich, bis sie direkt über der Öffnung waren, dann stürzten sie hinab in die Finsternis, bis sie endlich festen Boden erreichten. Ramita quiekte vor Erleichterung und Angst zugleich. Über ihnen heulte der Wind wie ein Rudel Schakale, doch sie waren so weit unten, dass sie davon kaum mehr als eine sanfte Brise spürten. Schließlich kroch Ramita auf allen vieren vom Teppich herunter. Ihr war schlecht, ihre Glieder zitterten, und die Babys in ihrem Bauch regten sich. Sie senkte den Kopf, küsste den spiegelglatten Stein und stützte die Stirn darauf, bis ihr Gleichgewichtssinn zurückkehrte.

Justina sank stöhnend zu Boden und blieb keuchend auf dem Rücken liegen, als wäre sie eine ganze Nacht lang um ihr Leben gerannt. In gewisser Weise stimmte das ja auch. Ramita hatte noch nicht oft erlebt, dass Justina ihre Maske fallen ließ, und fand es auf eigenartige Weise tröstlich, sie so erschöpft und verwundbar zu sehen. Es zeigte ihr, dass Justina doch ein Mensch war und keine lebende Statue.

»Weiter!«, schimpfte Justina sich selbst, setzte sich ruckartig auf und blickte Ramita finster an. »Spürst du das?« Sie hielt die Finger hoch, lang und dünn und weiß wie von der Sonne gebleichte Knochen. »Es ist eiskalt hier, knapp über dem Gefrierpunkt. Wir müssen nach unten.«

Nach unten? Ramita sah sich um und entdeckte eine schmale Tür in den pechschwarzen Wänden. Mit einem Ächzen stand sie auf und schulterte ihre Taschen.

Als Justina die Hand auf den steinernen Knauf legte, schimmerte Gnosislicht zwischen ihren Fingern hervor, dann schwang die Tür auf. »Beeil dich. Es fängt an zu hageln«, sagte die Jadugara über die Schulter.

Ramita stolperte an ihr vorbei, während ringsum schon halb gefrorene Wassertropfen auf sie niederprasselten. Die Kälte kroch ihr sofort bis unter die Haut. Etwas Derartiges hatte sie noch nie erlebt.

Auf eine Geste Justinas hin rollte sich der Teppich zusammen und schwebte auf eine direkt gegenüberliegende Felstür zu, die sich wie von Geisterhand hinter ihm schloss. Dann trat sie hinter Ramita durch die Tür und verriegelte sie. Einen Moment lang standen sie in vollkommener Dunkelheit, bis an den Wänden ringsum kleine Lichtpunkte erstrahlten wie Sterne am Nachthimmel. Sie befanden sich in einer kleinen Kammer. Justina deutete gebieterisch auf eine Treppe, die weiter nach unten führte. »Folge mir.«

Sie stiegen endlose Stufen hinab, und je tiefer sie kamen, desto wärmer wurde es. Als sie am Ende angelangt waren, sagte Justina Worte in einer Sprache, die Ramita noch nie zuvor gehört hatte, und eine weitere Tür, so meisterhaft gearbeitet, dass sie vollkommen unsichtbar gewesen war, glitt zur Seite. Dann rief sie erneut, und weitere Lichter flammten auf, heller noch als die auf der Treppe, und beleuchteten einen großen Saal.

Ramita blinzelte verunsichert, doch Justina zog sie einfach mit hinein. Die Tür schloss sich mit einem unheilverkündenden Donnern.

»Wo sind wir hier?«, stammelte sie.

Justina runzelte die Stirn. »Dies hier war Vaters geheime Zuflucht. Wir haben Vorräte für über ein Jahr, die mit Eisblöcken gekühlt werden. Die Wärme der Erde heizt die Wohnräume, und von draußen kommt genug Frischluft. Es gibt Bücher und Musikinstrumente, alles, was man sich nur wünschen kann.« Sie blickte Ramita von oben herab an, wie sie es manchmal tat, um zu betonen, dass sie beinahe zwei Köpfe größer war. »Und du bist die einzige Gesellschaft, die ich an diesem verfluchten Ort habe.«

Ramita lächelte zuckersüß. »Nun stellt Euch vor, wie schlimm es erst für mich ist: Ich habe nur *Euch*.« Sie sah sich neugierig um. Der Boden war mit dicken Teppichen ausgelegt, es gab eine Feuerstelle mit Diwanen davor, und irgendwo stand ein Tabulaspiel. »Gibt es noch mehr Räume?«, fragte Ramita, als sie in einer Ecke eine weitere Treppe entdeckte.

»In den unteren Stockwerken«, erwiderte Justina knapp. Sie ging zu einem in den nackten Stein gehauenen Regal und nahm eine Flasche heraus. »Vaters Räume sind für dich tabu. Das große Zimmer mit den roten Wandteppichen ist meins. Du kannst dir eins von den anderen aussuchen.« Sie goss sich ein Glas ein und drehte Ramita den Rücken zu.

»Danke, dass Ihr mich gerettet habt«.

»Ich habe es nur wegen der Kinder getan.«

Ramita nahm all ihren Mut zusammen. »Und wo wart Ihr in der Nacht, als mein Mann ermordet wurde?«, fuhr sie auf.

Justinas Schultern begannen zu beben. »Odessa hatte Geburtstag, und Alyssa hat ein Fest gegeben«, sagte sie leise. »Es gab Wein aus Bricia, ein herrlicher Jahrgang. Nichts deutete darauf hin, dass in dieser Nacht irgendetwas passieren könnte...«

»Und dann?«

Ramita war nicht ganz sicher, aber sie glaubte, Justina leise schluchzen zu hören. »Ich bin bei Alyssa und meinen anderen Freunden geblieben. Es hieß, du wärst tot. Der Mob hätte Vaters und deine Leiche geschändet. Es gab keinen Grund, nach Hause zurückzukehren. Alyssa war wie meine beste Freundin...« Sie ließ sich in einen Sessel fallen und presste die Weinflasche an die Brust wie ein Neugeborenes.

Ramita machte einen Schritt auf sie zu, wollte sie irgendwie trösten, da riss Justina den Kopf hoch und funkelte sie wütend an. »Behalt dein Mitleid für dich, du dreckiger Parasit! Du bist schuld daran, dass mein Vater tot ist!«

Ramita erstarrte. *Weiß sie von Kazim?* Doch dann wurde ihr

klar, dass Justina nur blindwütig um sich schlug. Der Schmerz war zu viel für sie. Ramita schluckte und hob leise ihre Taschen auf. Als sie nach unten ging, kauerte Justina mit angezogenen Knien in ihrem Sessel und wiegte stumm den Oberkörper vor und zurück.

Ramita suchte sich ein Zimmer aus, schälte sich aus ihrer verdreckten Kleidung und kroch ins Bett. Sie hatte keine Ahnung, wie sie das Licht ausmachen sollte, also zog sie einfach die Decke über den Kopf und schloss die Augen. All der Schmerz und die Angst der letzten Wochen verdichteten sich hinter ihren Augenlidern zu einer Dunkelheit, wie Ramita sie nie gekannt hatte, und irgendwann war sie selbst nur noch Dunkelheit.

Ramita war erstaunt, wie schnell sie sich an all die Wunder gewöhnt hatte, von denen sie erst erfahren hatte, seit Antonin Meiros ausgerechnet sie zur Frau genommen hatte. Die längste Zeit ihres Lebens war die Shaitansmagie der Rondelmarer für sie eine bloße Legende gewesen, genauso unwirklich wie die blasshäutigen Afreet aus den Schauergeschichten der Amteh. Dann war Ramita plötzlich mit einem leibhaftigen Afreet verheiratet gewesen, sie war von ihrem bescheidenen Familienheim in Baranasi in einen Palast umgezogen und tagtäglich von Magie umgeben gewesen. Es war ihr kaum noch aufgefallen, wenn etwas aus Marmor oder aus Gold war, fliegende Teppiche waren zu einem Transportmittel geworden wie jedes andere. Aber der Ort, an dem sie sich jetzt befand, stellte all das in den Schatten. Er war merkwürdig und unheimlich.

So weit unter der Erde hätte es eigentlich kein Tageslicht geben dürfen, doch Meiros hatte die Decke des Salons im obersten Stockwerk mit riesigen Oberlichtern versehen. Weiter unten übernahmen Glaskugeln mit hauchdünnen leuchtenden Fäden darin die Funktion von Kerzen. Wenn Ramita wollte, leuchteten sie hell wie die Sonne, alles, was es dazu brauchte, war eine einfache Berührung: Bei der ersten gingen sie an, eine zweite machte sie heller, die dritte ließ sie erlöschen. Wunderbar. Am ersten Tag spielte sie stundenlang mit einem dieser Lichter, ließ es erglühen und wieder ausgehen, und jedes Mal spürte Ramita, wie die Glaskugel ihr etwas von ihrer eigenen Energie aussaugte. Doch am zweiten Tag hatte sie sich bereits daran gewöhnt, als hätte sie nie etwas anderes gekannt.

Ähnlich rätselhafte Dinge waren das Feuer in den offenen Kaminen, das weder Holz noch Öl verbrauchte, die Wärme, die beständig aus den kleinen Öffnungen in den Wänden strömte, und die aus Rohren gespeisten Marmorbecken, die sich ganz nach Wunsch mit kaltem oder warmem Wasser füllten, ohne dass Ramita pumpen oder zuerst ein Feuer machen musste.

Trotz all dieser kleinen Wunder gab es genug Arbeit. Jeden Tag musste sie in die eiskalten Vorratsräume hinuntersteigen, die randvoll waren mit gefrorenem Schlachtfleisch und den verschiedensten Gemüsesorten. Ramita akzeptierte es klaglos, für sie beide das Hausmädchens zu spielen. Sie war mit täglicher Arbeit aufgewachsen und hatte nicht erwartet, je etwas anderes kennenzulernen. Außerdem schien Justina nicht in der Lage zu sein, irgendetwas Nützliches zu machen.

Die Arbeit einer Dienerin war das eine, als solche behandelt zu werden jedoch etwas ganz anderes. Wenn Justina höflich fragte, gehorchte Ramita, versuchte sie allerdings, Ramita herumzukommandieren, gab sie lediglich barsch zurück, sie solle sich gefälligst selbst darum kümmern. Höflich oder unhöflich, ihre Retterin richtete nur selten das Wort an sie und verbrachte die meiste Zeit in ihrem Gemach. Alles, was Ramita dann von ihr mitbekam, war der Opiumrauch, der unter dem Türspalt hervorquoll. Sie wusste, dass Meiros das Zeug bestimmt nicht hier eingelagert hatte, also musste Justina es selbst mitgebracht haben.

Insgesamt gab es fünf Stockwerke, und nach kurzer Zeit kannte Ramita sie alle. Der Salon mit der hohen Decke und den Lichtschächten befand sich im ersten. Ramita richtete ihren Tagesablauf nach den Lichtverhältnissen dort. Wenn es hell wurde, stand sie auf, schwand das Sonnenlicht im Salon, ging sie zu Bett. Gleich darunter lagen die Küche, die Wäscherei und Lagerräume, noch ein Stockwerk tiefer die sieben über die Haupttreppe zugänglichen Schlafgemächer. Justinas und das, das ihr Mann bewohnt hatte, hatte sie noch nicht betreten, die anderen fünf waren karg und unwirtlich, weshalb sie die Wände in ihrem Zimmer mit Decken abhängte. So sah es etwas gemütlicher aus.

Am Ende der nächsten Treppe befanden sich eine große Bibliothek und das Schreibzimmer mit zwei Tischen, Kielen, Tintenfässchen und zahllosen Stapeln Pergament. Im letzten Stockwerk schließlich waren die Eiskammern, die Vorratsräume und ein kleiner Saal mit großen Außentüren und mehreren beheizbaren Badewannen untergebracht, die Ramita aber nie benutzte. Der Waschraum in ihrem Gemach reichte ihr vollkommen.

Schon bald hatte sie sich die Bibliothek zu ihrem Lieblingsort auf der Glasinsel erkoren. Die sanft gerundeten Wände waren über und über mit Büchern bedeckt. Die meisten davon waren vom Ordo Costruo geschrieben und behandelten die

Geschichte Urtes. Ramita hatte das Lesen erst kürzlich gelernt und kam entsprechend langsam voran. Als Erstes nahm sie sich die Aufzeichnungen der Brückenbauer-Magi vor. Einige ihrer Ansichten teilte sie, andere nicht. Manche standen in krassem Gegensatz zu dem, was sie bisher für wahr gehalten hatte, und drohten, ihre Weltsicht ins Wanken zu bringen. Ramita las diese Passagen nicht gern, tat es aber trotzdem.

Ganze Stunden verbrachte sie vor einer riesigen Wandkarte. Sie stellte Ahmedhassa dar – oder Antiopia, wie die Rondelmarer es nannten – und Yuros. Sie war aus Gips modelliert, zeigte schroffe Berge und tiefe Täler mit allen Erhebungen und Senken. Etwas Derartiges hatte sie noch nie gesehen. Die Namen der Städte und größeren Ansiedlungen waren sowohl in rondelmarischer als auch in keshi Schrift wiedergegeben. Ramita suchte die Karte ab, bis sie Baranasi gefunden hatte, fuhr sehnsüchtig über die eingravierten Buchstaben und ließ ihren Finger weiter hinauf nach Norden gleiten, durch die Wüste und über Südkesh bis nach Hebusal, immer dem Verlauf ihrer eigenen Reiseroute folgend. Schließlich fand sie auch die der Ostküste Javons vorgelagerten Säulen der Götter, den Ort, an dem sie sich jetzt befand. Sie waren entsetzlich weit vom Rest der Welt entfernt, und Ramita fühlte sich nur noch einsamer.

Mindestens genauso seltsam fand sie die schier endlosen grünen Wälder und fruchtbaren Ebenen auf dem Kontinent Yuros. Praktisch *überall* waren Flüsse und Seen verzeichnet, während ihre Heimat ein einziger großer brauner Fleck auf der Karte war. Wie konnte es an einem Ort nur so viel Wasser geben?

Das Erstaunlichste von allem aber war die Brücke. Der Kartenmacher – Antonin Meiros, wie sie vermutete – hatte sie als dünnen roten Strich eingezeichnet, der exakt dem Verlauf einer Unterwasserlandschaft mit Bergkämmen und weiten Hochebenen folgte. Bei einem der wenigen Male, als sie Justina in der Bibliothek antraf, nahm sie all ihren Mut zusammen und fragte, was es damit auf sich hatte.

»Du weißt das nicht?«, erwiderte Justina leise und fügte dann hinzu: »Nein, wahrscheinlich nicht. Yuros und Antiopia waren einmal ein Kontinent, verbunden durch einen Gebirgszug, der über die Pontische Halbinsel bis nach Dhassa verlief. Das ist noch gar nicht so lange her. Der Ordo Costruo glaubt, vor fünfzehnhundert Jahren hätte es diese Verbindung noch gegeben.« Sie deutete auf die Karte. »Vaters Meinung nach wurden die Menschen vor etwa dreitausend Jahren sesshaft und begannen mit dem Ackerbau. Davor waren sie Nomaden und zogen ständig umher.«

Ramita runzelte die Stirn. Sie hatte gelernt, die Götter hätten Mann und Frau vor dreißigtausend Jahren in Lakh erschaffen; alle, die nicht aus Lakh stammten, waren Ausgeburten der Rakas-Dämonen, die an den Grenzen der bewohnbaren Lande hausten. Noch jetzt hatte sie im Ohr, wie Meiros gekichert hatte, als sie ihm davon erzählte. »Aber wo ist diese Gebirgskette jetzt?«, fragte sie.

»Vater sagte, ein Meteoriteneinschlag hätte sie von Urtes Antlitz getilgt.«

Ramita blickte sie verständnislos an.

»Ein Meteorit ist ein riesiger Felsbrocken, der vom Himmel fällt. Vater sagte, als sie die Brücke bauten, hätten sie Gestein gefunden, das es nirgendwo sonst auf Urte gibt.«

»Guru Dev sagt, als die Götter die Rakas verfluchten, hat Agni einen großen Stein auf sie hinabgeschleudert, um ihren König zu töten.«

Justina schüttelte verächtlich den Kopf. »Ungebildete Barbaren«, murmelte sie gerade so laut, dass Ramita es noch hören konnte.

Ramita platzte der Kragen. »Vielleicht wollten die Götter, dass Ost und West voneinander getrennt sind«, keifte sie.

»Es gibt keine Götter, nur uns.«

Ramita machte ein Zeichen, um sich vor dem Zorn der Götter zu schützen, aber Justina sprach so selten mit ihr, dass sie ihr die Lästerung durchgehen ließ. »Wie können denn unsere Völker so verschieden voneinander sein, wenn sie einmal dasselbe Land bewohnt haben?«

Justina zog die Augenbrauen hoch, als hätte sie Ramita eine so kluge Frage gar nicht zugetraut. »Nun… wir glauben, dass die einzelnen Gruppen sich je nach Landschaft und Klima, in dem sie lebten, weiterentwickelt haben. Von Generation zu Generation haben sie sich immer besser angepasst, haben hellere Haut bekommen oder dunklere, wurden größer und stärker oder kleiner und dafür schneller, um besser überleben zu können. Wir haben uns eher gefragt, warum die Völker auf beiden Kontinenten, nachdem sie sich schon so lange voneinander getrennt weiterentwickeln, sich immer noch so ähnlich sind.«

»Ähnlich?«

»Überall gibt es Monarchien, Religion, die Männer haben das Sagen… So verschieden sind wir gar nicht.«

Ramita wollte schon widersprechen, verkniff es sich aber. Guru Dev hatte sie gelehrt, ihre Ohren zu benutzen, nicht die Zunge, wenn sie etwas nicht verstand.

Justina fuhr gedankenverloren mit dem Finger den roten Strich auf der Wandkarte entlang. »Vater glaubte, dass die Menschen sich zwar den jeweiligen Bedingungen angepasst haben, nachdem sie sesshaft wurden, aber manches, so sagte er, nun mal in ihrer Natur läge. Als die Kontinente getrennt wurden, entwickelten sich auf Yuros und Antiopia unterschiedliche Kulturen, die bei näherem Hinsehen gar nicht so verschieden voneinander sind. Vor zweihundert Jahren landete das erste Windschiff in Antiopia. Damals hatten in Dhassa und Kesh noch die Gottessprecher das Sagen und sonst niemand. Mit unserer Ankunft änderte sich das. Die Windschiffe waren nur der erste Schritt, dann kam die Brücke, die der Ordo Costruo gebaut hat. Seither ist in Dhassa und Kesh nichts mehr, wie es einmal war.«

Zum ersten Mal hörte Ramita so etwas wie Stolz in Justinas Stimme. *Es gibt also doch Dinge, die ihr wichtig sind.* »Was ist passiert?«

»Wir hatten die Gnosis, und unsere Wissenschaft war höher entwickelt. Wir hatten keine Götter, sondern ließen uns von Vernunft und Verstand leiten, und das untergrub die Macht der Gottessprecher. Wir errichteten Gebäude, bauten Straßen und Aquädukte – Dinge, die weit jenseits der Möglichkeiten der Nicht-Magi lagen und alles bisher Dagewesene in den Schatten stellten. Das ganze Leben in Antiopia veränderte sich. Händler und Grundbesitzer, die mit uns Geschäfte machten, wurden nicht nur reich, sie gewannen auch immer mehr an Einfluss und beraubten die Gottessprecher schließlich all ihrer weltlichen Macht. Alles, was ihnen noch blieb, war die Religion. All diese Veränderungen hatten in Yuros unter dem Einfluss der rimonischen Kaiser schon vor Jahrhunderten stattgefunden, und genau wie damals lösten diese Veränderungen Unruhen und Blutvergießen aus. Mein Vater war entsetzt, bereute seinen Schritt aber nicht. Die Herrschaft der Gottessprecher war die reinste Tyrannei gewesen, und unsere Ankunft machte ihr ein Ende. Die Sultane von Dhassa und Kesh haben ihren Aufstieg meinem Vater und seinen Anhängern zu verdanken.«

Diese Version der Geschichte Urtes hatte Ramita noch nie gehört, und sie hörte sie auch jetzt nicht gern. Sie fühlte sich so fremd und kalt an. »Sind sie jemals bis nach Lakh gekommen?«, fragte sie schüchtern.

»Ein paar. Aber nach den gewaltsamen Unruhen in Kesh hat Vater uns verboten, weiter nach Süden vorzustoßen. Wir durften uns nicht mehr dort ansiedeln und schon gleich gar nicht in aller Öffentlichkeit die Gnosis benutzen. Von nun an wollte er anderen Kulturen Zeit geben, sich in ihrem eigenen Tempo zu entwickeln. Er wollte, dass die Magi als Beispiel in der Ferne gesehen würden, nicht als Bedrohung vor der eigenen Haustür.« Justina tippte auf die Karte. »Obwohl sich die Dinge natürlich trotzdem vermischt haben. Mein älterer Bruder hat viel Zeit in Khotri verbracht, und Vater hat mich einmal heimlich nach Teshwallabad mitgenommen.« Sie rümpfte die Nase. »Ein dreckiger Ort.«

Ramita musste grinsen. »Dann wäre Baranasi noch viel weniger etwas für Euch.«

Doch solche Gespräche waren selten. Die meiste Zeit blieb Justina kühl und distanziert. Ramita war nicht direkt langweilig, aber sie fühlte sich einsam, die Tage schleppten sich dahin wie ein endloser, nicht unbedingt angenehmer Traum. Sie war noch nie in ihrem Leben wirklich allein gewesen, hatte jeden Tag im Schoß ihrer Familie verbracht, umgeben von Stimmen, Streit, Gelächter … All das gab es hier nicht, keine Gesichter, keine Stimmen, dafür sprach sie umso mehr mit ihren Babys, mit den kleinen Wesen, die in ihrem Bauch heranwuchsen und erst in zwei Monaten die Welt erblicken würden, aber Ramita wollte, dass sie sich von Anfang an beachtet und geliebt fühlten.

Manchmal sprach sie auch mit ihrem Mann, teilte ihm ihre Gedanken mit über etwas, das sie gerade gelesen hatte, oder beschwerte sich über Justinas Benehmen. Und sie sagte ihm, dass sie ihn vermisste, was auch stimmte. Er war freundlich zu ihr gewesen und geduldig. Obwohl er sie für Geld gekauft hatte – für sehr, sehr viel Geld –, hatte er sie immer mit Würde und Respekt behandelt. Ramita wünschte, er wäre jetzt bei ihr und könnte sehen, wie ihr Bauch von Tag zu Tag dicker wurde.

Sie hatte beschlossen, sich nicht weiter mit der Gnosis zu beschäftigen, bis Justina ihre Opiumvorräte aufgebraucht hatte, wieder zu klarem Verstand kam und endlich ihr Versprechen einlöste, sie zu unterrichten. Doch die Zeit verstrich, aus Tagen wurden Wochen, und ihre Schwiegertochter befand sich immer noch im ständigen Rausch. Schließlich verlor Ramita die Geduld. Sie platzte in Justinas Gemach und schüttete ihr einen Eimer eiskaltes Wasser über den Kopf. »Es reicht!«, rief sie.

»Was …?« Die Jadugara lag halb nackt quer auf ihrem Bett, auf dem Boden stand eine Huka, und die Luft war von so dichten Rauchschwaden verhangen, dass Ramita übel wurde.

»Steh auf, du faule Kuh!«, fluchte sie und wedelte mit der Hand gegen den Nebel an. Als sie die überall auf dem Boden verstreut liegenden Beutel sah, hob sie sie kurz entschlossen auf und ging damit zum Kamin. Justina rann der Speichel aus dem Mundwinkel, und als Ramita den Inhalt ins Feuer leerte, war die einzige Reaktion ein ungläubiges Blinzeln. »Du kannst einem nur leidtun«, fauchte sie. »Was glaubst du, würde dein Vater dazu sagen?«

Justina starrte mit leeren Augen auf den Kamin, in dem

gerade ihre gesamten Opiumvorräte verbrannten, während Ramita hinausstürmte und die Tür hinter sich zuschlug.

Wie soll das alles enden?, fragte sie sich, als sie wieder in ihrem eigenen Gemach war. *Ich sitze hier mit Zwillingen im Bauch mitten im Ozean wie eine Gefangene. Ich kann nirgendwo hin, und meine einzige Gesellschaft ist eine nichtsnutzige Opiumsüchtige.*

Dann brach sie in Tränen aus.

Drei Tage später kam Justina schwankend die Treppe zum Salon hinauf und ließ sich auf einen Diwan fallen. Die letzten drei Tage hatte sie damit verbracht, abwechselnd in Schrei- oder Weinkrämpfe zu verfallen oder zu schnarchen wie ein Bär.

Ramita beachtete sie nicht.

»Ein paar Beutel hast du übersehen«, flüsterte Justina stöhnend. »Ich hab sie in die Toilette geworfen. Es tut mir leid, ich hatte schon immer einen schwachen Charakter«, fügte sie mitleidheischend hinzu.

Ramita las demonstrativ weiter. Sie war gerade bei einer Passage, in der es um einen besonders unzivilisierten Ort in Yuros ging. *Die Wälder Schlessens bestehen hauptsächlich aus Kiefern, Tannen und anderen immergrünen Bäumen, die so hoch werden können, dass das Sonnenlicht an manchen Stellen nicht bis zum Boden vordringt. Es gibt Legenden von Baumgeistern, die über die tiefen Wälder wachen. Die Stamme Schlessens bringen immer noch Opfer dar, bevor sie auf die Jagd gehen.*

So sehr sie sich auch anstrengte, Ramita konnte sich kein Bild von diesem Ort machen. In ihrem ganzen Leben hatte sie noch nie mehr als sechs Bäume auf einem Fleck gesehen.

»Du weißt nicht, wie es ist«, wimmerte Justina. »Opium macht alles so schön und behaglich, deine Sinne, dein ganzer Körper, werden überflutet von einem unglaublichen Wohlgefühl – alles ist gesund und heil. Es ist noch besser als Sex, weil man sich dabei nicht mit einem anderen Menschen abgeben muss. Besser als Essen und Trinken, besser als der schönste Traum. Es ist wie ein Paradies, das du jederzeit aufsuchen kannst …«

Der Wichtigste unter diesen Baumgeistern ist Minaus, ein Mann mit einem Stierkopf. Er ist der schlessische Kriegsgott. Zur Winter- und Sommersonnenwende verbrennen die schlessischen Stämme Holzstatuen, um seinen Segen für die kommende Jahreszeit zu erbitten. Die Sollan-Drui spenden den Wurzeln ihr Blut und ihren Samen. Sie glauben, dass die Bäume ein Bewusstsein haben und miteinander kommunizieren. In ihrer Anschauung sind die weiten Wälder ein großer Organismus, der eines Tages wieder den ganzen Kontinent bedecken und alles Vergängliche und von Menschenhand Erschaffene verschlingen wird.

Ramita nippte an ihrem Tee. Ein Blick zum Oberlicht sagte ihr, dass es später Vormittag war.

»Menschen können einem wehtun. Opium nicht«, sprach Justina weiter, dann wurde sie von einem fürchterlichen Hustenanfall durchgeschüttelt.

»Du hast recht«, erwiderte Ramita seelenruhig. »Opium tut dir nicht weh, es bringt dich um.«

Es entstand eine lange Pause. »Ich weiß«, flüsterte Justina schließlich.

In Südschlessen ist der oberste Baumgeist ein Bär mit einem Hirschgeweih, der Kinder frisst. Sein Name ist Ursus. Um ihn zu beschwichtigen, werden totgeborene Babys zwischen den

*Wurzeln der ihm geweihten Bäume begraben – in Zeiten der
Not auch lebende. Genau das ist die Barbarei, die wir vom
Ordo Costruo bekämpfen müssen.*

Ramita hob den Kopf und blickte Justina an, als wäre sie
ihre kleine Schwester. »Du musst mir die Gnosis beibringen.«

Justina nickte stumm.

»Wozu sollen die sein?«

Sie saßen einander im Schneidersitz gegenüber, was Ramita
auf unangenehme Weise daran erinnerte, wie Alyssa Dulayn
sie in der Casa Meiros über eine Gedankenverbindung in der
Sprache der Rondelmarer unterrichtet hatte. Doch zu ihrer
großen Erleichterung machte Justina keine Anstalten, eine solche Verbindung zu ihr aufzubauen. Zwischen ihnen standen
vier Schalen: eine mit Wasser, eine mit Erde, eine dritte mit
einer brennenden Kerze, und in der vierten schwamm eine
Öllache, die ebenfalls brannte, dabei aber keine Flammen er-
zeugte, sondern nur einen dichten, träge wabernden Rauch.

Justina fuhr mit den Händen über die Schalen. »Sie reprä-
sentieren die vier Elemente. Jeder Magus hat zu einem davon eine besonders starke Affinität, die er sich nicht aussuchen
kann. Sie ist Teil dessen, was du bist, Teil deines Wesens. Manche Magi haben auch zwei Affinitäten oder gar keine, aber das
kommt sehr selten vor, und selbst wenn, dann macht es nichts.
Die Affinitäten sind nur eine von mehreren Möglichkeiten,
sich der Gnosis zu nähern und sie zu verstehen.«

Ramita überlegte. »Was soll ich tun?«

»Berühre sie. Spiele damit, untersuche sie. Benutze deine
Gnosis und spüre nach, welches davon sich am angenehms-
ten anfühlt. Denk nicht zu viel nach, folge einfach deinem
Instinkt.«

»Und was ist das hier?« Sie deutete auf ein Holzbrett zu Justinas Füßen, in das eigenartige Symbole geschnitzt waren. Daneben lag ein Haufen roter Glasperlen.

»Damit werde ich versuchen, herauszufinden, wo deine Stärken liegen.«

Ramita verzog das Gesicht. Die Vorstellung gefiel ihr nicht. »Womit soll ich anfangen?«

»Versuch's mit Erde. Nimm ein bisschen davon, reibe sie zwischen den Fingern, zwischen deinen Handflächen, schnuppere daran, leg sie dir auf die Zunge, und am allerwichtigsten: Versuche, sie mit deiner Gnosis zu berühren.«

Auf die Zunge legen? Wie eklig! Sie streckte zögernd die Hand aus und tat, wie ihr geheißen. Die Erde stammte von einer der Topfpflanzen im Salon, um die sie sich gekümmert hatte, seit sie hier waren. Ramita dachte an den Kräutergarten auf dem Dach ihres Hauses in Baranasi. Es hatte immer zu ihren Lieblingsbeschäftigungen gezählt, gemeinsam mit ihrer Mutter Tanuva die zarten Pflänzchen zu pflegen und von ihr die Geheimnisse der Kräuter zu lernen … Es waren glückliche Erinnerungen.

»Und jetzt nimm deine Gnosis zu Hilfe, während du dich in Gedanken weiter mit der Erde beschäftigst.«

Es ging ganz leicht. Sie brauchte nur an Tanuva zu denken und daran, wie sie immer gesungen hatte bei der Arbeit. Es waren Samen in der Erde, wie Ramita bald bemerkte. Vielleicht hatte Justina sie absichtlich mit hineingemischt.

Ramita spürte ein Kribbeln und öffnete die Augen. Ihre Fingerspitzen leuchteten grünlich, und dieses Leuchten schien auch das Samenkorn zu erfassen, das plötzlich aufplatzte und keimte, ein kleines grünes Stängelchen nur, das blind in die Welt schaute. Sie erschrak, und das Pflänzchen verblühte.

Justina schürzte die Lippen, nahm acht Glasperlen und legte sie in eine Vertiefung auf dem Brett.

»Tut mir leid«, sagte Ramita. »Ich habe es kaputtgemacht.«

»Das spielt keine Rolle. Versuch jetzt das Wasser.«

Ramita verlor jegliches Zeitgefühl, nur vage nahm sie wahr, wie die durch die Oberlichter einfallenden Sonnenstrahlen immer weiter über den Boden wanderten, während ihr Geist sich mit Dingen und Empfindungen beschäftigte, die ihr teils vertraut und teils vollkommen fremd waren. Das Wasser jedenfalls reagierte hervorragend auf ihre Gnosis, es gelang Ramita sogar, ein paar Tropfen aus ihren Fingern regnen zu lassen, auch wenn sie sich danach wie ausgetrocknet und beinahe krank fühlte.

Feuer war da schon schwieriger. Als Kind hatte Feuer sie fasziniert, und sie hatte sich oft den Zorn ihrer Eltern zugezogen, wenn sie die teuren Kerzen bis auf einen Stumpf herunterbrennen ließ, nur um stundenlang in das tanzende Flämmchen am Ende des Dochts zu schauen. Bei ihren Versuchen schaffte sie es sogar, die Flamme in die Hand zu nehmen, als wären ihre Finger selbst der Docht. Es war unglaublich, aber auch ein bisschen beängstigend, denn Feuer war nicht zu unterschätzen, und Ramitas Versuche, es zu zähmen, ließen die Zeit wie im Flug vergehen.

»Wie wär's mit Luft?«, fragte Justina irgendwann. Ihre Stimme klang etwas erschöpft, fand Ramita, kümmerte sich aber nicht weiter darum und stürzte sich auf die letzte Aufgabe.

Der wabernde Rauch über der Schale war die härteste Nuss, denn er war ungreifbar, hatte keine echte Substanz. Ramita konnte keinerlei Struktur darin erkennen, geschweige denn ihr eine verleihen. Als sie seufzend die Augen aufschlug, betrachtete Justina gerade die Glasperlen, die sie auf dem Holzbrett arrangiert hatte.

»Und?«, fragte Ramita und war mit einem Mal selbst todmüde. Sie griff nach ihrem grünen Tee und stellte überrascht fest, dass die Tasse eiskalt geworden war. Ein Blick auf die Oberlichter bestätigte, dass die Nacht bereits hereinbrach.

Großer Parvasi, wo ist nur der ganze Tag hin?

Justina überlegte. »Nun, Ramita«, sagte sie schließlich, »erzähl mir ein bisschen über dich.«

Was folgte, war eine endlose Flut der seltsamsten und schwierigsten Fragen, die Ramita je hatte beantworten müssen. Auf keine schien es eine richtige Antwort zu geben, und keine einzige davon hatte etwas mit Magie zu tun. Was sie nachts so träumte, fragte Justina – von Baranasi, auch wenn ständig Menschen aus Hebusal vorkamen. Was ihre Lieblingsfarben waren – Naturtöne, vielleicht ein bisschen heller und kräftiger, als sie normalerweise aussahen. Was ihr wichtiger war, die Tat oder die Absicht – die Tat, natürlich! Justina stellte noch viele weitere Fragen, oft waren es nur Variationen über dasselbe Thema, manche davon unverschämt intim, und die ganze Zeit über verschob Justina die roten Perlen, fügte hier welche hinzu, nahm dort welche weg, bis die Fragerei schließlich ein Ende hatte, weil auch Justina einfach nicht mehr konnte.

»Ramita Ankesharan«, sagte sie, »das ist alles noch nicht endgültig, aber meiner Einschätzung nach liegen deine Hauptaffinitäten in der Erdgnosis und der Hermetik.«

Justina klang, als wäre sie voll und ganz bei der Sache – zumindest mehr, als Ramita es je erlebt hatte. Justina wurde ihr beinahe sympathisch, oder besser gesagt: Zum ersten Mal verstand Ramita, wie jemand sie mögen konnte, das heißt, solange

Justina ihn oder sie nicht schon vorher zu grob vor den Kopf gestoßen hatte…

»Ich dachte, Feuer…?«, fragte sie erstaunt.

Justina schüttelte den Kopf. »Das ist deine zweite Affinität. Du hast dich geschickt angestellt, aber du hattest auch Angst. Deine Schwäche ist das Element Luft, was mich nicht überrascht, wenn ich daran denke, wie sehr du dir auf dem Weg hierher in die Hose gemacht hast.«

»Ach so.« Ramita bekam ein ganz neues Bild von sich selbst. »Was ist Hermetik?«, fragte sie.

»Sie betrifft die gegenständlichen Aspekte unserer Welt, woraus sie besteht, die Pflanzen, die Tiere, den Menschen. Ich könnte mir vorstellen, dass du die Dinge gerne berührst, gerne mit deinen Händen arbeitest, vor allem mit Tieren. Besonders fantasievoll bist du allerdings nicht«, fügte sie ein wenig herablassend hinzu. »Du glaubst, was du siehst. Wissenschaft oder gar Philosophie interessieren dich nicht.«

»Warum auch? Das ist alles nur Mist, den uns die unterbeschäftigten Priester weismachen wollen.«

Justina lächelte zufrieden. »Genau meine Rede.« Sie deutete auf das Brett. »Das hier ist unser Leitfaden. Die meisten Magi durchlaufen eine jahrelange Ausbildung, also hast du viel aufzuholen, und wer weiß, wie viel Zeit dir dafür bleibt. Es könnte sein, dass wir nur noch wenige Tage haben, um dir beizubringen, wie du dich am besten gegen einen Angreifer verteidigst.«

Die Vorstellung war nicht gerade beruhigend, aber Ramitas Neugierde überwog. »Was bedeuten diese Perlen?«, fragte sie und beugte sich nach vorn.

»Hier, an der senkrechten Seite siehst du die Symbole für die Elemente«, erklärte Justina. »Feuer, Wasser, Erde und

Luft. Die an der waagrechten Seite stehen für Hermetik, Thaumaturgie, Zauberei und Theologie. Jetzt sieh dir an, in welchen Quadraten die Häufchen am höchsten sind. Das sind deine Stärken. Wo überhaupt keine liegen, bist du schwach.«

Ramita betrachtete die Häufchen und die dazugehörigen Bezeichnungen der insgesamt sechzehn Quadrate. »Sylvanismus? Tiergnosis?«

Justina nickte. »Deine Stärken liegen in allem, was mit Natur zu tun hat. Was du mit dem Samenkorn gemacht hast, war beeindruckend, vor allem weil es dein erster Versuch war. Holz und Pflanzen gibt es überall, sie sind ein sehr vielseitig einsetzbares Material. Auch den Tieren bist du so verbunden, dass du eines Tages in der Lage sein wirst, sie mit deinem Willen zu lenken. Wahrscheinlich wirst du sogar ihre Gestalt annehmen können.«

Ramita schluckte. *Ich und Tiergestalt annehmen? Unmöglich!* In Märchen gab es so etwas, aber nicht in der Realität. *Andererseits, warum nicht?*

»Und was noch?«, fragte sie mit einem Lächeln.

»Feuer und Erde, wie wir gesehen haben. Vor allem Erde. Wenn ich dir erst gezeigt habe, wie, wirst du Fels formen können wie Ton. Ich habe Erdmagier gesehen, die durch Wände gehen konnten. Und außerdem zutreten wie ein Pferd.«

Ramita wurde beinahe schwindlig bei all diesen neuen Möglichkeiten. »Wo liegen meine Schwächen?«, wollte sie schließlich wissen, um auf dem Boden zu bleiben.

Justina deutete auf die leeren Felder. »Siehst du? Hellsehen und Divination: nichts. Auch auf den anderen Quadraten, die mit Zauberei zu tun haben, liegt kaum ein Steinchen. All das wird für dich ein Buch mit sieben Siegeln bleiben. Aber da Geisterbeschwörung mit dem Element Erde verbunden ist, wäre es möglich, dass du zumindest den Geist eines Toten anrufen kannst.«

Der Gedanke gefiel Ramita überhaupt nicht.

»Und hier, Theurgie. Die geistigen Studien liegen dir nicht. Illusionismus ist einer deiner Schwachpunkte, das heißt, wenn du nicht extrem wachsam bist, wirst du alles, was du siehst, für echt halten. Ob es eine Illusion ist oder nicht. Und du wirst nie deinen Körper verlassen können.«

»Igitt. Warum sollte ich denn meinen Körper verlassen wollen?!«

»Eben. Allein der Gedanke ist dir zuwider. Die Gnosis ist nur eine Erweiterung der eigenen Persönlichkeit. Betrachte es einmal so: Keines der Ergebnisse überrascht dich wirklich, oder? Du bist eine selbstbewusste, geerdete junge Frau, die fest im Hier und Jetzt verankert ist. Die Magi, die du sein wirst, ist nur die gnostische Erweiterung dieser Charaktereigenschaften.« Justina sagte all das ohne den sonst üblichen Sarkasmus, sie gab nur ihre vollkommen nüchterne, objektive Einschätzung wieder.

»Und du?«

Justina zuckte unsicher die Achseln. »Ich? Ich bin eine Luftmagi mit einem gewissen Talent zur Zauberei. Wir sind sehr verschieden, du und ich. Gegensätzlich geradezu.«

Überrascht mich nicht. »Und was kommt als Nächstes?«

Justina gähnte. »Als Nächstes? Ich bringe dir die Grundlagen bei, die Prinzipien der Gnosis und wie man sie anwendet.« Sie gähnte erneut. »Morgen fangen wir an. Jetzt habe ich erst mal Hunger.« Sie schaute Ramita vielsagend an.

»Vielleicht ist es an der Zeit, dass du mal das Kochen übernimmst«, brummte sie. »Bis jetzt habe ich die ganze Arbeit allein gemacht.«

»Du willst bestimmt nicht, dass ich für dich koche, Mädchen.«

»Du tust überhaupt nichts. Ich koche, wasche und mache sauber, während du nur schläfst und trinkst.«

»Jeder tut eben das, was er am besten kann«, erwiderte Justina mit einem bitteren Lächeln.

Ramita stand auf und nutzte die seltene Gelegenheit, auf die hochnäsige Jadugara herabzublicken, die vielleicht nicht ganz so verkommen war, wie sie bisher geglaubt hatte, aber sich immer noch arrogant und kratzbürstig gab. »Vielleicht sollte ich mich einfach nur noch um mich selbst kümmern.«

Ein gefährliches Funkeln trat in Justinas Augen. »Glaube nicht, wir wären Gleichgestellte, du und ich.«

Ramita schnaubte. »Tue ich gar nicht. Wie du bereits gesagt hast: Wir sind gegensätzlich. Und dein Essen kannst du dir ab jetzt selber kochen.«

Zaqris Rudel kam zum Essen im alten Thronsaal des Palastes zusammen. Viele waren noch nackt. Huriya, die es – sehr zu ihrem Verdruss – hatte zubereiten müssen, beobachtete, wie einige, in denen nach wie vor das Tier die Oberhand hatte, das Fleisch mit Zähnen und Klauen zerrissen, um sich dann irgendwo im Saal zu paaren. Allen gemeinsam war ein ungestümer Hunger, den Huriya inzwischen als das charakteristische Merkmal der Seelentrinker erkannt hatte. Denn der unbändige Drang, die verbrauchte Gnosis sofort wieder aufzufüllen, begann auch sie zu verändern. *Kazim hat Angst davor, aber ich habe keine Angst ...*

Die älteren Rudelmitglieder hatten ihre Triebe besser im Griff und versammelten sich nach dem Essen um Sabele. Es waren vier: Zaqri und ein Mann namens Perno sowie deren dunkelhäutige Frauen Ghila und Hessaz. Sie waren Schwestern und stammten aus Lokistan, strahlten eine wilde, ungezähmte Lebenskraft aus. Auch sie waren bis auf ihre losen Kurtas vollkommen nackt. Die beiden Frauen waren sehnig wie Schakale, rochen nach Moschus und Schweiß. Keiner der vier sprach auch nur ein Wort Rondelmarisch, weshalb sie sich auf Keshi unterhielten.

»Komm zu uns«, sagte Sabele zu Huriya. Die beiden Schwestern machten murrend Platz und legten ihren Männern demonstrativ die Hand auf den Arm. Ihre Augen waren immer noch schwarz – tierische Augen. Huriya erwiderte ihren Blick trotzig und streckte den Busen vor, der so viel voller war als der der Schakalfrauen.

Perno grinste. »Sie hat Feuer, dieses Makani-Mädchen.«

Hessaz brummte ihm etwas ins Ohr, und Perno flüsterte zurück. Ganz offensichtlich unterhielten sie sich über Huriya. Die Blicke, die sie ihr dabei zuwarfen, ließen sie schaudern.

»Kanntest du meinen Vater?«, fragte Huriya Zaqri, um ihre immer größer werdende Verunsicherung zu verbergen.

»Und ob.« Zaqri schaute Sabele fragend an und sprach auf ihr Nicken hin weiter. »Er lehnte ab, was wir sind und was wir tun. Es war hart für uns.«

»Eine rondelmarische Hexe hat ihn während des Kriegszugs schlimm verbrannt. Danach ist er mit seiner Frau nach Südlakh gegangen. Sie war bereits mit mir schwanger.« An dieser Stelle hielt Huriya inne. Sie wollte lieber noch abwarten, bevor sie Kazim erwähnte. Sabele sah es und nickte ihr anerkennend zu.

»Dann bist du also zweiundzwanzig?«, überlegte Zaqri. »Du siehst jünger aus.« Er runzelte die Stirn. »Deine Worte klingen, als wäre er bereits tot.«

»Er ist letztes Jahr in Baranasi gestorben.«

Zaqri schien überrascht. »Wie hat es dich dann so weit nach Norden verschlagen?«

»Ich habe sie aufgesucht«, warf Sabele ein, und selbst Huriya hätte es geglaubt, wenn sie nicht gewusst hätte, dass es eine Lüge war. »Sie ist mit mir hierhergekommen.«

Offensichtlich gab es Dinge, die Sabele selbst vor ihren engsten Vertrauten verheimlichte, und ihr Ton machte klar, dass das Gespräch über Huriyas Vergangenheit hiermit beendet war.

»Welche neuen Aufgaben habt Ihr für uns?«, fragte Perno.

»Ich suche eine ehemalige Gefährtin von Huriya. Auch sie hat die Gnosis, doch sie versteckt sich vor uns. Es müssen so viele Augen nach ihr suchen wie möglich. Ihr Name ist Ramita Ankesharan. Huriya wird sie dir zeigen. Wir müssen sie finden. Es steht viel auf dem Spiel.«

Huriya wusste, dass es Sabele wahrscheinlich um Ramitas ungeborene Kinder ging, aber das spielte keine Rolle. Sie freute sich darauf, mit Zaqri in Gedankenkontakt zu treten, und wenn möglich auch auf andere Art …

Zaqri neigte den Kopf. »Wir werden sie für Euch finden, Seherin.«

»Ich habe großes Vertrauen in dich, geliebter Enkel«, gurrte Sabele und sah sich um. Ihr Blick fiel auf eins der kopulierenden Paare. »Ich wünschte, ich hätte noch die Kraft der Jugend«, seufzte sie lasziv.

»Wo es darauf ankommt, seid Ihr nach wie vor jung«, versicherte Perno.

»Alter Schmeichler«, erwiderte Sabele nur verächtlich. »Geht und amüsiert euch, alle. Ich muss nachdenken.«

Sehr zu ihrem Missfallen wies sie Huriya an, die Teller und

Essensreste wegzuräumen, während das Dokken-Rudel auf den ausgebreiteten Teppichen trank, raufte und kopulierte. Nachdem Huriya die verhasste Aufgabe erledigt hatte, verdrückte sie sich. Die Rudelmitglieder machten ihr Angst. Es kam ihr fast vor, als vereinigten sich ihre Körper und Gedanken zu einem einzigen Wesen, das keine Außenstehenden duldete. Auf dem Weg aus dem Saal entdeckte sie Ghila und Zaqri zusammen in einer Ecke. Die Lokistanerin war nur Haut und Knochen, Huriya konnte jede einzelne ihrer Rippen erkennen, aber das schien Zaqri nicht zu stören. Im Gegenteil. Sie blieb stehen und beobachtete eifersüchtig, wie Zaqri Ghila zärtlich in die winzigen Brustwarzen biss.

Ghila blickte auf, dann auch Zaqri. Als er sie anknurrte, ging Huriya eilig weiter.

11

WADI FISHIL

DIE DOROBONEN-MONARCHIE

Die Gorgio, eines der mächtigsten rimonischen Häuser in Javon, lehnten die Javonische Schlichtung ab, weil sie ihr Blut nicht mit dem der Jhafi vermischen wollten. Sie erhielten zwar ein Stimmrecht, konnten aber selbst keinen König zur Wahl stellen. Obwohl ihnen die rondelmarischen Magi genauso verhasst waren wie den Javoniern, unterstützten sie die Invasion aus Pallas, um den kaisertreuen Dorobonen den Thron zu sichern. Die Herrschaft der Dorobonen dauerte bis nach dem Zweiten Kriegszug an, doch wurden sie durch zahllose Rebellionen geschwächt und mussten schließlich vor den von den Nesti angeführten aufständischen Javoniern kapitulieren. Weder die Dorobonen noch die Gorgio konnten sich je wieder zu ihrer alten Macht aufschwingen.

ORDO COSTRUO, PONTUS

Einem gesunden Baum pflanzt man keinen kranken Ast auf.

SINNSPRUCH AUS DEM KALISTHAM

BROCHENA IN JAVON, ANTIOPIA
SHABAN (AUGEITE) 928
ZWEITER MONAT DER MONDFLUT

Gurvon Gyle schlich sich in die winzige Zelle mit den weiß getünchten Wänden und setzte sich auf die Bettkante. Glücklicherweise schlief sie gerade. Ihr Gesicht war fast vollständig vom Schädel gebrannt, die gesamte Vorderseite des Körpers schwarz wie Kohle, aber die Gnosis und ihre unglaubliche Zähigkeit hielten sie am Leben.

Yvette, flüsterte er in Gedanken. Für ihn war Münz weiblich, auch wenn sie eigentlich kein Geschlecht hatte. Ihren Vornamen zu hören, schien sie zu trösten, sie daran zu erinnern, wer sie einmal gewesen war, auch wenn sie jetzt nach verbranntem Fleisch und Exkrementen roch. Ihr Bettzeug war auf Höhe der Hüfte nass und braun verfärbt. Gyle konnte gar nicht anders, als ihren schlaffen Penis anzustarren, unter dem sich statt eines Hodensacks eine Vagina befand. Der bizarre Anblick war faszinierend und abstoßend zugleich.

Yvettes Körper rührte sich nicht, aber ihr Geist erwachte. *Gyle? Was wollt Ihr?* Ihre Gedankenstimme war hoch und geschlechtslos – und sie sprach von entsetzlichen Schmerzen. *Es tut so weh. Das Brennen, es hört nie auf.*

Es war grausam, sie am Leben zu erhalten, aber die Schmerzen, die sie litt, kümmerten Gyle nicht, solange sie den Heilungsprozess nicht beeinträchtigten. Münz war wie ein unschlagbarer Trumpf im Ärmel. Als er herausgefunden hatte, dass sie noch am Leben war, hatte er beschlossen, sie unter allen Umständen zu retten. Dazu hatte er nicht viel mehr tun müssen, als Münz zu verstecken und an ihrer Stelle eine andere verbrannte Leiche beisetzen zu lassen. Münz war am ganzen Körper von Gnosisfeuer verbrannt. Gyle wusste immer noch nicht, wie es hatte passieren können. Wahrscheinlich war sie irgendwie dazwischengeraten, als Großinquisitor Targon mit Elena kämpfte. Wie Elena diesen Kampf hatte gewinnen können, war ihm ebenfalls ein Rätsel – Münz' Mutter gegenüber, Mater-Imperia Lucia, hatte er die Lorbeeren dafür in Anspruch genommen. Er hatte sie beeindrucken wollen, und das war ihm gelungen.

Eure Wunden verheilen gut, sagte er wahrheitsgemäß. Das neue Gewebe kämpfte einen mühevollen Stellungskrieg gegen die schweren Verletzungen, und es gewann! Jeder Normalsterbliche und auch die meisten Magi wären längst mausetot, aber Münz war ein Reinblut, und so verrückt sie auch sein mochte, ihre Kraft war schier unerschöpflich. *An der Hand, die Ihr seit letzter Woche nachwachsen lasst, ist fast nur noch gesunde Haut.*

Ist die Hand hässlich?, fragte Münz, deren Augen ebenfalls verbrannt waren.

Sie sieht beinahe aus wie eine ganz normale Hand, log er, den Blick auf die klauenartigen Finger und die durchschimmernde Haut gerichtet, die sich über Knochen und Sehnen spannte wie feuchtes Pergament. *Ihr müsst Euch noch weiter verwandeln.*

Aber es tut so weh, protestierte Münz. *Alles tut weh. Die Schmerzen, sie sind einfach zu viel!*

Nichts ist Euch zu viel, erwiderte er, um ihren Durchhalte-

336

willen anzustacheln. Die Kaiserfamilie hatte Münz' Existenz stets verheimlicht und sie wie ein Monster vor der Öffentlichkeit versteckt. Lucia hatte sie zur Totgeburt erklärt, ihr Name tauchte nicht einmal im Familienstammbaum auf. Doch Münz hatte weitergelebt und sich zu einer der wichtigsten Figuren in diesem Spiel aufgeschwungen – allein durch ihre unglaubliche Willenskraft. *Nichts ist zu viel für Euch. Ihr seid eine Angehörige des Kaiserhauses.*

Ich bin eine Missgeburt, erwiderte sie.

Gyle berührte ihre Hand und ließ sie sein Mitgefühl spüren. Ihren Mut und Durchhaltewillen bewunderte er tatsächlich. Dass sie es geschafft hatte, die gefürchtetste Gestaltwandlerin in ganz Urte zu werden, rechnete er ihr hoch an. Sie war ein seltsames Geschöpf, ein deformierter Charakter in einem Körper, der sich formen ließ wie nasser Ton, und in vielerlei Hinsicht wie ein Kind. *Wie ein schwer misshandeltes Kind.*

Weiß Mutter, dass ich noch lebe?

Selbstverständlich. Sie schickt Euch all ihre Liebe, log Gyle. Er hatte Lucia berichtet, ihr Kind sei tot, und die Mater-Imperia war alles andere als traurig darüber gewesen. Gyle griff in die Obstschale, die neben Münz' Bett stand, und schälte eine Banane für sie.

Münz protestierte. Sie habe keinen Hunger, sagte sie, ließ sich aber trotzdem von ihm füttern, und trank, so gut es eben ging mit ihren verstümmelten Lippen, das Wasser, das er ihr geduldig einflößte.

Jemanden wie Münz, der sich nicht nur verwandeln konnte, in wen er wollte, sondern diese Verwandlung auch unter Umständen aufrechterhalten, unter denen die meisten anderen Magi zusammenbrechen würden, war viel zu wertvoll, um ihn einfach sterben zu lassen. Das Geheimnis, dass sie noch lebte, hütete Gyle wie seinen Augapfel. Nicht einmal seine Mitstreiter hatte er eingeweiht.

Nicht, dass er im Moment noch viele Mitstreiter hatte. Sindons Hinterhalt hatte ihn drei Leute gekostet: Drumm und Nevis waren tot, und Elena war spurlos verschwunden. Rutt Sordell war als Skarabäus zu ihm gekrochen gekommen; im Moment versteckte er sich in Gyles Tasche und versuchte, ihn davon zu überzeugen, ihm Münz' Körper zu geben, sobald er wieder heil war. Nur Mara war unverletzt. Gyle hatte zwei Magi aus Hebusal abziehen müssen, um Nevis und Drumm zu ersetzen, dennoch war die Lage prekär. Der Gedanke, dass Elena am Leben und wieder in vollem Besitz ihres Körpers war, machte ihn so nervös, wie er es schon seit Monaten nicht mehr gewesen war. Ausgerechnet zu diesem kritischen Zeitpunkt waren seine Reihen gefährlich dünn. Schon morgen würden die Nesti gegen Hytel marschieren.

Was ist los?, fragte Münz unvermittelt.

Gyle war vollkommen überrascht, dass sie seine Gedanken gehört hatte. *Nichts. Arbeitet weiter, auch am Rest Eures Körpers. Lasst die Verbrennungen vernarben, und dann verwandelt die Narben in gesundes Gewebe. So könnt Ihr Euch nach und nach heilen, bis Ihr wieder vollkommen gesund seid.*

Ich werde nie wieder ganz gesund, stöhnte sie.

Doch, das werdet Ihr, erwiderte Gyle und legte so viel Überzeugung in seine Gedankenstimme, wie er irgend konnte. *Ich habe noch etwas für Euch.* Er zog ein sorgsam verschlossenes Glasgefäß hervor, in dem zwei Augen schwammen. Die herabbaumelnden Sehnerven ließen sie aussehen wie lantrische Süßwasserquallen. Er fischte eines davon heraus und presste es in Yvettes leere Augenhöhle.

Augen! Der verkohlte Stumpf einer Zunge in ihrem Mund

wackelte aufgeregt hin und her, aus ihrer Kehle drang ein gurgelndes Geräusch. *Echte Augen!*

Gyle setzte auch das zweite ein und spürte, wie Münz sofort begann, die Form an ihre Augenhöhlen anzupassen und die Nervenbahnen zu verknüpfen. Es war keine leichte Aufgabe und würde Tage in Anspruch nehmen, aber falls sie es schaffte, wäre das ein riesiger Schritt.

Für Euch, Prinzessin.

Danke, sagte sie ergriffen. *Dankedankedanke.* Wo er die Augen herhatte, fragte sie nicht.

Gyle berührte die halb nachgewachsene Hand. *Ich mache Euch wieder gesund, Yvette, versprochen*, sagte er und spürte ihre unendliche Dankbarkeit, ja Verehrung.

Ich werde Euch jetzt waschen. Konzentriert Ihr Euch inzwischen auf Eure neuen Augen, fügte er hinzu und drückte sanft ihre Hand.

Münz verzog die schwarzen Lippen zu so etwas wie einem Lächeln und versetzte sich in Trance.

Gyle dachte kurz an das Bettlermädchen, von dem die Augen stammten. Mara verspeiste es gerade. Nur nichts verschwenden, war sein Motto, auch wenn es mehr als genug Bettler in dieser Stadt gab. Dann machte er sich daran, mit dem bisschen Heilgnosis, das er beherrschte, Münz' geschundenen Körper zu behandeln. Zum hundertsten Mal wünschte er sich Elena zurück, die eine so viel bessere Heilerin war als er selbst.

Als er fertig war, ging er auf die Treppe hinaus, versicherte sich, dass niemand außer ihm hier war, und schlüpfte durch eine Geheimtür in einen nicht mehr benutzten Kellerraum. Über eine von Spinnweben verhangene Treppe gelangte er in das verborgene Tunnelsystem, das den gesamten Palast von

Brochena durchzog. Es war schon spät am Abend, und in den oberen Stockwerken war alles still, als er seinen Beobachtungsplatz neben Ceras Gemächern erreichte.

Eine in einen grauen Kittel gehüllte Gestalt drehte ihm das Gesicht zu, als er hereinkam. Kerzenlicht fiel auf ihre große Nase, von der ein riesiger Ring bis auf die Oberlippe baumelte. Das grau-schwarze Haar trug sie streng zurückgekämmt. Ihr Name war Hesta Mafagliou, sie war ein Viertelblut aus Lantris und etwa fünfzig Jahre alt. Obwohl Gyle sie bereits seit zehn Jahren kannte, war er nicht ganz sicher, ob er ihr wirklich trauen konnte, doch ihre hauptsächlich im Bereich der Zauberei liegenden Fähigkeiten waren äußerst nützlich für seine Pläne.

»Was treibt unsere Princessa?«, flüsterte er. Hesta verströmte einen abgestandenen Geruch, wie von verstaubten Büchern, als würde sie die meiste Zeit in einsamen Bibliotheken verbringen.

»Sie sitzt an ihrem Tisch und schreibt«, erwiderte Hesta leise. Ihr Atem roch nach Kaffee und Tabak, die großen Augen schimmerten wie Monde im Halbdunkel der Kammer. »Sie scheint überhaupt recht häuslich und brav zu sein«, fügte sie süffisant hinzu. Hestas Schwäche für das eigene Geschlecht war der Grund, warum die Magiegemeinschaft sie verstoßen hatte und sie schließlich in Gyles Diensten gelandet war. In jüngeren Jahren mochte sie einmal eine attraktive Frau gewesen sein, aber mittlerweile zwangen die hängenden Brüste und der schlaffe Bauch sie, einiges an Mesmerismus aufzuwenden, wenn sie jemanden verführen wollte.

»Sie gefällt dir, oder?«

Hesta zuckte die Achseln. »Es gibt schönere Frauen hier.«

»Du hast einen Auftrag zu erfüllen, und zwar im Geheimen«, rief Gyle ihr ins Gedächtnis. »Du wirst dich an niemanden heranmachen, bevor ich es nicht erlaube.«

»Keine Sorge. In diesem Leben werde ich mich bestimmt nicht mehr verlieben«, erwiderte Hesta mit glasigem Blick. Ihre Liebhaberin hatte alles abgestritten, als ihre Beziehung an die Öffentlichkeit gedrungen war, und es irgendwie geschafft, der öffentlichen Ächtung zu entgehen, die über Hestas Familie hereingebrochen war. »Man kann im Leben nur einen einzigen Menschen wahrhaft lieben«, hatte sie einmal zu ihm gesagt. »Alle, die danach kommen, stehen stets in dessen Schatten.« Die Worte erinnerten Gyle unangenehm an Elena.

Er schob Hesta von dem Guckloch weg und spähte hindurch. Cera saß mit dem Profil zu ihm. Ihr schmales, ernstes Gesicht war größtenteils unter ihrem schwarzen Haar verborgen. Sie trug einen schweren Samtumhang über ihrem Nachtgewand und unterzeichnete ein Dokument nach dem anderen. Die Hofbeamten hatten sie in letzter Minute geradezu mit unbedeutenden Verordnungen und Dekreten überschüttet, die sie vor ihrer Abreise unbedingt noch autorisiert haben wollten.

»Keine Besucher?«, fragte Gyle.

Hesta schüttelte den Kopf. »Nur ihre Kammerdienerin.«

»Tarita? Was hältst du von ihr.«

»Ein aufgewecktes kleines Mädchen. Sehr aufmerksam und Cera treu ergeben.«

»Ist sie eine Informantin?«

»Möglich. Die Nerven dazu hätte sie, schätze ich.« Hesta warf ihm einen kurzen Blick zu. »Soll ich es herausfinden?« Ihr Tonfall ließ keinen Zweifel daran, was sie dabei im Sinn hatte.

»Nein. Tarita wird Cera nach Norden begleiten, du nicht.

Ich brauche dich hier, damit du auf Timori aufpasst. Mathieu Fillon wird dich unterstützen.«

Hesta rümpfte die Nase. »Fillon ist noch ein Junge.«

»Er ist ein Feuermagus und hat einiges Talent.«

»Ein Feuermagus, der sich weigert, Befehle von einer Frau entgegenzunehmen.«

»Er wird tun, was ich ihm sage, und ich werde ihm befehlen, dass er dir zu gehorchen hat, solange ich weg bin.«

»Was ist mit Sordell?«

Gyle grinste. »Ohne Körper ist nicht viel mit ihm anzufangen.«

»Dann gib ihm Fillons Körper.«

»Rutt hat mich enttäuscht. So schnell bekommt er keine zweite Chance. Außerdem würdest du bald feststellen, dass er noch weniger fügsam ist als Fillon.« Er klopfte Hesta auf die Schulter. »Ich verlasse mich darauf, dass du und Fillon ein Auge auf Timori habt. Enttäuscht mich nicht, wie Sordell es getan hat.« Gyle hörte, wie Rutt ihn in Gedanken beschimpfte, aber das kümmerte ihn nicht. *Lern gefälligst deine Lektion, Rutt.*

Hestas gelbliche Zähne blitzten zwischen ihren Lippen hervor. »Ich werde meinen Teil erfüllen, Gurvon.«

Gyles Gedanken waren unterdessen schon wieder bei Cera. Er hatte das Gefühl, er sollte ihr besser noch einmal ins Gedächtnis rufen, wer hier das Sagen hatte. Er legte eine Hand auf den Mechanismus, der die geheime Verbindungstür öffnete, unterdrückte die Geräuschentwicklung mit seiner Gnosis und glitt lautlos in Ceras Gemach.

Er stand schon fast direkt neben ihr, als Cera aufblickte und gerade noch einen Aufschrei unterdrücken konnte.

»Leise, meine Princessa«, flüsterte er. »Ich bin es.«

»W-Was wollt Ihr?«, stammelte Cera und blickte sich wild im Zimmer um. Als Gyle sie am Kinn fasste, zuckte sie regelrecht zusammen.

Alle glauben, sie wäre harmlos und ohne Feuer, aber das sehe ich anders. Sie begreifen Cera nur nicht, weil sie sich von Vernunft lenken lässt. Genauso wie ich. Überrascht stellte Gyle fest, dass ihn der Gedanke erregte, ließ sich davon aber nicht beirren – Francis Dorobon würde sie nur als Jungfrau wollen. Doch Ceras rationale Art gefiel ihm, und er fragte sich, ob sie nicht eines Tages doch noch eine echte Verbündete werden könnte. Er erkannte viel von sich selbst in ihr.

»Cera, während wir nach Norden marschieren, wirst du ständig von meinen Leuten umgeben sein. Sie werden mir über alles berichten, was du tust.« Das stimmte zwar nicht ganz, weil er Rutt-Elena nicht mehr hatte, aber er wollte, dass Cera sich fürchtete.

Sie schaute weg. »Das weiß ich bereits.«

»Jedem, gegenüber dem du auch nur den geringsten Zweifel an diesem Feldzug äußerst, werde ich unverzüglich die Kehle durchschneiden. Und ich werde die Dorobonen auf dich und deine Familie loslassen. Sie werden die Nesti auslöschen bis auf den letzten.«

Cera schluckte.

»Du musst Selbstvertrauen ausstrahlen, absolute Sicherheit, dass deine Truppen die Dorobonen vernichten werden.«

Ein stummes Nicken.

»Und vergiss nicht: Meine Leute haben Timori. Sein Überleben hängt einzig und allein von deinem Verhalten ab.«

»Ich weiß«, flüsterte Cera.

Er nahm sie bei den Schultern und zog sie sanft auf die Beine, dann drehte er ihren Kopf, sodass sie ihm direkt in die

Augen schaute. Wieder war er überrascht, diese körperliche Anziehung zu ihr zu verspüren, dann begriff er endlich: *Sie ist alles, was mir von Elena geblieben ist.* Der Gedanke ließ ihm jede Lust sofort vergehen.

»Cera«, begann er, »ich …« Gyle hatte den Faden verloren, und es dauerte einen Moment, bis ihm wieder einfiel, was er hatte sagen wollen. »Du weißt noch, was ich bei unserem letzten Gespräch zu dir gesagt habe, nicht wahr? Ich werde Francis Dorobon vorschlagen, dich als Faustpfand an seinem Hof zu behalten und dein Bett zu teilen als Zeichen seiner Macht. Auf diese Weise könntest du den Stammbaum deiner Familie mit seinem Magusblut bereichern. Willst du das?«

Ceras Augen wurden glasig, und Gyle spürte den Widerstreit zwischen Machthunger und Ekel, der in ihr tobte. Es lag nicht nur daran, dass sie Francis Dorobon verabscheute. Der Gedanke, etwas zu tun, weil er, Gurvon Gyle, es so wollte, war ihr zutiefst zuwider. Gleichgültig beobachtete er die Tränen, die über ihre Wangen rollten.

»Ja«, krächzte sie schließlich.

Gyle zog sie an sich, als wollte er sie trösten, und Cera zuckte zurück. Er wusste, sie konnte seine Berührungen nicht ausstehen. Vielleicht umarmte er sie nur deshalb.

Cera hatte nur ein einziges Mal ein Heer angeführt, das war letztes Jahr gewesen, als die Nesti Brochena zurückeroberten. Damals hatten alle von vornherein gewusst, dass es nicht zur Schlacht kommen würde. Die Gorgio waren bereits geflohen, und es war eher eine Parade als ein Feldzug gewesen. In jedem Dorf, durch das sie kamen, hatten die Bewohner sie bejubelt und ihnen mit Tüchern zugewunken, die sie eigens im Violett des Hauses Nesti gefärbt hatten.

Dieses Mal würde es anders werden. Dieses Mal würde es zum Kampf mit einem fürchterlichen Feind kommen. Es hieß, wenn man eine Chance gegen die Rondelmarer haben wollte, musste man fünf zu eins in der Überzahl und außerdem bereit sein, die Hälfte der eigenen Männer in der Schlacht zu opfern. Cera versuchte, sich vorzustellen, wie jeder zweite ihrer Soldaten ums Leben kam. Es war grässlich.

Ich habe es in der Hand, genau das zu verhindern, sagte sie sich entschlossen.

Wenn das Heer unterwegs an einem Herrschaftssitz haltmachte, brachte man sie stets im größten Gemach des gesamten Anwesens unter. Tarita kümmerte sich um alles und wies jeden, der nicht sofort herbeibrachte, wonach auch immer ihre Herrin verlangte, mit harschen Worten zurecht. In den einsameren Gegenden teilten sie sich ein Zelt, und die Gesellschaft des kleinen Jhafi-Mädchens half Cera, ihre Verzweiflung im Zaum zu halten.

Rutt-Elena Sordell hatte sie seit Tagen nicht mehr gesehen. Cera war angewiesen worden, ihrem Rat mitzuteilen, Elena sei auf einen anderen Einsatz geschickt worden. Sie nicht ständig um sich zu haben, war eine Erleichterung, aber auch eigenartig. Diese Änderung war nicht vorgesehen gewesen, und in Cera regte sich ein Hauch von Hoffnung, dass Gyles Plan im letzten Moment vielleicht doch noch scheitern würde.

Jeden Abend aß sie mit ihren Offizieren zusammen. Der unfassbar große Paolo Castellini saß zu ihrer Linken, Seir Luca Conti zu ihrer Rechten. Beide waren grimmige Soldaten und entsprechend wortkarg. Gegenüber saß Emir Ilan Tamadhi, Kommandant der Jhafi-Truppen, die vier Fünftel ihrer Streitmacht ausmachten. Sie alle rechneten damit, auf weniger als eine halbe Legion Magi zu treffen, unterstützt von nicht ein-

mal zweitausend Dorobonen, alle eben erst in der Wüste gelandet und erschöpft von der Reise. Zusammengenommen
zählten die Heere der Nesti und Jhafi fast dreißigtausend
Mann – fünfzehnmal so viel wie ihre Feinde ins Feld führen
konnten. Das sollte genügen.

Nur stimmten diese Zahlen nicht. Das Dorobonen-Heer bestand aus zwei vollzähligen Legionen, die nicht erschöpft waren, sondern vollkommen ausgeruht. Pallas hatte den Haupt-
teil seiner Windschifffflotte nach Javon entsandt, auch wenn
das die Invasion in Kesh verlangsamen würde, und Unterstützung von den Gorgio hatten sie ebenfalls. Ceras Anweisungen
lauteten, sofort zu kapitulieren, sobald alle die erdrückende
Übermacht sahen, und so das Leben der Soldaten zu retten.
Wenn sie und Timori sich dann in Geiselhaft befanden, würde
den Nesti gar nichts anderes übrig bleiben, als zu verhandeln
und den Dorobonen den Thron zu überlassen.

Und Francis Dorobon bekommt mich zur Frau.

»Die Männer sind guten Mutes«, unterbrach Luca Conti
ihre düsteren Gedanken und nahm eine weitere Gabel von
dem Curryhuhn mit Kartoffeln. »In zwei Tagen treffen wir
auf den Feind. Wie unsere Späher berichten, sind bisher nicht
einmal tausend Mann angelandet, und sie ahnen nichts von
unserem Kommen«, sagte er nicht ohne Befriedigung in der
Stimme.

*Es tut mir so unendlich leid, Luca. Diese Niederlage werdet
Ihr niemals verwinden.* »Und was ist mit den Gorgio?«, fragte
sie möglichst ruhig.

»Sind immer noch in Hytel und rühren sich nicht«, antwortete der mürrische Paolo Castellini mit verwundertem Blick. »Es
irritiert mich, dass sie sich nicht rühren. Ich wünschte, Donna
Elena wäre hier«, gestand ausgerechnet der Mann, der Elena

am allerwenigsten gemocht hatte, selbst bevor Rutt von ihrem Körper Besitz ergriffen hatte. »Ist sie irgendwo in der Nähe?«

Cera zuckte ganz leicht die Achseln. *Lass dich nicht verunsichern.* »Sie ist über alle Entwicklungen im Bilde«, erwiderte sie und hasste sich selbst dafür, aber die beiden Männer, die selbst nicht einmal zur schlichtesten Intrige fähig waren, gaben sich mit ihrer Antwort zufrieden.

Ilan Tamadhi war da schon misstrauischer. »Es gefällt mir nicht, dass der Feind jedes unserer Worte mithören kann, solange sie nicht hier ist. Der Grund, weshalb König Olfuss überhaupt rondelmarische Magi in seine Dienste genommen hat, war, zu verhindern, dass die Magi der Gorgio unsere Ratsversammlungen belauschten.«

»Ich weiß. Aber ich bin sicher, Elena Anborn wird wieder zurück sein, noch bevor die Schlacht beginnt.«

Der Emir sah immer noch besorgt aus. Durch ihren Mut und ihren trockenen Humor hatte Elena Ilans aufrichtige Zuneigung errungen, und er war es auch gewesen, dem das plötzlich veränderte Verhalten von Rutt-Elena am stärksten aufgefallen war.

Cera schob ihren Teller von sich. Sie hatte das Gefühl, an ihrem nächsten Bissen zu ersticken, falls sie nur ein weiteres Wort sagen musste. »Ich werde ein wenig spazieren gehen«, sagte sie in entschuldigendem Tonfall.

Die Offiziere erhoben sich und brachten ihre Sorge über Ceras fehlenden Appetit und die Blässe in ihrem Gesicht zum Ausdruck. Cera hätte nichts lieber getan, als ihnen hier und jetzt die Wahrheit zu sagen, doch das war unmöglich. Denn die Wahrheit hätte zu genau dem Schlachten geführt, das sie unbedingt verhindern wollte. Sie verabschiedete sich mit knappen Worten und eilte zu ihrem Zelt.

Maxim, einer der Söhne von Fürst Stefan di Aranio aus Riban, stand davor Wache und salutierte zackig. Es war offensichtlich, wie sehr er ihr zu gefallen versuchte. Die di Aranios hatten Dutzende Söhne. Keiner von ihnen war besonders klug, wie Cera fand, aber sie waren ihr alle treu ergeben, und das war das Einzige, was im Moment zählte.

»Maxim«, sagte sie, »wollen wir ein Stück gemeinsam gehen?«

Der junge Ritter strahlte vor Freude. »Stets zu Euren Diensten, Majestät.«

Er ist in der Tat ein denkbar einfach gestrickter Kerl. Solinde hätte ihm das Herz gebrochen, ohne es überhaupt zu merken. Cera biss sich auf die Lippe. Die Erinnerung an ihre arme tote Schwester drückte ihre Stimmung noch weiter.

Sie hüllten sich in dicke Umhänge gegen die Kälte, die bald heraufziehen würde, und gingen durch das Lager. Die lavendelbewachsenen Hügel ringsum schimmerten im schwindenden Licht der gerade erst untergegangenen Sonne. Überall glommen mit getrocknetem Dung entfachte Lagerfeuer. Der Wind trug den Geruch der Latrinen heran, der sich unangenehm mit dem Rauch vermischte. Seit ihrem Aufbruch ertrug Cera das nun jeden Abend, doch heute konnte sie es kaum aushalten.

»Wo sind wir hier?«, fragte sie schließlich.

»Im Wadi Fishil, Majestät. Einem ausgetrockneten Flussbett, das durch dieses Tal verläuft.« Der junge Ritter hatte ein sonniges Gemüt und winkte den Männern fröhlich zu, die aus ihren Zelten gelaufen kamen, um Cera zu begrüßen und ihre Kampfbereitschaft zu zeigen. Cera hingegen wünschte, sie wäre im Zelt geblieben, als sie sie sah. Die Soldaten waren tatsächlich vollkommen ahnungslos, nur Cera wusste, was kommen würde, und dieses Wissen lastete schwer auf ihr.

Es tut mir so unendlich leid, was passieren wird. Bitte vergebt mir, aber ich tue das, um euer aller Leben zu retten. Es wird nur nicht danach aussehen.

Sie gingen weiter zu den Pferdepferchen. Die Rasse stammte aus Yuros. Sie war viel größer als die einheimischen und langsamer, aber perfekt für die Schlacht und boten einen beängstigenden Anblick, wenn sie angriffen. Auch hier strahlten alle, Knappen wie Ritter, ein unerschütterliches Selbstbewusstsein aus.

»Majestät, ist der Feind schon nah?«, fragte ein besonders schöner Mann, dessen Gesicht ihr vage bekannt vorkam. Es war Rico, einer von Lorenzo di Kestrias älteren Brüdern. Er war erst vor Kurzem nach Brochena gekommen, um Lorenzo als Vertreter der di Kestrias am Hof zu ersetzen, und Cera hatte noch keine passende Aufgabe für ihn gefunden. Sie zwang sich zu einem Lächeln und schüttelte den Kopf, da schwoll der von Westen her wehende Wind plötzlich so stark an, dass die Zeltplanen ringsum wild zu flattern begannen. Eine Staubwolke rollte heran und verdunkelte den Horizont, als wollte sie das gesamte Tal verschlingen.

»Ist das ein Sandsturm, Majestät?« Maxim schien verwirrt.

»Ich weiß es nicht«, erwiderte sie. Eigentlich war es die falsche Jahreszeit, und während der letzten Tage war die Luft stets ruhig gewesen. Da wusste sie es plötzlich: Es würde heute passieren, nicht erst morgen oder am Tag danach. Die Dorobonen kamen.

»Seir Rico«, rief sie, »kümmert Euch mit Euren Brüdern um die Pferde! Ein Sturm zieht auf.« Tränen stiegen ihr in die Augen.

Gleich ist es so weit …

Der Sturm traf sie mit unvermittelter Wucht, Sand prasselte auf jedes freie Fleckchen Haut, und alle rissen ihre Halstücher hoch, um Mund und Augen zu bedecken. Cera sah noch, wie das erste Zelt in sich zusammenbrach, ein Heulen wie von einer Totenklage erhob sich, dann wurde die Welt um sie herum von einem braunen Schleier verschlungen.

Maxim packte Cera am Arm. »Ich bringe Euch zurück zum Zelt!«, schrie er, doch Cera hörte ihn kaum. Überall wurden Kommandos gebrüllt, die Pferde wieherten in wilder Panik, und die ganze Zeit über wuchs in Cera die Gewissheit, dass dies nur der Auftakt war. Sie hastete mit Maxim den Hügel hinauf zu den Offizierszelten, vorbei an blind einherstolpernden Soldaten, die verzweifelt versuchten, ihre Augen vor dem Sand zu schützen. Cera hingegen ließ ihre Tränen nun ungehindert strömen. Ihr Halstuch war vollkommen durchnässt, da hörte der Wind abrupt auf. Nur der Sand schwebte noch in der Luft und senkte die Sichtweite auf null.

Da sah Cera ein Stückchen unterhalb, wo die Zelte der Jhafi standen, einen fahlen Blitz, auf den sofort zwei weitere folgten. Neuerliche Schreie drangen an ihre Ohren. Dann setzte sich der Sand allmählich und gab den Blick frei auf den dämmrigen Himmel: Vierzig oder mehr Windschiffe, darunter zwölf schwere Fregatten, schwebten direkt über ihren Köpfen und ließen Feuer auf die Zelte der Soldaten herabregnen, während die kleineren Skiffs das Lager mit Tod und Vernichtung überzogen.

Cera ließ Maxims Hand los und sank auf die Knie. Die Falle hatte zugeschnappt, es würde Blut fließen. Viel Blut.

Ich liebe es, wenn meine Pläne aufgehen. Gyles Skiff jagte auf das Feldlager der Nesti zu. Die Jhafi-Kämpfer im Tal überließ er der Flotte der Dorobonen. Vor ihm am Bug stand die fette Mara Secordin. Der Extraballast hatte sich gelohnt, denn die Wirkung der Blitze, die aus ihren Fingern schossen, war verheerend. Einer nach dem anderen gingen die Kämpfer am Boden in Flammen auf, als wären sie aus Zunder. Gyle selbst schonte seine Kräfte noch. Er wartete auf den Moment, in dem er sie am meisten brauchen würde.

Hinter ihnen folgen vier weitere Skiffs mit Magi und Armbrustschützen, die die Dorobonen seinem Kommando unterstellt hatten. Mit Gedankenbefehlen hielt er sie dicht bei sich, während er auf den flachen Hügel zuhielt, auf dem das Banner der Nesti wehte. Unter ihnen liefen die Soldaten umher wie Ameisen und starrten nach oben auf die immer größer werdende Flotte der Angreifer. Die Reiterei der Dorobonen preschte bereits von Norden heran, um wie eine blau-weiße Lawine über die Jhafi hinwegzuwalzen, während die Fußsoldaten sie von hinten in die Zange nahmen. Die Nesti waren gefangen wie zwischen Hammer und Amboss und würden tatenlos zusehen müssen, wie ihre Verbündeten restlos vernichtet wurden. *Die überlebenden Jhafi werden davon berichten, dass die Dorobonen nur sie angegriffen haben und nicht die Nesti. Das sollte genügen, um das Gerücht einer Verschwörung zwischen den beiden Häusern zu verbreiten. Teile und herrsche.*

Er ließ das Skiff noch tiefer gehen. Hinter ihm erhellten Leuchtfeuer der dorobonischen Magi das Schlachtfeld, damit die Fußsoldaten den wehrlosen Feind umso besser massakrieren konnten. Als die Reiterei das Lager erreichte, befanden sich die Linien der Jhafi bereits in heilloser Auflösung. Sie waren gar nicht mehr in der Lage, nennenswerte Gegenwehr zu leisten. Es hieß, mit einer entsprechenden Übermacht ließe sich eine rondelmarische Legion niederringen. Doch wenn eine Legion Luftunterstützung bekam und als Erstes zuschlug, war sie so gut wie unbesiegbar.

Pfeile stiegen auf und bohrten sich in den Rumpf des Skiffs, da sprengte Mara schon die erste Gruppe Bogenschützen mit ihrem Gegenangriff. Als die nachfolgenden Skiffs ebenfalls das Feuer erwiderten, ergriffen die meisten die Flucht. Nur eine kleine Rotte blieb standhaft um das Zelt der Königin-Regentin versammelt.

Gyle entdeckte eine Gruppe Ritter, die in aller Eile eine verhüllte Gestalt zur königlichen Kutsche brachte. *Da sind sie. Bringt mich hin!*

Die Skiffs bildeten eine Keilformation und jagten auf die Kutsche zu. Mara brüllte wie ein Drache. Ihre schwarzen Reptilienaugen waren der einzige Teil ihres Körpers, der nicht glühte wie Helfeuer, während sie die Nesti-Ritter mit blauen Flammen übergoss. Pfeile zerfetzten die Segel ihres Skiffs, doch die wenigen, die bis zu Gyle durchdrangen, prallten an seinen Schilden ab.

Dann war es so weit. Der Rumpf pflügte durch die Linie der Verteidiger, der Bugspriet spießte einen von ihnen auf wie ein Speer und brach unter dem Gewicht ab, dann kamen sie schlitternd zum Stehen. Gyle sprang mit gezogenem Schwert von Bord.

Ein junger Ritter warf sich auf ihn, doch Gyle hielt ihn mit seiner Gnosis mitten in der Luft fest und durchstieß seinen Harnisch mit dem Schwert. Der Angreifer war kaum zu Boden gefallen, da preschte schon der nächste heran: Es war der alte Seir Luca Conti, der wild sein rondelmarisches Breitschwert schwang.

Mara tränkte den Boden zu Füßen der Verteidiger mit Wasser und feuerte Blitze auf sie ab, so dass Funken aus ihren schillernden Rüstungen schlugen, bevor sie zuckend zusammenbrachen.

»Gyle!«, knurrte Seir Luca und ließ sein Schwert niederfahren.

Er wehrte den Schlag gelassen ab und schleuderte Luca mit einem Gnosisstoß zurück. Dann feuerte er einen Magusbolzen in seine Rüstung und beobachtete zufrieden, wie Luca von Krämpfen geschüttelt hintenüberfiel.

Einen jungen Recken, der in einem törichten Anfall von Heldenmut herbeigesprungen kam, blendete er mit einer Lichtentladung und spießte ihn dann in aller Ruhe auf, während sein Gegner noch blind umhertastete. Gyle schob den Leichnam gerade mit dem Fuß von der Klinge, da kam Seir Luca wieder hoch und brüllte: »Stirb, rondelmarischer Diablo!«

Worte sind billig, Conti. Ihre Klingen schlugen klirrend gegeneinander. Gyle spürte die Wucht des Aufpralls bis in den Griff seiner Waffe, doch sein Schwert war leichter als Contis Waffe, und das machte ihn schneller. Er parierte und konterte so flink, dass Conti gerade noch abwehren konnte. Den Kämpfer neben Conti holte er mit einem weiteren Gnosisstoß von den Beinen, dann stürzte er vor, drehte sich einmal um Conti herum und rammte ihm sein Schwert in die Kniekehle.

Sein einstiger Verbündeter, mit dem er so viele Abende bei einem Glas Wein und einer Runde Tabula verbracht hatte, unterdrückte einen Aufschrei. Noch im Stürzen holte er zu einem mächtigen Sensenschlag aus, doch Gyle sprang einfach über das Breitschwert hinweg und grub seine Klinge in Contis entblößte Achselhöhle. Die scharfe Spitze durchstieß das Kettenhemd und drang direkt ins Herz. Conti spuckte noch einen letzten Schwall Blut, dann blieb er reglos liegen.

Gyle beobachtete, wie Mara einem weiteren Ritter mit bloßen Händen den Kopf vom Rumpf riss, da ließ ihn ein markerschütternder Schrei herumfahren. Aus dem Augenwinkel sah er, wie der riesenhafte Paolo Castellini mit seinem beidhändigen Falchion einen der dorobonischen Magi enthauptete und dann von einem Schwall Luftgnosis gegen die königliche Kutsche geschleudert wurde.

Die Kutsche! Gyle rückte vor, Mara an seiner Seite. Secordin übergoss Ceras Leibgarde mit einem Feuerschwall, da kam von der Seite ein weiterer Verteidiger herangestürmt. Gyle wehrte den ungestümen Überkopfschlag ab, ließ seine Klinge über das Schwert seines Gegners gleiten und stieß sie ihm ins rechte Auge. Dann waren sie durch.

Die Kutschentür flog auf, dahinter kauerte die vor Entsetzen kreidebleiche Cera. Mara stieß ein hungriges Knurren aus und riss die Kiefer auseinander. Ihre Zähne wurden noch länger, und ihr Gesicht sah nicht mehr aus wie das eines Menschen.

»Nein!«, kreischte Cera und blickte Gyle flehend an. »Ihr habt mir verspro...«

Sie spürte einen Schlag, als hätte Gyle sie geohrfeigt. *Halt den Mund, Mädchen!*, hallte seine Stimme in ihrem Geist, während er einem von Stefan di Aranios Söhnen die Kehle aufschlitzte. Dann ließ er seine gnosisverstärkte Stimme über das Schlachtfeld poltern. »Cera Nesti!«, schallte es durch den gesamten Wadi Fishil. »Befehlt Euren Männern, sich zu ergeben, dann werden wir sie verschonen!«

Die Reihe der aneinandergeketteten Gefangenen war endlos. Die überlebenden Nesti-Getreuen schleppten sich in einem langen Konvoi an Händen und Füßen gefesselt nach Hytel, um dort als Sklaven in den Eisen- und Kohleminen der Gorgio ihr Leben zu beenden. Cera wünschte, sie könnte ihr Schicksal teilen.

Wenn ich nur den Rest meiner Tage in einem Stollen tief unter der Erde verbringen könnte, damit Vater-Sol die Schande nicht sieht, die ich auf mich geladen habe.

Paolo Castellini schlurfte mit gesenktem Haupt dahin. Selbst in dieser Haltung überragte er die anderen Gefangenen wie ein Turm. Er war von zu niederer Geburt, um ein gutes Lösegeld einzubringen, also behielten die Sieger ihn lieber als Sklaven.

Ceras Augen füllten sich mit Tränen, als sie ihn sah. Weinen war alles, wozu sie noch in der Lage war. Hätte Cera sich umgedreht, hätte sie gesehen, wie Alfredo Gorgio sich mit einem hämischen Grinsen über den sorgsam gekämmten Bart strich. Die Soldaten seiner Erzfeinde würden sich nun in seinen Minen zu Tode schuften, und was noch viel besser war: Die verhassten dunkelhäutigen Jhafi waren abgeschlachtet worden wie die Fliegen. Sie hatten Ilan Tamadhis Kapitulation einfach abgelehnt, den Emir aufgeknüpft wie einen Pferdedieb und seine Männer allesamt getötet.

Wenn ich nur einen Funken Ehre hätte, würde ich mich auf der Stelle umbringen. Gurvon Gyle stand schützend an ihrer Seite und behielt alles genau im Auge. Trotz des triumphalen Siegs wirkte er ruhelos und erschöpft, als wäre zumindest ein Teil seines Plans fehlgeschlagen. Cera überlegte kurz und beschloss, einfach zu raten. »Wo ist Elena?«

»Sage nur etwas, wenn du gefragt wirst«, erwiderte Gyle, als hätte er sie nicht gehört. »Francis Dorobon wird erwarten, dass du ihn als Hoheit ansprichst, auch wenn er noch nicht gekrönt ist. Er ist noch jung und hat seine Launen nicht im Griff.

Du solltest ihn nicht provozieren.« Gyle klang nicht, als ob er viel von seinem neuen Herrn hielt.

Aber von mir erwarten, dass ich mit ihm ins Bett gehe. Cera kam sich vor wie ein Fußabstreifer, und sie wusste, dass sie nach der letzten Nacht auch wie einer aussah: Ihr Haar war verfilzt, das Kleid genauso verdreckt wie ihre Haut, ihre Achselhöhlen stanken nach Schweiß, und selbst die Unmengen an Tränen, die sie vergossen hatte, hatten nicht genügt, um all den Sand und den Ruß von ihrem Gesicht zu waschen.

Gyle musterte sie. »Geh und wasch dein Gesicht, Princessa. Du wirst gleich deinem künftigen Gatten gegenübertreten.«

Ich will ihn nicht. Ich hasse ihn, und ich hasse Euch. Cera nickte und ging in ihr Zelt. Alles, was als Waffe taugte, war daraus entfernt worden, selbst das Besteck. Die unförmige Mara Secordin saß mit blutverschmierten Händen neben Tarita und beäugte Ceras junge Dienerin wie einen köstlichen Nachtisch.

Tarita saß da wie versteinert. »Majestät!«, keuchte sie, als sie Cera erblickte, und sank auf die Knie.

»Steh auf, Tarita.« Cera zog ihre Dienerin auf die Beine und schloss sie tröstend in die Arme, obwohl sie selbst keinen Trost mehr fand. »Ich muss mich waschen, damit ich mich vor ihnen zeigen kann.«

»Du wirst nichts Violettes tragen«, mischte Mara Secordin sich mit einem zufriedenen Schmatzen ein. Blut rann ihr aus den Mundwinkeln. »Trag Blau oder Weiß. Die Farben der Dorobonen.«

»Nein«, sagte Gyle, der hinter ihr hereingekommen war. »Bleib bei Violett. Es wird Francis umso besser gefallen, dich zu erniedrigen, wenn du die Farbe deines Hauses trägst.«

Cera warf ihm einen hasserfüllten Blick zu.

»Geht«, schnaubte Tarita und hob das Kinn. »Das ist ein Frauenzelt.«

Mara gluckste. »Das Mädchen hat Mut«, kommentierte sie amüsiert und leckte sich über die Lippen. »Appetitlich.«

»Tarita ist mein Mündel«, warf Cera hastig ein.

Gyles Blick wanderte zwischen Cera und ihrer jungen Dienerin hin und her. »Ja, das ist sie«, sagte er schließlich, sehr zu Maras Enttäuschung. »Aber ab jetzt wird sie ihre Zunge besser hüten.«

»Das wird sie«, versprach Cera und warf Tarita einen strengen Blick zu. *Bitte, Tarita, tu nichts Dummes. Ich könnte es nicht ertragen, dich auch noch zu verlieren.*

Tarita schien zufrieden und erwiderte nichts. »Ich werde Wasser für Euch holen, meine Königin«, flüsterte sie.

»Nein.« Gyle deutete auf einen leeren Zuber. »Mara…«

Die aufgedunsene Hexe wankte zu dem Becken, streckte die Hände aus und ließ einen Wasserstrahl aus ihren Fingern spritzen, bis es voll war.

»Darin kann ich mich nicht waschen«, stammelte Cera, der sich allein bei dem Gedanken der Magen umdrehte.

Mara grinste sie sadistisch an. »Es ist absolut sauber, Mädchen. Ich bin ein Wassermagus.«

»Nein.«

»Du wirst dich darin waschen. Jetzt«, knurrte Gyle. »Francis Dorobon steht draußen und wartet auf dich.«

Sol et Lune! Cera erschauerte und ging in großem Bogen um Mara herum zu dem Becken. Das Wasser darin war handwarm, und dennoch fühlte es sich eiskalt auf Ceras Haut an. Besudelt. Sie nahm ein Stück Seife und wusch sich hastig.

Als sie wieder aufsah, war Gyle verschwunden. Mara Secordin stand da und musterte sie. Cera hatte schon Rutt Sordells oder Samir Taguines Gesellschaft kaum ertragen, aber Mara mit ihrem kalten, gefräßigen Blick war hundertmal schlimmer.

Als vor dem Zelt Hörner erschallten, packte die Dämonin sie am Arm. »Du gehst jetzt nach draußen, Mädchen. Allein. Du wirst zittern und um dein Leben betteln.«

Das werde ich nicht.

»Und natürlich um das Leben deines Bruders«, fügte Mara gehässig hinzu.

Ceras Widerstandskraft brach zusammen. Um Timi zu retten, würde sie alles tun.

Das Gefolge der Dorobonen stand im Halbkreis vor dem Zelt versammelt, Gurvon Gyle in ihrer Mitte. Sein Gesicht war angespannt. *Bleib ruhig, Mädchen. Sei stolz, aber wehre dich nicht. Beeindrucke ihn mit deinem Auftreten – es ist alles, was dir noch geblieben ist*, flüsterte er ihr in Gedanken zu.

Mir ist gar nichts *geblieben. Ich habe meine Soldaten in die Sklaverei geführt und meine Verbündeten in den Tod …*

»Das ist sie?«, drang eine dünne, arrogante Stimme an ihr Ohr. »Ich möchte meinen, Ihr habt sie ein wenig zu hoch gepriesen, mein guter Gyle, findet Ihr nicht?«

Francis Dorobon trug einen blau-weißen, viergeteilten Wappenrock, auf der stolz vorgestreckten Brust prangte ein goldener Löwe. An seinen Wangen sah Cera bereits jetzt, wie fett er werden würde, sobald er erst König war und selbst keinen Finger mehr rühren musste. Vielleicht konnte seine Magie ihn vor diesem Schicksal bewahren, aber Cera bezweifelte es. Harte, blaue Augen, flachsblondes Haar und schmale Lippen, darüber ein dünnes Bärtchen und ein eigenartiger rondelmarischer Haarschnitt. Es war genau die Art von Gesicht, die sie zutiefst verabscheute.

Cera machte keinen Knicks, als er sich mit erhobenem Kinn

vor ihr aufbaute. Sie blieb kerzengerade stehen und schaute mit starrem Blick knapp an seiner Schulter vorbei. Hinter ihm stand eine stämmige Matrone, die Cera während der ersten kurzen Regierungszeit der Dorobonen, als sie selbst noch ein kleines Kind gewesen war, schon einmal gesehen hatte. Octa Dorobon war ihr Name. Seit Ceras Vater sie zur Witwe gemacht hatte, war sie die Matriarchin. Ein Ausdruck grimmiger Zufriedenheit stand in ihrem rötlichen Gesicht. Neben Francis erkannte sie dessen Schwester Olivia. Sie war ihm wie aus dem Gesicht geschnitten, aber ihr Körper zeigte schon jetzt deutliche Anzeichen ihres üppigen Lebensstils.

Ein Stück weiter hinten trat Alfredo Gorgio aufgeregt von einem Fuß auf den anderen und konnte gar nicht mehr aufhören zu grinsen. Seine älteste Nichte und weibliche Erbin, Portia Tolidi, war ebenfalls dabei. Sie hatte ein schmales, blasses Gesicht und kastanienbraunes Haar. Portia galt als eine der schönsten Frauen in ganz Javon – und sie ließ Francis Dorobon nicht aus den Augen.

Sieht ganz so aus, als hätte sie ihn schon in ihren Fängen.

Andererseits hatte Portia ihre Dienerin Tarita vor dem Massaker gerettet, das die Dorobonen letztes Jahr im Palast von Brochena angerichtet hatten, wie Cera wieder einfiel. Das machte ihr etwas Hoffnung, aber im Moment musterte Portia sie genauso verächtlich wie alle anderen. Alle außer Gyle, dessen Miene undurchdringlich war.

Francis ging einmal im Kreis um Cera herum und betrachtete sie von allen Seiten. »Knie nieder«, sagte er schließlich.

Cera rührte sich nicht. »Es geziemt sich nicht für eine Königin niederzuknien.«

Francis nickte, als denke er über ihre Worte nach, dann schlug er ihr mit dem Handrücken ins Gesicht.

Cera taumelte, stürzte aber nicht. Ihre Wange schmerzte, und sie schmeckte Blut im Mund. *Ich werde nicht eine einzige Träne vergießen, und ich werde nicht knien.*

»Ein gewisses Feuer scheint sie ja zu haben«, kommentierte Francis.

Als wäre ich eine Zuchtstute! Aber bin ich nicht genau das? Cera blinzelte ihre Tränen weg und blickte ihm direkt in die Augen. Als er erneut ausholte, zuckte sie mit keiner Wimper.

»Tatsächlich! Sieh mal einer an«, sagte er grinsend und ließ die Hand wieder sinken. »Aber besonders hübsch ist sie nicht.« Er warf Portia einen lüsternen Blick zu, und Portia schlug kokett die Augen nieder.

»Als Eure Ehefrau wäre sie von beträchtlichem Nutzen«, mischte Gyle sich ein. »Und Ihr wisst ebenso gut wie wir alle, dass Ihr Euch neben ihr so viele Mätressen halten könnt, wie Ihr wollt.«

»Die Nesti sind am Ende. Eine Verbindung mit den Gorgio ist hundertmal mehr wert. Außerdem ist Portia eine reinblütige Rimonierin«, protestierte Alfredo Gorgio und pries seine Tochter an wie Ware auf einem Markt. Wahrscheinlich war Portia für ihn auch nichts anderes. Für Francis allerdings schon, seinem glühenden Blick von vorhin nach zu urteilen.

»Die Nesti sind noch lange nicht am Ende. Das besiegte Heer macht nur ein Drittel ihrer Streitmacht aus«, konterte Gyle gerade, da brachte Octa Dorobon alle mit einem Machtwort zum Schweigen. Cera sah, wie Francis zusammenzuckte, als seine Mutter die Stimme erhob.

»Rimonier sind kaum besser als diese javonischen Halb-Jhafi«, polterte Octa. »Mein Sohn wird eine rondelmarische Reinblüterin heiraten. Ihr überschreitet Eure Kompetenzen, meine Herren. Beide.« Sie humpelte auf Cera zu und fasste sie unsanft am Kinn. »Dieses dunkelhäutige Weibsstück ist meines Sohnes nicht wert. Als Geisel dürfte sie allerdings ihren Nutzen haben...« Ihr Blick wanderte zu Portia. »Macht mit ihr, was Ihr wollt.«

Cera sah, wie alle Umstehenden bereits fieberhaft nachdachten, wie ehemalige Verbündete zu Feinden wurden und umgekehrt. *Und schon bin ich eine unwichtige Klausel in einem längst veralteten Vertrag...* Sie blickte Gyle fragend an.

Geduld, sagte er in Gedanken. *Wir halten uns bedeckt und warten ab, bis der richtige Augenblick gekommen ist.*

12

DAS ZAIN-KLOSTER

BERG TIGRAT

*Einsam und erhaben ragt der südlichste, ganzjährig schneebe-
deckte Gipfel des Zentralgebirges über der Wüste auf. Die Jhafi
glauben, die alten Götter, die vom Amteh-Glauben verdrängt
wurden, wohnten immer noch dort. Die Menschen hätten sie
vergessen, und sie könnten dennoch nicht sterben. Laut einer
anderen Überlieferung war der Berg der Thron von Markud,
dem König des Himmelreichs, und die Afreet die Maden, die
aus seinem Leichnam hervorkrochen, nachdem er selbst in den
Himmel aufgefahren war.*

ORDO COSTRUO, PONTUS

Die ersten Wochen nach dem Attentat verbrachte Elena in
Mustaq al'Madhis Unterschlupf – mit Schlafen und Heilen
und intensiven Gesprächen. Elena erzählte ihm so viel, wie
sie wagte: dass es im Palast nur so von rondelmarischen Magi-
Spionen wimmelte und Gurvon Gyle Cera vollkommen unter
Kontrolle hatte und dass der Feldzug gegen Hytel gefährli-
cher sein könnte als angenommen. Leider hatte sie nicht alle
Einzelheiten mitbekommen. Sordell und Gyle hatten gewusst,
dass Elena stets mithörte, und waren entsprechend vorsichtig
gewesen. Das größte Problem war, dass Gyle Mustaqs Agenten im Palast enttarnt und bis auf den letzten getötet hatte.
Was die Vorgänge im Palast betraf, war Mustaq blind und taub.
Tarita war die Einzige, die noch nicht entdeckt war. Ihre Informationen waren es gewesen, die das Attentat auf Gyle ermöglicht hatten. Falls sie erwischt wurde, fürchtete Elena das
Schlimmste für die junge Dienerin.

Sie hatte den Zustand des jungen Attentäters, den sie gefangen genommen hatte, zwar stabilisieren können, doch waren
bereits zwei Wochen vergangen, und er hatte das Bewusstsein
immer noch nicht wiedererlangt. Maras gnostisch verstärktes
Gift hätte jeden Normalsterblichen in kürzester Zeit getötet,
aber der junge Krieger war selbst ein Magus, und sein Körper
setzte sich erfolgreich zur Wehr. Zur Vorsicht hatte sie ihn mit
einer Kettenrune belegt, damit er sich nicht gegen sie wenden
konnte, sobald er erwachte. Elena wollte ihn verhören, um danach zu entscheiden, was weiter mit ihm geschehen sollte.

In Brochena konnte sie nicht bleiben. Die Gefahr, von Gyle

entdeckt zu werden, war zu groß. Glücklicherweise befand sich ihr Skiff *Grausperling* noch immer in einem von Mustaqs geheimen Unterschlupfen. Als sie bereit zum Aufbruch war, belud sie es mit ihrer Ausrüstung, Linsen, Getreide, ein paar Gewürzen, Kaffee und Tee und brachte ihren Gefangenen an Bord. Es war Dunkelmond, eine der wenigen Nächte, in der die Lune ihr Gesicht verbarg. Nur die Sterne glitzerten am Himmel wie winzige Diamanten. Sie küsste Mustaq auf beide Wangen und bedankte sich noch einmal, dann flog sie los und hielt auf das im Osten gelegene Gebirge zu.

Eines, was Gurvon allen seinen Agenten von Anfang an eingeschärft hatte, war, sich einen geheimen Unterschlupf einzurichten für den Fall, dass einmal etwas schiefging. »Verratet niemandem, wo er ist. Nicht einmal mir«, hatte er gesagt. »Was man nicht weiß, kann man nicht preisgeben. Auch nicht unter der Folter.«

Es war ein guter Rat gewesen, der ihr schon mehrmals das Leben gerettet hatte. Ihr Unterschlupf in Javon lag hoch oben an den Hängen des Bergs Tigrat. Es war ein ehemaliges Zain-Kloster, das seit einem von Amteh-Fanatikern an den Mönchen verübten Massaker verlassen war. Die Zain führten ein Leben in strenger Askese und predigten, dass körperliche und geistige Vervollkommnung ebenso wichtig seien wie die Liebe zu Gott. Ihre Lehren waren sowohl den Sollan-Drui als auch den Gottessprechern der Amteh ein Dorn im Auge, aber die Zain waren hervorragende Heiler und in den mechanischen Wissenschaften sehr bewandert, vor allem in der Architektur, weshalb die meisten Herrscher sie in Ruhe ließen. Dennoch kam es immer wieder zu Massakern, wie es auch in diesem Kloster passiert war. So war nun mal das Los einer pazifistischen Sekte in einem kriegerischen Land.

Während der letzten Jahre war Elena mit der *Grausperling* immer wieder für ein, zwei Tage zu dem Kloster geflogen, hatte Proviant und Brennholz eingelagert, die inneren Mauern repariert und den alten Brunnen. Im Sommer war es schneefrei, im Winter allerdings nicht. Die Außenmauern sahen immer noch verfallen aus, und von Zeit zu Zeit lebte ein Berglöwenpaar dort. Die Ruine war das perfekte Versteck. Ein Bach speiste die Becken im Badehaus. Das Wasser wurde durch eine mit Feuer beheizbare Steinröhre geleitet, und die Abluftkamine befanden sich hinter einem Wasserfall, der den Rauch verbarg. In den unterirdischen Kemenaten hatten einst Hunderte Mönche gelebt, aber es gab auch höher gelegene, von Sonnenlicht durchflutete Räume. Die Stille in dem Kloster war so kalt und klar wie die Bergluft – genau das, was Elena jetzt brauchte.

Noch mehrere Stunden vor Anbruch der Morgendämmerung kamen sie an. Der junge Attentäter hatte sich während des gesamten Fluges nicht ein einziges Mal bewegt, aber sein Atem war kräftig und stabil. Sein Körper hatte das Gift mittlerweile beinahe vollständig abgebaut. Elena hatte ihn absichtlich weiterhin im Koma gehalten. Sie wollte ihn erst wecken, wenn sie bereit dazu war, denn es war durchaus möglich, dass sie ihn würde töten müssen. Sie hatten zwar gemeinsame Feinde, aber allem Anschein nach war er ein Hadischa, und für diese Fanatiker waren alle Weißen Teufel.

Die *Grausperling* senkte sich wie ein Raubvogel in einem eleganten Bogen auf das Kloster herab. Elena hielt auf den untersten Innenhof zu, von dem ein Gewölbetunnel hinunter zu den Kavernen im Berginneren führte. Fledermäuse und ein paar Vögel flogen mit einem erschreckten Kreischen auf, als das Skiff sanft aufsetzte.

Es war kühl, aber nicht kalt. Ein Rest der Spätsommerhitze hielt sich noch in der Luft, der Wind flüsterte um die geborstenen Mauern wie ein befriedigter Liebhaber. Elena hörte die Berglöwin leise knurren und sah sich um: Direkt hinter ihr thronte sie auf einer Mauer und blickte argwöhnisch zu ihr herunter. Elena schickte ihr eine Warnung, erinnerte sie an ihre erste Begegnung, bei der sie den beiden Raubtieren eine ordentliche Abreibung verpasst hatte. Prompt winselte die Löwin und zog missmutig von dannen. Kurz darauf hörte Elena das Männchen ein letztes Brüllen ausstoßen, dann spürte sie, wie die beiden eine Hügelflanke östlich des Klosters erklommen und verschwanden. Selbst diese großen Raubkatzen akzeptierten Elena als die unumschränkte Herrin der Ruine.

Die ersten paar Stunden verbrachte sie damit, das Skiff in einer Kaverne zu verstecken und Vorräte sowie Gepäck im Kloster zu verstauen. Sie hatte genug Proviant für drei bis vier Monate mitgebracht, aber so lange wollte sie nicht bleiben. Sobald sie ihren Gefangenen verhört hatte, würde sie ihn entweder töten oder irgendwo weit weg auf freien Fuß setzen und sich selbst überlassen. Als sie seine Trage durch die weitverzweigten Korridore zu einer der Schlafkammern schweben ließ, fiel ihr etwas an seiner Aura auf, das sie noch nie zuvor gesehen hatte. Irgendetwas stimmte nicht mit ihm. Dass die Hadischa mittlerweile über eigene Magi verfügten, überraschte sie nach kurzem Nachdenken nicht mehr: Magi waren die mächtigste Waffe, die es gab, es war nur eine Frage der Zeit gewesen, bis auch die Hadischa einen Weg gefunden hatten, ihre Reihen mit Kämpfern zu verstärken, die der Gnosis mächtig waren. Sie legte ihn auf die Pritsche, die sie vorbereitet hatte, und ließ ihn – weiterhin mit der Kettenrune belegt –

dort eingesperrt zurück. *Ich werde mich später um ihn kümmern.* Nur den Bann über seinem Bewusstsein hob sie auf, damit er aufwachen konnte, wenn er so weit war.

Als schließlich die Sonne aufging, fühlte sie sich erholt und erschöpft zugleich. Sol eroberte sein Reich von den Schatten der Nacht zurück und tauchte die umliegenden Hänge in lavendelfarbenes Licht. Das Kloster lag in nordwestlicher Richtung über den trockenen, nur von armen Jhafi-Hirten mit ihren Herden bewohnten Ebenen. Die nächstgelegene Stadt war Riban, vierzig Meilen weit weg und von hier aus nicht einmal zu sehen. Elena suchte sich eine Kammer im höchsten Turm. Die Fensteröffnungen waren von abgestorbenen Ranken überwuchert, die vertrockneten Beeren daran hatten die Vögel abgefressen, und es stank nach Vogelkot. Aber darum würde sie sich morgen kümmern. Sie rollte ihre Decke aus, nahm ihre Waffen ab und legte sich hin.

Doch an Schlaf war nicht zu denken. Es dauerte etwa eine Minute, dann brach alles über sie herein: all die Monate, während derer sie eine Gefangene in ihrem eigenen Körper gewesen war. Der Ekel, den sie verspürt hatte, als ein anderer die Kontrolle über sie ausübte. Über alles. Sordell hatte mit ihrer Zunge gesprochen, war mit ihren Beinen gelaufen, aufs Klo gegangen, hatte sich sogar einmal selbst befriedigt und Elena dabei verspottet. Sie hatte einen erbitterten Widerstandskampf führen müssen, damit der Geisterbeschwörer nicht auch noch den letzten Rest von ihrer Seele aus ihrem Körper verbannte. Genauso bitter war das Wissen, dass sie versagt hatte. Sie hatte weder Gurvons Pläne durchschaut, noch war ihr aufgefallen, wie Cera sich nach und nach verändert hatte. Wie eine Blinde war sie in die Falle getappt, hineingelockt von dem Mädchen, das für sie wie eine Tochter gewesen war.

Anfangs zitterte sie nur, dann kam der Brechreiz, und schließlich entluden sich all die aufgestauten Emotionen in einem Weinkrampf. Elena schluchzte und weinte wie in ihrem ganzen Leben noch nicht. Wasser war ihr Element, also ließ sie es fließen, spürte, wie all der Schmerz und die Schrecken ihren Körper verließen. Nie, nie wieder, schwor sie sich.

Trotzdem konnte sie nicht schlafen. Sie sehnte sich nach Alkohol – ein Überbleibsel von Sordells Trunksucht –, blieb aber standhaft und suchte stattdessen die Baderäume auf. Elena hielt sich nicht damit auf, das abgestandene und eiskalte Wasser erst noch zu erwärmen. Sie zog sich einfach aus und tauchte hinein. Dann nahm sie Seife und Bürste und schrubbte, bis sie beinahe blutete. Auf ihrer Schulter war eine neue Narbe – ebenfalls ein Vermächtnis Sordells, aber wenigstens handelte es sich dabei nur um eine äußerliche Wunde, die bereits verheilt war. Wie besessen schrubbte Elena weiter, als könnte sie sich damit die Spuren von Sordells Gegenwart von der Seele waschen, aber es war zwecklos. So stark ihre Affinität zum Mystizismus auch sein mochte, den eigenen Geist konnte man nicht heilen, und Elena kannte niemanden, dem sie so weit vertraute, dass sie ihn gebeten hätte, es für sie zu tun. Sie musste einfach damit leben und warten, bis die Zeit die Wunde geheilt hatte. Falls das überhaupt möglich war.

Irgendwann wurde das Wasser schließlich doch zu kalt. Elena stieg aus dem Becken, trocknete sich ab und ging in eine Decke gehüllt zurück in die Turmkammer. Als sie sich wieder hinlegte, fühlte sie sich immer noch von Sordell besudelt. *Dafür werden sie bezahlen, alle: Sordell, falls er noch lebt, und Gurvon, oh ja! Du treibst schon viel zu lange dein Unwesen, Exgeliebter. Und auch du wirst bezahlen, Cera Nesti. Ich bedaure aufrichtig, dass Gurvon deine Schwächen so kaltblütig*

*ausgenutzt und dich gegen mich gewendet hat, aber ich werde
dir nicht verzeihen...*

Mit geschlossenen Augen beschwor Elena die innere Disziplin und Gleichmut herauf, die sie auch die Schrecken der Noros-Revolte hatte überleben lassen. Sie bändigte den Hass und die in ihr aufsteigenden Ängste und wartete, bis sie wieder Herrin ihrer Gefühle war. Dann dachte sie über die zurückliegenden Monate nach.

Hier in Javon, während ihrer Zeit als Leibwächterin der Nesti-Kinder, hatte sie sich von einer Meuchelmörderin zur Beschützerin gewandelt. Vier Jahre hatte sie gebraucht, um zu lernen, dass sie lachen konnte, ohne Spott oder Schadenfreude dabei zu empfinden, dass sie sich mit ganzem Herzen für etwas engagieren konnte, ohne ständig kühl zu kalkulieren. Olfuss Nesti hatte ihr gezeigt, dass man auch als König aufrichtig und sich selbst treu sein konnte. Seine Frau Fadah hatte ihr gezeigt, dass Mutter sein ein Geschenk war und keine Last. Mit Solinde hatte sie erfahren, dass das Leben auch Spaß machen konnte, und Timori hatte ihr gezeigt, dass es selbst in dieser Welt noch Unschuld gab. Doch Cera hatte ihr stets am nächsten von allen gestanden, sie war diejenige gewesen, die Elena aufrichtig geliebt hatte. Und Cera hatte sie verraten.

Dann dachte sie an ihre allzu kurze Romanze mit Lorenzo. Er hatte ihr den Weg zurück zur Menschlichkeit gezeigt. Elena hatte sich schon gefragt, wohin ihr gemeinsamer Weg sie noch führen mochte... Sie würde es nie herausfinden.

Elena schloss die Augen und stellte sich eine Kreuzung mitten in der Wüste vor: Zu ihrer Linken stand ihr altes Selbst, die Elena, die Gurvons Geliebte gewesen war, rücksichtslos und verschlossen, zynisch und kalt. Ihr Mantel hatte die Farbe von getrocknetem Blut. Diese Elena würde überleben, was auch immer kommen mochte, und tun, was immer getan werden musste. Sie würde ihr gerade neu erwachtes Gewissen einfach ersticken und sich zurückverwandeln in einen Schatten aus der Unterwelt. Sie würde töten, foltern und verstümmeln, bis auch ihr letzter Feind tot war oder sie selbst am Galgen baumelte. Sie würde kämpfen bis zum Ende.

Aber diese Frau möchte ich nicht mehr sein …

Elena wandte sich nach rechts und sah eine weitere Frau an der Gabelung stehen. In einen dunklen Umhang gehüllt ging sie hinaus ins Ungewisse. Sie wusste selbst nicht, wohin, wusste nur, dass sie weg wollte. Das Leben dieser Frau war einfach, aber hart. Zu hart. Alles, was sie je getan hatte, war vergebens gewesen und endete im Nichts.

Nein. Ich kann nicht einfach alles hinter mir lassen, als wäre es nie geschehen. Alles, was wir tun, hat eine Bedeutung, und wenn auch nur für die, die uns folgen.

Elena öffnete die Augen und fand sich in ihrer Kammer wieder, im Hier und Jetzt.

Ich werde einen anderen Weg finden. Ich werde mich weder in Hass noch in Verzweiflung verlieren, sondern weiter den Pfad beschreiten, den Lorenzo mir gezeigt hat. Ich werde kämpfen und mich rächen, aber ich werde mein Herz nie wieder in einen Stein verwandeln.

Das Erste, woran Kazim sich erinnerte, war der grässliche Käfer, der aus Elena Anborns Mund gekrabbelt war. Und seine Flucht. Vielleicht war es falsch gewesen, davonzulaufen, aber etwas Derartiges hatte er noch nie gesehen. Das Grauen, das ihn gepackt hatte, war einfach zu groß gewesen. Noch jetzt zitterte er, wenn er daran zurückdachte. Immer mehr Erinnerungen stiegen in ihm auf: wie er verfolgt wurde und das Gift seine Muskeln zu Brei werden ließ, wie Anborn ihn erwischt und bewusstlos geschlagen hatte. Er war zu langsam gewesen.

Vorsichtig öffnete er die Augen. Als er nicht das Geringste erkennen konnte, glaubte er einen schrecklichen Moment lang, er wäre erblindet, da sah er einen fahlen Lichtstreifen. Irgendwann war sein Verstand wieder klar genug, um zu erkennen, dass das Licht unter einem Türspalt hindurchdrang. Kazim griff sich stöhnend an die Schulter, an die Stelle, wo Mara Secordins Schlangenarm ihn erwischt hatte. Die Wunde tat weh, aber sie war bandagiert, und er konnte den Arm bewegen. Ansonsten schien er vollkommen unverletzt, doch fühlte sich sein Körper steif an wie der eines alten Mannes. Nachdem er sich langsam aufgesetzt hatte, spürte er schließlich, dass seine Blase kurz vorm Platzen war. Kazim schlug die Decke zurück, tastete in der Dunkelheit nach einem Eimer und erleichterte sich. Die Kammer, in der er sich befand, war winzig und stank nach Urin.

Er schlich zur Tür und drückte auf die Klinke. Sie war verriegelt. Zögerlich versuchte er, sie mithilfe der Gnosis zu öffnen. *Nichts.*

Kazim war entsetzt und unendlich erleichtert zugleich. *Ist sie weg? Bin ich kein Magus mehr?*

Er versuchte es noch einmal, grub tiefer und merkte schließlich, dass sie noch da war, ganz schwach und kaum zu spüren. Erreichen konnte er sie trotzdem nicht. Etwas verhinderte es. War er verhext worden? Kazim dachte an Catoz, der ihn erpresst hatte, Wimlas Seele zu verschlingen. Er hatte gehorcht, und es verschaffte ihm eine eigenartige, fast perverse Befriedigung, dass er seine Gnosis jetzt trotzdem nicht erreichen konnte. *Nie wieder werde ich einem anderen Menschen das Leben aussauge,* schwor er sich.

»Hallo! Ist da jemand?«, rief er und trommelte mit der Faust gegen die schwere, eisenbeschlagene Tür. Als keine Antwort kam, ließ er es schließlich bleiben und wartete, bis er von draußen leise Schritte hörte. Der Sehschlitz ging auf, und harte, graue Augen starrten ihn an. Die Lider waren hell, aber von der Sonne gerötet. *Elena Anborn*. Als sie sprach, hörte er ein eigenartiges Rasseln in ihrer Kehle, als hätte sie einen Eimer voll Sand gegessen. Dann sah er die hässliche Narbe quer über ihren Hals. *Jemand hat ihr die Kehle aufgeschlitzt, und sie hat es überlebt*. Kazim blinzelte verwirrt und musste wieder an den abscheulichen Käfer denken. Halb rechnete er damit, ihn gleich wiederzusehen …

Im ersten Moment glaubte Kazim, er hätte kein Wort verstanden, aber dann wurde ihm bewusst, dass er die Sprache kannte. Es war Keshi, aber so wie die Jhafi es sprachen. Anborns plumpe Aussprache tat ein Übriges, weshalb Kazim eine Weile brauchte, bis er den Inhalt der Worte begriffen hatte: »Geh weg von der Tür.«

Wie benommen trat er zur Seite und fragte sich, ob sie ihn nun töten würde. Andererseits war seine Wunde verbunden, und es hatte ihn jemand von dem Gift geheilt. *Hat sie das getan?*

Kazim spannte probehalber seine Muskeln an und fragte sich, ob er sie vielleicht überwältigen konnte, bevor noch mehr von ihren Leuten kamen, da warf sie ihm einen stechenden Blick zu, und er spürte, wie seine Glieder starr wurden.

Sie trat in die Zelle und rümpfte die Nase wegen des Gestanks. »Komm mit«, sagte sie knapp und trat wieder hinaus auf den Korridor. »Nimm das mit«, fügte sie mit einem Nicken in Richtung des Eimers hinzu. Erst jetzt konnte Kazim sich wieder bewegen.

Ich werde sie damit niederschlagen. Dann bringe ich sie um und verschwinde von hier …

Kazim hob den Eimer auf und folgte ihr nach draußen. Anborn ging voraus, und das so schnell, dass er kaum Schritt halten konnte. Er kam sich vor wie ein neugeborenes Fohlen. Anborn hingegen bewegte sich mit der Eleganz einer Raubkatze, eine Hand auf dem Schwertgriff, jeder Muskel ihres Körpers zu sofortigem Handeln bereit. Sie trug eine bräunliche Tunika, die kurze, enge Hose reichte nicht mal bis zu den Knien. Ihre Beine waren so muskulös wie die eines Mannes. Kazim schnaubte verächtlich. So viel nackte Haut zu zeigen, war schlichtweg obszön. Selbst die Frauen in Lakh bedeckten ihre Beine, und dabei waren sie nicht einmal Amteh.

»Schütte es da rein.« Anborn deutete auf eine Tür mit einem Plumpsklo dahinter.

Kazim leerte den Eimer in das pechschwarze Loch und fragte sich, wo er wohl sein mochte. Die Wände ringsum waren in den nackten Stein gehauen, und er hatte noch nicht einen Strahl Sonnenlicht gesehen. *Wahrscheinlich in einem unterirdischen Versteck.*

Er atmete kurz durch, wog den Eimer in den Händen und trat wieder auf den Gang. Er war schwer und stabil genug, um ihr damit den Schädel einzuschlagen. Anborn stand etwa fünf Schritte weit weg und behielt Kazim genau im Auge. *Gleich.*

Er ging auf sie zu, da drehte sie sich auch schon weg und ging wieder mit langen, schnellen Schritten voraus. *Zu spät.*

»Wie heißt du?«, krächzte sie.

Soll sie ruhig glauben, dass ich kooperiere. »Kazim«, antwortete er mit beinahe ebenso rauer Stimme und fragte sich, wie lange er wohl bewusstlos gewesen war.

»Weißt du, wer ich bin?«

Er spürte, dass Lügen keinen Zweck hatte. »Alana.«

»E-le-na. Nicht Al-ha-nah«, korrigierte sie ihn. »Weißt du, wo wir hier sind?« Ihre Aussprache mochte nicht die beste sein, aber offensichtlich beherrschte sie Keshi fließend.

Kazim schüttelte den Kopf und versuchte, näher heranzukommen, da sprang sie schon die Treppe hinauf ins nächste Stockwerk. Er hechelte hinterher und konnte gar nicht anders, als ihre lästerlich nackten Beine anzustarren, die sehnigen Muskeln, die harten Oberschenkel und den festen Po. Als es ihm endlich gelang, sich von dem Anblick loszureißen, konzentrierte er sich voll und ganz darauf, Anborn einzuholen. Der Versuch kostete ihn so viel Kraft, dass er schwitzte, als er am Ende der Treppe ankam. *Warum bin ich so schwach? Was hat sie mit mir gemacht?*

Die Jadugara führte ihn in eine Küche. »Iss«, sagte sie und deutete auf einen Tisch, der so alt war, dass das Holz bereits grau wurde. Doch er war sauber, und das Essen roch, als wäre es frisch zubereitet. Es war Linsenpaste mit Reis und Fladenbrot. In einem offenen Kamin brannte ein Feuer, in dem Regal daneben stand eine noch halb volle Flasche Rotwein. Anborn warf einen flüchtigen Blick in die Richtung, rührte den Wein aber nicht an.

Kazim stellte den Eimer ab und setzte sich, da fielen ihm die schmiedeeisernen Schürhaken und Feuerzangen neben dem Kamin auf. *Noch besser.* Er verteilte Reis und Linsen auf dem Fladenbrot, rollte es zusammen und schlang es mit zwei Bissen hinunter. Sein Magen war vollkommen leer. Innerhalb kürzester Zeit hatte er alle Schalen auf dem Tisch leergegessen und blickte sich hungrig um.

»Es gibt noch mehr«, sagte die Rondelmarerin und brachte eine weitere Schale. Sie war jetzt ganz nah.

Kazim sprang auf, packte einen der Haken und holte aus.

Anborn hob lediglich eine Hand, dann wurde Kazim nach hinten geschleudert, schlitterte über den staubigen Boden und krachte mit der Hüfte gegen die Wand. Er stöhnte vor Schmerz und versuchte wieder aufzustehen, aber seine Beine weigerten sich, ihn zu tragen. Hilflos lag er auf dem Rücken und wartete darauf, dass die Hexe ihn mit ihrem Schwert durchbohrte.

Doch sie blickte ihn nur unbeteiligt an. »Sind die Linsen scharf genug für dich?«, fragte sie, als wäre nichts passiert.

So sehr er auch versuchte, auf die Beine zu kommen, es ging einfach nicht. Es lag nicht an dem stechenden Schmerz in seiner Hüfte, sondern an etwas anderem. An der Jadugara. Sie hatte irgendetwas mit ihm gemacht. Kazim versuchte, seine verhasste Gnosis heraufzubeschwören, aber auch das gelang nicht. Sie war da, das spürte er ganz deutlich, aber es fühlte sich an, als wäre sie unter einem Schleier verborgen, den er nicht zerreißen konnte, egal wie sehr er sich auch anstrengte, und das machte ihm Angst. Selbst seine Shaitanskräfte waren ihm lieber als diese entsetzliche Hilflosigkeit.

Anborn neigte den Kopf und musterte ihn wie ein Vogel einen Wurm. »Du bist ein Magus, nicht?«

Kazim schüttelte missmutig den Kopf.

Sie lachte nur. »Du kannst es nicht vor mir verstecken, Junge.«

Endlich gelang es ihm, sich wenigstens aufzusetzen. »Ich bin kein Junge.«

Anborn nickte. »Nicht mehr, da hast du wohl recht. Wie alt bist du?«

Es ging sie zwar nichts an, aber Kazim wollte nicht, dass Anborn glaubte, sie hätte es nur mit einem Kind zu tun. »Einundzwanzig.«

»Gehörst du zum Ordo Costruo?«

Er dachte kurz daran, zu lügen, entschied sich dann aber anders. »Nein«, sagte er mit erhobenem Haupt. »Ich bin ein Hadischa.«

»Es war wohl unvermeidlich, dass ein paar von euch diesen Weg einschlagen würden«, seufzte die Jadugara, als hätte Kazim soeben eine lange gehegte Befürchtung bestätigt.

»Wir werden euch alle töten, Shaitans-Diener.«

Anborn schnaubte verächtlich. Ein durch und durch unweibliches Geräusch, das ihn nur in seiner Verachtung bestärkte. Alles an ihr war falsch: Sie war kein Mann, aber auch keine richtige Frau, nicht so, wie die in Kesh und Lakh. Ihr Körper war viel zu muskulös, straff und glatt. Ihr Busen war klein, ihre Taille zu durchtrainiert und gerade, die Schultern viel zu breit für ihre geringe Körpergröße. Der einzige Schmuck, den sie trug, war der blass glänzende Stein über ihrer hässlichen Halsnarbe. Allein dass sie diese Verletzung überlebt hatte, war unnatürlich. Sie war schamlos und gottlos, genau wie die Gottessprecher weiße Frauen immer beschrieben hatten. Ob sie alle so waren? Da fiel ihm die verführerische Alyssa Dulayn wieder ein, und er fragte sich, ob Anborn vielleicht auch unter ihresgleichen eine Außenseiterin war.

»Hör zu, Kazim«, sagte sie mit ihrer rasselnden Stimme. »Wir sind hier Hunderte Meilen von Brochena und deinen Freunden entfernt, falls sie überhaupt noch leben. Ich habe deine Gnosis mit einem Bann belegt, und du bist immer noch schwach wie ein Zicklein wegen der Nachwirkungen des Gifts. Also hör auf, dich wie ein Narr zu benehmen, und lass mich dir helfen, wieder gesund zu werden.«

»Warum solltest ausgerechnet du mir helfen, Jadugara?«, fragte er höhnisch, auch wenn er es allmählich doch mit der

Angst bekam. *Wo bin ich hier? Warum tötet sie mich nicht einfach?*

Wieder seufzte sie. »Kazim. Ich hätte dich schon längst töten können. Ich hätte dir deine Gedanken herausreißen und darin lesen können wie in einem Buch. Ich habe es nicht getan, weil du danach nur noch ein sabbernder Krüppel gewesen wärst. Wir müssen keine Feinde sein. Ich schätze sogar, wir haben die gleichen Ziele, du und ich.«

Was für eine plumpe Lüge. Kazim stand schwankend auf und setzte sich wieder an den Tisch. »Du hast an Gyles Seite gekämpft«, knurrte er.

Anborn füllte die Schüssel vor ihm mit Linsen, gab ihm frisches Fladenbrot und goss ihm einen Becher Wasser ein, den er in einem Zug austrank.

»Kennst du die Geschichte von Inshil und dem Afreet?«, fragte sie beiläufig.

Es war eine sehr alte Geschichte aus dem Kalistham, sie handelte von einem Dämon, der einen Gottessprecher in Versuchung führen wollte. Kazim war überrascht, dass die Jadugara sie kannte. »Ja«, antwortete er zögernd.

»Weißt du noch, wie der Afreet von Inshils Bruder Besitz ergriffen und versucht hat, Inshil vom rechten Weg abzubringen?«

Kazim nickte stumm.

»Und du erinnerst dich bestimmt auch an den Käfer, der aus meinem Mund gekrabbelt ist.« Bei diesen Worten schien Anborn tatsächlich ein Schaudern zu durchzucken. »Dieser Skarabäus war die körperliche Manifestation des Afreet, der von meinem Körper Besitz ergriffen hatte.«

Kazim war selbst überrascht, wie sehr ihre Geschichte ihn bewegte. Er musterte sie misstrauisch. »Alle Magi sind Lügner«, hatte Haroun zu ihm gesagt. »Du warst bewusstlos, als das passiert ist. Du kannst es gar nicht mitbekommen haben.«

»Oh nein. Ich war voll und ganz bei Bewusstsein. Du hast den Skarabäus gesehen und bist davongerannt.«

Kazim senkte beschämt den Blick. Die Afreet existierten, davon war er überzeugt. Vielleicht sagte sie tatsächlich die Wahrheit. »Ist dieser Dämon immer noch in dir?«

»Nein«, flüsterte sie. Sie wirkte verwundbar, als sie antwortete, vertuschte es aber sofort. »Er ist weg«, fügte sie mit einem Ausdruck von Abscheu auf dem Gesicht hinzu. »Ich bin wieder frei.«

Den letzten Satz hatte sie mit so aufrichtiger Freude ausgesprochen, dass Kazims Zweifel ins Wanken gerieten. »Sind alle rondelmarischen Magi von Dämonen besessen?«, fragte er schließlich.

Zu seiner Überraschung lachte sie, ein schrilles, quiekendes Geräusch und vollkommen unwürdig, aber immerhin menschlich. »Nein, wir sind nicht alle von Afreet besessen. Aber manche sind auch als Menschen durch und durch böse.« Sie nahm einen Schluck Wasser und beäugte ihn neugierig. »Wie viele Magi haben die Hadischa?«

Kazim schüttelte den Kopf. Sie war immer noch eine Feindin.

Anborn akzeptierte seine Weigerung und bohrte nicht nach. Als Nächstes fragte sie ihn nach seinen Eltern, aber der Name Razir Makani sagte ihr nichts. Sabele hatte ihn gewarnt, dass die Magi allen Seelentrinkern nach dem Leben trachteten, also behielt er diesen Teil lieber für sich.

»Wie ist es zu dem Attentat auf Gurvon Gyle gekommen?«, fragte sie weiter.

Hier fühlte Kazim sich auf sicherem Boden. »Ein Spion hat

378

uns verraten, dass er in Brochena ist.« Er dachte an den katastrophalen Ausgang der Unternehmung. »Wir hatten nicht damit gerechnet, dass noch so viele andere Magi bei ihm sein würden«, fügte er mit finsterer Miene hinzu.

Anborn lächelte grimmig. »Trotzdem habt ihr ihn kalt erwischt, und das muss man erst mal schaffen. Auch wenn er Sindon vertraut hat. Ich wusste schon immer, dass er eine doppelzüngige Schlange ist.« Sie beugte sich näher heran. »Stimmt es, was Sindon behauptet hat: dass Rashid Mubar das neue Oberhaupt des Ordo Costruo ist?«

Eigentlich wollte Kazim keine ihrer Fragen mehr beantworten, aber er war wütend, weil er ihr Gefangener war, und er wollte sie aus der Fassung bringen. »Er ist nicht nur das neue Oberhaupt, wir haben den gesamten Norden gesäubert und Dutzende getötet! Nur die, die Rashid treu ergeben sind, sind noch am Leben.«

»Rashid Mubar…«, wiederholte sie leise. »Ich schätze, er war es auch, der Meiros getötet hat.«

Kazims Mund wurde staubtrocken. *Nein, ich war es.* Er verbarg den Gedanken so tief in seinem Innern, wie er nur konnte, und zuckte die Achseln.

Schließlich stand Anborn auf und ging ruhelos auf und ab, während er zu Ende aß. »Hör zu, Kazim. Deine Leute sind mittlerweile wahrscheinlich alle tot. Gurvon und Mara sind sehr… gründlich in allem, was sie tun.« Sie blies die Luft aus und stemmte die Hände in die Hüften. »Du bist immer noch schwach. Ich kann dir helfen, wieder gesund zu werden. Dann kannst du zurück nach Hause.«

Kazim überlegte. *Nach Hause.* Er hatte kein Zuhause mehr. Sein Vater war tot, und seine Stieffamilie lebte jetzt von dem Geld, das sie von Meiros für Ramita bekommen hatte. Rashid und Sabele warteten nur darauf, dass sein Wille endlich brach und sie über ihn verfügen konnten wie über eine neue Wunderwaffe. Außerdem hatte die Jadugara recht: Jamil und die anderen waren höchstwahrscheinlich tot. Jamil und Molmar würde er vermissen, vielleicht sogar Haroun, aber Gatoz… *Hoffentlich röstet er schon auf Shaitans Spieß.*

»Ich muss meinen Auftrag zu Ende führen«, antwortete er, nicht aus Pflichtbewusstsein oder Überzeugung, sondern um Zeit zu gewinnen.

»Das respektiere ich«, erwiderte sie mit langsamen Worten, »aber du hast nicht den Hauch einer Chance.« Sie kam zum Tisch zurück und setzte sich ihm gegenüber. »Nicht ohne mich.«

Kazim betrachtete ihr Gesicht. Sie hatte Krähenfüße um die Augen, und so sonnengebräunt ihre Haut auch sein mochte, konnte sie doch ihre yurische Blässe nicht verbergen. Ihre Augen glänzten kalt wie Stahl, die dünnen Lippen sprachen von eiserner Entschlusskraft.

»Was soll das heißen?«

»Es soll heißen, dass ich, nachdem ich dem Afreet entronnen bin, dasselbe will wie du: Gurvon Gyle töten.«

Kazim senkte den Blick. Eine Frau so anzustarren, war unhöflich, selbst wenn sie eigentlich gar keine richtige Frau war. »Du bist eine Rondelmarerin. Warum solltest du einen der Deinen töten wollen.«

Elena schaute weg. »Dafür gibt es so viele Gründe, dass ich sie kaum zählen kann«, krächzte sie heiser, und ein paar Momente lang war das Flüstern des Windes, der irgendwo draußen über den Fels strich, das einzige Geräusch.

»Du würdest mir nicht mal eine Waffe geben«, sagte Kazim herablassend.

380

»Wenn ich darauf vertrauen könnte, dass du sie nicht gegen mich erhebst, würde ich es tun«, erwiderte sie.

Er fuhr sich mit der linken Hand über den Mund und wischte sie dann an der Hose ab. *Du kannst mir tatsächlich nicht vertrauen, Jadugara.*

»Würdest du auf den Kalistham schwören?«

Kazim erstarrte. *Wenn ich auf das Heilige Buch schwöre, bin ich gebunden.* Es gab Eide, die konnte man nicht brechen. Er stand auf und versuchte nachzudenken. »Und würdest du ebenfalls schwören, deine Waffe nicht gegen mich zu erheben?«, fragte er schließlich.

Elena musterte ihn, dann stand auch sie auf. »Das würde ich. Komm mit.«

Sie führte ihn eine Treppe nach oben in einen leidlich staubigen Raum mit kaputten Möbeln. In der Ecke stand ein Besen. »Ich bin noch nicht fertig hier«, erklärte sie beinahe entschuldigend.

Kazim hörte kaum zu, stattdessen spähte er neugierig durch das Fenster und betrachtete die Landschaft. Sie befanden sich hoch oben auf einem Hügel, einem Berg eher, unterhalb erstreckten sich weite Ebenen. Der Richtung der Schlagschatten nach zu urteilen, blickte die Bergflanke nach Südosten. »Wo sind wir?«

»Hunderte Meilen von Brochena entfernt, und Dutzende vom nächsten Dorf.« Anborn deutete auf ein Regal, und Kazim erschrak, als sich eins der Bücher darin in die Luft erhob und vor ihr auf dem Tisch landete. »Das ist ein Kalistham.«

Kazim blinzelte ein letztes Mal in die Sonne, es musste etwa später Vormittag sein. Als er zu dem Tisch ging, merkte er, wie schwach seine Beine waren, und stützte sich verstohlen darauf ab. Das Buch war tatsächlich ein Kalistham. Dass sie ihre Gnosis benutzt hatte, um es aus dem Regal zu holen, war eine entsetzliche Gotteslästerung. »Was ist damit?«, fragte er.

»Schwöre bei deinem Blut, dass wir zusammen Gurvon Gyle und seine Leute töten werden.«

Kazim runzelte die Stirn. *Eine Blutsbrüderschaft? Mit einer Frau?* »Ausgeschlossen. Du kannst nicht mein Blutsbruder sein.«

»Dann eben Blutsschwester«, sagte sie gereizt.

Blutsschwester? »Die Amteh erlauben keine …«

»Oh, doch«, fiel sie ihm ins Wort wie eine ungeduldige Lehrerin. »Kennst du die Erzählung vom Dritten Kalifen nicht?«

Kazim überlegte. Der Dritte Kalif war ein Mädchen gewesen, das sich als Junge ausgegeben und dann den Mord an seinem Vater gerächt hatte, nachdem alle ihre Brüder versagt hatten. »Du hast recht«, gestand er.

Elena zog ein Messer und fuhr mit der Handfläche über die Klinge. Dann streckte sie ihm die blutende Hand hin und bot ihm mit der anderen das Messer an.

Wenn ich schnell zustoße … Ein Blick in Elenas kalt entschlossene Augen sagte ihm, dass er selbst mit der Waffe keine Chance hätte. Er nahm das Messer und schnitt tiefer, als er beabsichtigt hatte. Die Wunde brannte, und der Anblick seines eigenen Blutes ließ ihm die Knie weich werden. Schließlich sprach er die Worte, und Anborn wiederholte sie. Sie gaben einander die Hand, dann hoben sie sie zum Mund und küssten den Schnitt auf der Innenfläche.

Die Lippen von ihrer beider Blut benetzt, trat Elena auf Kazim zu. Er überragte sie um mehr als einen Kopf. »Du bist ganz schön groß, ›Bruder‹«, sagte sie belustigt und stellte sich auf die Zehenspitzen. »Bück dich schon zu mir runter, verdammt.«

Dies war die allerletzte Gelegenheit, doch Kazim ließ sie

verstreichen, küsste Anborn auf die Wange, und sie erwiderte die Geste.

»Damit ist es besiegelt«, sagte sie grimmig. »Sal'Ahm, Kazim Makani.«

»Sal'Ahm, Elena Anborn.«

Er wird sich daran halten, sagte sich Elena. *Nicht gerne, aber er wird es tun.*

Sie beobachtete den jungen Keshi aus dem Augenwinkel, der gerade seinen Becher Wasser leerte. Beim Anblick des getrockneten Bluts auf seiner Wange musste sie an den Schwur denken, den sie gegenüber Cera geleistet hatte.

Ich habe meinen Schwur gehalten, Cera, aber du nicht.

»Unten gibt es Badewannen«, sagte sie zu dem jungen Hadischa. »Sie sind sauber, und die Öfen laufen schon seit ein paar Stunden. Das Wasser sollte mittlerweile heiß genug sein.« Kazim war ein stattlicher Mann. Er hatte seine Sache gut gemacht in Brochena, auch wenn ihm der Mangel an Erfahrung noch anzumerken war. Während des gesamten Kampfes hatte er nicht ein einziges Mal Gebrauch von seiner Gnosis gemacht, doch Elena hatte sie deutlich gespürt, schillernd wie ein ungeschliffener Diamant.

Schlecht ausgebildet, aber stark. Der Bastard eines Halbbluts vielleicht?

»Und bitte, verlass das Kloster nicht«, fügte sie hinzu, als er auf dem Weg zur Tür war.

Kazim drehte sich um. »Ich habe einen Schwur geleistet«, erwiderte er verletzt. »Die Makanis ehren ihr Wort.«

Dann senkte er den Blick, als hätten die Worte eine Erinnerung in ihm wachgerufen, die alles andere als ehrenhaft war. Einmal mehr fragte Elena sich, wer dieser junge Kerl in Wahrheit war. Die Versuchung, in seinen Erinnerungen zu wühlen, als er sich nicht wehren konnte, war gewaltig gewesen, aber Elena hatte widerstanden. Eine Mischung aus Anstand und Pragmatismus hatte den Ausschlag gegeben: Am Leben und geistig gesund konnte er ihr durchaus nützlich sein. Falls nicht, konnte sie ihn immer noch töten.

»Und das werde auch ich tun, Bruder«, erwiderte sie ernst. Das dichte schwarze Haar und der Vollbart ließen ihn verwegen aussehen. Sein Gesicht war eine Mischung aus Kraft und Schönheit. *Ich wette, an Verehrerinnen hast du keinen Mangel, Kazim Makani.* Elena hatte seinen Körper gesehen, als sie seine Wunden behandelte: Er war wie ein Tier, nur Muskeln und Sehnen. Seinen Oberarm konnte sie nicht einmal mit beiden Händen umfassen, die Brust war breit und mächtig. Doch etwas zehrte an ihm. Immer, wenn er nachdenklich war, kam es zum Vorschein. *Wahrscheinlich haben sie dir dein Leben lang erzählt, die Magi wären Ausgeburten Shaitans, und dann musstest du eines Tages herausfinden, dass du selbst einer bist.* Genauso stark wie dieser innere Zwist war die Verachtung, die er für sie empfand. *Hel, ich bin eine Frau, eine Weiße, eine Kriegerin und ein Magus. Such dir was aus!*

»Es ist Mittag«, sagte sie schließlich und deutete auf den Herd. »Ich werde meine Übungen machen. Du bist inzwischen mit Kochen dran.«

»Männer kochen nicht, Schwester«, entgegnete er herablassend.

Einfach zum Küssen, diese Amteh-Männer. »Und ob. Es wird Zeit, dass du es lernst, Bruder.«

Der Garten war von wildem Wein und Teesträuchern überwuchert, die zu dieser Jahreszeit bereits braun und vertrocknet waren. Steinbrücken überspannten leere Teiche, die Bewässerungskanäle lagen trocken. In Antiopia blühten die meisten Gewächse im Winter. Mit einer Machete hatte Elena ein Fleckchen freigeschlagen, das groß genug war, um ihre Übungen zu machen. Sie freute sich genauso sehr auf diesen Moment, wie sie sich davor fürchtete.

Mal sehen, wie sehr mein Körper unter Sordells Behandlung gelitten hat.

Die Antwort lautete: beträchtlich. Elena hatte kaum noch Kondition. Schon nach wenigen Minuten schwitzte sie in Sturzbächen. Sie hatte die lockeren Warmlaufrunden noch nicht einmal beendet, da klebten Hose und Tunika schon an ihrer Haut. Nach zehn Minuten wurde ihr schwindlig, und nach fünfzehn blieb ihr keine andere Wahl mehr, als den Kopf in den Brunnen zu tauchen, den sie repariert hatte. Nach einer weiteren Viertelstunde war sie am Ende, zwang sich aber zum Weitermachen, stieß und wehrte ab, wirbelte herum und preschte vor, tänzelte zurück und zur Seite. Schon vor einiger Zeit hatte sie Holzschwerter hier deponiert, aber im Moment übte sie lieber mit einem echten, unsicher, wie weit sie Kazim vertrauen konnte.

In seinen Augen bin ich eine Jadugara, eine Tochter Shaitans. Einen Eid mir gegenüber zu brechen, ist kein Vergehen.

Nach einer Stunde hatte sie endlich genug und legte keuchend den Kopf in den Nacken, da sah sie, wie Kazim sie vom Fenster aus beobachtete. Auf seinem Gesicht stand eine Mischung aus Faszination und Abscheu. Als er ihren Blick bemerkte, verschwand er. Elena blickte an sich hinunter und stellte sich vor, was er gesehen hatte: eine weiße Hexe, durch deren nasse Kleidung die Brustwarzen zu erkennen waren, von der Pofalte ganz zu schweigen. *Bezaubernd.* Sie zuckte die Achseln. *Egal. Er wird sich schon noch daran gewöhnen.*

Kazim knallte Elena einen Teller voll gekochter Wurzeln hin und goss ihr einen Becher Wasser ein. Elena zog amüsiert eine Augenbraue hoch. Er funkelte sie an, nahm einen Löffel von seinem eigenen Teller und kaute.

Chod! Die Wurzeln waren nur halb durch, und die Gewürze passten überhaupt nicht. Kazim spuckte den angekauten Brei zurück in den Teller und spülte sich den Mund mit einem Schluck Wasser aus. Aus dem Augenwinkel sah er Elena grinsen. »Kochen ist was für Frauen«, knurrte er, »nicht für Männer.«

Wenigstens hatte sie sich gewaschen und trug einen Salwar, wie es sich gehörte, auch wenn er viel zu tief ausgeschnitten war. Unwillkürlich dachte er daran, wie sich durch ihre nasse Trainingskleidung alles abgezeichnet hatte, und wurde rot. *Nicht, dass mich der Anblick erregt hätte*, redete er sich ein.

Elena bewegte die Finger, woraufhin der Eintopf in ihrer Schale erneut zu kochen begann. Nach einer Weile probierte sie und verzog angewidert das Gesicht, aß aber trotzdem auf. Sie war einfach zu hungrig. Schließlich nahm sie ein paar kräftige Schlucke Wasser und erhob sich. »Zum Glück für uns beide bin morgen ich dran, Bruder«, sagte sie, spülte in dem Becken neben der Kochstelle ihr Geschirr ab und verließ ohne ein weiteres Wort den Raum.

Kazim ließ den Rest des Eintopfs stehen. Er schmeckte grässlich. Kochen ist Frauensache, sagte er sich und zog sich mit knurrendem Magen in seine Kemenate zurück.

Bestimmt die Hälfte der Nacht lag er wach und fragte sich, ob er nun fliehen sollte oder nicht. Jamil und Gatoz hielten vielleicht bereits nach ihm Ausschau. Er könnte sich ins nächste Dorf durchschlagen und dort warten, bis er wieder genug bei Kräften war, um es nach Brochena zu schaffen. Er war sicher, er würde ihren Unterschlupf dort wiederfinden. Haroun war nicht an dem Attentat beteiligt gewesen, und vielleicht war sogar Sindon noch am Leben.

Aber ich habe auf den Kalistham geschworen ...

Andererseits hatte er es mit einer rondelmarischen Jadugara zu tun. Ihr Schwur war wertlos. Aber seiner nicht. Nur weil sie eine doppelzüngige Schlange war, musste Kazim sich nicht auch zu einer machen. Außerdem hätte sie ihn wahrscheinlich im Handumdrehen wieder eingefangen. Er drehte sich auf die Seite und schlief endlich ein, und als er am Morgen aufwachte, hatte er seine Entscheidung getroffen: Er würde bleiben.

Elena kochte ein yurisches Gericht, etwas mit Haferflocken und Milch, das sie Porrij nannte. Mit etwas Obst schmeckte es gar nicht mal so schlecht, zumindest nicht so schlimm, wie es aussah. »Wo hast du die Milch her?«, fragte er überrascht.

»Ich habe ein Fass Ziegenmilch. Die Gnosis macht sie haltbar«, antwortete sie, als wäre das nichts Ungewöhnliches.

Nach dem Essen widmete sie sich wieder ihren Übungen und behandelte Kazim, als wäre er Luft. Damit er nicht zusehen musste, suchte Kazim sich schließlich ein abgelegenes Fleckchen, wo er dasselbe tun konnte. Er war ein Seelentrinker und der Mörder von Antonin Meiros. Auf Abstand zu ihr zu bleiben, schien ihm das Richtige. Er trainierte den ganzen Vormittag verbissen und ließ sich dann völlig erschöpft in eine der Wannen sinken.

Abends ergab er sich schließlich in das Unvermeidliche. Er schluckte seinen Stolz hinunter und stellte sich neben Elena an die Kochstelle. »Zeig mir, wie du es machst, Blutsschwester.«

Zu seiner Überraschung lächelte sie ihn erfreut an.

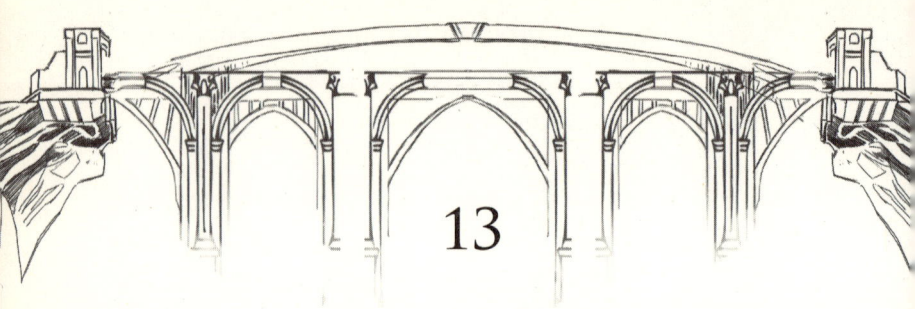

13

DIE ÜBERQUERUNG

PONTUS

Die Rondelmarer preisen Pallas, die Argundier die Stadt Delph. Rym ist selbst als Ruine noch atemberaubend, und die Hebb verehren Hebusal wie eine Gottheit, auch wenn es die Gottessprecher erzürnt. Doch in keiner Stadt gibt es ein größeres Wunder als in Pontus, wo die Menschen aus ganz Urte zusammengelaufen kommen, um zu bestaunen, wie sich die Leviathanbrücke aus dem Meer erhebt.

ORDO COSTRUO, PONTUS

Die verflixte Brücke ist nur alle zwölf Jahre passierbar. Während der restlichen Zeit ist Pontus so öde und verlassen wie eine Taverne nach Schankschluss, in der noch ein paar Trunkene vor sich hinlallen, während alle anderen Gäste längst nach Hause gegangen sind.

MYRON JEMSON AUS ARGUNDY IN *REISEN NACH OSTEN*, 901

Ramon starrte die Rampe entlang, die in einem eleganten Bogen hinunter zur Brücke führte, und versuchte, sein Pferd zu beruhigen. Er hatte die Stute auf den Namen Lucia getauft, aber die Kurzform Lu war praktischer. *Ganz ruhig, Lu, es wird alles gut, ich versprech's dir.* Dabei glaubte er sich selbst kein Wort. Die verfluchte Brücke würde sofort einstürzen, sobald sein Reittier einen Huf daraufsetzte, daran hatte er nicht den geringsten Zweifel.

Die Angst, die ihn bei der Vorstellung überkam, den sicheren Boden zu verlassen und sein Leben diesem von Menschenhand geschaffenen Bauwerk anzuvertrauen, traf ihn vollkommen unvorbereitet. Alles war in ständiger Bewegung, nur nicht dieses schmale Steinband, das sich von Ramons Standpunkt aus erstreckte, so weit sein Auge reichte. Eine Furchenlänge oder mehr unter ihm tobte die See. Die Gischt spritzte turmhoch auf, und die Wellentäler waren so tief und weit, dass sein Heimatdorf komplett hineingepasst hätte. Dabei hatte man ihm gesagt, das Meer sei heute vergleichsweise ruhig.

Antonin Meiros' Brücke. Vor ein paar Tagen hatten sie erfahren, dass der alte Meiros ermordet worden war, von einem wütenden Mob verarmter Hebb in seinem eigenen Haus in Stücke gerissen. Eigentlich war es Ramon egal, aber er wusste, dass Cym auf dem Weg zu ihrer Mutter war, und die war keine andere als Meiros' Tochter Justina. Bestimmt hatte sie vorgehabt, Meiros die Skytale zu übergeben. Was sollte sie jetzt tun? Hatte Justina den Lynchmord überhaupt überlebt?

Soll nicht mein Problem sein, sagte er sich. *Ich habe meine eigene Schlacht zu schlagen.*

Er schaute hinüber zu Kill, der vollkommen lächerlich aussah auf seinem viel zu kleinen Wallach. Der Schlesser hatte vor fünf Tagen das erste Mal in seinem Leben auf einem Pferd gesessen, und seine bisherigen Reitversuche waren nicht sehr vielversprechend verlaufen. Ohne die erstaunlich fähigen Heiler der Legion läge er jetzt wahrscheinlich in einem Lazarettzelt in Pontus.

»Bereit?«, fragte Ramon fröhlich.

Kill blieb stumm. Er schüttelte nur ganz langsam den Kopf.

Ramons Blick wanderte zu Seth Korion. Er saß auf einem rötlich grauen, gehörnten Khurna, der als einziges von all den Reittieren vollkommen ruhig war. Dafür machte er die Pferde der anderen umso nervöser. Korion hatte ihn erst gestern bekommen – wahrscheinlich ein Geschenk seines Vaters, des berühmten Generals. Die meisten waren gelb vor Neid, aber Ramon mochte diese Khurna nicht. Ihre Intelligenz war ihm unheimlich.

»Nun, Freunde, da wären wir«, rief Baltus Prenton und kam im Trab heran. »Ein ganz schönes Spektakel, was?«

Das kannst du laut sagen. Fünftausend Mann standen versammelt und warteten auf den Marschbefehl für die Pallacios XIII. Jeden Tag mussten sie fünfundzwanzig Meilen schaffen, und selbst dann würde die Überquerung zwei Wochen dauern, was bedeutete, dass sie weit öfter auf der Brücke kampieren mussten, als ihnen lieb war. Der größte Teil der Ausrüstung wurde von Hulkas gezogen, trotzdem wirkten die meisten Soldaten angespannt, selbst die Veteranen. Die Brücke zu überqueren, war zu einer Art Initiationsritus geworden. Nur wer ihn durchlaufen hatte, gehörte wirklich dazu, und heute war es so weit.

Alle Magi der Dreizehnten waren versammelt und warteten, während Legat Jonti Duprey sich mit seinen Tribunen besprach, denen die zehn Manipel unterstanden. Die Tribune waren altgediente Offiziere, was in diesem Fall bedeutete: verbitterte Exmeuterer, die einen tiefen Groll gegen alle Magi hegten. Aber auch die Fußsoldaten mochten ihre der Gnosis mächtigen »Beschützer« nicht besonders. Einzig und allein die Heilerin, eine bedächtige Rondelmarerin namens Lanna Jurei, stand hoch in ihrer Achtung. Sie war es auch gewesen, die Kill nach jedem Sturz vom Pferd wieder aufgepäppelt hatte. Im Moment stand sie neben Tyron Frand, dem langweiligen Priester-Magus, der nur dann etwas lebendiger wurde, wenn es um Bücher oder Gedichte ging.

Die Magi hatten sich mittlerweile zu kleinen, eingeschworenen Gruppen zusammengefunden. Nur die Kommandanten blieben ausschließlich unter sich. Tyron Frand und Lanna Jurei steckten meistens zusammen, genauso wie Prenton, Ramon und Kill, auch wenn der umgängliche Prenton die beneidenswerte Fähigkeit hatte, mit jedem zurechtzukommen. Seth Korion, Renn Bondeau und Severine Tiseme hielten sich ganz offensichtlich für etwas Besseres als sie, und Renn flirtete mittlerweile ganz offen mit Severine. Die drei Andressaner Gerant, Hale und Lewen waren ebenso unzertrennlich wie wortkarg, während Coulder und Fenn durchaus mit anderen sprachen, aber nur, um sie zum Würfeln oder anderen Glücksspielen zu überreden. Zumindest war auf diese Weise niemand allein. Ramon war froh, Kill zum Freund zu haben. Der Schlesser war zwar kein allzu fähiger Magus, aber unter der rauen Schale verbarg sich ein gutes Herz, und das genügte Ramon.

Den Secundus Rufus Marle, Kommandant des ersten Manipels und Dupreys Stellvertreter, umgab eine unübersehbare Aura der Gewalt. Ständig war er kurz davor, blindwütig um sich zu schlagen. Er und Duprey schienen gut befreundet, aber alle anderen Magi, selbst Bondeau, fürchteten ihn. Die ganze Woche lang hatte Marle sie auf dem Übungsplatz hart rangenommen, nur Lanna, Tyron und Severine waren verschont geblieben.

Schließlich hob Duprey die Hand.

Die Trommler legten los, die Tribune salutierten und eilten an die Spitze ihrer Kolonnen, während Marle sich mit blitzenden Augen umsah. »Auf geht's, ihr Muschis!«, brüllte er begleitet von einem Fanfarenstoß. »Vorwääärts *Marsch*!«

Ramon hob den Blick zum Himmel. »Pater Sol, Mater Lune, wacht über uns«, murmelte er, dann gab er Lu die Sporen und trabte auf die Leviathanbrücke hinaus.

Das Erste, was ihm auffiel, war, wie hohl die Hufschläge seines Pferds mit einem Mal klangen. Dann kam das Gefühl des Ausgesetztseins: kein einziger Baum weit und breit, keine schützenden Hügel, nur die Brücke, unter ihm die tobende See und über ihm der endlose Himmel. Schon bald fühlte es sich an, als hätte das Land in seinem Rücken einfach aufgehört zu existieren. Die Gischt spritzte so hoch, dass der Horizont zu einem konturlosen Grau verschwamm. Der einzige feste Umriss, den er erkennen konnte, war das Leuchtfeuer auf dem Turm am Nordpunkt, und der war beängstigend weit weg. Als er sich etwas nach unten beugte und die Brüstung berührte, spürte er, dass die gesamte Brücke vibrierte. Lu war genauso nervös wie die anderen Pferde, aber der Rhythmus der geistlos dahintrottenden Hulkas schien sie – und die Männer – allmählich zu beruhigen.

Die Brücke war absolut gerade und eben, als wäre sie mit einem Lineal gezogen, und mit gerade einmal vierzig Schritt Breite erstaunlich schmal. Selbstverständlich hatten sie das Bauwerk am Arkanum ausgiebig studiert. Die Pfeiler waren mit Erdgnosis verstärkt. Gigantische Kristalle auf den fünf Türmen entlang der Brücke fingen das Sonnenlicht auf und gaben die Energie an die Stützpfeiler weiter. Trotzdem hielten sie dem Ansturm der Wellen nur stand, weil sie auf einem unterseeischen Bergrücken standen, der von Pontus bis nach Dhassa verlief, und daher relativ kurz waren. Das war auch der Grund, weshalb die Brücke sich nur alle zwölf Jahre aus den tosenden Wellen erhob, wenn die Flut genau hier einen extremen Tiefstand des Wassers verursachte – was Ramons Meinung nach auch gut so war, denn andernfalls hätte der Erste Kriegszug nie aufgehört.

Über ihren Köpfen kreischten die Möwen, und noch weiter oben folgten Windschiffe dem Verlauf der Brücke nach Südosten. Zweifellos manipulierten Luftmagi das Wetter und sorgten für günstige Winde. Der daraus resultierende Dauerregen in manchen Gegenden war in Ramons Augen ein notwendiges Übel, denn das gleichmäßige Wetter bedeutete, dass kein Sturm über sie herfallen würde, solange sie auf dieser verfluchten Brücke waren. Hoffte er wenigstens.

Nachts schliefen sie in ihren Bettrollen unter dem riesigen Mond, der beinahe so hell leuchtete wie der Tag. Die Legionäre begegneten den Magi mit größter Vorsicht. Ramon spürte ihre Ablehnung deutlich, vor allem gegenüber Männern wie ihm und Kill, die nicht aus Rondelmar, sondern aus einer der Provinzen stammten.

Eines Abends trafen sich Korion, Bondeau und Frand, der Priester, an der Brüstung und schossen mit Gnosisblitzen auf die vorbeifliegenden Vögel. Dutzende waren schon wie brennende Kometen in die Wellen gestürzt. Severine lachte fröhlich und beklatschte die besten Schützen. Die Fußsoldaten ignorierten das Schauspiel.

»Sie ist ein hübsches Mädchen, nicht?«, merkte Kill an. Er saß auf seiner Bettrolle und massierte sich den wunden Hintern.

Ramon musterte die junge Frau. Sie war klein und üppig, hatte eine schmale Taille und dichte braune Locken, die sie über dem engelsgleichen Gesicht zu einer kunstvollen Frisur hochgesteckt hatte. Ihr Lachen war mehr ein Quieken und ihr Geklatsche vollkommen übertrieben. »Zu süß für meinen Geschmack«, erwiderte Ramon.

»Oh, bravo!«, rief sie begeistert, als Bondeau eine weitere Möwe in Rauch und Flammen aufgehen ließ.

Die drei Männer jubelten und klopften einander auf die Schultern. »Komm schon, Meister Frand, du bist dran! Du hast noch keine einzige getroffen!«

»Er hat wohl schon zu viel Wein intus«, prustete Korion mit hochroten Wangen. Die Hochwohlgeborenen hatten irgendwo ein Fass herbekommen, und sie tranken schnell, um sich die Langeweile während der endlosen Überquerung zu vertreiben. »Frand ist voll bis obenhin!«

Frand verneigte sich schwankend, nahm noch einen Schluck und zielte auf eine Möwe. Der Schuss ging weit daneben, was weiteres Gelächter hervorrief, da drehte sich der Priester unvermittelt um und kam in ihre Richtung geschlendert. »Hey, ihr beiden«, lallte er. »Schiescht ihr?«

Ramon zog die Augenbrauen nach oben. »Ob wir was tun?«

»Schieschen. Ihr wischt schon, auf die Vögel!« Frand hob seinen Becher. »Ich hab schon ein bisschen zu viel, glaub ich«, fügte er hinzu und stützte sich an der Brüstung ab. »Ob wir die Brücke wohl umkippen könnten, wenn wir uns alle auf der gleichen Seite dagegenstemmen?«

»He, Frand, was gibst du dich mit diesen Barbaren ab?!«, rief Korion.

Bondeau stellte sich taumelnd neben den Priester. »Aber nein, das sind unsere Kameraden! Wir sollten sie ein bisschen besser kennenlernen, meint ihr nicht?«, widersprach er mit einem verschlagenen Lächeln. Kurz darauf fanden sich Ramon und Kill von drei feindselig dreinschauenden Rondelmarern umringt. Die Szene erinnerte Ramon an die Zeit auf dem Arkanum. Er und Alaron hatten dergleichen Dutzende Male erlebt: Seth Korion, Malevorn Andevarion, Francis Dorobon, Boron Funt und Gron Koll, die nichts lieber taten, als ihn und Alaron zu erniedrigen.

Plötzlich wurde es still um sie herum. Die Fußsoldaten taten, als wäre nichts, behielten die Szene aber nervös im Auge.

Bondeau baute sich vor Kill auf und blickte verächtlich auf ihn herab. »Mein Vorfahre ist Hanicius von den Gesegneten Dreihundert. Wie sieht's mit deiner Abstammung aus, Kamerad? Hast du überhaupt so etwas wie einen Stammbaum?«

»Sie wissen wahrscheinlich nicht mal, wer ihre Väter waren«, warf Korion ein, doch seine Stimme klang gezwungen und unsicher, als hätte er diese Auseinandersetzung lieber vermieden.

Wir alle wissen, wer dich gezeugt hat, Seth. Aber wo war dein Erzeuger, als du der Dreizehnten zugeteilt wurdest?

»Du hast recht. Wenn eine Provinzschlampe einen Magus sieht, fragt sie nicht lange«, fuhr Bondeau kichernd fort. »Sie macht einfach die Beine breit und hofft, dass sie schwanger wird. Wie das Knollengesicht in Coldany, als wir auf dem Weg nach Pontus waren«, gluckste er. »Erinnert ihr euch noch an sie?«

Ramon merkte, wie Kill innerlich zu kochen begann. Knollengesicht war das Lieblingsschimpfwort der Rondelmarer für Schlesser. Doch er hielt sich lieber zurück, egal wie sehr sich Bondeau aufspielte. Am Arkanum hatte er von Korion und den anderen genug Schikanen ertragen müssen. Kill fiel es deutlich schwerer, sich zu beherrschen. *Bleib ruhig, Freund.*

»Seth behauptet, du wärst in Zauberturm gewesen, Kümmerling. Wie hast du dir das leisten können?«, richtete Bondeau unvermittelt das Wort an Ramon.

»Mein Familioso hat meine Ausbildung bezahlt«, antwortete Ramon gelassen und genoss, wie Bondeau bei dem Wort Familioso kurz zusammenzuckte. Die rimonischen Verbrecheroberhäupter waren in ganz Rondelmar berüchtigt, und Ramon hoffte schon, diesmal würde er vielleicht ungeschoren davonkommen.

Bondeau spuckte aus. »Glaubst du, dieser Abschaum macht mir Angst?«, höhnte er. »Ich könnte dein gesamtes Dorf auslöschen, wenn ich wollte, und würde nicht mal einen Kratzer davontragen.« Er ballte die Faust, Ramons Hemd beulte sich aus, als hätte Bondeau ihn am Kragen gepackt, dann hob er ihn ganz langsam hoch. Als Kill versuchte, Ramon festzuhalten, passierte ihm das Gleiche.

»Soll ich sie über die Brüstung werfen?«, fragte das Reinblut an Severine gewandt, die mittlerweile gar nicht mehr so amüsiert aussah. Ihr Blick sprang ständig zu den Legionskommandanten hinüber, die nur ein paar Dutzend Schritte entfernt standen. »Lass sie runter, Renn.«

Bondeau streckte den Arm aus, woraufhin Ramon über die Brüstung gewirbelt wurde und zappelnd über der tosenden

See schwebte. Die umstehenden Soldaten schnappten laut nach Luft, als Kill seinem Freund folgte.

»Lass … uns … runter«, krächzte Ramon, der kaum atmen konnte.

»Du willst runter? Eine Runde schwimmen?« Bondeau ließ sie ein Stück fallen und fing sie dann wieder auf.

»Auf die Brücke«, knurrte Ramon. *Eines Tages lasse ich das alles hinter mir, ich schwöre es …*

»Du hast das Bitte vergessen, Abschaum«, höhnte Bondeau.

Kill stieß einen wilden Fluch aus, doch Ramon hatte genug. »Bitte«, sagte er.

Sein Peiniger schnippte mit dem Finger, dann flog Ramon in hohem Bogen über die Brüstung und landete direkt vor den Füßen der grimmigen Soldaten.

Bondeau sah nicht einmal hin. »Und jetzt du, Knollengesicht.«

Kill funkelte ihn wütend an. »Nein.«

Bondeau lächelte. »Nun dann … vielleicht kannst du dich ja mit deiner Luftgnosis retten. Auch wenn du mir eher ein Erdmagus zu sein scheinst und wohl nicht viel tun können wirst, sobald ich dich loslasse.« Mit einer Drehung des Handgelenks stellte er Kill auf den Kopf.

Severine zupfte ihn nervös am Ärmel. »Renn, tu es nicht!« Sie wirkte zutiefst besorgt, aber nicht wegen Kill, sondern wegen der Aufmerksamkeit, die sie gleich auf sich ziehen würden.

»Komm schon, du has' ihm seine Leksion erteilt«, lallte Frand.

»Er hat immer noch nicht gebettelt«, beharrte Bondeau.

Da trabte plötzlich Rufus Marle auf seinem Pferd heran, mitten in die Gruppe hinein. Er machte eine Geste, Kill überschlug sich in der Luft und knallte neben Ramon, der gerade noch ausweichen konnte, auf die Brücke. Der Schlesser schrie auf vor Schmerz, und Bondeau lachte schallend. Als er Marles Gesichtsausdruck sah, verstummte er abrupt. »Es war nur ein Spiel, Herr… ein Scherz, mehr nicht…«

»Mach das noch mal, und du bist derjenige, der von der Brücke fliegt, Bondeau«, schnaubte Marle. »Du bist ein Nachfahre der Dreihundert. Zeig dich deiner Abstammung würdig. Das gilt auch für euch«, fügte er an Ramon und Kill gewandt hinzu. »Steht gefälligst auf. Wir ziehen in den Krieg. Das nächste Mal, wenn ich so etwas sehe, hagelt es Peitschenhiebe.« Er gab seinem Pferd die Sporen und preschte zurück zu Legat Duprey.

Die umstehenden Fußsoldaten blickten betreten zu Boden, nur Bondeau grinste von einem Ohr zum anderen, während Ramon und Kill sich mühsam wieder aufrappelten.

Severine legte ihm einen Arm um die Schulter und flüsterte etwas. Bondeau stieß ein kehliges Lachen aus, dann schlenderten die Rondelmarer davon, ohne sich noch einmal umzusehen.

Ramon und Kill blickten ihnen wütend hinterher.

Später am Abend, als sie gerade in einem Blechkessel Eintopf kochten, kam Tyron Frand zu ihnen ans Feuer. »Tut mir leid wegen vorhin«, sagte er schüchtern. »Es war dumm und hässlich.«

Kill und Ramon wechselten einen Blick. Dem Schlesser war immer noch schlecht vor Angst. Ramon hingegen hätte sich retten können, denn Luftgnosis war eine seiner Affinitäten.

»Nette Freunde hast du«, erwiderte Ramon.

Frand wand sich unbehaglich. Er hatte glattes, etwas schütteres Haar, und seine zarten Lippen deuteten auf eine gewisse Feinfühligkeit hin. Eigentlich sah er aus, als wäre er kein übler Kerl. Er mochte vielleicht fünfundzwanzig sein, doch bei einem Magus war das schwer zu sagen. »Am Anfang ist es immer schwierig, aber wenn wir erst einmal zusammen gekämpft haben, sind wir alle Brüder in Kore«, sagte er versöhnlich.

Ramon überlegte kurz und kam zu einem überraschenden Schluss: Frand war gar nicht so betrunken gewesen, wie er getan hatte. Er hatte *absichtlich* vorbeigeschossen. »Wie bist du zur Dreizehnten gekommen?«

»Jede Legion braucht einen Priester, außerdem bin ich hauptsächlich Heiler«, antwortete Frand, was die Frage zumindest zum Teil beantwortete, denn Heilen galt unter den Magi als unmännlich. »Ich gehe Meisterin Lanna zur Hand, aber wenn es so weit kommt, muss ich auch kämpfen.«

»Warum sind Renn und Severine nicht in einer höher angesehenen Legion?«, bohrte Ramon weiter.

Frand schaute kurz über die Schulter, dann sagte er leise: »Bondeau ist hoch verschuldet, und die junge Dame Tiseme … kann den Mund nicht halten. Letztes Jahr schrieb sie ein Spottlied auf die Heiligsprechung der Mater-Imperia. Das hat sie jetzt davon.«

Dann ist sie ja vielleicht doch gar nicht so verkehrt, dachte Ramon und beugte sich ein wenig vor. »Was ist mit Korion?«

Frand zuckte die Achseln. »Darüber weiß ich nichts.«

»Und wie kommst du hierher, Meister Frand?«, brummte Kill.

»Eine närrische Liaison«, antwortete Frand reumütig, mehr war nicht aus ihm herauszubekommen. »Ich habe nichts gegen Magi aus der Provinz«, fügte er schließlich hinzu, als wäre das eine besondere Auszeichnung. »So sind die Menschen nun mal. Alle wollen Magusblut in ihrer Familie, und ihr könnt schließlich nichts für das, was eure Mütter getan haben. Genauso wenig wie ich.« Dann wandte er sich ohne ein weiteres Wort zum Gehen.

Die Tage vergingen, einer war wie der andere: Sie standen auf, aßen, packten zusammen, stiegen auf die Pferde und schleppten sich im Rhythmus der Trommeln dahin. Sie konnten sich weder auf die kommenden Kämpfe vorbereiten noch ihr Tempo beschleunigen, weil sie sonst die Fußsoldaten verloren hätten. Die anfängliche Aufregung war schnell verflogen und wurde verdrängt von kaum zu ertragender Langeweile. Ab und zu begegneten sie Händlerkarawanen, die entweder auf dem Weg nach Dhassa waren oder gerade von dort kamen. Der Handel blühte weiter, trotz des bevorstehenden Kriegszugs, aber nach Alarons Vater hielt Ramon vergeblich Ausschau. Er und Kill vertrieben sich die Zeit, indem sie Rondelmarisch übten. Manchmal unterhielten sie sich auch mit Prenton oder Frand, der sich anscheinend unbedingt mit ihnen anfreunden wollte. Bondeau und Tiseme waren inzwischen das Hauptgesprächsthema. Sie waren öfter dabei gesehen worden, wie sie sich nachts in einen der Planwagen verzogen, und Frand behauptete, Tiseme wolle unbedingt schwanger werden, damit sie nach Hause geschickt wurde. »Wobei es mir keine besonders gute Idee erscheint, sich von einem bankrotten Bastard schwängern zu lassen«, fügte er süffisant hinzu.

»Jawohl«, lachte Kill. »Ich wäre die viel bessere Partie: Zu Hause in meinem Dorf habe ich siebzehn Rinder.«

»Und ich erst!«, verkündete Ramon. »Meinem Pater-Familioso gehört ein ganzes Dorf samt der umliegenden Lände-

reien. Ich kann so gut wie alles von ihm haben, was ich will.«
*Solange ich genau das tue, was er verlangt, was ich nur solange
tun werde, wie er meine Mutter in der Hand hat …*

»Ich hätte gedacht, sie würde sich den Generalssohn
schnappen«, merkte Kill an.

Ramon schnaubte. »Seth ist ein Schlappschwanz. Der bekommt ja nicht mal einen hoch.« Dann erzählte er ihnen, wie
Korion bei den Kampfprüfungen am Arkanum so kläglich versagt hatte. »An deiner Stelle würde ich in der Schlacht nicht
auf ihn zählen, Priester. Aber behalte das für dich«, setzte er
eilig noch hinzu.

Frand schaute hinüber zu dem Feuer der rondelmarischen
Magi. Prenton spielte gerade auf seiner Laute, und die ande-
ren sangen dazu. »Ich glaube, der arme Seth ist eine verlorene
Seele«, sagte er. »Ich kenne das Lied, das sie gerade singen.
Ich werde mal zu ihnen hinübergehen.«

Frand verabschiedete sich mit einem Winken, und als er
außer Hörweite war, stieß Ramon Kill in die Rippen. »Komm
mit. Ich muss mich noch mit jemandem unterhalten.«

»Und ich soll ihn vorher zusammenschlagen?«, fragte Kill
freudig.

»Erst, wenn ich es dir sage«, entgegnete Ramon mit einem
Zwinkern.

Sie fanden den Mann, auf den Ramon es abgesehen hatte,
im Kreis der anderen Tribune. Zu zehnt saßen die grimmigen Veteranen beisammen, jeder mit einem Krug Bier in der
Hand, und starrten in die Glut. Sie waren die Kommandanten
der zehn Manipel, keiner von ihnen war jünger als vierzig. Sie
waren Berufssoldaten und Nicht-Magi und ließen sich offensichtlich nicht gern von zwei jungen Emporkömmlingen stören. Widerwillig standen sie auf und salutierten.

»Meine Herren Magister«, sagte einer. »Was können wir für Euch tun?«

Ramon fixierte den Kleinsten in der Gruppe. Er hatte kaum noch Haare auf dem Kopf und ein Gesicht wie ein Frettchen. »Ich habe etwas mit meinem Tribun zu besprechen.«

Die anderen neun runzelten überrascht die Stirn. Die Schlachtmagi standen in der Hierarchie weit über den Tribunen und gaben sich normalerweise nie mit ihnen ab.

»Storn, nicht wahr?«

»Ja, Herr. Es läuft alles nach Plan, Herr«, antwortete Storn bemüht höflich.

Es gefällt euch wohl nicht, wenn sich jemand in eure Angelegenheiten mischt? »Mag sein, Tribun Storn«, erwiderte Ramon und bedeutete dem Offizier, ihm zu folgen. *Beschäftige du inzwischen die anderen*, teilte er Kill stumm mit.

Der Schlesser grinste in die Runde. »Ihr habt Bier, wie ich sehe.« Einer der Männer reichte ihm missmutig einen Krug, den Kill in einem Zug lehrte. »Gar nicht mal schlecht«, rief er. »Noch einen.«

Ramon führte Storn unterdessen ein Stück weg und lehnte sich an die Brüstung. Ihm fiel auf, dass der Tribun jeden Blick nach unten vermied. »Nun, mein guter Storn«, begann er, »wie laufen die Dinge denn so?«

»Es gibt nichts, worum Ihr Euch kümmern müsstet, Magister«, antwortete Storn hastig. »Wir haben genug Wasser und Proviant. Die Männer mit Geschlechtskrankheiten wurden unter Quarantäne gestellt, und…«

»Si, si…« Ramon blickte Storn fest in die Augen. »Tribun, ich habe mich mit ein paar Männern unterhalten, die bereits in dieser Legion gedient haben.« Es stimmte tatsächlich: Sein Paterfamilias hatte darauf bestanden, dass Ramon sich perfekt auf seine Mission vorbereitete. »Ich mag jung sein, aber ich bin nicht dumm. Ich weiß, was das zehnte Manipel ist.«

Storn winkte beschämt ab. »Wir sind die niedrigste Untereinheit der Legion, Magister Sensini, und vollkommen unwichtig. Wir dienen, sonst nichts. Manche mögen deshalb auf uns herabschauen, aber unsere Funktion ist wichtig.«

Das war die Routineantwort. Ramon wollte etwas anderes von dem Mann hören. »Verschone mich, mein guter Storn. Das zehnte Manipel hat sämtliche Lebensmittel, Getränke, Ausrüstung, Nachschub, Vieh und selbst den Geldfluss in der Hand. Und der Mann, der das alles kontrolliert, bist du.«

Storn wurde blass. »Magister, ich bin nur ein einfacher Tribun ohne Ehrgeiz zu Höherem …«

Ramon lachte leise. »Weißt du, ich hatte das Vergnügen, in Pontus jemanden kennenzulernen, und ich denke, du kennst ihn auch. Sein Name ist Giordano.«

Storns Mundwinkel zuckten. »Ähm …«

»Signor Giordano hat mit vielen Tribunen zu tun, und sie alle kommandieren jeweils das zehnte Manipel ihrer Legion. Giordano versorgt sie mit allem, was die Legion offiziell nicht zur Verfügung stellen kann. Er hat mir gesagt, er kennt dich sehr gut.«

Storn wusste einen Moment lang nicht, wie er reagieren sollte. »Die Zusammenarbeit mit den kaiserlichen Beamten ist ab und an etwas … unerfreulich, Magister«, sagte er schließlich. »Manchmal bleibt uns nichts anderes übrig, als uns direkt an die ortsansässigen Händler zu wenden.«

»Womit Giordano handelt, gehört auch nicht zur Standardausrüstung der Legion, Storn. Manch einer würde sogar so weit gehen, zu sagen, seine Güter seien illegal. Und doch betreibt er ein blühendes Geschäft.«

Storn biss sich auf die Lippe. »Worauf wollt Ihr hinaus, Magister?«

Ramon blickte hinaus auf den Ozean. Er hatte nicht einmal eine Stunde gehabt, um mit Giordano ins Geschäft zu kommen, aber es hatte geklappt. Jetzt hatte er eine Liste mit Händlern in Hebusal sowie die Namen der Tribune, die Giordano belieferte. Zu Ramons Entzücken stand Storn auch darauf. »Tribun, wie würde es dir gefallen, unfassbar reich zu werden?«

Pallacios XIII erfüllte den Zeitplan perfekt und erreichte den mittleren Turm nach exakt einer Woche. Er war der größte der insgesamt fünf Türme und strahlte so grell, dass es in einer Meile Umkreis taghell war. In nordöstlicher und südwestlicher Richtung schimmerten die beiden nächstgelegenen am Horizont. Die Kristalle an der Spitze saugten jedoch nicht nur die Sonnenenergie auf und gaben sie an die Brücke ab, sondern jede Form von Energie – auch die der Magi und Soldaten. Sich so nah an einem davon zu befinden, noch dazu an dem größten, war alles andere als gesund, weshalb sie vorbeimarschierten, so schnell sie konnten. Nur schwächere, ersetzbare Magi wurden hier stationiert, und das Wetter war entsprechend: Immer wieder fielen heftige Regenstürme über die Legion her. Die Sichtweite betrug kaum eine Furchenlänge, die Männer waren durchnässt bis auf die Knochen und die Stimmung miserabel. Bondeau hatte einen Gnosisschirm über sich und Severine aufgespannt, an dem der Regen abperlte wie an einer unsichtbaren Plane. Als Ramon es sah, hasste er ihn nur noch mehr. Er hätte einen solchen Schirm zwar hinbekommen, aber als Sechzehntelblut hätte er ihn kaum länger als ein paar Minuten aufrechterhalten können. Noch nie im Leben hatte er sich so danach gesehnt, endlich wieder die Sonne auf seinem Gesicht zu spüren.

Irgendwann hörten die Stürme auf, und die Hitze kam. Mit jedem Schritt, dem sie sich Antiopia näherten, wurde sie drückender. Ein sengender Wind wehte von Süden. Die Gesichter der Legionäre wurden erst rosa, dann rot, und schließlich schälte sich die verbrannte Haut. Ramon mit seinem olivfarbenen Teint war einer der wenigen, die verschont blieben. Alle anderen wurden zusehends reizbarer, und bald hatte er alle Hände voll damit zu tun, seine Kameraden davon abzuhalten, übereinander herzufallen. Sie waren wie tollwütige Hunde. Während die anderen jungen Magi sich einen Dreck um die Fußsoldaten scherten, hatten er und Kill beschlossen, die Gelegenheit zu nutzen, sich ein wenig beliebt zu machen, indem sie ihr Manipel beschützten. Ramon nutzte seinen Rang aus, damit es ihnen an nichts fehlte, Kill hingegen hatte sich auf die direktere Methode verlegt: Er verließ sich auf die Überzeugungskraft seiner Fäuste, und das mit solchem Erfolg, dass er schon bald zum beliebtesten Magus in der gesamten Legion aufgestiegen war. Wieder einmal musste Ramon ernüchtert feststellen, dass brachiale Gewalt Soldaten mehr beeindruckte als Einfühlungsvermögen und Gerechtigkeitssinn. Was hatte er nicht früher Respekt gehabt vor der sagenumwobenen Disziplin der rondelmarischen Legionäre. Alles Lug und Trug. Die Peitsche war es, die sie bei der Stange hielt, nicht Vaterlandsliebe oder Pflichtbewusstsein.

Der Marsch wurde von Tag zu Tag beschwerlicher, doch schon nach einer weiteren Woche kam die dhassanische Küste in Sicht. Die gewaltigen Klippen erstreckten sich über den gesamten südlichen Horizont, dahinter schimmerten braune Hügel im Dunst. Das Poltern der gigantischen Wellen unterhalb wurde lauter, je näher sie dem Festland kamen. Hunderte von Möwen kreisten über ihnen, bombardierten sie mit Exkrementen und kreischten, bis sie beinahe taub davon wurden.

Alle sehnten sich danach, endlich wieder festen Boden unter den Füßen zu haben. Der Takt der Trommeln wurde schneller, die Luft bebte nur so von Schritten und Hufschlägen. Ramon musste Lus Zügel annehmen, damit sie nicht einfach losgaloppierte. »Gleich haben wir's geschafft!«, rief er Kill grinsend zu, aber das Donnern der Brandung machte jedes Gespräch unmöglich. Er konnte es gar nicht erwarten, sich auf den Boden zu werfen und die Erde zu küssen, sobald sie am Ziel waren.

Als sie die Küste beinahe erreicht hatten, wurde das Marschtempo plötzlich langsamer. Duprey versammelte seine Magi an der Spitze des Trosses. Sie wollten als Erste an Land gehen und die Dreizehnte in Antiopia willkommen heißen. Tatsächlich war die Erleichterung, es endlich geschafft zu haben, so groß, dass die Legionäre Seth zujubelten, als wäre er Kaltus Korion höchstpersönlich, und Duprey beklatschten sie, als hätte er die Brücke erbaut, nicht Meiros.

Ihr vorläufiges Ziel, das Sammellager, lag eine Meile landeinwärts. Drei andere Legionen waren bereits dort. Zwei Tage sollte die Dreizehnte sich dort ausruhen, hieß es, danach warteten zweihundert Meilen unbefestigter Straße nach Hebusal auf sie. Die Wasserstellen auf dem Weg dorthin begannen bereits zu versiegen, hieß es, und die Freude, es endlich geschafft zu haben, wurde schnell von der ernüchternden Realität verdrängt.

»Bitte, nicht schon wieder Dhassa«, hörte Ramon Legat Duprey fluchen. »Ich will endlich einmal wohin, wo was los ist!«

Ramon zuckte die Achseln. Ihm war es nur recht, wenn die

Dreizehnte möglichst lange aus den Kampfhandlungen herausgehalten wurde. Das verschaffte ihm Gelegenheit, alle Händler auf seiner Liste abzuklappern und seine eigenen Pläne zu verfolgen. Für den Kriegszug hatte er schlichtweg keine Zeit.

14

DER LEHRER

GNOSISZÜCHTUNGEN

Der umstrittenste Aspekt der Gnosis sind zweifellos die Züchtungen. Als wir entdeckten, dass wir Lebensformen miteinander kreuzen und ihre Merkmale beinahe nach Belieben beeinflussen konnten, schwangen wir Magi uns wahrhaft zu Göttern auf. Diese Entwicklung verlangte nach strengen Gesetzen, die verhinderten, dass ein Verrückter Ungeheuer schuf, die uns alle verschlingen würden.

ORDO COSTRUO, PONTUS

Zurückhaltung ist alles, was ihr borniertern Narren kennt! Dabei haben wir die Macht, alles zu tun, was uns beliebt. Warum also uns zurückhalten?

PROTOKOLL DER VERHANDLUNG GEGEN ALDUS GANNON,

BRES, 665

Alaron hatte nicht damit gerechnet, noch einmal aufzuwachen.
Es fühlte sich eher an wie eine Geburt. Er lag in einem warmen Schoß und saugte an einer Brustwarze. Auf der Zunge
schmeckte er eine warme, bittersüße Flüssigkeit. Dann hörte
er die Schmerzenslaute einer Frau, weil er anscheinend zu fest
saugte.

Ich bin wieder ein Baby …

*Oder sterbe ich gerade, und das sind meine frühesten Erin-
nerungen?*

*Oder es ist meine Wiedergeburt, ha! Die Kore lagen falsch.
Wir werden eben doch wiedergeboren, wie die Sollan-Drui
sagen …*

Aber warum bin ich dann angezogen?

Alaron riss die Augen auf und würgte. Der Schmerz in seinem Hals traf ihn wie ein Hammer, die Bisswunde pochte, als
würde sie gleich wieder aufplatzen. Der Ältestenrat hatte sich
um ihn herum versammelt, alle starrten auf ihn herunter. Er
war immer noch bei den Lamien. Es war Kessa, die ihn in den
Armen hielt, und es war ihre Brust, an der er gesaugt hatte.
Alaron wurde feuerrot und versuchte, sich loszumachen, doch
ihre Schlangenbeine hielten ihn fest. *Halt still*, sagte sie stumm
und streckte ihm ihre Brust entgegen. *Trink, wenn du weiter-
leben willst.*

Von der Brust eines Reptilienmischwesens zu trinken, während seine Artgenossen, die ihn gerade erst zum Tod verurteilt
hatten, zusahen, war wahrscheinlich das Erniedrigendste, was
Alaron je erlebt hatte. Trotzdem gehorchte er. Erniedrigend

oder nicht, es war immer noch besser als der Tod. Warum sie ihn auf einmal retten wollten, konnte er nur raten. Hauptsache, sie taten es.

Nachdem er eine weitere Minute getrunken hatte, schob Kessa ihn von sich weg. Auch sie war rot im Gesicht, und ihre Miene sprach von tiefstem Ekel. Als Kekropius ihr einen Arm um die Schulter legte, stieß sie ihn weg. *Diese abscheuliche Kreatur zu säugen – wehe, du bringst mich noch einmal in diese Lage!*

Alaron lag auf dem Felsboden und konnte seine Gliedmaßen nicht bewegen, er spürte sie nicht einmal. Er war also gelähmt, aber am Leben. Nachdem die Lamien sich einer nach dem anderen wieder entfernt hatten, kehrte nach ein paar Stunden auch das Gefühl wieder zurück. Nur Kekropius war bei ihm geblieben und versicherte ihm in Gedanken immer wieder, dass er sich vollkommen von dem Biss erholen würde. Als Alaron irgendwann Finger und Zehen wieder bewegen konnte, weinte er vor Erleichterung. Danach ging es ganz schnell. Kaum eine Viertelstunde später setzte er sich auf, und als er endlich auch das Wasser bei sich behalten konnte, das Kekropius ihm brachte, spülte er sich zuallererst den Milchgeschmack aus dem Mund. Er wollte ja nicht undankbar sein, aber das Zeug schmeckte einfach widerlich.

»Nun, Alaron«, begann Kekropius mit dem Anflug eines Lächelns, »Kessa wird mich zwar bis an ihr Lebensende hassen, weil sie dich säugen musste, aber ihre Milch enthält nun mal das Gegenmittel zu ihrem Gift. Außerdem bist du jetzt ihr Sohn, und damit auch meiner. Was also sollen wir mit dir anfangen?«

Alaron verstand überhaupt nichts mehr. »Warum…?«, krächzte er nur.

»Wir dein Leben verschont haben? Wegen deines letzten Wortes: Hebusal. Die verheißene Stadt.«

Alarons Kiefer klappte nach unten. Er hatte keine Ahnung, was er dazu sagen sollte, aber er sah etwas in Kekropius' Reptiliengesicht, das man bei den Menschen Freude nannte.

»Kessa hat gesehen, wie du uns dorthin führst. Als du im Moment deines Todes auch noch den Namen der Stadt sagtest, wussten wir, dass es nicht nur ein Traumgesicht war, sondern ihre Vision tatsächlich wahr werden könnte.« Er überlegte kurz. »Nun ja, eigentlich war es Mesuda, die sich das dachte und sich daraufhin umentschieden hat. Als unsere Älteste hat ihre Stimme das meiste Gewicht. Reku und Hypollo wollen dich immer noch fressen.«

»Klar. Reku würde bestimmt auch hervorragend schmecken, wenn man sie nur lange genug kocht, schätze ich«, knurrte Alaron und rieb sich den schmerzenden Hals. Die Wunde hatte sich bereits wieder vollkommen geschlossen. Alles, was davon noch übrig war, waren ein bisschen Schorf und ein höllischer Bluterguss. »Ihr seid also gezüchtet. Eine Kreuzung aus Mensch und Schlange, und Ihr habt die Gnosis. Stimmt das?«

Der Lamia nickte. »Wir wurden nie darin unterwiesen, aber wir benutzen sie. Sie ist lebenswichtig für uns, denn ohne die Gnosis würden wir sterben.«

»Aber wer hat sie Euch gegeben? Ich meine, normalerweise muss ...«

»Wir wissen es selbst nicht. Sie scheint in unserem Wesen angelegt zu sein.«

Alaron verdrehte die Augen. »Großer Kore! Tiergnosis war eines unserer Unterrichtsfächer am Arkanum. Im Abschlussjahr haben wir sogar eine Maus mit einem Vogel gekreuzt. Meine hat ungefähr eine Viertelstunde gelebt, dann ist ihr Herz geplatzt. Es ist verboten, Züchtungen mit einer dem Menschen ebenbürtigen Intelligenz auszustatten. Es muss ein abtrünniger Animagus gewesen sein, der Euch erschaffen hat. Und dann ist die Inquisition ihm auf die Schliche gekommen ...«

»Nein«, unterbrach Kekropius. »Das Kaiserreich hat uns erschaffen.«

Alaron kam aus dem Staunen nicht mehr heraus. Dabei sollte ihn, nachdem er heute schon gestorben und wieder zurück ins Leben geholt worden war, eigentlich nichts mehr so leicht aus der Fassung bringen können. »*Das Kaiserreich?*«, wiederholte er.

»In Hollenia gibt es eine geheime Zuchtanstalt«, erklärte Kekropius. »Alle Forschungen, die die Kirche Kores verboten hatte, wurden dort durchgeführt für den Fall, dass vielleicht doch etwas Nützliches dabei herauskam.« Er betrachtete nachdenklich seine Finger. »Aber du hast recht: Wir sind Reptilien. Man wollte Krieger züchten, die möglichst gut mit heißem Klima zurechtkommen. Also haben sie Menschenseelen in Tierkörper verpflanzt und damit alle ihre eigenen Gesetze gebrochen. Es war ein Experiment.«

Alaron rieb sich die Augen. Er konnte kaum glauben, was er da hörte. »Wessen Seelen?«, fragte er entsetzt.

»Von Sklaven. Sklaven aus Hebusal.«

»Kores Blut! Dann seid Ihr in Hollenia gezüchtet?«

»Nur die erste Generation, aber mittlerweile sind sie alle tot.« Er legte den Kopf ein wenig schief und fixierte Alaron. »Was denkst du, wie alt ich bin?«

Alaron überlegte. Kekropius gehörte zum Ältestenrat, und er verfügte über die Gnosis, also war er wahrscheinlich sogar noch älter, als er aussah. Außerdem hatte es Sklavenhandel schon vor dem Ersten Kriegszug gegeben. »Fünfzig?«, riet er.

Kekropius schüttelte den Kopf. »Ich bin siebzehn.«

Alaron schnappte nach Luft. »Das ist nicht möglich...«

»Unsere Lebensspanne ist kurz. Mir bleiben vielleicht noch drei bis fünf Jahre, mehr nicht. Auch die Schwangerschaft ist kurz, innerhalb von drei Jahren sind wir voll ausgewachsen, aber keiner von uns wurde je älter als fünfundzwanzig. In unseren letzten Lebensjahren ist der körperliche Verfall rapide.«

Alaron dachte an Mesuda und Reku, an ihre bucklige Haltung und die runzlige Haut. Für die beiden konnte er nicht sonderlich viel Mitleid aufbringen, aber bei Kekropius war das etwas anderes. Er hatte sich für Alaron eingesetzt. Außerdem hatte er ihn vor der Inquisition gerettet. Alaron mochte diesen Lamia. Eigenartigerweise genoss er sogar seine Gesellschaft. Er konnte kaum glauben, dass Kekropius jünger war als er selbst und trotzdem schon in drei Jahren an Altersschwäche sterben sollte. »Könnt Ihr denn gar nichts dagegen tun?«

Kekropius schüttelte den Kopf. »Die kurze Lebenserwartung war fest mit eingeplant. Auf diese Weise hatten meine Eltern keine Gelegenheit, irgendetwas anderes zu lernen als Gehorsam. Wir wachsen schnell heran, und wir lernen schnell: Töten und bedingungslose Unterordnung.«

»Aber dann sind sie geflohen, ausgebrochen...«

Kekropius' Stimme veränderte sich, als spreche er über längst vergessene Zeiten. »Wir wurden für den Kriegszug gezüchtet – den ersten, nach eurer Zählung. Meinen Eltern wurden Sklavenseelen eingesetzt, aber wir waren noch zu wenige, und man beschloss, den Zweiten Kriegszug im Jahr 916 abzuwarten. Ich bin 911 geboren, fünf Jahre davor also. Unsere

Eltern brachten uns Dhassanisch bei, von den Instruktoren lernten wir Rondelmarisch. Und kämpfen.«

»Und, habt Ihr gekämpft?«, fragte Alaron atemlos.

»Ja, aber nicht für das Kaiserreich. 914 hatte einer der Magi Erbarmen mit uns und informierte Pallas in der Hoffnung, das Zuchtprogramm würde eingestellt und wir würden freigelassen. Er hatte sich getäuscht. Als der Kaiser erkannte, welche Gefahr unsere bloße Existenz für seinen Ruf darstellt, hat er sofort gehandelt und befohlen, uns alle zu töten. Glücklicherweise bekam unser Fürsprecher rechtzeitig Wind davon und hat uns freigelassen, bevor die Inquisitoren eintrafen.«

»Wie viele wart Ihr?«

»Tausende. Es gab verschiedene Arten, nicht nur uns Lamien. Aber die Inquisition verfolgte uns erbarmungslos, und jetzt sind wir nur noch siebzig. Es mag noch andere Unterschlupfe geben, aber wenn, haben wir sie nie gefunden.«

»Wie seid Ihr hierher gekommen?« Alaron konnte all das kaum glauben. Er kam sich vor wie in einer Märchenstunde.

»Die meisten haben sich in die Wälder geflüchtet, aber unsere Gruppe entschied sich für die Küste. Dort blieben wir auch und zogen alle paar Monate weiter, bis wir dieses Höhlensystem hier fanden. Seit zwei Jahren ist es jetzt unser Zuhause, und eigentlich wollten wir hier auch bleiben.«

Alaron staunte, wie all dies geschehen konnte, ohne dass irgendjemand etwas davon mitbekommen hatte. Wie hatten kaiserliche Animagi in aller Heimlichkeit diese Monster erschaffen können – auch wenn es wohl kaum das richtige Wort für seine Retter war, zumindest nicht für Kekropius. »Aber jetzt wollt Ihr in Eure verheißene Heimat«, sagte er schließlich.

Kekropius blickte ihn traurig an. »Alaron, meine Generation

stirbt aus. Die Jüngeren unter uns sprechen nicht einmal mehr Dhassanisch. Für sie sind die Kriegszüge wie eine Legende aus alten Zeiten; das Gleiche gilt für Hebusal. Es ist die Stadt, die unseren Eltern versprochen wurde, als Belohnung für ihre Dienste. Mein Vater sagte mir einmal, dass wir wegen unserer kurzen Lebenserwartung wie Kinder sind. Wir haben nicht genug Zeit, um wirklich erwachsen zu werden.« Kekropius tippte sich an den Kopf. »Weder hier«, sagte er, »noch hier.« Er legte sich eine Hand auf die Brust. »Wir vergessen unsere Vergangenheit, und damit vergessen wir, wer wir sind.«

»Dann schreibt es doch auf«, schlug Alaron vor.

»Schreiben wurde uns nie gelehrt.«

Alaron überlegte. »Ich könnte es tun.«

Kekropius blinzelte langsam, was, wie Alaron mittlerweile herausgefunden hatte, ein Zeichen intensiven Nachdenkens war. »Dann würden wir tief in deiner Schuld stehen … Kennst du wirklich den Weg nach Hebusal? Wir kennen nichts als diese Küste und würden allein nie dorthin finden.«

Alarons Herz pochte bis zum Hals. »Ja, ich kenne ihn, und ich kann ihn Euch zeigen.«

Kekropius' Gesichtsausdruck veränderte sich, aber nicht, wie Alaron es erwartet hatte. Der Lamia blickte ihn nur unendlich traurig an. »Wir sterben aus, Milchsohn. Wir sind zu wenige, haben zu wenige Nachkommen, und die Welt ist zu gefährlich für unseresgleichen. Manchmal frage ich mich, ob es der Mühe wert ist.«

»Es ist immer gut, seine Ziele hartnäckig zu verfolgen«, widersprach Alaron. »Ich mag nicht besonders viel wissen, aber *das* weiß ich.« *Es ist so ziemlich das Einzige, was das Leben mich gelehrt hat.*

Die Achtzehnte Faust versammelte sich um Kommandant Vordan und Adamus Crozier. Der Morgen dämmerte, ein kühler Wind zerrte an ihren Umhängen und trieb den Schlaf aus ihren Gliedern, während die Venatoren in Erwartung des nächsten Einsatzes ungeduldig fauchten.

Die Geschichte, die Seldons Geist ihnen berichtet hatte, war grotesk: Eine Art Schlangenmensch, bei dem es sich ganz offensichtlich um eine Gnosiszüchtung handelte, hatte ihn getötet. Vordan hatte daraufhin eingeräumt, dass es vor ein paar Jahren in einer geheimen Anstalt einen Ausbruch gegeben habe, bei dem die widerwärtigen Schöpfungen eines abtrünnigen Magus entkommen seien. Die Inquisition war damit beauftragt worden, die Angelegenheit ins Reine zu bringen, und bis jetzt war man der Meinung gewesen, sie hätte es auch getan. Doch offensichtlich war das nicht der Fall. Er würde die Sichtung melden, sagte er, aber Alaron Merser sei im Moment wichtiger.

Was nur logisch ist, wenn Merser tatsächlich die Skytale hat, dachte Malevorn.

Es bestand zwar die Möglichkeit, dass die Kreaturen auch Merser getötet und die Skytale entweder mitgenommen oder einfach verloren hatten, aber sie hatten die gesamte Küste abgesucht, waren fünfzig Meilen in jede Richtung geflogen und hatten nichts gefunden. Weder Mersers Leiche oder deren Überreste noch die Skytale. Die Gegend war kaum bewohnt. Nur hier und da stand oben auf den Klippen ein kleines Dorf, dessen Bewohner sich von dem ernährten, was das Meer in den Fluttümpeln zurückließ, wenn sich die Wellen zurückzogen, mehr gab es nicht.

Schließlich wandte sich Crozier an Malevorn. Bis tief in die Nacht hatten sie versucht, Merser aufzuspüren. Der Bischof hatte sich Malevorns Erinnerungen an seinen ehemaligen Mitschüler bedient, um ihn mithilfe der Gnosis ausfindig zu machen, aber diese Methode funktionierte nur auf kurze Entfernungen, und sie hatten nichts erreicht. Mit dem Bischof allein zu sein, war nicht nur angenehm gewesen. Er hatte durchblicken lassen, dass er Malevorn gerne in seinem Bett sähe, aber Malevorn hatte sich geweigert. Die Entscheidung mochte seiner Karriere hinderlich sein, aber er war ein Andevarion und hatte seinen Stolz. Außerdem schien der Bischof – sehr zu seiner Überraschung – durchaus beeindruckt von seiner Weigerung.

»Meister Andevarion«, sagte Crozier, »du bist nicht der Einzige, der das gleiche Arkanum besucht hat wie Merser. Es muss noch andere geben, die wir hinzuholen könnten. Wen?«

»Unsere Klasse war klein, ehrwürdiger Crozier«, erwiderte Malevorn. »Wir waren nur zu siebt. Lasst mich überlegen: Merser und Sensini, sein einziger Freund. Gron Koll ist tot…« *Und keiner weint ihm eine Träne nach.* »Francis Dorobon. Er ist ein fähiger Wahrsager.«

»Dorobon?« Adamus warf Vordan einen kurzen Blick zu. »Wohl eher nicht. Außerdem ist er in Javon.«

Ah, dann bist du also immer noch hinter dem Thron her, Francis? Viel Glück dabei.

»Seth Korion«, sprach Malevorn weiter. »Aber ich kann mich nicht erinnern, dass er besonders fähig gewesen wäre.« *Eher unfähig, und zwar in allem.*

»Keinen Korion«, erwiderte Adamus barsch. »Wer war der Siebte?«

Malevorn hätte ihn um ein Haar vergessen, den fetten, geschwätzigen, aufgeblasenen…

»Boron Funt.« *Ich hätte nicht geglaubt, dass ich diesen Namen je wieder aussprechen würde.*

Die Augen des Bischofs blitzten. »Er ist bereits einer der Unseren. Gavius sagte, wir sollten ihn rekrutieren.«

»Jedenfalls ist er ein guter Seher, Herr.« *Glaubte er selbst zumindest.*

»Wissen wir, wohin dieser Boron Funt versetzt wurde?«, fragte Vordan.

Irgendwohin, wo ständig ein Grillfeuer brennt und das Fleisch nie ausgeht.

»Wir werden jemanden finden, der es weiß. Und dann werde ich ihn herschicken lassen«, antwortete Adamus gelassen. »Und in der Zwischenzeit setzen wir unsere Suche fort. Vordan, beschlagnahmt eine Villa, in der wir unser Quartier aufschlagen können. Wir werden Merser finden, das versichere ich Euch.«

Doch die Tage vergingen, ohne dass sie auch nur eine Spur von ihm fanden, und allmählich machte sich Frustration breit.

Es brauchte einiges an Überzeugungsarbeit, aber schließlich beschlossen die Lamien, nach Hebusal aufzubrechen. Es würde ein mühsamer Marsch werden, denn ihre Späher hatten Inquisitoren gesichtet, die die Küste absuchten. Also mussten sie nachts reisen. Die Lamien hatten mithilfe ihrer Gnosis eine eigene Technik entwickelt, mit der sie sich im Dunkeln an Wärmestrahlung orientieren konnten. In kleinen Gruppen brachen sie auf und legten anfangs nur ein paar Meilen pro Nacht zurück, aber als sie die dicht bewachsenen silacischen Hügel hinter sich gelassen hatten und die Kiefernwälder in Ostnoros erreichten, kamen sie schneller voran. Alaron ritt die meiste Zeit auf Kekropius' Rücken. Auf diese Weise schafften sie fünfzehn Meilen pro Nacht, aber selbst bei diesem Tempo würden sie ein halbes Jahr bis nach Pontus brauchen, das zweitausend Meilen entfernt war. Und selbst dann: Wie, bei Hel, sollten sie unbemerkt über die Brücke kommen? Über diese Frage zerbrach sich Alaron erfolglos den Kopf. Aber es gab auch schöne, beinahe poetische Momente. Ab und zu sah er in der Morgendämmerung einen Kegel aus den Fluten ragen, bei dem es sich, wie ihm einfiel, nur um die Vulkaninsel Phaestos handeln konnte. Endlich zahlten sich die endlosen Geographiestunden aus: Seit dem letzten Ausbruch im Jahr 886 war die Insel unbewohnt, hatten sie am Arkanum gelernt. Wenn sie nach Phaestos schwammen und von dort weiter nach Verelon, statt den Golf von Silium auf dem Landweg zu umrunden, würde ihnen das Hunderte von Meilen sparen. Also schickte Mesuda einen Spähtrupp nach Phaestos, während die anderen sich ein paar Tage lang erholten.

Alaron kam sich vor wie in einem Traum. Die Lamien waren zwar halb Mensch, aber eben nur halb. Sie aßen fast ausschließlich Fisch, den sie am Stück hinunterschluckten und in ihrem unterhalb der Hüfte gelegenen Hauptmagen verdauten. Kekropius hatte ihm erklärt, dass die Männchen zwei Herzen hatten, um den langen Schlangenfortsatz mit ausreichend Blut zu versorgen. Sie konnten sich mit unglaublicher Geschwindigkeit fortbewegen und praktisch überall hinaufklettern. Ihre Kraft war beängstigend, vor allem wenn sie wütend wurden. Aber so früh sie auch ihre körperliche Reife erreichen mochten, so kindisch blieben sie in ihrem Wesen, waren schnell von etwas begeistert oder tödlich gelangweilt. Die Aufgabe der Ältesten war es, der Gruppe irgendeine Art von Richtung zu geben, weil die Jungen und Starken dazu nicht in der Lage waren.

Und während Alaron über Physis und Charaktereigenschaften seiner Begleiter nachdachte, kam ihm eine Idee. Als er

Kekropius davon berichtete, schickte der ihn ausgerechnet zu Reku. Mit einem Alter von zweiundzwanzig war sie dem Tod schon sehr nahe und verfiel schnell. Sie saß allein auf einem niedrigen Felsen oberhalb des Lagers. Der Großteil der Männchen war auf der Jagd, während die Weibchen die Erdöfen vorbereiteten und sich um die Jungen kümmerten. Noch während der Reise waren welche zur Welt gekommen, und Alaron konnte nur staunen, wie schnell sie sich entwickelten.

Als er sich näherte, drehte Reku ihm das von Falten zerfurchte Gesicht zu. Sie sah kaum noch etwas, und ihr Buckel schien noch größer geworden zu sein. Verglichen mit Kessas Pracht bot sie einen bedauernswerten Anblick, aber das machte sie auch nicht sympathischer.

»Kommst du, um mir dich selbst als Sterbemahlzeit zu schenken, Junge?«, fragte sie. »Wenn ja, hoffe ich, du hast genug Knoblauch dabei.«

»Nein. Ich bringe Euch Würmer zum Abendessen«, erwiderte er müde und etwas gereizt. Obwohl er nun so etwas wie ihr Führer war, gab sich außer Kekropius keiner der Lamien mit ihm ab, und diese Einsamkeit setzte seinen Nerven zu.

Zu seiner Überraschung gluckste Reku erfreut. »Schön saftig und dick wie Menschenfinger? Hol eine Schüssel voll Wein und wirf sie hinein, dann trinke ich sie in einem Schluck aus«, hauchte sie und fuhr sich mit der Zunge über die Lippen.

»Noch besser als das: Es *sind* Menschenfinger. Seht her, ich habe mir meine extra abgeschnitten für Euch«, antwortete Alaron und winkte ihr mit dem Handrücken zu, die Finger zu einer Faust geschlossen.

»Echte Finger«, gurrte Reku. »Ich hoffe, du hast sie noch nicht ausgelöst. Ich zerkaue die Knochen so gerne und lasse das Mark auf der Zunge zergehen.«

Schließlich wurde es Alaron doch zu viel. *Klingt, als hätte sie das tatsächlich schon öfter gemacht…*

»Tante Reku«, begann er und benutzte damit die offizielle Anrede, wie Kekropius ihm geraten hatte, »darf ich Euch um etwas bitten?«

Sie drehte den Kopf und musterte ihn mit einem Auge wie eine Amsel, die gerade ein Wurmloch ausspäht. »Aber natürlich, Sohn der Kessa«, antwortete sie mit einem schlürfenden Geräusch, als würde sie an einer Zitze saugen.

Alaron wurde prompt rot. »Tante, sind welche unter Euch, die ihren Geist auf Reisen schicken können?«

Reku neigte den Oberkörper ein Stück in seine Richtung. »Wir haben die Gnosis, und wie bei euch Magi entwickelt sie sich auch bei uns dem eigenen Charakter entsprechend. Manche von uns können Flammen verschießen, andere können fliegen. Und einige können ihren Körper verlassen.«

Wusste ich's doch! »Dürfte ich mit einem von ihnen sprechen?«

Reku drehte den Kopf und wandte ihm das Auge zu, auf dem sie besser sah. Die Pupille weitete sich und wurde dann wieder schmal.

Sie denkt zumindest darüber nach.

»Zu welchem Zweck?«, fragte Reku.

»Um jemanden zu finden.«

»Können die Meinen dadurch in Gefahr geraten?«

Alaron zögerte. »Nicht, wenn sie es richtig anstellen«, antwortete er wahrheitsgemäß.

Reku seufzte nachdenklich. »Geh zu Ildena, aber erst, wenn ihr Gefährte Fydro von der Jagd zurück ist. Sag ihm, ich habe es dir erlaubt.« Dann packte sie mit überraschender Schnelligkeit seine Hand und führte sie ganz langsam ans Maul.

»Äh, was…?«

»Ich habe dir soeben einen Gefallen getan. Du schuldest mir eine Gegenleistung.«

Sie riss das Maul auf und schnappte nach seinem Zeigefinger. Alaron spürte, wie sich winzige, nadelscharfe Zähne in die Haut bohrten. »Mmmm«, machte Reku und verdrehte verzückt die Augen.

Alaron wagte nicht, sich zu bewegen. Kalter Schweiß trat ihm auf die Stirn, während er fieberhaft überlegte, ob sie nur einen Scherz machte oder das die Art war, ihre Abmachung zu besiegeln, oder…

Ihre dicke, violette Zunge wickelte sich um einen Finger nach dem anderen. Sie war rau wie ein Reibeisen. Sabber rann ihr aus dem Mundwinkel – dann ließ sie ihn unvermittelt los und brach in rasselndes Gelächter aus. »Dein Gesicht, Junge, wenn du dich nur selbst sehen könntest!«, prustete sie.

Igitt! Alaron wischte die von Rekus Speichel klebrigen Finger an seinem Hemd ab und entfernte sich eilig.

In der nächsten Nacht kehrten die Jäger zurück, und Alaron nutzte die Gelegenheit, um mit Fydro zu sprechen. Kekropius nahm er vorsichtshalber mit, um dem Anstand zu genügen. Fydro war ein mürrischer Lamia, und die meiste Zeit redete Kekropius, erklärte, dass Ildena der Gruppe wertvolle Dienste leisten könnte, Alaron ihr jedoch dabei helfen müsste. Fydro zögerte. Er war erst seit Kurzem mit der wunderschönen Ildena zusammen und entsprechend eifersüchtig. Schließlich stimmte er zu unter der Bedingung, dass er stets dabei war. Er schien Alaron für eine Art Dämon zu halten, der nichts anderes im Sinn hatte, als seine Frau zu verführen.

Alaron akzeptierte kopfschüttelnd. Die Helden und Halbgötter der lantrischen Mythen nahmen zwar manchmal Lamien als Geliebte, doch für Alaron waren diese Wesen so fremdartig, dass er sich beim besten Willen nicht vorstellen konnte, eines davon auch nur zu küssen. Inzwischen war er schon so lange bei ihnen, dass ihm nicht einmal mehr die nackten Brüste auffielen.

Als er Ildena dann allerdings erblickte, begann er, Fydro zu verstehen. Ihr Gesicht und Oberkörper waren umwerfend. Sie war klein für eine Lamia, schlank und beinahe zerbrechlich, und ihre großen gelben Augen waren von violetten Streifen durchzogen. Ihr schüchternes Reptilienlächeln hatte in der Tat etwas Verführerisches, genauso wie ihr Hüftschwung, die schmale Taille und die festen Brüste. Als sie hereinkam, legte Fydro ihr sofort eine Decke über die Schulter, und Kekropius warf Alaron einen warnenden Blick zu.

Schon gut. Ich will nichts von ihr. Aber hübsch ist sie schon ... Laut sagte Alaron: »Versteht Ihr Rondelmarisch?«

»Ja«, antwortete sie mit einer überraschend tiefen, melodiösen Stimme.

Alaron musste all seine Überredungskunst aufbringen, immer wieder hatte Fydro etwas einzuwenden oder bekam einen Wutanfall, aber schließlich waren sie so weit, dass Ildena sich ihm gegenübersetzen durfte – wenn auch mit einem Tisch als Abstandhalter dazwischen. Er umfasste ihre Hände, stellte eine Gedankenverbindung her und brachte ihr die Grundlagen des Hellsehens bei. Er war zwar selbst nie besonders gut darin gewesen, aber Mystizismus war eine von Alarons Hauptaffinitäten. Die Gedankenverbindung zwischen ihnen war entsprechend stark, und Ildena lernte schnell. Zuerst zeigte er ihr, wie sie andere Lamien aufspüren konnte. Ihr ganzes Leben lang hatte sie die Gnosis intuitiv benutzt, Alaron musste ihr nur noch beibringen, ihre Kräfte bewusst einzusetzen. Nach kurzer Zeit hatte sie die Späher entdeckt, die sie ausgeschickt hatten. Sie waren wohlauf. Dann suchte sie die Höhlen von Sanctum Lucator. Sie waren immer noch unentdeckt. Alaron zeigte ihr, wie sie die Bilder, die sie sah, in Wasser oder Rauch projizieren konnte, um sie anderen zu zeigen. Die Nacht verging wie im Flug, und am Ende der Lektionen waren sie beide vollkommen erschöpft.

»Genug«, seufzte Ildena und sank müde in Fydros Arme. Sie weinte beinahe vor Glück über die neue Welt, die Alaron ihr eröffnet hatte.

Fydro massierte ihr die Schultern und warf Alaron einen vernichtenden Blick zu.

Wahrscheinlich glaubt er, ich hätte sie verhext. Alaron stand auf und verneigte sich. »Danke«, sagte er höflich und schleppte sich aus der Höhle. Kekropius folgte ihm. Den nächsten Tag verschlief er komplett, dann, nach Sonnenuntergang, machten sie weiter. Diesmal brachte er Aggi mit, doch Cym war auch mithilfe der Puppe, mit der sie als Kind immer gespielt hatte, einfach nicht zu finden.

Wenigstens begann Alarons eintöniger Tagesablauf, sich zu verändern: Andere Lamien kamen zu ihm, um zu lernen, und seine Ausbildung am Arkanum half ihm dabei, selbst denen etwas beizubringen, die ganz andere Affinitäten hatten als er selbst. Sie schienen ohnehin für alle Aspekte der Gnosis gleich begabt zu sein. Die Stärke ihrer Gnosis war in etwa vergleichbar mit der eines Viertelblutmagus, schätzte er. In Kombination mit ihrer Intuition und dem unbedingten Lernwillen machte sie das zu sehr gelehrigen Schülern. All die Unterrichtsstunden und die anstrengende Suche nach Cym ließen ihm kaum noch Zeit zum Schlafen, doch das machte ihm nichts aus. Er begann sogar, seine Zeit mit den Lamien zu genießen, und manchmal träumte er, seine Beine hätten sich über Nacht in Schlangenfortsätze verwandelt.

»Willkommen, Boron«, begrüßte Malevorn den dicklichen jungen Priester, so freundlich er irgend konnte, und streckte ihm die Hand hin.

Funt war speiübel von der Reise, und das Erste, was er tat, als er wieder festen Boden unter den Füßen hatte, war, sich zu übergeben. Normalerweise waren Magi, die auch nur ein bisschen Affinität zum Element Luft hatten, immun gegen diese Art von Übelkeit. Boron Funt offensichtlich nicht.

Wahrscheinlich, weil er sich ständig mit Essen vollstopft.
»Eine raue Überfahrt gehabt, mein Freund?«, fragte Malevorn einfühlsam. Während der letzten zwei Wochen hatten sie nicht die geringsten Fortschritte erzielt auf ihrer Suche. Die Spur wurde allmählich kalt.

Boron richtete sich auf. Er war immer noch grün im Gesicht. »Mal? Kore sei Dank! Es war grässlich, einfach nur grässlich«, fluchte er und schloss Malevorn in eine innige Umarmung. Erst, als er sich umsah, merkte er, dass auch noch ein hochrangiger Offizier sowie ein Bischof der Inquisition anwesend waren. Seine Gesichtsfarbe veränderte sich schlagartig von Grün zu Weiß. »Edle Herren!«, rief er und warf sich zu Boden.

»Nicht doch, mein junger Priester«, sagte Adamus gönnerhaft. »Wir sind alle Brüder in Kore.«

Malevorn war die Szene eher peinlich. Er sah die Verachtung in den Blicken der anderen Inquisitoren für diesen Clown. Es war nicht gut für seinen Ruf, wenn er mit diesem nichtsnutzigen Fettsack in Verbindung gebracht wurde. Doch es half alles nichts: Adamus wies ihn an, mit Funt das Zimmer zu teilen und ihm später das Haus zu zeigen. Malevorn hoffte nur, dass Funt nicht mehr so schnarchte wie damals im Zauberturm. Von den Blähungen ganz zu schweigen. Andernfalls würden die kommenden Nächte Hel auf Urte werden.

Dann gingen sie gemeinsam in die Villa. Vordan und der Bischof erklärten ihrem neuen Seher, wonach er suchen sollte.

»Alaron Merser?«, fragte Funt mit einem verunsicherten Lachen. »Ist das irgendeine Art Scherz?«

»Kein Scherz, Boron«, widersprach Malevorn todernst.

»Ich erinnere mich an ihn«, sagte Boron pflichtschuldig und straffte die Schultern. »Soll ich gleich anfangen?«

»Sobald du innerlich wieder zur Ruhe gekommen bist«, entgegnete Vordan mit strengem Blick. »Er darf dich nicht bemerken. Bis jetzt hat er sich allen Aufspürversuchen erfolgreich entzogen, vielleicht ist er doch nicht so ungeschickt, wie ihr denkt. Andererseits könnte er mittlerweile auch tot sein, aber das glaube ich nicht. Sei also vorsichtig. Verstanden?«

»Absolut, voll und ganz, edler Herr!«, sprudelte es aus Boron heraus. »Ihr könnt Euch voll und ganz auf mich verlassen, Kommandant.«

»Dann ist es ja gut«, erwiderte Vordan und verschwand.

Sie hatten das Zimmer kaum betreten, da zupfte Boron Malevorn am Ärmel. »Bei Kores Schambeutel, Mal! Alaron Merser?«

»Genau der.«

Borons Augen verengten sich. »Was geht hier vor? Deine Faust wurde eigens vom Kriegszug abgezogen, und ich habe

Gerüchte gehört, dass Gouverneur Vult tot ist. Gron Koll angeblich auch«, fügte er hinzu und konnte sich ein kleines Grinsen nicht verkneifen. »Ist irgendwas im Gange?«

Malevorn überlegte. Boron mochte ein Fresssack und ein Feigling sein, aber er hatte ein gutes Gespür für Geheimnisse. »Ich weiß es nicht, mein Freund«, log er. »Aber ich bin sicher, du wirst es herausfinden.«

Zum ersten Mal lachte Boron aufrichtig. »Oh, das werde ich, Mal. Mir bleibt nichts verborgen, ein spannendes Komplott schon gar nicht.«

»Cym? Cym?«, rief Alaron, aber es kam keine Antwort. Nur das Echo hallte zurück, als wollte es ihn verhöhnen. Alaron ließ den Kopf hängen und stützte sich mit Tränen in den Augen auf das Wrack.

Ildena legte ihm vorsichtig eine Hand auf die Schulter, und prompt zischte Fydro ihn eifersüchtig an. »Alaron?«, fragte sie leise. »War das Ihres?« Trotz der Hitze war sie in eine Decke gehüllt. Fydro hatte darauf bestanden.

Die Lamien hatten seinen Rat, die Abkürzung über die Phaestos zu nehmen, akzeptiert. Unterwegs hatte Alaron sich auf seine Unterwasseratmung konzentriert und sich ansonsten an Kekropius' Rücken festgehalten, als ginge es um sein Leben, aber die Lamien waren hervorragende Schwimmer und hatten ihn wohlbehalten durch die tödlichen Fluten gebracht. An Land hatten sie direkt neben einer Mine eine verlassene Stadt entdeckt und dort ihr Lager aufgeschlagen. Dunkler Rauch hing über den drei Kratern des Phaestos. Die gesamte Insel war verwüstet, als hätten die Götter selbst sie zertrampelt. Die Vegetation war spärlich, Landtiere gab es überhaupt keine, dafür Vögel in Massen und zahllose Robbenkolonien.

Das Wrack von Cyms Skiff hatten sie schließlich auf einem felsigen Plateau gefunden.

»Wir haben es gemeinsam gebaut«, erwiderte Alaron mit heiserer Stimme. Es war eine tolle Zeit gewesen, nur sie und er in ungestörter Harmonie. Natürlich hatte er sich ständig beherrschen müssen, sie nicht zu küssen, aber abgesehen davon, war es wundervoll gewesen.

»Vielleicht kann man es reparieren?«, überlegte Kekropius laut, während er den geborstenen Rumpf von allen Seiten betrachtete.

Alaron wollte schon abwinken, doch er zwang sich, zuerst noch einmal genauer hinzusehen. »Der Mast ist gebrochen und der Kiel auch. Seht, hier. Sie hat versucht, den Schaden zu reparieren, aber es ist ihr nicht gelungen. Eigentlich ist sie besser im Sylvanismus als ich. Ramon und ich wussten zu wenig über diese Disziplin, um ihr noch was beizubringen.«

»Aber manche von *uns* sind gut in diesen Dingen«, erwiderte Kekropius. »Wir könnten es reparieren.«

»Das würdet Ihr tun?«

»Du führst uns in die verheißene Stadt. Wir würden alles für dich tun.«

Außer mich freizulassen, dachte Alaron und schämte sich sofort dafür: Die Lamien hatten ihm das Leben gerettet, und auch jetzt stand er unter ihrem Schutz. Es war unwürdig, schlecht über sie zu denken.

»Es wird Zeit in Anspruch nehmen«, warnte er Kekropius.

»Gut investierte Zeit, würde ich meinen«, entgegnete der Lamia. »Wir sind erschöpft. Hier ist ein guter Ort, um uns auszuruhen und wieder zu Kräften zu kommen.«

Also verbrachten sie den Septnon auf Phaestos. Wenn sie nicht beim Fischen oder auf der Jagd waren, reparierten sie das Skiff, und zu Alarons Erstaunen wurde es ein Gemeinschaftsprojekt: Jeder wollte etwas dazu beitragen und zeigen, was er gelernt hatte. Je mehr Alaron ihnen beibrachte, desto besser wurden sie im Gebrauch der Gnosis. Cyms zerstörtes Skiff war der ideale Gegenstand, um miteinander zu wetteifern, und gleichzeitig konnten sie Alaron etwas zurückgeben für all die Unterrichtsstunden, die er investiert hatte. Rohmaterial gab es genug, und die Lamien arbeiteten mit Begeisterung. Sie woben alle nur erdenklichen Zauber und Wächter in das Holz. Am Bug brachten sie einen Kopf mit Schlangenhaar an, der sich in alle Richtungen drehen und Blitze sowie Feuer versprühen konnte. Aus Tierhäuten fertigten sie neue, reißfeste Segel, die den Wind besser auffingen.

Das zentrale Problem jedoch war der Kiel, der wieder zusammenwachsen musste, als wäre er nie gebrochen gewesen. Andernfalls würde er die Luftgnosis nicht halten können, mit der der Pilot ihn anfüllte, und das Skiff, so schön es auch war, würde nie wieder fliegen. Tag und Nacht arbeiteten die Lamien daran. Alaron saß oft stundenlang daneben und lauschte den Gesängen, mit denen sie das Holz Stück für Stück heilten.

Diejenigen, die nichts zur Reparatur beitragen konnten, suchten inzwischen die Insel nach Cym ab, fanden aber nur ein paar heruntergebrannte Feuerstellen an der Nordküste. Die Insel schien vollkommen verlassen, und die Versuchung, einfach hierzubleiben, war groß. Manche der Lamien waren dafür, doch es verging kaum ein Tag, an dem sie nicht ein Windschiff der kaiserlichen Flotte am Horizont entdeckten oder Boten auf geflügelten Reittieren, weshalb sie sich schließlich doch entschieden, den Weg nach Hebusal fortzusetzen.

Alles, was Alaron tun musste, war, die Lamien in ihrer Arbeit anzuleiten. Da er der Einzige mit einer gnostischen Ausbildung war, hörten sie sogar auf ihn. So viel Verantwortung zu tragen, war neu für Alaron – genauso wie die Erfahrung, anderen Befehle zu erteilen, die tatsächlich befolgt wurden. Viele der Studien, derer sie sich bei der Reparatur bedienen mussten, beherrschte er selbst kaum, doch gelang es ihm jedes Mal, den Lamien ausreichend genau zu erklären, worum es ging, und es fanden sich immer einer oder mehrere, die das Gesagte in die Tat umsetzen konnten.

Als das Schiff schließlich fertig war, feierten sie das Ereignis mit einem großen Fest. Die Lamien entlockten ihren Flöten eine entrückte, tiefbewegende Musik und tanzten ihre gespenstischen Schlangentänze dazu. Dann stieg Alaron unter lautem Jubel mit dem Skiff auf und flog eine kurze Runde über die in Trümmern liegende Stadt. Es gelang ihm sogar, im Gegensatz zum Jungfernflug, den er mit Cym absolviert hatte, nicht in irgendein Gebäude zu krachen.

»Wie heißt das Schiff?«, fragte Kekropius, nachdem er wieder gelandet war.

Alaron blinzelte ihn verwirrt an. Auf die Idee, dem Skiff einen Namen zu geben, war er gar nicht gekommen. Immerhin hatten sie es nur gebaut, um es sofort zu verkaufen. »Sucher«, antwortete er schließlich.

»Ein guter Name«, erwiderte Kekropius, und am nächsten Morgen sah Alaron ihn in wunderschönen Buchstaben auf dem Heck des Skiffs prangen.

Der Septnon war fast vorüber, und der Mond begann bereits zu schwinden, als sie Phaestos wieder verließen. Alaron flog das Skiff, während die Lamien schwammen. Er spürte ihre Sorge, dass er sich einfach auf und davon machen könnte.

Doch er stand in ihrer Schuld und dachte nicht einmal daran. Während des Dunkelmonds erreichten sie auf Höhe der westlich von Cypinos gelegenen Maeglin-Fälle die verelonische Küste. Ab und zu sahen sie Dörfler auf der Suche nach Essbarem, aber es waren nicht viele. Die Klippen auf dieser Seite des Golfs von Silium waren anders beschaffen als die im Westen, und es gab kaum Fluttümpel. Die größere Gefahr, entdeckt zu werden, drohte von der Kaiserstraße, die auf manchen Abschnitten bis auf wenige Meilen an die Küste herankam.

Wieder reisten sie nur nachts, und Alaron hielt sich stets dicht bei den Lamien. Tags versuchte er weiterhin, Cym aufzuspüren, wenn er nicht schlief. Ildena wurde immer besser im Hellsehen, und Fydro war weniger argwöhnisch, nachdem er sie geschwängert hatte und der dicke Bauch sie weniger ansehnlich machte. Bei Lamien war die Schwangerschaft sehr kurz, und Alaron stellte mit einigem Erstaunen fest, dass sie ein Ei gebaren, das sie dann noch ein paar Tage in ihrem Bauchbeutel aufbewahrten, bis das Junge schließlich schlüpfte.

Doch all das hatte Ildena noch vor sich. Bis es so weit war, unterstützte sie Alaron in seiner Suche nach Cym. Allmählich erzielten sie Fortschritte und fanden ein paar Hinweise, dass Cym tatsächlich noch am Leben war. Alle Versuche, die Skytale zu finden, blieben hingegen erfolglos. Alaron hatte sie nur kurz gesehen und wusste daher kaum, wonach er suchen sollte. Außerdem war sie wahrscheinlich durch starke Wächter geschützt. Trotzdem wuchs die Hoffnung – und mit ihr die Einsamkeit: Er vermisste Ramon und Cym. Manchmal dachte er sogar an Anise, an den Geschmack ihrer Lippen, aber die Erinnerung an sie verblasste bereits, und er wusste kaum noch, wie ihr Gesicht ausgesehen hatte.

Als sie auf Höhe der östlich von Thantis gelegenen Inseln waren, wuchs der Mond bereits wieder. Jetzt, da die Lamien Alaron nicht mehr tragen mussten, kamen sie unglaublich schnell voran. In weniger als zwei Monaten hatten sie über tausend Meilen zurückgelegt. *Sucher* erwies sich als schnell und robust. Die vielen Schutz- und Angriffszauber, mit der die Lamien das Skiff versehen hatten, gaben Alaron beinahe das Gefühl, ein Kriegsschiff zu fliegen. Ramon wäre geplatzt vor Neid.

Der Durchbruch kam in einer Vollmondnacht. Die Tage wurden merklich kürzer, ein kühler Wind wehte vom Ozean, und die spärliche Vegetation trug die Farben des Herbstes. Mittlerweile waren es drei Lamien, die Alaron beim Hellsehen halfen. Ildena war so gut geworden, dass sie die vor ihnen liegende Strecke auskundschaften und mögliche Gefahren schon lange im Voraus erkennen konnte. Sie strahlte nur so vor Stolz. Die anderen beiden waren ebenfalls Weibchen, die grimmige Nia und die scharfzüngige Vyressa. Sie waren immer neidischer auf Ildena geworden und hatten schließlich verlangt, dass Alaron auch sie unterrichtete. Keine der drei fragte ihn je, warum er Cym unbedingt aufspüren wollte. Nur ab und zu hörte er, wie die Lamien am Lagerfeuer über die »Romanze zwischen Cymbellea und Alaron« tuschelten, und er bekam den Eindruck, sie halfen ihm gern.

Wenn sie zu viert mit Aggi in der Mitte zusammensaßen, verfügten sie über eine beträchtliche Reichweite. Sie schickten ihre Gedanken aus und spürten die Geister der Toten auf, die so viel mehr sahen als die Lebenden. Windschiffe, Fußsoldaten und berittene Patrouillen in der Nähe konnten sie auf diese Weise mühelos umgehen, genauso wie die Küstendörfer und die Lager der sydischen Reiter, die ihre Jährlinge zu den

Pferdehändlern brachten, die Pallas' Legionen mit frischen Tieren versorgten.

Und dann sahen sie sie plötzlich: schwarzes Haar um ein fein geschnittenes Gesicht, leuchtende Augen, die einsam in ein Feuer starrten, während sie an einer Holzpuppe schnitzte, die genauso aussah wie die, die Alaron in den Händen hielt.

»Das ist sie!«, riefen die drei Lamien im Chor, während Alaron noch wie hypnotisiert die Szene betrachtete, die er in der kleinen Wasserschale sah. Cym war von Dutzenden Wächtern umgeben, aber sie hatte nie gelernt, sie richtig aufzustellen. Alaron fand eine Lücke, durch die er ihren Geist erreichen konnte. *Cym?*

Sie blickte auf, eine Mischung aus Erschrecken und Hoffnung auf dem Gesicht. *Alaron?*

Dann riss die Verbindung ab, aber das machte nichts. Cym lebte, und Alaron wusste jetzt, wo sie war.

»Hab sie!«, rief Boron strahlend und griff sich einen Kalbsknödel.

Malevorn fuhr hoch. Wochenlang hatten sie es versucht, und er war schon kurz davor gewesen aufzugeben. »Das Mädchen?«, fragte er.

Überall standen Schalen mit Essen und gefüllte Karaffen herum. Der Rest der Faust speiste gerade im Salon, draußen fielen die Venatoren über zwei Rinderkadaver her wie ein Schwarm Geier.

Boron legte seinen fettigen Zeigefinger auf die Karte. »Sie ist irgendwo hier, in der Nähe von Thantis, gleich an der Küste.« Er schluckte lautstark. »Merser hat mich zu ihr geführt. Ich konnte seine Gedanken auffangen und sehen, was er gesehen hat.«

»Großer Kore, das ist Hunderte Meilen weit weg! Hast du Merser lokalisiert?«

Boron schüttelte den Kopf. »Nicht genau. Wenn sich ein Hellseher halbwegs geschickt anstellt, lässt sich seine Spur nicht zurückverfolgen. Merser hat dazugelernt, wie es scheint. Das Mädchen hatte ebenfalls Wächter aufgestellt, aber mehr schlecht als recht, sonst hätte Merser sie auch gar nicht finden können.« Er runzelte die Stirn. »Mersers Präsenz war überraschend stark, und er war nicht allein. Jemand hilft ihm, aber seine Helfer sind keine Menschen ...«

»Respekt, mein Freund«, sagte Malevorn widerwillig. Offensichtlich war Funt doch zu mehr zu gebrauchen, als er ihm zugetraut hatte. »Ohne dich hätten wir das nicht geschafft.«

Boron mochte keine hundert Schritte laufen können, ohne außer Atem zu kommen, aber bei geistiger Arbeit hatte er eine beachtliche Ausdauer. Wochenlang hatte er den Äther abgesucht ohne nachzulassen; außerdem brauchte es einiges Geschick, um in der Geisterwelt die Spuren zu verfolgen, die ein anderer Magus dort hinterlassen hatte. Da die meisten kaisertreuen Magi sich mittlerweile in Antiopia aufhielten, hatte Boron gefolgert, dass die Spuren nur von Merser sein konnten. Es hatte eine ganze Weile gedauert, aber jetzt war die Fährte wieder warm.

Malevorn betrachtete die Karte. »Es sind über eintausend Meilen bis dorthin«, stammelte er. Bei gutem Wind konnte ein Windschiff die Strecke in zwei Tagen schaffen – doch Borons Geist hatte sie von hier aus bewältigt, und das binnen eines Wimpernschlags. Malevorn klopfte ihm auf die Schulter. »Sehr gute Arbeit, Boron. Ich werde unverzüglich den Bischof unterrichten.«

Er fand Adamus im Schreibzimmer, wo er leise mit Virgina

sprach, und wollte schon wieder gehen, doch Adamus winkte ihn herein.

»Später«, sagte der Bischof zu Virgina, die sofort mit gesenktem Blick nach draußen verschwand, sodass Malevorn sich unwillkürlich fragte, wobei er die beiden wohl unterbrochen hatte. Dann schaute er ihn unter seiner Kapuze hervor an. »Nun, mein junger Akolyth?«, fragte er in die entstandene Stille.

Malevorn räusperte sich. »Euer Gnaden, Boron hat das Mädchen gefunden, hinter dem Merser her war.«

Adamus setzte sich ruckartig auf. »Tatsächlich? Hervorragend! Sag mir alles, was du weißt.«

Malevorn berichtete in aller Kürze und begann beinahe zu stottern, so aufgeregt war er. Als er geendet hatte, blickte der Bischof eine Weile versonnen aus dem Fenster. Schließlich deutete er auf den Stuhl vor seinem Schreibtisch. »Setz dich.«

Malevorn gehorchte. »Euer Gnaden?«, fragte er vorsichtig.

»Ich mag dich, Meister Andevarion. Ich glaube, wir beide sind ähnlich ehrgeizig, und du verabscheust Inkompetenz ebenso sehr wie ich.« Er goss zwei Becher Wein ein. »Wir müssen eine Einigung finden.«

Malevorn nahm den Becher entgegen. Seine Gedanken rasten. »Was für eine Einigung, Herr?«

Adamus Crozier neigte den Kopf. »Weißt du, wonach wir suchen, Malevorn?«

»Nach Alaron Merser, Herr.«

»Du bist ein Krieger. Heimlichtuerei liegt dir nicht.« Er musterte ihn durchdringend. »Belüge mich nicht noch einmal.«

Malevorn schluckte. Ehrlichkeit schien im Moment die einzige Option zu sein. »Es geht um ein Artefakt.«

»Sprich den Namen nicht aus.« Adamus nahm lächelnd einen Schluck Wein. »Gut. Wir verstehen einander also. Dem, der dieses Artefakt findet, eröffnen sich große Möglichkeiten, doch dazu braucht es das nötige Wissen. Das Artefakt ist nicht der Schatz, sondern lediglich der Schlüssel dazu. Nur wenige können das Schloss öffnen, und unter Mersers Helfern ist offensichtlich niemand, der dazu in der Lage wäre, denn alles, was er tut, ist sich verstecken.«

Merser ist ein Kretin. Ich werde ihn zertreten.

»Vordan weiß von dem Artefakt, doch sind wir nicht derselben Meinung. Er möchte das Artefakt wieder in den Händen der Kirche wissen, obwohl er eigentlich dem Kaiser verpflichtet ist.«

»Kommandant Vordan ist ein angesehener Mann mit großen Verdiensten als Krieger«, merkte Malevorn vorsichtig an.

»Das ist er, doch habe ich die Achtzehnte Faust für diesen Einsatz ausgewählt, weil ihr Muhren kanntet, du und Dranid, nicht weil ich mit Vordan zusammenarbeiten wollte. Außerdem habe ich meine Wahl getroffen, bevor ich wusste, welche Rolle dieser Merser noch spielen würde. Es scheint mir beinahe wie eine Fügung. Ich spüre, dass Kore mit uns ist. Und deshalb ist es von größter Wichtigkeit, dass wir in dieser Angelegenheit auf der gleichen Seite stehen. Ich sehe dich als einen künftigen Kommandanten, vielleicht sogar mehr.«

Malevorn spürte Stolz in sich aufwallen. *Crozier braucht meine Hilfe. Aber vielleicht brauche ich seine nicht. Ich kann mit dem Schwert umgehen, ja, und ich habe die Gnosis. Aber ich habe auch ein Gehirn zum Denken. Vielleicht komme ich auch selbst dahinter, wie man die Skytale benutzt.* »Dranid und Vordan sind gute Kämpfer und erfahrener als ich.«

»Das sind sie. Elath Dranid gilt als der beste Schwertkämpfer in dieser Faust… Aber ich glaube, sie haben beide ihren Zenit überschritten. Dein Stern hingegen geht gerade erst auf.« Der Bischof hob seinen Kelch. »Wenn wir es haben, wird es einen Konflikt um dieses Artefakt geben. Vordan wird es für sein Lager haben wollen, ich für das meine. Die anderen sehen dich bereits mehr auf meiner Seite als auf der ihren.«

Deshalb hat er mich also vom ersten Tag an umgarnt. »Ich verstehe.« *Manchmal ist es eben klüger, sich frühzeitig festzulegen.* »Ihr könnt Euch auf mich verlassen, Herr.«

Erst jetzt nahm er den ersten Schluck Wein. Es war ein brischer Schardo, und er schmeckte göttlich. Malevorn stellte den Kelch ab und lächelte.

»Gut. Sorge dafür, dass deine Freunde Funt und Bruder Dominic wissen, woher der Wind weht.« Der Bischof runzelte die Stirn. »Wir müssen diesen Alaron Merser als Erste in die Finger bekommen.«

15

ZWIST

THEURGIE: ILLUSION

Die meisten betäuben sich mit Illusionen; die nackte Realität ist schlichtweg zu hart für sie. Nur wahrhaft große Geister sind bereit, die Dinge zu nehmen, wie sie sind.

SERTAIN, ASZENDENT UND ERSTER KAISER RONDELMARS,
PALLAS 421

NORD-JAVON, ANTIOPIA
RAMI (SEPTNON) 928
DRITTER MONAT DER MONDFLUT

»Tretet ein, Magister«, polterte Octa Dorobon.

Gurvon Gyle schüttelte unmerklich den Kopf. Die Frau war unglaublich laut. *Wie kann sie überhaupt ein Geheimnis*

438

bewahren, wenn sie in der halben Stadt zu hören ist? Doch sein Gesicht blieb gefasst, als er die Prunksuite betrat, die die Dorobonen auf ihrem letzten Zwischenhalt vor Brochena bezogen hatten. Wahrscheinlich hatte auch Cera auf ihrem Weg nach Norden hier residiert, doch jetzt saß sie eingesperrt im Kerker. Octa und ihre Kinder Francis und Olivia blickten ihn an, doch es war jemand anderes, vor dem er sich verneigte.

In der Mitte des abgedunkelten Raums schwebte über einer Schüssel dampfenden Duftwassers das Abbild einer Frau. Es war Lucia Fasterius, die Mater-Imperia höchstpersönlich.

»Euer Heiligkeit«, begrüßte Gyle seine Gönnerin ehrerbietig, während er in Gedanken die möglichen Gründe durchging, weshalb sie hier sein könnte.

»Magister Gyle, willkommen«, sagte Lucia mit einem warmen Lächeln. In ihrer Stimme lag der charakteristische Hall, ein unvermeidlicher Nebeneffekt, wenn ein Gespräch mithilfe der Gnosis über so große Entfernungen übertragen wurde. »Mein Lieblings-Norer. Wieder einmal habt Ihr uns einen großen Dienst erwiesen.«

Das waren freundliche Worte, doch in ihren Augen funkelte die Erinnerung an ihr letztes Gespräch, als Gyle behauptet hatte, Fraxis Targon getötet zu haben, und dreist mehr Geld verlangt hatte.

»Mein Plan ist aufgegangen, Euer Heiligkeit«, erwiderte er vorsichtig und setzte sich in den freien Stuhl neben Francis Dorobon. Octas Kinder waren in Lucias Gegenwart wie erstarrt vor Ehrfurcht.

»Eine sehr erfreuliche Abwechslung«, kommentierte Lucia mit einem Hauch von Sarkasmus. »Meine geschätzten Verbündeten, die Dorobonen, sind nun in der glücklichen Lage, Brochena zu besetzen und Javon zur Räson zu bringen, und Ihr

könnt nach Pallas zurückkehren und Euren reichen Lohn ein-
streichen.«

Aha, darum geht es also. »Wenn es nur schon so weit wäre,
Euer Heiligkeit«, entgegnete Gyle mit gespieltem Bedauern.
»Aber die Aufgabe ist noch nicht restlos vollbracht.«

Octas rosiges Gesicht wurde noch röter, was bei den meisten Menschen ein untrügliches Anzeichen für einen kurz bevorstehenden Wutanfall gewesen wäre, bei Octa jedoch lediglich auf leichte Irritation hindeutete. »Ab jetzt kommen ich
und die Meinen allein zurecht«, warf sie ein.

Gyle beugte sich nach vorn. Seine nächsten Worte waren zu
gleichen Teilen an Octa wie an Lucia gerichtet. »Mater-Imperia,
edle Dame Dorobon, ich sage dies mit allem gebührenden Respekt, Ihr habt zehntausend Mann und fünfundzwanzig Magi
zu Eurer Verfügung. Die Windschiffe sind bereits auf dem Weg
nach Hebusal. In Javon leben sechs Millionen Menschen, wenn
nicht mehr, und dabei sind die Harkun-Nomaden noch nicht
einmal eingerechnet. Einzig und allein Hytel, das militärisch
geschlagen ist, steht auf Eurer Seite.«

»Genauso geschlagen wie die Nesti«, tönte Francis Dorobon. »Und die Jhafi.«

»Die Verluste der Nesti machen nicht einmal die Hälfte
ihres Heers aus. Forensa ist immer noch bemannt, und die
Verteidiger, die Euch dort erwarten, sind in der Überzahl. Was
Euren Sieg über die Jhafi angeht: Zwanzigtausend tote Sol-
daten sind ein Tropfen auf dem heißen Stein. Ohne Wind-
schiffe hat Euer Heer keine ausreichende Kontrolle über das
Schlachtgeschehen. Ihr werdet nicht noch einmal so leichtes
Spiel haben wie im Wadi Fishil.«

Francis verzog schmollend das Gesicht, hörte aber weiter
zu. Und vor allem: Er widersprach nicht.

Vielleicht ist er doch nicht ganz so dumm, wie er aussieht.

Lucia runzelte die Stirn. »Ich glaubte, Ihr müsstet begierig darauf sein, in die Heimat zurückzukehren, Magister Gyle.«

Und mich Eurem Zorn aussetzen, ohne etwas gegen Euch in der Hand zu haben? Wohl kaum. »Ich lasse niemals eine Aufgabe halb erledigt, Euer Heiligkeit.«

»Ich sehe keinen Grund, weshalb ich Eure Dienste hier noch länger benötigen sollte«, fuhr Octa auf.

Ohne mit der Wimper zu zucken, blickte Gyle ihr direkt in die Augen. »Dann wisst Ihr also bereits, wie Ihr Eure Truppen in Brochena versorgen sollt, edle Dame? Ihr wisst, wo Ihr sie stationieren müsst, wie Ihr Racheanschläge verhindert und mit welchen der hiesigen Fürsten Ihr sprechen müsst, um für Ruhe zu sorgen, während Ihr den Thron installiert? Ihr wisst um die Verhältnisse der Staatskasse, wie die javonischen Adelshäuser zueinander stehen, und könnt sie zu Eurem Vorteil manipulieren? Habt Ihr genügend Informanten, die Euch über alles Wichtige unterrichten? Wisst Ihr von dem Harkun-Aufmarsch an der Südgrenze, und habt Ihr genügend Geiseln, um die Rivalen um den Thron in Schach zu halten?«

Octa funkelte ihn an, während Francis ungläubig blinzelte und seine Schwester verdutzt die Nase rümpfte. Aus dem Augenwinkel sah Gyle, wie die Geschwister einen kurzen Blick austauschten. *Ihr habt noch nie erlebt, dass jemand eurer Mami widerspricht, nicht wahr? Nun dann: willkommen in einer neuen Welt.*

»Wollt Ihr mehr Geld?«, fragte Lucia mit amüsiertem Unterton in die entstandene Stille, als scherze sie nur. Doch Gyle wusste, die Mater-Imperia scherzte nicht.

»Keineswegs, Euer Heiligkeit. Ich wünsche lediglich zu verhindern, dass wir alles, was wir errungen haben, wegen übertriebener Hast wieder verlieren.« Er wandte sich Lucia zu. »Außerdem dürfte die Verzögerung Euch genügend Zeit geben, meinen Bankiers bei Jusst und Holsen die vereinbarte Entlohnung zukommen zu lassen.«

Die Mater-Imperia neigte nachdenklich den Kopf. Sobald die Bankiers das Gold hatten, würden sie Schuldscheine ausstellen, die Gyle ebenso gut bei den Dorobonen einlösen konnte – ohne den Umweg über Pallas. »Ihr bekleidet kein offizielles Amt, Gyle. Damit bleibt es Octa überlassen, ob sie weiter Eure Hilfe in Anspruch nehmen möchte oder nicht.«

»Genau genommen, Euer Heiligkeit, obliegt diese Entscheidung dem König. Rechtlich gesehen, zumindest«, rief Gyle seinen Zuhörern ins Gedächtnis und sah, wie Francis überrascht aufhorchte. *Ja, mein Junge: Du wirst höher aufsteigen, als deine Frau Mama es je geschafft hat …*

»Noch ist mein Sohn nicht König«, schnaubte Octa. »Ihr werdet tun, was ich Euch …«

»Du hast gesagt, schon«, fiel Francis ihr mit einer Mischung aus Zorn, Wagemut und Angst ins Wort. »Erst letzte Nacht. ›Meinen jungen König‹ hast du mich genannt. Und ich bin volljährig.« Seine Schwester sah aus, als würde sie sich vor Anspannung jeden Moment in den Unterrock pinkeln.

»Es war als Kosename gemeint, Kind«, berichtigte Octa. »König bist du erst nach deiner Krönung.«

»Octa, Liebes«, warf Lucia mit einfühlsamer Stimme ein, »irgendwann müssen wir alle einmal Abschied nehmen. Es ist schmerzlich, doch früher oder später werden unsere Söhne zu Männern.«

»Aber er ist noch so jung«, stammelte Octa und krallte die Hände auf die Armlehnen. »Er kommt frisch aus dem Arkanum.«

»Veränderungen sind oft schwer, meine Liebe«, belehrte Lucia sie, »aber nichts bleibt für immer, wie es einmal war. Wir müssen diese Zeiten des Übergangs überstehen und daraus einander genauso zugetan hervorgehen wie zuvor.«

Gyle fragte sich erneut, weshalb Lucia ihn hinzugeholt hatte. Sie tat nichts ohne Absicht. *Vielleicht will sie Octa zur Räson rufen, sie daran erinnern, dass das neue Reich nicht ihr gehört und sie nach wie vor Dienerin der Kaiserkrone ist. Oder geht es um Francis? Kore weiß, dass er um einiges fügsamer ist als seine Mutter.*

Octa Dorobon beugte das Haupt. »Mein Sohn soll gekrönt werden, sobald Zeit dazu ist.«

»Bestens. Und er muss heiraten«, erwiderte Lucia.

»Ich habe mehrere junge Kandidatinnen aus Pallas im Auge«, bestätigte Octa und ließ ihren Sohn nicht aus den Augen.

»Hast du dir aus diesem Kreis bereits eine Herzensdame erkoren?«, fragte Lucia an Francis gewandt.

Francis schlug den Blick nieder, doch Olivia beugte sich eifrig nach vorn. »Franni hat sich in letzter Zeit öfter mit den Einheimischen vergnügt«, gluckste sie. »Ähm, Euer Heiligkeit«, fügte sie beschämt hinzu.

Lucias freundlicher Gesichtsausdruck verhärtete sich unmerklich. Ihr Abbild schwebte in Francis' Richtung. »Mit wem, Junge? Mit wem?«

»Mit Portia Tolidi«, murmelte er.

»So, so.« Lucia klang nachdenklich. Octa wollte ihrem Sohn gerade über den Mund fahren, doch die Mater-Imperia schnitt ihr das Wort ab. »Erzähl mir von ihr, junger Thronanwärter. Ist sie hübsch?«

Francis schaute kurz zu seiner Mutter hinüber. »Sie ist die schönste Frau auf ganz Urte«, antwortete er.

»Wie wunderbar. Sie ist Rimonierin, nicht wahr?«

»Von reinem Blut, Herrin«, bestätigte Francis freudig, die Augen voll jugendlicher Lüsternheit. »Sie stammt aus einer alten Senatorenfamilie und hat so helle Haut, dass sie beinahe weiß ist. Ihr Haar ist von einem rötlichen Braun, wie ein Wasserfall aus Bronze, der im Sonnenlicht golden schimmert.«

Lucia lachte. »Du bist ein Dichter, junger Francis«, sagte sie, doch Gyle hörte den in ihr aufsteigenden Ärger nur zu deutlich. »Ist sie willig?«

Francis blinzelte verwirrt und schaut wieder zu seiner Mutter hinüber, doch die zog einen Schmollmund, als wollte sie sagen: *dein Problem.* »Euer Heiligkeit?«, fragte er schließlich.

»Ich sagte: Ist sie willig? Macht das heruntergekommene Drecksstück freiwillig die Beine breit, oder musst du sie vergewaltigen?«

Francis wurde feuerrot. »Ich … ähm … ich liebe sie, Euer Heiligkeit.«

Olivia kicherte vergnügt, Octa hingegen sah aus, als würde sie am liebsten ausspucken.

»Was nutzt uns eine rimonische Hure?«, fragte Lucia kalt. »Ihr Geschlecht ist so gut wie ausgelöscht. Sie ist die letzte noch lebende Erbin. Politisch hat sie wenig bis gar keinen Einfluss, und ihre Jungfräulichkeit hatte sie schon verloren, lange bevor du sie das erste Mal gevögelt hast, möchte ich wetten.«

Francis zog den gleichen Schmollmund wie seine Mutter. »Sie ist das Inbild unbefleckter Schönheit.«

»Aber natürlich«, höhnte Lucia. »Wir alle haben so etwas schon einmal erlebt, mein Junge. Aber deine Mutter weiß, was das Richtige für dich ist: nämlich ganz sicher kein dahergelaufenes rimonisches Drecksstück, das an dir klebt wie ein Blutegel. Du bist ein Dorobone, ein direkter Nachfahre der Gesegneten Dreihundert. Du kannst Bastarde in die Welt setzen, so viele du willst, aber du wirst deinesgleichen heiraten.«

Francis ließ resigniert die Schultern hängen.

»Ich hätte dich für schlauer gehalten, Francis«, schalt Lucia ihn – sehr zu Octas Freude. »Du möchtest König sein, aber du gebärdest dich wie ein ungehobelter Naseweis, der gerade entdeckt, was sich mit dem Gebaumel zwischen seinen Beinen alles anstellen lässt.«

Eine treffende Beschreibung, dachte Gyle, aber gleichzeitig merkte er, dass es an der Zeit war, dem Jüngling zu Hilfe zu eilen – und einen neuen Verbündeten zu gewinnen. »Bei allem gebührenden Respekt, Mater-Imperia, glaube ich, dass Francis seine Rolle in der Tat sehr gut ausgefüllt hat.«

Lucias Abbild wandte sich überrascht in seine Richtung. »Wie das, Magister?«

Gyle verneigte sich als Zeichen des Danks, dass sie ihm gestattete, seinen Widerspruch zum Ausdruck zu bringen. »Euer Heiligkeit, Francis wuchs auf in dem Wissen, dass er Javon regieren würde, und hat das Land aus der Ferne studiert.« Sein Blick wanderte zu Francis, der aufmerksam zuhörte und stumm nickte, als würde er Gyles Worte bestätigen. »Francis weiß, dass er, will er die Herzen der Menschen gewinnen, Mannhaftigkeit und Herrschaftsanspruch zeigen muss. Und was wäre besser dazu geeignet, als die schönste Frau im ganzen Land in sein Bett zu holen? Damit beweist er, dass er gewillt ist, Teil dieses Landes zu werden, und genauso gewillt, über das Land zu herrschen, wie er auch über diese Frau herrscht. Die Gorgio mögen geschwächt sein, aber sie werden sich erholen. Sie haben ein ganzes Heer frischer Sklaven und ertragreiche Minen. Sie werden sich wieder hocharbeiten, und dann werden sie sich daran erinnern, dass Francis einer der Ihren seine Gunst erwies.«

Lucia blickte ihn gemessen an. »Fahrt fort.«

»Francis weiß, dass diese Liebe nicht von Dauer sein wird.« Er fixierte den Jüngling mit einem durchdringenden Blick. *Ja, mein Junge: Jede Liebe vergeht.* »Doch was gäbe es für einen besseren Weg, die Kunst der Liebe zu erlernen, als das Bett mit dieser wunderschönen Tolidi-Tochter zu teilen? Dasselbe wird er auch mit anderen tun und dadurch sowohl seinen Herrschaftsanspruch als auch seinen guten Willen unter Beweis stellen. Jeder große König hat Mätressen, viele davon.«

»Mein Sohn wird eine rondelmarische Magierin heiraten«, tönte Octa.

Gyle ignorierte sie. »Francis kennt die Gesetze Javons. Er weiß, dass er als König so viele Frauen haben kann, wie er will.« *Oder besser gesagt: Jetzt weiß er es.*

Octas Augen sahen aus, als würden sie jeden Moment aus den Höhlen treten – genauso wie Francis', wenn auch aus anderen Gründen –, und Olivias Kiefer klappte nach unten.

»Es stimmt, Euer Heiligkeit«, sprach Gyle weiter. »In diesem Land leben Rimonier und Jhafi, und al-Shaar, das Gesetz des Propheten, gestattet dem Mann die Vielweiberei. Sie ist untrennbar mit dem Thron verbunden, denn laut dem Gesetz muss der König beide Glaubensrichtungen des Landes ehren. Es gab sogar Könige, die sowohl Rimonierinnen als auch Jhafi zur Frau hatten.«

»Mein Sohn ist hier, um sich die Krone Javons aufzusetzen, nicht um die Bräuche des Landes anzunehmen«, rief Octa erbost und machte Anstalten aufzuspringen, doch ihr Gewicht hielt sie eisern zurück.

»Die verehrte Octa hat ganz recht«, bestätige Lucia mit

einem gefährlichen Blitzen in den Augen. »Wir werden den lasterhaften Gepflogenheiten der heidnischen Könige in diesem Land ein Ende machen.«

»Euer Heiligkeit, ich behaupte, wenn Francis sowohl eine Javonierin als auch eine Frau nach der Wahl seiner Mutter heiratet, festigt er damit seine Macht.«

»Wie das?«, fragte Lucia, noch bevor die puterrote Octa etwas sagen konnte.

»Wie ich bereits sagte, unsere Truppen hier sind hoffnungslos in der Unterzahl. Sobald der Kriegszug vorüber ist, wird der Kaiser dem König noch weniger Unterstützung zukommen lassen können. Wenn wir die Dorobonen-Herrschaft langfristig wieder einsetzen wollen, müssen sie sich ein Stück weit integrieren. Um die mächtigen Häuser ruhig zu halten, brauchen wir Geiseln, ein Faustpfand. Ehefrauen stellen ein hervorragendes Faustpfand dar, genauso wie Söhne am Königshof. Männer, deren Erben faktisch Geiseln sind, die aber gleichzeitig hoffen können, dass ihre Söhne eines Tages zu Rang und Einfluss kommen, zetteln keine Rebellion an. Zeigt etwas guten Willen, kommt den Menschen entgegen, das bricht ihre Schwerter.« Er schaute kurz zu Francis hinüber und sah, wie er gedankenverloren vor sich hin starrte. Zweifellos stellte Francis sich gerade vor, wie es wäre, so viele Frauen zu haben, wie er wollte. *Er hat den Köder geschluckt. Sehr gut.*

»Sich zu fügen, ist ein Zeichen von Schwäche«, knurrte Octa.

»Ganz und gar nicht. Nachgiebigkeit ist Stärke«, widersprach Gyle. »Eine harte Klinge ist spröde und bricht. Guter Stahl gibt nach und federt zurück.«

Lucia leckte sich über die Lippen. »Dieses Nesti-Mädchen

befindet sich in Eurem Gewahrsam, nicht wahr?«, fragte sie an Francis' Mutter gewandt.

Octas Blick verfinsterte sich. »Sobald wir in Brochena sind, wird sie öffentlich hingerichtet.«

»Und ich habe ihren jüngeren Bruder, den ehemaligen designierten König Timori«, fügte Gyle hinzu.

»Hat ihn und weigert sich, ihn herauszugeben«, schnaubte Octa.

Lucia lächelte und ließ ihre strahlend weißen Zähne aufblitzen. »Seht Euch diesen Mann an, meine liebe Octa. Er ist eine Schlange, aber eine sehr nützliche. Kennt ihr die alte Sollan-Geschichte von der Kaiserin Delfa und der Viper, die alle Feinde ihres Mannes getötet hat und sich dann gegen Delfa wandte, als die Kaiserin sich weigerte, der Viper ihr einziges Kind zum Fraß vorzuwerfen? Manchmal frage ich mich, ob nicht eines Tages der Zeitpunkt kommt, da ich mich gezwungen sehe, mit Gyle genauso zu verfahren wie Delfa einst mit ihrer Schlange.«

Gyle beugte das Knie. »Ihr wisst, ich bin Euer ergebener Diener, Euer Heiligkeit.«

»Gebt Octa den jungen König.«

»Das werde ich. Sobald Francis die Krone hat … und Cera Nesti seine Frau ist.«

»Doppelzüngiger Wurm!«, fluchte Octa. »Lucia, gestattet mir, ihn auf der Stelle enthaupten zu lassen.«

Gyle rührte sich nicht und beobachtete Lucias Reaktion.

Die Kaiserin-Mutter überlegte. »Damit Gyles Gefolgsleute mit diesem Timori verschwinden und einen Aufstand anzetteln?« Ihr Abbild wurde größer und schwebte auf Gyle zu. »Magister, ich schätze Eure Ränke nicht.«

»Euer Heiligkeit, eine Viper hat keine Beine. Sie kriecht

auf dem Bauch und kann sich nur schlängelnd bewegen, das liegt in ihrem Wesen. Aber sie hat ihren Nutzen.« Er begegnete ihrem Blick. »Ich versichere Euch, wenn es Francis nicht gelingt, die Javonier durch Geiseln und Heirat an den Thron zu binden, wird das Reich sich gegen ihn erheben. Und dann wird er zehn Legionen brauchen, nicht zwei, wenn Ihr seinen Kopf nicht auf einen Pfahl gespießt sehen wollt.«

Lucia schaute ihn durchdringend an. Ganz offensichtlich wollte sie unter vier Augen mit ihm sprechen, aber das war im Moment nicht möglich. Alle konnten mithören, was sie sagte, und Gyles Worte ebenso. Doch gab es noch andere Möglichkeiten der Kommunikation. Gyle zog eine Münze hervor, gerade so lange, dass die Kaiserin-Mutter sie sehen konnte.

Lucias Augen wurden groß. Sie hatte verstanden: *Ich habe Eure Tochter, deren bloße Existenz Ihr auf keinen Fall preisgeben wollt.*

»Magister«, sagte sie bedächtig, »Ihr mögt nicht ganz unrecht haben mit dem, was Ihr sagt.«

Octa sah aus, als hätte sie soeben eine Kröte verschluckt. »Lucia, ich…«, begann sie, doch als die Kaiserin-Mutter sich ihr mit einer unmissverständlichen Drohung in den Augen zuwandte, verstummte sie abrupt. »Auch wir werden Magister Gyles Worte überdenken und seinen Rat berücksichtigen«, sagte sie schließlich.

»Tut das«, wies Lucia sie an. »Ihr dürftet gut beraten sein, auf ihn zu hören.« Ihr Blick sprang kurz zu Gyle. »Und ihn nicht aus den Augen zu lassen.«

Gyle merkte, wie Olivia und Francis ihn anstarrten, als hätte er soeben mit bloßen Händen einen Drachen getötet. Der Blick ihrer Mutter hingegen war vernichtend. Er beschloss, die Gunst der Stunde zu nutzen. »Euer Heiligkeit, es ist üblich, in jedem verbündeten Königreich einen kaiserlichen Bevollmächtigten einzusetzen, solange das Formelle nicht geregelt ist. Ich mag kein Beamter sein, aber ich kenne dieses Land und seine Verhältnisse. Ich glaube, bis zu Francis' Krönung würde ich einen hervorragenden Bevollmächtigten abgeben.«

Octa schluckte, und ihre Wangen wurden noch röter. Als die Mater-Imperia stumm nickte, lehrte Octa ihren Kelch in einem Zug und warf ihn dann auf den Boden.

»Magister, es gibt niemanden, der diese Aufgabe besser erfüllen könnte. Im Moment«, sagte Lucia gemessen. »Und was diese Heirat angeht, ich werde darüber nachdenken. Vielleicht ist etwas dran an Euren Argumenten.«

Francis' und Olivias Münder klappten auf, und Gyle musste sich ein Lächeln verkneifen. *Ja, ich habe gewonnen, Kinder. Merkt euch das. Merkt es euch gut.* Laut sagte er: »Ich habe verstanden, Euer Heiligkeit.«

»Habt ihr das? Hört gut zu, Gurvon Gyle: Ich ernenne Euch hiermit bis zum Zeitpunkt von Francis' Krönung zum kaiserlichen Bevollmächtigten. Danach gestatte ich ihm, mit Euch zu verfahren, wie er es für richtig hält. Und ich werde das Gold schicken, auf das Ihr so sehnlich wartet.« Ein bösartiger Ausdruck trat in ihre Augen. »Ihr werdet mir zwei Dinge schicken. Das eine gehörte einst Euch, das andere mir. Erfüllt meine Bedingungen, und alles ist gut. Tut Ihr es nicht, werde ich jeden Stein und jeden Kiesel in ganz Antiopia umdrehen, bis ich Euch gefunden habe.«

Gyle neigte den Kopf. *Elena und Münz. So sei es.*

Damit war die Unterredung beendet. »Octa«, verabschiedete Lucia sich ohne weitere Förmlichkeiten, dann verschwand ihr Abbild. Die Stille, die sie zurückließ, war beinahe greifbar. Francis und seine Schwester schauten ungläubig zwischen Octa, der Matriarchin, die stets alles in ihrer beider Leben bestimmt hatte, und Gyle hin und her.

Ja, ich habe Eurer Mutter gerade die Stirn geboten – und der mächtigsten Frau auf ganz Urte. Niemand ist unantastbar, und wenn er noch so sehr versucht, es für jedermann so erscheinen zu lassen.

Er verneigte sich vor Octa, dann vor Francis. »Dame Dorobon, edler Herr, ich wünsche eine angenehme Nachtruhe.«

BROCHENA IN JAVON, ANTIOPIA
(RAMI) SEPTNON 928
DRITTER MONAT DER MONDFLUT

Etwas hatte sich verändert. Anfangs war Cera eine Gefangene gewesen, doch ein paar Tage bevor sie Brochena erreichten, fingen ihre Häscher an, sie eher wie einen Gast zu behandeln. Sie konnte zwar immer noch nicht gehen, wohin sie wollte, aber sie und Tarita wurden nun besser untergebracht, sie bekamen vornehmeres Essen und sogar Wein.

Der Einzug in die Stadt war schrecklich. Die Bewohner waren vollkommen verängstigt wegen all der Soldaten und der Magi auf ihren gehörnten Gnosisbestien. Die Ratsmitglieder waren mit ihren Getreuen und den wenigen verbliebenen Soldaten bereits nach Forensa geflohen, doch die einfache Bevölkerung war an Haus und Arbeitsstätte gebunden. Jetzt kamen sie auf die Straße gelaufen und beobachteten den Einzug der verhassten Dorobonen. Die Jhafi-Frauen, die in dem Gemetzel am Wadi Fishil ihre Männer verloren hatten, heulten und zogen sich an den Haaren, rissen sich in ihrer Trauer ganze Büschel aus. Diese öffentliche Totenklage war eine tief verwurzelte Tradition, eine Art kollektiver Wahnsinn, der leicht außer Kontrolle geraten konnte. Tarita hatte von Witwen berichtet, die sich mitten auf dem Marktplatz die Pulsadern aufschnitten oder sich mit Öl übergossen und selbst verbrannten. Cera bekam Angst, die Brochener könnten die Kutsche angreifen. Also schloss sie die Läden vor den kleinen Fensterchen und spähte verstohlen durch die schmalen Schlitze, während der Zug sich einen Weg durch die feindselige Menge bahnte.

Dann, als sie den Palast erreichten, erlebte Cera eine weitere Überraschung: Sie wurde in den Gemächern untergebracht, die sie auch als Kind bewohnt hatte. Den Königsflügel bekamen selbstverständlich die Dorobonen, doch Gyle hatte dafür gesorgt, dass Tarita bei ihr bleiben durfte, und gleich neben ihnen residierte Portia Tolidi. Anscheinend war er befördert worden. Von einem Tag auf den anderen wurde er von allen mit dem Titel »kaiserlicher Bevollmächtigter« angesprochen. Außerdem kommandierte er die Angehörigen des Hauses Dorobon herum, wie es ihm beliebte. Ganz offensichtlich hatte jemand die Karten neu gemischt in diesem Spiel, dessen Regeln Cera nicht verstand.

Die Niederlage im Wadi Fishil lag nun einen Monat zurück, und Cera fürchtete, dass sie ihre Seele umsonst verkauft hatte. Sie durfte den Palast nicht verlassen, die Geheimgänge hatte Gyle gnostisch versiegelt. Die Tage vergingen, man ließ sie an der hohen Tafel speisen, aber außer Gyle sprach niemand auch nur ein Wort mit ihr. Cera klammerte sich an kleine Hoffnungen: Gyle hatte ihr anvertraut, dass Timori in seiner Obhut war, nicht in der der Dorobonen. Er hatte immer noch vor, sie mit Francis zu verheiraten, damit das Volk sich nicht gegen die neuen Herrscher auflehnte, aber Cera kam die Hochzeit immer unwahrscheinlicher vor. Francis teilte nach wie vor begeistert das Bett mit Portia und prahlte an der Tafel davon.

Am heutigen Abend fand ein weiteres Festessen statt. Tarita hatte sie in ein schönes Kleid gesteckt, doch Cera hatte allein gesessen, wie immer, und den anderen beim Feiern zugesehen: Francis hatte gerade erst die Treueeide der hochgestellten Bürger Brochenas entgegengenommen. Die meisten von ihnen waren Händler oder Beamte, darunter auch Don Francesco Perdonello. Der aristokratische Staatsdiener hatte keinerlei Gefühlsregung gezeigt, als er sich von den Nesti lossagte und stattdessen den Dorobonen verpflichtete. Er hatte Cera nicht einmal angesehen dabei. Sie wusste zwar, dass er nur tat, was jeder tun würde, er versuchte, zu überleben, trotzdem hatte sie ihn in diesem Moment dafür gehasst.

Alle lachten und labten sich an dem reichlichen Essen und dem guten Wein, während Cera lustlos in ihrer Mahlzeit herumstocherte. Der Appetit war ihr vergangen.

»Darf ich mich zu Euch setzen, Princessa?«, fragte eine kühle Stimme auf Rimonisch.

Cera drehte den Kopf und sah Portia Tolidi neben ihr aufragen. *Du möchtest wohl deinen Triumph auskosten, wie?* Ceras Stimmung verfinsterte sich noch weiter, aber sie musste auf der Hut sein, wollte keine Szene machen in einem Saal, in dem sie nicht einen Verbündeten mehr hatte. »Ich kann es wohl nicht verhindern.«

Portia beugte sich näher heran, ihr rotgoldenes Haar schimmerte im Licht der Fackeln. »Natürlich könnt Ihr das, Ihr braucht nur ein Wort zu sagen. Ich habe nicht vor, Euch unnötig zu quälen.«

Ihre Stimme war ungewöhnlich tief für eine Frau, und sie klang gebildet. Cera biss sich auf die Lippe. *Sie hat letztes Jahr bei dem Massaker Tarita das Leben gerettet*, rief sie sich ins Gedächtnis. *Vielleicht steckt doch etwas Gutes in ihr.* »Dann setzt Euch, um meiner Dienerin willen.«

»Grazi, Princessa«, erwiderte Portia schon etwas freundlicher. »Wie geht es Tarita?«

Du meinst: der ehemaligen Geliebten deines Bruders. »Den Umständen entsprechend. Sie ist wütend und voller Trauer.«

»Genauso wie ich.«

»Ihr werdet verstehen, wenn ich das anders sehe. Ich sehe eine Frau, die mit dem Feind kollaboriert und für sich den größtmöglichen Nutzen aus der Situation zieht.«

Anstatt wütend davonzustapfen, wie Cera gehofft hatte, zuckte Portia beschämt zusammen. »Wenn Ihr glaubt, dass alle Gorgio auf eine Rückkehr der Dorobonen gehofft haben, täuscht Ihr Euch«, sagte sie leise. »Außerdem: Kollaboriert Ihr nicht auch?«

»Das war nie meine Absicht.«

»Aber Magister Gyles«, entgegnete Portia. »Er preist Euch ständig bei Francis an ... und verärgert damit Octa.«

Cera wurde kalt ums Herz. Octa Dorobon machte ihr Angst. »Dann sollte er besser damit aufhören.«

»Das sollte er, wenn ihm an Eurem Leben liegt.« Portia beugte sich noch ein Stück näher heran. »Wisst Ihr von seinem Plan? Er hat Francis erklärt, dass ein Mann laut dem javonischen Gesetz mehrere Frauen gleichzeitig haben kann, einen Harem, wie es bei den Amteh üblich ist« – sie machte das Zeichen Sols –, »weil die Verfassung Javons, so sagt er, den König verpflichtet, die Bräuche beider Religionen zu ehren.«

Cera schluckte. *Einen Harem? Gyle muss den Verstand verloren haben.* »Stimmt, was er sagt?«

»Don Perdonellos Rechtsgelehrte sagen Ja. Und Gyle redet
auf Francis ein, er solle sich eine Frau aus jedem der wichtigen Häuser nehmen, um sie an sich zu binden. Das würde den
Frieden sichern, vor allem, wenn er Kinder mit ihnen hat.«

Cera überlegte, ob Portia ihre Stellung von dieser Entwicklung bedroht sah, konnte es aber nicht sagen. Ihr perfekt geschnittenes Gesicht zeigte keinerlei Emotion, sodass Cera sich
fragte, ob Portia vielleicht genauso wenig mit Francis Dorobon das Bett teilen wollte wie sie selbst. Mit dem Unterschied
allerdings, dass es in Portias Fall längst passiert war. »Was haltet Ihr davon?«

Portias blickte sich kurz im Saal um. Ihre Augen sahen
müde aus, als könnte sie nachts kaum schlafen. Tarita hatte erzählt, dass Francis sie oft stundenlang bearbeitete.

Cera sah sich ebenfalls um; niemand schien sie zu beachten.
Octa und Olivia beobachteten mürrisch, wie Gyle Francis und
die um ihn versammelten Ritter mit einer Anekdote zum Lachen brachte. Selbst Alfredo Gorgio lachte mit.

»Francis ist ein Kind im Körper eines Mannes, und sein Wesen ist vollkommen kalt«, murmelte Portia. »Ihr könnt Euch
glücklich schätzen, dass ihn Eure Ähnlichkeit mit den Jhafi-
Frauen abstößt.«

Mag sein. Trotzdem möchte Gyle, dass ich ihn heirate…
Portias Worte verwirrten sie. Die Gorgio waren bekannt dafür, wie sehr sie die Jhafi verachteten, doch Portia klang, als
hege sie heimliche Sympathien für die Einheimischen. Und
sie hatte Tarita gerettet, das kleine Mädchen, das die Geliebte
ihres ermordeten Bruders gewesen war. »Francis scheint Euch
mit Haut und Haar verfallen zu sein«, sagte sie schließlich.

455

»Er besteigt mich gern, das ist alles«, erwiderte Portia knapp. »Was ich tue, sage oder gar denke, interessiert ihn nicht.« Sie warf Cera einen verstohlenen Blick zu. »Sagt mir, Cera Nesti, wäre es möglich, dass wir Freundinnen werden?«

Freundinnen? »Wie mir scheint, werde ich ohnehin bald sterben. Entweder durch die Hand des Feindes oder meine eigene. Wozu also die Mühe?«

»Wenn Ihr Euch tatsächlich umbringen wolltet, hättet Ihr es längst getan. Genauso wie ich. Aber ich glaube, wir sind nicht so leicht totzukriegen, Ihr und ich.«

Cera musterte sie. Portia war beinahe fünf Jahre älter als sie und wesentlich schöner. Ihre helle Haut leuchtete geradezu, ihre Nase war klein und schmal und von blassen Sommersprossen gesprenkelt, der Mund rund und rot wie eine Rosenknospe, und die haselnussbraunen Augen waren umrahmt von vollem, glänzendem Haar. Sie war beinahe lächerlich schön. Wenn selbst die zarte Portia es schaffte zu überleben, sagte sich Cera, dann konnte sie das erst recht. »Ich glaube, wir müssen einfach abwarten, was die Zukunft bringt«, antwortete sie.

»Wer weiß, vielleicht sind wir bald mit demselben Mann verheiratet«, flüsterte Portia. »Aber sagt niemandem, dass ich Euch davon erzählt habe.« Sie zwinkerte Cera zu und stand auf.

Sie hatte Francis kaum erreicht, da legte er ihr schon den Arm um die Hüfte und erhob sich, was bedeutete, dass alle anderen das Gleiche tun mussten. Auch Cera gehorchte widerwillig.

»Zeit, zu Bett zu gehen«, rief Francis und zog Portia noch näher an sich. »Möget Ihr alle so viel Vergnügen dabei haben wie ich!«

Cera suchte nach einem Anzeichen von Verachtung oder

zumindest Widerwillen in Portias Gesicht, konnte aber keines entdecken, sondern nur Liebe und Verlangen.

Wem auch immer sie gerade etwas vorspielt, sie macht ihre Sache verflixt gut…

Gyle riss sich von dem Guckloch los und versuchte, das Bild von Francis Dorobons dicken Pobacken abzuschütteln, die zwischen Portias perfekt geformten Oberschenkeln auf und ab hüpften. Heute Nacht gab es nichts Wichtiges mehr zu belauschen. Den Köder hatte Francis bereits geschluckt, so viel war klar. Gerade hatte er Portia ein weiteres Mal davon erzählt. Ein Harem, ganz für ihn allein; die Idee gefiel dem jungen Mann überaus gut. Was Portia darüber dachte, konnte Gyle nicht sagen. Sie schien keinerlei Persönlichkeit zu haben.

Er stieß Hesta an, die eine Armlänge von ihm entfernt vor dem anderen Guckloch saß. *Bleib hier, bis sie fertig sind, und erstatte mir am Morgen Bericht.*

Die lantrische Hexe lächelte verschmitzt. *Dann erregt dich gar nicht, was der junge Dorobon da veranstaltet?*

Gyle verschloss sein Guckloch. *Ich habe noch nie einen so fantasielosen jungen Liebhaber gesehen. Das Mädchen tut mir beinahe leid.*

Hesta schüttelte den Kopf. *Was für eine entsetzliche Verschwendung. Was ich alles mit ihr anstellen könnte…*

Du rührst sie nicht an, du runzliges Luder. Ärger mit den Dorobonen ist das Letzte, was ich jetzt brauchen kann.

Hesta leckte sich seufzend über die Lippen. *Wie Ihr befehlt, oh Herr.*

Gyle warf ihr einen strengen Blick zu. *Mit wem vergnügst du dich im Moment, Hesta?*

Sie lächelte süffisant. *Mit niemandem. Ich tue genau, was*

du mir aufgetragen hast, und lebe keusch wie eine Nonne. Sie überlegte kurz. *Da fällt mir ein: eine hübsche junge Nonne… Haben die Dorobonen welche in ihrem Gefolge?*

Nein, kicherte er. *Konzentrier dich auf deine Aufgabe.*

Gyle wandte sich ab und schlich durch die dunklen Gänge davon. Als er eine Minute später seine Gemächer im Erdgeschoss betrat, ging er zu der Laterne auf dem Tisch und drehte den Docht hoch. Sofort wurde es heller im Raum. Die meisten im Palast schliefen bereits, Cera unter dem wachsamen Auge von Madeline Parlow, einer Magierin aus den Reihen der Dorobonen, die Gyle in seine Dienste genommen hatte. Sie war ein Viertelblut und arrogant, aber nicht untalentiert. Nur die Matriarchin kniete im Moment zweifellos vor dem Altar in der kleinen Kapelle und betete zu Kore.

Er zog einen Gnosisstab aus einem Schrank, schloss die Finger fest darum und streckte seine Gedanken vorsichtig hinaus in den Äther. Ein dunkles, fein geschnittenes Männergesicht erschien beinahe sofort vor seinem inneren Auge: Rashid Mubar, der Emir von Hallikut. Sein Geist fühlte sich an wie parfümierte Seide.

Sal'Ahm, Magister Gyle. Ich hatte nicht damit gerechnet, von Euch zu hören.

Spart Euch das Geplänkel, Emir. Warum hat Stivor Sindon mich mit seinen Männern angegriffen?

Rashid wirkte amüsiert. *Das hat nichts mit mir zu tun, mein Freund. Irgendein ortsansässiger Kommandant der Hadischa muss den Anschlag befohlen haben. Ihr wurdet doch nicht etwa verletzt?* Seine Sorge klang alles andere als aufrichtig.

Pfeift sie zurück.

Rashid lächelte vielsagend. *Wie ich hörte, befindet sich Brochena nun in der Hand der Dorobonen.*

So ist es. Rashid, schafft mir diesen Sindon vom Hals, wenn Ihr nicht wollt, dass ich ihn töte.

Etwas im Ton des Emirs veränderte sich. *Magister Gyle, unsere Übereinkunft betrifft nur gewisse Aspekte dieses Kriegs, nicht alle. Von einer Generalamnestie war nie die Rede. Wir bleiben Feinde, Magister. Ihr tätet gut daran, das nicht zu vergessen.*

Und Ihr tätet gut daran, nicht zu vergessen, dass ich Eure Übereinkunft mit dem Kaiser mit einem einzigen Wort für null und nichtig erklären kann.

Rashid runzelte die Stirn. Einen Moment lang blitzten seine Zähne auf, dann nickte er. *Das könnt Ihr wohl, Magister. Ich werde Sindon zur Räson bringen. Jetzt, da das Überraschungsmoment weg ist, dürfte er ohnehin kaum Aussichten auf Erfolg haben, denke ich.*

Sie brachen die Verbindung ab, ohne noch weitere Höflichkeiten auszutauschen. Außerdem war der Gnosisstab beinahe heruntergebrannt. Gyle goss sich einen Becher Schnaps ein und genoss den rauchigen Geschmack auf der Zunge. Das war einer der wenigen Vorzüge seiner Aufgabe hier: Die Dorobonen waren in ganz Rondelmar für die hervorragenden Brände bekannt, die ihre Ländereien produzierten. Als er ein Klopfen an der Tür hörte, fiel ihm jedoch noch ein weiterer angenehmer Aspekt ein. Gyle stand auf und öffnete.

Olivia Dorobon schlüpfte herein und schlang ihm lüstern die Arme um den Hals. Olivia war drall, fast mollig aber vor allem lüstern, und allein darauf kam es an.

»Erzählt mir von Euch, Yvette.« Sie hatte sich weit genug erholt, damit Gyle normal mit ihr sprechen konnte. Ihre Trommelfelle waren verheilt, und die Ohren, die er einem gerade verstorbenen jungen Mann abgeschnitten hatte, waren gut angewachsen. Selbst die neuen Augen funktionierten, doch waren sie im Moment noch bandagiert, bis sie voll in den neuen Körper integriert waren.

»Weshalb sollte ich?« Münz' Stimme war kaum zu hören, doch wenn Gyle gleichzeitig ihre Gedanken las, konnte er sie verstehen.

»Mir ist es lieber, wenn ich weiß, mit wem ich zusammenarbeite«, antwortete er.

»Wen Ihr benutzt, meint Ihr wohl«, berichtigte Münz.

»Wer eine Gruppe Magi führen will, muss seine Leute gut kennen«, entgegnete er sanft. »Ich sorge mich um alle, mit denen ich arbeite.« Was zwar eine glatte Lüge war, aber was diese Dinge betraf, war Münz unbedarft wie ein Kind.

»Ich bin allen egal, sogar meiner Mutter.«

Eure Mutter ist die gefühlskälteste Frau, die Urte je gesehen hat. Er berührte zärtlich ihre Hand. »Yvette, wenn Ihr wollt, dass jemand an Eurem Schicksal Anteil nimmt, dann müsst Ihr Euch öffnen, jemanden an Euren Gefühlen teilhaben lassen.«

Münz' Kopf drehte ihm den Kopf zu. Der leere »Blick« ihrer verbundenen Augen war gespenstisch, aber immer noch leichter zu ertragen als der Anblick der bloßliegenden Sehnen, Muskeln und Organe, die mit jedem Herzschlag und mit jedem einzelnen rasselnden Atemzug erzitterten.

»Was möchtet Ihr denn, das ich Euch anvertraue?«, schnaubte sie verächtlich. »Meinen reizenden Körper, mein fröhliches Wesen?«

»Wie alt seid Ihr?«, erkundigte sich Gyle, als hätte er sie nicht gehört.

»Siebenundzwanzig. Mutter hat mich von Zuhause fortgeschickt, als ich noch sehr klein war. Ich bin in einem Kloster aufgewachsen.«

»Wann habt Ihr die Gnosis entdeckt?«

»Als ich zehn war. Ziemlich früh, wie man mir gesagt hat.«

»Wie hat sie sich manifestiert?«

»Mein Körper veränderte sich. Meine Scheide hat sich geschlossen. Ich habe mich geschämt für diesen Schlitz zwischen den Beinen, wollte ein Junge sein wie all die jungen Priester um mich herum, die meine Freunde waren.«

Gyles Augenbrauen schossen nach oben. Normalerweise hatte die erste Manifestation mit einem der vier Elemente zu tun, so gut wie nie betraf sie eine der höher entwickelten Studien. Dass Münz als Erstes ihren Körper anatomisch verändert hatte, sprach Bände über die Stärke ihrer Affinität. »Was geschah als Nächstes?«

»Einer der Novizen wollte, dass ich wieder zu einem Mädchen werde, damit er mit mir schlafen konnte. Die Priester haben es bemerkt und schickten mich zurück nach Pallas. Zu meiner Mutter.«

Gyle drückte sanft ihre Hand. Sie fühlte sich feucht an, beinahe nass, und er sah das Blut, das unter der Berührung seiner Finger durch die immer noch nicht geschlossenen Poren trat. »Und dann?«

»Ich bekam einen Vormund. Renata, eine Lehrerin des Arkanums. Sie war Palacierin und eine Cousine von mir. Sie hat mich ausgebildet.«

Gyle hatte den Namen schon einmal gehört. »Renata ist mittlerweile tot, nicht wahr?«

Münz' lippenloser Mund schien zu lächeln. »Ich habe sie getötet. Sie war wieder einmal unzufrieden mit mir und verlor die Beherrschung, da habe ich ihr Herz zum Stillstand ge-

461

bracht.« Ihr Geist fühlte sich leer an, als sie das sagte, und doch irgendwie zufrieden. »Ich habe sie gehasst.«

Gyles Selbstsicherheit geriet ins Wanken. Das Herz eines Menschen mit bloßer Willenskraft zum Stillstand zu bringen, war alles andere als einfach. *Sie ist ein Reinblut, viermal stärker als du es bist, Gurvon. Vergiss das nicht, niemals.* »Und danach?«, fragte er vorsichtig weiter.

»Mutter brachte mir bei, mich in andere Menschen zu verwandeln. Ich musste lernen, ihre Gestalt anzunehmen und ihre Persönlichkeit. Dazu musste ich mit Mesmerismus in ihren Geist eindringen. Mystizismus wäre geeigneter gewesen, aber dazu habe ich keine Affinität. Das ist auch der Grund, weshalb ich zwar die Gestalt eines anderen perfekt imitieren kann, aber nicht den Charakter.«

Dieser Makel war Gyle bereits aufgefallen. »Wer ist Euer Vater, Yvette?«

»Ihr meint, ob es der Bruder meiner Mutter war?«, sagte sie verbittert und erschöpft zugleich, als könnte sie es nicht mehr hören. »Das ist eine Lüge, die mein Vater, Kaiser Hiltius, verbreiten ließ, um sich die Schande zu ersparen, eine Missgeburt wie mich in die Welt gesetzt zu haben. Ich habe ihn gehasst dafür. Ich war froh, als er gestorben ist.«

Als Eure Mutter ihn umgebracht hat, besser gesagt. Oder habt Ihr auch das bereits erraten? »Ich habe dieses böswillige Gerücht nie geglaubt«, log Gyle. »Es muss hart für Euch gewesen sein, so aufzuwachsen.«

Münz drehte den Kopf weg. »Es war Hel.«

»Und doch habt Ihr Eurer Mutter geholfen und den Herzog von Argundy getötet.«

Münz' Stimme veränderte sich unvermittelt. Sie klang beinahe nachdenklich. »Mutter hat gesagt, er würde einen Um-

sturz planen. Sie wollte, dass Echor der neue Herzog wird.«
Yvette kicherte leise. »Ich wette, mittlerweile bereut sie das.«

Und ob. »Gibt es irgendjemanden, der Euer Freund ist?«

Münz' Körper wurde steif, und sie schüttelte unmerklich
den Kopf. »Wie denn? Ich bin nie ich selbst.«

Ich bin nie ich selbst. Die Worte hallten in Gyles Gedanken nach. »Ich weiß, wovon Ihr sprecht, Yvette. Auch ich gebe
oft vor, ein anderer zu sein. Mein wahres Ich zu zeigen, kann
ich mir selten leisten. Wir sind einander durchaus ähnlich, Ihr
und ich.«

»Das ist nicht dasselbe«, krächzte Münz. »Ich war *nie* ich
selbst, nicht seitdem ich in dieses Kloster gegeben wurde.
Ich weiß ja selbst nicht einmal, wer ich bin.« Sie drehte ihm
wieder das grässlich verunstaltete Gesicht zu, und plötzlich
tönte ihr dünnes Stimmchen voll und laut: »Ich kann sein, wer
immer Ihr wünscht, ohne Ausnahme. Nur ich selbst kann ich
nicht sein.«

»Dann werde ich Euch helfen, Euer wahres Selbst zu finden«, versprach Gyle, weil er wusste, dass sie genau das hören
wollte.

16

GEMEINSAMKEITEN

GOTT

Ich sage dies: Es gibt nur einen Gott, die Amteh kennen ihn als Ahm, die Omali als Aum, und die Sollan nennen ihn Sol. Es ist ein und derselbe Gott, er trägt nur verschiedene Gesichter. Sobald wir das akzeptieren, wird Frieden herrschen in ganz Ahmedhassa. Ihr werdet bemerkt haben, dass ich den Gott der Kore nicht genannt habe, denn dieser Corineus ist eine Ausgeburt Shaitans, eine Lüge, auf die sich jene Afreet berufen, die sich selbst Magi nennen.

IMAM ALI-ZAYIN, ABTRÜNNIGER GOTTESSPRECHER WÄHREND
DES TRIBUNALS IN SAGOSTABAD, KESH, 698

Alle Götter sind gleich. Gleich imaginär.

ANTONIN MEIROS, 791

Kazim stellte sich einen Angreifer vor, der sich von hinten mit einem Speer auf ihn stürzte. Er wirbelte herum, wehrte den Hieb ab und stach dann zu, trieb den Feind zurück, bis er ihm mit einem Sensenschlag ein Ende machte. Er hatte ihm den Kopf abgeschlagen. Kazim hielt inne und betrachtete seine Füße. Sie standen zu eng beieinander. Also übte er weiter, wieder und wieder, bis er am Ende der Bewegung jedes Mal fest auf beiden Beinen stand. Ganz langsam blies er die Luft aus und richtete sich auf, während Staub und Sand, den er auf dem kleinen Innenhof aufgewirbelt hatte, sich gemächlich setzten.

Das Leben in dem verborgenen Kloster hatte etwas Surreales. Tage waren zu Wochen geworden, die Stunden erfüllt von nichts als dem Säbel in seiner Hand und den Feinden in seinem Kopf. Jeden Tag trieb er sich ein Stückchen härter an, trainierte noch länger. Die Zeit, die er gebraucht hatte, um wieder zu Kräften zu kommen, sagte ihm überdeutlich, wie nahe Maras Gift ihn an den Rand des Todes gebracht hatte. Und sie erinnerte ihn daran, dass er sein Leben Elena Anborn verdankte.

Seine Gedanken wanderten zu dem Garten auf der anderen Seite des Klosters. Die Luft dort war besser, ebenso das Licht, und es gab mehr Platz. Doch Kazim weigerte sich, dorthin zu gehen, denn Elena übte dort. Er hatte immer noch Schwierigkeiten mit dieser Frau. In Lakh lebten Männer und Frauen gemeinsam, aber ihre Aufgaben und Pflichten waren strikt voneinander getrennt: Die Männer führten und beschützten, die Frauen umsorgten und gehorchten. In Kesh war diese Trennung noch stärker. Dort hatten Jungen und Mädchen kaum Kontakt miteinander, bis sie heirateten. In allen öffentlichen Einrichtungen, von den Dom-al'Ahms bis zu den Badehäusern, herrschte strikte Geschlechtertrennung. Selbst im eigenen Haus lebte das Ehepaar in getrennten Bereichen.

Doch Elena erkannte derlei Regeln nicht an.

Im Kalistham war nur von wenigen Frauen die Rede. Es gab genau zwei Arten: pflichtbewusste Ehefrauen und verschlagene Huren. Elena war keins von beiden. Sie war anders, als Kazim sich je eine Frau hätte vorstellen können. Obwohl sie nur eine Frau war, bewegte sie sich genauso schnell wie die besten Kämpfer, die er je gesehen hatte. Er wünschte sich beinahe, sich mit ihr zu duellieren, um zu sehen, wie gut sie wirklich war. *Nein, um sie auf ihren Platz zu verweisen.* Er wusste, was Haroun über sie denken würde: Sie war eine verschlagene Hure. Dennoch, soweit er es beurteilen konnte, hatte sie ihn noch nie angelogen. Trotzdem ging er ihr so weit wie möglich aus dem Weg, denn sie hatte keinen Anstand. Als er ihr sagte, dass er ihre Kleidung anstößig fand, hatte sie nur gelacht – auch wenn sie sich in seiner Nähe seither bedeckte. Ein unerwartetes Zugeständnis.

Ab und zu erzählte sie von interessanten Dingen. Von den Magi und den Kriegen in Yuros. Ihre Manieren waren eine Beleidigung, und gleichzeitig ging eine eigenartige Faszination von ihr aus. So wenig sie seinen Vorstellungen von Weiblichkeit auch entsprechen mochte, ihre Bewegungen waren durch und durch elegant.

Kazim nahm einen Schluck Wasser und versuchte, seine Gedanken in eine andere Richtung zu lenken.

Elena trainierte ebenfalls hart. Sie behauptete, der Afreet, der von ihr Besitz ergriffen hatte, hätte ihren Körper ruiniert. Daran mochte Kazim nicht einmal denken. Die Vorstellung, dass jemand den Körper eines anderen bewohnen konnte, machte ihn krank. Dass genau das mit Elena passiert war, machte sie erst recht zu einer Nefara.

»Was soll das sein, eine Nefara?«, hatte sie ihn vor über einer Woche beim Frühstück gefragt, als er ihr von den verschlagenen Frauen aus dem Kalistham erzählte.

»Nefari sind unrein und gottlos. Sie beschmutzen ihre Seelen und die jedes Mannes, der mit ihnen …« An dieser Stelle verstummte er und hüstelte verschämt. »Jeder, der mit einer Nefara zusammen war, muss sich reinigen, sonst holt Shaitan sich seine Seele.«

Elena zog fragend die Augenbrauen hoch, wie sie es so oft tat. Sie hatte keinen Respekt vor dem Heiligen, nicht einmal vor der heidnischen Religion ihrer eigenen Landsleute. »Wie wird eine Frau zu einer Nefara?«, erkundigte sie sich weiter.

»Es gibt viele Wege.« Kazim dachte zurück an das, was Haroun ihm beigebracht hatte, als sie gemeinsam die Wüste Richtung Norden durchquerten. »Jede Sünde beschmutzt die Seele: Lügen, Diebstahl, Mord, Ehebruch. Unnatürliche Handlungen mit einem Mann oder einem Tier, Hexenwerk oder wenn man nicht zum Gebet geht … Die Möglichkeiten sind endlos.« An dieser Stelle ließ ihn sein Gedächtnis im Stich, und er überlegte eine Weile. »Rote Kleidung tragen«, fügte er zögernd hinzu. »Und Urin trinken.«

Elena lachte. »Urin trinken?!«

»Das ist eine schwere Sünde.«

»Aber wer, glaubst du, würde freiwillig Pisse trinken?« Sie schlug sich prustend auf den Oberschenkel. »Oder meinst du Alkohol?«

»Mach dich nicht darüber lustig. Du bist selbst eine Nefara.«

Da hielt sie endlich den Mund, jedoch nicht aus Angst um ihre Seele, sondern weil sie sich an ihrem Glas Wasser verschluckt hatte. Elena sprang auf und rannte zur Toilette, während sie sich immer noch schüttelte vor Lachen.

Ahm würde sie eines Tages strafen dafür, sagte sich Kazim. Er fand, dass es für heute genug war, und ging zu seiner Schlafkammer. Sie war größer und lag in einem höheren Stockwerk als die winzige Zelle, in die sie ihn anfangs gesteckt hatte. Elenas Zimmer lag auf demselben Flur. Wahrscheinlich war sie einmal die Kemenate eines der höher gestellten Mönche gewesen. Die Matratze war ebenfalls besser, und Kazim hatte sogar den Boden gefegt. Das war zwar eigentlich Frauenarbeit und unter der Würde eines Kriegers, aber wer hätte es sonst tun sollen? Das Fenster blickte hinaus auf den Garten, in dem Elena übte. Normalerweise versuchte er, nicht hinzusehen. Doch manchmal, wenn sie ihren tödlichen Derwischtanz aufführte, konnte er einfach nicht anders. Er beobachte sie nur, um ihre Schwachpunkte zu finden, redete Kazim sich ein. Bisher hatte er allerdings keine entdeckt.

Elena warf sich einen frischen Salwar über und strich ihn glatt. Sie wickelte sich ein Handtuch um den Kopf, hob ihre durchnässte Trainingskleidung auf und ging damit zum Waschraum. Als sie an Kazims Kammer vorbeikam, klopfte sie. »Hey, Bruder, ich mache meine Frauenarbeit. Wirf mir deine Wäsche raus.« Bisher hatten sie beide ihre Sachen selbst gewaschen, vor allem weil Elena ihm zeigen wollte, dass sie nicht seine Dienerin war. Aber mittlerweile musste er es begriffen haben, und sie beschloss, großzügig zu sein.

Als keine Antwort kam, streckte Elena den Kopf ins Zimmer. »Hey!«, wiederholte sie und zuckte zusammen beim Klang ihrer eigenen Stimme. Die verfluchte Halswunde hatte sie verändert, sie war tiefer geworden, und Elena hasste diesen neuen Bariton.

Da sah sie ihn. Kazim war nur mit einem Handtuch bekleidet, und der Anblick verschlug ihr den Atem. Er hatte sich gerade gewaschen, sein Haar war länger und zu einem lockeren Pferdeschwanz gebunden. Die bronzefarbene Haut war immer noch nass und schimmerte im dämmrigen Licht. Jeder Bildhauer in Pallas hätte gutes Geld dafür bezahlt, diesen Körper in Marmor verewigen zu dürfen. Elena vergaß, was sie hatte sagen wollen.

»Was willst du?«

Die Worte waren wie ein Eimer kaltes Wasser. *Wach auf, Ella!* »Soll ich deine Kleidung waschen?«, fragte sie.

Kazim runzelte die Stirn. »Wenn ich im Gegenzug nicht deine waschen muss.«

Sie rang sich ein Lächeln ab. »Nein. Musst du nicht.«

Kazim deutete auf einen kleinen Haufen auf seinem Bett und zog sich zurück in eine Nische, in der er sich immer umzog.

Elena sammelte seine Kleider auf, und nach kurzer Überlegung nahm sie auch noch das Bettzeug mit. Es roch muffig und streng, aber auf seltsame Weise angenehm. Verlockend. Mit Kazims Geruch in der Nase setzte sie ihren Weg zum Waschraum fort. Der Duft hatte eine überraschende Reaktion in ihr hervorgerufen: Der stechende männliche Schweiß ließ sie an Lorenzo denken, erinnerte sie daran, was sie schon so lange entbehrte – und dass Lorenzo tot war. Doch nun dachte sie auch an die schönen Dinge, an sein Lächeln, seine Küsse und seinen Humor. Elena beschleunigte ihren Schritt, warf die Wäsche in den großen Steintrog und pumpte Wasser hinein. *Finde dich damit ab, Mädchen.* Doch ein beißender Hunger war in ihr erwacht, und sie merkte, wie ihre Körpersäfte in Wallung gerieten.

Als sie abends nach dem Essen allein in ihrer Kammer saß, gab sie den Widerstand auf und köpfte eine Flasche Rotwein. Der Alkohol stieg ihr sofort in den Kopf. Immerhin hatte sie noch genug Selbstbeherrschung, um nach zwei Gläsern aufzuhören, und ging ins Bett, bevor sie noch auf die Idee kam, Kazim aufzuwecken und ein Streitgespräch über seine verschrobene Weltsicht anzufangen. Mit offenen Augen lag sie da und versuchte mit aller Macht, nicht daran zu denken, wie Sordell an ihrem Körper herumgefingert hatte in dem vollen Bewusstsein, wie sehr Elena anekelte, was er mit ihr tat.

Er ist fort, Ella. Dein Körper gehört wieder dir.

Zögernd streichelte sie ihre Brüste und kämpfte gegen die in ihr aufsteigende Übelkeit an. *Er gehört mir, mir allein.* Sie schauderte, spürte, wie ihr die Galle hochstieg, und schluckte. *Nein, Rutt. Du wirst mich nicht bis ans Ende meines Lebens verfolgen. Ich werde dich vergessen, und wenn ich dazu mein Gedächtnis löschen muss.*

Elena bewegte die Hände über ihren mittlerweile wieder straffen Bauch weiter nach unten. Ihr Körper war wieder in Form, stark, geschmeidig und voll dynamischer Spannung. Nach allem, was Sordell ihr angetan hatte, fühlte sie sich endlich wieder wie sie selbst. Um jeden Zweifel auszuräumen, fuhr sie durch das weiche Haar auf ihrem Venushügel und ließ einen Finger in ihre Scheide gleiten. Sie war trocken, aber nicht lange. Als Elena die Scheidenflüssigkeit auf ihrem Kitzler verteilte, erschauderte sie und stieß einen leisen Seufzer aus.

Das ist mein Körper. Ich hole ihn mir zurück.

Drehen. Vorstoßen, zurückziehen, zur Seite springen und ducken. Da sah Kazim aus dem Augenwinkel eine Bewegung und erschrak so heftig, dass er beinahe das Gleichgewicht verlor.

Es war Elena, die ihn vom Durchgang aus beobachtete. »Was willst du?«, fragte er keuchend.

»Wir sollten zusammen trainieren.«

Kazim rührte sich nicht. »Wozu?«

»Weil Männer anders trainieren. Weil deine Technik fehlerhaft ist und dich das Leben kosten wird.«

Er runzelte die Stirn. »Meine Technik ist perfekt.«

»Dann komm und beweis es«, entgegnete sie mit einer hochgezogenen Augenbraue. »Wenn du dich dazu in der Lage fühlst.«

Sie verschwand, und Kazim starrte ihr wütend hinterher. Wie konnte sie es wagen? Er war von den besten Kriegern der Hadischa ausgebildet worden. Für wen hielt dieses Weib sich eigentlich? Doch noch bevor Kazim selbst wusste, was er tat, folgte er ihr auch schon in den angrenzenden Garten, in dem sie immer übte.

Elena wartete auf einer kleinen Bogenbrücke mit einem kniehohen Geländer, die sich über einen ausgetrockneten Teich spannte. Sie hatte einen Holzstab in der Hand, der in etwa so lang war wie ein Schwert. Den zweiten warf sie Kazim zu. »Nur Grundtechniken.«

Er fing den Stab auf, wog ihn in der Hand und führte ein paar Schläge aus. Elena war mehr als einen Kopf kleiner als er und hatte eine entsprechend geringere Reichweite. Aber sie war auch eine Magierin und im Vollbesitz ihrer Gnosis.

»Keine Gnosis, Jadugara«, knurrte er. Entgegen ihrer Abmachung hatte sie ihn noch immer nicht von der Kettenrune befreit. Kazim hatte sich nur deshalb nicht beschwert, weil er beinahe froh war um jeden Tag, an dem er sich nicht mit den in ihm schlummernden Kräften auseinandersetzen musste. Doch der Gedanke, dass Elena ihre Gnosis gegen ihn einsetzen könnte, beunruhigte ihn.

»Ich werde sie nicht brauchen«, erwiderte sie mit einem Achselzucken, was ihn nur noch wütender machte.

Wie du meinst. Nur Grundtechniken, pah! Ganz langsam ging er auf sie zu, um dann blitzschnell nach ihrem Kopf zu stoßen, gefolgt von einer schnellen Links-Rechts-Kombination, dann tief, rechts, links und wieder zurück.

Elena wehrte beinahe beiläufig ab. Sie hatte sich kaum bewegen müssen.

Brüllend sprang Kazim vor und schlug nach ihrem Gesicht, während er gleichzeitig mit dem rechten Bein einen Fußfeger ansetzte.

Nur dass Elena nicht mehr da war. Sie duckte sich unter seinem ungestümen Stoß weg und rammte ihm den Stock zwischen die Beine. Kazim brach schmerzverkrümmt mitten auf der Brücke zusammen. »Nur Grundtechniken, Bruder«, wiederholte sie gelassen.

Noch während er nach Atem rang, stand Kazim wütend wieder auf. Am liebsten hätte er sich brüllend auf sie gestürzt, doch eine innere Stimme – seine Vernunft vielleicht – beschwor ihn, auf seinen Stolz zu pfeifen und die Dinge lieber etwas ruhiger anzugehen. Doch Kazim hatte noch nie auf die Stimme der Vernunft gehört. Er sprang vor und bombardierte Elena mit Überkopf-Schlägen, gefolgt von einem Sichelhieb zum Körper.

Elena wich beinahe gelangweilt mit einer Drehung aus und beförderte Kazim mit einem Tritt von der Brücke. Beim Aufprall schlug er sich Knie und Handflächen auf, aber er ließ nicht locker. Wild fluchend sprang er mit einem einzigen Satz auf das Brückengeländer, nur um Elenas Stock so hart in den Hals gerammt zu bekommen, dass er schon fürchtete, sein Kehlkopf wäre gebrochen. Er ignorierte den Schmerz und preschte erneut vor, spürte, wie Elenas Holzschwert krachend gegen seine Schulterblätter schlug und sich dann in seinen Solarplexus bohrte. Ein drittes Mal lag er stöhnend am Boden.

»Bist du jetzt bereit, dich an die Regeln zu halten?«, fragte sie nüchtern.

Kazim funkelte sie an. Er wollte, dass sie wusste, wie sehr er sie in diesem Moment hasste. Doch seine Augen tränten zu stark, er sah nicht einmal, ob sie seinen vernichtenden Blick überhaupt mitbekam. *In Ordnung, Jadugara. Fürs Erste hast du gewonnen.*

Damit begann die zweite Phase ihres Trainings, die erstrahlte wie der Neumond. Kazim legte seinen Stolz ab und besann sich auf die Grundlagen, und je mehr er auf Elena hörte, desto mehr gefiel ihm, was sie zu sagen hatte. Die erste Überraschung war, dass sie jeden Tag mit gemächlichem Goyo begannen. Er hatte diese Kunst stets als weibisch abgetan – Übungen für Männer mussten hart und schweißtreibend sein –, aber die Stellungen waren anstrengender, als er sich je hätte vorstellen können, wie er sich schließlich eingestehen musste. Trotzdem sah er nicht ein, wozu sie gut sein sollten, bis Elena ihn aufforderte, ein kleines Astloch in einem Holzpfahl mit der Schwertspitze zu treffen. Die meisten seiner Versuche gingen daneben, wenn auch nur knapp, doch Elena traf jedes Mal. »Kontrolle«, sagte sie. »Jeder Schlag muss sitzen.«

Und sie machten nicht nur Goyo. Sie ließ ihn Hindernisläufe absolvieren, stundenlang rennen, springen und üben. Rücksichtslos zerlegte sie seine Schwerttechnik und zeigte ihm Fehler, die ihm nie aufgefallen wären. Das war durchaus schmerzlich, und Kazims Ego litt mindestens genauso wie sein Körper. Nicht nur, dass Elena eine verhasste Rondelmarerin war, sie war außerdem eine Frau, eine recht kleine noch dazu.

Es gab zwar keinerlei Hinweise darauf, dass sie die Gnosis benutzte, aber sie wehrte jeden seiner Angriffe mühelos ab, konterte jeden Angriff und sah alles voraus, was auch immer er versuchte. Sie zeigte ihm zwar, wie es funktionierte, wie man die Bewegungen des Gegners analysierte und jeden Angriff, jede Finte und jeden Konter vorausahnte, aber er erwischte Elena trotzdem kein einziges Mal. Es war kaum zu glauben. Kazim hatte während des letzten Jahres mit zahllosen Gegnern gekämpft und wusste aus eigener Erfahrung, dass selbst ein hoffnungslos unterlegener Gegner früher oder später einen Glückstreffer landete. Es war, als wüsste sie alles, was er vorhatte, noch bevor er es selbst wusste. Also benutzte sie doch die Gnosis. Als er sie damit konfrontierte, lachte sie nur, und *Chod*, die Frau war schnell! Sie war wie Wasser, wie Luft, bewegte sich binnen eines Wimpernschlags von hier nach dort, sodass seine Schläge immer einen Sekundenbruchteil zu spät kamen. Kazim kam sich langsam vor und ungelenk wie ein Elefantenbaby. Sie hatte sogar eine gewisse Schönheit, und damit meinte er nicht das faltige Gesicht oder den hageren Körper, sondern die perfekte Balance, ihre makellose Haltung und die eleganten Bewegungen. Irgendwann tauchte sie sogar in seinen Träumen auf, beherrschte seine Nächte genauso wie die Tage und erniedrigte Kazim noch im Schlaf. Er hasste sie, beneidete sie und bewunderte sie, wenn auch nur heimlich.

Der Kampf hatte begonnen wie jeder andere: Kazim hatte sich am Boden gewälzt und sich das Knie gehalten, an dem Elena ihn nach einer nachlässigen Abwehr übel erwischt hatte. Er war rücklings von der Brücke gestürzt und hatte wegen des harten Aufschlags eine Zeit lang kaum Luft bekommen.

Doch zuvor hatte er Elena an der Schulter getroffen.

Einen kurzen Moment lang waren ihre Klingen überkreuzt gewesen, und endlich einmal hatte er seine Körpergröße und überlegene Kraft einsetzen können. Kazim hatte dagegengehalten, Elenas Schwert nach unten weggedrückt und dann so schnell zugeschlagen, dass sie nicht mehr hatte parieren können. Peng!

Er rappelte sich auf die Knie hoch, reckte die Arme in die Luft und stieß einen Triumphschrei aus, als hätte er gerade den Siegpunkt im wichtigsten Kalikitispiel seines Lebens erzielt. Elena war bereits wieder in Angriffsposition und hätte ihm um ein Haar einen weiteren Schlag über den Kopf verpasst, weil er so unachtsam war. Doch statt ihn zu maßregeln, lachte sie nur trocken. Ihre Blicke begegneten sich und Kazim merkte, dass er lächelte. *Lächelte.*

Diese Art von Vertrautheit war gefährlich, denn Elena war immer noch eine Nefara.

Den Rest des Nachmittags verprügelte sie ihn weiter, aber das spielte keine Rolle. Er hatte es endlich geschafft, der Bann war gebrochen, und während aus den Wochen Monate wurden, schaffte er es noch öfter. Im Lauf der Zeit entwickelten sich ihre Trainingskämpfe zu einer Art rituellem Tanz. Die Außenwelt hörte auf zu existieren, es gab nur noch sie und ihn.

Dennoch war das Verhältnis zwischen ihnen alles andere als harmonisch: Elena war eine Gotteslästerin. Sie kannte keine Scham, hatte keinen Glauben, und das erzürnte Kazim. Denn sein Gott war alles, was ihm noch geblieben war, nachdem man ihm so viel genommen hatte. Immer öfter ertappte er sich dabei, wie er Harouns Worte nachplapperte wie ein abgerichteter Vogel. Fast schon verzweifelt versuchte er, sie zu erziehen, ihre Seele zu retten, aber sie hörte gar nicht zu. Nicht einmal die Gefahr, der Kazim sich durch Elenas bloße Gegenwart aussetzte, erkannte sie an. Sie schüttelte nur selbstgefällig grinsend den Kopf, wenn er sie darauf hinwies.

»Jede Sünde besudelt die Seele«, begann er eines Tages beim Abendessen. Elena hatte eine Flasche Wein aufgemacht, und das war nie ein gutes Zeichen. Der Wein machte sie reizbar, sie wurde aggressiv und beleidigend. Kazim hatte sich angewöhnt, den Tisch zu verlassen, wenn Elena trank, aber diesmal hatte er einfach zu viel Hunger. Sie hatte ihm einen Becher angeboten und es ihm übel genommen, als er ablehnte, trank dafür selbst aber umso schneller. Mittlerweile kippte sie das Zeug hinunter wie Wasser. »Warum sollte ich mit dir trinken?«, fügte er hinzu. »Allein, mit dir zu essen, ist eine Sünde vor Ahm, Nefara.«

»Armer kleiner Mönch«, höhnte sie.

»Du solltest nicht trinken. Das sind deine eigenen Worte.«

Mit voller Absicht nahm sie den nächsten Schluck. Ihre Pupillen weiteten sich. »Glaubst du, es ist leicht für mich, jeden Tag deine Verachtung zu ertragen? Ich bin in meinem Leben schon vielen überheblichen Scheißkerlen begegnet, aber du bist einer von den schlimmsten. In Yuros erkennen die Männer wenigstens meine Fähigkeiten an, selbst wenn sie mich nicht mögen. Doch du, du bist nichts als ein selbstgerechter Heuchler.«

Kazim wurde wütend. »Ich habe dir gestattet, mich zu unterrichten …«

Elena lachte verächtlich. »Oho, du hast es mir *gestattet*, wie verdammt edel von dir! Dir selbst kannst du vielleicht was vormachen, aber mir nicht. Du plapperst Auszüge aus den Schriften nach wie ein dressiertes Kind und glaubst selbst nicht mal die Hälfte von dem Mist, den du erzählst.«

Er ballte zornig die Fäuste. »Mein Glauben ist fest!«, protestierte er und fürchtete insgeheim, dass Elena recht haben könnte.

»Natürlich. Wie oft am Tag betest du denn? Solltest du dich nicht alle drei Stunden auf deinen Teppich werfen? Ich hab dich nicht *ein*mal dabei gesehen, und, Kore ist mein Zeuge, ich verbringe jeden verdammten Tag mit dir.«

»Ich bete allein«, konterte Kazim und spürte die Röte in seine Wangen steigen. In Wahrheit hatte er das Beten vollkommen vergessen, jetzt, da die Gottessänger ihn nicht mehr dazu aufforderten. »Was ist mit dir? Betest du?«

Elena schnaubte. »Wieso sollte ich? In deinen Augen bin ich doch ohnehin schon verdammt, eine Nefara.« Sie hob die Finger. »Wie war das noch mal? Lügen, Diebstahl, Mord, Ehebruch. Hab ich alles gemacht.«

Kazim stand auf. »Ich will das nicht hören.«

»Ich hab sogar Rot getragen, damit ich auf ewig in Hel schmoren kann!« Sie überlegte. »An Urin trinken kann ich mich zwar nicht erinnern, aber lantrischer Wein gilt wahrscheinlich auch …«

Kazim bebte vor Wut, doch er hatte auch Angst. Das war nicht die Elena, die er kannte. »Hör auf, bitte. Du entehrst dich.«

Ihre Stimme wurde schrill. »Ich mich entehren? Hör zu, du scheinheiliges Riesenbaby: Deine verfluchten kleinkarierten Regeln interessieren mich nicht. Wenn du meinst, du wärst zu gut, um von mir zu lernen, dann verschwinde einfach!«

»Du bist betrunken.«

»Und? Amteh trinken auch, trotz ihrer ach so heiligen Regeln. Ich wette, du genauso.«

Kazim wurde heiß und kalt. »Das ist etwas zwischen Ahm und mir allein.«

»Oh, natürlich: Du brauchst nur um Vergebung zu bitten, weil du ja ein Mann bist. Aber wenn eine Frau sündigt, ist sie für immer verdammt, nicht wahr?«

»Männer und Frauen sind nicht gleich.«

»Klar. Und die Dienste einer Hure hast du bestimmt auch schon mal in Anspruch genommen, oder? Sind das keine Nefara? Welche Buße hast du dafür getan?«

Mit rotem Gesicht dachte er an eine Frau in Baranasi, bei der er gewesen war, kurz nachdem er Ramita verloren hatte. »Das geht dich nichts an, Weib!«

»Und welche *unnatürlichen* Dinge hast du mit ihnen getan?«

Kazims Knöchel traten weiß hervor, er war kurz davor zu explodieren. »Du hast kein Recht, über mich zu richten!«

»Pah! Aber du darfst über mich richten?!«

»Weil du eine gottlose Heidin bist!«

»Oh ja, das bin ich.« Sie riss ihren Becher hoch, verfehlte den Mund, und die Hälfte des Weins ergoss sich über ihre Brust. »Da wir gerade dabei sind: welche unnatürlichen Handlungen? Alle: schuldig, schuldig, schuldig!« Sie stieß ein grässliches Kichern aus. »In Kriegszeiten kannst du es dir nicht leisten, schwanger zu werden, aber vögeln willst du trotzdem. Was also tun, wenn du fruchtbar bist? Du machst es auf die unnatürliche Art!« Sie wollte gerade nachschenken, doch die Flasche war leer. Elena schleuderte sie ins Feuer, die Flammen zischten, Scherben flogen. »Und weißt du was? Es war großartig!«

Kazim stand mit erhobener Hand auf – er bebte am ganzen Körper und war kurz davor, sie zu ohrfeigen.

Elena streckte das Kinn vor. »Versuch's, du arroganter Scheißkerl.«

Irgendwie schaffte Kazim es, sich zu beherrschen. Er wirbelte herum und stampfte aus der Küche.

Am nächsten Morgen trainierten sie nicht. Elena hatte die halbe Nacht damit verbracht, sich zu übergeben, und bis nach der Mittagsstunde geschlafen. Kazim übte gerade für sich allein in dem kleinen Innenhof, als sie plötzlich im Durchgang auftauchte. Sie sah niedergeschlagen aus, ihr Gesicht war grünlich, die Augen blutunterlaufen. »Kazim?«

Er hielt inne und musterte sie mit einer Mischung aus Mitleid und Genugtuung. »Was?«

»Es tut mir leid. Ich war betrunken.« Ihre Stimme troff nur so vor Selbstverachtung. Sie fuhr sich verlegen durch das verfilzte Haar. Sonst hatte sie sich immer einen Zopf gebunden, aber nicht heute. Kazim hatte sie noch nie so ungepflegt gesehen. »Ich habe dumme Dinge gesagt, und das tut mir leid.«

»Du lügst«, knurrte er und drehte sich weg. *Sie soll ruhig ein bisschen betteln,* sagte er sich, auch wenn er wusste, dass sie ihm den Gefallen kaum tun würde.

Elena stützte sich mit einem Arm an der Mauer ab. »Wenn du damit meinst, dass ich immer noch glaube, was ich gesagt habe, hast du recht. Trotzdem hätte ich es nicht sagen sollen. Ich habe dich unnötig verletzt, und das tut mir leid.«

Kazim spürte, wie schwer es ihr fiel, sich zu entschuldigen. Zumindest das konnte er nachempfinden. Er nickte knapp. Vielleicht war es ihr doch ernst.

»Sordells Trunksucht steckt noch in mir. Jeden Abend hat er mindestens eine Flasche getrunken, und mein Körper sehnt sich immer noch nach dem verfluchten Zeug. Aber ich versuche, dagegen anzukämpfen.« Sie blickte ihn flehend an. »Lass mich nicht noch einmal so trinken.«

»Und wie sollte ich das anstellen, Jadugara? Ich kann dich nicht zwingen, zu gar nichts. Deine eigenen Kämpfe musst du schon selbst ausfechten.«

Elena blinzelte. »Du hast recht. Ich hab's nicht anders verdient.« Sie wandte sich gerade zum Gehen, da fügte sie hinzu: »Ich möchte immer noch mit dir trainieren. Das heißt, falls du nach wie vor von einer Nefara-Ferang lernen willst.«

Kazim tat, als müsste er erst angestrengt überlegen, um seine kleine Rache noch ein wenig auszukosten. »Solange du nicht erneut sündigst oder versuchst, mich zu verderben, können wir weiter Umgang miteinander haben«, sagte er schließlich. Er war zwar nicht sicher, ob das wirklich stimmte, aber es hörte sich zumindest so an. Außerdem war das Training mit Elena hervorragend, sie brachte ihm mehr bei als sogar Jamil oder Rashid. Ob es ihm gefiel oder nicht: Er brauchte sie. *Noch so ein verfluchter Kompromiss…*

Elena rieb sich die Schläfen. »In Zukunft werde ich meine Meinung für mich behalten«, versprach sie und fragte sich, ob sie sich daran würde halten können. »Und ich werde nie wieder trinken.«

»Soll ich das Shaitanszeug für dich vernichten?«, stichelte Kazim halb im Scherz, halb im Ernst.

Elena schluckte. »Nein. Stell mir jeden Abend eine Flasche auf den Tisch. Das ist eine gute Übung für mich.«

Kazim blinzelte. *Interessant.* »Das werde ich. Bist du nun bereit für die nächste Nummer?«

Elena wurde feuerrot. »Was?«, stammelte sie.

»Die nächste Nummer.« Er hielt sein Holzschwert hoch.

»Du meinst: die nächste Runde«, korrigierte sie ihn mit einem leisen Kichern. »Eine Nummer ist… etwas anderes. Nein, danke. Es geht mir nicht besonders heute.«

»Ich dachte, einem Heilermagus könnte so etwas nichts anhaben?«

»Wenn es nur so wäre.« Elena hustete und würgte unmerklich. »Ab einer gewissen Trunkenheit funktioniert nichts mehr wie sonst, auch die Gnosis nicht. Und dann ist man genauso übel dran wie jeder andere auch...« Ihr Gesicht wurde schlagartig wieder blass, sie wirbelte herum und eilte davon.

Beim Abendessen rührte sie die Weinflasche nicht an, die Kazim vor ihr auf den Tisch gestellt hatte, und ab dem nächsten Tag trainierten sie wieder gemeinsam.

»Kazim«, sagte Elena eines Abends, »halt mal still.«

Er musterte sie über den Tisch hinweg. Der Vorfall lag jetzt ein paar Wochen zurück; seither herrschte ein Waffenstillstand zwischen ihnen, den keiner von beiden zu hart auf die Probe stellen wollte, denn die Dinge hatten sich gerade erst wieder eingespielt. Beinahe zumindest.

»Was ist?«, fragte er vorsichtig. Elena war eine Jadugara, und eine Feindin. Daran hatte sich nichts geändert.

Sie streckte den Arm aus und legte ihm eine Hand auf die Brust. Kazim zuckte zurück, doch sie hielt ihn einfach fest, und er spürte eine Art Licht in seinem Brustkorb, eine Hitze, die sich immer weiter ausbreitete. Es war, als breche ein Damm in seinem Innern, und plötzlich schlugen blaue Flammen aus seinen Fingern. Kazim schrie auf, und die Flammen verschwanden.

»Was hast du mit mir gemacht?«, stammelte er.

»Ich habe dich von der Kettenrune befreit«, antwortete Elena. »Es ist an der Zeit, dass du lernst, deine Gnosis zu benutzen.«

ANHANG

DIE GESCHICHTE URTES

Jahr Y500 v. S.: v. S. steht für »vor dem Sieg«, Y für »yurische Zeitrechnung«.
Das Jahr 500 v. S. ist der ungefähre Beginn der Rondelmarischen Eroberung Yuros'.

Jahr Y1: Beginn der Herrschaft Kaiser Victorianus', Einführung des neuen
Kalenders.

Jahr Y380: Tod und Himmelfahrt des dissidenten Predigers Corineus. Seine
überlebenden Anhänger erhalten die Gnosis. Dreihundert von ihnen beginnen mit Sertain als Anführer, Yuros zu erobern. Weitere hundert ent-
sagen dem Krieg und gehen unter Antonin Meiros' Führung nach Osten,
weitere hundert »vom Mond Berührte« tauchen unter.

Jahr Y382: Sertain wird in Pallas zum ersten Kaiser gekrönt und begründet
die Sacrecour-Dynastie, die bis zum heutigen Tag in Pallas herrscht. In
der Folgezeit bringt Rondelmar fast den gesamten yurischen Kontinent
unter seine Kontrolle.

Jahr Y697: Von Pontus aus entdecken Windschiffe den Kontinent Antio-
pia. Handelsbeziehungen entwickeln sich, Meiros und dessen friedlicher
Magusorden arbeiten Pläne aus, um die beiden Kontinente durch eine
Brücke zu verbinden.

Jahr Y808: Das Jahr der ersten Mondflut. Die Leviathanbrücke ist fertiggestellt und zum ersten Mal passierbar.

Jahr Y820 und danach: Während der zweiten Mondflut kommen massen-
haft Rimonier nach Ja'afar (Javon), sie kaufen Land und werden dort sesshaft. Als ihr politischer Einfluss wächst, droht ein Bürgerkrieg, der jedoch durch die Javonische Schlichtung abgewendet werden kann, die 836
in Kraft tritt. Die Monarchie von Javon wird demokratisch, der Thron-
inhaber muss von Rechts wegen gemischten ethnischen Hintergrunds
sein.

Jahr Y834: Die Keshi marschieren in Nordlakh ein. Sie begründen die Amteh-Religion in Lakh und setzen eine Keshi-treue Mogulndynastie ein.

Jahr Y880/881: Die siebte Mondflut und das ertragreichste Handelsjahr in Hebusal, in dem sich jedoch herausstellt, dass der Kaiserpalast von Pallas hoffnungslos überschuldet ist. Die Finanzkrise in Yuros kann nur durch Intervention des Bankierhauses Jusst & Holsen abgewendet werden, das für die Schulden der Kaiserkrone bürgt.

Jahr Y892/893: Die achte Mondflut wird überschattet von Gräueltaten, sowohl seitens fanatischer Amteh als auch Ritter der Kirkegar. Der Handel kommt zum Erliegen.

Jahr Y902: Das »Jahr der blutigen Messer«. Kaiser Hiltius wird ermordet, und sein Schwiegersohn Constant besteigt den Thron. Nach Berichten über einen angeblich geplanten Umsturz werden die Unterstützer von Hiltius' älterer Tochter verhaftet und hingerichtet.

Jahr Y904/905: Die neunte Mondflut und Zeitpunkt des ersten Kriegszugs. Kaiser Constant entsendet seine Legionen nach Hebusal. Der Ordo Costruo gestattet Constants Truppen, die Brücke zu überschreiten, die Armeen von Dhassa und Kesh werden geschlagen. Die Rondelmarer errichten in Javon die Dorobonen-Dynastie und plündern Sagostabad. In Hebusal errichten sie eine Garnison und lassen eine Besatzungsmacht zurück, um eine Rückeroberung Hebusals zu verhindern.

Jahr Y909/910: Die Norische Revolte. Der norische König Phyllios III. weigert sich, Steuern und andere Tribute an Pallas zu entrichten, und provoziert damit eine militärische Reaktion des Kaiserhauses. Obwohl Nachbarreiche ihre Unterstützung zugesichert hatten, ist Noros bald isoliert. Im Jahr 910 kapitulieren die letzten Armeen unter General Robler, die Revolte ist niedergeschlagen.

Jahr Y916/917: Der zweite Kriegszug. Die kaiserlichen Legionen in Hebusal werden verstärkt. Dhassa und Kesh werden erneut in der Schlacht geschlagen, die darauffolgenden Plünderungen erstrecken sich östlich bis Istabad. Wieder ziehen sich die kaiserlichen Truppen ins Hebbtal zurück, als die Brücke sich schließt.

Jahr Y921: Ein Aufstand in Javon zwingt die dorobonischen Monarchen ins Exil. Die Nesti übernehmen den Thron, Olfuss Nesti wird König von Javon.

Jahr Y926: Die Achte Große Zusammenkunft der Amteh ruft eine Blutfehde gegen die rondelmarischen Eroberer aus.

Jahr Y927: Die nächste Mondflut im Jahr 928 steht kurz bevor. Kaiser Constant ruft zum dritten Kriegszug auf, auf beiden Kontinenten laufen die Vorbereitungen auf die kommende Konfrontation auf Hochtouren.

Anmerkung: Der antiopische Kalender ist dem yurischen um 454 Jahre voraus. Das Jahr Y927 entspricht in Antiopia dem Jahr A1381.

ZEITRECHNUNG AUF URTE

Auf Urte wird ein Mondkalender benutzt. Urtes Mond ist extrem groß und hat entsprechenden Einfluss auf die Kulturen beider Kontinente, weshalb Yuros und Antiopia beinahe denselben Kalender verwenden (manche glauben sogar, dass die beiden Kontinente einmal miteinander verbunden waren). Lediglich die Namen der Monate weichen voneinander ab. Jedes Jahr besteht aus zwölf Mondzyklen, jeder davon dauert dreißig Tage, wodurch das Mondjahr eine Gesamtdauer von dreihundertsechzig Tagen hat. Der Sonnenkalender ist ein paar Stunden länger, weshalb der Ordo Costruo dem Kaiser von Yuros und den Herrschern von Kesh empfiehlt, alle paar Jahre einen Extratag einzufügen.

DIE NAMEN DER MONATE:

Monat	Jahreszeit	In Yuros	In Antiopia
1. Monat	Frühling	Janun	Moharram
2. Monat	Frühling	Februx	Safar
3. Monat	Frühling	Martris	Awwal
4. Monat	Sommer	Aprafor	Thani
5. Monat	Sommer	Maicin	Jumada
6. Monat	Sommer	Juness	Akhira
7. Monat	Herbst	Julsept	Rajab
8. Monat	Herbst	Augeite	Shaban
9. Monat	Herbst	Septnon	Rami
10. Monat	Winter	Okten	Shawwal
11. Monat	Winter	Novelev	Zulqeda
12. Monat	Winter	Dekore	Zulhijja

Der Mondzyklus wird in fünf Phasen unterteilt, jede davon ist sechs Tage lang. Die Namen der Mondphasen sind: Neumond, wachsender Mond, Vollmond, schwindender Mond und Dunkelmond. Der letzte (in manchen Gegenden auch der erste) Tag der Woche gilt als heiliger Festtag, an dem keine gewerbliche Arbeit verrichtet wird. Dieser Tag ist der Ausübung der Religion und der Erholung vorbehalten.

DIE NAMEN DER WOCHENTAGE:

Wochentag	In Yuros	In Kesh	In Lakh
1. Tag	Minasdag	Shambe	Somvaar
2. Tag	Tydag	Doshambe	Mangalvaar
3. Tag	Wotendag	Seshambe	Budhvaar
4. Tag	Torsdag	Chaharshambe	Viirvaar
5. Tag	Freyadag	Panjshambe	Shukravaar
6. Tag	Sabadag	Jome	Shanivaar

Die Zeit wird mithilfe von Sanduhren gemessen und durch Läuten einer Glocke im höchsten Turm einer jeden Stadt und eines jeden Dorfes angezeigt. Die Zahl von Tages- und Nachtstunden variiert übers Jahr. Bei Sonnenaufgang wird die Glocke zum ersten Mal geschlagen, von da dann zu jeder weiteren Stunde bis zum Sonnenuntergang. Bei Anbruch der Dunkelheit wird auf eine tiefer tönende Glocke gewechselt. Abhängig von Jahreszeit und Breitengrad kann ein Tag sechzehn helle Stunden und acht dunkle umfassen oder acht helle Stunden und sechzehn dunkle. Insgesamt sind es jedoch stets vierundzwanzig. Da die Qualität der Sanduhren (und das Pflichtbewusstsein derer, die die Glocke läuten) stark variiert, kann auch die Dauer einer Stunde innerhalb desselben Tages entsprechend variieren. Die verschiedenen Tageszeiten werden wie folgt bezeichnet:

Der Sonnenaufgang entspricht der ersten Stunde, auch erste Tagglocke genannt.

Die Mittagsstunde wird meist als sechste Tagglocke bezeichnet (egal wie viele helle Stunden der jeweilige Tag tatsächlich hat).

Der Sonnenuntergang wird erste Nachtglocke genannt. Bei Tagundnachtgleiche fällt er mit der zwölften Tagglocke zusammen.

Mitternacht wird auch als die sechste Nachtglocke bezeichnet.

DIE HAUPTRELIGIONEN IN YUROS
UND ANTIOPIA

Sollan (Yuros): Der Sollan-Glaube war die vorherrschende Religion im Rimonischen Reich. Er entwickelte sich aus den Sonnen- und Mondkulten der Yothic, die vor der Bildung des Reiches von Nordosten nach Rimoni kamen. Sol (die Sonne) ist die männliche Gottheit und Stammvater der Menschheit. Seine eigenwillige Gattin Dara, auch Lune genannt, steht für den Mond. Die Priester des Sollan-Glaubens werden Drui genannt. Ihre Hauptaufgaben sind die Geschichtsschreibung, als moralische Instanz zu fungieren und die jahreszeitlichen Rituale zu leiten. Im Jahr 411 wurde der Sollan-Glaube vom Kaiserreich verboten und Kore als oberste Gottheit eingesetzt. In Sydia, Schlessen, Rimoni und Pontus sowie von Rimoniern in Javon wird der Sollan-Glaube jedoch nach wie vor praktiziert.

Kore (Yuros): Mit der Eroberung Rimonis durch die rondelmarischen Magi wurde die Kirche Kores etabliert. Ihre Lehre besagt, dass Corineus, der Anführer der Gruppe, die das Ambrosia entdeckte und die Gnosis erhielt, der Sohn Kores sei. Diese Kirche stellt Religion und vor allem Menschen mit Magusblut über alles andere. Sie vertritt die Lehre, Kore habe durch den Tod seines Sohnes den Menschen die Gnosis gegeben. Kore ist die Hauptreligion in Yuros, außer in den Gebieten, in denen das rondelmarische Kaisergeschlecht nicht herrscht (Teile Sydias, Schlessens, Rimonis sowie Pontus').

Die Kirche Kores wird von Männern dominiert und verspricht ihren Anhängern ewiges Leben im Himmel. Ein Magus kommt nach dem Tod sofort in den Himmel, gewöhnliche Menschen können sich das Leben dort verdienen. Die Sündigen brennen in Hel, einem unterirdischen Flammenmeer, in dem ein Geist namens Jasid herrscht, dessen Name jedoch nie genannt wird, da es heißt, das bringe Unglück.

Amteh (Antiopia): Der Amteh-Glaube entstand in den Wüstengebieten Nordantiopias und geht auf den Propheten Aluq-Ahmed von Hebb zurück, der in etwa im Jahr A100 auftrat (Y450 v. S.). Seine Lehren sind im heiligen Buch Kalistham zusammengefasst. Der Amteh-Glaube verdrängte die Vorgängerreligionen, die Götter verehrten, die aller Wahrscheinlichkeit nach wiederum auf den Omali-Glauben zurückgingen. Die Religion ist ebenfalls von Männern dominiert und verlangt zeitaufwendige, in der Öffentlichkeit zu zelebrierende Rituale. Ihr Gott heißt Ahm, ist männlichen Geschlechts und herrscht im Paradies, wohin alle Gläubigen nach dem Tod kommen. Die Sündigen werden in eine Eiswüste verbannt, in der Shaitan (»der ewige Feind«) herrscht.

Zentrum des modernen (Y900 und danach) Amteh-Glaubens ist die Stadt Sagostabad in Kesh. Er ist die vorherrschende Religion in ganz Nordantiopia und seit der Invasion der Keshi und Einsetzung der Moguln im Jahr Y834 auch in Teilen von Lakh. Es gibt mehrere Splittergruppen, unter ihnen die Ja'arathi, eine eher liberale Sekte. Die Ja'arathi trennen religiöse strikt von weltlicher Rechtsprechung, Frauen müssen keinen Bekira tragen, und Witwen dürfen wieder heiraten. Den Ja'arathi hängen hauptsächlich Wohlhabende und Intellektuelle an. Ihre Gelehrten nehmen für sich in Anspruch, die genauere Auslegung der ursprünglichen Lehren Aluq-Ahmeds zu vertreten.

Es gibt eine Reihe fanatischer Amteh-Sekten, unter ihnen die berüchtigten Hadischa, die von den Sultanen von Dhassa und Kesh verboten wurden, sich aber in Mirobez und Gatioch immer noch halten und in Nordlakh viele Anhänger haben.

Omali (Antiopia): Die Religion entstand zu vorgeschichtlicher Zeit in Lakh. Ihre Anhänger glauben an ein höchstes Wesen (Aum), das sowohl männlichen als auch weiblichen Geschlechts ist und sich auf verschiedenste Art manifestieren kann, hauptsächlich jedoch als Gott oder Göttin (die sogenannten Omar). Die Omali schreiben den jeweiligen Omar bestimmte Fähigkeiten zu. Es gibt mindestens fünfzehn Hauptgottheiten und Hunderte kleinerer.

Die Omali glauben, Leben und Tod seien ein endloser Kreislauf. Dieser Kreislauf wird Samsa genannt. Jede Seele wird immer wiedergeboren, bis sie sich so weit vervollkommnet hat, dass sie ins sogenannte Moksha eintritt, wo sie eins wird mit Aum. Es gibt drei Hauptgottheiten, die zusammen Murti genannt werden. Sie sind männlichen Geschlechts und stehen für Schöpfung, Erhaltung und Zerstörung.

Obwohl das nördliche Lakh vor einhundert Jahren (etwa Y834) von den Amteh-gläubigen Moguln erobert wurde, ist der Omali-Glaube die Hauptreligion in Lakh.

Zainismus (Antiopia): Der Zainismus soll auf den Omali-Glauben und die Lehren eines Mannes namens Zai von Baranasi zurückgehen, der bei den Omali als eine Inkarnation Vishnarayans, des Erhalters, gilt. Er predigte spirituelle, intellektuelle und physische Vervollkommnung, die erreicht werden soll, indem der Mensch sich allen weltlichen Einflüssen enthebt. Samsa und Moksha spielen zwar auch in den Lehren Zais eine zentrale Rolle, doch wird alles Weltliche strikt zurückgewiesen. Der Zainismus ist eher eine Randreligion, aber aufgrund seiner liberalen Grundhaltung gegenüber den Geschlechtern, der Sexualität und den Künsten, begleitet von der Beschäftigung mit den Kampfkünsten, hat er eine feste Anhängerschaft vor allem unter der intellektuellen Elite.

Die Gnostischen Künste

Grundlagen: Nach der Lehre der Magi verlässt die Seele den Körper, wenn ein Mensch stirbt. Dieser körperlose Geist verweilt für eine gewisse Dauer in der Welt, er kann sich frei bewegen und auch kommunizieren. Die Skytale des Corineus versetzt die Magi in die Lage, sich zu Lebzeiten dieser Fähigkeiten zu bedienen, und verleiht ihnen auf diese Weise »magische« Kräfte.

Magusblut: Der Blutrang eines Magus wird von dem Anteil Magierblut bestimmt, das in seinen Adern fließt. Dieser Anteil entspricht dem Mittelwert des Blutranges der Eltern. Kinder von Vollblutmagi und Nichtmagi zum Beispiel sind Halbblute. Die Gnosis ist bei ihnen nur noch halb so stark wie bei einem Vollblut.

Die Kinder von Aszendenten sind weniger stark als ihre Eltern, da die Einnahme von Ambrosia größere Macht verleiht, als genetisch vererbt werden kann.

Aszendenten: Aszendenten werden jene genannt, die Ambrosia trinken und überleben. Sie sind die stärksten unter den Magi. Die Einnahme von Ambrosia ist jedoch riskant, denn nicht jeder erträgt die mentale und physische Belastung. Die Wahrscheinlichkeit, zu sterben oder den Verstand zu verlieren, ist relativ hoch.

Seelentrinker: Magi, die von den »Zurückgewiesenen« abstammen, können sich nur Zugang zur Gnosis verschaffen, indem sie die Seelen anderer in sich aufsaugen. Sie sind eine Geheimsekte, die unter Kore als durch und durch böse gilt.

Aspekte der Gnosis:

Die Gnosis umfasst drei Aspekte: Magie, Runen und Studien.

Magie bezeichnet die magischen Grundfähigkeiten: einen Energieblitz (auch Gnosisblitz genannt) auf einen Feind abfeuern, Gegenstände mithilfe der Gnosis bewegen (Kinese), Gedankenkommunikation und Selbstschutz mithilfe der Gnosis (Abwehr).

Runen sind Symbole aus dem alten yothischen Alphabet. Die Runen selbst verfügen über keinerlei magische Kraft, können jedoch benutzt werden, um gnostische Rituale abzukürzen. Es gibt Runen für allgemeine Zwecke (wie die Kettenrune, die zur Abwehr dient) und solche, die für Kräfte stehen, die nur durch die Studien zugänglich gemacht werden können.

Die Studien sind die komplexeste Anwendung der Gnosis. Selbst die begabtesten Magi können normalerweise nur zwei Drittel nutzen, da jeder Magus bestimmte angeborene Affinitäten hat. Es gibt vier Studien, und jede dieser Studien umfasst vier Teilgebiete, was insgesamt sechzehn Teilgebiete ergibt. Welche Kombination von Teilgebieten ein Magus für sich nutzen kann, hängt zum großen Teil von seinen Affinitäten und seiner Persönlichkeit ab.

Klassenaffinität:

Die Gnosis umfasst vier Klassen, zu der jeder Magus eine unterschiedlich starke Affinität hat. Ist sie zu einer Klasse besonders ausgeprägt, ist die Affinität zur entgegengesetzten Klasse umso schwächer. Thaumaturgie beispielsweise ist das Gegenteil der Theurgie, Hermetik das Gegenteil der Zauberei.

Elementaffinität:

Jeder Magus verfügt über eine Affinität zu einem Element, welches darüber bestimmt, wie er agiert. Im Zusammenwirken mit der Klassenaffinität bestimmt die Elementaffinität, was ein Magus besonders gut kann, was er gerade noch kann und die gnostischen Fertigkeiten, die ihm überhaupt nicht zugänglich sind.

Eine absolute Affinität bedeutet, dass ein Magus auf einem bestimmten Teilgebiet außerordentlich begabt ist. Sowohl Klassen- als auch Elementaffinität müssen besonders stark ausgeprägt sein. Eine absolute Affinität entsprechend zu nutzen, verlangt vollkommene Hingabe. Meist ist der jeweilige Magus in den anderen Teilgebieten entsprechend schwächer.

DIE KLASSEN DER GNOSIS:

Thaumaturgie: Manipulation der Hauptelementarkräfte Erde, Wasser, Feuer und Luft. Erde und Luft sind Gegensätze, genauso wie Wasser und Feuer. Die Thaumaturgie ist die einfachste gnostische Disziplin.

Hermetik: Anwendung der Gnosis auf lebende Organismen. Sie wird unterteilt in Heilen, Morphen (Formveränderung), Animismus (Besitz von einem Geschöpf ergreifen und es kontrollieren) und Sylvanismus (Manipulation von pflanzlichen Organismen).

Theurgie: Anwendung der Gnosis auf den menschlichen Geist. Theurgie wird unterteilt in Mesmerismus (Einflussnahme auf andere Geister), Illusionismus (Sinnestäuschung), Mystizismus (geistige Vereinigung) und Spiritismus (den eigenen Geist projizieren).

Zauberei: Umgang mit den Geistern der Toten. Wird unterteilt in Hellsicht (mit den »Augen« eines Toten sehen, auch und vor allem an entfernten Orten), Divination (auf das Wissen der Geister zurückgreifen, um die Zukunft vorherzusagen), Hexerei (Kontrolle über Geister) und Geisterbeschwörung (Vereinigung mit kürzlich Verstorbenen).

Magi und Gesellschaft: Magi rangieren ganz oben in der yurischen Gesellschaft. Aufgrund ihrer Fähigkeiten sind sie oft hoch angesehen und wohlhabend und verfügen über großen gesellschaftlichen Einfluss. Von ihnen wird erwartet, im eigenen Leben als leuchtendes Beispiel voranzugehen und die Lehren Kores vorbildlich und mustergültig umzusetzen.

Die Fruchtbarkeit ist bei beiden Geschlechtern sehr schwach ausgeprägt. Für eine Frau gilt es als schändlich, ein uneheliches Kind oder ein Kind mit einem Mann von geringerem Blutrang zu haben. Bei Männern wird dies eher toleriert. Dennoch ist die Zahl unehelicher oder gemischtblütiger Kinder aufgrund der eingeschränkten Fruchtbarkeit unter den Magi eher gering.

Gnosis und das Gesetz: Die Nutzung der Gnosis wird von der Kirche und den Arkana peinlich genau überwacht, vor allem die Anwendung von Theurgie und Zauberei. Dennoch können alle gnostischen Künste missbraucht werden.

Die Studien:

Thaumaturgie

Feuer: Eine Offensivkunst, welche die Fähigkeit verleiht, Flammen zu kontrollieren. Kommt hauptsächlich beim Militär und in der Metallverarbeitung zum Einsatz.

Luft: Eine sehr vielseitige Kunst, die das Fliegen ermöglicht und auch die Manipulation des Wetters. Breite Anwendungsgebiete beim Militär und im Handel.

Wasser: Fähigkeit, Wasser zu formen, zu reinigen, zu atmen und als Waffe zu verwenden. Ein entsprechend geschickter Magus kann einen Gegner mitten in einer Wüste ertränken.

Erde: Die Fähigkeit, Stein zu formen, ist in der Baukunst von großem Wert. Erdgnosis wird außerdem häufig im Bergbau, auf der Jagd (zum Spurenlesen) und im Schmiedehandwerk angewendet. Selbst Erdbeben können mit Erdgnosis kontrolliert werden.

Hermetik

Mit Heilkunst (dem Element Wasser zugeordnet)
kann Gewebe in seinen unbeschädigten Zustand zurückversetzt werden. Wird auch gegen Krankheiten und Erreger eingesetzt. Sehr geringes Prestige.

Morphismus (dem Element Feuer zugeordnet)
Durch Manipulation der menschlichen Gestalt können Muskeln gestärkt oder geschwächt oder die äußere Erscheinung verändert werden. Wird oft benutzt, um sich für körperliche Aufgaben mit der nötigen Kraft und Ausdauer zu wappnen. Die gefürchtetste Anwendung – die Gestalt eines anderen anzunehmen und sich als dieser auszugeben – ist verboten und kann nur über kurze Zeiträume aufrechterhalten werden.

Animismus (dem Element Luft zugeordnet)
Kann benutzt werden, um die Sinne zu verstärken, andere Wesen und Geschöpfe zu kontrollieren oder Tiergestalt anzunehmen.

Sylvanismus (dem Element Erde zugeordnet)
Kann benutzt werden, um Holz oder Pflanzenmaterial zu verstärken oder zu schwächen. Wird oft beim Bau von Gebäuden sowie zur Herstellung von Werkzeugen und Transportmitteln eingesetzt, außerdem zur Herstellung von Tränken und Salben, die gnostische Wirkung haben.

THEURGIE

Mesmerismus (dem Element Feuer zugeordnet)
Geistige Verbindung oder Einflussnahme, um mit anderen zu kommunizieren, ihnen zu helfen, sie zu beherrschen oder zu täuschen. Kann verwendet werden, um die Entschluss- oder Willenskraft anderer zu stärken, aber auch um sie zu manipulieren oder fehlzuleiten.

Illusionismus (dem Element Luft zugeordnet)
Die Fähigkeit, anderen falsche Bilder, Gerüche, Geschmäcke oder Geräusche vorzutäuschen. Kann auch eingesetzt werden, um sich vor derartigen Angriffen zu schützen oder auch nur zur Unterhaltung.

Mystizismus (dem Element Wasser zugeordnet)
Geistige Vereinigung, die extrem schnelles Lernen oder Gedächtniswiederherstellung ermöglicht. Geisteskrankheit und Angstzustände können geheilt werden. Magi vereinen sich auf diese Weise, um ihre gnostischen Kräfte zu verstärken.

Spiritismus (dem Element Erde zugeordnet)
Die Fähigkeit, den eigenen Körper zu verlassen. Der eigene Geist kann beträchtliche Strecken außerhalb des Körpers zurücklegen und sich – wenn auch in Grenzen – der Gnosis bedienen. Wird zur Kommunikation, zum Kundschaften und Ähnlichem eingesetzt.

ZAUBEREI

Hellsicht (dem Element Wasser zugeordnet)
Die Fähigkeit, an andere Orte zu blicken. Wie weit diese entfernt sein können, hängt von dem Geschick und der Begabung des Magus' ab. Kann durch besonders dichte Schichten von Erde oder Wasser oder andere Widrigkeiten beeinträchtigt werden.

Divination (dem Element Luft zugeordnet)
Befragung der Toten. Die Geister der Toten antworten oft in Bildern oder Symbolen, anhand derer der Magus die wahrscheinliche Zukunft voraussagt. Unzuverlässige Methode, deren Ergebnisse oft durch eigene Interpretationen und Wissenslücken zusätzlich verfälscht werden.

Hexerei (dem Element Feuer zugeordnet)
Die Fähigkeit, einen Geist heraufzubeschwören und ihn zu kontrollieren, entweder in seiner normalen immateriellen Form oder in einem Körper, in dem er sich manifestiert. Gefährlich, da Geister oft feindselig sind. Gilt als theologisch fragwürdige Methode. Wird oft angewendet, um über den beschworenen Geist Zugang zu anderen Teilgebieten der Gnosis zu erhalten.

Geisterbeschwörung (dem Element Erde zugeordnet)
Die Fähigkeit, jemanden zu töten, indem man den Geist zwingt, den Körper zu verlassen. Kann auch angewendet werden, um mit kürzlich Verstorbenen zu kommunizieren oder Tote wiederzubeleben. Legale Anwendungen sind, den Geist eines durch ein Verbrechen zu Tode Gekommenen nach den Umständen seiner Tötung zu befragen oder einem Geist dabei zu helfen, Urte zu verlassen (Exorzismus). Andere Anwendungen gelten als ethisch und/ oder theologisch fragwürdig, und tatsächliche Wiederbelebung ist strengstens verboten.

Klasse	Element: Erde	Element: Feuer	Element: Luft	Element: Wasser
Thaumaturgie (Manipulation unbelebter Materie)	Erdgnosis	Feuergnosis	Luftgnosis	Wassergnosis
Hermetik (Manipulation belebter Materie)	Sylvanismus	Morphismus	Animismus	Heilkunst
Zauberei (Manipulation von Geistwesen)	Geisterbeschwörung	Hexerei	Divination	Hellsicht
Theurgie (Manipulation von Menschen und Geistwesen)	Spiritualismus	Mesmerismus	Illusionismus	Mystizismus

Jeder Magus hat eine Hauptaffinität zu einer bestimmten Klasse oder einem Element, die meisten sowohl zu einem Teilgebiet als auch zu einem Element. Auch schwächere Nebenaffinitäten treten häufig auf.

Jede Affinität schließt ihr Gegenteil aus:

Feuer	Erde
Luft	Wasser

Feuer und Wasser sind Gegensätze. Luft und Erde sind Gegensätze.

Thaumaturgie	Theurgie
Hermetik	Zauberei

Thaumaturgie und Zauberei sind Gegensätze; Hermetik und Theurgie sind Gegensätze.

Ein Magus mit Affinität zu Feuer und Zauberei ist somit in der Hexerei am stärksten und am verwundbarsten durch Wassergnosis.

GLOSSAR

RIMONISCH

Alpha Umo: Erster Mann; gemeint ist der Anführer einer Gruppe

Amiki/Amika: Freund/Freundin

Amori/Amora: Geliebter/Geliebte

Arrici: Leb wohl

Buonnotte: Gute Nacht

Castrato: kastrierter Mann; im Rimonischen Reich war es üblich, Sänger-
knaben und männliche Diener zu kastrieren

Condotiori: Söldner

Cunni: die Scheide einer Frau (obszön)

Dio: Gott

Dona: unverheiratete Frau, gleichbedeutend mit der Anrede »Fräulein«

Drui: sollanischer Priester

Familioso: Mitglied eines verbrecherischen Familienklans

Grazi: danke

Pater: Vater

Paterfamilias: männliches Familienoberhaupt

Rukka mio!: obszöner Ausruf, Fluch

Rukker: obszöne Beschimpfung

Safia: lesbische Frau

Si: Ja

Silencio: Stille, Schweigen

KESHI/DHASSANISCH/JHAFISCH

Arrak: Reisschnaps, in Lakh als Rak bekannt

Bekira: weiter schwarzer Überrock der Amteh-Frauen

Dom-al'Ahm: Tempel der Amteh

Eijeed: dreitägiges Fest nach dem heiligen Monat Rami

Fawah: Todesurteil, das über jemanden verhängt werden kann, der Ahm gelästert hat

Gottessänger: ruft die Gläubigen zum Gebet

Gottessprecher: Amteh-Priester und Gelehrter

Ifrit: böser Luftgeist aus der Keshi-Mythologie

Suk: Markt

Wadi: ausgetrocknetes Flussbett

LAKHISCH

Achaa: ja, in Ordnung, gut

Babu: »Großer Mann«, lokaler Anführer

Bashish: je nach Kontext Trinkgeld, Geschenk oder Bestechung

Bapa: Vater

Bhai: Bruder

Chai: Tee, meist stark mit Kardamon, Zimt, Minze oder Ähnlichem gewürzt

Chapati: ein Fladenbrot

Chela: Schüler eines Sadhu (Heiliger der Omali)

Chod!: obszöner Fluch

Choda!: obszöne Beschimpfung

Dalit: ein »Unberührbarer«, Angehöriger der untersten Gesellschaftsschicht in Lakh

Didi: Schwester

Dodi Manghal: Mahlzeit, die vor einer Hochzeit noch vor dem Sonnenaufgang eingenommen wird

Dupatta: von Frauen meist zusammen mit einem Salwar getragenes Tuch, das dazu dient, das Gesicht vor der Sonne zu schützen oder es vor den Augen Fremder zu verbergen

Fenni: billiger Weizenschnaps

Ferang: Fremder

Ganja: Marihuana

Garud: Vogelgottheit, Reittier des Gottes Vishnarayan

Ghat: breite Treppen am Ufer des heiligen Flusses Imuna, die in Lakh zum Beten und Waschen dienen

Gopi: Küchenmagd

Guru: Lehrer, Weiser

Havan Kund: Teil des Hochzeitrituals, bei dem Braut und Bräutigam zuerst getrennt voneinander und dann gemeinsam um ein Feuer gehen und dabei rituelle Formeln sprechen

Hawli: Steinhaus mit ummauertem Innenhof, typisch für wohlhabende Lakh

Jadugara: Hexe oder Hexer

Lingam: Penis des Mannes

Mandap: das Allerheiligste eines Schreins (oder auch ein gesegneter Ort in einem anderen Gebäude), in dem der Hochzeitsschwur gesprochen wird

Mandir: Omali-Schrein

Dom-al'Ahm: lakhisches (ursprünglich gatiochisches) Wort für einen Amteh-Tempel

Mata: Mutter

Mata-Choda: Mann oder Junge, der Sex mit seiner Mutter hat; obszöne Beschimpfung

Nehin: nein

Pandit oder Purohit: Omali-Priester

Pooja: Gebet

Pratta: religiöser Bann; die Blut-Pratta verbietet einer menstruierenden Frau, sich in männlicher Gesellschaft aufzuhalten

Rak: Reisschnaps, in Kesh und Dhassa Arrak genannt

Rangoli: farbenprächtiges Bodengemälde oder Muster

Sadhu: omalischer Wanderheiliger

Salwar: einteiliger Kittel, meist mit Sackhose und Dupatta getragen

Siv-lingam: Ikone, die den Penis des Gottes Sivraman und die Scheide seiner Gemahlin darstellt

Tilak: Gebetsmal, das auf die Stirn gemalt wird

Walla: Mensch, Geselle, Freund, normalerweise im Zusammenhang mit einer Aufgabe oder einem Beruf. Ein Chai-Walla ist ein Diener, der Tee serviert

Yoni: Scheide der Frau

Handelnde Personen

Urte im Juness 928

Kontinent Yuros

Kaiserlicher Hof in Pallas
Kaiser Constant Sacrecour: Kaiser von Rondelmar und ganz Yuros
Mater-Imperia Lucia Fasterius: Constants Mutter, lebende Heilige
Cordan: Constants Sohn und Thronerbe
Coramore: Constants Tochter
Graf Calan Dubrayle: Kaiserlicher Schatzmeister
Großer Kirchenvater Dominius Wurther: Oberhaupt der Kirche Kores
General Kaltus Korion: Oberbefehlshaber der rondelmarischen Legionen
Adamus Crozier: Bischof der Kore
Natia Sacrecour: Constants gefangengesetzte ältere Schwester

Rondelmar
Echor Borodium: Herzog von Argundy und Kaiser Constants Onkel
Boron Funt: Priestermagus

Achtzehnte Faust der Heiligen Inquisition Kores
Lanfyr Vordan: Inquisitor und Faust-Kommandant
Dranid: Erster Offizier und Stellvertreter
Alain: Zweiter Offizier und Stellvertreter
Raine Caladryn: Akolythin
Filius: Akolyth
Jonas: Akolyth
Virgina: Akolythin

Seldon: Akolyth
Dominic: Akolyth
Malevorn: Akolyth

Lamien
Kekropius: Mitglied des Ältestenrats
Kessa: Kekropius' Frau
Mesuda: Weibchen, Mitglied des Ältestenrats
Reku: Weibchen, Mitglied des Ältestenrats
Hypollo: Männchen, Mitglied des Ältestenrats
Naugri: Männchen
Fydro: Männchen
Ildena: Fydros Frau
Nia: Weibchen
Vyressa: Weibchen

Norostein in Noros
König Phyllios III.: König von Noros
Gouverneur Belonius Vult: Kaiserlicher Gouverneur von Noros
Großmagister Eli Besko: Berater und Magus (verstorben)
Jeris Muhren: Hauptmann der Stadtwache
Vannaton (Vann) Merser: ein Händler
Tesla Anborn-Merser: Magierin und Vannaton Mersers Frau (verstorben)
Alaron Merser: Magus, Sohn von Vann und Tesla
Jostyn Beler: ein Händler-Magus
Gina Beler: Jostyns Tochter und Ratsmagus
Pars Logan: Veteran der Noros-Revolte
Clement: Ratssekretär
Olyd Krussyn: Ratsmagus
Gron Koll: Ratsmagus (verstorben)

Silacia
Mercellus di Regia: Oberhaupt einer rimonischen Wandersippe
Cymbellea di Regia: Mercellus' Tochter
Anise: rimonisches Waisenmädchen
Ferdi: Anises Bruder

Signor Torrini: Grundbesitzer
Alfonso: Silacischer Bauer
Pater-Retiari: Klansoberhaupt und Krimineller

Arkanum Zauberturm in Norostein
Lucien Gavius: Vorsteher des Arkanums Zauberturm
Darius Fyrell: Lehrer
Agnes Yune: Lehrerin

Pontus
Giordano: silacischer Händler
Regina: Giordanos Tochter

KONTINENT ANTIOPIA

Gurvon Gyles Graue Füchse
Gurvon Gyle: Anführer einer Söldnertruppe und Spion
Rutt Sordell: Magus, der von Elena Anborns Körper Besitz ergriffen hat
Mara Secordin
Yvette (Münz): Tochter der Mater-Imperia Lucia
Mathis Drumm
Glynn Nevis
Hesta Mafagliou
Mathieu Fillon
Madeline Parlow

Dreizehnte Legion (Pallacios XIII)
Jonti Duprey: Legat
Rufus Marle: Legat-Secundus
Baltus Prenton: Windmeister
Lanna Jurei: Heilerin
Tyron Frand: Priester
Severine Tiseme: Seherin
Seth Korion: Schlachtmagus
Renn Bondeau: Schlachtmagus
Tomas Coulder: Schlachtmagus

Bevyn Fenn: Schlachtmagus
Hugg Gerant: Schlachtmagus
Evan Hale: Schlachtmagus
Rhys Lewen: Schlachtmagus
Fridryk Killener: Schlachtmagus
Ramon Sensini: Schlachtmagus
Nyvus: Dupreys Adjutant
Storn: Tribun des zehnten Manipels
Col: Späher des zehnten Manipels

Ordo Costruo (Magusorden in Hebusal)
Antonin Meiros: Erzmagus (verstorben)
Justina Meiros: Antonins Tochter
Rene Cardien
Rashid Mubarak, Emir von Hallikut
Alyssa Dulayn
Taldin
Stivor Sindon
Francois Vertros

Hebusal
Tomas Betillon: Kaiserlicher Gouverneur Hebusals
Ramita Ankesharan: Lakhin und Witwe von Antonin Meiros

IN JAVON

Cera Nesti: Prinzessin von Javon
Timori: Kronprinz von Javon
Solinde Nesti: Prinzessin von Javon (verstorben)
Paolo Castellini: Kommandant der Leibwache der Nesti
Harshal al-Assam: jhafischer Adliger
Francesco Perdonello: Kanzler und oberster Beamter
Acmed al-Istan: Amteh-Gottessprecher
Pita Rosco: Königlicher Zahlmeister
Luigi Ginovisi: Königlicher Einnahmenverwalter
Seir Luca Conti: rimonischer Ritter

507

Comte Piero Inveglio: rimonischer Adliger

Seir Lorenzo di Kestria: rimonischer Ritter und Kommandant der Königlichen Wache (verstorben)

Ilan Tamadhi: jhafischer Emir von Riban

Seir Rico di Kestria: Ritter, älterer Bruder von Lorenzo

Seir Maxi di Aranio: Ritter

Borsa: Kindermädchen der Nesti

Tarita: Dienstmädchen

Mustaq al'Madhi: jhafischer Händler und Verbrecherkönig

Ivan Prato: sollanischer Druipriester

Haus Dorobon

Octa Dorobon: verwitwete Matriarchin des Hauses Dorobon (Anwärter auf den javonischen Thron)

Francis Dorobon: Octas Sohn und Thronerbe der Dorobonen

Olivia Dorobon: Octas Tochter, Schwester von Francis

Alfredo Gorgio: Rimonier und Graf von Hytel

Fernando Tolidi: Adliger aus Hytel und Mitglied des Hauses Gorgio (verstorben)

Portia Tolidi: Adlige aus Hytel, Fernandos Schwester

In Kesh

Sagostabad

Salim I.: Sultan von Kesh

Wimla: Dienerin in Krak di Condotiori

Hadischa

Kazim Makani: Seelentrinker und Attentäter

Jamil: Magus

Molmar: Skiff-Pilot

Gatoz: Magus und Kommandant

Talid: Attentäter

Yadri: Attentäter

Hamid: neuer Rekrut der Hadischa

Arda: Dienerin

Haroun: Amteh-Schriftgelehrter

IN LAKH (INDRANIA)

Baranasi
Ispal Ankesharan: Händler
Tanuva Ankesharan: Ispals Frau
Jai Ankesharan: Ispals Sohn
Keita: Jais Geliebte

ANDERE ORTE

Sabele: Seelentrinkerin und Seherin
Huriya Makani: Seelentrinkerin und Schwester von Kazim
Zaqri: Seelentrinker
Ghila: Seelentrinkerin und Zaqris Frau
Perno: Seelentrinker
Hessaz: Seelentrinkerin und Pernos Frau

WICHTIGE HISTORISCHE FIGUREN

Johan Corin (Corineus): Messias der Kore
Selene Corin (Corinea): Schwester und Mörderin Johans, Verkörperung des
    weiblich Bösen
Hiltius Sacrecour: einstiger Kaiser und Constants Großvater
Magnus Sacrecour: Constants Vater
Alitia: Magnus' verstorbene erste Frau
General Arkimon Robler: norischer General
General Jaes Andevarion: rondelmarischer General
Olfuss Nesti: verstorbener König von Javon
Jarius Langstrit: norischer General
Fraxis Targon: verstorbener Inquisitor

Danksagung

Schreiben ist ein Mannschaftssport, und ich habe das Glück, in einem wundervollen Team zu spielen, dessen Mitglieder mir alle sehr geholfen haben.

Zuallererst ein Dank an Paul Linton, der sich durch den ersten Entwurf geackert und mir zahllose wertvolle Ratschläge gegeben hat. Ebenso an meine fabelhafte Agentin Heather Adams und ihren Lebenspartner Mike Bryan, ohne die dies alles niemals entstanden wäre.

Ein weiteres dickes Dankeschön an Jo Fletcher für Expertenwissen, ein Auge fürs Detail, Kontinuität und dafür, ob etwas funktioniert. Meine Dankbarkeit und meinen Respekt außerdem an Nicola Budd und alle anderen bei JFB/Quercus, Emily Faccini für die Karten und Paul Young, Jem Butcher sowie Patrick Carpenter für das Cover der Originalausgabe.

Und natürlich an meine geliebte Frau Kerry, die jeden Entwurf mit mir durchgegangen ist, mich mit Rat und Tat unterstützt und dafür gesorgt hat, dass das Buch rechtzeitig fertig wurde.

Meine Liebe auch an meine Kinder Brendan und Melissa, meine Eltern und meine treuen Freunde dafür, dass sie einfach sind, wie sie sind.

Und schließlich: ein herzliches Hallo an Jason Isaacs!